Knaur.

Über die Autorin:
Susanne Stein arbeitet seit über zwanzig Jahren als Journalistin für Frauenzeitschriften und als freie Autorin. Sie hat Geschichte studiert, Schwerpunkt Mittelalter, und sich immer wieder mit historischen Stoffen beschäftigt, wobei gerade das 13. Jahrhundert eine besondere Faszination auf sie ausübt. *Die Mätresse des Kaisers* ist ihr erster Roman.

Susanne Stein

Die Mätresse des Kaisers

Roman

Knaur Taschenbuch Verlag

Besuchen Sie uns im Internet:
www.knaur.de

Vollständige Taschenbuch-Neuausgabe November 2008
Knaur Taschenbuch

Ein Unternehmen der Droemerschen Verlagsanstalt
Th. Knaur Nachf. GmbH & Co. KG, München

Redaktion: Dr. Gisela Menza
Umschlaggestaltung: ZERO Werbeagentur, München
Umschlagabbildung: AKG images / Bridgeman Art Library /
FinePic, München
Satz: Adobe InDesign im Verlag
Druck und Bindung: CPI – Clausen & Bosse, Leck
Printed in Germany
ISBN 978-3-426-50306-5

2 4 5 3 1

Für meinen Vater,
der mich gelehrt hat, niemals aufzugeben

Das ist die Geschichte einer Liebe,
Die ein Gleiches nicht hat,
Die mich verstehen ließ
Alles, was gut ist, und alles, was schlecht ist,
Die Licht in mein Leben brachte,
Um es nachher wieder auszulöschen …
O wie dunkel ist das Leben geworden,
Ohne deine Liebe will ich nicht leben.

Carlos Almaran, »Historia de un amor«

Atlantischer Ozean
London
Brügge
Paris
Haguenau
Vézelay
Regensburg
Wien
Buda
Pest
Lyon
Venedig
Comacchio
Toulouse
Marseille
Pisa
Lissabon
Rom
Foggia
Bari
Neapel
Brindisi
Gioia del Colle
Mittelmeer
Tunis
Tripolis
Schwarzes Meer
Sinope
Adrianopel
Konstantinopel
Angora
Iconium
Athen
Famagusta
Limassol
Akkon
Jerusalem
Damiette
Kairo
0
500 km

Prolog

Das Mädchen zuckte vor Schreck zusammen, als es den Löwen brüllen hörte. Jedes Mal, wenn das mächtige Tier in seinem Eisenkäfig den Rachen aufriss, so dass man seine riesigen gelben Zähne sehen konnte, und ein schauderhaftes Grollen ausstieß, schienen die Mauern des Palastes zu beben, und das Mädchen zitterte vor Angst. Auch die Hunde im Hof zogen die Schwänze ein und versteckten sich hinter den Strohballen, die in einer stillen Ecke neben großen Mauervorsprüngen gelagert wurden. Und die Pferde scharrten und zerrten nervös an den Stricken, mit denen die Knechte sie am Sattelplatz festgebunden hatten.

Das Mädchen ergriff einen Federkiel, mit dem sein Bruder grazile lateinische Buchstaben gemalt hatte, und kritzelte etwas auf das Pergament. Dann kletterte es behende auf den Tisch, an dem ihr Bruder eigentlich seine Schreibübungen machen sollte. Es hoffte, dass nicht ausgerechnet jetzt die Nonne zur Tür hereinkommen würde, die die Fortschritte seines Bruders im Lesen und Schreiben überprüfen sollte. Aber Neugier, gepaart mit der Faszination, die von allem Fremden ausging, ließ es nicht zur Ruhe kommen.

Das Mädchen wollte um jeden Preis einen Blick auf den Löwen mit seinem sandfarbenen Fell werfen, auch wenn die Erfahrung ihm sagte, dass seine Angst vor dem wilden Tier nur noch größer werden würde.

Vorsichtig lugte es durch die schmale Fensteröffnung in den weitläufigen Hof.

Es sah drei dunkelhäutige Sklaven, die gerade damit begonnen hatten, dem hungrigen Löwen einen blutigen Rehkadaver in den Käfig zu schieben. Im Hof roch es nach warmem Blut und Gedärm. Das Raubtier packte das Fleisch mit seinen Pranken und riss mit den Zähnen große Fetzen davon ab. Schaudernd wandte das Mädchen den Kopf, und ein bitterer Geschmack stieg ihm in den

Mund. Schweißperlen traten ihm auf die Stirn, und obwohl die Luft lau und angenehm war, war ihm plötzlich kalt. Doch schon kurze Zeit später ließ die Übelkeit nach, das Mädchen strich sich erleichtert eine rotblonde Haarsträhne aus dem Gesicht, lehnte sich erschöpft gegen die Wand und schloss die Augen.
Der Anblick der Raubtiere seines Vaters erregten in ihm stets eine Mischung aus Abscheu und Bewunderung, obwohl es die Löwen und Leoparden inzwischen kannte. Es war noch nicht lange her, das Mädchen hatte gerade laufen gelernt, da war es auf einen der Käfige zugetrippelt, und die Kinderfrau war vor Angst fast gestorben.
»Konstanze«, hatte sie geschrien und das Mädchen in ihre Arme gerissen. Seitdem hatte ihre Mutter den Dienern strikt verboten, Konstanze je wieder in einen der Höfe zu lassen, in denen sich die Tiere aufhielten.
Sein Vater, von dem das Mädchen das rötliche Haar und die blauen Augen geerbt hatte, hatte ihm den Namen Konstanze gegeben. Das bedeutete »die Beharrliche«, und dass dieser Name klug gewählt war, zeigte sich nicht nur an Konstanzes Starrsinn, sondern auch an der Stärke ihrer noch jungen Persönlichkeit.
Der riesige Palast inmitten einer großen Ebene, hinter der Wälder aus Eichen, Buchen und Ulmen die Hügel hochkletterten, war voller Menschen und Tiere. Ritter und ihr Gefolge von Apulien bis jenseits der Alpen hatten hier und in der Stadt Quartier bezogen. Die Stadt hieß Foggia, doch Konstanze kannte sie kaum, denn meist lebte sie mit ihrer Mutter in der Abgeschiedenheit des Kastells Gioia del Colle, ein paar Tagereisen weiter südlich. Ihr Bruder hatte bereits erste Pflichten eines Ritters und hielt sich oft im Gefolge seines Vaters auf. Ihm war der Palast in Foggia deshalb gut vertraut, aber Konstanze wagte es nicht, ihren Bruder zu bitten, ihr die Geheimnisse des riesigen Bauwerks zu zeigen.
Ihr Vater hatte den Palast nur wenige Jahre vor Konstanzes Geburt nach seinen Vorstellungen und Wünschen errichten lassen. Es war ein überaus prächtiges Gebäude, mit reich geschmückten

weitläufigen Marmorsälen, in denen sich ein kleines Mädchen ganz verloren vorkam, und so vielen Innenhöfen, dass sich sogar die Diener verirrten.
Der ganze Hofstaat mit seinen mehr als zweihundert Mitgliedern hatte sich hier versammelt, und die Stimmen der vielen fremden Menschen drangen sogar bis in die Zimmer weit oben im Palast, in denen Konstanze und Konrad schliefen, spielten und unterrichtet wurden.
Sie mochte keine großen Städte, und obwohl Foggia viel kleiner als Palermo war, in das sie einmal mit ihrer Mutter gereist war, stießen der Lärm der Menschen und Tiere sowie die Ausdünstungen der Stadt sie ab.
Wie ihre Mutter liebte sie das Rauschen der Bäume im Wind, den Gesang der Vögel am Abend und einen vom Tau noch feuchten Garten am Morgen. Das Leben in der Stadt raubte ihr den Schlaf und schickte ihr schlimme Träume.
Normalerweise begleitete Konstanze ihre Mutter nicht nach Foggia, aber dieses Mal hatten ihre Eltern darauf bestanden. Sie seufzte und begann ein Bild zu malen. Sie dachte kurz an die Vorhaltungen, die die Nonne ihr machen würde, wenn sie das kostbare Papier für Kindereien verschwendete, entschied sich dann aber erst recht für den Entwurf einer phantasievollen Blumenwiese auf demselben Blatt, das ihr Bruder mit lateinischen Lettern beschrieben hatte.
Konstanze war ein ruhiges Kind, das sich Stunden mit sich selbst beschäftigen konnte, doch allmählich wurde sogar ihr langweilig. Sie hörte ihren Bruder im Nebenzimmer und wollte ihn rufen, hatte aber dann doch keine Lust. Wenn doch nur ihre Mutter käme. Sie hatte ihr versprochen, ihr vor dem Schlafengehen eine Geschichte von einem berühmten Prinzen zu erzählen, der viele Gefahren für seine Prinzessin bestanden hatte. Konstanze wusste nicht, wie spät es inzwischen war, aber da die Löwen gefüttert wurden, musste es bereits Abend sein.

Ihre Mutter hatte ihr berichtet, dass es ein großes Fest geben werde. Vier Tage lang sollte gefeiert werden, und Konstanze würde an der Seite ihrer Eltern sitzen, den Spielleuten zuhören und so viele Trauben und Datteln essen dürfen, wie sie wollte.
Sie warf den Federkiel beiseite und begann ihre Haare, die wie zarte Goldfäden über ihren Rücken fielen, zu Zöpfen zu flechten. Warum kam ihre Mutter nicht? Warum sah überhaupt niemand nach ihr?
Sie steckte einen ihrer Zöpfe in den Mund und kaute gedankenverloren auf den Haarspitzen. Sie war es nicht gewöhnt, allein gelassen zu werden. Immer hielten sich Dienerinnen, die Kinderfrau oder der Erzieher ihres Bruders in ihrer Nähe auf. Sie wurde gewaschen, zu Bett gebracht, angezogen. Die Diener kämmten ihr die Haare und bereiteten ihr das Essen.
Ihr Vater war der mächtigste Mann der Welt. Und der klügste, fand Konstanze. Sie bewunderte ihn – aber sie fürchtete ihn auch. Ihr Vater hatte kein Verständnis für Schwächen und schon gar nicht für Ungehorsam. Sie hatte ihn liebevoll, aber auch zornig und streng erlebt, großzügig, aber auch herrschsüchtig und kalt.
Ihre Mutter dagegen war voller Liebe, empfindsam und verständnisvoll den Kindern gegenüber. Konstanze wusste, dass ihr nichts Böses geschehen konnte, solange ihre Mutter bei ihr war.
Sie überlegte, ob sie es wagen konnte, nach der Nonne zu suchen. Eine leise Angst, dass man sie vergessen haben könnte und nicht wieder holen würde, stieg in ihr hoch. Aber dann sagte sie sich, dass ihre Mutter es niemals zulassen würde, dass sie allein bliebe, und fasste neue Zuversicht. Ganz sicher würde gleich die Nonne zurückkommen.
Ein Geräusch ließ sie herumfahren, doch in der Tür stand nicht die Frau, die das Mädchen erwartet hatte. Ein fremder Mann trat ins Zimmer. Konstanze rührte sich nicht und starrte ihn an. Sie hatte ihn noch nie gesehen und fragte sich, ob er zum Hofstaat ihres Vaters gehörte.

Der Mann lächelte auf seltsame Art und sagte leise: »Konstanze, du bist ja ganz allein. Komm, wir suchen deine Mutter.«
Er streckte die Hand aus, aber Konstanze versteckte ihren Arm hinter dem Rücken. Der Mann war ihr unheimlich, und mit dem sicheren Instinkt eines Kindes wich sie ein paar Schritte zurück. Doch ohne zu zögern, kam er auf sie zu, nahm sie auf den Arm und verließ mit ihr das Zimmer.
Konstanze blickte in seine Augen und erschrak. Sie waren gefühllos wie die eines Falken. Das Mädchen schluckte und fragte: »Hat Euch mein Vater geschickt?«
Der Mann stieß ein kurzes, höhnisches Lachen aus. »Nein, meine Kleine, das hat er nicht«, flüsterte er Konstanze ins Ohr und trug sie mit schnellen Schritten über den breiten Gang. »Und um dir die Wahrheit zu sagen, mein Täubchen, er weiß nicht einmal, dass ich da bin.«

TEIL I

Auf der Flucht

Als die ersten Vögel den neuen Tag ankündigten, erwachte Bianca, blinzelte gegen die letzten Reste der Müdigkeit, schlug die Leinendecke mit den kunstvollen Stickereien zurück und schwang energisch die Füße aus dem Bett. Sie ging zu einem Holztischchen, das exakt nach ihren Wünschen und Vorstellungen angefertigt worden war, nahm den Tonbecher, den ihre ehemalige Amme Giovanna erst vor kurzem frisch gefüllt hatte, und trank einen Schluck kühles Wasser. Bianca wählte einen einfachen Rock, dazu eine Leinenbluse, und zog sich an.

Ihr langes blondes Haar, das ihr wie ein seidiger Vorhang bis auf die Hüften fiel, flocht sie zu einem Zopf und steckte ihn mit Nadeln und Kämmen am Kopf fest. Giovanna würde sie später frisieren, aber jetzt blieb dazu keine Zeit.

Bianca beeilte sich, denn im Osten schob sich schon die Sonne wie eine rote Scheibe über den Horizont, und sie wollte um keinen Preis das frühe Morgenlicht, das den Garten auf eine besondere Art verzauberte, versäumen.

Die Mägde und Knechte waren alle schon auf den Beinen, und als Bianca durch den Innenhof der Burg lief, hatten sie die Pferde für den Grafen Lancia und seine Ritter bereits gesattelt.

Wie jeden Morgen stank der Innenhof nach frischem Pferdemist, und die Jagdhunde ihres Bruders gruben im Dreck nach Knochen und anderen Küchenabfällen. Der schwere Pferdegeruch überlagerte den feinen Duft von frischgebackenem Brot, der aus der warmen Küche in den Hof zog.

Bianca lächelte und dachte an das knusprige Brot, das sie später mit etwas Butter essen würde. Sie liebte die einfachen Speisen – Brot, Obst, Gemüse. Die fetten Braten, die die Ritter ihres Bruders mit Vorliebe verschlangen, verursachten ihr Übelkeit. Wenn es nach ihr ginge, würde sie überhaupt kein Fleisch anrühren – aber

Bianca wusste sehr wohl, dass so ein Bekenntnis nicht ganz ungefährlich war. Nur Ketzer aßen kein Fleisch. Und der Ketzerei verdächtig zu sein konnte den Tod bedeuten. Ein Gedanke, den sie an diesem perfekten Morgen schnell verscheuchte.

Bianca durchquerte den Burghof mit schnellen Schritten und betrat den Garten durch ein Holztor mit filigranen Schnitzereien. Sobald sie sich vor neugierigen Blicken sicher fühlte, setzte sie sich ins Gras und betrachtete eine Rose. Die Blätter waren noch feucht vom Tau, die samtigen Blüten zu dieser frühen Stunde fest geschlossen. Am Himmel zeigte sich schon hier und da ein perfektes Blau, und Bianca ahnte, dass ihr ein weiterer heißer Julitag bevorstand.

Ihre schmalen Finger strichen zärtlich über die Knospen. »Du bist die Schönste von allen«, flüsterte sie der Blume zu, und ihre Augen folgten dem gewundenen Pfad durch den Rosengarten. Links und rechts sah sie Alba- und Gallicarosen in den zartesten Cremetönen.

Der Rosengarten war nur klein, denn die Blumen waren zu kostspielig, um sie in großen Mengen anzupflanzen. Aber man hatte ihn so geschickt angelegt, dass niemandem seine geringen Ausmaße auffielen. Biancas Großmutter hatte mit der Rosenzucht begonnen und ihr Wissen für alle nächsten Generationen in einem kunstvoll bemalten Buch festgehalten.

Bianca liebte den Garten. Es gab keinen Rosenstock, den sie nicht kannte, und besonders jetzt im Juli konnte sie sich keinen schöneren Platz vorstellen. Es duftete betörend, und sie spürte hier eine Art von Sinnlichkeit, die sie nicht in Worte zu fassen vermochte. Dieses Gefühl gab ihr Ruhe und war zugleich Kraftquelle für einen Alltag, der nur wenige glückliche Momente für sie bereithielt.

Gleich hinter dem Rosengarten lagen die Obstwiesen, daran grenzte der Gemüsegarten mit seinen Beeten für Lauch, Endivien, Kresse, Gurken, Schalotten, Kohl und Rauke, und noch ein kleines

Stück weiter gelangte man in den Kräutergarten, wo es würzig nach Minze, Basilikum, Thymian, Rosmarin und Majoran roch.
Bianca raffte ihren weiten Leinenrock, stand auf und sah sich lächelnd um. Mein kleines Paradies nannte sie ihren Garten, und hier fühlte sie sich wie die Königin eines verwunschenen Landes. Sie saß oft allein und ungestört auf einer Bank und versank in den wenigen Mußestunden, die ihr blieben, in romantischen Tagträumen.
Ihre Lieblingsgeschichte war die traurige Liebe von Tristan und Isolde, die der Minnesänger Gottfried von Straßburg an den Höfen erzählte.
Viele Troubadoure kannten inzwischen die Sage von der schönen Isolde und dem tapferen Tristan, die voneinander nicht lassen konnten, weil sie verzauberten Wein getrunken hatten, und trugen sie von Land zu Land und von Hof zu Hof über die Alpen in den Süden.
Als Bianca das erste Mal einen Sänger gehört hatte, der das Schicksal der beiden Liebenden zu seiner Laute vorgetragen hatte, waren ihr gegen ihren Willen die Tränen gekommen.
Normalerweise weinte sie selten und wenn, dann niemals in Anwesenheit ihres zehn Jahre älteren Bruders, des Grafen Manfred Lancia. Aber an jenem Abend war ihr zum ersten Mal bewusst geworden, was in ihrem Leben fehlte – die Liebe.
Ihr Großvater väterlicherseits war ein berühmter »trovatore« gewesen und hatte am Hof des Kaisers Barbarossa vor den Großen und Mächtigen des Reiches gesungen. Er hatte wunderschöne Gedichte geschrieben, und Bianca verehrte diesen Mann, seit sie eines seiner Bücher entdeckt hatte. Auch er war auf den Namen Manfred getauft worden und beklagte mit zärtlichen Worten Gefühle zu einer Frau, die seine Liebe nicht erwidert hatte.
Bianca hatte ihren Großvater nie kennengelernt, aber in ihren Träumen sprach sie oft mit ihm und hoffte, dass er stolz auf seine Enkelin sein würde, denn sie schrieb selbst gelegentlich Gedichte,

achtete aber sorgfältig darauf, dass dies ihrem Bruder verborgen blieb. Manfred hatte nicht das geringste Verständnis für irgendeine Art von Zeitverschwendung. Und Gedichte schreiben zählte für ihn zu einer der schlimmsten.
Bianca schlenderte nachdenklich an den Rosen vorbei. Ihr Bruder hatte ihr schon gestern Abend in seiner gewohnt herrischen Art eine Nachricht bringen lassen. Er erwarte Gäste für den heutigen Tag, einen mächtigen Ritter mit seinem Gefolge. Bianca solle sich bereithalten. Sobald er, Manfred, von dem morgendlichen Jagdausflug zurück sei, habe er mit ihr zu sprechen.
Bianca lächelte wehmütig. Man brauchte keine große Vorstellungskraft, um zu ahnen, was er ihr sagen würde. Im vergangenen Monat war sie siebzehn Jahre alt geworden, und nach Manfreds Meinung war es höchste Zeit, sie zu verheiraten. Im Prinzip sei sie längst überfällig, hatte er erst vor kurzem schonungslos vor den Ohren der Dienerschaft behauptet.
Bianca wusste, dass Manfred schon seit geraumer Zeit nach einem Mann suchte, dem er seine Schwester zur Frau geben konnte. Nach einem reichen, setzte sie in Gedanken dazu, denn die Familie Lancia war so gut wie bankrott.
Einst hatte das Geschlecht der Lancias zu den wohlhabendsten Familien im Piemont gehört. Bianca kannte alle Geschichten über den Großvater, der zwar als Troubadour einer der besten, als Verwalter seiner Ländereien jedoch ein Versager gewesen war. Es war ihm nicht gelungen, den Reichtum der Familie zusammenzuhalten. Stück für Stück hatte er den Besitz verkauft, und von der früheren Pracht war wenig geblieben.
Bianca und Manfred waren die Letzten der Lancias, ihre Eltern seit Jahren tot. Ihre Mutter starb bei Biancas Geburt. Ein ungewöhnlich großer Blutverlust und ein nachfolgendes hohes Fieber hatten die Gräfin Lancia so geschwächt, dass sie den nächsten Tag nicht überlebt hatte. Ihr Vater fiel im Kampf gegen marodierende Soldaten.

Bianca war von ihrer Amme Giovanna aufgezogen worden, und niemand stand der jungen Gräfin Lancia so nah wie diese Dienerin. Die beiden Geschwister respektierten sich zwar, aber zärtliche Gefühle hatten Manfred und Bianca nie füreinander gehabt.
Bianca blickte auf und entdeckte Giovanna auf dem Weg in den Kräutergarten. Wie immer trug die Amme ein dunkles Gewand und eine helle Haube, die das gesamte Haar bedeckte. Und wie immer war sie in Eile. Sie hob ihren Rock bis zur Wade und lief in dieselbe Richtung. Das kühle, weiche Gras unter ihren nackten Füßen schluckte das Geräusch ihrer Schritte.
»Giovanna, ist mein Bruder schon zurück?«
»Nein, meine Liebe, aber er wird bald kommen. Beeil dich, du kannst ihm nicht barfuß und voller Grasflecke gegenübertreten.« Die Amme sah ihre Ziehtochter traurig an. »Es ist so weit, Süße, Manfred hat einen Mann für dich gefunden, und wir beide werden Lebewohl sagen müssen.«
»Unsinn, Giovanna. Wir werden uns nie trennen. Wenn ich die Burg verlassen muss, gehst du mit mir. Ich werde ganz sicher nicht ohne ein vertrautes Gesicht mit einem fremden Mann in einen fremden Palast ziehen.«
»Aber Bianca, das ist der Lauf der Welt und das Schicksal der Frauen. So ist es schon immer gewesen. Sagt nicht der Herr, das Weib soll dem Manne untertan sein?«
Bianca seufzte und schwieg. Heute Morgen wollte sie nicht streiten. Und schon gar nicht mit Giovanna. Aus Liebe zu ihrer Amme gab sie oft nach. Doch so sanftmütig sie Giovanna begegnete, so starrsinnig benahm sie sich gegenüber Manfred. Auch wenn sie ihm Gehorsam schuldete – Bianca dachte nicht daran, seine Wünsche oder auch Befehle widerspruchslos hinzunehmen.
Giovanna, die das aufbrausende Temperament ihrer Ziehtochter kannte, zog Bianca fest in die Arme.
»Was auch immer passiert, glaube an deine Träume, und bleibe so, wie du bist.«

»Gestern ist mir im Schlaf ein Engel begegnet«, erwiderte Bianca zögernd. »Um mich herum tobte ein schreckliches Feuer. Menschen schrien, und die Luft roch nach verbranntem Fleisch. Der Engel sah mich an, dann war er fort.«
Giovanna wurde blass.
»Glaubst du an Träume, Giovanna?«
»Träume sind Bilder, nach denen du dich sehnst, oder solche, die du fürchtest. Aber manchmal sprechen Träume auch die Wahrheit.«
»Und denkst du, der Engel wird an meiner Seite sein, wenn ich ihn brauche?«
»Das weiß nur einer allein. Und wenn es Gottes Wille ist, wird es so sein.«
Jede der beiden Frauen hing einen Augenblick lang ihren Gedanken nach. Dann durchbrach lautes Rufen und der Lärm galoppierender Pferde die Stille.
»Mein Bruder ist zurück. Bete für mich«, flüsterte Bianca.

Bianca spürte, dass ihre Hände zitterten, und krampfhaft hielt sie hinter ihrem Rücken die Finger verschlungen. Sie richtete ihren Blick starr auf die beiden schweren gekreuzten Schwerter an der Stirnseite der Wand und wagte es nicht, ihrem Bruder direkt in die Augen zu sehen. Zum einen, weil sie fürchtete, ihre Tränen nicht länger zurückhalten zu können, zum anderen, weil die Erfahrung sie gelehrt hatte, dass auch nur die Andeutung von Trotz in ihrem Blick Manfreds Stimmung weiter verschlechtern würde. Die Geschwister hatten schon zu viele Kämpfe ausgefochten, als Kinder auf spielerische Art, doch seitdem beide erwachsen waren, hatten sich tiefe Gräben zwischen ihnen aufgetan.
Aber noch nie hatte Biancas Bruder seinen Zorn so offen gezeigt. Jedes Mal, wenn seine Schwester widerspenstig ihre Stacheln aufgestellt hatte, war der Streit letztlich zu ihren Gunsten ausgegan-

gen. Trotz seines aufbrausenden Temperaments war Manfred ein Mann, der den Frieden liebte.
»Du tust, was ich dir befehle. Und auch wenn du dich noch so sträubst, ich werde keinen Schritt nachgeben«, drohte er.
Vor Aufregung sprühten Speicheltröpfchen aus seinem Mund. Ein paar trafen Bianca im Gesicht, aber sie wagte es nicht, über ihre Wange zu wischen. Sie brauchte alle Kraft, ihrem Bruder aufrecht entgegenzutreten.
»Du wirst die Gemahlin des Grafen von Tuszien. Mehr habe ich dir nicht zu sagen. Und ich warne dich, Bianca, deine Einwände sind nichts als Überspanntheit. Du solltest längst verheiratet sein und Kinder haben. Es ist meine Schuld, dass du dir in unserer Abgeschiedenheit Ideen in den Kopf gesetzt hast, die einer Frau nicht anstehen. Das muss ein Ende haben.«
Bianca atmete tief durch und drängte die Tränen zurück.
»Ich weiß selbst, dass wir verarmt sind und dass du mir keine große Mitgift geben kannst. Aber muss ich deshalb wie ein Stück Vieh an den verkauft werden, der am meisten zahlt? Enzio Pucci ist ein ungebildeter Klotz, der nicht lesen und nicht schreiben kann. Mein Bruder, ich bitte dich, tu mir das nicht an. Nicht diesen Mann.«
»Lesen und schreiben? Seit wann müssen Ritter lesen und schreiben können? Der Graf von Tuszien ist im Kampf noch niemals besiegt worden. Das sind die Tugenden eines Mannes. Was willst du? Einen Minnesänger? Hör auf zu träumen, Bianca.«
»Wer sagt, dass ich träume? Ich fordere nur eins – ein bisschen Liebe«, flüsterte Bianca und wusste, dass sie die Zärtlichkeit, die ihrem Leben fehlte, von ihrem Bruder niemals bekommen würde. Und erst recht nicht von Enzio Pucci.
»Liebe. Bist du von Sinnen?«
Manfred spuckte ihr die Worte entgegen, und Bianca sah, dass er sich nur mühsam beherrschte. Wie oft hatte sie halsstarrig wie ein Esel ihren Willen durchgesetzt. Und er hatte nachgegeben, um

seine Ruhe zu haben. Aber diesmal würde sie verlieren. Dieses Mal war Manfred der Stärkere.
Die Geschwister starrten sich feindselig an.
»Du wirst mich also dieser Heirat nicht entkommen lassen«, sagte Bianca fassungslos. »Du wirst mich, ohne dass dich dein Gewissen plagt, einem Mann ausliefern, der mich wie eine Sklavin halten wird. Wird er es zulassen, dass ich mit meinem Falken jagen gehe? Nein. Wird er meine Bücher ehren? Bestimmt nicht. Der Mann ist ungebildet wie ein Bauer. Er wird meine Gedichte nie verstehen.«
»Deine Gedichte?«, knurrte Manfred. »Deine Gedichte? Was soll das heißen?«
Biancas Tränen flossen jetzt ungehemmt. Noch ein falsches Wort, und Manfred würde sie aus dem Haus jagen. Es gab schreckliche Geschichten, die sich die Frauen manchmal zuflüsterten. Geschichten von untreuen Ehefrauen, alten Witwen oder ungehorsamen Schwestern, die ohne Habe und Schutz die Burgen verlassen mussten, weil sie dem männlichen Oberhaupt der Familie im Weg waren. Bestenfalls fanden sie Zuflucht in einem nahen Kloster, schlimmstenfalls fielen sie in die Hände marodierender Söldner, und was dann mit ihnen geschah, wagte sich Bianca nicht auszumalen. Sie hatte von einem Grafen gehört, der seine Frau wie ein Tier in einem Käfig hielt. Es hieß, sie habe längst den Verstand und die Sprache verloren. Bianca schauderte, wurde aber von Manfreds Stimme abrupt aus ihren Gedanken gerissen.
»Antworte mir«, befahl Manfred mit leiser, vor Wut zitternder Stimme. »Welche Narrheiten begehst du hinter meinem Rücken?«
Bianca wischte sich die Tränen aus dem Gesicht und versuchte beherrscht zu sprechen. »Keine, mein Bruder. Es gibt keine Geheimnisse, die ich vor dir habe. Die Gedichte, von denen ich sprach, sind die Bücher unseres Großvaters, des berühmten Troubadours Manfred.«
»Höchste Zeit, dass du Enzios Frau wirst. Er wird dir die Flausen

austreiben. Und was die Bücher dieses alten Narren angeht, so befehle ich dir, sie zu verbrennen. Dieser Mann ist die Quelle unseres Elends. Für seine Torheiten hat er das Land der Lancias verkauft.«
Bianca erschrak vor der Härte ihres Bruders. Sie hatte nicht gewusst, wie sehr Manfred unter dem Ruin der Familie litt. Nein, das sah sie jetzt, niemals würde er ihr die Heirat mit Enzio Pucci, Herr über riesige Ländereien und gefüllte Goldtruhen, ersparen.
»Der Graf von Tuszien kommt heute zum Festbankett. Ich erwarte, dass deine Schönheit ihn für dich einnimmt. Sei klug und füge dich.«
Sie sah nicht auf, als Manfred mit raschen Schritten an ihr vorbeiging und ohne ein weiteres Wort den Raum verließ.
Bianca trat an ein Fenster und entdeckte weit hinten am Horizont die Gipfel der Berge, von denen einige selbst im Sommer noch eisige Schneehauben trugen. Doch für die Schönheit der Landschaft mit ihren dichten Wäldern und klaren Flussläufen hatte sie keinen Blick. Selbst den makellos blauen Himmel beachtete sie nicht. Ihre Augen folgten dem Flug eines der Jagdfalken, die von Lorenzo, Giovannas Neffen, betreut und ausgebildet wurden.
»Wie ich dich beneide«, flüsterte Bianca. »Hätte ich nur ein kleines Stück von deiner Freiheit, wie unendlich viel würde ich gewinnen.«
Lange Zeit lehnte sie an der kahlen Wand und starrte auf den eleganten Vogel, der majestätisch seine Kreise zog. Als sie sich abwandte, hatte sie einen Entschluss gefasst. Es musste einen Ausweg geben, sie würde sich nicht wie eine Kuh verkaufen lassen.

Der Mann stand auf dem flachen Dach eines prachtvollen weißen Palazzos und ließ seinen Blick langsam über den Hafen wandern. Das herrliche Mosaik zu seinen Füßen, das noch aus der Zeit der Römer stammte, beachtete er nicht, und auch das schneeweiße Geländer mit wundervollen Arabesken übersah er. Der Mann blickte gebannt geradeaus, blinzelte ein wenig und konzentrierte sich. Es war ein heißer Tag, die Sonne glühte hoch am Himmel und schickte ihr gleißendes Licht in die engen Straßen der Stadt.

In der Hitze des Tages verbrannte die Haut, wenn man sie nicht mit kühlen Leinengewändern bedeckte. Die bleichen Ritter aus dem Norden verfluchten die Sonne und dankten dem Himmel, wenn sie ihre schweren Kettenhemden, die sie vor den scharfen Schwertern der Sarazenen schützen sollten, im Zeltlager lassen konnten.

Der Mann auf dem Dach spürte die Hitze kaum. Seine Haut war von Geburt stark gebräunt, und im Gegensatz zu den blonden Männern aus dem Deutschen Reich hatte er die Wüsten Palästinas längst kennengelernt. Er war an Temperaturen, die das Hirn auszudörren schienen, ebenso gewöhnt wie an bitterste Kälte.

Er trug einen dunklen bodenlangen Umhang und einen schwarzen Turban, der sein Haar vollständig verdeckte, dafür das Gesicht umso stärker betonte. Ein Gesicht, das Männer beeindruckte und Frauen zu süßen, aber verbotenen Träumen verleitete.

Die Nase erinnerte an den Schnabel eines Falken, die geschwungenen Lippen dagegen wirkten weich und sinnlich. Das Faszinierendste aber waren seine Augen – von einem so tiefen Braun, dass sie schwarz schienen, und so intensiv, dass die meisten Menschen ihren Blick schnell abwandten und sich in aller Eile bekreuzigten.

Sein Name war Karim an-Nasir, und er war ein Nachkomme von Saladin, dem größten Sultan des Morgenlandes.

Bewegungslos verharrte er in der Glut des Nachmittags und nahm sich Zeit, die Szenerie zu seinen Füßen in Ruhe zu betrachten. Was er sah, machte ihm Angst.

Vor ihm lag der große Hafen von Brindisi, in dem sonst Fischerboote und Handelsschiffe vor Anker gingen. Seit Jahrhunderten, schon seit der Römerzeit, war dieser Hafen im Abend- und Morgenland bekannt als Tor zum Orient. Die berühmte Via Appia führte von Rom nach Apulien und endete direkt im Hafen von Brindisi.

Karim beobachtete die Menschen, die sich dort drängelten und zum Hafen strebten. Mochte die Via Appia in Rom als Prachtstraße gelten, hier – in Brindisi – war sie nur eine kleine, schmale Gasse, die die Pilger und Möchtegernkreuzfahrer auf dem großen Hafenplatz in eine ungewisse Zukunft entließ.

Das Wasser hinter den Hafenmauern war brackig braun, an der Mole kein Anlegeplatz mehr frei. Alle kleineren Boote hatte man bereits aus dem Hafen gerudert, um Platz für die Galeeren zu schaffen. Doch immer neue Schiffe, viele unter venezianischer Flagge, steuerten den Hafen an, und längst war klar, dass Brindisi diesem Ansturm nicht gewachsen war.

Der Mann auf dem Dach zählte siebzig Galeeren im Hafen, und draußen auf dem Meer schaukelten doppelt so viele in einer sanften Dünung. Karim, der die Kunst der Mathematik von berühmten Männern gelernt hatte, rechnete schnell nach. Jedes dieser neuen großen Schiffe bot Platz für mindestens siebzig Ruderer, zweihundert Ritter mit ihren Pferden konnten an Bord gehen. Vorsichtshalber überschlug Karim die Zahlen mehrfach, aber alles in allem schätzte er über vierzigtausend Kreuzfahrer, die zum Teil bereits vor Brindisi lagerten oder sich im Anmarsch auf die Stadt befanden.

Dem Sarazenen stockte der Atem – vierzigtausend Menschen in einer Stadt, die nicht einmal einen Bruchteil davon aufnehmen konnte. Vierzigtausend Menschen in glühender Hitze, und die heißesten Wochen des Sommers standen ihnen noch bevor.

Karim kniff die Augen gegen die blendende Sonne zusammen und sah zur anderen Seite, nach Westen, zu den Wäldern und Sümpfen hinter der Stadt. Sein Blick schweifte über die makellos weißen Häuser von Brindisi, und er schauderte vor der Gefahr, die diese herrliche Kulisse bedrohte und den Menschen für lange Zeit Angstträume bereiten würde.

Nicht nur der Hafen war überfüllt, auch das Zeltlager vor den Toren im Westen wuchs unaufhörlich, und immer rückten neue Kreuzfahrer nach. Der Strom der Ritter aus dem Norden schien nicht enden zu wollen, der Lärm der Männer und ihrer Pferde legte sich vom Sonnenaufgang bis in die späte Nacht über die Stadt. Karim konnte es auch jetzt hören: das Stampfen der Hufe, das Hämmern der Waffenschmiede, Rufe und Schreie in unterschiedlichen Sprachen, das unablässige Gebell streunender Hunde.
Längst hatte Brindisi vor den Menschenmassen kapituliert. Die Stadttore blieben Tag und Nacht geöffnet. Wer sollte schon den Hafen bedrohen, wenn alle Heere der Christenheit vor den Mauern lagerten?
Und obwohl die Stadt direkt am Adriatischen Meer lag, war die Luft schwül und schwer, geschwängert von Feuchtigkeit und Gestank.
Karim hielt sich ein mit Lavendel getränktes Tuch an die Nase, als eine Woge von Fäulnis und Verwesung an ihm vorbeizog.
»Mein Freund blickt mit Sorge zum Horizont«, sagte eine tiefe Stimme hinter ihm.
Karim an-Nasir hätte den Klang dieser Stimme unter Tausenden in jeder Menschenmenge der Welt erkannt. Er drehte sich um und verbeugte sich.
»Ihr habt recht, mein Kaiser, das, was ich sehe, erfüllt mich mit Furcht«, erwiderte er und sah Friedrich II., Kaiser des Heiligen Römischen Reiches und König von Sizilien, direkt ins Gesicht. Friedrich kannte Karim seit seiner Jugend im Palast und in den Gassen von Palermo und war nicht der Mann, der den intensiven Augen des Sarazenen ausgewichen wäre. Er glaubte nicht an Dämonen und böse Blicke – er war ein Bewunderer der Wissenschaft und hielt sich für einen kühlen Denker.
»Und wovor fürchtet Ihr Euch, Karim?«
Friedrich schenkte Karim ein freundschaftliches Lächeln, das nur

wenige Menschen zu sehen bekamen. Meist war die Miene des Kaisers ernst, häufig verschlossen, manchmal kalt.
Doch Karim war mehr als ein Freund – ein Vertrauter, ein Gefährte aus Jugendtagen, ein Mann mit einem messerscharfen Verstand. Friedrich schätzte und mochte ihn, auch, weil Karim genügend Mut hatte, ihm manchmal zu widersprechen. Außerdem bewunderte er Karims diplomatisches Geschick, durch das er schon viele Verhandlungen mit Fürsten und Königen als Sieger verlassen hatte.
»Sprecht, mein Freund. Was macht Euch Angst?«
»Euer Heer wird zu groß, mein Kaiser. Die Stadt bricht unter diesen Menschenmassen zusammen. Das Wasser wird knapp. Seid auf der Hut, Federico. Heute habe ich einen Mann mit Fieber gesehen.«
Federico. Friedrich genoss die zärtliche Anrede, die ganz wenigen Auserwählten vorbehalten war. Seine erste Frau, Konstanze, hatte ihn manchmal so genannt. Sie war vierzehn Jahre älter gewesen als Friedrich – eine Ehe, die aus machtpolitischen Gründen geschlossen worden war. Und doch, Friedrich hatte Konstanze von Aragon geschätzt, respektiert, gemocht. Geliebt hatte er sie nicht. Eine Tatsache, die übrigens auch auf seine zweite Frau, Isabella von Brienne, zutraf. Sie war erst fünfzehn und meist kränklich – aber Friedrich hatte im Moment weder Zeit noch Muße, sich mit den Problemen einer Frau auseinanderzusetzen. Selbst wenn es sich um die der Kaiserin handelte.
»Ihr habt ja recht«, seufzte er und richtete seine Aufmerksamkeit wieder auf Karim, »es wird Zeit, dass die Schiffe ablegen. Aber ich muss warten. Ludwig, der Landgraf von Thüringen, ist mit vielen Rittern aufgebrochen, um an unserer Seite zu kämpfen. Es ist unmöglich, jetzt schon zu segeln.«
»Noch ein Heer«, murmelte Karim. »Noch mehr Menschen, noch mehr Pferde. Ich habe jetzt schon vierzigtausend Ritter gezählt. Eurem Kreuzzug, mein Kaiser, folgen zu viele Menschen. Wann erwartet Ihr den Landgrafen?«

»In vier Wochen. Spätestens im August sind wir auf See.«

Karim sah den Kaiser entsetzt an. »Im August? Das ist zu spät, viel zu spät. So lange dürfen wir nicht bleiben.«

»Karim, wo bleibt Euer Mut, Eure Zuversicht?«

»Mut, Federico, wird Euch hier nicht helfen. In der Luft hängt der Geruch von Fäulnis, in den Sümpfen hinter der Stadt lauert der Tod. Die Männer werden am Fieber sterben.«

Friedrich entgegnete nichts. Sein Gesicht hatte sich verschlossen, wie so oft, wenn er eine Entscheidung treffen musste, die er im Grunde nicht treffen wollte.

Karim erkannte, dass jeder weitere Einwand ebenso sinnlos wäre wie der vorherige. Der Kaiser hatte zum Kreuzzug gerufen, und nun musste er warten, bis alle Ritter sich um ihn versammelt hatten. Ihm blieb keine andere Wahl.

Friedrich wandte seinen Blick nach Osten, über das Mittelmeer, dorthin, wo in weiter Ferne das Heilige Land in der Sonne glühte. »Wir bleiben und warten. Tut gegen das Fieber, was Ihr könnt. Sobald der Landgraf von Thüringen angekommen ist, wird das Heer auf die Schiffe verladen.«

»Ihr befehlt, mein Kaiser«, entgegnete Karim und verbeugte sich.

»Ich befehle«, sagte Friedrich, »aber ohne Euch bin ich nichts. Ihr seid derjenige, der in Salerno Medizin studiert hat.«

Friedrich nickte seinem Freund zu, drehte sich um und ging ohne ein weiteres Wort.

Karim sah, wie der Kaiser gelassen über das Dach zurückschlenderte. Friedrich war kein hochgewachsener Mann, nur mittelgroß und kleiner als Karim, der allerdings die meisten Männer überragte. Doch die Gestalt des Kaisers war kräftig und muskulös, sein Körper gestählt von ungezählten Kämpfen und Turnieren.

Friedrich trug ein einfaches braunes Leinengewand. Sein rotblondes Haar schien unter der Sonne Apuliens noch heller. Ebenso wie Karim hatte auch er ungewöhnliche Augen. Sie waren von einem klaren Blau, das so kühl wirkte wie ein eiskalter See in dem

riesigen Gebirge in seiner Heimat Sizilien, das die Menschen des Abendlandes Alpen nannten.
Karim wusste natürlich, dass schon vor vielen hundert Jahren ein berühmter Feldherr aus Karthago mit Elefanten über die Bergriesen gezogen war, und auch er selbst war zusammen mit Friedrich auf einer abenteuerlichen und überaus gefährlichen Reise ins Deutsche Reich gelangt, wo Friedrich in der Stadt Mainz zum König gekrönt worden war.
Inzwischen herrschte Friedrichs ältester Sohn Heinrich seit einigen Jahren dort als deutscher König und Stellvertreter des Kaisers.
Karim dachte mit Schaudern an das kalte, barbarische Land jenseits der Alpen, wo es im Winter so kalt wurde, dass die Vögel tot vom Himmel fielen, und konzentrierte sich wieder auf den Kaiser, der jetzt die Treppenstufen vom Dach hinunterstieg. Nichts an seiner Haltung drückte Unsicherheit oder Unentschlossenheit aus. Noch nie hatte Karim einen Menschen getroffen, der so sehr in sich selbst ruhte und sich seiner eigenen Kraft bewusst war wie Friedrich. Kein anderer Mann hatte so viel Charisma wie der Kaiser. Kein Wunder, dachte Karim und erlaubte sich einen Moment der Respektlosigkeit, kein Wunder, dass die Frauen ihn lieben und die Männer ihn fürchten.

Seine Heiligkeit Papst Gregor IX. war verärgert. Und alle, die ihn kannten, wussten aus Erfahrung, dass es jetzt geraten war, sich zur ausgiebigen Kontemplation in eine der zahlreichen Kapellen der Basilika zurückzuziehen. Denn wer die Launen des früheren Kardinals von Ostia aus Unwissenheit oder auch nur aus schlichter Dummheit herausforderte, wünschte sich sehr bald, die Räume des Lateranpalastes, in dem der Papst residierte, nie betreten zu haben.
Gregor war aus anderem Holz geschnitzt als sein Vorgänger. Von

Honorius III., einem weisen alten Mann, stammte das Wort: »Warum soll ich streng sein, wenn ich Milde walten lassen kann?« Gregor IX. vertrat exakt die gegensätzliche Ansicht. Milde war etwas für Schwächlinge, wer herrschen wollte, brauchte Härte.
Obwohl schon über sechzig Jahre alt, hielt er sich in seiner weißen Soutane bemerkenswert gerade. Er war ein Mann von großer, beeindruckender Statur, energisch und ungeduldig. Seine dunklen Augen schienen die eines jüngeren Mannes. Nichts in ihnen drückte die Nachsicht des Alters aus oder ließ in irgendeiner Weise auf Müdigkeit schließen.
Vor knapp drei Monaten war der Graf von Segni, Hugo Kardinal von Ostia, zum neuen Papst gewählt worden. Er gab sich den Namen Gregor IX., ein Wink, den der Kaiser wohl verstand. Einer seiner Vorgänger, Papst Gregor VII., hatte schließlich Kaiser Heinrich IV. den berühmten Gang nach Canossa abgerungen. Damals hatte der Kaiser im Büßerhemd und ohne Schuhe um Vergebung seiner Sünden flehen müssen. Ein Triumph, den der jetzige Papst zu wiederholen gedachte.
Papst Gregor sah grübelnd aus dem Fenster hinüber zur Lateranbasilika, die seit mehreren hundert Jahren neben der Basilika St. Peter die Macht der Kirche demonstrierte. Die Schönheiten Roms interessierten ihn nicht. Man wurde nicht Herrscher der Christenheit, indem man sich schwärmerisch in Bewunderung von Natur, Kunst oder Architektur verlor. Das Einzige, was Gregor von Herzen bewunderte, war die Majestät einer Kathedrale. Ansonsten bewegten sich seine Überlegungen in höchst weltlichen Kategorien, und die hießen Macht, Einfluss, Reichtum.
Letzteres galt selbstverständlich nicht für ihn persönlich. Nein, die geballte Kraft und Energie von Papst Gregor zielte auf den Ruhm der Kirche. Sie zu stärken, sie gegen vermeintliche und wirkliche Feinde zu verteidigen, das war der Antrieb, der ihn auch noch mit sechzig Tag für Tag die Geschicke der Kirche leiten ließ.

Feinde der Kirche – sie lauerten überall, und der schlimmste von allen hatte sich aufgemacht, den Kirchenstaat auf bedrohliche Art und Weise zu umklammern. Friedrich herrschte im Königreich Sizilien, dessen Grenzen bis kurz vor Rom reichten und direkt an das Patrimonium Petri stießen. Außerdem hatte er das Deutsche Reich jenseits der Alpen in seinen Machtbereich gebracht. Ausgerechnet Friedrich. Gregor kannte den Kaiser seit langem, und noch nie hatte er diesem Mann getraut. Im Gegenteil, jeder Gedanke an Friedrich versetzte ihn in Zorn. Ihm behagte weder der Lebenswandel des Kaisers noch der Umgang, den der Herrscher pflegte. Und er war fest entschlossen, ihm zu zeigen, dass die Schlüssel des Laterans endlich in starken Händen lagen.
Unwirsch drehte sich Seine Heiligkeit um und wandte sich an den Dominikanermönch, der eben in die privaten Räume des Papstes geführt worden war.
»Nun sprich endlich«, fuhr er den Mönch an. »Wird der Kaiser sein Kreuzzugsgelübde halten? Oder findet er wieder eine Ausrede?«
Der Dominikaner sah den Papst fragend an. »Eine Ausrede? Das würde der Kaiser nie wagen.«
»Willst du klüger sein als alle Kardinäle? Dieser Kaiser ist ein Meister der Winkelzüge. Er hat die Kirche schon zweimal hingehalten. Seit zwölf Jahren verspricht er den Kreuzzug.«
Papst Gregor nippte an einem silbernen Kelch mit Wasser. Es hatte keinen Sinn, dem Mönch Vorhaltungen zu machen. Ruhiger geworden, forderte er den Dominikaner auf, Bericht zu erstatten.
Der Mönch verbeugte sich kurz und begann: »Vor Brindisi lagern viele tausend Ritter, aber der Kaiser zögert noch.«
»Er zögert? Warum?«
»Wer weiß? Der Kaiser spricht nicht über seine Pläne, nicht einmal mit seinem Beichtvater. Aber sein Leibarzt Karim an-Nasir lässt Zelte für die Kranken errichten. Man sagt, die Männer haben Fieber.«

»Du meinst, Friedrich muss seine Pläne doch ändern?«
»Vielleicht.«
»Wir haben Juli«, sinnierte Papst Gregor, »der Kaiser muss sich beeilen. Die Menschenmassen werden den Sommer dort nicht überstehen. Gut, warten wir ab. Segelt er nicht spätestens im August, ist er erledigt.« Diese Aussicht hellte Gregors Stimmung schlagartig auf.
»Und wenn der Kaiser den Kreuzzug aufschiebt?«, fragte der Mönch und spürte einen Augenblick zu spät, welch grobe Unhöflichkeit er begangen hatte. Die Pläne Seiner Heiligkeit gingen ihn, einen einfachen Dominikaner, nun wirklich nichts an.
Doch ganz gegen seine Gewohnheit übersah Papst Gregor die plumpe Vertraulichkeit. Sein scharfer Verstand arbeitete bereits in höchster Konzentration und überschlug die Möglichkeiten, die sich der Kirche boten, falls Friedrich den Kreuzzug tatsächlich nicht antreten konnte. Verlockende Möglichkeiten, deren Auswirkungen die Welt verändern würden.
Papst Gregor IX. schenkte dem Mönch deshalb ein mildes Lächeln. »Dann«, antwortete er auf die Frage des Dominikaners, »dann werden wir den Kaiser bestrafen.«

Bianca wollte atmen und bekam keine Luft. Panik überfiel sie. Sie kämpfte verzweifelt, um wach zu werden. Jemand war über ihr. Jemand drückte etwas auf ihren Mund. Blind schlug sie um sich. In ihrer Kammer herrschte tiefste Finsternis. Normalerweise schien das Mondlicht durch die Fenster, doch am Abend hatte der heiße Sommertag ein heftiges Gewitter gebracht, und nun fiel der Regen aus dichten Wolken. Bianca hörte das Rauschen und spürte die Kühle, die ins Zimmer hereinzog.
»Hochmütiges Miststück«, keuchte eine Stimme. Hände zerrten an ihrem Leinenhemd und rissen an ihren langen blonden Haaren.

Bianca erstarrte vor Entsetzen. Sie hatte die Stimme erkannt. Am Abend, beim Festbankett, als die Diener einen Gang nach dem anderen auftischten und der schwere rote Wein aus dem Piemont in die Kelche floss, hatte dieser Mann neben ihr gesessen – Enzio Pucci, Graf von Tuszien.
Er wälzte sich auf sie und keuchte Schimpfworte, die Bianca nie gehört hatte. Sie wand sich unter seinem Körper, versuchte zu beißen, zu treten, mit aller Kraft von ihm freizukommen, doch er war stärker als sie.
Bianca verstand nicht, warum Giovanna ihr nicht zu Hilfe kam. Solange sie denken konnte, schlief die Amme bei ihr in der Kammer. Bianca lauschte verzweifelt nach einer Stimme, einer Bewegung, nach irgendeinem Lebenszeichen, aber sie hörte nichts. Nichts außer den heiseren Flüchen des Mannes und dem unaufhaltsam strömenden Regen.
Giovanna, wach auf, flehte Bianca stumm und spürte, wie die Kräfte sie verließen.
Plötzlich nahm der Mann seine schwielige Hand von ihren Lippen, Bianca öffnete keuchend den Mund, und im selben Moment spürte sie seine Zunge. Grob zwängte er sie zwischen ihre Zähne und stieß sie tief in ihren Rachen. Voller Ekel begann sie zu würgen, und er schlug ihr mit der rechten Hand ins Gesicht. Kurz und hart, wie er es bei widerspenstigen Mägden zu tun pflegte. Sein schwerer Siegelring traf ihre Wange und ließ die Haut aufplatzen. Bianca fühlte etwas Feuchtes in ihrem Augenwinkel, Tropfen, die über ihre Wangen liefen und schließlich auf ihren Lippen endeten. Sie schmeckten nach Blut.
»Du Hure«, stöhnte er. »Ich werde dir deinen Hochmut austreiben.«
Sein Geruch war unerträglich, eine Mischung aus feuchtem Tierfell und säuerlicher Milch. Bianca hatte den ganzen Abend unter diesem Gestank gelitten, und soweit es Höflichkeit und Gastfreundschaft zuließen, hatte sie sich von ihrem Tischherrn wegge-

dreht. Vom ersten Augenblick an hatte sie diesen Mann verabscheut. Er war grob und derb, und die Narbe, die quer über seine Wange lief, gab ihm einen grausamen Zug.

Einen Moment lang fragte sich Bianca, ob es möglich sein konnte, dass Giovanna noch schlief und jede Sekunde aufwachen würde. Dann formte sich ein schrecklicher Gedanke. Hatte Enzio Giovanna getötet? Er wird uns beide umbringen, dachte sie und gab alle Hoffnung auf. Ihre Muskeln erschlafften, ihr Körper wurde weich, Angst legte sich über ihr Denken, und ihr Widerstand schien gebrochen.

Der Mann über ihr spürte ihr Nachgeben, riss ihr das Leinenhemd über die Hüften und zwängte sich zwischen ihre Beine. Bianca hörte eine Frau weinen und erkannte ihr eigenes Schluchzen.

Ihr rechter Arm stieß an den Tisch neben ihrem Bett, ihre Hand fuhr rudernd durch die Luft und über die Platte. Sie fühlte etwas Weiches, ein Stück Seide für einen neuen Rock. Ihre Nägel kratzten über den tönernen Wasserkrug, und plötzlich spürte sie kaltes Metall. Die Schere. Die Schere aus Eisen, die Giovanna am Abend dorthin gelegt hatte. Sie erinnerte sich, dass sie zu stumpf zum Schneiden geworden war und einer der Knechte sie deshalb geschliffen hatte. Sie reckte sich, machte ihren Arm so lang wie möglich – dann lag die Schere in ihrer Hand. Und im selben Moment, in dem der Graf von Tuszien mit Gewalt in sie eindringen wollte, rammte sie ihm das spitze Eisen in den Rücken. Nur einen Wimpernschlag später stieß der Mann über ihr ein heiseres Röcheln aus, sein Körper bäumte sich auf, und dann brach er ohne einen Laut über ihr zusammen. Seine massige Gestalt drückte sie tief in das Stroh unter den Laken.

Bewegungslos blieb Bianca liegen und rang um jeden Atemzug. Dann versuchte sie sich aus der Umklammerung des leblosen Körpers zu winden, verfing sich aber in Enzios Mantel.

Noch immer strömte der Regen wie ein dichter Vorhang. Das gleichmäßige Rauschen half ihr, ruhiger zu werden. Sie holte tief

Luft, befahl sich, ihre Kräfte zu sammeln, und riss energisch an dem Manteltuch. Endlich spürte sie, dass sie freikam.
Tränen strömten ihr übers Gesicht. Auf allen vieren kroch sie über den Steinboden und tastete nach einer Kerze. Sie musste Giovanna finden, musste wissen, ob die Amme noch lebte.
»Giovanna«, flüsterte sie. »Wo bist du? Bitte, sprich mit mir.«
Nichts, nur das Wispern des Regens. Dann hörte sie es – ein leises gequältes Seufzen. »Giovanna«, hauchte sie. Bianca wagte nicht, sich zu bewegen. War es möglich, dass Enzio noch lebte?
Eine Hand berührte ihre Schulter, und ihre Panik kam zurück.
»Sei ruhig, meine Tochter«, flüsterte eine heisere Stimme, und Bianca fühlte sich schwach vor Erleichterung. »Cara mia, du hast eiskalte Hände, du zitterst.«
»Giovanna, der Herr möge mir vergeben, ich habe einen Menschen getötet.«
Bianca klammerte sich an ihre Amme, und beide Frauen sanken erschöpft auf den Boden. Ihre Kraft und ihr Mut waren verbraucht. Bianca rollte sich auf den harten Steinen zusammen, umfasste mit beiden Armen ihre Knie und begann wieder zu weinen. Und Giovanna, die erkannte, dass diese Nacht ihr Leben für immer verändert hatte, strich ihr zärtlich über das Haar.

Sie driftete auf einer warmen Woge, und der Engel hüllte sie in goldenes Licht.
»Fürchte dich nicht«, sagte der Engel und reichte ihr die Hand.
»Fürchte dich nicht, denn ich bin bei dir.«
Der Engel war prächtig gekleidet und hatte ein gütiges Gesicht. Er trug einen langen roten Mantel, und über seinem Kopf leuchtete ein heller Schein. Sie war sich sicher, dass sie ihm schon einmal begegnet war, aber sosehr sie sich auch bemühte, sie konnte sich nicht erinnern, wann und wo.
Der Engel reichte ihr die Hand, und sie ließ es zu, dass er sie auf die

Füße zog. Es fiel ihr schwer zu stehen, und doch wagte sie es nicht, sich auf den Engel zu stützen.

»Bianca«, raunte eine Stimme. »Bianca, wach auf.«

Hände rüttelten an ihren Schultern und klopften ihr sanft auf die Wangen.

»Lass mich, ich kann nicht«, murmelte Bianca und sah sich verzweifelt nach dem Engel mit dem leuchtenden roten Mantel um. Aber er war fort. Sie hielt die Hände schützend vor ihr Gesicht. Immer noch spürte sie leichte Schläge, besonders die linke Seite pochte schmerzhaft.

»Bianca, du musst aufwachen, du musst mir helfen.«

Ein Licht blendete sie, und jemand hielt ihr einen Krug kühles Wasser an die Lippen. Ganz langsam öffnete sie die Augen und erkannte im Schein einer brennenden Kerze ein vertrautes Gesicht – Giovanna. Die Amme tupfte ihr mit einem feuchten Lappen das Blut von der Wange.

»Dem allmächtigen Gott sei Dank«, flüsterte Bianca, »du bist noch bei mir.« Sie wollte Giovanna glücklich in die Arme schließen, doch diese zuckte vor Schmerz zusammen. »Was ist?«, fragte sie besorgt. »Bist du verletzt?«

Giovanna griff nach der Kerze und hielt sie hoch, damit das Licht auf ihr Gesicht fiel.

Bianca schloss entsetzt die Augen. »O mein Gott«, flüsterte sie. »Wir müssen den Medicus suchen. Sofort. Er ist hier auf der Burg. Einer der Ritter ist beim Turnier verwundet worden. Giovanna, du brauchst Hilfe. Dein Auge sieht schrecklich aus.«

»Ich weiß. Aber ich muss allein damit zurechtkommen. Wir dürfen niemanden holen.«

Bianca starrte ihre Amme an. Giovanna hatte recht. Wenn sie den Medicus um Hilfe baten, wie sollten sie eine Erklärung für Enzios Leiche finden?

Sie spürte rasende Kopfschmerzen und legte die Hände an die Schläfen. Denk nach, sagte sie sich, denk genau nach und mach jetzt keinen Fehler. Konnte sie ihren Bruder rufen? Würde er ihr helfen? Immerhin war Enzio in ihre Gemächer eingedrungen und hatte sie im Schlaf überfallen und sich dadurch eines Verbrechens schuldig gemacht. Aber nun lag Enzio tot in ihrem Bett. Erstochen von seiner zukünftigen Frau. Sie drückte ihre schmerzenden Hände fest auf ihre Stirn und schüttelte den Kopf. Nein, Manfred würde ihr nicht helfen. Im Gegenteil. Sie war die ungehorsame Schwester, die schon den ganzen Tag gegen die geplante Heirat aufbegehrt hatte. Sie hatte einen Ritter getötet, einen reichen, mächtigen Grafen. Wenn die anderen Enzios Leiche fanden, würde es einen Prozess geben.

Bianca wusste, dass die Männer, die über sie richten würden, kein Verständnis für Frauen hatten, die ihre Verteidigung selbst in die Hand nahmen. Möglicherweise würde man sie beide mit dem Tod durch das Feuer bestrafen, ganz sicher aber würde sie von ihrem Bruder verstoßen werden – nachdem man sie ausgepeitscht hätte. Sie zwang sich, ihre Kopfschmerzen zu vergessen, und rückte näher an Giovanna.

»Du bist die Weise von uns beiden. Und du hast wie immer recht. Kein Medicus, keine Hilfe. Wir müssen selbst entscheiden, was zu tun ist.«

Bianca nahm die Kerze und sah sich das misshandelte Gesicht ihrer Amme sorgfältig an. Enzio musste Giovanna brutal geschlagen haben. Vermutlich war sein Siegelring direkt auf ihren Augenwinkel geprallt, dort, wo die Haut zart und der Schädelknochen dünn war. Giovannas linkes Auge war bereits völlig zugeschwollen, ein dicker dunkelroter Striemen zog sich über ihre Schläfe, und unter dem Auge klebte geronnenes Blut. Sie strich ihrer Amme zart über die Wange.

»Ich bin froh, dass er tot ist. Er war ein Vieh.«

Giovanna schlug hastig das Kreuz und sah ihre Ziehtochter entsetzt an. »Sag so etwas nie wieder. Wir haben eine Sünde begangen, für die wir ein Leben lang büßen werden.«

»Ach Giovanna, wäre es besser gewesen, wenn er uns beide umgebracht hätte? Wenn ich sehe, was er dir angetan hat, sage ich: Zur Hölle mit ihm.«
Giovanna warf ihr einen erschrockenen Blick zu. Was sollte jetzt aus ihnen werden? Sie war alt und müde. Und wenn es ihr nicht gelingen würde, die Wunde an ihrem Auge mit Hilfe von Kräutern zu heilen, würde sie mit großer Wahrscheinlichkeit den nächsten Herbst nicht erleben. Sie seufzte und verdrängte Schmerz und Bitterkeit. Sie hatten anderes zu tun, als über ihre Wunden zu jammern. Giovanna entschied, ihr linkes Auge notdürftig mit einer Binde zu schützen und sich später um die Verletzung zu kümmern. Was sie jetzt am allernötigsten brauchten, war ein Plan.

Karim an-Nasir griff nach einer Ecke des weißen Tuches und zog es dem Mann über den Kopf. Neben ihm stand ein Pater der Zisterzienser, und Karim sah ihm ernst ins Gesicht.
»Der Mann ist tot«, erklärte der Sarazene. »Für ihn können wir nichts mehr tun. Seht zu, dass Ihr ihn schnell begrabt. Kein Körper darf in der sengenden Sonne liegenbleiben.«
Karim erkannte die Skepsis im Blick des Zisterziensers und ärgerte sich über so viel Borniertheit. Vermutlich fragte sich auch dieser Pater zum tausendsten Mal, was ein Ungläubiger wie er ausgerechnet in einem Kreuzfahrerheer trieb. Und mit derselben Wahrscheinlichkeit würde er sich wundern, warum der Kaiser des größten christlichen Reiches einen Sarazenen zu seinem Leibarzt gewählt hatte.
Karim wusste, dass einige der Ritter die Anwesenheit eines Dieners Allahs für ein schlechtes Omen hielten, und tatsächlich konnte inzwischen jeder sehen, dass der Kreuzzug Friedrichs II. unter keinen guten Vorzeichen stand. Tag für Tag glühte die Sonne von einem wolkenlosen Himmel, Männer wie der Zisterzienserpater, der aus einem Kloster jenseits der Alpen stammte, litten

Höllenqualen in der Hitze, nirgendwo eine wohltuende Brise, die den Geruch von Krankheit und Tod vertrieb. Dazu das Fieber, an dem bereits einige Männer gestorben waren.
Vielen Rittern graute vor der Überfahrt ins Heilige Land, denn dort sollte es noch heißer sein, aber alles war besser, als in dieser stinkenden Stadt zu verfaulen.
Karim an-Nasir verstand sich zwar nicht auf die Kunst des Gedankenlesens, aber die Ängste und Bedenken des Zisterziensers standen so deutlich auf seiner Stirn, dass selbst der größte Narr sie lesen konnte.
Der Sarazene fragte sich, warum die Menschen des Abendlandes nicht längst ausgestorben waren. Ihr medizinisches Wissen war auf einem Stand, der in der orientalischen Welt seit Jahrhunderten als überholt galt. Die Ärzte des Morgenlandes stützten sich auf das alte, überlieferte Wissen berühmter Heilkundiger aus Syrien, Persien oder Judäa.
Schon vor vierhundert Jahren hatte der persische Arzt Rhazes ein bahnbrechendes Buch über Pocken und Masern geschrieben. Karim hatte alle Abhandlungen, die sich mit Gesundheitspflege, Hygiene, Operationen und geheimnisvollen Fieberkrankheiten befassten, studiert. Er kannte die Bücher des berühmten Arztes Ibn Sina, den die Christen Avicenna nannten, ebenso wie die Werke von Abu`l-Qasim Halaf Ibn al-Abbas, dem Leibarzt zweier Kalifen in Córdoba.
Die Christen dagegen, dachte er verächtlich, vertrauen darauf, dass ihre Priester sie gesund beten. Ihre Medici bekamen von der Kirche strenge Auflagen, und die Wissenschaft geriet immer mehr ins Visier der Mönchsorden. Mit Sorge hatte Karim von den Inquisitoren der Dominikaner gehört, die durch das Land zogen und Menschen zum Tod auf dem Scheiterhaufen verurteilten. Darunter auch solche, die sich mit den Grenzen des Wissens nicht abfinden wollten.
Karim hoffte von ganzem Herzen, dass er niemals und unter kei-

nen Umständen verletzt in die Hände eines christlichen Medicus fiel. Lieber wollte er im Kampf einen schnellen Tod sterben als unter Aufsicht eines dieser Barbaren qualvoll dahinsiechen.
Dass er überhaupt mit ins Heilige Land zog, lag an seiner tiefen Freundschaft zu Friedrich. Der heute so mächtige Kaiser hatte sich als Kind in den Gassen von Palermo nicht eben wie der Sohn eines Königs benommen. Mehr oder weniger lebte er wie ein Streuner und fand Freunde in christlichen und muslimischen Familien. Als Karim und Friedrich sich kennenlernten, waren beide zehn Jahre alt. Friedrich sprach bereits perfekt Arabisch. Über zwanzig Jahre hielt jetzt ihre Freundschaft, und der Sarazene bewunderte Friedrich mehr denn je.
Es gab wenige Menschen, denen der Kaiser wirklich vertraute – Karim war einer davon.
Der Sarazene straffte seine Schultern und wandte sich an den Pater: »Holt Euch so viele Helfer, wie Ihr braucht, und gebt allen Männern, die Fieber haben, jeden Tag neue Wäsche. Die Pritschen und die Strohsäcke brauchen jeden Morgen neue Laken. Stirbt einer der Männer, wird seine Wäsche verbrannt. Habt Ihr verstanden?«
»Aber wie soll das gehen? Woher soll ich so viele Tücher beschaffen? Das ist Verschwendung. Kein Mensch braucht jeden Tag ein neues Betttuch.«
Karim führte den Zisterzienser durch die Reihen der Kranken. »Seht her. Dieses Tuch hier ist blutig und verdreckt. Es stinkt nach Fäulnis und Exkrementen. Es muss sofort ausgetauscht werden. Achtet mit Euren Helfern auf makellose Sauberkeit. Wenn es sein muss, holt Ihr die Tücher aus den Häusern der wohlhabenden Bürger von Brindisi.« Er wandte sich ab, um das Zelt zu verlassen, drehte sich aber ein letztes Mal zum Pater um. »Ach, Pater Ruggiero, ehe ich es vergesse, dies ist ein Befehl des Kaisers.«
Karim lächelte leicht, als sich das Gesicht des Zisterziensers missmutig verzog.

Zur Hölle mit ihm«, wiederholte Bianca und riss ein Stück von ihrem zerfetzten Nachthemd ab, um Giovannas blutiges Gesicht zu säubern.

»Wir müssen fliehen, auf der Burg sind wir nicht mehr sicher. Wenn man entdeckt, was geschehen ist, wird man uns gefangen nehmen. Und wir müssen Enzio verschwinden lassen.«

Die Amme wimmerte vor Schmerz, als Bianca notdürftig die Wunde an ihrem Auge verband. Aber Giovanna hatte schon größere und schlimmere Pein erduldet als diesen Schlag an die Schläfe. Sie wusste, dass sie die Schmerzen aushalten konnte: Und für Bianca hätte sie alles ertragen.

Giovanna stimmte ihrer Ziehtochter zu. Es gab keine andere Möglichkeit als die Flucht. Doch wie und vor allem wo sollten sie den Leichnam des Grafen von Tuszien verstecken?

Bianca betete, dass der Regen nicht aufhören möge, so dass sie den dichten Vorhang aus feinen Wassertropfen zu ihrem Vorteil nutzen könnten. Und sie hoffte, dass alle anderen Männer in der Burg – vor allem aber ihr Bruder – vom Wein berauscht tief und fest schliefen.

Rasch überschlug sie verschiedene Möglichkeiten. Die Gemächer der Frauen befanden sich in einem Anbau, etwas abseits der Befestigungsanlagen der Burg. Da Bianca die einzige gräfliche Dame im Haushalt ihres Bruders war, bewohnte sie das oberste Stockwerk des Anbaus allein. Manfreds Privaträume lagen unter den ihren, alle anderen Ritter schliefen in den Kammern, die direkt an die Befestigungsanlagen angrenzten.

Um die Burg unbemerkt verlassen zu können, müssten die Frauen nicht nur einen gefahrlosen Weg aus dem Wohnturm der gräflichen Familie finden, sondern sich über den Burghof an den Pferdeställen und den Hunden vorbeischleichen, um dann durch eines der Tore zu schlüpfen.

Unmöglich, dachte Bianca verzweifelt, das können wir nicht schaffen.

Und Enzio? Wie sollen zwei Frauen einen großen, schweren Mann durch die Gänge schleifen, ohne dass einer der anderen erwachen würde?

»Giovanna«, flüsterte Bianca, »es geht nicht. Ich sehe keinen Weg zur Flucht.«

»Es gibt immer einen Weg. Wir müssen ihn nur finden. Und das schnell, denn wenn der Morgen graut, haben wir keine Chance mehr.«

Bianca nahm die Kerze und erhob sich mühsam von dem Steinboden. Sie spürte jeden Muskel, ihre Arme schmerzten, ihre Wange fühlte sich wund an.

In der Burg herrschte Totenstille, und auch draußen schien die Natur den Atem anzuhalten. Noch sang kein Vogel, bellte kein Hund. Mit der brennenden Kerze schritt sie durch ihr Zimmer zu der schmalen Holztür, durch die man in einen Gang gelangte, den nur wenige Menschen betreten durften. Der Gang führte direkt zu dem privaten Abtritt der Grafenfamilie an der Außenseite der Burgmauern. Von hier aus mündete der Latrinenabfluss in einen tiefen und übel riechenden Teil des Burggrabens.

Der Abtritt hatte ein etwas größeres Fenster als andere Kammern der oberen Burgstockwerke, damit der Gestank durch ständige frische Luft vertrieben wurde.

Bianca öffnete vorsichtig die Tür und schlich, ohne ein Geräusch zu machen, in den Gang, dann hinüber zu der Kammer, in der die gräfliche Familie ihre Notdurft verrichtete.

»Es wäre möglich«, flüsterte sie. »Es wird nicht leicht sein, aber wir müssen es versuchen.«

Ebenso lautlos, wie sie gekommen war, huschte sie zurück in ihre Kammer, wo Giovanna nervös auf sie wartete.

»Schnell, lass uns Enzio in meinen alten Wandteppich wickeln. Wir ziehen ihn vorsichtig über den Gang.«

»Und dann?«, fragte Giovanna mit zitternder Stimme. »Was machen wir dann mit ihm?«

»Dann werfen wir ihn in den Burggraben.«
Giovanna sah ihre Ziehtochter mit stummem Entsetzen an. Einen Toten den Latrinenabfluss hinunterrutschen lassen? Niemals würde ihr der Himmel vergeben.
»Giovanna, wir haben keine andere Wahl. Willst du ihn hier liegenlassen? Komm, hilf mir.«
Die beiden Frauen zerrten den Wandteppich aus dem Schrank, der früher Biancas Zimmer schmückte und erst vor zwei Jahren von einem herrlichen Gobelin – einem Geschenk ihrer Tante mütterlicherseits – ersetzt worden war.
Bianca betrachtete ihn einen Moment lang mit Wehmut, dann begann sie Enzios toten Körper in den Teppich zu wickeln. Das Blut aus seiner Wunde hatte inzwischen ihr Bett völlig besudelt. Sie nahm Laken und Decke und band beide um Enzios Beine.
Gemeinsam rollten sie die Leiche des Grafen von Tuszien in den bestickten Teppich und begannen ihre Last langsam über den Steinboden zu zerren.
Stück für Stück kamen sie der Holztür näher. Bianca hielt ihr Ohr an die Tür und konzentrierte sich auf jedes noch so kleine Geräusch.
Nichts. Sie winkte Giovanna, die in ihrer linken Hand die Kerze hielt, zu sich und schob vorsichtig die Tür auf. Unsicher sah sie sich nach Giovanna um. Irgendetwas hatte sich verändert. Irgendetwas stimmte nicht. Auch die Amme schien das zu spüren, und die beiden Frauen blieben nervös stehen.
»Es hat aufgehört zu regnen«, flüsterte Giovanna.
Tatsächlich war das beruhigende Wispern des Wassers einer absoluten, beängstigenden Stille gewichen.
»Schnell«, drängte Bianca. »Wenn sich die Wolken verziehen, wird es bald hell sein. Mit dem ersten Licht sind auch die Knechte auf den Beinen.«
Mit aller Kraft zogen sie Enzios massigen Körper über den Gang in

den Abtritt und stießen und schoben ihn gemeinsam durch die Fensteröffnung in den Latrinenabfluss.

Sie hörten, wie sein Leichnam die Burgmauern entlangrutschte, schneller und schneller wurde und schließlich in dem fauligen Wasser des Burggrabens aufschlug.

Mit bleichen Gesichtern eilten die Frauen zurück in Biancas Kammer.

Bianca sah an ihrem zerrissenen Nachthemd hinab und zog ein einfaches Kleid aus dem Schrank.

Die Zeit wurde knapp, durch das Fenster fiel das erste Licht des neuen Tages.

Lorenzo warf dem Falken ein Stück rohes Fleisch zu, das der Vogel aus der Luft schnappte. Ein schönes Tier, dachte er bewundernd. Vornehm, stolz und über die Maßen klug. Dieser Falke war mit Abstand der beste Jäger, den Lorenzo je ausgebildet hatte. Ihm entkamen kein Fasan und auch kein Hase. Der Falke gehörte der Gräfin Lancia, und Lorenzo hatte strengen Befehl, ihn nur mit dem Besten zu versorgen.

Wenn ein Falke neu abgerichtet wurde, gewöhnte Lorenzo ihn zuerst an die Anwesenheit eines Menschen. Immer wenn der Vogel gefüttert wurde, sang er ihm ein Lied vor, so dass das Tier den Klang der menschlichen Stimme allmählich mit dem Vorgang des Fütterns in Verbindung brachte. Der Falke bekam ein Hühnerbein oder Eier, die in Milch gekocht wurden. Meist fütterte Lorenzo zugleich auch die Hunde zu Füßen des Falken, denn die Tiere sollten sich aneinander gewöhnen. Bis ein Falke so abgerichtet war, dass er kleinere und größere Beuten jagen konnte, verging viel Zeit, und Lorenzo war stolz wie ein Vater, dessen Sohn ein guter Kämpfer geworden war, wenn seine Falken so weit waren, dass er mit ihnen auf der Faust ein Pferd besteigen konnte.

In der Voliere roch es nach Fleisch und Aas. Lorenzo liebte diesen

Geruch. Die Gitter der großen Vogelkäfige waren mit Greifen und Adlern verziert, schon vor vielen Jahren von kunstfertigen Schmieden geschaffen. Lorenzo polierte die Vogelfiguren, so gut es ging, doch die ehemals brillanten Arbeiten aus Eisen hatten Sonne, Regen und dem Schnee im Winter Tribut zollen müssen. Drei Falken lebten in der Voliere. Früher einmal waren es mehr als zehn gewesen. Biancas Vorfahren hatten die Vögel für die Jagd gezüchtet und beachtliche Erfolge erzielt.

Lorenzo seufzte. Sein Herr, Graf Manfred, war kein großer Freund der kostbaren Vögel, ja, er vermutete sogar, dass sich Manfred vor ihnen fürchtete. Ein Gedanke, den er niemals und unter keinen Umständen aussprechen würde. Wie in jedem adligen Haushalt hatten auch in dieser Burg die Wände Ohren, und irgendein intriganter Ritter würde nicht zögern, dem Grafen von Lorenzos Respektlosigkeit zu erzählen. Ein Schauer lief ihm über den Rücken. Eingedenk Manfreds unberechenbarer Launen war sein Tod in diesem Fall eine sichere Sache. Und es würde kein leichter Tod sein. Er erinnerte sich mit Schrecken an die Leiden eines der Knechte, dem Manfred die Zunge herausschneiden ließ. Und das wegen eines weit geringeren Vergehens als der Vermutung, Graf Lancia könne sich vor einem Tier fürchten.

Der Vogel hörte auf, kleine Fetzen aus dem Fleisch zu reißen, und drehte aufgeregt den Kopf. Lorenzo, der früh am Morgen die Falken immer allein versorgte, fragte sich, was das Tier gehört haben könnte, und sah von der Voliere hinüber zur Holzpforte, die in diesen ein wenig abgelegenen Teil der Burganlage führte. Er erwartete einen der Knechte und war umso erstaunter, als er seine Tante Giovanna entdeckte, die vorsichtig an einer Hecke entlangschlich. Lorenzo gab dem Falken den Rest seiner Morgenmahlzeit, schloss die Volierentür und lief Giovanna entgegen.

»Tante Giovanna, um Gottes willen, was ist passiert? Ihr seid verletzt. Was ist mit Eurem Auge?«

Giovanna legte den Zeigefinger auf die Lippen und bedeutete ihrem Neffen zu schweigen. Schnell zog sie ihn hinter ein dichtes Gebüsch und flüsterte: »Lorenzo, bitte stell jetzt keine Fragen. Ich erkläre dir alles später. Aber du musst uns helfen. Sofort!«

»Uns?«

»Bianca und mir.«

Lorenzo erschrak. »Ist die Gräfin auch verwundet?«

»Nein, nein«, beruhigte ihn Giovanna. »Aber wir müssen die Burg verlassen. Du bist der Einzige, der uns bei der Flucht helfen kann.«

Lorenzo sah seine Tante eindringlich an. »Wovon redet Ihr? Warum müsst Ihr fliehen? Tante Giovanna, bitte, sagt mir, was geschehen ist.«

»Dazu habe ich keine Zeit. Wir müssen schnell handeln. Bevor die Ritter ihren Rausch ausgeschlafen haben.«

»Aber wie kann ich Euch helfen?«

»Hör zu, das ist der Plan. Du sattelst drei Pferde, Biancas Rappen und die beiden braunen Stuten. Versteck unter deinen Kleidern zwei Säcke, damit ihr später Lebensmittel einpacken könnt. Nimm jetzt noch keine Vorräte mit. Komm mit den Pferden zum kleinen Tor an der Nordseite des Eingangs. Und beeil dich, die Zeit läuft uns davon.«

»Für wen ist das dritte Pferd?«

»Für dich. Du wirst uns begleiten.«

Giovanna wandte sich ab und ließ ihren Neffen voller Angst und ratlos zurück. Etwas Schreckliches musste geschehen sein. Seine Tante – das hatte er trotz der Augenbinde erkannt – war schwer verletzt. Und was war Bianca zugestoßen?

Wie die gesamte Dienerschaft wusste auch Lorenzo, dass der Graf von Tuszien, der seit gestern mit seinem Gefolge zu Gast war, eine Frau suchte. Ausgerechnet dieser brutale Schläger sollte die schöne Bianca Lancia bekommen. Lorenzo kannte die Geschichten der Mägde, die das Pech hatten, Enzio Puccis Lust zu wecken. Keine Frau, dachte Lorenzo, hat es verdient, diesen Mann erdulden zu müssen.

Doch für Grübeleien war jetzt nicht die richtige Zeit. Giovanna hatte keinen Zweifel daran gelassen, dass jeder Augenblick zählte. Lorenzo lief hinüber zu den Ställen und lugte vorsichtig durch die Tür. Er hatte Glück. Bis auf Pietro, einem geistig etwas zurückgebliebenen Pferdepfleger, war der Stall leer. So schnell wie möglich suchte er Sattel und Zaumzeug von Biancas hochbeinigem schwarzem Hengst zusammen und führte den Rappen sowie zwei der ruhigeren Stuten zum Sattelplatz.

Pietro, der einen herrlichen Schimmel striegelte, warf ihm einen Blick zu. »He, Lorenzo, pflegst du statt der Falken jetzt die Pferde? Oder willst du ausreiten?«, fragte er kichernd.

»Weder noch, Pietro«, beschwichtigte Lorenzo. »Die Gräfin wünscht, dass sich ihr Pferd ein wenig bewegt. Ich weiß nicht, wer von den Rittern den Rappen reiten wird.«

»Da bist du zu früh dran. Ich habe das Schnarchen bis in den Hof gehört. Die Männer schlafen noch.«

Lorenzo lachte, winkte Pietro kurz zu und führte die Pferde aus dem Stall. Langsam machte er sich auf den Weg zur nördlichen Pforte, als ihm einfiel, dass er die Säcke vergessen hatte. »Hölle und Pocken«, fluchte er, doch noch einmal in den Stall zurückzugehen war zu gefährlich. Selbst Pietro würde Verdacht schöpfen. Er beschloss, sich über sein Versäumnis keine weiteren Gedanken zu machen. Er würde später nach einer Lösung suchen. Als er die Pforte erreicht hatte, warteten Bianca und Giovanna bereits im Schutz einer vorspringenden Mauerecke.

Giovanna nahm ihn rasch dankbar in die Arme. »Ich wusste, dass ich mich auf dich verlassen kann. Hat dich jemand gesehen?«

Lorenzo nickte.

»Leider. Aber zum Glück nur Pietro. Schnell, lasst uns das Tor öffnen, bevor uns jemand hier entdeckt.«

Die Gräfin stand blass und stumm neben seiner Tante, und Lorenzo fragte sich, welches Grauen ihr vergangene Nacht begegnet sein mochte. Ihre sonst so fröhlichen braunen Augen sahen stumpf

an ihm vorbei, ihre Lippen zitterten, auf der Wange hatte sie einen Riss und einen hässlichen dunklen Fleck.
Lorenzo spürte eine Gänsehaut, als seine Phantasie die Versatzstücke zaghaft zusammensetzte. Er wagte es nicht, nach dem Grafen von Tuszien zu fragen, aber wenn das, was er befürchtete, der Wahrheit entsprach, dann stand ihnen ein langer, gefahrvoller Weg bevor.
Gemeinsam drückten sie die schwere Holzpforte auf und führten die Pferde zur Brücke über den Burggraben. Normalerweise war der Zugang bewacht, doch offensichtlich war Manfred vor lauter Glückseligkeit über den gelungenen Brauthandel sorglos geworden. Niemand hielt die kleine Gruppe auf.

Der Falke krallte sich an seine Lieblingsstange und stieß schrille, heisere Schreie aus. Pietro wunderte sich, dass Lorenzo nicht kam, um den Vogel zu beruhigen. Er mochte Lorenzo, einer der wenigen Männer auf der Burg, die immer freundlich zu ihm waren.
Pietro hatte keine Familie, an seine Eltern konnte er sich nicht erinnern, und Geschwister hatte er nie gekannt.
Schon als kleiner Junge vor zwanzig Jahren war er auf die Burg gekommen, und eine der Mägde hatte ihn aufgezogen. Seit er sechs Jahre alt war, arbeitete Pietro für seinen Lebensunterhalt. Zuerst hatte er den Viehhirten geholfen, später, als er kräftiger wurde, war er für das Ausmisten der Ställe zuständig.
Pietro lebte mehr oder weniger in den Ställen. Jetzt, im Sommer, schlief er in irgendeiner Ecke des Burghofs draußen an der frischen Luft. Im Winter, wenn die Nächte im Piemont zugig und eisig wurden, blieb er bei den Pferden, genoss die Wärme der Körper und versuchte im Stroh ein winziges Stück Bequemlichkeit für seinen schlimmen Rücken zu finden.
Sein Rückgrat war seit vielen Jahren krumm. Die Knochen schmerzten, und an Regentagen war jede Bewegung eine Qual.

Manchmal kam die alte Amme der Gräfin, um ihm einen Kräutertrank zu bringen. Ein schauerliches Gesöff, dunkel und bitter, das er kaum hinunterbrachte, aber dann doch für ein paar Tage Linderung verspürte.

Mit Ausnahme von Giovanna und Lorenzo kümmerte sich niemand um ihn. Sein verkrüppelter Rücken, das verfilzte Haar und die stinkenden Lumpen, die er Tag für Tag trug, machten ihn einsam.

Auch wenn ihm das Denken schwerfiel, so bemühte er sich jetzt doch, einen Sinn in Lorenzos ungewöhnlichem Verhalten zu finden. Noch nie hatte er gesehen, dass dieser den ungebärdigen Rappen der Gräfin Lancia gesattelt hatte. Lorenzo war Falkner, und zwar einer der besten. Die Pferdeställe betrat er nur selten.

Pietro beschloss, sich auf die Suche nach Lorenzo zu machen, sobald er die stinkenden Kübel zum Burggraben gebracht hatte. Diese Aufgabe überließen die anderen grundsätzlich ihm. Keiner wollte die Eimer mit den übel riechenden Hinterlassenschaften der Ritter dorthin schleppen, wo auch der Abtritt der Grafenfamilie in das brackige Wasser mündete.

Der Gestank wurde stärker, je näher er dem Graben kam. Pietro ließ sich trotzdem Zeit. Hier würde ihn niemand stören, und er gönnte sich regelmäßig ein paar Augenblicke der Muße, um seine müden Muskeln auszuruhen.

Er kippte den Inhalt der beiden Kübel in die dunkle Brühe, setzte sich nicht weit vom Ufer ins Gras und starrte auf die mächtige Mauer, die nicht weit von ihm steil in die Höhe ragte. Gras wuchs hier und da auf den Steinen, auf einem Vorsprung hatten sich Vögel ein Nest gebaut. Im Graben entdeckte er Wellenbewegungen, die auf die Anwesenheit von Wasserratten schließen ließen. Ein Anblick, der ihn wie immer beruhigte.

Er musste eingenickt sein, denn ein Geräusch ließ ihn aufschrecken. Ein wenig benommen rieb er sich die Augen und sah sich um. Da war es wieder, es kam aus dem Wasser.

Pietro setzte sich auf und ließ seinen Blick langsam über den Graben gleiten. Noch hatte er nichts Ungewöhnliches entdeckt, aber er hörte es jetzt ganz deutlich – ein leises Plätschern, als ob etwas auf dem Wasser schaukeln würde.
Da Pietro nicht zu den ängstlichen Menschen gehörte und sein beschränkter Geist selten Ausflüge in phantastische Träumereien unternahm, trat er furchtlos ans Ufer – und sah eine Hand.
»Jesus, Maria und Josef.« Pietro machte unwillkürlich einen Schritt rückwärts, bekreuzigte sich und hätte fast das Gleichgewicht verloren, als er mit der Ferse über ein Grasbüschel strauchelte.
In dem stinkenden Wasser schwamm ein Mensch. Rasch ließ sich Pietro auf die Knie nieder, kroch zum Rand des Grabens, ergriff die Hand und begann mit aller Kraft an dem Körper zu ziehen. Trotz seines verkrümmten Rückens war er ein kräftiger, muskulöser Mann, doch selbst er hatte Mühe, den massigen Körper aus dem Wasser zu heben. Der Mann war in einen Wandteppich gewickelt, seine Augen waren geschlossen, seine Haut unter dem Schmutz wachsweiß.
»O Gott im Himmel, er ist tot«, jammerte Pietro und rollte den Mann durch das Gras, um ihn von dem Teppich zu befreien. Er rüttelte an den Schultern und drehte den leblosen Körper hin und her.
Plötzlich nahm er erschrocken seine Hände von ihm. »Ein Dämon«, flüsterte er entsetzt. »Ein Dämon der Hölle.«
Der Körper bewegte sich, begann zu husten, krampfhaft zu würgen und spie einen übel riechenden Schwall Wasser aus.
Pietro wagte es nicht, den Mann noch einmal anzufassen, sprang auf die Füße und rannte, so schnell er konnte, davon.

Als Bianca die Augen aufschlug, versank die Sonne hinter den Hügeln. Ein glühender Ball in Orange berührte erst zaghaft die Wipfel der Bäume, schien dann Äste und Blätter in Brand zu setzen, war kurze Zeit später hinter dem Horizont verschwunden und ließ die abendliche Landschaft in einem gedämpften Grau zurück.

Bianca war jedes Mal fasziniert von dem Wechsel der Farben, von den Veränderungen des Lichts. Sie wusste, dass jetzt die Vögel aufhören würden zu singen, dafür aber die Jäger der Nacht erwachten. Nicht mehr lange, und sie würde den heiseren Schrei einer Eule hören, vielleicht das Heulen eines Wolfs.

Sie hatte den größten Teil des Nachmittags geschlafen, und die Erschöpfung, die noch am Morgen wie Blei auf ihr gelastet hatte, war einer neuen Kraft gewichen.

Den ganzen Tag waren sie ungehindert vorangekommen, dann hatten sie das Haus des Tuchmachers erreicht. Giovanna hatte sie gemeinsam mit Lorenzo auf verschwiegenen Wegen in einem großen Bogen um die Dörfer in der Nähe der Burg herumgeführt. Sie hatten aus Bächen getrunken und Beeren gegen den Hunger gesammelt. Mittags, als die Sonne am höchsten stand, hatten sie sich im Wald versteckt und im Schatten ausgeruht. Anschließend waren sie weitergezogen, über schmale Pfade durch dichten Wald.

Schon nach wenigen Stunden hatte Bianca die Orientierung verloren und verließ sich voll und ganz darauf, dass Lorenzo und Giovanna den Weg nicht verfehlen würden. Und als sie endlich ihr erstes Ziel erreicht hatten, war Bianca todmüde auf das einfache Strohlager gesunken, das der Tuchmacher ihnen anbot, und in einen tiefen und traumlosen Schlaf gefallen.

Zum ersten Mal seit ihrer Ankunft nahm sie sich Zeit für ihre Umgebung. Sie lag auf einem Strohsack in einer Ecke eines mittelgroßen Raums. An der gegenüberliegenden Wand stand ein Tisch mit einer einfachen Bank, weiter links entdeckte sie einen Backofen. Aber was ihre Neugier am meisten reizte, waren die großen Kübel mit Wolle und die Kämme aus Horn und Metall auf dem Tisch. Sie hatte noch nie die Werkstatt eines Tuchmachers betre-

ten, und sie fragte sich, ob ein Teil ihrer Garderobe in ebendiesem Raum entstanden war.
Bianca hörte eine Tür ins Schloss fallen, stand eilig auf, wusch sich Gesicht und Hände in einer Schüssel mit angenehm kühlem Wasser, zupfte das Stroh von ihrem Kleid und machte sich auf die Suche nach den anderen. Aus dem Stall drang das leise Schnauben der Pferde, dann vernahm Bianca gedämpfte Stimmen und Bruchstücke einer Unterhaltung.
»Hier seid ihr nicht sicher«, sagte ein Mann. »Manfred Lancia wird euch verfolgen und jagen wie einen tollwütigen Eber. Wenn er euch findet, enden wir alle auf dem Scheiterhaufen.«
Bianca erkannte Giovanna, die ihm antwortete. »Du hast recht, Emilio, wir bringen euch alle in Gefahr. Ich danke dir, dass wir bei dir ausruhen durften und wieder zu Kräften kommen konnten, aber noch heute Nacht ziehen wir weiter.«
»Und wohin wollt ihr euch wenden?«, fragte Emilio eindringlich. »Du bist verwundet und brauchst dringend Pflege. Die Gräfin ist viel zu jung und zu schön, um gefahrlos durch das Land zu reiten. Wir haben unsichere Zeiten. Und wenn sich im Land herumspricht, dass Manfred Lancia euch sucht, dann ist Bianca Freiwild für jeden Söldner.«
Bianca betrat den Stall und wandte sich an Emilio, den Tuchmacher. »Habt Ihr einen Plan oder nur Einwände?«
Beide, Giovanna und Emilio, sahen Bianca überrascht an. Emilio fasste sich als Erster.
»Ich habe keinen Plan, leider. Aber ich weiß, dass Ihr so nicht reisen könnt. Und selbst wenn Lorenzo Euch begleitet – ein Mann allein reicht zu Eurem Schutz nicht aus. Ihr würdet nicht einmal bis an die Küste nach Venezien kommen.«
»Das ist wahr«, sagte Lorenzo, der einen großen Kübel Wasser für die Pferde schleppte. Alle Augen richteten sich auf ihn. »Hört meinen Vorschlag. Giovannas Wunde muss ausheilen, und deshalb bringt Emilio sie ins Haus der Albigenserinnen in Turin. Eine

der Frauen, Berengaria, stammt aus dem Languedoc und ist eine berühmte Heilkundige. Sie wird meiner Tante helfen. Ich bleibe bei der Gräfin und begleite sie so lange, bis sie vor ihrem Bruder in Sicherheit ist.«

Emilio sah Lorenzo skeptisch an. »Was ist, wenn ihr in die Hände von Soldaten fallt? Bianca ist eine kostbare Beute.«

»Keine Angst, wir reisen im Schutz der Kirche.« Lorenzo hielt zwei dunkle Gewänder aus grobem Tuch hoch. »Wir reisen als Pilger.«

»Ach Lorenzo, Bianca wird nie in Sicherheit sein«, murmelte Giovanna. »Ihr Bruder wird sie bis ans Ende der Welt jagen.«

»Aber er wird mich nicht finden«, erwiderte Bianca voller Zuversicht. »Ich weiß jetzt, wo wir Schutz finden. Wir gehen nach Apulien.«

»Nach Apulien?«, stieß Giovanna ungläubig hervor.

»Zur Äbtissin im Kloster der Ehrwürdigen Schwestern von Bari. Erinnere dich, Giovanna. Clara von Siena ist eine alte Freundin meiner Mutter. Du hast mir selbst erzählt, wie sehr sie damals gelitten hat, als meine Mutter starb. Und in all den Jahren hat sie mir immer wieder Briefe geschrieben.«

»Gütiger Himmel«, stöhnte Lorenzo, »wie sollen wir jemals bis Apulien kommen?«

»Wir nehmen ein Schiff Richtung Brindisi«, antwortete Bianca.

Der Medicus seufzte und blickte konzentriert auf die Flamme, die die Messerklinge langsam zum Glühen brachte. Der Mann, der vor ihm auf dem Tisch lag, war so gut wie tot, und nach dem Gestank, den er verströmte, zu urteilen, hatte er bereits einen Abstecher in die Hölle hinter sich. Der Medicus rümpfte die Nase und unterdrückte ein Würgen. Der Geruch war unerträglich. Er kroch in die Kleider, in die Haare, die Nase und legte sich auf die Zunge. Später, nahm er sich vor, würde er Salbei gegen den schlechten Geschmack kauen.

Er hatte in seinem Leben zu viel gesehen, um sich von einem verletzten Ritter aus der Ruhe bringen zu lassen. Mit dem Heer des Grafen Simon de Montfort war er gegen die Albigenser ins Languedoc gezogen. Er hatte verstümmelte Ritter beim Sterben erlebt, hatte halb abgetrennte Gliedmaßen ganz entfernt und die Männer schreiend vor Schmerz und Verzweiflung verbluten sehen. Für den Rest seines Lebens hatte er genug verkohltes Fleisch von den Scheiterhaufen, auf denen man die Albigenser verbrannte, gerochen. Ritter töteten für das Kreuz, und sie starben für das Kreuz. Er würde diesen hier behandeln wie alle anderen auch. Die Wunde musste gesäubert und ausgebrannt werden, dann würde er sie verbinden und Umschläge gegen das Fieber anbringen. Alles Weitere lag in Gottes Hand. Er warf dem Grafen Lancia einen kurzen Blick zu.

»Ihr könnt ihn jetzt festhalten. Das Messer ist heiß genug. Auch wenn er bewusstlos ist – ich brauche zwei kräftige Männer.«

»Du, Pietro, komm her. Du hast ihn gefunden, vielleicht bringst du ihm jetzt auch Glück. Halte seine Beine. Ich selbst nehme ihn bei den Schultern.«

Dem Medicus war die unterdrückte Wut in der Stimme des Grafen nicht entgangen. Er wusste natürlich, dass der stinkende Körper unter seinen Händen Enzio Pucci, Graf von Tuszien, gehörte, dem Mann, dem die schöne Schwester des Grafen Lancia versprochen war.

Dem Fest, das gestern zu Ehren Enzios gefeiert worden war, verdankte er immerhin ein großes Stück Kapaun, einen Braten, den er sich schon lange nicht mehr geleistet hatte. Ansonsten hatte er am Krankenlager eines anderen verletzten Ritters Wache gehalten und konnte sich keinen Reim darauf machen, wie ausgerechnet der mächtige Graf von Tuszien mit einer Stichwunde im Rücken in die stinkende Kloake im Burggraben gekommen war.

»Ich brenne die Wunde jetzt aus«, sagte der Medicus und schnitt mit der glühenden Klinge in Enzios Fleisch. Leider war dessen

Ohnmacht nicht so tief, wie der Medicus gehofft hatte, und er bäumte sich wie im Krampf auf. Er stieß ein tiefes Stöhnen aus, dann erschlafften seine Muskeln, und Enzio fiel in die tiefe Besinnungslosigkeit, die der Medicus ihm für die Behandlung gewünscht hatte.

»Hast du ihn umgebracht?«, fuhr ihn Manfred Lancia an, der keinen Grund sah, Enzios Schultern länger zu halten. Nervosität entlud sich in Zorn, und der Medicus spürte, wie sich Manfreds Besorgnis über den Zustand des Grafen von Tuszien in eine unverhüllte Drohung ihm selbst gegenüber wandelte. In diesem Moment wusste er, dass Enzios Tod auch den seinen bedeuten würde.

»Er lebt«, beruhigte er den Grafen. »Und wenn Gott es will, wird er weiter leben.«

»Dann bete zum Himmel, dass es so kommt. Du stehst in dem Ruf, vielen Rittern geholfen zu haben. Sieh zu, dass Enzio gesund wird.« Manfred warf dem Medicus einen warnenden Blick zu. »Stirbt er, wirst du die Burg nicht mehr verlassen.«

Kalte Furcht kroch dem Medicus über den Rücken, und seine Hände zitterten leicht, als er eine Kompresse aus gezupften Leinenfasern in Rotwein tränkte und auf die Verletzung des Grafen von Tuszien drückte.

Als das Blut notdürftig gestillt war, befeuchtete er einen einfachen rechteckigen Leinenlappen mit Rosenöl, legte ihn auf die gesäuberte Wunde und bedeckte ihn mit einem Stück Wolle. Auch darauf träufelte er vorsichtig ein paar Tropfen Rosenöl, faltete dann ein Leinentuch zu einer Kompresse, die er mit einer Binde über der Wunde befestigte. Anschließend prüfte er noch einmal, ob Kompresse und Binde auch nicht zu fest saßen, und sah sich suchend nach Pietro um.

»Du, komm her. Ich brauche Kräuter für die Medizin des Grafen. Du bleibst hier und hältst Wache. Sieh zu, dass er sich nicht bewegt. Die Wunde darf nicht wieder aufbrechen.« Der Medicus blickte Pietro prüfend ins Gesicht. »Hast du mich verstanden?«

Pietro nickte eifrig, aber Angst schnürte ihm die Kehle zu. Er sollte mit dem Dämon allein bleiben. Dies war kein Mensch, da war er sich sicher, auch wenn er wie ein Mensch geblutet hatte. Dies musste eine Kreatur der Hölle sein. Kein Geschöpf Gottes, davon war Pietro überzeugt, wäre aus dem Burggraben emporgestiegen.

Der Medicus zweifelte, ob die Geisteskraft des Burschen ausreichen würde, Anzeichen einer drohenden Krise beim Grafen zu erkennen, aber er hatte keine andere Wahl. Er würde in aller Eile die Kräuter sammeln, eine Arznei bereiten und hoffen, dass die Kräfte des Grafen ausreichten, die nächsten Tage zu überstehen.

Einen Moment überschlug er die Möglichkeit, die Burg heimlich zu verlassen, verwarf den Gedanken jedoch auf der Stelle. Nicht aus Pflichtgefühl gegenüber seinem Patienten – ein Ritter mehr oder weniger auf dieser Welt bedeutete ihm nichts – als vielmehr aus Sorge, dass die Flucht ein noch größeres Risiko für sein eigenes Leben berge als die Pflege des Grafen von Tuszien.

»Er muss gesund werden«, murmelte der Medicus und schlug den Weg zum Kräutergarten ein. »Verdammt will ich sein, wenn ich diesen Mann nicht heile.«

Manfreds Zorn brauchte dringend ein Ventil, und unbeherrscht trat er gegen den Schrank in Biancas Kammer. Obwohl aus solidem Zedernholz, hielt dieser der brutalen Kraft nicht stand, und die Schranktür zerbarst.

Seit Stunden ließ Manfred seine Schwester in den entlegensten Teilen der Burg suchen – ohne Erfolg. Bianca war und blieb verschwunden, und auch ihre Amme Giovanna schien unauffindbar.

»Verfluchtes Weibsstück«, brüllte er und schmetterte den Wasserkrug aus Ton auf den Steinboden.

Seit man Enzio schwerverletzt im Burggraben gefunden hatte, war kein einziges Wort über die Lippen des Grafen von Tuszien gekommen. Immer wieder driftete Enzio in tiefe Bewusstlosigkeit,

und es war unmöglich, ihn über die Geschehnisse der Nacht zu befragen. Aber dass seine Schwester an Enzios Zustand nicht unschuldig war, dessen war sich Manfred sicher.
»Ich glaube nicht, dass wir Eure Schwester hier in der Burg finden«, sagte eine Stimme hinter ihm, und Manfred fuhr ungehalten über die Störung herum.
»Wo soll sie denn sonst sein?«, entgegnete er, um ein Minimum an Höflichkeit bemüht.
Der Mann, der in der Tür zu Biancas Kammer stand, gehörte zu den engsten Vertrauten des Grafen von Tuszien. Er war der Gegenpol zu Enzios aufbrausendem Temperament – kalt und beherrscht, scheinbar ohne jedes Gefühl. Er war groß und extrem hager, schien aber trotzdem voller Kraft. Er sprach leise und mit starkem Akzent und betrachtete seine Mitmenschen gewöhnlich mit einem herablassenden Blick. Der Mann wirkte gefährlich – und er war es auch.
Nach Enzios Ausschweifungen war er stets derjenige, der dafür sorgte, dass die Zeugen stumm blieben. In der Regel reichten dafür ein paar Lebensmittel als Blutgeld, in seltenen Fällen zahlte er auch mit einer Münze. Wer dennoch auf seinem Recht bestand, begab sich in Lebensgefahr, denn weder Enzio noch sein Vollstrecker hatten Skrupel, widerspenstige Zeugen für alle Zeit zum Schweigen zu bringen.
Manfreds Blick war auf den Mann gerichtet, dessen kalte Augen empfindsamen Menschen Schauer über den Rücken jagten. Es fiel ihm wieder ein, dass seine Schwester ihn mehr noch als Enzio fürchtete. Sein Name war Heinrich von Passau, ein deutscher Ritter, der als Söldner mit dem in den Kampf zog, der am meisten zahlte. Offensichtlich war Enzio überaus großzügig, denn der Deutsche gehörte schon eine Weile zu seinem Gefolge.
»Tja, wo könnte sie sein, Eure schöne Schwester?«, überlegte der Ritter laut und verzog seine schmalen Lippen zu einem Lächeln, das seine Augen nicht erreichte.

»Ich weiß es nicht«, knurrte Manfred. »Ihre alte Amme ist auch verschwunden.«
»Die sanftmütige Bianca«, sinnierte Heinrich, warf einen Blick in den lädierten Kleiderschrank und strich mit den Fingern leicht über die kostbare Seide von Biancas Lieblingskleid. »Es geht doch nichts über eine Frau, die kämpfen kann. Vor allem, wenn sie am Ende verliert.«
»Was soll das heißen?«
»Dass ich Eure Schwester finden werde, und dann gehört sie mir. Zunächst jedenfalls. Später könnt Ihr sie dann haben.«
Manfred sah den Deutschen missmutig an.
»Übrigens, wisst Ihr schon, wie Ihr die tapfere Bianca bestrafen werdet?«
»Wenn sich herausstellt, dass meine Schwester versucht hat den Grafen von Tuszien umzubringen, dann wird ihr der Prozess gemacht werden. Den Ausgang kann ich nicht vorhersagen.« Manfred drehte sich von Heinrich weg und sah sich suchend im Zimmer um. »Ich frage mich, wie der Graf zu seiner Stichwunde gekommen ist.«
»Vielleicht hat Eure wehrhafte Schwester ein Messer? Oder die Amme hat Enzio niedergestochen? Lieber Graf Lancia, macht Euch keine Sorgen, ich werde es ganz sicher herausfinden.« Heinrich von Passau wandte sich zum Gehen. »Eine letzte Frage, Graf Lancia. Hat Eure Schwester irgendwo eine Zuflucht? Ein Kloster? Eine Freundin?« Er zögerte einen Moment. »Einen Liebhaber?«
Manfred spürte, wie sein Zorn aufs Neue anwuchs. Dieser deutsche Ritter hielt ihn und seine Familie offensichtlich für völlig ehrlos. »Seht Euch vor, was Ihr sagt«, zischte er. »Noch wissen wir nicht, was passiert ist. Meine Schwester zu suchen ist meine Sache.«
Heinrichs Lächeln gefror auf der Stelle. »Und meine Sache ist es, den Grafen zu rächen«, erwiderte er. »Ich werde Bianca folgen, wenn es sein muss, bis ans Ende der Welt. Und ich verspreche

Euch, ich werde sie finden.« Er ging zur Tür, drehte sich aber ein letztes Mal um. »Bei uns im Norden macht man mit ungehorsamen Frauen kurzen Prozess.«

Und auf Manfreds fragenden Blick hin fügte er hinzu: »Man schneidet ihnen die Nase ab.«

Der Kaiser aß eine hauchdünne Scheibe Schinken und milderte den herben Geschmack mit einem Stück zuckersüßer Melone. Auf einem Teller vor ihm lagen Nüsse und Mandeln, frische Melonen und Feigen. Er saß auf einem Hocker, der mit blutroter Seide bespannt und mit goldenen Ornamenten bestickt war. Zu seinen Füßen lagen Teppiche in leuchtenden Farben, die Innenwände seines Zelts glichen den Gobelins in seinem Palast.

Friedrich hielt ein Glas in der Hand, dessen kunstfertiger Schliff jeden Handwerker jenseits der Alpen überfordert hätte. Niemand in Europa konnte Gläser dieser Art herstellen. Er hatte sie bei einem Sarazenen gekauft, und der wiederum bezog seine kostbare Ware aus Ägypten. Der Kaiser drehte das Glas zwischen seinen Fingern und beobachtete, wie sich das Licht veränderte, wenn es das Glas durchdrang.

In seinem Zelt war es unerträglich heiß, aber die Kapriolen des Wetters ließen Friedrich für gewöhnlich unbeeindruckt. Er war seit seiner Kindheit die glühenden sizilianischen Sommer gewohnt, er war bei Eis und Schnee über die Alpen gezogen und musste, da der Herzog von Meran den Brenner blockiert hatte, über gefährliche, kaum benutzte Passwege ausweichen. Auf seiner Reise ins Deutsche Reich hatte er mehr als einmal sein Leben riskiert und in dünner Luft ungeahnte Strapazen überstanden. Er hatte im Sommer seine helle Haut in der Sonne verbrannt und im Winter Frostbeulen an den Füßen bekommen. Doch sein Leibarzt Karim an-Nasir hatte es bisher immer auf wundersame Weise verstanden, alle Verletzungen zu heilen.

Friedrich knabberte nachdenklich an einer Mandel und las die Worte Seiner Heiligkeit Papst Gregors IX. ein zweites Mal.

»Gott hat Euch die Gabe der Wissenschaft und der vollkommenen Vorstellungskraft verliehen, und die ganze Christenheit folgt Euch«, stand auf dem Pergament. »Hütet Euch, dass Ihr Euren Geist, den Ihr mit den Engeln gemein habt, nicht tiefer als Eure Sinne stellt, die Ihr mit den Tieren und Pflanzen gemein habt. Euer Geist wird geschwächt, wenn Ihr der Sklave Eurer Sinne seid.«

»Was glaubt Ihr, Karim«, fragte Friedrich seinen arabischen Freund, der in diesem Moment das Zelt betrat, »ist das eine Drohung oder eine Warnung?«

»Ich fürchte, mein Kaiser, das Oberhaupt Eurer Kirche nimmt Anstoß an Eurem Lebenswandel.«

»Ihr glaubt, der Papst missbilligt meine Liebe zu den Sarazeninnen?«

»Das ist kein Scherz, Federico. Und dieser Papst ist zwar ein alter Mann, aber auch ein starker Gegner. Es ist sein Wunsch, dass Ihr die Ungläubigen bekämpft, und nicht, dass Ihr sie in Euer Bett holt.«

»Ach Karim, soll ich auf alle Lust verzichten, bloß weil ein alter Mann sie mir neidet? Habt Ihr nicht selbst von meinem Harem oft genug profitiert?«

»Es ist nicht weise, den Pontifex maximus herauszufordern. Wenn ich einen Rat geben darf – antwortet dem Papst in Demut.«

»Der Kreuzzug ins Heilige Land wird unser Kirchenoberhaupt in Rom besänftigen. Karim, nehmt Euch von diesem herrlichen Prosciutto. Er kommt direkt aus Parma.«

»Ich bin nicht hungrig, mein Kaiser.«

Friedrich sah seinen arabischen Freund prüfend an. »Ihr bringt schlechte Nachrichten, richtig?«

»Ja«, antwortete Karim. »Das Fieber kommt immer stärker aus den Sümpfen. Es ist tödlich. Und ich kann es nicht eindämmen.«

Der Kaiser legte den päpstlichen Brief beiseite, erhob sich und trat zu Karim.
»Sagt mir die Wahrheit, mein Freund. Wie ernst steht es um das Heer?«
Karim atmete tief durch und blickte seinem Kaiser in die hellen Augen.
»Wir müssen mit einer Seuche rechnen.«
Friedrich erschrak, blieb aber – wie so oft – äußerlich gelassen.
»Eine Seuche«, wiederholte er. »Seid Ihr sicher?«
»Ja«, sagte Karim mit fester Stimme. »Alles deutet darauf hin. Die Krankheit beginnt mit Kopfschmerzen, die sich schnell zu rasender Pein steigern. Arme und Beine werden schwer, die Kranken fühlen sich schlaff. Dann kommt das Fieber. Die Männer winden sich in Krämpfen, sie frieren in glühender Hitze. Ihr Schweiß durchtränkt ihre Kleidung, die Laken sind unablässig feucht. Sie leiden unter quälendem Durst und betteln nach Wasser. Nach wenigen Tagen sterben sie.«
Friedrich kannte die Schrecken des Fiebers. Er hatte oft genug gehört, dass die feuchten Sumpfgebiete im Sommer eine tödliche Gefahr sein konnten. Selbst der Papst in Rom fürchtete sich vor der Krankheit, die aus den Tibersümpfen emporstieg. Einer seiner Vorgänger, Gregor V., war an dem Fieber gestorben. Der Kaiser wusste, dass Panik nicht angebracht war, und wandte sich ruhig an seinen Leibarzt.
»Also, Karim, was schlagt Ihr vor?«
»Federico, meine größte Sorge gilt Euch und Eurer Gemahlin. Isabella sollte nicht länger in Brindisi bleiben. Ihr selbst übrigens auch nicht.«
Isabella. Vor zwei Jahren hatte er die Tochter des Königs von Jerusalem geheiratet, damals ein dreizehnjähriges Mädchen, das ihn, den einunddreißigjährigen erfahrenen Mann, fürchtete und hasste. Nicht ganz zu Unrecht, wie er sich selbst eingestehen musste. Die Heirat war über Isabellas Kopf hinweg verhandelt worden –

ein politisches Kalkül, gewünscht vom damaligen Papst Honorius III. ebenso wie vom Kaiser selbst.

Wenn Friedrich an die Hochzeitsnacht dachte, schauderte ihm. Die Ehe musste vollzogen werden, und er hatte Isabella zwingen müssen, mit ihm zu schlafen. Seitdem mied er seine Frau, so gut es ging, verbrachte selten eine Nacht bei und mit ihr, obwohl er wusste, dass der Hof auf einen Erben aus dieser Ehe wartete. Was er für Isabella empfand, war eine Mischung aus Mitleid und Gleichgültigkeit. Dieses Mädchen war eine dynastische Pflicht – und sonst nichts.

Wie anders waren seine Gefühle gegenüber seiner ersten Frau Konstanze gewesen. Als sie vor vier Jahren starb, wusste er, dass er eine gute Freundin und eine kluge Ratgeberin verloren hatte.

Friedrichs Gedanken kehrten zu Isabella zurück, und er seufzte leise. Er war es leid, aus dynastischen Gründen zu heiraten. Er sehnte sich nach einer Frau, die ihn voll und ganz verstand, die nicht nur den Kaiser, sondern den Mann in ihr Bett ließ.

Manchmal, wenn er nachts die Sterne beobachtete, wünschte er sich eine Frau, die ihm ebenbürtig war, stark und mutig, sanft und klug. Träum weiter, sagte er sich dann und beschloss, seiner Lieblings-Sarazenin im Harem einen Besuch abzustatten. Besser eine handfeste Ablenkung als unerfüllte Sehnsüchte.

Seine derzeitige Favoritin war eine Schönheit aus Syrien – und die Kusine und Brautjungfer seiner Frau Isabella. Ausgerechnet auf seiner Hochzeit hatte sich Friedrich in diese Frau verliebt. Vor allem sein Schwiegervater Johann von Brienne fand vor Empörung kaum Worte, aber das wenige, was er Friedrich zu sagen hatte, brüllte er voller Zorn heraus. Friedrich war allerdings weit davon entfernt, sich von Regeln der Etikette beeinflussen zu lassen. Und wenn es sich um Liebesabenteuer handelte, tat er ohnehin nur das, was sein Gefühl ihm diktierte.

Den Harem leistete er sich seit vielen Jahren, eine, wie er fand, sehr angenehme Erfindung der muslimischen Sultane, von denen er nicht nur in erotischer Hinsicht viel gelernt hatte. Friedrich war der Ansicht, dass jeder Herrscher, egal, ob Heide oder Christ, einen Harem haben sollte. Möglich, dass ihm der eine oder andere Fürst insgeheim recht gab, offiziell jedoch stand er mit dieser Meinung allein. Und bot besonders dem Papst eine willkommene Angriffsfläche.

Der Kaiser nickte Karim zu. »Ihr habt freie Hand, was Isabella betrifft. Lasst sie nach Otranto bringen, da ist sie in Sicherheit.«

»Und Ihr, mein Kaiser?«

»Ich bleibe.« Friedrich hob die Hand, um jeden weiteren Kommentar von Karim abzuschneiden.

»Das ist Wahnsinn«, flüsterte Karim. »Das Risiko, das Ihr eingeht, ist zu hoch. Was, wenn auch Ihr am Fieber erkrankt?«

»Das darf eben nicht passieren. Haltet alle Gegenmittel, die Ihr habt, bereit.«

»Gegenmittel?«, schnaubte Karim verächtlich. »Es gibt keine Gegenmittel. Das Einzige, was ich habe, sind Heliotropium und Gelber Enzian. Aber oft ist das Fieber stärker.«

»Heliotropium muss helfen. Ich habe keine andere Wahl. Ich kann nicht mehr zurück.«

»Und Eure Männer?«, fragte Karim, dem trotz der Hitze kalt vor Angst war.

»Ab morgen beginnen wir mit dem Einschiffen. Ein Teil des Heeres soll voraussegeln. Ein Teil bleibt hier und wartet zusammen mit mir auf den Landgrafen von Thüringen. Ich habe entschieden, dass Ludwig mein Stellvertreter auf diesem Kreuzzug sein soll.«

Karim verbeugte sich. »Wie Ihr befehlt, mein Kaiser.«

Friedrich sah ihm nach, als Karim das Zelt verließ. Er schätzte den Sarazenen zu sehr, um dessen Sorge nicht ernst zu nehmen. Dieses verdammte Fieber. Er verfluchte die schwülheißen Feuchtgebiete, aus denen Tod und Fäulnis krochen. Aber er würde Brindisi jetzt nicht verlassen. Er war kein Mann, der sich versteckte, nicht vor

Feinden aus Fleisch und Blut und auch nicht vor heimtückischen Fieberattacken.
Weder der Kaiser noch sein politisches Alter Ego Hermann von Salza, Hochmeister des Deutschen Ordens, hatten mit einer so großen Zahl von Kreuzfahrern gerechnet. Beide waren sie davon ausgegangen, dass die Abenteurer und Söldner unter den Rittern, die, die für jeden Feldzug zu kaufen waren, im Languedoc gegen die Albigenser kämpften. Seit achtzehn Jahren herrschte dort am Rande der Pyrenäen ein Krieg zwischen der Kirche und dem französischen König auf der einen Seite und den Grafen von Toulouse und den Ketzern auf der anderen.
Friedrich wusste, dass es zu spät zum Umkehren war. Die Ritter und Pilger, die mit ihm ins Heiligen Land ziehen wollten, waren nun mal hier, und es war seine Pflicht, sie sicher über das Meer zu bringen. Er brauchte dieses große Heer nicht, und wenn er ehrlich war, war es ihm fast lästig. Er hegte andere – geheime – Pläne.
Friedrich lächelte leicht, als er zum wiederholten Mal seine Idee im Kopf durchspielte. Dass er ein gefährliches Spiel wagte, war ihm klar. Doch es war genial, mutig und unerhört. Niemand, nicht einmal Karim, wusste davon. Aber wenn der Plan gelang, dann würde er, Federico, für alle Zeiten in die Geschichte eingehen. Als der erste Heerführer, der das Heilige Land erobert hatte, ohne einen Tropfen Blut zu vergießen.
Friedrich kehrte an seinen Arbeitstisch zurück, auf dem das Schreiben des Papstes lag. Er sprach den letzten Satz der unverhüllten Warnung Seiner Heiligkeit leise mit: »Euer Geist wird geschwächt, wenn Ihr der Sklave Eurer Sinne seid.«
Nicht schlecht gezielt, dachte Friedrich, aber trotzdem nicht getroffen. Er beschloss, Papst Gregor zu antworten, nur nicht ganz so demütig, wie Karim es ihm empfohlen hatte. Rhetorisch und stilistisch war er dem Oberhaupt der Kirche ebenbürtig. Friedrichs Zuversicht wuchs, je mehr er darüber nachdachte, wie er den Papst mit den Waffen des Wortes schlagen könne. Der leisen Stimme in

seinem Inneren, die ihn vor den Unwägbarkeiten des Schicksals warnte, befahl er zu schweigen.

Der Mann in Schwarz beobachtete das Haus des Tuchmachers, bis er sicher war, dass sich außer Emilios Frau niemand darin befand. Verächtlich schweifte sein Blick über die schmucklosen Mauern des Hauses, und angewidert rümpfte er die Nase. Es roch nach Armut, Beschränktheit und Mittelmäßigkeit. Lautlos schlich er zur hinteren Seite des Gebäudes. Die Tür vom Hof ins Innere war nicht verschlossen, aber selbst wenn Emilios Frau sie verriegelt hätte, wäre der Mann nicht aufzuhalten gewesen.
Er war ein Dieb, wie so oft unterwegs im Auftrag seines Herrn. Diesmal allerdings nicht, um zu stehlen. Seine Mission im Haus des Tuchmachers zielte weder auf kostbare Edelsteine noch auf wertvolle Goldstücke. Die Beute, die sein Herr von ihm erwartete und für die er – wie immer – großzügig entlohnt werden würde, waren Informationen.
Der Mann war sich darüber im Klaren, dass man ihm das, was er wissen wollte, nicht freiwillig verraten würde. Dies war auch der Grund, warum er sich an Emilios Frau halten würde – sie war das schwächste Glied in der Kette, dasjenige, das sich am leichtesten zerbrechen ließ.
Er schloss langsam die Tür hinter sich und wartete, bis sich seine Augen nach dem hellen Sonnenlicht an den schattigen Raum gewöhnt hatten. Die Frau des Tuchmachers drehte ihm den Rücken zu und knetete Mehl und Wasser zu einem Teig, wobei sie leise vor sich hin summte. Der Mann erkannte die Melodie und entschied innerhalb eines Wimpernschlags, wie er einerseits seine Anwesenheit kundtun und andererseits die Frau in Angst und Schrecken versetzen könnte – er summte die untere Stimme.
Mit einem Schrei fuhr Emilios Frau herum, doch der Mann war bereits bei ihr und drückte ihr seine Hand auf den Mund.

»Sei still, dann geschicht dir nichts«, befahl er flüsternd.
Sie sah ihn mit weit aufgerissenen Augen an, und er spürte, wie sie in seiner Umklammerung zitterte.
»Es ist ganz einfach«, erklärte er ihr. »Ich stelle dir eine Frage, und du gibst mir die Antwort. Fällt sie zu meiner Zufriedenheit aus, scheiden wir als Freunde. Hast du mich verstanden?«
Die Frau nickte zaghaft, hörte aber nicht auf, vor Angst zu zittern.
»Gut«, sagte der Mann in Schwarz. »Hier kommt die Frage: Wo ist Bianca?«
Er spürte, wie sich sein Opfer versteifte, lockerte seine Umklammerung ein wenig und zog dann seine Hand zurück, um Emilios Frau sprechen zu lassen. Aufgeregt schüttelte sie den Kopf.
»Wo ist Bianca?«, wiederholte er. »Du weißt es doch. Sie war hier.« Als die Frau stumm blieb, packte er sie grob an den Schultern und begann sie zu schütteln. »Wo ist Bianca? Es wird dir leidtun, wenn du nicht sprichst. Glaub mir, ich weiß, wie man Zungen löst.« Er grinste und zog ein Messer aus dem Gürtel.
Die Frau des Tuchmachers wurde bleich wie das Mehl auf ihrer Schürze und sank schlaff in den Armen des Diebs zusammen.
Der Mann fluchte leise und setzte die ohnmächtige Frau auf eine Holzbank an der gegenüberliegenden Wand.
Nach einer Weile huschte die dunkle Gestalt zurück über den Hof und schlich durch die stille Gasse bis zu einem kleinen Gasthof. Dort, wo die Pferde getränkt wurden, wartete Heinrich von Passau, verborgen hinter einer Wand.
»Und?«, fragte der Deutsche den Mann in Schwarz. »Hat sie geredet?«
»Sie hat«, antwortete der Dieb. »Bianca Lancia ist auf dem Weg nach Apulien, die Amme macht einen Abstecher nach Turin.«
»Nach Apulien«, wunderte sich der Ritter. »Ein weiter Weg für eine vornehme Dame.«
»Sie reist als Pilger verkleidet zusammen mit Lorenzo, dem Falkner.«

»Was weißt du sonst noch?«
»Nichts weiter, mein Herr. Glaubt mir, die Frau hatte keine Geheimnisse mehr. Möglich, dass sie nicht alle Einzelheiten der Flucht kannte.«
»Gut. Das, was wir wissen, wird reichen, um dafür zu sorgen, dass die schöne Bianca niemals in Apulien ankommt. Um die Amme kümmern wir uns später.« Heinrich von Passau hing einen Moment seinen Gedanken nach und wandte sich dann erneut an den Dieb. »Denk nach und versetz dich in die Rolle unserer schönen Bianca. Welchen Weg würdest du auf deiner Flucht nach Apulien nehmen?«
Der Mann zögerte nicht lange. »Der schnellste Weg«, sagte er, »ist der Seeweg. Und die meisten Schiffe legen in Venedig ab.«
»Du bist ein kluger Kopf«, lobte Heinrich von Passau. »Und ich denke, du hast recht. Unsere falsche Pilgerin ist auf dem Weg nach Venedig. Wir reiten noch heute. Hat die Frau des Tuchmachers dein Gesicht gesehen?«
»Ja«, sagte der Mann in Schwarz gelassen. »Aber sie wird niemandem davon erzählen.«
»Ganz sicher?«
»Todsicher.«
Heinrich von Passau nickte zufrieden. »Gute Arbeit wird gut bezahlt«, sagte er und reichte dem Dieb einen kleinen, aber gewichtigen Lederbeutel.

Bianca betrachtete unauffällig Lorenzos Profil und musste wehmütig an ihren zurückgelassenen Falken denken. Ihr Bruder hatte ihre fast sentimentale Liebe zu Tieren nie verstehen können. Ein Falke war für ihn ein Raubvogel, der geschickt zu jagen verstand. Und ein Pferd nichts anderes als ein schnelles Mittel der Fortbewegung. Tiere waren von Gott geschaffen, um den Menschen zu dienen – zur Jagd, zum Zeitvertreib oder gegen den Hunger. Manfred würde nie Liebe für ein Tier entwickeln, dachte Bianca und fragte sich, ob ihr Bruder überhaupt einem Lebewesen zärtliche Gefühle entgegenbrachte. Sie schluckte und drängte die Tränen zurück. Jetzt war weder die Zeit noch der Anlass, sich der Trauer über ein Leben hinzugeben, das für immer vorbei war.

Bianca war sich sicher, dass sie ihre Heimat nie wieder sehen würde. Eine Rückkehr ins Piemont war unmöglich, weder ihr Bruder noch Enzios Familie würde ihr jemals vergeben. Ihre Zukunft war ungewiss. Vielleicht war es möglich, dass sie im Kloster bei der Äbtissin Clara von Siena blieb. Allerdings war es nie ihre Absicht gewesen, Nonne zu werden. Und auch wenn sie im Kloster erzogen worden war und die Ehrwürdigen Schwestern, die sie lesen und schreiben gelehrt hatten, liebte und respektierte, hatte sie nicht im Traum daran gedacht, selbst den Schleier zu nehmen.

Bianca sah hinaus auf den breiten Strom, der träge zum Adriatischen Meer floss, und zwang sich, ihre Sehnsüchte nach Liebe tief in ihrem Inneren zu verschließen. Trotzig blinzelte sie eine kleine Träne aus ihrem Augenwinkel. Auch wenn sie heute noch keinen Rat wusste, sie würde einen Ausweg finden.

Sie und Lorenzo waren bis Mantua geritten und dort an Bord eines Lastschiffes gegangen, das den Po stromabwärts fuhr. Bianca dankte im Stillen dem Tuchmacher und seiner Frau, die ihnen ein bisschen Geld gegeben hatten. Sie fragte sich, ob sie, Giovanna und Lorenzo die tapferen Leute in Gefahr gebracht hatten, hoffte aber, dass niemandem ihre Ankunft aufgefallen war. Sie machte sich keine Illusionen darüber, mit welchen Methoden ihr Bruder versuchen würde, sie zu finden. Aber mehr noch als Manfred fürchtete sie die Männer in Enzios Gefolge, allen voran den unheimlichen Heinrich von Passau, den sie zusammen mit Enzio auf dem Festbankett gesehen hatte. Sie schickte ein stummes Gebet zum Himmel und bat den Engel, der ihr immer wieder in ihren Träumen erschien, um Schutz für Emilio und seine Familie.

Das Schiff war ein bauchiger Kahn ohne Mast und Segel, der vom Ufer aus mit langen Stricken gezogen wurde. Es waren rauhe Kerle, die sich mit dem Lastkahn abmühten. Der Schweiß rann in Strömen über ihre breiten Rücken, und jeder von ihnen arbeitete sich in einer surrenden Wolke von Mücken und Fliegen durch das Uferschilf.

Das Schiff transportierte Vorräte aller Art – Schinken, Getreide, Honig, Nüsse und Mandeln. Sogar lebende Hühner und mehrere Pferde waren an Bord. Am Ziel angekommen, würde man das Boot zerlegen und sein Holz verkaufen. Es lohnte sich nicht, den Kahn auf dem Fluss gegen die Strömung zurückzuschleppen. Die Kraft der Männer hätte dafür auch nicht ausgereicht. Alle Schiffe wurden grundsätzlich nur in eine Richtung, stromabwärts, gezogen.

Bianca fragte sich, wer all diese zum Teil kostspieligen Lebensmittel geordert haben könnte, wagte es aber nicht, einen der Männer von der Besatzung des Schiffes zu fragen. Bislang hatte ihr Pilgergewand sie geschützt. Ihr langes Haar hatte sie geschickt zurückgebunden und unter der Haube ihres Umhangs verborgen. Niemand an Bord durfte auch nur ahnen, dass sie eine Frau war. Sie und Lorenzo hatten sich ganz vorne am Bug eine kleine Ecke eingerichtet, in der sie unbehelligt sprechen, essen und schlafen konnten.

Das Schiff hatte während des ganzen Tages nur einen einzigen Hafen angelaufen. Die flache sattgrüne Landschaft zog langsam an ihnen vorbei, doch Bianca hatte keinen Sinn für ihre Umgebung. Der Fluss war ungeheuer breit, die Ebene, durch die er sich nahezu schleifenlos zog, schien ihr unendlich.

Feuchte Hitze lastete über dem Wasser, ein Klima, das Bianca nicht gewohnt war. Zu Hause im Piemont waren die Winter kalt und die Sommer heiß, aber immer trocken. Die Feuchtigkeit und die Schwüle, die selbst nachts durch keinen Luftzug vertrieben wurden, legten sich wie ein heißes nasses Tuch auf ihren Körper. Das Pilgergewand aus grobem kratzigem Leinen klebte auf ihrer

Haut. Der Schweiß sammelte sich unter ihren Achseln und unter ihren Brüsten und löste unerträglichen Juckreiz aus.
Bianca hatte Durst und sehnte sich nach dem kühlen, klaren Wasser aus den Bächen ihrer Heimat. Die Männer an Bord schöpften Wasser aus dem Fluss und ließen die Krüge so lange stehen, bis sich der Dreck am Boden abgesetzt hatte. Dann tranken sie es in langen Schlucken. Bianca wurde übel, wenn ihr Blick darauf fiel, denn das Wasser war schlammig und voller Unrat. Sie hatte Tierkadaver entdeckt und meinte sogar einen toten Menschen gesehen zu haben. Jeder an Bord verrichtete seine Notdurft in den Fluss, so wie alle Städte, die an seinem Ufer lagen, ihre Kloaken in ihn hineinleiteten. Bianca zwang sich, an dem letzten heißen, brackigen Wasser in ihrem Schlauch nur zu nippen, obwohl der Durst ihre Kehle ausdörrte.
Nervös hielt sie unablässig Ausschau nach Männern, die sie verfolgen könnten. Bei jeder Gruppe bewaffneter Ritter, die sie am Flussufer sah, vermutete sie Kundschafter ihres Bruders oder des Grafen von Tuszien.
»Wann werden wir an der Küste sein?«, fragte sie Lorenzo, der in das trübe Wasser starrte.
»In zwei, spätestens in drei Tagen, hoffe ich.«
Bianca sehnte sich nach dem Meer. Sie war noch nie an der Küste gewesen, und ein bisschen machte ihr die Vorstellung von endlosen Wassermassen Angst. Aber lieber wollte sie sich der unbekannten See stellen, als weiter die drohende Verfolgung im Rücken zu ertragen oder in dieser feuchten Hitze zu verenden.
»Wenn wir das Meer erreicht haben, sind wir in Sicherheit«, beruhigte Lorenzo sie und sich selbst.
»Ich glaube nicht, dass mein Bruder uns über die Küste hinaus nach Brindisi verfolgen lässt. Wenn er uns bis dahin nicht gefunden hat, wird er nachgeben.«
»Vielleicht«, erwiderte Lorenzo und senkte dann schnell den Kopf, da sich ihnen ein Mann näherte.

»He, ihr, Pilger«, rief er. »Im nächsten Hafen nehmen wir eine Gruppe Ritter und ihre Pferde an Bord. Es wird eng werden. Seht zu, dass ihr nicht im Weg seid.«

Lorenzo nickte demütig. Es war besser, sich still und unauffällig zu verhalten und vor allem keinen Widerstand zu leisten. Die Bootsbesatzung bestand aus lauten, ungehobelten Kerlen. Sie würden nicht zögern, zugunsten einer Handvoll zahlungskräftiger Ritter zwei arme Pilger kurzerhand über Bord zu werfen. Und dann wären sein Schicksal und das der Gräfin endgültig besiegelt, denn wie sollten sie lebendig ans Ufer kommen? Keiner von ihnen konnte schwimmen.

Bianca sah Lorenzo erschrocken an. »Was sind das für Ritter?«, flüsterte sie. »Glaubst du …«

»Nein«, unterbrach er sie. »Ich glaube nicht, dass Euer Bruder diese Männer schickt. Vielleicht sind es Ritter auf dem Weg ins Heilige Land? Einer der Schiffsjungen hat berichtet, dass alle Händler ihre Waren zur Küste schaffen, weil ein großes Kreuzfahrerheer in See sticht.«

Ein Kreuzzug, dachte Bianca. Also würden viele Ritter, aber auch viele Pilger unterwegs sein. Rasch überschlug sie die Möglichkeiten, die sich ihnen boten. Die meisten Kreuzfahrer schifften sich in Venedig ein. Dort war auch ihr Bruder vor einigen Jahren an Bord eines Schiffes gegangen, um zu der Hafenstadt Damiette zu gelangen. Die geschäftstüchtigen Venezianer waren allerdings dafür bekannt, vor einem Kreuzzug die Preise für Schiffspassagen kräftig zu erhöhen. Und Bianca fragte sich besorgt, ob sie und Lorenzo unter diesen Umständen überhaupt ein Schiff bezahlen könnten, selbst wenn ihr Ziel nur Apulien hieß.

Vielleicht wäre es besser, überlegte Bianca, Venedig zu meiden und in einem anderen, kleineren Hafen ein Küstenschiff zu suchen. Sie hatte von einer Stadt gehört, die ebenfalls als Tor zum Adriatischen Meer galt – Comácchio, am südlichen Rand des Flussdeltas gelegen. Von hier fuhren Schiffe weit über das Meer

nach Kreta und Rhodos, sagenhafte Inseln, den Seefahrern schon seit Urzeiten bekannt.
Bianca lehnte sich an die Bordwand und versuchte sich dem sanften Schaukeln der Wellen anzupassen. Mit etwas Glück würden sie in Comácchio eine Passage nach Brindisi bekommen. Und mit noch etwas mehr Glück würde die Zahl der Pilger überall in den Küstenstädten so groß sein, dass sie und Lorenzo in der Menge verschwinden könnten.
Sie schloss die Augen, träumte von dem Ritter Tristan, der die schöne Isolde über das Meer geholt hatte, und ließ sich von dem Fluss in einen leichten Schlaf schaukeln.

Ruckartig war Lorenzo wach. Er hatte lange gegen die Müdigkeit angekämpft, hatte sich nicht entspannen können und musste letztlich doch eingenickt sein. Es war inzwischen dunkel geworden, und das Schiff hatte festgemacht. Von vorn hörte er leise Stimmen, die Besatzung, wie er vermutete. Lorenzo sah sich vorsichtig um, bemüht, Bianca nicht zu wecken, die neben ihm auf den nackten Schiffsplanken schlief. Er wusste nicht, warum, aber er spürte Gefahr. Eine innere Unruhe zwang ihn, sich aufzusetzen, um das Ufer genauer im Blick zu haben. Viel konnte er in der Dunkelheit nicht erkennen, aber alles schien ruhig. Verdächtig ruhig.
Lorenzo entschied sich, Bianca zu wecken, und berührte sie an der Schulter. Sofort schreckte sie auf und sah ihn fragend an.
»Was ist?«, flüsterte sie.
»Ich weiß nicht«, flüsterte Lorenzo zurück. »Es ist nur ein Gefühl.«
Auf allen vieren kroch er ein Stück von Bianca fort, um die andere Seite des Schiffs besser einsehen zu können. Er bewegte sich lautlos und elegant wie eine Katze, hielt aber abrupt inne, als ihm unvermittelt ein Mann in den Weg trat.

Das Letzte, was Lorenzo erkannte, war die vollkommen schwarze Kleidung des Mannes, dann traf ihn ein Hieb an der Schläfe, und er sank ohne ein Wort auf die Planken.
Bianca hörte einen dumpfen Schlag und sprang auf.
»Lorenzo«, flüsterte sie. »Lorenzo, antworte mir.«
Sie schlich in die Richtung, in die Lorenzo gekrochen war. Angst ließ ihren Mund trocken werden, und sie musste sich anstrengen, Lorenzos Namen ein weiteres Mal leise zu rufen. Wieder bekam sie keine Antwort. Plötzlich nahm sie eine Bewegung wahr, glaubte aus dem Augenwinkel, einen Mann zu erkennen, und im nächsten Moment warf ihr jemand eine Decke über den Kopf, packte sie um die Körpermitte und hob sie hoch.
Bianca trat um sich, hörte einen Fluch und einen unterdrückten Schmerzenslaut, aber die Gestalt hielt sie fest umklammert und ließ nicht los. Ihre Arme waren gefangen, die Decke nahm ihr die Sicht und – schlimmer noch – die Luft.
Sie spürte, wie sie über das Schiffsdeck gezerrt wurde, dann warf der Mann sie wie einen Sack über seine Schulter. In Panik erkannte sie, dass sie verschleppt wurde. Sie wollte schreien, aber die Decke dämpfte jeden Laut. Jetzt waren sie an Land. Sie fühlte, wie der Mann auf festem Boden besser vorankam.
Ihr Entführer hatte bislang kein Wort gesprochen, und sie hatte sein Gesicht nicht sehen können. Bianca fragte sich, ob sie den Mann erkennen würde. Seine Statur war groß und kräftig, nicht ungewöhnlich für einen Ritter, denn genau dafür hielt sie ihn.
Obwohl sie vor Furcht kaum denken konnte, befahl sie sich, ihre Kräfte zu schonen. Irgendwann würde auch der Mann schwächer werden, schließlich trug er sie schon ein geraumes Stück Weg.
Wenig später blieb er tatsächlich stehen und ließ seine Beute achtlos auf den Boden fallen. Bianca knallte mit der Hüfte auf einen Stein, und der Schmerz schoss durch ihren Körper. Einen Moment fürchtete sie, ernsthaft verletzt zu sein, aber es gelang ihr, sich auf die Knie zu hocken und sich die Decke vom Kopf zu zie-

hen. Sie versuchte sich zu orientieren und sah, dass unmittelbar vor ihr eine Kate stand. Der Mann, der ganz in Schwarz gekleidet war, griff in eine Tasche und zog dünne Stricke heraus. Schnell und geschickt fesselte er ihre Hände, dann die Füße. Zum Schluss band er ein Tuch vor ihren Mund.

Alles, was er tat, erledigte der Mann ruhig, rasch und ohne Zögern. Bianca, die jetzt einen Blick auf sein Gesicht werfen konnte, versuchte sich zu erinnern, ob sie ihn irgendwann kennengelernt hatte, doch ihr fiel keine Begegnung ein. Der Mann kümmerte sich nicht weiter um sie und verschwand in der Kate.

Verschnürt wie ein Stück Fracht lag Bianca auf dem Boden. Aber der Mann hatte einen Fehler gemacht. Er hatte zwar ihre Füße fest gebunden, aber der Knoten an ihren Handgelenken fühlte sich locker an. Wenn es ihr gelänge, die Fesseln abzustreifen, dann gäbe es vielleicht eine Möglichkeit, ihm zu entkommen.

Vorsichtig bewegte sie ihre Hände, begann zaghaft die Unterarme gegeneinanderzureiben und an den Seilen zu zerren. Ihre anfängliche Sorge, die Fesseln könnten sich festzurren, statt sich zu lösen, erwies sich als unbegründet. Ganz langsam bekamen ihre Handgelenke mehr Spielraum, und dann – plötzlich – war sie frei.

Fieberhaft konzentrierte sie sich jetzt auf ihre Füße, zog und zerrte an dem Knoten, doch hier hatte der Mann in Schwarz mit größerer Sorgfalt gearbeitet. Die Fesseln saßen fest, und verzweifelt erkannte sie, dass ihre Finger das Seil nicht lösen würden. Sie brauchte ein Werkzeug, irgendetwas, womit sie den Strick durchtrennen könnte. Tränen des Zorns traten ihr in die Augen. Warum, verdammt, hatte sie kein Messer? Lorenzo besaß eines, aber sie selbst war unbewaffnet. Sie verfluchte ihren Leichtsinn, sich ganz und gar auf Lorenzo verlassen zu haben.

Ein Pferd schnaubte, und Bianca hörte, dass sich ein Reiter näherte. Auch der Mann in der Kate war aufmerksam geworden, sah aus der Türöffnung und pfiff leise. Auf das Signal hin schnalzte der

Reiter mit der Zunge, und sein Pferd wechselte in einen leichten Trab.

Bianca beeilte sich, den Strick wieder notdürftig um ihre Handgelenke zu wickeln, und legte sich reglos auf den Boden.

»Nun, wo steckt unsere schöne Pilgerin?«, fragte eine Stimme, und Bianca erstarrte.

Heinrich von Passau. Wie war das möglich? Woher wusste er, wo er sie finden konnte?

Ihr Entführer trat aus der Kate und deutete mit einem Kopfnicken in ihre Richtung. Heinrich von Passau stieg vom Pferd und schlenderte langsam auf sie zu. Genüsslich betrachtete er seine gefesselte Beute und stieß sie leicht mit dem Fuß an.

»Meine liebe Gräfin«, begrüßte er Bianca. »Ich bedauere Eure unbequeme Lage, aber wir wissen schließlich beide, dass Ihr sie Euch selbst zuzuschreiben habt. Wie dumm für Euch, dass Euer Ziel kein Geheimnis geblieben ist.«

Bianca schloss voller Entsetzen die Augen. Einer ihrer Freunde und Helfer musste Heinrich von Passau in die Hände gefallen sein. Einem Verhör durch ihn hielt niemand stand, da war sie sich sicher. Sie öffnete die Augen und sah diesem Mann, den sie immer gefürchtet hatte, ins Gesicht. Ihre Hände hielt sie krampfhaft hinter ihrem Rücken verschränkt.

Heinrich von Passau lächelte selbstgefällig. Er hatte nie daran gezweifelt, dass er Bianca finden würde, und sich vielen lustvollen Phantasien hingegeben, wie er die Gräfin Gehorsam lehren würde. Schade, dass sie jetzt fest verzurrt und stumm zu seinen Füßen lag.

Er hatte eine bessere Verwendung für sie, und er war davon überzeugt, dass sie ihm viel Vergnügen bereiten würde. Selbstverständlich nicht freiwillig, aber darauf legte er bei Frauen auch keinen Wert. Im Gegenteil. Die Widerspenstigen, die bis zum Schluss kämpften, waren ihm am liebsten. Doch bis es so weit war, konnte er sein Opfer immerhin ein wenig mit Worten quälen.

»Der bedauernswerte Tuchmacher«, sagte Heinrich mit falschem Mitgefühl. »Er ist jetzt Witwer.«
Bianca schluckte krampfhaft, um nicht zu weinen. Also hatten sie alles, was sie wussten, von Emilios Frau. Und dann hatte sie sterben müssen. Ein lästiger Zeuge, der wertlos geworden war.
Bianca fühlte, wie der Zorn in ihr wuchs. Heinrich war schrecklich. Wenn es seinen Plänen diente, nahm und zerstörte er das Leben unschuldiger Menschen. Nicht einmal ein Raubtier tötet aus Spaß, dachte sie bitter. Es tötet aus Angst oder um selbst zu überleben, aber niemals aus Lust an der Grausamkeit.
Heinrich von Passau wandte sich an den Mann in Schwarz. »Lass uns das Geschäftliche zu Ende bringen. Die Gräfin läuft uns nicht weg.«
Die beiden Männer warfen einen hungrigen Blick auf Bianca, betraten dann aber die Kate.
Bianca hatte Heinrichs letzte Bemerkung schon nicht mehr wahrgenommen, ihre Gedanken rasten. Hatte sie eine Chance, sein Pferd zu erreichen, das träge neben einem Baum stand? Jeder Ritter, und ganz bestimmt ein Mann vom Schlage Heinrichs von Passau, war stets bewaffnet. Sie war sich sicher, dass Heinrich neben seinem Schwert auch mindestens ein Messer mitführte.
So schnell sie konnte, befreite sie ihre Hände und kroch mit Hilfe ihrer Arme über den Boden. Das Pferd scharrte nervös mit den Hufen, lief aber nicht davon. Bianca zog sich auf die Knie, dann auf die Füße und durchsuchte hastig die Satteltasche. Das Tuch über ihrem Mund hinderte sie beim Atmen, und in schnellen Stößen sog sie die Luft durch die Nase ein. Endlich ertasteten ihre Finger ein Messer, und in ihrer Eile schnitt sie sich an der scharfen Klinge. Sie zerrte das Messer aus der Tasche, bückte sich und durchtrennte mit nur einem einzigen Schnitt den Strick um ihre Fußgelenke. Dann riss sie sich das Tuch vom Mund. Das Pferd wieherte aufgeregt, und aufgeschreckt durch dieses Geräusch stürmten beide Männer aus der Kate.

Bianca setzte ihren linken Fuß in den Steigbügel, schrie auf, als der Schmerz erneut durch ihre Hüfte schoss, und war im Sattel, als der Mann in Schwarz auf das Pferd zurannte und einen Zipfel von Biancas Pilgergewand zu fassen bekam. Verzweifelt trat sie nach ihm, kam von ihm los – und galoppierte davon.
Sie hörte das wütende Gebrüll der Männer hinter ihr und schrie ihren Triumph laut in die Nacht. Heinrich würde ihr nicht folgen können, denn der Mann in Schwarz hatte kein Pferd.
Sie musste so schnell wie möglich zurück, um Lorenzo zu suchen. Der Fluss konnte nicht weit sein, schließlich hatte ihr Entführer sie getragen. Als Bianca in sicherer Entfernung von der Kate war, zügelte sie das Pferd und ließ es traben. Auf keinen Fall wollte sie jetzt das Risiko eines Sturzes eingehen. Sie war ihren Verfolgern entkommen, aber die Männer würden nicht aufgeben.
Bianca war klar, dass sie einen kühlen Kopf brauchte, um Lorenzos und ihr eigenes Leben zu retten. Lass Lorenzo nichts geschehen sein, betete sie stumm. Hoffentlich kam sie nicht zu spät.

Karim an-Nasir schlug ungeduldig nach einer Mücke. Er hasste diese lästigen Insekten, die ständig um Menschen und Tiere herumschwirrten. Myriaden von ihnen stiegen aus den Sumpfgebieten auf und überfielen die Ritter wie eine feindliche Armee. Er hatte Männer und Frauen vor Verzweiflung weinen sehen, wenn gegen Abend die Hitze nachließ, aber dafür Scharen von Blutsaugern sich auf Händen, Füßen und Gesichtern niederließen.
Einen ganzen Tag und eine Nacht war er jetzt ununterbrochen auf den Beinen, und er fühlte sich erschöpft, aber nicht müde. Letzteres konnte er sich auch nicht leisten. Das provisorische Hospital, an dem er mit Hilfe der Zisterziensermönche fieberhaft arbeitete, war noch längst nicht fertig. Sie brauchten mehr Betten und vor allem mehr Tragen, um zum einen die Kranken ins Hospital hin-

ein- und zum anderen die Toten wieder hinaustransportieren zu können.
Unter Aufsicht der kaiserlichen Beamten gingen die gesunden Männer inzwischen nach und nach an Bord der Schiffe. Karim hatte an Friedrich appelliert, das Verladen der Truppen und der Vorräte, so gut es ging, zu beschleunigen, und selbst jetzt, da jeder, dessen körperliche Verfassung es zuließ, Tag und Nacht arbeitete, schienen ihm die Fortschritte zu gering, um letztlich erfolgreich zu sein.
Eine Fieberepidemie von diesen Ausmaßen hatte auch Karim noch nicht erlebt, und immer wieder fragte er sich, ob es überhaupt noch Chancen gäbe, die Seuche zu überleben. In medizinischer Hinsicht konnte er für die Kranken nicht viel tun. Er fertigte Schmerzmittel aus Weidenrinde an, und in schweren Fällen verabreichte er einen Saft aus Mohn, Mandragorawurzeln und Bilsenkraut. Die narkotische Wirkung dieser Mixtur war so stark, dass Karim sogar schmerzlos operieren konnte.
Christliche Ärzte, denen er das Rezept verraten hatte, hielten es für schwarze Magie und wollten von einem Narkotikum nichts wissen. Karim lief jedes Mal eine Gänsehaut über den Rücken, wenn er sich an seinen Besuch in einem Hospital in Mainz erinnerte. Er hatte einem Mann mit einem Abszess am Bein als Therapie einen Breiumschlag empfohlen und auch angelegt. Obwohl sich das Bein besserte, hielt ein christlicher Medicus seine eigene Radikalbehandlung für angebrachter und überzeugte den Mann von einer Amputation.
Karim hatte entsetzt mit ansehen müssen, wie der Medicus dem Patienten bei vollem Bewusstsein mit der Axt das Bein abschlug. Der Mann überlebte die Behandlung nicht, und Karim beschloss, ein christliches Spital nie wieder zu betreten.
Wenn es nach ihm ginge, müsste jeder Arzt eine wissenschaftliche Ausbildung absolvieren. Immer wieder hatte er mit dem Kaiser darüber gesprochen und versucht, Friedrich von der Notwendig-

keit einer allgemeinen Gesetzgebung über die Heilkunst zu überzeugen. Er verstand, dass Friedrich viele Dinge in seinen unterschiedlichen Reichen zu regeln hatte, aber Karim hielt nun mal die Wissenschaft für die tragende Säule des Fortschritts und war deshalb ihr eifrigster Anwalt.

Er sah, dass sich einer der Zisterziensermönche näherte.

»Pater Ruggiero schickt mich«, sagte der Mönch. »Wir haben kein Holz mehr für Betten und Tragen.«

»Lasst die gesunden Ritter in die Wälder gehen und Bäume schlagen«, erwiderte Karim.

»Die Ritter weigern sich. Die meisten versuchen den Hafen zu verlassen, die anderen fliehen über die Straßen ins Landesinnere. Ich habe nicht einmal jemanden, der mir und meinen Brüdern hilft, die Toten zu begraben.«

»Es ist besser, wir verbrennen die Leichen«, meinte Karim. »Es sterben zu viele Männer, um sie in der Erde zu bestatten. Das Fieber ist schon schlimm genug. Achtet darauf, dass keine verwesenden Körper im Lager liegen.«

»Diese Seuche ist eine Strafe Gottes«, lamentierte der Mönch. »Er zieht uns für unsere Sünden zur Rechenschaft. Wir werden alle sterben.«

»Das Fieber fällt nicht vom Himmel, es kommt aus den Sümpfen«, widersprach ihm Karim. »Wir müssen dafür sorgen, dass nicht noch mehr Männer krank werden und dass die, die das Fieber haben, Ruhe und Pflege bekommen.«

Karim hatte es satt, seine Helfer immer wieder aufs Neue von seinem medizinischen Wissen überzeugen zu müssen. Er verlor wertvolle Zeit mit endlosen Diskursen über Sinn und Zweck von Diagnosen und Therapien und wünschte sich sehnlichst, er könnte wie der Kaiser einfach Befehle erteilen und Anordnungen treffen. Doch obwohl er der Leibarzt des Kaisers und sogar so etwas wie dessen Freund war, musste er sich als Sarazene mit gutgemeinten Ratschlägen bescheiden.

Und zu den Sorgen um die erkrankten Ritter kam auch noch der labile Gesundheitszustand der jungen Kaiserin Isabella. Karim bemitleidete die junge Frau von ganzem Herzen und hielt sie für das bedauernswerteste Mitglied des kaiserlichen Haushalts. Ihr Leben glich dem einer Gefangenen, auch wenn Friedrich seine Frau mit Luxus überschüttete. Karim sah, dass sich Isabella vor ihrem Mann fürchtete, und als Arzt wusste er, dass ihr die ehelichen Pflichten im Bett des Kaisers körperliche Schmerzen bereiteten.

In den letzten Tagen war ihr häufig übel gewesen, und mehrfach hatte sie über Schwindelgefühle geklagt. Karim war sich noch nicht sicher, aber er vermutete eine Schwangerschaft. Er nahm sich vor, bei der nächsten Gelegenheit mit dem Kaiser über diese Möglichkeit zu sprechen. Dynastisch wäre die Tatsache, dass Isabella ein Kind erwartete, sicher ein Grund zur Freude, medizinisch aber ein Anlass zur Sorge. Die schmalen Hüften und die zarte Verfassung der kindlichen Kaiserin ließen Karim eine Menge Komplikationen befürchten.

Auf jeden Fall war es richtig, dass Isabella so schnell wie möglich weiter südlich nach Otranto reiste. Dort würde die Luft frischer sein, und niemand müsste sich vor dem Fieber fürchten.

Der Mann, dessen Bett Karim am nächsten stand, begann im Fieberwahn zu phantasieren. Karim eilte zu ihm, erneuerte seinen kühlen, feuchten Umschlag und gab ihm einen Schluck Kräuterwein zu trinken. Wenig später fiel der Mann in einen traumlosen Schlaf, und Karim tupfte ihm sanft den Schweiß von der Stirn. Der Mann würde die nächste Nacht nicht überleben. Karim erkannte die ersten Anzeichen des Todes.

Bianca hatte den Fluss erreicht und sah sich suchend nach dem Schiff um, das sie und Lorenzo bis hierher gebracht hatte. Sie ritt langsam am Ufer entlang, konnte aber nirgendwo den Lastkahn

entdecken. Schließlich fand sie die Stelle, an der sie festgemacht hatten, doch das Schiff war verschwunden.
Kein Mensch hielt sich hier auf, der Anleger wartete verlassen auf das erste Morgenlicht. Sie stieg ab und führte das Pferd am Zügel. Viel Zeit hatte sie nicht, denn Heinrich von Passau und der Mann in Schwarz würden ebenfalls zum Ufer zurücklaufen. Jeder Narr, vermutete Bianca, würde sich denken können, dass sie nach Lorenzo suchte.
Es raschelte am Ufer, ein kleines Tier rannte ins Wasser und ließ das Pferd scheuen. Mit wachsender Nervosität ging sie noch einmal die Umgebung des Anlegers ab, ohne Erfolg.
Schweren Herzens beschloss sie, weiterzureiten. Es war sinnlos und gefährlich, länger hier zu bleiben, jeden Moment konnten ihre Verfolger sie entdecken. Bianca hielt sich in der Nähe des Ufers. Sie würde dem Fluss folgen, ein sicheres Versteck suchen und das Ende der Nacht abwarten.
Entweder, überlegte sie, war Lorenzo noch auf dem Kahn – vermutlich hatte ihn der Mann in Schwarz niedergeschlagen –, oder … Sie weigerte sich, den schrecklichen Gedanken, dass der Mann ihren Gefährten getötet haben könnte, auch nur im Ansatz weiterzuverfolgen. Lorenzo musste leben. Und sie musste ihn finden.
Der Weg wurde breiter, und sie ließ das Pferd traben, um Abstand zwischen sich und ihre Verfolger zu bringen. Trotz der Dunkelheit kam sie problemlos voran, entdeckte aber nirgendwo einen Unterschlupf.
Bianca hatte die Haube ihres Umhangs sorgfältig über ihr Haar gezogen. Falls in den Büschen Wegelagerer lauerten, sollten sie den nächtlichen Reiter für einen Pilger in Eile halten und ganz bestimmt nicht für eine schöne Frau.
Schnurgerade hatte der Fluss seinen Weg durch die Ebene gegraben, und das Wasser glitzerte im Mondlicht. Plötzlich sah sie ein Stück weiter vorn ein schwaches Licht. Es tanzte auf den flachen

Wellen, und Bianca erkannte, dass es von einem Schiff kam. Sie trieb das Pferd an und näherte sich dem Schiff langsam. Es war der Lastkahn, den sie und Lorenzo in Mantua bestiegen hatten. Gemächlich zog die Besatzung das Schiff mit der Strömung flussabwärts. Bianca beschloss, dem Kahn vorsichtig zu folgen, und betete, dass die Besatzung im nächsten Hafen haltmachen würde.

Lorenzo tastete vorsichtig mit den Fingerspitzen über seine schmerzende Schläfe und fühlte an seinem Schädel eine hühnereigroße Beule. Er lehnte sich stöhnend an die Bordwand, stellte aber erleichtert fest, dass er keine blutende Wunde davongetragen hatte. Ein Mann hatte ihn niedergeschlagen, daran erinnerte er sich. Ein Mann in Schwarz.

Er blinzelte, hielt seinen Kopf, der entsetzlich weh tat, und sah sich mühselig um. Er war immer noch auf dem Schiff, aber sie hatten abgelegt. Er hörte gedämpfte Stimmen und sah ein Licht an Deck, doch niemand schien sich um ihn zu kümmern. Er wurde weder bewacht, noch hatte man ihn gefesselt. Vielleicht, überlegte Lorenzo, hielt man ihn für tot.

Er hatte das Gefühl, langsam wieder denken zu können, und versuchte sich zu orientieren. Sie fuhren flussabwärts, Richtung Küste. Diese Erkenntnis beruhigte ihn etwas, aber dann überfiel ihn der Schrecken mit ganzer Wucht – Bianca war fort. Er erinnerte sich, dass er ein Geräusch gehört hatte, bevor der Hieb ihn traf. Er hatte die Gräfin allein gelassen, um nachzusehen. Und jetzt konnte er sie nirgendwo entdecken. Was, wenn sein Angreifer Bianca entführt hatte?

Lorenzo ließ seinen Kopf in die Hände sinken und malte sich die entsetzlichsten Möglichkeiten aus. Das, was er die ganze Zeit befürchtet hatte, war eingetreten. Ihre Flucht war vereitelt worden, die Männer des Grafen Lancia oder – noch schlimmer – gedungene Mörder von Enzio Pucci waren ihnen dicht auf den Fersen gewesen und hatten sie überrumpelt. Genauer, er, Lorenzo, Falkner der schönen Gräfin Bianca, hatte sich wie ein Narr überrumpeln lassen und damit Biancas Leben aufs Spiel gesetzt.

»O mein Gott«, stöhnte er. »Was kann ich nur tun?«

So schnell wie möglich musste er von diesem Schiff runter, zurück flussaufwärts laufen und Bianca da suchen, wo er sie verloren hatte. Entweder wartete er, bis die Besatzung an einem Anleger festmachte, oder er sprang während der Fahrt über Bord.

Fieberhaft suchte Lorenzo nach einer Möglichkeit, sicher ans Ufer zu kommen. Auf der Jagd hatte er Hirsche gesehen, die in Panik in Flüsse rannten, mit der Strömung kämpften und tatsächlich das andere Ufer erreichten. Die Tiere ruderten mit den Beinen und hielten den Kopf geschickt über Wasser. Auch Hunde und Pferde konnten schwimmen, oft genug hatte er reitend ein Gewässer durchquert. Konnte er es wagen, wie ein Hund durch den Fluss zu paddeln?

Lorenzo entschied sich, alles auf eine Karte zu setzen und auf Gottes Hilfe zu hoffen. Er kletterte über die Bordwand, klammerte sich an die Schiffswand und ließ sich außenbords in den Fluss gleiten. Das Wasser war kühl, aber nicht kalt, und im ersten Moment empfand er sein abenteuerliches Bad als Erholung nach der Schwüle des Tages. Dann ergriff ihn die Strömung und drückte ihn unter Wasser.

Bianca war dem Schiff nahe genug, um den Schatten zu sehen, der den Kahn auf so ungewöhnliche Weise verließ. Sie kniff die Augen zusammen, um in der dämmrigen Dunkelheit mehr erkennen zu können. Sie hatte sich nicht getäuscht. Da war etwas über Bord gefallen und trieb jetzt in der sanften Dünung des Flusses. Sie konzentrierte sich und sah, wie eine Gestalt mit der Strömung und den Strudeln des Flusses kämpfte. War das ein Tier? Oder ertrank da ein Mensch? Sie lenkte das Pferd näher ans Ufer. Eben noch hatte sie deutlich einen Schatten im Wasser gesehen, jetzt war er verschwunden.

Da, sie entdeckte einen Kopf. Jemand ruderte mit den Armen.

Bianca war sich jetzt sicher, dass ein Mensch im Fluss schwamm, sich mit letzter Kraft gegen das Ertrinken wehrte. Sie nahm ihren ganzen Mut zusammen und ritt durch das Schilf am Ufer hinein ins Wasser, immer weiter, bis das Pferd zu schwimmen begann. Der Körper im Wasser trieb von ihr weg, doch auch ihr Pferd wurde jetzt von der Strömung erfasst und schwamm geschickt in Richtung des Ertrinkenden.

»He«, rief Bianca und versuchte den Menschen auf sich aufmerksam zu machen. »He, Ihr, haltet Euch über Wasser. Ich bin gleich da.«

Die Gestalt tauchte zwischen den kleinen Flusswellen auf und drehte den Kopf in ihre Richtung. Bianca war jetzt ganz nah und konnte sehen, dass es ein Mann war, der da schwamm. Und dann plötzlich erkannte sie Lorenzo.

»Lorenzo«, schrie sie, »nicht untergehen, kämpfe. Kämpfe um dein Leben, ich komme, um dir zu helfen.«

Lorenzo musste sie gehört haben, denn er drehte sich in ihre Richtung und paddelte verzweifelt gegen die Strömung des Flusses. In dem Moment, als er erneut unter Wasser verschwand, griff sie einen Zipfel seines Pilgergewands.

»Lorenzo«, rief sie, »ich halte dich.«

Sie spürte eine Hand, die sich an ihr Bein klammerte, und fühlte die Panik des Pferdes, das gegen die fremde Gestalt unter Wasser aufbegehren wollte. Aber alle drei ruderten und strampelten sie jetzt zum rettenden Ufer, schleppten sich mit letzter Kraft durch das Schilf und krochen erschöpft an Land.

Bianca, die längst aus dem Sattel gerutscht war und sich nur noch an der Mähne des Pferdes festgehalten hatte, stolperte vorwärts und fiel außer Atem ins Gras. Sie hörte Lorenzo husten und würgen, das Pferd schüttelte sich und schnaubte erleichtert, und Bianca brach in Tränen aus.

Sie hatten es geschafft. Sie waren ihren Verfolgern entkommen, und sie waren am Leben. Sie kroch zu Lorenzo und half ihm, sich

aufzusetzen. Weinend umarmte sie ihn, und Lorenzo klammerte sich an Bianca. Sie mussten weiter, aber sie gönnten sich diesen einen Moment der Dankbarkeit. In dieser Nacht hatten sie gesiegt, aber noch einmal wollten sie ihr Glück nicht herausfordern.
»Komm, steh auf«, flüsterte Bianca. »Unsere Kleider trocknen später in der Sonne, wir dürfen keine Zeit verlieren.« Sie stützte Lorenzo, als er auf die Beine kam. »Ich erzähle dir morgen, was passiert ist«, versprach sie ihm. »Unsere Bilanz ist gar nicht so schlecht. Wir haben ein Pferd, wir haben ein Messer, und vielleicht finden wir in den Taschen Heinrichs von Passau das nötige Geld für die Schiffspassage.« Lorenzo sah sie verständnislos an.
»Folge mir einfach«, sagte Bianca. »Es wird Zeit, dass wir nach Comácchio kommen.«

Papst Gregor IX. unterdrückte einen saftigen Fluch. Seine Heiligkeit hatte Lust, ihn offen auszusprechen, aber in Anwesenheit seiner engsten Berater war es besser, Zurückhaltung zu zeigen. Das hinderte ihn jedoch nicht, das kaiserliche Schreiben, das ihm eben durch eine Delegation überbracht worden war, missmutig auf den Tisch zu werfen. Er hasste den Kaiser, diesen Balg aus Apulien, wie er ihn insgeheim abschätzend nannte, den er nicht nur für selbstherrlich, unverschämt und überheblich, sondern vor allem für gefährlich hielt.
»Geschliffen formuliert«, knurrte er und forderte einen der Kardinäle auf, Friedrichs Brief zu lesen. »Elegant und doch eine einzige Frechheit.«
Er hatte nicht damit gerechnet, dass der Kaiser die päpstlichen Vorwürfe über die Verzögerungen bei dem versprochenen Kreuzzug derart selbstbewusst zurückweisen würde. Friedrich war kein leichter Gegner, aber Seine Heiligkeit zweifelte nicht daran, dass der Stuhl Petri diesen Kaiser letztlich doch in die Knie zwingen würde. Die Frage war nur, wann.

»Ich warte auf Eure Vorschläge«, blaffte der Heilige Vater unvermittelt in den Raum, und drei Kardinäle zuckten erschrocken zusammen. »Was tun wir jetzt?«
»Man hört«, sagte einer der Männer, »nichts Gutes aus Brindisi.«
»Das ist nichts Neues«, fuhr ihn der Papst an. »Wir wissen bereits, dass unter den Kreuzrittern eine Seuche ausgebrochen ist. Andererseits sind einige Barone, die Friedrich dringend für einen Feldzug braucht, schon unterwegs nach Zypern. Der Kaiser schickt seine Heerführer nicht ohne Grund voraus. Er wird ihnen so bald wie möglich folgen. Und was wird dann aus unserem Plan?«
Ein Ritter in der Tracht der Templer meldete sich zu Wort. »Es besteht kein Anlass zur Sorge«, beruhigte er den Papst und die Kardinäle. »Jeder hier im Raum kennt den Vertrag von San Germano. Vor zwei Jahren hat sich der Kaiser mit seiner Unterschrift verpflichtet, spätestens im August dieses Jahres den Kreuzzug persönlich anzutreten. Er hat zu lange gezögert. Seine Frist läuft ab.«
Der Papst betrachtete den Templer nachdenklich. Der Mann hatte eine Zeitlang in der kaiserlichen Kanzlei gearbeitet und war mit den politischen Schachzügen Friedrichs vertraut. Ließ er die Frist tatsächlich verstreichen, wurde er vertragsbrüchig und musste die ungeheure Summe von einhunderttausend Goldunzen als Konventionalstrafe zahlen. Doch das Geld interessierte den Heiligen Vater nicht.
»Was ist, wenn der Kaiser auch an der Seuche erkrankt?«, fragte der Papst.
Der Templer zuckte gleichmütig mit den Schultern und lächelte. »Diesen Fall sieht der Vertrag nicht vor. Friedrichs Gesandte haben damals etwas zu nachlässig verhandelt. Es gibt nur einen Grund, der Friedrich den Kreuzzug erspart.«
»Und der wäre?«, wollte der Papst wissen.
»Sein Tod«, antwortete der Templer.

»Nun, ich will nicht hoffen, dass Gott, der Allmächtige, den Kaiser schon vor seiner Zeit abberuft«, wiegelte Seine Heiligkeit ab. »Und außerdem wünsche ich ihm göttlichen Schutz vor der verheerenden Epidemie, die seine bedauernswerten Truppen befallen hat. Aber, meine lieben Brüder, ist es nicht so, dass der Kaiser das Schicksal leichtfertig herausgefordert hat, indem er ausgerechnet den fauligen Hafen von Brindisi als Ausgangspunkt seines Kreuzzugs gewählt hat?«

Der Templer, der erkannte, worauf der Papst hinauswollte, nickte energisch. »Ganz richtig. Der Kaiser hat alle diese Menschenleben aufs Spiel gesetzt. Er allein ist schuld an dem Tod von Hunderten frommer Ritter.«

Gregor IX. lächelte zufrieden. Auf die Klugheit eines Templers konnte man sich immer verlassen. Sie verstanden sich einfach auf die Volten des schnellen Denkens. Verächtlich blickte er auf die drei verwirrten Kardinäle. Es stand schlecht um die Kirche, wenn ihre obersten Vertreter nicht einmal die Grundbegriffe der Diplomatie der Kurie beherrschten.

Seine Heiligkeit wandte sich deshalb ausschließlich an den Tempelritter und sagte: »Meine Kundschafter haben mir zugetragen, dass der Kaiser es außerdem versäumt hat, für genügend Lebensmittel zu sorgen.«

»Auch ich habe davon gehört«, erwiderte der Templer. »Die Männer hungern, und sogar das Wasser wird knapp.«

Der Papst dachte einen Moment nach und bereitete sich dann auf einen weiteren Schachzug vor.

»Ist es nicht meine christliche Pflicht, die Menschen über die Unzulänglichkeiten des Kaisers aufzuklären? Haben sie nicht ein Recht, zu erfahren, wer der Schuldige am Tod der tapferen Kreuzritter ist?« Papst Gregor bemerkte den bewundernden Blick des Templers und fühlte sich geschmeichelt. »Lasst die Schreiber kommen«, befahl er den Kardinälen. »Ich habe einiges zu verkünden.«

Trotz der Sonne fühlten sich ihre Gewänder immer noch klamm an. Sie tropften zwar nicht mehr, aber das feuchte Gewebe scheuerte unangenehm auf der Haut. Biancas Hoffnung hatte sich erfüllt. Auf der Straße zur Küste waren Scharen von Pilgern unterwegs, eine kaum zu unterscheidende graubraune Masse auf dem Weg zur Erlösung von allen Sünden.

Singend und betend zogen sie die Straße entlang und ächzten unter der Hitze. Am Straßenrand saßen Pilger im Gras und machten Rast, tranken trübes, stinkendes Wasser und aßen – wenn überhaupt – ein Stück trockenes Brot.

Bianca sah alte Frauen, die sich kaum auf den Beinen halten konnten, sich auf Knien weiterschleppten und flüsternd ein »Ave Maria« beteten. Kinder in Lumpen, die sich den Pilgergruppen angeschlossen hatten, in der Hoffnung, bitterster Armut in der Heimat zu entfliehen und auf dem Kreuzzug ein Stück Glückseligkeit zu ergattern. Kranke und verkrüppelte Menschen, die um Gottes Barmherzigkeit baten und fest an das Wunder ihrer Genesung glaubten.

Noch nie hatte Bianca so viel Leid und Elend auf einer einzigen Straße versammelt gesehen. In manchen Gesichtern entdeckte sie den Glauben an die Erlösung durch den Herrn, in anderen erblickte sie blanken Irrsinn. Viel zu lange waren diese Menschen schon durch die Hitze getrottet und hatten wenig zu sich genommen, dafür aber umso mehr gebetet.

Das Pflaster unter ihren Füßen bestand aus großen groben Steinen und war übersät mit frischen und getrockneten Blutstropfen. Die meisten Pilger trugen weder Schuhe noch Strümpfe, und die Lappen, die sie sich um ihre schmerzenden Füße gebunden hatten, waren längst löchrig geworden oder fast gänzlich zerfallen.

Bianca verfluchte die Straße, die Steine, die Hitze – und empfand doch tiefe Dankbarkeit, dass ihnen die Flucht bis hierher geglückt war.

Der Anblick vereinzelter Gruppen schwerbewaffneter Ritter, die an den Pilgern vorüberritten, jagte ihr zwar jedes Mal aufs Neue einen Schrecken ein, doch bislang hatte sie keinen ihrer Verfolger erkannt. Sie hoffte inständig, Heinrich von Passau und seinen schwarz gekleideten Helfer erfolgreich abgeschüttelt zu haben. Und hier gab ihnen die Anonymität in der Gruppe ein Stückchen Sicherheit.

Inzwischen hatte sie Lorenzos Wissenslücken über die Ereignisse der vergangenen Nacht gefüllt, und beide hatten sich geschworen, nie wieder in so eine simple Falle zu tappen.

In Heinrichs Satteltaschen hatten sie tatsächlich Geld gefunden, und außerdem war es Lorenzo gelungen, das Pferd zu verkaufen. So nah an der Küste gingen alle Pilger zu Fuß, denn das Risiko, mit ihrem mächtigen Streitross ungewollte Aufmerksamkeit zu erregen, war einfach zu groß.

Bianca wischte sich den Schweiß aus der Stirn. Das Flussdelta war ein riesiges Gebiet aus Sümpfen, Schilf, feuchten Wiesen, Sandbänken und kleinen Wasserarmen. Sie war froh, dem Strom der Menschen folgen zu können. Allein wäre sie hier verloren gewesen. Sie fragte sich, ob all diese Männer tatsächlich ins Heilige Land reisen wollten, um dort die Stätten der Christenheit gegen die Ungläubigen zu verteidigen. Insgeheim war sie froh, dass ihr eigenes Ziel nicht jenseits des riesigen Meeres lag. Ihr schauderte bei dem Gedanken an die Gefahren, die ein Kreuzzug für alle, die ihm folgten, bereithielt.

Am Horizont konnte sie einen Turm erkennen und betete, dass es sich um die Kirche von Comácchio handelte. Ihre Füße waren wund, die Hüfte schmerzte nach wie vor von ihrem Sturz auf den Stein, und ihre Kehle fühlte sich wie ausgetrocknet an. Ein kurzer Seitenblick auf Lorenzo verriet ihr, dass es ihm nicht besserging. Von Zeit zu Zeit fasste er sich verstohlen an den Kopf und betastete seine immer noch beachtliche Beule.

»Sollen wir Rast machen?«, fragte sie Lorenzo.

Der schüttelte trotzig den Kopf. »Noch ein paar Stunden, und wir haben es geschafft. Wenn wir ein Schiff gefunden haben, können wir tagelang ausruhen.«

»Wenn alle nach Süden wollen, werden wir Mühe haben, einen Platz zu bekommen«, wandte Bianca ein.

»Heinrichs Geld wird uns helfen«, beschwichtigte Lorenzo. »Auch Kapitäne sind bestechlich.«

Die Pilger wanderten langsam der Stadt entgegen, und Bianca konnte fasziniert beobachten, wie im Dunst des Nachmittags mehr und mehr Details erkennbar wurden – die Stadtmauer und das große Tor, durch das die Reisenden zogen, der Campanile der Kirche und einige Palazzi, die von den Patriarchen der Stadt bewohnt wurden.

Auch der Verkehr Richtung Comácchio wurde allmählich dichter. Fuhrwerke mit Säcken voller Lebensmittel überholten die Pilger, Mägde und Knechte trieben Vieh über die Straße, und manchmal sah Bianca Frauen in farbigen Gewändern, die hinter einem Trupp Ritter herzogen.

»Huren«, beantwortete Lorenzo ihren fragenden Blick. »Huren für die Ritter und Söldner.«

Auf den schmalen Kanälen rechts und links der Straße sah sie kleine Boote, in denen Männer mit langen Stöcken durch das seichte Wasser stakten. Die Luft war voll mit dem Geschrei von Tausenden Wasservögeln, und Bianca, deren Heimat das hüglige und bergige Piemont war, starrte wie gebannt auf das flache Delta, das in der Hitze flimmerte. Begeistert wies sie Lorenzo auf einen großen Schwarm Reiher hin, der in dem flachen Wasser stand und nach Fischen jagte.

Alles schimmerte in den unterschiedlichsten Nuancen von Blau und Grün, und die gleißende Sonne zwang sie, die Augen zusammenzukneifen. Comácchio, das wie seine große Schwester Venedig in einer Lagune erbaut war und aus vielen kleinen Inseln bestand, schien geradewegs aus dem Wasser zu wachsen. Noch nie hatte sie eine so ungewöhnliche und so märchenhafte Stadt gesehen. Für eine Weile vergaß sie ihre Angst und ihre Sorgen und genoss den Anblick von vollkommener Schönheit.

»He, Pilger«, brüllte ein Mann mit vom Wetter gegerbtem Gesicht. »Genug gelaufen. Nehmt ein Schiff übers Delta.«

Die Fährleute am Rande der Stadt buhlten lautstark um die Gunst von Pilgern und Rittern, und die beiden Flüchtlinge entschlossen sich, eines der kleineren Boote Richtung Hafen zu nehmen.

»Wisst Ihr von einem Schiff, das nach Süden segelt? Wir sind auf dem Weg nach Bari«, fragte Lorenzo den Fährmann.

»Alle Schiffe segeln nach Süden, aber nicht nach Bari, sondern nach Brindisi«, gab er mürrisch zurück. »Jeder Pilger und jeder Ritter will ins Heilige Land.«

»Kennt Ihr einen Kapitän mit einem zuverlässigen Schiff?«

Der Fährmann, der auf und mit dem Wasser groß geworden war, warf den beiden Pilgern auf seinem Boot den typisch abschätzenden maritimen Blick zu, den Küstenbewohner für alle reservieren, die aus höher gelegenen Regionen des Landes kommen.

»Wenn Ihr glaubt, ein zuverlässiges Schiff schaukelt nicht, dann irrt Ihr Euch.«

»Ich meine ein Schiff, das uns sicher nach Brindisi bringt«, beharrte Lorenzo.

»Fragt nach der Stella Maris. Ihr Kapitän kennt das Meer so wie ich die Kanäle von Comácchio. Ihr findet keinen besseren.«

Bianca nickte Lorenzo zu, und in stummer Übereinkunft beschlossen sie, ihr Glück mit der Stella Maris zu versuchen.

»Gut«, sagte Lorenzo, »dann auf zum Hafen.«

Manfred Lancia beobachtete argwöhnisch den Medicus, der zum dritten Mal an diesem Tag den Verband über Enzio Puccis Wunde erneuerte. Seit Tagen driftete der Graf von Tuszien von einer Bewusstlosigkeit in die nächste. Die Wunde in seinem Rücken hatte sich böse entzündet.

Der Medicus schnitt unablässig Kräuter, zerstampfte sie im Mörser zu einer grünen Paste, die er dann auf die rot schimmernden Wundränder rieb. Manfred hatte inzwischen die Hoffnung aufgegeben, dass Enzio seine Verletzung überleben würde, doch der Medicus kämpfte hartnäckig um das Leben des Grafen. Auch von Heinrich von Passau hatte er seit dessen Abreise nichts mehr gehört. Offensichtlich war es ihm nicht gelungen, Bianca aufzuspüren.

Manfred ließ erschöpft den Kopf in die Hände sinken. In einer verhängnisvollen Nacht hatte das Schicksal sein Urteil über seine Familie gesprochen. Wenn Enzio starb, würde das auch für ihn Folgen haben. Er kannte die stolze und rachsüchtige Sippe der Puccis nur zu gut. Früher oder später würden sie sich einen Schuldigen suchen. Und wenn seine Schwester nicht auffindbar war, würde er derjenige sein, der für ihre Tat büßen musste.

»Bianca«, flüsterte er. »Was hast du nur getan.«

Seine erste unbeherrschte Wut war verraucht, aber dennoch konnte er nur mit Bitterkeit an seine Schwester denken. Sie hatte Unglück über alle Lancias gebracht, und auch die Tatsache, dass die Familie nur noch aus wenigen Mitgliedern bestand, machte ihr Vergehen nicht kleiner. Im Gegenteil. Gerade weil Bianca seine einzige nahe Verwandte war, konnte er ihre Tat nicht verzeihen.

Noch immer wusste man nicht, was genau in dieser Nacht passiert war, aber Biancas blutige Schere war gefunden worden. Und Manfred zweifelte keinen Augenblick, dass es seine widerspenstige Schwester höchstpersönlich gewesen war, die ihrem Bräutigam die Schere in den Rücken gerammt hatte.

Hatte Enzio ihr Gewalt antun wollen? Alle Männer waren an diesem Abend betrunken gewesen. Enzio musste im Rausch Biancas Kammer aufgesucht haben. Das war ein Vergehen. Kein Mann hatte das Recht, die Räume der Frauen zu betreten. Aber musste sie gleich zu solch drastischen Mitteln greifen?

Manfred hieb voller Zorn mit der Faust auf den Tisch. Verfluchte

Weiber. Ein Ritter konnte nicht in Frieden leben, wenn er die Verantwortung für eine Frau trug. Er musste sie unablässig beschützen, umsorgen, und dann warf sie ihm unter Umständen auch noch vor, dass er nicht lesen und schreiben konnte. Er hätte seine Schwester nie zu den gelehrten Nonnen geben sollen. Nichts als Ärger und Verdruss hatte ihm das eingebracht. Und jetzt lief er Gefahr, selbst in dem Strudel der Ereignisse zu versinken, die seine Schwester heraufbeschworen hatte. Zur Hölle mit dir, Bianca, dachte Manfred und nahm einen großen Schluck von dem kühlen Wein, der bislang immer seine Nerven beruhigt hatte. Er hörte ein Kratzen, sah auf und bemerkte den Medicus, der ihm zuwinkte.

»Ich glaube, die Krise ist überstanden. Der Graf von Tuszien ist kurz erwacht und dann in einen tiefen Schlaf gesunken.«

Manfred blickte den Medicus ungläubig an. »Heißt das, er wird gesund?«

»Das heißt zunächst einmal, dass die akute Gefahr gebannt ist. Das Fieber, das sein Leben bedroht hat, ist vorüber.«

Mit neuer Kraft erhob sich Manfred und holte einen Krug, um dem Medicus einen Schluck Wein anzubieten.

»Nehmt etwas Wein, Ihr habt ihn Euch verdient«, forderte er den Mann auf. »Hat Enzio etwas gesagt?«

»Ja«, antwortete der Medicus. »Selbst in seinen furchtbaren Fieberträumen hat er gesprochen. Aber er findet immer nur das eine Wort.«

Manfred sah ihn gespannt an. »Und? Was sagt er?«

Der Medicus zögerte einen Moment, bevor er sprach. »Bianca.«

Sie fanden die Stella Maris auf Anhieb. Sie war eines der kleineren Schiffe im Hafen, wirkte aber schnell und wendig. Bianca zählte drei Masten, und es sah so aus, als hätte das Schiff mehrere Kajüten für Passagiere und Besatzung zur Verfügung. Das Schiff war nicht neu, an mehreren Stellen waren die Planken ausgebessert und kalfatert worden. Von den Segeln sah Bianca nicht viel, sie waren mit groben Tauen um die Rahen gebunden. Trotzdem schienen sie schmutzig und seit langem in Gebrauch zu sein. Die Stella Maris erinnerte Bianca an eine schöne Frau, die durch die Strapazen des Lebens viel zu schnell gealtert war. Eine Frau, die zwar ihre Anmut verloren, aber sich Respekt erkämpft hatte.

»Los«, drängte sie Lorenzo. »Lasst uns den Kapitän suchen und dann unsere Vorbereitungen treffen.«

Sie brauchten unbedingt Vorräte für die Reise. Jeder Passagier kümmerte sich an Bord selbst um Essen und Trinken. Ihr Fährmann hatte sie mit dem notwendigen maritimen Grundwissen ausgestattet, und von ihm wussten sie auch, dass jetzt im Sommer ein stetiger Nordwestwind blies, der zum einen für schönes Wetter verantwortlich war und zum anderen eine schnelle und reibungslose Fahrt nach Süden garantierte.

Bianca entdeckte einen Mann auf dem Deck des Schiffes und winkte ihm aufgeregt zu. Sein blasierter Blick wanderte zunächst teilnahmslos über die beiden Pilger hinweg, doch als auch Lorenzo zu winken begann und einen schrillen Pfiff ausstieß, hatten sie die Aufmerksamkeit des Seemannes gewonnen. Er trat an die Reling und schaute die beiden fragend an.

»Wir suchen den Kapitän der Stella Maris«, rief Lorenzo zum Schiff hinüber.

»Und was wollt Ihr von ihm?«, fragte der Mann, während er die beiden mit skeptischem Blick betrachtete.

»Wir wollen eine Passage nach Brindisi kaufen«, antwortete Lorenzo. »Also, wisst Ihr, wo der Kapitän ist?«

»Ihr habt ihn gefunden«, sagte der Mann, der sich keine großen Illusionen über die Finanzkraft der Pilger machte. Abgerissen, wie die beiden aussahen, würden sie vermutlich im nächsten Augenblick an seine Güte und Nachsicht appellieren und ihm versprechen, dass der Himmel es ihm irgendwann danken werde, wenn er sie ohne Entgelt über das Meer brachte. »Mein Schiff ist komplett voll. Wir segeln morgen früh. Für arme Schlucker wie Euch ist wirklich kein Platz mehr an Bord.«

»Wie viel verlangt Ihr für einen Platz?«, fragte Bianca mit fester Stimme, und der Kapitän war einen Moment lang irritiert. Nach der Stimme zu urteilen, musste dieser Pilger noch reichlich jung sein. Ihm fehlte das dunkle Timbre des Mannes. Andererseits war er hochgewachsen und für ein Kind eigentlich zu groß.

Bianca erkannte die Fragen in den Augen des Kapitäns und ärgerte sich über ihre Voreiligkeit. Eigentlich hatten sie und Lorenzo vereinbart, dass sie in der Öffentlichkeit schwieg.

»Ich verlange mehr, als Ihr habt«, antwortete der Kapitän mit einem verächtlichen Blick auf ihre schmutzigen und zerrissenen Gewänder.

Statt Bianca nahm Lorenzo die Verhandlungen wieder auf.

»Lasst uns an Bord kommen, und wir sprechen in Ruhe über den Preis«, schlug er vor. »Ihr werdet nicht enttäuscht sein.«

Der Kapitän grübelte, ob er sich auf die Ankündigungen des Pilgers verlassen könne, schob dann aber seine Bedenken beiseite. Er konnte durchaus noch ein paar zahlungskräftige Passagiere unterbringen. Möglicherweise, dachte er, könnte dies sogar sein Glückstag werden. »Kommt an Bord«, lud er die beiden ein.

Seinem scharfen Blick fiel das feingliedrige Antlitz des jungen Pilgers auf. Er konnte sich für gewöhnlich auf seine Menschenkenntnis verlassen, und er wollte verdammt sein, wenn dies hier ein Junge war. Ein junges Paar auf der Flucht, vermutete er und gestattete sich ein Lächeln. Heute war tatsächlich sein Glückstag. Eine Frau und ein Mann als Pilger verkleidet – irgendwo hatte er unlängst davon gehört. Doch wer auch immer die beiden verfolgte, es war ihm egal. Für den Kapitän zählte nur eins – der Preis für eine Passage nach Brindisi war in diesem Moment immens gestiegen.

»Willkommen auf der Stella Maris«, sagte er und klopfte Lorenzo

zur Begrüßung leicht auf die Schulter. »Gehen wir in meine Kajüte, da können wir in Ruhe alles besprechen.«
Einen Krug Wein und mehrere zähe Verhandlungsrunden später kletterten Bianca und Lorenzo auf etwas wackligen Beinen von Bord, um die nötigen Vorräte zu besorgen.
»Der Mann ist ein Betrüger«, zischte Bianca voller Zorn. »Er hat uns fast unser ganzes Geld abgenommen. Bist du sicher, dass er ein christlicher Seefahrer ist?«
»Was soll er sonst sein?«, fragte Lorenzo.
»Ein Pirat.«
Lorenzo musste laut lachen. »Der Kapitän ist skrupellos, aber ein Pirat ist er ganz bestimmt nicht. Habt keine Angst. Morgen früh sind wir auf See, und wenn der Kapitän recht behält, erreichen wir in fünf Tagen Brindisi. Dann sind wir in Sicherheit.«
»Hoffentlich«, seufzte Bianca. »Ich bin es leid, hinter jeder Hausecke Heinrich von Passau befürchten zu müssen. Und ich bin so unendlich müde. Glaubst du, an Bord können wir uns endlich ausruhen?«
»Ganz sicher. Was soll während so einer Schiffsreise schon passieren? Wir werden viel Zeit zum Schlafen haben.«
Biancas Niedergeschlagenheit besserte sich ein wenig, und beide sahen sich nach einem Händler um, wo sie Brot, Wasser und Früchte für die Reise bekommen könnten. Einmal meinte Bianca, eine vollkommen schwarz gekleidete Gestalt gesehen zu haben, aber als sie ein zweites Mal in die Richtung schaute, konnte sie niemanden entdecken.
»Ich fange schon an Geister und Dämonen zu sehen«, ärgerte sie sich.
Heinrich von Passau und sein schwarzer Scherge waren ihr mit Sicherheit auf den Fersen, aber sie hielt es für unwahrscheinlich, die beiden hier in Comácchio zu treffen. Es fuhren viele Schiffe in den Süden, und an der Adriatischen Küste gab es eine ganze Reihe von Häfen. Dennoch blieb sie wachsam und gönnte sich auch in

der Nacht vor der Abfahrt, die sie auf Erlaubnis des Kapitäns bereits an Bord verbringen durften, kaum Schlaf.
Als die Sonne aufging, kamen die letzten Vorräte und die übrigen Passagiere an Bord. Bianca atmete auf. Ein schwarz gekleideter Mann war nicht dabei.

Karim stand am Hafen und starrte weit hinaus auf die silbrig glänzende See. Es ging das Gerücht, die Flotte des Landgrafen von Thüringen sei bereits kurz vor Brindisi, doch er wartete nun schon seit Stunden, und außer den üblichen Galeeren und Frachtschiffen konnte er nichts entdecken. Er hatte dem Kaiser versprochen, sich sofort nach der Ankunft um den Landgrafen Ludwig IV. zu kümmern, um jedes Risiko einer Ansteckung so gering wie möglich zu halten.
Außerdem war er mit Friedrich übereingekommen, dass sowohl der Kaiser selbst als auch der Landgraf bis zur endgültigen Weiterreise ins Heilige Land auf der Insel San Andrea Schutz vor der Seuche suchen sollten. Die Luft war dort wesentlich frischer, die Gefahr, am Sumpffieber zu erkranken, so gut wie gebannt.
Karim war nicht erfreut, seine knappe und wertvolle Zeit mit Warten zu verschwenden, aber bei Friedrichs Bitte hatte es sich eindeutig um einen kaiserlichen Befehl gehandelt, verpackt in freundschaftliche Worte, aber dennoch unmissverständlich.
Der Sarazene glaubte inzwischen nicht mehr, dass die Flotte heute noch eintreffen würde, und erwog, in das Hospital im Lager zurückzukehren. Er würde einen der Kundschafter bitten, nach den Schiffen Ausschau zu halten. Seine Anwesenheit war bei den Kranken und Sterbenden wichtiger als im Hafen.
Wenigstens war die Kaiserin Isabella sicher in Otranto eingetroffen. Eine Ansteckung mit dem Fieber war dort höchst unwahrscheinlich, Komplikationen ihrer Schwangerschaft, die sich, da

hatte Karim inzwischen keine Zweifel mehr, in einem frühen Stadium befand, waren es allerdings nicht.
Der Kaiser hatte zufrieden gelächelt, als Karim ihm die frohe Botschaft überbracht hatte. Immerhin war er bereits seit zwei Jahren mit Isabella verheiratet. Karim sah die Schwangerschaft jedoch mit wachsender Sorge, zumal er selbst Friedrich auf dem Kreuzzug begleiten und bei auftretenden Problemen nicht zur Stelle sein würde. Und dass es Schwierigkeiten geben würde, hielt er für so gut wie sicher.
Sein Blick schweifte über den Hafen und verweilte bei einem Seeschiff, das erst vor kurzem festgemacht hatte. Ein Teil der Besatzung und mehrere Passagiere waren bereits von Bord gegangen, als zwei Pilger in schmutzigen Gewändern das Schiff verließen.
Beide sahen blass und kränklich aus, und Karim, der die Tücken der Seefahrt kannte, lächelte mitleidig. Er hatte tapfere Ritter, die im Kampf den Tod verachteten, an Bord eines Schiffes so elend erlebt, dass die Männer darum bettelten, sterben zu dürfen. Die Krankheit, die die Menschen auf dem Wasser plagte, so dass sie nicht in der Lage waren, auch nur einen Bissen bei sich zu behalten, war selbst bei erfahrenen Seeleuten gefürchtet. Wie viel mehr Schrecken hielt sie für die bereit, die zum ersten Mal über das Meer fuhren.
Aus dem Augenwinkel beobachtete er, wie sich die beiden Pilger im Schatten einer Platane niederließen. Sie wirkten erschöpft, und dem einen rutschte in einem unbedachten Moment die Kapuze vom Kopf. Überrascht sah Karim, dass es sich keineswegs um einen Mann, sondern um eine Frau mit langem blondem Haar handelte. Eine überaus schöne Frau, wie er mit Kennerblick feststellte.
Seine Neugier war jetzt geweckt, und er nahm sich vor, dem seltsamen Paar noch eine Weile seine Aufmerksamkeit zu schenken. Die Frau hatte hastig ihr Haar wieder bedeckt und wandte sich jetzt ihrem Begleiter, unzweifelhaft ein Mann, zu. Karim sah, dass

zwar ihre Kleider alt und abgetragen waren, aber ihre Haltung, ihre Gesten, ihre ganze Art darauf schließen ließen, dass sie aus einer vornehmen Familie stammte.

»Also ist sie eine Dame«, murmelte der Sarazene, der große Lust hatte, dieses Rätsel zu lösen. Er beschloss, vorerst nicht ins Lager zurückzukehren, sondern den geheimnisvollen Pilgern unauffällig zu folgen.

Karim konzentrierte sich ein letztes Mal auf den Horizont, an dem immer noch keine Flotte zu sehen war. Die beiden Pilger knabberten Rosinen und Mandeln und schienen sich, seit sie wieder festen Boden unter den Füßen hatten, schnell zu erholen. Nach einer Weile standen sie auf und schlugen den Weg ins Innere der Stadt ein, der durch ein Labyrinth von schmalen Gassen führte. Karim sah ihnen unauffällig nach und wollte in dieselbe Richtung schlendern, als er einen Mann entdeckte, der das Paar ebenfalls zu verfolgen schien.

Er pfiff leise durch die Zähne. Die Sache wuchs sich zu einem immer größeren Rätsel aus. Der Unbekannte war groß und schlank, und sein Gesicht kam Karim vage bekannt vor. Allerdings konnte er sich nicht erinnern, wann und wo er den Mann schon einmal gesehen hatte.

Die beiden Pilger entfernten sich mit raschen Schritten vom Hafen, und Karim fragte sich, wann es ihnen auffallen würde, dass sich diese heiße Stadt in einem Ausnahmezustand befand. Irgendwann mussten sie erkennen, dass die Händler keine Waren mehr anboten und die Kirchen überfüllt waren mit Menschen, die um Schutz vor der Seuche beteten. In den Gassen duftete es schwach nach Weihrauch, aber mehr und mehr überlagerte der Gestank der verbannten Toten alle anderen Gerüche.

Der Fremde, der sich ebenfalls auf die Spur der Pilger gesetzt hatte, hielt penibel Abstand, so dass er nicht gesehen wurde. Karim bemühte sich, dasselbe zu tun. Es war längst Abend geworden, und die Sonne versank wie ein roter Ball am Horizont. Morgen würde

es wieder ein heißer Tag werden, aber jetzt brachte die Dämmerung etwas Abkühlung. In einigen besonders engen Gassen herrschte schon fast Dunkelheit, und die beiden Pilger sahen sich mehrmals nervös um.
Karim bemühte sich, weder den Fremden noch die Pilger aus den Augen zu verlieren, und dennoch waren sie plötzlich verschwunden. Er blieb stehen und sah sich suchend um.
Sein Weg hatte ihn auf einen kleinen Platz geführt, von dem aus verschiedene schmale Gassen abzweigten. Welche davon hatten die Pilger gewählt? Karim war ratlos, aber noch während er darüber nachdachte, ob er sich nach rechts oder nach links wenden sollte, hörte er einen unterdrückten Schrei. So schnell er konnte, rannte er in die Richtung, aus der die Stimme gekommen war, und sah den Fremden im Kampf mit den beiden Pilgern. Der Unbekannte hatte versucht den Mann zu überwältigen, aber sowohl er als auch seine Begleiterin setzten sich heftig zur Wehr. Karim hörte, wie der Angreifer die beiden verfluchte und beschimpfte. Er sprach mit starkem Akzent, und in diesem Augenblick wusste Karim, wen er vor sich hatte – Heinrich von Passau, einer der deutschen Barone, in deren Anwesenheit Friedrich vor Jahren zum König gekrönt worden war.
Weder der Kaiser noch Karim hatten diesem Mann jemals auch nur das geringste Vertrauen entgegengebracht. Karim hielt den Deutschen für einen der skrupellosesten Menschen, die er in seinem Leben getroffen hatte.
Ohne einen weiteren Gedanken zog er sein scharfes gebogenes Messer aus dem Gürtel, fest entschlossen, das Leben der Pilger zu verteidigen. Doch Heinrich von Passau hatte Karims Schritte gehört, stieß einen der Pilger gegen eine Hauswand und verschwand eilig in einen Torbogen. Karim verzichtete darauf, den Deutschen zu verfolgen. Seine Sorge galt den überfallenen Pilgern.
Der Mann lehnte schwer atmend an der Hauswand, die Frau saß erschöpft auf dem Boden.

»Seid Ihr verletzt?«, fragte der Sarazene, doch beide schüttelten den Kopf.
»Ich bin Karim an-Nasir, der Leibarzt des Kaisers. Ihr könnt mir vertrauen.«
Die schöne Unbekannte und ihr Begleiter wechselten einen Blick, blieben aber stumm.
Karim bückte sich und half der Pilgerin auf die Füße. Sie nickte ihm dankbar zu. Ihr Umhang gab genug von ihrem Gesicht frei, um seinen ersten Eindruck zu bestätigen. Diese Frau war eine Schönheit, und sie wirkte auch klug.
»Verratet mir Eure Namen«, sagte der Sarazene.
Die Pilgerin zuckte resigniert mit den Schultern. »Ich glaube, Ihr habt ein Recht darauf, Karim an-Nasir, denn ohne Euch wären wir verloren gewesen. Danke für Euren Mut. Mein Name ist Bianca, ich bin die Frau eines Tuchmachers. Und dieser Mann hier, Lorenzo, ist mein Bruder.«
Karim war der erstaunte Blick des Pilgers nicht entgangen, aber die entschlossene Antwort seiner Begleiterin ließ ihn diesbezüglich schweigen.
»Wisst Ihr, warum Euch der Mann überfallen hat?«
»Ich denke, weil er ein Räuber ist.«
»Kanntet Ihr ihn?«
»Nein. Wir kennen hier niemanden. Unser Schiff hat erst heute festgemacht. Wir sind von Comácchio aus nach Brindisi gesegelt.«
Karim verzichtete darauf, noch mehr Fragen zu stellen. »Seid auf der Hut«, warnte er die beiden, »in der Stadt wütet das Fieber. Besser, Ihr zieht so schnell wie möglich weiter.«
Der Sarazene konnte spüren, wie die Angst von ihnen Besitz ergriff. Er kannte diese Reaktion, denn jeder, der seine Sinne beisammen hatte, fürchtete das Fieber mehr als den Teufel. Er verbeugte sich leicht vor den Pilgern und beeilte sich, zurück zum Lager zu kommen. Er hatte viel Zeit verloren, aber diese Begegnung war es wert gewesen.

»Ihr wart lange am Hafen«, empfing ihn der Kaiser bei seiner Rückkehr. »Wir wollten schon Kundschafter aussenden.«
»Ich habe vergeblich auf den Landgrafen von Thüringen gewartet. Hoffen wir, dass die Flotte morgen einläuft.«
»So war Euer Tag höchst langweilig?«
»Im Gegenteil«, antwortete Karim. »Ich habe eine interessante Bekanntschaft gemacht – und einen deutschen Baron getroffen.«
Friedrich sah auf. »Wen?«, fragte er in scharfem Ton.
»Heinrich von Passau.«
»Das ist seltsam. Glaubt Ihr, er will am Kreuzzug teilnehmen?«
»Nein, ich glaube, er ist unter die Diebe gegangen.«
»Das ist nichts Neues, Karim. Die meisten meiner Vasallen im Norden sind nichts als Räuber und Wegelagerer.«
»Aber neu ist, dass einer von ihnen jetzt Pilger überfällt.«
Friedrich blickte ihn ungläubig und amüsiert zugleich an. »Heinrich von Passau überfällt Pilger? Seit wann sind Pilger eine lohnende Beute?«
»Seit sich Pilger in schmutzigen Gewändern als überaus schöne und vornehme Damen entpuppen.«
»Jetzt wird es interessant«, sagte der Kaiser und nahm ganz gegen seine Gewohnheit einen Schluck Wein. »Was wisst Ihr über diese Dame?«
»Sie heißt Bianca – und sie ist eine Lügnerin.«
»Sprecht weiter.«
»Sie sagt, sie sei die Frau eines Tuchmachers und ihr Begleiter sei ihr Bruder.«
»Und das ist nicht die Wahrheit?«
»Niemals, mein Kaiser. Sie ist eine Fürstin oder eine Gräfin, da bin ich sicher.«
»Sie kennt also den deutschen Baron?«
»Sie behauptet, nein, aber wie gesagt, sie ist eine Lügnerin.«
Friedrichs analytischer Verstand machte sich daran, dieses Rätsel in seine einzelnen Teile zu zerlegen. Möglicherweise würde

es ihm gelingen, sie in sinnvoller Reihenfolge wieder zusammenzusetzen.
»Ich denke«, sagte er, »Heinrich von Passau hat die Frau und ihren Begleiter gekannt. Was meint Ihr?«
Karim nickte. »Ich sehe es ganz genauso. Die beiden trugen schmutzige und zerrissene Pilgergewänder. Kein Dieb der Welt käme auf die Idee, bei ihnen Reichtümer zu vermuten. Der Überfall muss einen anderen Grund gehabt haben.«
»Vielleicht eine Verschwörung?«
»Ich weiß es nicht, mein Kaiser.«
Friedrich warf ihm einen ungeduldigen Blick zu.
»Wisst Ihr überhaupt irgendetwas über diese geheimnisvolle Unbekannte?«
»Sie ist die schönste Frau, die ich jemals gesehen habe«, antwortete Karim.
»Und wo ist sie jetzt?«
»Ich habe ihr und ihrem Begleiter geraten, vor dem Fieber zu fliehen. Aber eine innere Stimme sagt mir, dass sie das nicht tun werden. Also ist sie hier in Brindisi.«
Der Kaiser drehte träumerisch seinen Weinkelch zwischen den Fingern.

Es war ihnen nicht gelungen, eine Herberge zu finden, die Stadt war hoffnungslos überfüllt. Die Menschen schliefen auf dem Boden der Wirtsstuben, in den Ställen, und viele Pilger verbrachten die Nacht auf der Straße. Überall knieten Menschen und flehten Gott, den Allmächtigen, an, sie vor der Seuche zu verschonen.
Bianca hatte sich vor dem verzweifelten Schluchzen der Pilger, die am Ende ihrer Kräfte waren, die Ohren zuhalten müssen. Sie selbst spürte, wie sehr die Flucht ihren Lebensmut verbrauchte. Sie fragte sich, warum Gott sie ihren Verfolgern hatte entkommen lassen, um sie dann in diese Hölle zu führen. Brindisi war nicht

ihre Rettung, sondern ihr Verderben. Sie wusste nicht, wen sie mehr fürchten sollte, Heinrich von Passau oder das Fieber.

Gemeinsam mit Lorenzo hatte sich Bianca durch die Masse verschwitzter Leiber zurück zum Hafen gedrängt. Auf verschlungenen Wegen hatten sie endlich die Stella Maris erreicht und den Kapitän gebeten, sie eine weitere Nacht auf dem Schiff schlafen zu lassen. Lorenzo erzählte ihm eine Geschichte aus Notlügen und Halbwahrheiten den Überfall betreffend, und da der Kapitän erkannte, dass seine ehemaligen Passagiere sich vor Erschöpfung kaum noch auf den Beinen halten konnten, gab er widerwillig nach.

»Wie ist das nur möglich?«, sagte Bianca weinend, als sie endlich allein und geschützt unter Deck kauerten. »Egal, wohin wir fliehen, Heinrich und dieser unheimliche Mann in Schwarz stürmen wie Dämonen aus dem Schatten und bedrohen unser Leben. Woher wusste er, dass wir nach Brindisi wollten?«

»Die zwei sind Meister ihres Fachs«, entgegnete Lorenzo. »Sie bestechen, schüchtern ein, foltern und morden, wie es ihnen gerade in den Plan passt. Und die Menschen verraten ihnen, was sie wissen wollen.«

»Wir werden ihnen niemals entkommen.«

Bianca starrte hoffnungslos auf den Boden. Nach den Erfahrungen, die sie mit ihren Verfolgern gemacht hatte, war ihre Angst zur Panik angewachsen. Sie hatten nur diese Nacht, um auszuruhen, morgen mussten sie weiterziehen. Bianca sah keinen Ausweg mehr. Sie zögerte, ihren ursprünglichen Plan zu verfolgen und ihre alte Freundin Clara von Siena um Hilfe zu bitten. Bari lag etwas nördlich von Brindisi, und sie hatten eigentlich gehofft, den dortigen Hafen direkt anzulaufen, aber da sich alle Seeleute in Brindisi das größere Geschäft versprachen, segelten sie an Bari vorbei. Sie waren also gezwungen, ein Stück zurück über Land nach Bari zu reisen, doch nach dem gestrigen Erlebnis war sich Bianca nicht mehr sicher, ob sie überhaupt das Kloster der Ehrwürdigen Schwestern aufsuchen sollten.

Sie hatte Angst, Claras und das Leben der anderen Nonnen ebenfalls zu gefährden. Inzwischen war sie sich sicher, dass die beiden Männer, die ihnen so hartnäckig auf den Fersen waren, auch vor einem Überfall auf ein Kloster nicht zurückschrecken würden. Durfte sie noch mehr Menschen mit in ihr Elend hineinziehen?
Die Frau des Tuchmachers war bereits für sie gestorben. Und es war durchaus möglich, dass auch andere Menschen verletzt oder sogar getötet worden waren, um Informationen über sie und Lorenzo zu erpressen. Alle, die ihnen halfen, befanden sich in höchster Gefahr. Auch der Kapitän der Stella Maris. War es klug, sich ausgerechnet hier zu verstecken?
Bianca hoffte, dass ihre Verfolger diesen Winkelzug nicht durchschauen würden, beschloss aber, noch vor dem Morgengrauen das Schiff zu verlassen und weiterzuziehen. Blieb allerdings die Frage, wohin?
Ihre kurze Begegnung mit dem Leibarzt des Kaisers kam ihr wieder in den Sinn. Ein Sarazene, erinnerte sie sich. Ein kluger und ein mutiger Mann, aber fast ein bisschen unheimlich. Seine dunklen Augen hatten sie regelrecht durchbohrt, und sie war sich nicht ganz sicher, ob sie ihn mit ihrer Geschichte, sie sei die Frau eines Tuchmachers und Lorenzo ihr Bruder, überzeugt hatte. Könnte dieser Mann ihnen helfen? Nein, entschied sie im selben Augenblick. Besser, wenn sie niemandem traute.
Neben ihr war Lorenzo in einen unruhigen Schlaf gesunken. Seine Hände zuckten mehrmals wie im Krampf, und er murmelte unverständliche Worte.
Armer Lorenzo, dachte sie. Wie sie selbst hatte er alles verloren. Doch im Gegensatz zu ihr war er schuldlos. Alles, was er tat, geschah aus selbstloser Treue zu ihr. Und was hatte er davon? Er musste jeden Tag aufs Neue um sein Leben fürchten.
Bianca war so müde, dass sich ihr Kopf ganz leer anfühlte. »Ich kann heute Nacht nicht denken«, sagte sie leise. »Aber ich muss eine Entscheidung treffen.«

Sie schloss die Augen und hoffte, dass der Engel, der ihr schon öfter im Traum begegnet war, auch heute erscheinen würde. Doch die Vision von einem himmlischen Wesen blieb aus. Niemand kam ihr zu Hilfe.

Sie schwebte zwischen Wachen und Schlaf. Die tiefe Erschöpfung forderte das Recht auf Ruhe, doch die Sorgen um ihre und Lorenzos Zukunft hinderten sie an der dringend notwendigen Entspannung. Ein kühner Gedanke formte sich in ihrem Hinterkopf, und je mehr die Nacht dem Morgen wich, desto mehr nahm er Klarheit an. Wenn sie in diesem Teil der Welt nicht mehr leben konnte, würde sie eben in einen anderen fliehen müssen. Tausende von Menschen brachen ins Heilige Land auf, Ritter, Pilger, Abenteurer, Händler – und Frauen.

Auf jeden Fall, ging ihr noch durch den Kopf, bevor die Müdigkeit sie dann doch überwältigte, auf jeden Fall brauchten sie eine neue Tarnung. Morgen würden sie ihre zerlumpten Pilgergewänder gegen eine andere Kostümierung tauschen. Sie waren in einer Stadt – also konnte sie wieder in die Kleider einer Frau schlüpfen. Sie mussten ihre Verfolger verwirren. Und dann in Ruhe darüber nachdenken, wie sie ins Heilige Land kamen. Aber erst einmal musste sie schlafen.

Friedrich fühlte die ersten Anzeichen stechender Kopfschmerzen. Ihn fröstelte leicht, aber er weigerte sich, weiter über sein Unwohlsein nachzudenken. Der Landgraf von Thüringen war endlich mit seinem Heer eingetroffen, und der Kaiser drängte zur Eile, was die Weiterfahrt nach Übersee anbetraf. Er wollte jetzt kein Risiko eingehen und sich und seinen offiziellen Stellvertreter möglichst bald an Bord eines Schiffes bringen. Allerdings gab nicht nur das Fieber Anlass zur Sorge. Der Kaiser hatte mittlerweile das Gefühl, dass der Kreuzzug eine einzige Aneinanderreihung von Schicksalsschlägen, Pech und unglücklichen Zufällen war.

Die Seuche war schon entsetzlich genug, doch nun wurden auch noch die Vorräte knapp.
Die kaiserlichen Beamten hatten sich große Mühe gegeben, wenigstens die Grundversorgung an Lebensmitteln und Wasser sicherzustellen, doch der Ansturm der Menschenmassen hatte sogar die effektivste Verwaltung des nördlichen Mittelmeerraums überfordert. Das Wasser musste rationiert werden, und auch wenn die Schiffe neue Lebensmittel brachten, gab es für die Kreuzritter eindeutig zu wenig zu essen.
Keine gute Voraussetzung für die Streitmacht Christi, die unter sengender Wüstensonne gegen die Ungläubigen kämpfen sollte. Der Kaiser setzte daher all seine Hoffnungen auf den geplanten kurzen Aufenthalt auf der Insel Zypern. Dort würde man die Vorräte auffüllen können und hatte außerdem die Möglichkeit, sich von den Strapazen in Brindisi zu erholen.
Friedrich legte sich ein kühlendes Tuch auf die Stirn und betete um Linderung. Der Juli war längst vorbei, die Frist, die er vor zwei Jahren dem damaligen Papst versprochen und im Vertrag von San Germano unterschrieben hatte, lief unaufhaltsam ab.
Er drängte die unangenehmen Gedanken an den Papst energisch in den Hintergrund und widmete sich wieder einem Schreiben, das auf einem ungewöhnlichen Material verfasst war. Die Araber nannten es Papier, und Friedrich, ein großer Bewunderer der altägyptischen Kultur mit ihren Pharaonen und ihrer alles überragenden Baukunst, wusste, dass schon vor weit über tausend Jahren Papyrus zu seiner Herstellung genutzt worden war.
Der Brief war in arabischer Schrift geschrieben und kam vom Emir Fahr ed-Din, einem Mann, den Friedrich schätzte und respektierte. Der Emir stand in diplomatischen Diensten des Sultans von Ägypten, al-Kamil, und Friedrich hatte ihn im vergangenen Jahr kennengelernt. Was ihm der Emir jetzt vorschlug, war zweifellos ungewöhnlich. Der Sultan, hieß es in dem Schreiben, bitte den christlichen Kaiser um Hilfe gegen seine eigenen Brüder, den Sul-

tan von Babylon und den Sultan von Damaskus, letzterer Herr über die Heiligen Stätten und Jerusalem.
Der Emir schrieb, dass alle drei Brüder seit langem miteinander verfeindet seien und jeder von ihnen einen Angriff der jeweils beiden anderen befürchte. Aus diesem Grund biete er dem Kaiser an, sein Verbündeter zu sein und ihn auf diese Weise im Heiligen Land zu unterstützen.
Friedrich lächelte leicht. Ein überraschendes Angebot, allerdings eines, das nicht ganz in seine eigenen Pläne passte. Er wollte weder einen Verbündeten noch eine weitere Streitmacht. Wenn sein Vorhaben aufging, könnte eine Verbindung mit einem der verfeindeten Brüder eher hinderlich als nützlich sein. Wir spielen auf Zeit, entschied der Kaiser. Er würde später einem seiner arabischen Schreiber eine diplomatische Antwort diktieren. Oberste Priorität hatte jetzt die geplante Reise über das Mittelmeer. Alles andere konnte warten.
Ein Schauer ließ ihn erneut frösteln. Friedrich griff zu einem roten Umhang aus Seide, verziert mit Adlern und Löwen, und legte ihn wie eine Decke um seine Schultern. Als Karim wenig später das kaiserliche Zelt betrat, stand dem Kaiser der Schweiß auf der Stirn, obwohl er vor Kälte zu zittern schien. Friedrich hatte die Symptome bereits selbst zu deuten gewusst, doch Karim erkannte die Gefahr auf den ersten Blick.
»Ihr habt Fieber«, sagte er. »Ihr müsst sofort abreisen. Ich werde alles vorbereiten, dass Ihr noch heute auf die Insel San Andrea fahrt.«
»Es ist nur ein leichter Kopfschmerz«, beruhigte Friedrich ihn. »Wir haben heute noch Pflichten zu erfüllen, morgen segeln wir nach San Andrea.«
»Als Euer Arzt kann ich Euch nur befehlen, unverzüglich aufzubrechen. Morgen kann es zu spät sein.«
Karims Stimme hatte schärfer geklungen als beabsichtigt, und er erkannte auf der Stelle, dass er den falschen Ton gegenüber dem Kaiser angeschlagen hatte.

Friedrich sah ihn kalt an. »Hier befehle nur ich. Meine Entscheidung ist gefallen. Ich werde wie geplant zu den Männern sprechen, die aus dem Norden gekommen sind, um uns zu unterstützen. Bereitet die Abreise nach San Andrea für morgen früh vor. Ihr könnt gehen, Karim.«
Karim kannte den Kaiser gut genug, um nicht zu widersprechen. Friedrich war kein Mann, der sich beeinflussen ließ. Er tat grundsätzlich das, was er selbst für richtig hielt. Da er als Arzt bei seinem kaiserlichen Patienten zurzeit nichts ausrichten konnte, ging er zum Heerlager, dort, wo der Kaiser demnächst seine Ansprache an die Truppen Ludwigs IV., Landgraf von Thüringen, richten würde. Karim hielt das Vorhaben unter diesen Umständen zwar für mehr als fragwürdig, wollte aber in der Nähe sein, falls Friedrichs Krankheitssymptome stärker würden.
Auf dem Vorplatz sammelten sich allmählich die Menschen. Es hatte sich wie ein Lauffeuer verbreitet, dass der Kaiser selbst zu den Rittern sprechen werde.
Karim suchte einen Platz, der gute Sicht garantierte. Es war eine seltsame Szenerie, die sich ihm bot. Die Menschen waren durch Hitze und Angst vor dem Fieber erschöpft, die Lebensmittelvorräte waren knapp geworden, und doch schienen viele von neuer Energie und neuem Enthusiasmus angetrieben. Er fragte sich, ob allein die Hoffnung, den Kaiser zu sehen und zu hören, diese Kraftreserven freigesetzt hatte. Eine Ansprache des Kaisers war immerhin ein Ereignis, das niemand so schnell vergessen würde.
Es waren nicht nur Ritter, Bogenschützen und Seeleute gekommen, sondern auch Pilger, Kaufleute und Handwerker aus der Stadt, Bauern und ihre Dienstleute, Frauen und Kinder. Die Menschen standen in Gruppen zusammen. Die Ritter blieben mit ihren Pferden am hinteren Rand der Versammlung, jedes bisschen Schatten nutzend, das die Stadt ihnen schenkte.
Die Kaufleute von Brindisi, trotz der Hitze in dunkler Kleidung und mit Kappen auf den Köpfen, diskutierten die Ereignisse, die

ihre Stadt so plötzlich und folgenschwer getroffen hatten. Ihre Gesichter waren ernst und verdrossen, denn ihr Verstand sagte ihnen, dass selbst der mächtigste Kaiser nicht in der Lage sein würde, die Seuche aus ihrer Stadt zu vertreiben.

Bislang hatten ihnen die Ritter und die Kreuzzüge Reichtum und Wohlstand gebracht, doch dieser verbreitete Krankheit und Tod. Und zum ersten Mal seit Jahrzehnten verfluchten die Stadtväter das fremde Gold und die Münzen aus anderen Ländern und wünschten sich nichts sehnlicher als Ruhe innerhalb der Mauern.

Karim hörte Lachen und Kreischen und wandte seinen Blick nach rechts zu einer Gruppe von Frauen. Sie trugen leuchtend gelbe Hauben, unter denen ihr langes, geflochtenes Haar hervorquoll. Ihre Kleider wirkten trotz ihrer fröhlichen Farben schäbig, die Säume starrten vor Dreck.

Die Frauen tranken Wein, was Karim insgeheim für eine kluge Entscheidung hielt, denn Wein war auf jeden Fall besser als das brackige, faule Wasser, das Brindisi seinen Besuchern bieten konnte. Es waren die Huren und Marketenderinnen, die sich auf das Erscheinen des Kaisers entsprechend vorbereitet hatten. Was gab es Besseres für eine Liebesdienerin als eine Versammlung von Hunderten von Männern? Ausgehungerten Männern, verzweifelten Männern, fügte Karim im Geist hinzu. Er zuckte unmerklich mit den Schultern und wünschte den Damen für heute ein gutes Geschäft.

Den weitaus größten Teil der Menge bildeten die Pilger, und Karim suchte in der Menge nach einem ganz bestimmten Paar in zerlumpten Gewändern. Er sah allerdings so viele davon, dass er nicht damit rechnete, die beiden angeblichen Geschwister zu entdecken. Er dachte an Bianca und Lorenzo und fragte sich, ob sie noch hier in der Stadt waren. Er hoffte, dass es ihnen gelungen war, sich in Sicherheit zu bringen, obwohl es ihn ein bisschen wehmütig stimmte, die schöne Bianca niemals wiederzusehen.

Fanfaren ertönten, und der Kaiser ritt auf seinem mächtigen

Streitross vor die Menge. Er trug seine Rüstung und seine Waffen, darüber einen prächtigen Umhang aus dunkelrotem Samt, an den Kanten mit Gold eingefasst. Seine blauen Augen wirkten heller als je zuvor, und sein rotblondes Haar schimmerte in der Sonne. Es war in der Mitte gescheitelt, kinnlang und gerade geschnitten, und einige Fransen waren in die Stirn gekämmt.

Wie jedes Mal war Karim von der Erscheinung des Kaisers beeindruckt, und ein Blick in die Gesichter der wartenden Menschen zeigte, dass er nicht der Einzige war, dem es so ging.

Im Schutz einer Hausecke verfolgten Bianca und Lorenzo das Spektakel um die mit Spannung erwartete Ankunft des Kaisers. Sie hatten ihre Pilgerkluft gegen die Kleidung einfacher Dienstleute getauscht. Bianca trug einen langen braunen Rock und eine ehemals weiße Bluse, Lorenzo ein schwarzes Gewand, das ihm bis zu den Waden reichte. An den Füßen hatten sie einfache Filzschuhe. Ihre Gesichter waren mit Staub verschmiert, eine Vorsichtsmaßnahme, die sie sich hätten sparen können. Niemand achtete auf sie.

Bianca starrte auf den Kaiser, als wäre sie dem legendären Tristan aus dem Minnelied Gottfrieds von Straßburg höchstpersönlich begegnet. Es gelang ihr nicht, sich auf seine Worte zu konzentrieren, und auch Lorenzos Versuche, ihr etwas zuzuflüstern, nahm sie nicht wahr.

Noch nie hatte sie einen so faszinierenden Mann gesehen. Der Kaiser wirkte unbesiegbar, strahlend in seinem kostbaren Umhang. Sie spürte die Anziehungskraft, die von diesem Mann ausging, und verstand, warum so viele Menschen ihm in das Heilige Land folgen wollten.

Und darüber hinaus setzte er Gefühle in ihrem Inneren frei, die sie bislang nicht gekannt hatte. Unwillkürlich griff sie nach Lorenzos Arm.

»Lorenzo, sieh doch die Gesichter der Leute, wie er ihnen Mut macht.« Auch sie fühlte neuen Elan und blickte ihren Begleiter

eindringlich an. »Ich weiß nun, was wir tun werden. Ich habe lange nachgedacht und gezögert, aber jetzt bin ich mir sicher.«
Lorenzo kannte die Gräfin inzwischen gut genug, um zu ahnen, dass ihre begeisterte Ankündigung neue Abenteuer und neue Gefahren mit sich bringen würde. Vor Aufregung bekam er einen trockenen Mund, schluckte und schwieg.
»Lorenzo«, sagte sie und strahlte ihn dabei an. »Lass uns mit dem Kaiser ziehen. Wir schließen uns seinem Tross an.«
Lorenzo stöhnte innerlich. Noch eine Seereise, diesmal weit über das Meer ins Morgenland. Er fürchtete die Schrecken der Seekrankheit und war sich nicht sicher, ob er sie ein zweites Mal überleben würde. Er fühlte sich so erschöpft, als wäre er die ganze Strecke vom Piemont nach Apulien gerannt, und mit Bewunderung sah er Bianca an, die seit der Ansprache des Kaisers aufgeblüht war wie eine der cremigen Gallicarosen, die sie so liebte.
Der Kaiser hatte den Platz längst wieder verlassen, aber die Menge wollte sich noch nicht zerstreuen. Die Menschen sprachen und debattierten, die Söldner riefen nach Wein, und die Mägde beeilten sich, in den Schutz der Häuser zurückzukehren.
Lorenzo war es zwar leid, immer weiter zu fliehen. Er fürchtete, ihre Verfolger würden sie noch bis an die Grenzen dieser Welt treiben, und was würde geschehen, wenn sie endlich den Rand des Meeres erreicht hätten? Aber seine Treue zu Bianca stand über allem anderen. Wenn sie dem Kaiser folgen wollte, dann würde er sie mit Gottes Hilfe begleiten. Lieber wollte er zur Hölle fahren als die Gräfin allein lassen.
Und während Lorenzo und Bianca in Gedanken nach Osten über das Meer sahen, machte sich Karim voller Sorgen auf den Weg zurück ins Lager.
Niemand aus der Menge hatte dem Kaiser die Symptome des Fiebers angemerkt, da war sich Karim absolut sicher. Friedrich hatte ein perfektes Schauspiel geboten und alle in seinen Bann gezogen. Er war ein Meister der Selbstdarstellung und hatte es wieder ein-

mal verstanden, auch seine größten Kritiker zum Schweigen zu bringen. In dieser Beziehung hielt Karim den Kaiser für ein Genie, in Bezug auf seine Gesundheit jedoch für einen verantwortungslosen Raubritter.

Zusammen mit seinen engsten Vertrauten genoss Papst Gregor IX. seinen Lieblingsrotwein, einen Brunello aus der Toskana – kräftig, erdig und doch mit einem angenehm fruchtigen Geschmack auf der Zunge. Der Heilige Vater wusste einen guten Tropfen immer zu schätzen, und besonders heute war ein Anlass zur Freude.

Aus dem engsten Kreis des Kaisers war das Gerücht nach Rom gedrungen, Friedrich sei am heimtückischen Sumpffieber erkrankt. Wenn das stimmte, und der Papst zweifelte nicht an der Zuverlässigkeit seiner Informanten, dann hatte die Kirche einen Meilenstein im Machtkampf mit dem Kaiser erreicht.

Seine Heiligkeit schmunzelte zufrieden. In weiser Voraussicht hatte er seine Truppen in Stellung gebracht. Symbolisch gesehen natürlich, denn er würde sich nicht dazu herablassen, mit Waffen zu kämpfen. Seine Streitmacht war die Diplomatie der Kurie.

Gregor war der festen Überzeugung, dass seine Vorgänger den damals noch jungen Kaiser unterschätzt hatten. Niemand hatte die Gefahr gesehen, die von ihm ausging. Nun lag es in seinen Händen, die Kirche aus der Umklammerung, die einzig und allein Friedrich zu verantworten hatte, wieder zu befreien.

Der Kirchenstaat war eingeklemmt zwischen den Machtgebieten des Kaisers, was Papst Gregor absolut nicht behagte und was er künftig zu ändern gedachte. Friedrichs Sohn König Heinrich bewies in Deutschland nur wenig politisches Geschick, und die deutschen Fürsten waren überdies dafür bekannt, alles zu tun, um eine starke Hausmacht des Königs immer wieder zu schwächen. Der Papst machte sich daher berechtigte Hoffnungen, dass das Reich

jenseits der Alpen nicht auf Dauer in den Händen Kaiser Friedrichs bleiben würde.
Im Süden, im Königreich Sizilien, herrschte er selbst und erregte durch unkonventionelle Entscheidungen immer wieder aufs Neue den Zorn des Kirchenoberhaupts. Das störrische Festhalten des Kaisers an der Glaubensfreiheit der Sarazenen in Sizilien zum Beispiel erboste den Papst bis aufs Blut. Aber Friedrich hatte per Gesetz verfügt, dass den Ungläubigen bei der Stadt Lucera Siedlungsgebiete zugewiesen wurden. Er erlaubte den Sarazenen sogar, Moscheen zu bauen, und kümmerte sich nicht im Geringsten um den erbitterten Protest aus Rom.
Aber jetzt hatte sich der Wind des Schicksals gedreht. Drei mächtige Kirchenfürsten aus der Lombardei waren von Papst Gregor unlängst zu Kardinälen ernannt worden – als hätte er es geahnt, dass Friedrichs Macht sinken und eine starke Hand der Kirche in den strategisch wichtigen Positionen südlich der Alpen von Vorteil sein würde. Ein kranker Kaiser konnte außerdem keinen Kreuzzug anführen. Im Übrigen war die Frist zum Aufbruch ins Heilige Land bereits seit ein paar Tagen verstrichen. Ende August war vereinbart gewesen, inzwischen schrieb man September.
Der Papst war entschlossen, heute, an diesem herrlichen Abend, seine Kardinäle über das weitere Geschehen zu unterrichten. Er nippte an seinem Wein und genoss das Aroma, als ihm die Ankunft eines Templers gemeldet wurde, der Seine Heiligkeit dringend zu sprechen wünschte.
»Nicht jetzt«, entgegnete Gregor unwillig. Er hatte nicht vor, sich den Abend verderben zu lassen.
»Aber er sagt, seine Nachricht sei von entscheidender Bedeutung. Er sei in höchster Eile von Brindisi nach Rom gereist.«
»Dann soll er kommen«, gab Seine Heiligkeit nach.
Ein Templer aus Brindisi? Sollte es so schlecht um den Kaiser stehen?
Mit schnellen Schritten eilte der Tempelritter in die privaten Räume des Papstes.

»Ihr habt eine Nachricht. Ich höre«, empfing ihn Gregor, der es liebte, wenn die Menschen, die ihm etwas mitzuteilen hatten, ohne Umschweife auf den Punkt kamen.

»Die kaiserliche Galeere wird morgen in See stechen. Der Kreuzzug beginnt.«

Der Papst war einen Moment vor Überraschung sprachlos.

»Aber unsere Quellen sagen, der Kaiser sei schwer erkrankt.«

»Der Kaiser ist zäh. Er segelt trotz des Fiebers.«

Gregor starrte den Templer fassungslos an. »Ist der Mann mit dem Teufel im Bunde?« Voller Zorn sprang er trotz seines hohen Alters auf. »Hier und jetzt beschieße ich: Nur noch ein falscher Schritt, nur noch eine winzige Verzögerung, und der Kaiser wird aus der Gemeinschaft der Christen und der allerheiligsten Kirche ausgeschlossen. Er soll gebannt sein, und keine Buße kann ihn zurück in den Schoß der Kirche bringen.«

Die Kardinäle waren blass geworden.

»Das bedeutet Krieg«, sagte einer von ihnen mit leiser Stimme.

Bianca konnte vor Aufregung nicht still sitzen. Sie hatten es tatsächlich geschafft und waren sicher an Bord eines der Seeschiffe, die zur Flotte des Kaisers gehörten. Es waren Ritter und auch andere Pilger an Bord, Seeleute, Pferde und eine armselige Ladung Vorräte. Das Schiff hatte den Namen Clara, was Bianca für ein gutes Zeichen und einen unbeabsichtigten Verweis auf die Äbtissin Clara von Siena im Kloster der Ehrwürdigen Schwestern von Bari hielt. An Bord befand sich keine einzige Frau, und Bianca hatte daher auf ihre bewährte Tarnung zurückgegriffen. Sie und Lorenzo trugen wieder grob gewebte Pilgergewänder, allerdings nicht ihre alten zerlumpten, sondern saubere neue Umhänge.

Die Clara war viel größer und eleganter als der Küstensegler, die Stella Maris, der sie nach Brindisi gebracht hatte. Ihr Geld hatte für die Passage nicht gereicht, aber Bianca war es gelungen, in der Kirche Santa Maria einige Schreibarbeiten zu erledigen. Sie erhielten dafür neben den Münzen auch noch ein paar Lebensmittel.

Weder Heinrich von Passau noch der schwarz gekleidete Mann waren ihnen erneut begegnet. Bianca hielt das für reines Glück. Sie war davon überzeugt, dass die beiden weiter nach ihnen suchten.

Lorenzo hatte sich mittlerweile damit abgefunden, die weite Reise in ein unbekanntes Land zu wagen. Schlimmeres als ein Leben auf der Flucht konnte sie im Morgenland auch nicht erwarten. Das Einzige, was ihn beunruhigte, war Biancas wachsende Schwärmerei für den Kaiser. Fast war er versucht zu sagen, sie habe sich in den Monarchen verliebt, aber diese Respektlosigkeit verbot sich von selbst.

Tag für Tag sprach Bianca von Friedrich, wollte mehr über ihn erfahren und machte Lorenzo Vorwürfe, dass sie die Bekanntschaft mit seinem Leibarzt nicht vertieft hatten. Immerhin hatte der Mann sie vor Heinrich von Passau gerettet. Lorenzo pflegte Bianca dann kühl daran zu erinnern, dass sie es gewesen war, die dem Sarazenen eine mehr als unglaubwürdige Geschichte erzählt hatte, und dass sie schließlich beide froh gewesen waren, als er sich verabschiedete.

»Du hast ja recht«, räumte sie dann ein, um im gleichen Atemzug hinzuzufügen: »Aber vielleicht war es ein Fehler.«

Den Kaiser und auch seinen Leibarzt hatten sie nicht wiedergesehen. Doch seine alle anderen Schiffe an Größe und Schönheit übertreffende Galeere lag jetzt vor Brindisi und würde die Flotte anführen.

Gerüchte, dass sowohl Friedrich als auch sein Stellvertreter Ludwig von Thüringen an der Seuche erkrankt seien, waberten durch die Stadt, aber niemand wusste, wie viel Wahrheit in ihnen steckte. Lorenzo, der in seinem Leben die Erfahrung gemacht hatte, dass da, wo Rauch aufstieg, auch immer ein Feuer glomm, fürchte-

te das Schlimmste, hütete sich jedoch, seinen Verdacht vor Bianca auszusprechen. Warum sollte er sie beunruhigen, schließlich wusste er selbst ja nichts Genaues. Die Tatsache, dass alle Schiffe der kaiserlichen Flotte mitsamt der großen Galeere die Leinen losmachten, war selbst für Lorenzo ein sicheres Zeichen, dass die Erkrankung des Herrschers entweder nicht besorgniserregend oder dass er inzwischen genesen war.
»Lorenzo, sieh doch, wir fahren los«, jubelte Bianca, die sich an dem prächtigen Anblick der Schiffe nicht sattsehen konnte.
Es wehte eine angenehme, nicht zu starke Brise, und das Wasser, stellte Lorenzo mit Erleichterung fest, schien flach wie ein Spiegel. Bianca hatte noch niemals das Auslaufen einer Flotte erlebt und erkannte verdutzt, dass die Schiffe gar nicht segelten, sondern von Ruderern, die in mehreren Decks übereinander saßen, auf Fahrt gebracht wurden.
Aus dem Inneren der Schiffe konnte sie rhythmische Rufe hören. Die Männer begannen im Takt die Ruder zu heben und zu senken. Die langen Hölzer tauchten fast lautlos in das Wasser und hinterließen beim Wiederauftauchen kleine Schaumkronen. Ein Schiff nach dem anderen nahm langsam Kurs auf das offene Meer, und auch die Clara fand geschickt ihren Weg aus dem Hafen.
Draußen auf See, wo der Wind stärker wehte als in dem geschützten Hafen, setzte Schiff für Schiff die Segel. Immer weiter blieb der Hafen von Brindisi zurück, bis die Silhouette der Stadt im Dunst zu flirren begann.
Bianca genoss die Luft, die hier frisch und würzig roch und sie endlich vom fauligen Gestank der Stadt befreite. Die Galeere des Kaisers war das schnellste Schiff und hatte als einziges ungewöhnliche dreieckige Segel, alle anderen führten rechteckige Rahsegel. Elegant schnitt Friedrichs Galeere durch das Wasser und zeigte der übrigen Flotte den Kurs an.
Bianca fiel auf, dass das Schiff des Kaisers viel schneller an Fahrt gewann als alle anderen. Sie musste sich zwingen, ihren Blick von

dem Schiff zu lösen, um sich ein letztes Mal umzuschauen – nach Brindisi, zum Festland, nach Apulien.
In diesem Moment ließ sie alles zurück. Sie war die Gräfin Lancia, aber hatte dieser Name für sie noch eine Bedeutung? Sie war eine Frau, die alles verloren hatte, ihre Familie, ihre Heimat, ihre Sicherheit. Sie hatte alles aufs Spiel gesetzt und bislang noch nichts gewonnen. Stimmt nicht, sagte eine Stimme in ihr. Du hast dein Leben gerettet. Du bist auf der Flucht, aber immer noch frei.
Bianca konzentrierte sich wieder auf das Schiff des Kaisers und sah, dass an Bord Männer an den Segeln arbeiteten. Die Galeere verlor an Geschwindigkeit, und es kam ihr so vor, als würde sie die Richtung ändern. Auch Lorenzo war aufmerksam geworden, und auf den Schiffen rechts und links von ihnen schauten die Seeleute ebenfalls überrascht auf Friedrichs Galeere.
»Was hat das zu bedeuten?«, fragte Bianca.
»Ich weiß es nicht«, antwortete Lorenzo, der wie Bianca keinerlei seemännische Kenntnisse besaß.
»Aber sieh nur, Lorenzo, das Schiff wendet.«
Der Kapitän, der in der Mitte des Schiffes am Ruder stand, wies einen seiner Männer an, in den Mast zu steigen, um einen besseren Überblick zu haben.
Bianca runzelte die Stirn. Ihr Gefühl sagte ihr, dass etwas Schreckliches geschehen sein musste. Warum sonst sollte die Galeere des Kaisers beidrehen? Kalte Angst kroch in ihr hoch. Gerade noch hatte sie sich einen Moment lang glücklich und leicht gefühlt, jetzt lastete die Unsicherheit wie ein Mühlstein auf ihr.
Die anderen Schiffe verlangsamten ebenfalls ihre Fahrt, alle Kapitäne warteten auf kaiserliche Befehle. Gebannt starrte jeder nach vorn. Bianca und Lorenzo sahen mit Verwunderung, dass die Galeere die kaiserliche Standarte einholte und kehrtmachte.
Mit zitternden Händen sprach Bianca einen der Seeleute an.
»Bitte, antwortet mir. Warum dreht das Schiff des Kaisers um?«
Der Mann, ein Riese mit kräftigen Armen und von der Sonne

gegerbtem Gesicht, hatte Tränen in den Augen, als er sich zu Bianca drehte.
»Die Flotte segelt allein weiter«, sagte er.
»Aber warum? Was ist passiert?«, fragte sie verzweifelt.
»Ein schreckliches Unglück«, stammelte der Seemann. »Der Kaiser ist tot.«

TEIL II

Kampf ums Glück

Giovanna nahm einen Schluck Wasser und schob mit ihrer Holzgabel das nach Rosmarin duftende Essen an den Tellerrand. Sie hatte keinen Hunger. Und davon abgesehen gab es bei Berengaria ohnehin nur Früchte, Brot und einmal in der Woche Fisch. Berengaria war eine Priesterin der Albigenser, eine Perfekte, wie sie von den Gläubigen genannt wurde. Sosehr sie diese Menschen verehrten, galt sie doch bei allen anderen als Ketzerin. Und wer der Ketzerei verdächtig war, setzte für seinen Glauben sein Leben aufs Spiel.

Schmal und hager glich Berengaria einem knorrigen Stück Holz. Niemand würde auf den Gedanken kommen, dass diese Frau sechs Kinder geboren hatte und Herrin eines großen gräflichen Haushalts war, bevor sie sich den Albigensern angeschlossen hatte. Jetzt lebte sie in einem bescheidenen Haus zusammen mit anderen Frauen, die zwar mit aller Inbrunst an Gott und Christus glaubten, aber die Heiligkeit des Papstes in Rom nicht anerkennen wollten. Und überhaupt legten Berengaria und ihre Freundinnen die Bibel etwas anders aus, als Giovanna es von dem Priester, der regelmäßig auf der Burg der Lancias zu Gast war, gehört hatte.

Giovanna kannte Berengaria seit ein paar Jahren, und die beiden Frauen schätzten und respektierten sich. Andere, tiefere Gefühle würde Giovanna niemals zulassen, denn sie vergaß nicht, dass Berengaria als vornehme Frau geboren worden war und sie selbst nur als einfache Bäuerin. Wäre sie nicht die Amme der Gräfin Bianca gewesen, hätte sie eine gräfliche Schlafkammer niemals von innen gesehen.

Der Gedanke an die Burg des Grafen Manfred und an Biancas Schlafgemach im Besonderen ließ sie schaudern. Giovanna betastete vorsichtig ihr verletztes Auge, das trotz Berengarias Heilkunst immer noch schmerzte. Der Wundschorf an ihrer Schläfe war verschwunden, aber es hatte sich eine rosa Narbe gebildet, die dafür sorgte, dass sie bei jedem Augenzwinkern an jene grauenvolle Nacht erinnert wurde, die das Leben von drei Menschen aus der Bahn geworfen hatte – Bianca und Lorenzo waren auf der Flucht, sie selbst musste sich verstecken und jeden Tag um ihr Leben fürchten.

»Meine kleine Bianca«, seufzte sie und starrte verzweifelt auf das Albigenser-Kreuz an der Wand, dessen perfekte Symmetrie sie immer noch verwirrte, obwohl sie den Anblick jetzt schon seit Wochen gewöhnt war. Das Kreuz, an dem Christus gestorben war und alle Sünden auf sich genommen hatte, war nicht gleichschenklig. Sie empfand die Albigenser-Kreuze ein bisschen wie Gotteslästerung, sagte sich aber wiederum, dass Berengaria und die anderen Frauen aus ihrer Gemeinschaft Menschen waren, die nur Gutes taten. »Bianca, wo bist du nur?«, flüsterte Giovanna und zwang sich, ihre Sorgen nicht übermächtig werden zu lassen. Ihr Neffe Lorenzo war klug und tapfer, versuchte sie sich zu beruhigen. Er würde Bianca zur Seite stehen, selbst wenn es sein Leben kosten sollte.

Einen kurzen Moment war sie in Gedanken wieder auf der Burg und hörte die zornige Stimme des Grafen Manfred, der seiner Schwester befahl, ihm zu gehorchen. Dass auch er durch die verhängnisvollen Ereignisse jener Nacht in Schwierigkeiten geraten sein könnte, war Giovanna egal. Schlimmer noch, die sonst so sanftmütige Amme wünschte dem Grafen Tod und Verwesung, schließlich war er mitschuldig an der Tragödie. Wer hatte denn Enzio Pucci als Gatten für Bianca ausgesucht? Niemand anders als Manfred.

Nachts, wenn sie im Traum wieder und wieder durch die dunklen Gänge der trutzigen Burg schlich, knirschte sie vor Zorn mit den Zähnen. Berengaria hatte sie mehrfach wecken müssen, weil das Geräusch der mahlenden Kiefer und aufeinanderscheuernden Zähne den anderen Frauen Angst machte.

Giovanna verfluchte Biancas Bruder und seine rücksichtslosen

Pläne und dankte ihrem Schöpfer, dass Enzio Puccis brutaler Schlag ihre Sehkraft nicht zerstört hatte. Als halbblinde alte Frau bliebe ihr nichts als die Bettelei, und das bedeutete für die meisten Alten und Schwachen den sicheren Tod.

»Giovanna, warum isst du nichts?« Berengaria trat durch die schmale Tür, die so niedrig war, dass sich die hochgewachsene, magere Frau tief bücken musste. »Es ist zwar richtig, dass wir Albigenser so profanen Dingen wie dem Essen keine große Bedeutung zumessen, aber du solltest darauf achten, dass du nicht hungerst. Wir müssen dafür sorgen, dass du wieder zu Kräften kommst. Niemand weiß, wie lange unser Versteck noch unentdeckt bleibt.«

»Was meint Ihr damit, Berengaria?«

»Noch lassen uns die Stadtväter unseren Glauben, aber schon morgen können wir Verfolgte sein. Im Languedoc sind Tausende von unseren Brüdern und Schwester gestorben. Man hat sie lebendig verbrannt. Verstehst du, Giovanna, die Zuflucht, die ich dir bieten kann, ist eine vage. Nichts ist sicher in diesen Zeiten.«

Giovanna nickte und trank noch einen Schluck Wasser, denn die Angst vor der Zukunft dörrte ihren Mund aus und machte das Schlucken schwer.

»Und wohin wollt Ihr gehen, wenn Euch die Stadtväter zu den Toren hinausjagen?«, fragte sie die Priesterin.

Berengaria antwortete nicht. Giovanna sah ihr in die Augen und erblickte eine so tiefe Traurigkeit, dass sie in einer ungewollten Geste Berengarias Hand ergriff, als könnte sie ihr allein durch die Berührung ein Stück Zuversicht schenken.

Die Priesterin lächelte. »Du meinst es gut, Giovanna, ich danke dir. Aber seit zwanzig Jahren werden wir gnadenlos verfolgt. Ließ nicht der König von Frankreich genug Männer, Frauen und Kinder niedermetzeln? Nein, auch Papst Gregor wird uns weiter jagen lassen.«

»Und der Kaiser?«, warf Giovanna ein. »Gilt er nicht als ein gerechter Mann?«

»Der Kaiser«, antwortete Berengaria bitter, »der schützt zwar die Sarazenen und die Juden in Sizilien, aber uns lässt er auf dem Scheiterhaufen verbrennen. Auf den Kaiser können wir nicht zählen. Wenn Gott uns gnädig ist, werden wir unsere Aufgabe erfüllen, aber unser aller Leben liegt sowieso in der Hand des Allmächtigen.«
»Und welche Aufgabe wollt Ihr unbedingt erfüllen?«
»Giovanna, ich bin eine Priesterin, eine Perfekte. Meine Pflicht ist es, die Menschen zu Gott zu führen. Wer an den alten Mann in Rom glaubt, ist auf dem falschen Weg.«
Giovanna erschrak und schlug rasch ein Kreuz vor der Brust.
»Berengaria«, flüsterte sie, »das sind Worte wider unseren Gott. Das dürft Ihr nicht sagen. Ihr seid verloren, wenn Euch jemand hört.«
Die Priesterin der Albigenser richtete sich stolz auf und warf Giovanna einen ernsten Blick zu.
»Ich spreche das aus, was mein Gewissen mir sagt. Nennst du das christlich, wie viele Männer der Kirche in Rom leben? Sie saufen und huren und scheren sich den Teufel um das, was Christus gesagt hat. Nein, diese Kirche ist nicht die meine.«
Noch nie hatte Berengaria so zu ihr gesprochen, und Giovanna hatte die ruhige und besonnene Frau noch niemals so leidenschaftlich gesehen. Ihre Augen schienen Funken zu sprühen, ihre knochigen Finger ballten sich zu Fäusten, und hoch aufgerichtet, mit geradem Rücken, wirkte Berengaria fast wie eine Rächerin des wahren Glaubens, eine himmlische Kämpferin, die – anders als die Kreuzritter – nicht mit dem Schwert, sondern mit Hilfe des Wortes die Menschen zu Gott trieb.
Giovanna seufzte. Sie fühlte, dass Berengaria sich früher oder später in große Gefahr begeben würde.
»Wohin werdet Ihr gehen, wenn Ihr dieses Haus, vielleicht sogar Turin verlassen müsst? Wer wird Euch helfen, wenn alle Eure Brüder und Schwestern ebenfalls um ihr Leben fürchten müssen? Berengaria, ich beschwöre Euch, seid vorsichtig, traut niemandem.«

»Es ist meine Pflicht, meinen Glauben weiterzutragen.« Die Priesterin der Albigenser hatte ihre gewohnte Ruhe wiedergefunden und lächelte Giovanna an. »Ich werde das tun, was ich tun muss. Kein Mensch auf dieser Welt wird mich daran hindern. Und wenn Gott es will, dass ich dabei sterbe, dann soll es so sein.«

Giovanna nickte. Sie kannte Berengaria gut genug, um zu wissen, dass sie es ernst meinte. Sie würde ihrem Glauben nicht abschwören, selbst dann nicht, wenn ihr der Tod durch die Flammen drohte. Die Priesterin nahm das Gespräch wieder auf.

»Um jedoch deine Frage zu beantworten: Wenn wir Turin tatsächlich verlassen müssen, was ich ehrlich gesagt nicht glaube, dann wenden wir uns nach Süden. Ich habe Freunde in Foggia, die uns aufnehmen werden.«

Giovanna sah Berengaria erstaunt an. »Aber habt Ihr nicht gesagt, dass der Kaiser Euch nicht schützen wird?«

Berengaria zog spöttisch eine Augenbraue hoch. »Der Kaiser hat sich in Foggia einen Palast gebaut, und manchmal gefällt es ihm, für ein paar Wochen dort zu leben. Und? Was weiß er wirklich von der Stadt? Gar nichts. Foggia ist ein ideales Versteck. Mitten in der Höhle des Löwen. Isst du deinen Fisch noch?«

Giovanna schüttelte zerstreut den Kopf. »Nein, ich bin nicht hungrig. Habt Ihr die Forelle extra für mich gekauft? Ich habe Euch noch nie etwas von einem Tier essen sehen.«

»Wir essen kein Fleisch und trinken auch keine Milch, aber bei Fisch machen wir eine Ausnahme. Also beruhige dein schlechtes Gewissen, die Forelle ist nicht eigens für dich auf den Turiner Markt geschwommen.«

Giovanna musste lachen, was ihr in letzter Zeit viel zu selten passierte. Auch die Priesterin lächelte, und in diesem kurzen Moment unbeschwerter Heiterkeit beschloss Giovanna, sich vorerst keine weiteren Sorgen über die Albigenser und schon gar nicht über sich selbst zu machen. Sogar Bianca verbannte sie für einen Moment aus ihren Gedanken und kicherte sogar dann noch wie ein junges Mädchen, als Berengaria längst die Tür hinter sich geschlossen hatte.

Die Septembersonne war in einem diesigen Orange langsam am Horizont verschwunden, aber auch die einsetzende Dämmerung brachte nur wenig Kühlung. Der Tag war stickig und schwül gewesen, und Graf Manfred Lancia fluchte unhörbar über seinen langen Umhang aus schwerer Seide, den er nur zu besonderen Anlässen trug. Denn wie er aus Erfahrung wusste, staute sich unter ihm die Hitze geradezu unerträglich. Schweißtropfen sammelten sich auf seiner Stirn und perlten über seine Adlernase. Er sehnte sich nach einem Becher gut gekühlten Wein.
Seit Wochen hatte er nichts von seiner Schwester Bianca gehört, und er war sich nicht sicher, ob er überhaupt jemals wieder etwas von ihr wissen wollte. Sein Zorn auf sie war noch immer nicht verraucht. Sie hatte alles zerstört, was er sich aufgebaut hatte. Von den Baronen, mit denen er früher zur Jagd geritten war, wurde er gemieden. Die mächtige Familie von Enzio Pucci begegnete ihm mit offener Feindseligkeit, und nur der Kunst des Medicus, die Enzio auf wundersame Weise am Leben gehalten hatte, war es zu verdanken, dass seine Ländereien noch nicht von den Puccis verwüstet worden waren, die Burg noch ihm gehörte und sein eigener Kopf noch nicht auf einer Speerspitze steckte.
Enzio hatte zwar überlebt, war aber noch weit davon entfernt, als gesund zu gelten. Durch die Schere, die ihm Bianca in den Rücken gestoßen hatte, war ein beträchtlicher Schaden an den Muskeln entstanden, und Enzio konnte sich nur unter großen Schmerzen bewegen. Manfred hielt es noch immer für ein Wunder des Himmels, dass der Mann, den er schon als Bräutigam seiner Schwester Bianca gesehen hatte, überhaupt noch lebte.
Heute würde Enzio endlich die Burg der Lancias verlassen kön-

nen, was Manfred zum einen erleichterte, zum anderen aber auch in Angst und Schrecken versetzte. Selbstverständlich musste das Ereignis entsprechend gefeiert werden, und ausschließlich zu Ehren Enzios hatte er den Umhang der Lancias, bestickt mit dem Familienwappen, ein steigendes Pferd, das von zwei jagenden Falken flankiert wurde, um seine Schultern gelegt.
Sein leicht muffiger Geruch stand in seltsamem Gegensatz zu seiner reichen Ausstattung. Der Saum des Umhangs war mit goldenen Stichen eingefasst, und am Halsausschnitt waren prachtvolle Sterne eingearbeitet. Den Umhang hatte sein Großvater anfertigen lassen, dessen dichterische Phantasie dem Schneider und den Stickerinnen entsprechende Anweisungen gegeben hatte. Manfred fand das kostbare Stück übertrieben, fast weibisch, und er trug den Umhang nur ungern. Aber der Anlass des heutigen Abends war so außergewöhnlich, dass er das kostbare Familienerbstück nicht in der reich verzierten wuchtigen Zederntruhe ruhen lassen konnte – sosehr er sich das auch gewünscht hätte.
Unwillig schlug Manfred die Seiten des Umhangs zurück, in der Hoffnung auf etwas Kühlung. Er war kein feiger Mann. Auf der Jagd und im Kampf konnte er sich jedem Gegner stellen. Er hatte Wölfe mit dem Speer erlegt und Ritter mit dem Schwert getötet. Seine Beine und Arme waren mit Muskeln bepackt, und auch wenn er körperlich nicht so groß gewachsen war wie Enzio, hatte er diesen doch mehrfach im Turnier besiegt.
Die vage Männerfreundschaft, die aus gemeinsamen Turnierkämpfen, Wolfsjagden und orgiastischen Gelagen erwachsen war, hatte Manfred von mehr träumen lassen. Ehrgeizige Pläne hatte er gemacht – Enzio sollte sein Schwager werden. Dass er dabei seine Schwester einem Mann opferte, für den eine Frau nicht mehr wert war als eine Kuh, war zwar Pech für Bianca, durfte ihn aber nicht daran hindern, den Einfluss und das Vermögen der Familie Lancia zu mehren, zumal es um die Familienfinanzen nicht zum Besten stand.

Seit Wochen zerbrach er sich nun den Kopf über einen neuen Plan. Dass Bianca ihre Flucht überleben würde, glaubte er nicht mehr. Enzios Späher hatten sich längst auf ihre Spur gesetzt, und Heinrich von Passau würde sich skrupellos jedes Mittels bedienen, um sein Ziel zu erreichen. Wenn Bianca nicht ohnehin mordlustigen Wegelagerern oder ausgehungerten Söldnern in die Hände gefallen und tot oder in Gefangenschaft war – gegen Heinrich von Passau hatte sie keine Chance. Er würde sie jagen und hetzen, so wie ein Falke seine Beute verfolgt, leise, aber tödlich. Manfred hatte sich innerlich längst von seiner Schwester verabschiedet.

Ja, in den ersten Tagen nach ihrem Verschwinden hatte er ihr den Tod regelrecht gewünscht. Es gab keine Worte mehr, mit denen er seine Schwester noch verfluchen konnte. Er hatte sie mit allen Schandnamen, die ihm einfielen, belegt. Aber mittlerweile war er ruhiger geworden, und obwohl er sich dagegen wehrte, spürte er dann und wann einen kleinen schmerzhaften Stich in seinem Inneren, wenn er an Bianca dachte. Er achtete sorgsam darauf, dass dies nicht allzu oft vorkam, aber wenn er ehrlich war, vermisste er seine rebellische Schwester. Jedenfalls ein bisschen. Bedauerte er das, was passiert war? Vielleicht, aber Schuld an der ganzen Tragödie gab er sich nicht.

»Schuld an allem ist Bianca«, murmelte er.

Die Dämmerung nahm zu, und Manfred machte sich auf den Weg zum großen Rittersaal, in dem Enzios Genesung und sein Abschied von der Burg Lancia gefeiert werden sollte. Es war das erste Fest seit der Unglücksnacht im Juli, Manfred hatte sogar Spielleute kommen lassen, um Enzio bei Laune zu halten.

Aus dem Saal drang das Stimmen der Lauten, Manfred konnte es deutlich hören, als er näher kam. Wie anders dieser Abend ist, dachte er. Die Freundschaft zwischen ihm und Enzio war einem gefährlichen Misstrauen gewichen, und zumindest Enzio gab sich nicht einmal mehr die Mühe, die einfachsten Regeln der Höflich-

keit einzuhalten. Manfreds Versuche, mit seinem einstigen Freund über alte Zeiten zu reden, scheiterten an Enzios Schweigsamkeit. Die Stille zwischen ihnen hatte etwas Bösartiges, Lauerndes.
Manfred fühlte sich wie ein Jäger, der noch nicht weiß, dass sich der Wolf, den er erlegen will, langsam von hinten an ihn heranschleicht, und während der Jäger wachsam das Unterholz nach den gelben Augen des Raubtiers absucht, setzt dieses von ihm unbemerkt schon zum Sprung an. Seine Tapferkeit war mürbe geworden in den Wochen, in denen Enzio schwerverletzt und im Fieberwahn in einer Kammer der Burg um sein Leben kämpfte. Enzio würde Rache wollen – und sie letztlich bekommen. Auch den Lauten, davon war Manfred überzeugt, würde es nicht gelingen, Harmonie in dieses Fest zu bringen.
Bevor er die steinerne Wendeltreppe zum Rittersaal hinunterstieg, hielt er für einen Moment inne und atmete tief durch. Wenn er jetzt Angst zeigte, war er verloren. Also ballte er die zitternden Hände zu Fäusten, um dann die Finger zu entspannen. Er räusperte sich, damit seine belegte Stimme nicht seine Unsicherheit verriet, holte noch mal tief Luft – und öffnete die Tür zur Treppe.
»Sieh an, sieh an, der feine Graf Lancia.«
Enzios Begrüßung troff nur so vor Spott und Hohn, und sein Lächeln war verzerrt. Er lehnte mehr, als dass er saß, auf einem der wuchtigen Holzstühle mit den überhohen Lehnen. Man sah ihm an, dass er Schmerzen hatte, doch seine Augen spiegelten nicht die Pein, die ihm die Wunde in seinem Rücken verursachte – aus ihnen sprach Hass. Sein strenger Körpergeruch, den er wie einen Schild vor sich hertrug, hatte sich durch die vielen Arzneien, die Enzio zur Linderung seiner Leiden nehmen musste, nicht verbessert. Im Gegenteil. Der Graf von Tuszien stank mehr als zuvor nach nassem Fell.
»Enzio«, erwiderte Manfred, »sei versichert, dass niemand über deine Genesung glücklicher ist als ich. Lass uns feiern, dass sich alles zum Guten gewendet hat.«

Enzio warf den Kopf in den Nacken und lachte. »Zum Guten? Du hattest schon immer einen eigenen Sinn für Humor, mein Lieber.« Das Lachen brach abrupt ab, und Enzio stürzte seinen Becher Wein mit einem einzigen Schluck hinunter. Wangen und Stirn zeigten bereits eine verdächtige Röte.

»Enzio«, beschwichtigte Manfred, »ich weiß, dass dir in meinem Haus schreckliches Unrecht geschehen ist, das ich niemals wiedergutmachen kann. Aber du lebst. Das ist es, was zählt.«

»Ich lebe.« Enzio knallte den Becher auf den Tisch und spuckte seine Verachtung heraus. »Nennst du das Leben? Ja? Stellst du dir das unter Leben vor?«

»Enzio, hör doch …«

»Lass mich ausreden, ich bin noch lange nicht fertig. Soll ich dir danken, dass du Wein und Wildschwein auffahren lässt und lächerliche Spielleute einlädst?« Enzios Stimme war lauter geworden und steigerte sich zu einem Schrei, dem wütenden Röhren eines Hirsches nicht unähnlich. »Schluss!«, brüllte er. »Schluss mit dem Gedudel.«

Außer sich schleuderte er den Weinbecher in Richtung der Spielleute, traf eine der Lauten, und die Wucht des Bechers zertrümmerte das zarte Holz des Instruments. Die Musik verstummte auf der Stelle, die Musiker sahen sich erschrocken und betroffen nach Hilfe um, doch niemand rührte sich. Ritter und Diener schienen zu Stein erstarrt. Alle blickten gebannt auf den Grafen Lancia und den Mann, der jetzt Tribut für seine Unbeherrschtheit zollte und sich vor Schmerzen krümmte.

Manfred versuchte seine Stimme unter Kontrolle zu halten. »Enzio, bitte, lass dir sagen …«

Er brach ab, als er sah, dass Enzio von einem Hustenanfall geschüttelt wurde und ihm Wein aus dem rechten Mundwinkel lief. Er ging einen Schritt auf ihn zu, doch Enzio streckte mühsam einen Arm aus, um ihn abzuwehren.

»Komm mir nicht zu nah«, keuchte er. »Siehst du jetzt, wie ich lebe? Hast du endlich verstanden? Ich bin ein Krüppel. Die Mörderhure, die du deine Schwester nennst, hat mich mit ihrer verdammten Schere zum Krüppel gemacht. Ich kann nicht reiten, nicht kämpfen, nicht mal eins von den Weibern aus deinem Haushalt habe ich gehabt. Das ist kein Leben«, brüllte Enzio. »Jedes Tier lebt besser als ich. Los, reite in den Wald und sieh nach.« Er brach in ein bitteres Gelächter aus. »Ein wilder Eber hat mehr vom Leben als der mächtige Enzio Pucci. Und schuld daran ist eine verfluchte Hure.«

»Bianca ist …«

»Schweig. Sprich diesen Namen vor mir nicht aus. Nie mehr.« Enzio beugte sich, so weit es seine Schmerzen zuließen, über den Tisch. »Ich werde sie finden. Ich werde sie nicht töten. Nicht sofort. Aber sie wird sich wünschen, sie wäre tot.«

»Enzio, du redest von meiner Schwester. In meinem Haus.«

»Falls du damit diese verrottete Burg meinst, so werde ich dafür sorgen, dass sie nicht mehr lange dir gehört.«

Die Spielleute blickten betreten zu Boden und wünschten sich, möglichst schnell ihre Instrumente einpacken zu dürfen. Aber die Furcht vor einem weiteren Ausbruch des Grafen Pucci ließ sie wie gelähmt auf ihren Plätzen verharren. Auch die Ritter, die Manfred zu Enzios Abschied eingeladen hatte, blieben stumm.

Manfred kannte Enzio gut genug, um zu wissen, dass er in solchen Momenten unberechenbar war. Er hatte mit eigenen Augen gesehen, wie dieser in haltlosem Zorn einen seiner Knappen erschlagen hatte – wegen einer kleinen Unachtsamkeit, einer lässlichen Sünde, die ein anderer Mann großzügig vergeben hätte. Er hatte die Tat nicht gebilligt, aber er hatte dem Knappen auch nicht geholfen, sondern zugesehen, wie Enzio seine Wut auslebte – mit tödlichem Ausgang für einen Jungen, dessen angebliches Verbrechen darin bestand, das Schwert seines Ritters nicht zu dessen Zufriedenheit gepflegt zu haben.

Nicht nur aus diesem Grund zog es Manfred vor zu schweigen. Er wusste nicht, was er seinem einstigen Freund sagen sollte. Vor ihm saß ein jetzt tödlicher Feind. Bianca hatte auch in dieser Hinsicht ganze Arbeit geleistet.

Einer von Enzios Getreuen, Umberto von Celana, trat jetzt vor und näherte sich dem Grafen Pucci.

»Seid unbesorgt, Enzio, wir werden das Weibsstück finden. Heinrich von Passau ist ihr auf den Fersen, und Ihr wisst, dass er seiner Beute folgt wie ein gieriges Raubtier. Er ist ein geschickter Jäger. Sie wird ihm in die Falle gehen.«

Enzio warf ihm einen düsteren Blick zu. »Ich weiß, dass er sie finden wird«, zischte er. »Hältst du mich für einen Trottel? Hüte deine Zunge, sonst könnte sie dir jemand abschneiden.«

Umberto, ein kleiner, unschöner Mann mit einem messerscharfen Verstand, ließ sich nicht beeindrucken.

»Vergeudet Eure Kräfte nicht in sinnloser Wut, Enzio. Der Medicus sagt, noch ein paar Wochen, und Ihr werdet wieder reiten können. Eure Stärke, die Euch auf dem Turnierplatz unbesiegbar machte, wird zurückkommen. Berauscht Euch an Eurer Rache, aber nicht zu früh. Wartet, bis Ihr sie genießen könnt. Und dann trinkt sie in vollen Zügen.«

»Möglich, dass du recht hast«, knurrte Enzio. Er grinste Umberto an. »Du bist doch immer noch der Klügste von uns allen. Also dann, lasst uns trinken. He, bringt mir einen neuen Becher.«

Manfred spürte, wie sich die gespannte Stimmung im Saal veränderte. Die Spielleute griffen nach ihren am Boden liegenden Instrumenten, die Diener brachten neue dampfende Stücke von Ochsenlenden und Wildschweinschenkeln, die nach würzigen Kräutern rochen. Plötzlich schien jeder mit jedem zu sprechen, sogar ein kleines Lachen war zu hören.

»Dem Himmel sei Dank«, flüsterte Manfred unhörbar und merkte, dass er die ganze Zeit über die Luft angehalten hatte. Erleichtert atmete er aus.

»Meine Freunde«, rief Enzio jetzt weinselig, »kommt und setzt

euch zu mir. Dies ist mein letzter Abend auf dieser mörderischen Burg. Was meinst du, Umberto, wollen wir sie schleifen lassen?«
»Keine schlechte Idee, aber ich fürchte, sie fällt vorher von allein zusammen.«
Enzio brüllte vor Lachen. »Ich weiß, warum ich deine Gegenwart so schätze. Es ist deine Scharfsinnigkeit, die dich einzigartig macht. Mein lieber Manfred, Umberto hat wie immer recht. Das Gemäuer deiner Vorfahren hat es nicht verdient, dass meine Leute ihre Zeit mit ihm verschwenden.«
Manfreds Gesicht blieb unbewegt. Er hatte Enzios Zorn gefürchtet, aber mit so viel Hass hatte er nicht gerechnet. Nicht nur Bianca war verloren, sondern auch er und alle Mitglieder seines Haushalts. Ein Graf Lancia war klug genug, Enzios Andeutungen ernst zu nehmen. Die Warnung war deutlich. Er war hier nicht mehr sicher, und auf seine ehemaligen Freunde und Kampfgefährten konnte er nicht mehr bauen. Ab sofort war er auf sich allein gestellt.
Manfred betrachtete die Gruppe von vornehmen Männern, die sich mit seinem Wein besoff und ihn dennoch beleidigte und bedrohte. Er schmeckte die Bitterkeit, als hätte er an einem Kräutertrank des Medicus genippt. Enzio würde ihn umbringen, und alle anderen würden zusehen. Und niemand würde Enzio dafür zur Rechenschaft ziehen.
Dank des schweren erdigen Weins mit seinem unvergleichlichen Duft nach Holz und Kirschen herrschte eine lärmende Fröhlichkeit im Saal, und einige Männer begannen nach den Dienstmägden zu rufen. Die Frauen wussten, was ihnen bevorstand, dies war schließlich nicht die erste Zusammenkunft betrunkener Ritter auf dieser Burg. Ihr Dienstherr, Graf Lancia, erwartete von ihnen, dass sie den Männern zu Gefallen sein würden. So war es schon immer gewesen.
Manfred beachtete die Männer um Enzio Pucci nicht weiter, seine Gedanken rasten. Wenn er seine Heimat verlassen musste, wohin

konnte er gehen? Dahin, wo sich alle Ritter trafen, deren Burgen verschuldet oder zerstört waren – an den Hof eines Königs.
Der König von Frankreich führte Krieg nördlich der Pyrenäen. Er würde einem kampferprobten Ritter nicht die Tür weisen. Jenseits der Alpen in den kalten deutschen Ländern regierte Heinrich, der Sohn Kaiser Friedrichs. Manfred fröstelte, wenn er an den Norden dachte. Und doch schien ihm der Weg über die Alpen der sicherste von allen. Nicht für immer, für ein paar Jahre vielleicht, bis Enzios Hass gemildert und seine Rache gestillt war. Der Gedanke gab ihm Trost.
»He, Fabrissa, komm her zu mir«, rief er einer der jungen Küchenmägde zu. Als sie sich auf seinen Schoß setzte, fasste er ihr, ohne zu zögern, in ihr tief ausgeschnittenes Kleid und streichelte ihren Busen. Er kniff ihr spielerisch in die Brustwarze und flüsterte ihr zu: »Komm mit, meine Schöne, ich habe Grund zum Feiern.«

Seit Tagen segelte die Flotte durch ein freundliches Meer. Zarte Schleierwolken am blauen Himmel und kleine Schaumkronen auf den Wellen versprachen schon morgens einen weiteren sonnigen Tag mit genau dem richtigen Wind aus Westen, bei dem die Schiffe ihre beste und auch bequemste Reisegeschwindigkeit erreichten. Nachts war der Himmel sternenklar, und der Kapitän steckte zufrieden den neuen Kurs ab. Nichts deutete auf schlechtes Wetter, Regen oder gar Sturm hin. Eine ruhige Überfahrt, die eine glückliche Ankunft garantierte. Ein Kinderspiel für ein Schiff wie die Clara.
Bianca schmeckte Salz auf ihren Lippen und spürte, wie der Wind ihre Haut streichelte. Dennoch empfand sie die strahlende Sonne und das einladend blaue Meer wie eine höhnische Antwort der Natur auf die Gefühle der Menschen an Bord.
Eigentlich hätte der Himmel weinen, die See sich empören und der Wind heulen müssen. Keiner der Pilger blickte mit Freude

nach Osten, dorthin, wo das Heilige Land lag. Die karge Schönheit der felsigen Inseln, die sie verstreut im Meer sahen, löste in niemandem Begeisterung auf jenes unbekannte Land aus, das sie gemeinsam entdecken und erobern wollten. Die schwarze Galle der Melancholie hatte von den Pilgern Besitz ergriffen, und selbst der hartgesottenen Schiffsbesatzung war die Lust auf ihre sonst üblichen groben Scherze vorerst vergangen. Auf allen Schiffen der Flotte herrschte eine unnatürliche Stille.

»Sieh doch, Lorenzo«, sagte Bianca und deutete auf das Wasser. »Sind sie nicht wunderschön?«

»Man nennt sie Delphine«, erklärte Lorenzo, der von der Besatzung der Clara inzwischen einiges über die vielfältigen Bewohner des Meeres erfahren hatte. Bestimmt zwanzig dieser eleganten Schwimmer tauchten in den Wellen auf und ab. Man konnte ihre Stimmen hören, ein hohes Singen, das in Biancas Ohren wie das Lachen verzauberter Seelen klang. »Die Delphine folgen den Schiffen und bringen ihnen Glück. Es soll Völker gegeben haben, die sie als heilige Tiere verehrten.«

»Glaubst du, dass sie uns Glück bringen?«, fragte Bianca.

»Was die Überfahrt angeht, scheint es so zu sein. Keine Regenwolke weit und breit. Aber sonst? Ich weiß es nicht. Ich bin nur ein einfacher Falkner.«

»Und ein Mensch, auf den man sich verlassen kann«, sagte Bianca mit einem warmen Unterton in der Stimme. Sie sah ihn an, lächelte wehmütig und berührte zart seinen Arm. »Ohne dich wäre die Flucht nicht gelungen. Ich danke dir, Lorenzo. Und ich werde es dir niemals vergessen.«

Lorenzo spürte, wie ihm die Röte in die sonnenverbrannten Wangen schoss, und vor Verlegenheit konnte er nichts erwidern.

»Ist schon gut, Lorenzo. Ich weiß genau, wie viel du für mich getan hast.« Beide hingen für einen Moment ihren Gedanken nach.

»Was macht ein Heer ohne Führer?«, unterbrach Bianca die Stille.

»Wie?«

Lorenzo, der durch Biancas Frage aus seinen Träumereien gerissen worden war, sah sie verständnislos an.
»Ein Heer ohne Führer. Oder soll ich sagen: ein Kreuzzug ohne Kaiser.«
»Ich verstehe nicht, Gräfin.«
Bianca wurde ungeduldig. »Lorenzo, so denk doch nach. Hier sind wir, mit einer ganzen Flotte, mitten im Meer. Ritter, Pilger, Seeleute, alle wollen gegen die Heiden ziehen. Und wer gibt die Befehle?«
»Nun, der Stellvertreter des Kaisers.«
»Meine Güte, Lorenzo, bist du heute begriffsstutzig. Der Stellvertreter des Kaisers auf diesem Kreuzzug hieß Ludwig von Thüringen. Und was mit ihm geschehen ist, wissen wir doch.«
»Ihr habt recht. Der Landgraf ist an der Seuche gestorben.«
»Na endlich. Nun heißt es, der Kaiser sei ebenfalls tot. Die Schiffe, die seine Galeere begleitet haben, haben alle Kurs auf die Küste genommen. Wer also führt diesen Kreuzzug an?«
»Einer der Getreuen des Kaisers?« Lorenzo suchte nach einer Antwort. »Auf jeden Fall wird einer der Männer das Kommando übernommen haben.«
Bianca wunderte sich insgeheim über seine offensichtlich durch nichts zu erschütternde Zuversicht in die Klugheit anderer Männer. Ihr selbst war zwar beigebracht worden, dass Männer das von der Schöpfung bevorzugte Geschlecht seien, aber nach ihren eigenen Erfahrungen mit einigen dieser bärtigen Geschöpfe war sie sich da nicht mehr so sicher. Stark waren sie ja und ihr körperlich überlegen. Viele hatten sich ihr gegenüber höflich und ritterlich gezeigt, aber im Grunde ihres Wesens waren Männer unbeherrscht und hilflos ihren Launen und Gelüsten ausgeliefert.
Bianca war zu der Überzeugung gekommen, dass eine Frau sich lieber auf ihre eigene Wahrnehmung stützen sollte und nicht unbedingt auf die Meinung eines Mannes. Sie wusste, dass dies ein fast ketzerischer Gedanke war, und behielt ihn daher besser für

sich. Lorenzo war zwar eine treue und gute Seele, aber letztlich – davon war sie überzeugt – würde er einer Frau doch immer weniger zutrauen als einem Mann. Selbst wenn es sich um eine Gräfin handelte. Oder, überlegte sie, vielleicht gerade, weil sie eine Gräfin war.

Wie war ihr Leben denn bisher verlaufen? Sicher, sie hatte viel von den Nonnen gelernt, aber das wirkliche Leben lernte sie doch jetzt erst kennen. Jede Bäuerin oder Weberin wusste mehr davon.

»Du glaubst also«, wandte sie sich wieder an Lorenzo, »dass alles so weitergeht, als wäre nichts geschehen? Als wäre der Kaiser noch am Leben und würde seine Kreuzritter wie ein Racheengel mit flammendem Schwert ins Heilige Land führen?«

»Ich weiß nicht. Warum fragt Ihr das alles?«

»Weil ich mich um uns sorge, mein lieber Lorenzo. Wer wird den Männern Mut machen, wenn sie in den Kampf ziehen? Erinnere dich an die Worte des Kaisers, die er auf dem großen Platz in Brindisi gesprochen hat. Die Männer hingen an seinen Lippen.«

»Aber was hat das mit uns zu tun?«

Bianca sah ihn eindringlich an. »Hast du schon einmal daran gedacht, dass unsere Ritter nicht siegreich durchs Heilige Land ziehen? Dass ihre christlichen Schwerter stumpf werden an den Damaszener Klingen der Sarazenen?«

Lorenzo starrte sie fassungslos an.

»Man sagt«, fuhr sie fort, »die Klinge eines Damaszener Schwertes zerschneidet ein Seidentuch in der Luft, so scharf ist sie.«

»Woher wisst Ihr das?«, flüsterte Lorenzo.

»Ich habe zwei Ritter belauscht«, gab Bianca unumwunden zu. »Sie hatten Angst, große Angst.«

»Vor den Heiden?«

»Es scheint, dass auch die Sarazenen kämpfen können. Der Sultan soll gleichfalls ein großes Heer haben. Ohne den Oberbefehl des Kaisers sind die Ritter verzagt und mutlos. Aber Lorenzo, was soll dann aus uns werden?«

Einen Moment lang war Lorenzo versucht, tröstend seine Hand auf Biancas Schulter zu legen. Doch dann besann er sich, dass diese Vertraulichkeit ihm nicht zustand. Zwar waren sie seit Wochen gemeinsam auf einer überaus gefährlichen Reise, hatten Überfälle und Angriffe auf ihr Leben abgewehrt, aber dennoch blieb er, was er war – der Falkner der Gräfin Lancia und nicht ihr Vertrauter.

»Gräfin, wir können nicht zurück, uns bleibt nur die Flucht nach vorn.«

»Schweig. Das Offensichtliche musst du mir nicht sagen.«

In solchen Momenten sprach aus Bianca die unnahbare Burgherrin. Und selbst im schmutzigen Pilgergewand, die Haare strähnig, die sonst blasse Haut von der Sonne gebräunt wie die einer Feldmagd, war sie stolz wie eine Königin.

Lorenzo fürchtete, sie verstimmt zu haben, und schwieg betroffen. Bianca war für ihn die schönste Frau, die Gott geschaffen hatte. Er bewunderte sie, ein bisschen liebte er sie sogar, obwohl er eher freiwillig in den Tod gegangen wäre, als dieses Gefühl vor irgendjemandem auf der Welt zuzugeben. Ihre Nähe ließ ihn eine Mischung aus Furcht und Seligkeit erleben, die seine Seele in Aufruhr versetzte und alle seine Sinne schärfte. In seinem Inneren breitete sich jedes Mal, wenn Bianca an seiner Seite war, ein warmes Gefühl aus, ein Flimmern in seinen Eingeweiden, das ihm die Schamröte ins Gesicht trieb, sich aber dem Einfluss seines Willens vollkommen entzog.

»Verzeiht, Gräfin, meine Worte waren töricht.«

Bianca lächelte ihn auf ihre unnachahmliche Art an, und Lorenzo atmete erleichtert aus.

»Ich habe nachgedacht«, sagte sie. »Schutzlose Pilger sind für die Sarazenen leichte Beute. Wir brauchen ein Schwert.«

Lorenzo schickte ein verzweifeltes Stoßgebet zum Himmel. Er war kein Meister des Schwerts und Bianca viel zu schwach und zart, um eine der schweren, unhandlichen Eisenwaffen zu führen.

»Aber wir haben kein Schwert«, wandte er ein. »Und ein Handwerker der Sarazenen wird uns wohl kaum eines schmieden.«
»Auch das habe ich bedacht. Wir werden ein Schwert stehlen.«
»Das ist unmöglich.«
»Ist es nicht.«
»Doch.«
»Nein!«
»Doch.«
»Wage es nicht, mir zu widersprechen!«
Lorenzo schaute betreten zu Boden, auf die Schiffsplanken, die sich im sanften Rhythmus der Wellen auf und ab bewegten. Mein Gott, was fiel ihm ein, seiner Herrin auf diese Art entgegenzutreten. Das war unverzeihlich. Andererseits wusste er, dass unüberlegtes Handeln in einem fremden Land, praktisch inmitten von Feinden, Gefangenschaft oder einen qualvollen Tod bedeuten konnte. Ein Schwert stehlen. Wie sollte das gelingen? Kein Ritter ließ sich sein Schwert nehmen, solange er am Leben war. Und einen Mann töten, um einen feigen Diebstahl zu begehen? Nein, dazu war er, Lorenzo, und erst recht nicht Bianca fähig.
»Gut denn«, lenkte Lorenzo ein. »Lasst uns einen Plan machen.«
»Ich habe bereits einen.«
In Lorenzos Augen las Bianca eine verwirrende Mischung aus Bewunderung, Ahnungslosigkeit und Besorgnis. Ach, Lorenzo, dachte sie, es gelingt dir nicht, deine Gefühle zu verbergen, auch wenn du dich noch so sehr bemühst. Sie wusste seine Angst um sie zu schätzen und respektierte seine heimliche Verliebtheit. Lorenzo hatte tausendmal mehr Ritterlichkeit im Leib als all die Männer von vornehmem Geblüt, die ihr auf der Burg der Lancias begegnet waren. Sie empfand eine tiefe Freundschaft für den Falkner, und dieses Gefühl würde bleiben, solange sie lebte.
»Und?«, hakte Lorenzo nach.
»Was meinst du?«

»Euer Plan.«
Bianca kam näher und lehnte sich an ihn, damit ihr Mund sein linkes Ohr erreichen konnte.
»Hier auf dem Schiff ist es zu gefährlich«, flüsterte sie kaum hörbar. »Wir warten, bis wir an Land sind. Dann schließen wir uns einer Gruppe von Rittern an. Wenn alle schlafen, nehmen wir uns eines der Schwerter.«
Lorenzo war enttäuscht. Angesichts Biancas Klugheit hatte er mehr erwartet.
»Verzeiht, Gräfin, das ist kein Plan.«
»Ah ja? Und warum nicht?«
»Die Ritter rechnen jederzeit mit Kämpfen und werden Wachen aufstellen. Wir werden gar nicht die Möglichkeit haben, einen von ihnen zu bestehlen.«
»Keine Sorge, sie werden fest schlafen.«
Lorenzo sah Bianca fragend an.
Aus dem Ärmel ihres Pilgergewands zog sie ein Fläschchen, das sie im Saum versteckt hatte.
»Was ist das?«
»Wonach sieht es aus?«
Lorenzo griff entsetzt nach dem Fläschchen. »Gräfin, das ist doch kein … Gift?«
»Mein guter, törichter Lorenzo, glaubst du, die Gräfin Lancia ist unter die Giftmischerinnen gegangen? Ein paar Tropfen hiervon, und die Ritter werden angenehme Träume haben, doch am nächsten Morgen auch wieder aufwachen.«
»Aber …«
»Still jetzt. Ich habe den Trank vom Schiffskoch, ein kenntnisreicher Mann, fast so klug wie deine Tante Giovanna«, wisperte Bianca.
Weit hinten am Horizont, undeutlich trotz der klaren Luft, war jetzt eine Küstenlinie zu erkennen. Das Land, das hinter ihr lag, war mehr zu ahnen, als zu sehen.

»Allmächtiger Gott«, entfuhr es Lorenzo, »ist das das Heilige Land?«
»Narr«, knurrte einer der Schiffsleute, der an einem der schweren Falle stand, mit denen die Segel geborgen wurden, und der Lorenzos ehrfürchtigen Ausruf gehört hatte. »Die Insel, die du dort siehst, nennt man Zypern.«

Die Anlage war technisch perfekt, eine geniale Konstruktion aus der Zeit der Römer, deren Funktionsweise über die Jahrhunderte nicht im Geringsten gelitten hatte.
Durch einen mit prächtigen weißen Säulen verzierten Eingang kam man in eine geräumige Halle. Ihr heller Marmorboden war mit kunstvollen Mosaiken aus Lapislazuli geschmückt. Die Halle hatte einen runden Grundriss. In gleichmäßigen Abständen öffneten sich Gänge, in die man durch Säulen geschmückte Torbögen gelangte.
Die Gänge wiederum führten in immer neue Hallen, manche davon so voller Dampf, dass man kaum seine eigenen Füße sehen konnte.
In anderen Hallen befanden sich Becken, einige gefüllt mit heißem, andere mit kaltem Wasser. An den Seiten standen Liegen aus Marmor und aus Holz. Es duftete herrlich nach aromatischen Ölen, nach Salbei und Minze.
Das Beste aber war die Heizung im Souterrain, die die Temperaturen im gesamten Badehaus regelte. Kochend heißes Wasser, das direkt aus der Erde stammte, wurde über ein Leitungssystem unter das Badehaus geschleust. Zusätzlich hatte man Feuerstellen vorgesehen, die den einen oder anderen Raum heizten. Das gesamte Badehaus war unterkellert, eine Meisterleistung der römischen Architekten.
Karim, der schon immer große Achtung vor virtuosen Fähigkeiten gehabt hatte und dessen geheime Leidenschaft der Architektur,

ganz gleich, welcher Glaubensrichtung und Kultur, galt, verbeugte sich innerlich vor den Konstrukteuren des Balneums von Pozzuoli, nicht weit von Neapel und der Universität von Salerno, direkt gegenüber der Insel Ischia.
Karim hockte auf einer Holzbank im Sudatorium, einem Schwitzbad, das die Flüssigkeit nur so aus ihm heraustrieb. Er gönnte sich den kleinen Luxus einer allerdings stark verkürzten Thermalkur, da ihm nicht die Zeit blieb, alle Annehmlichkeiten des Balneums zu nutzen.
Normalerweise kurten hier Hunderte von Kranken, die sich Linderung ihrer schmerzenden Gelenke, Heilung bei Rücken- oder Magenschmerzen sowie eine allgemeine Stärkung des Körpers erhofften. Doch zurzeit war das beliebte Badehaus für die Öffentlichkeit gesperrt und der Zugang lediglich den engsten Vertrauten des Kaiserhofs gestattet. Bewaffnete Wächter hielten alle Eingänge verschlossen, selbst die Barbiere, die hier sonst ihre Dienste anboten und den Kurenden Haare schnitten und Zähne zogen, mussten wohl oder übel auf ihre Einkünfte verzichten. Denn in den Thermalquellen sollte einer der mächtigsten Männer der Welt wieder zu Kräften kommen.
Karim genoss die Hitze und beschloss, noch eine kleine Weile zu bleiben, bevor er sich ins Frigidarium, in ein Becken mit kaltem Wasser, stürzen würde. Er wischte kurz über seine muskulösen Arme und seinen Oberkörper, den er stets sorgsam rasierte. Er verachtete die Männer aus dem Norden, die sich selten wuschen, einen dementsprechend unangenehmen Geruch ausströmten und in deren Brusthaar Flöhe und Läuse hausten. Es war ihm ein Rätsel, warum die Christen mit der Tradition der Römer gebrochen hatten und sich um Reinlichkeit keinen Deut mehr scherten. Er sog die heiße Luft noch einmal tief ein, dann erhob er sich, griff nach seinem Leinentuch, das er sich locker um die Hüften schlang, und verließ das Sudatorium. Kühlere, aber angenehme Luft schlug ihm auf dem Weg zum Frigidarium entgegen.

In allen Gängen und Räumen des Balneums herrschten wohlige Temperaturen. Die Ärzte und ihre Helfer, die für das Balneum verantwortlich waren, achteten sorgfältig darauf, dass die Kranken, die hier genesen wollten, aufs beste betreut wurden.
Karim warf sein Leinentuch ab und enthüllte einen Körper, der mit dem einer griechischen Götterstatue konkurrieren konnte. Elegant hechtete er in das Kaltwasserbecken, tauchte prustend auf, um dann gleich einem Delphin wieder abzutauchen. Der Schock des kalten Wassers machte ihn mit einem Mal hellwach. Als Heilkundiger wusste er, dass sich jetzt seine Hautporen, die im Schwitzbad geöffnet worden waren, schließen würden. Alle schädlichen Stoffe hatte sein Körper ausgeschwitzt, und er konnte die Kraft in seinem Körper fühlen.
Er stieg aus dem Becken, trocknete sich ab und schlenderte zur Salbölkammer, wo er sich von einem seiner Helfer den Rücken massieren ließ. Da das Balneum so gut wie leer war, herrschte eine Stille, die Karim als wohltuend empfand und dazu als seltene und willkommene Gelegenheit, seinen Gedanken nachzuhängen.
Der Kreuzzug des Kaisers, den Friedrich aus vielerlei Gründen so dringend hatte antreten wollen, war ruhmlos gescheitert. Das konnte keine noch so geübte Diplomatenzunge schönreden. Ein Zyniker, dachte Karim, würde sagen, dass der Gott der Christen offenbar kein allzu großes Interesse an der Bekämpfung der Heiden hatte. Im Gegenteil. Der Himmel hatte den Rittern und Pilgern genügend Plagen geschickt, von denen jede einzelne bereits geeignet war, die ehrgeizigen Pläne des Kaisers zu vereiteln – unerträgliche Hitze, Wassermangel, Fieber, das sich rasend schnell zur tödlichen Seuche ausbreitete. Viele tapfere und weniger mutige Männer waren gestorben, ohne jemals einen Fuß ins Heilige Land gesetzt zu haben. Karim nannte das Ironie des Schicksals.
Sein Rücken glänzte vor Öl, alle seine Muskeln waren gelockert. Der Sarazene bedankte sich bei seinem Helfer, einem Nubier, dessen Haut so schwarz war wie Ebenholz. Den erfahrenen Händen

dieses Mannes vertraute er blind. Er konnte nicht nur Schultergelenke, die sich die Ritter im Kampf häufig auskugelten, in Windeseile wieder einrenken, sondern fand auch tief liegende schmerzende Muskeln und machte sie mit sicherem Griff wieder bereit für den nächsten Kampf.

Karim nahm sein Leinentuch und wickelte es jetzt um sich wie eine römische Toga. Er hatte zu lange unter den Händen des Nubiers gedöst. Es wurde Zeit, dass er sich um seinen wichtigsten Patienten kümmerte.

Voll bekleidet, alles andere wäre ein unverzeihliches Vergehen gewesen, trat er den Weg zum Tepidarium an. In diesem Raum nahmen die Kranken ein warmes Luftbad, wie es der berühmte Arzt Galen beschrieben hatte. Karim kannte seine Worte auswendig: »Nach ihrem Eintritt ins Balneum halten sich die Kranken zunächst im Warmluftzimmer auf, dann steigen sie ins warme Bad, dann gehen sie hinaus und steigen schließlich ins kalte. Schließlich reiben sie sich den Schweiß ab. Es dient der erste Akt des Bades dazu, die Stoffe durch den ganzen Körper zu erwärmen und zu lösen und ihre Ungleichheiten auszugleichen, endlich die Haut aufzulockern und, was sich unter ihr angesammelt hat, zu entleeren. Der zweite dagegen, falls jemand bei trockener Körperkonstitution ihn anwendet, heilsame Feuchtigkeit in die trockenen Teile des Körpers zu bringen. Der dritte Teil des Badegangs, wenn wir nämlich das Kaltbad anwenden, soll den ganzen Körper abkühlen, die Hautporen schließen und die Kräfte stärken. Der vierte endlich soll den Körper durch Schweißfluss entleeren, ohne ihn einer Gefährdung durch die Abkühlung auszusetzen.«

Karim hatte die Vorteile einer Thermalkur schätzen gelernt. Er selbst war vor Jahren von einem schlimmen Rückenleiden in den heißen Quellen der Insel Kos im Dodekanes kuriert worden. Dort entspringt eine Heilquelle südöstlich des Hafens und mündet direkt ins Meer. An dieser Stelle baden die Kranken in einem Steinkranz aus Felsbrocken und Mauern.

Schon Hippokrates, der auf der Insel geboren wurde, nutzte die wohltuende Wirkung der Quelle. Karim erinnerte sich gern an die Wochen auf der felsigen Insel, obwohl ihn sein schmerzender Rücken zu einer gebückten Haltung gezwungen hatte und jede Bewegung eine Qual war. Es war ihm nicht einmal möglich gewesen, aufrecht zu sitzen, erst das sanfte Schaukeln im salzigen Wasser, das an manchen Stellen so heiß war, dass sich die Haut rötete wie die eines Verbrannten, hatte ihm neuen Lebensmut gegeben.

Der Leibarzt des Kaisers näherte sich der Tür zum Tepidarium und öffnete sie vorsichtig. Warme Luft strömte ihm entgegen. Auf einer einfachen Holzliege lag ein schlafender Mann. Karim trat zu der Gestalt und war sich einen Moment lang nicht sicher, ob er den Mann wecken sollte, als dieser die Augen aufschlug.

»Karim«, meinte er schläfrig, »sagt jetzt nicht, dass ich mich erheben soll. Ich fühle mich in dieser Kammer wie in den Armen einer schönen Frau.«

Karim lächelte nachsichtig. »Das glaube ich gern, Federico, und dieses Gefühl sei Euch aus ganzem Herzen gegönnt. Nur, mein Kaiser, mit der heißen Luft in dieser Kammer verhält es sich wie mit der Liebe. Zu viel davon kann schädlich sein.«

»Bringt mich nicht zum Lachen, mein Körper schmerzt schon, wenn ich nur mit Euch rede.«

»Das wird vergehen, ich verspreche es Euch. Aber das Fieber ist eine tückische Krankheit. Euer Christengott muss Euch geholfen haben, dass Ihr es überhaupt überlebt habt.«

»Das verfluchte Fieber«, knurrte der Kaiser. »Einige meiner besten Männer habe ich verloren. Krepiert an der Seuche, gegen die kein Medicus ein Mittel kennt.«

»Früher oder später wird die Wissenschaft eines finden«, beschwichtigte Karim.

»Ja, aber bis dahin werden noch viele Männer sterben. Vielleicht auch wir beide, Karim.«

»Seid unbesorgt, Federico, vorerst besteht keine Gefahr. Hier in Pozzuoli werdet Ihr vollständig genesen.«

Friedrich erhob sich mühsam und war so schwach, dass er Karims Hilfe brauchte, um sich aufzusetzen.

»Schaut mich an, Karim. Ich bin am Ende.«

»Verzeiht, mein Kaiser, aber das ist nicht wahr. Ihr wart schwerkrank und seid erst seit kurzem auf dem Weg der Genesung. Verlangt nicht zu viel von Eurem Körper, sondern dankt Eurem Gott, dass Ihr noch am Leben seid.«

»Ich habe nicht mehr Kraft als ein Kind.«

»Eure Kraft wird zurückkommen, glaubt mir.«

»Wann, Karim, wann? Ich brauche sie jetzt und nicht in vager Zukunft.«

Karim half dem Kaiser auf die Beine, und gemeinsam gingen sie langsam und in kleinen Schritten zur Tür.

»Habt Ihr Nachrichten von der Flotte?«

Karim stöhnte innerlich. Je starrsinniger sich Friedrich in den Gedanken verrannte, den Kreuzrittern so schnell wie möglich hinterherzusegeln, umso mehr verzögerte sich seine Gesundung.

»Nein.«

Friedrich sah den Sarazenen mit seinen klaren blauen Augen an.

»Warum so einsilbig, Karim?«

»Als der Mann, der für Eure Gesundheit verantwortlich ist …«

»Schweig. Für meine Gesundheit bin nur ich, der Kaiser, verantwortlich. Kein Arzt der Welt muss sich um das Gelingen dieses Kreuzzugs kümmern.«

»Mein Kaiser, Ihr seid berühmt für Eure Geisteskraft, Ihr kennt die Gesetze der Logik, und Ihr erkennt oft schon früher als andere, wie sich Ereignisse verketten. Lasst mich offen sprechen. Ihr seid krank. Nein, bitte unterbrecht mich jetzt nicht, Federico. Ihr seid krank und gerade erst auf dem Weg der Genesung. Ihr verdankt es Eurer körperlichen Stärke, dass Ihr das Fieber überlebt habt. Es wäre purer Leichtsinn, dieses Glück aufs Spiel zu setzen.«

Friedrich schwieg, und Karim deutete dies als Aufforderung, weiterzusprechen. »Ich denke, Ihr könnt Euch voll und ganz auf Heinrich von Limburg und Hermann von Salza verlassen. Besonders Letzterer gilt doch als ein erfahrener Kämpfer. Er hat schon viele Kämpfe bestritten, und sein Wort wird von den Rittern geschätzt. Er wird die Ritter sicher ins Heilige Land bringen und in Eurem Namen siegreich werden.«
Karim fürchtete zwar, dass er die nahe Zukunft der Kreuzritter etwas zu rosig malte, aber er wollte Friedrich nicht weiter beunruhigen. Der Kaiser war wie alle mächtigen Männer ein anstrengender Kranker. Der Heilungsprozess verlief ihm zu langsam, er hasste die Untätigkeit eines Bettlägerigen und tyrannisierte seine Diener sowie ausnahmslos alle medizinischen Helfer, die Karim zu Friedrichs ständiger Pflege abgestellt hatte.
Fast täglich focht Karim mit dem widerspenstigen Kaiser einen Streit über die notwendigen Behandlungen aus. Friedrich wollte so schnell wie möglich der Flotte hinterhersegeln. Er schätzte seinen krankheitsbedingten Aufenthalt an Land nicht länger als zwei, drei Wochen ein. Und reagierte mit heftigem Zorn, als Karim ihm schonend die Wahrheit beibrachte: Die Teilnahme des Kaisers am Kreuzzug werde sich monatelang verzögern, im schlimmsten Fall werde er gar nicht ins Heilige Land segeln können.
Karim versuchte die Unruhe des Kaisers, so gut es ging, mit beruhigenden Kräutertränken zu lindern, wagte es aber nicht, die Dosis weiter zu erhöhen. Friedrichs geschwächte Konstitution ließ einen zu starken Schlaftrunk gefährlich werden, zu groß war die Möglichkeit und zu entsetzlich der Gedanke, der Kaiser könne danach nicht wieder erwachen.
In einer angenehm temperierten Kammer angelangt, bettete Karim den Kaiser, der wie zuvor Karim ein schneeweißes Leinentuch nach Art der Römer trug, auf eine Liege und breitete eine seidene Decke über ihn. Dieser Ruheraum war zur Erholung und Entspan-

nung gedacht. Die Kammer bot Platz für mehrere Kranke, die hier auf den Holzliegen schlafen, dösen oder sich flüsternd unterhalten konnten. Der Kaiser hatte den Raum für sich allein.

»Es spricht für Euch, Karim, dass Ihr mich trösten wollt«, sagte Friedrich erschöpft. »Und Ihr habt ja auch recht, es bleibt gar keine andere Wahl, als auf den Hochmeister des Deutschen Ordens zu setzen. Hermann von Salza genießt den Respekt der Ritter. Selbst die einfachen Leute unter den Pilgern werden seinen Namen kennen. Ich habe den Kreuzzug in seine Hände gelegt, und also schenke ich ihm auch weiterhin das Vertrauen, das er verdient.«

Karim hielt es für besser, das Thema zu wechseln. »Federico, es gibt aber auch erfreuliche Nachrichten. Der Kaiserin geht es besser, ihre Übelkeit hat nachgelassen.«

Friedrich sah seinen Leibarzt müde an. Aus seinen Augen sprach Teilnahmslosigkeit. »Wie schön«, murmelte er. »So wird sie das Kind, das sie von mir empfangen hat, behalten?«

»Alles deutet auf eine Schwangerschaft mit weit weniger Komplikationen hin, als ich befürchtet hatte, mein Kaiser.«

»Wenn es ein Sohn wird, so kann man nur hoffen, dass er dem Wesen seines älteren Bruders Heinrich nicht nachkommt«, seufzte Friedrich.

Karim runzelte die Stirn.

»Mein Erstgeborener regiert im Deutschen Reich als König und sorgt bei seinem Vater für nichts als Verdruss. Ihr werdet sehen, Karim, Heinrich wird sich dort oben im Norden in Schwierigkeiten bringen. Ich hätte seine Erziehung besser überwachen und dies nicht den deutschen Grafen überlassen sollen.«

»Euer Sohn, Federico, ist noch jung und unerfahren.«

»Ich habe ihn zum König gemacht. Und zum Dank hetzt er die deutschen Barone gegen mich auf.« Friedrich stieß einen unterdrückten Fluch aus. »Verdammtes Fieber. Die Krankheit kommt zum ungelegensten Zeitpunkt.«

»Jede Krankheit kommt ungelegen, Federico«, beschwichtigte Karim. »Und was Euren Sohn in Deutschland angeht, wartet in Ruhe ab. Geduld ist die Tugend weiser Männer. Und ich bin sicher, die deutschen Barone sind besonnen genug, um sich nicht von einem jungen König in einen Streit mit dem mächtigen Kaiser ziehen zu lassen. Denkt jetzt nur an Eure Gesundung.«
»Vielleicht sollte ich wirklich auf Euch hören, Karim, auch wenn es mir schwerfällt.«
An der Tür war ein leises Klopfen zu hören, und Karim sah den Kaiser fragend an. »Erwartet Ihr Besuch?«
Friedrich schüttelte den Kopf, doch es klopfte erneut, diesmal deutlich drängender.
»Seht nach, wer es wagt, mich zu stören.«
Karim ging zur Tür und öffnete sie einen Spalt. Draußen stand der Leiter der kaiserlichen Kanzlei, dem es sichtlich unangenehm war, den kranken Kaiser ausgerechnet jetzt zu belästigen.
»Karim an-Nasir«, sagte er hastig, »ich weiß, es ist nicht der richtige Moment für Amtsgeschäfte, aber dieses Schreiben duldet keinen Aufschub.« Er machte eine kurze Pause. »Es kommt aus Rom.«
Karim warf einen Blick auf die aufwendig versiegelte Schriftrolle und erkannte im selben Moment das Siegel des Papstes. Er sah den Kanzleivorsteher aus schmalen Augen an.
»Ihr wisst doch, dass der Kaiser die Regierungsgeschäfte noch nicht wieder aufgenommen hat. Seine Genesung ist noch nicht vollständig.«
»Ja, ja«, gab der kaiserliche Beamte unwillig zu. »Aber versteht doch, das Schreiben stammt von Papst Gregor. Nur der Kaiser darf es öffnen.«
»Die Bedeutung Eures Papstes ist mir sehr wohl bekannt«, entgegnete Karim süffisant, dem die Skepsis des Beamten nicht entgangen war, ob ein Sarazene sich der Wichtigkeit dieses Schreibens überhaupt bewusst sein konnte.

»Karim?«
Die schwache Stimme des Kaisers beendete den aufkeimenden Streit der beiden Männer. Karim drehte sich um und ging ein paar Schritte auf den Kaiser zu.
»Federico, Euer oberster Beamter bringt ein Schreiben aus Rom, das keinen Aufschub duldet.«
»Und warum zögert Ihr dann noch? Gebt es mir auf der Stelle.«
Aus Friedrichs Worten war jeder Hauch von Müdigkeit verschwunden. Er stützte sich auf seinen linken Ellbogen und streckte die rechte Hand nach dem päpstlichen Schriftstück aus.
Karim nahm die Schriftrolle von dem erleichterten Kanzleivorsteher entgegen, drehte sie vorsichtig in seinen Händen und reichte sie dem Kaiser. Dann wandte er sich zur Tür.
»Bleibt, Karim. Schickt Gregor mir etwa päpstliche Genesungswünsche? Oder will er mich abermals ermahnen, einen sittlichen Lebenswandel zu führen.«
Trotz des scherzhaften Tons konnte Karim Besorgnis aus der Stimme des Kaisers heraushören. Papst Gregor war ein Gegner, den man nicht unterschätzen durfte. Seine Ränkespiele waren von einer perfiden List, und zu spät erkannten die meisten seiner Opfer, in welche Fallen sie getappt waren.
Karim fügte sich in den Wunsch Friedrichs, verschränkte die Arme vor der Brust und wartete wortlos, dass der Kaiser das päpstliche Siegel brach.
Friedrich überflog die lateinischen Eingangsfloskeln und versuchte in wenigen Augenblicken den Kern der päpstlichen Worte zu erfassen. Als er den Text ein zweites Mal las, formten seine Lippen die Worte stumm mit. Dann senkte er für einen Moment den Kopf.
Karim wagte es nicht, die beklemmende Stille zu unterbrechen. Der Kaiser rührte sich nicht, nicht einmal seine Hände zitterten, aber als er aufsah, war sein Gesicht aschfahl.
»Schlimme Nachrichten?«, fragte Karim leise.

»Die schlimmsten.«
Karim hielt den Atem an.
»Ich bin exkommuniziert, mein Freund. Ausgestoßen aus der Gemeinschaft der Christen.« Friedrich entfuhr ein bitteres Lachen. »Karim, der Kaiser ist vogelfrei.«

Der Mann in Schwarz stand am Kai und starrte auf das glitzernde Wasser. Er hatte die Stadt von Osten nach Westen und von Norden nach Süden durchkämmt und nichts gefunden. Keine Spur von den beiden falschen Pilgern. Bianca und ihr Falkner waren wie vom Erdboden verschluckt. Sogar die widerwärtigen Krankenlager hatte er besucht, um seine Beute aufzuspüren. Er hatte sterbenden Rittern und Huren ins Gesicht geblickt und die stinkenden Leichen gewissenhaft inspiziert, bevor die wenigen gesunden Bürger von Brindisi sie auf den riesigen Scheiterhaufen verbrannten.
Den klebrigen Geruch des Todes konnte er schon früher nicht ertragen, aber er blieb und suchte verbissen weiter. Wie eine gierige Meute, dem Wild auf der Spur. Doch die, die er suchte, hatte er nicht wiederfinden können. Er blickte zur Seite, zu der hageren Gestalt Heinrichs von Passau, und verfluchte den Unbekannten, der ausgerechnet in dem Moment den Weg des Barons gekreuzt hatte, als der sich schon fast am Ziel seiner Jagd wähnte. Nur ein Herzschlag hatte gefehlt, und Lorenzo, der verräterische Falkner, wäre ins Jenseits geschickt worden, dahin, wo er nach Meinung des Mannes in Schwarz längst hingehörte. Die Hand Heinrichs von Passau hatte die schöne Bianca schon berührt, als der Himmel den Flüchtlingen unerwartet Hilfe geschickt hatte.
Beide Männer blinzelten gegen die grelle Sonne, versuchten ihrem Zorn Herr zu werden und mit kühlem Blut nachzudenken. Ihrer Überzeugung nach gab es nicht mehr viele Möglichkeiten, wo sich die Gräfin Lancia und ihr Falkner verborgen halten

könnten. Bedingt durch die Seuche, herrschte schon seit Wochen Panik in der Stadt. Niemand würde zwei unbekannte Pilger verstecken, und ganz sicher nicht über eine so lange Zeit.
Bianca und ihr willfähriger Helfer mussten die Stadt wieder verlassen haben, darüber gab es nicht die geringsten Zweifel. Aber in welche Richtung hatten sie sich gewandt?
»Denk nach«, forderte der deutsche Baron seinen Begleiter auf. »Zwei Pilger, die nicht zurückkönnen, aber auch kein Versteck haben – was würden die tun?«
»Was weiß ich«, gab dieser unwirsch zurück. »Vielleicht sind sie ja doch tot. An der Krankheit verreckt, an dem fauligen Wasser oder an beidem.«
»Möglich«, überlegte Heinrich von Passau laut, »aber ich bin sicher, wir hätten ihre Leichen gefunden.«
»Und wenn sie verbrannt worden sind, bevor wir in all diese stinkenden Säcke geblickt haben?«
»Hm. Nehmen wir an, sie leben noch. Wo sind sie dann?«
»Das hat doch keinen Sinn. Sie können überall sein.«
Der Mann in Schwarz erntete für diese hingeworfene Bemerkung einen giftigen Blick.
»Sie sind aber nicht überall. Mann, denk nach. Sie müssen einen bestimmten Weg gewählt haben. Schließlich können sie sich nicht wie ein Vogel in die Lüfte erheben.«
»Vielleicht sind sie wie ein Fisch geschwommen.«
Mit einem Ruck wandte sich Heinrich von Passau ihm zu. »Geschwommen. Ich Narr. Wohin gehen zwei Pilger in Todesangst? Mein Gott, sie bleiben natürlich bei den anderen Pilgern.«
»Ihr meint, die beiden sind mit der kaiserlichen Flotte ins Heilige Land gesegelt?«
»So ist es.«
»Dann ist unsere Arbeit getan.«
»Wie soll ich das verstehen?«
Der Mann in Schwarz sah den deutschen Baron verständnislos an.

»Die Flotte ist vor vielen Tagen ausgelaufen. Weiß der Himmel, wo die beiden an Land gegangen sind.«

»Allmächtiger, wie begriffsstutzig darf ein Mann sein? Die Flotte läuft auf dem Weg ins Heilige Land nicht irgendwelche Häfen an. Das sind keine Handelsschiffe wie die der Venezianer, die überall an der Küste Waren ein- und ausladen.«

»Trotzdem. Diese Narren, die sich Streitmacht Christi nennen, sind führungslos. Der Landgraf ist an der Seuche krepiert, und auch über den Kaiser geht das Gerücht, er sei tot. Woher wollt Ihr wissen, ob die Schiffe überhaupt bis ins Heilige Land kommen und nicht vorher von Piraten aufgebracht werden?«

»Hm«. Heinrich von Passau grübelte einen Moment über diese Möglichkeit nach, kam aber dann zu dem Ergebnis, dass es durchaus Sinn machte, von einer ungestörten Überfahrt der Schiffe auszugehen.

Vermutlich hatte einer der anderen Männer das Kommando offiziell übernommen, und wie er den Kaiser einschätzte, würde es ihn nicht wundern, wenn es sich dabei um Heinrich von Salza, den Hochmeister des Deutschen Ordens, handelte. Und sollte das stimmen, dann steuerten Pilger und Kreuzritter einen ganz bestimmten Hafen an – Akkon an der Küste Palästinas. Schließlich war ebendiese Stadt zum Sitz des Deutschen Ordens geworden, vor wenigen Jahren erst hatte Franz von Assisi dort ein bedeutendes Kloster gestiftet, und seit der englische König Richard Löwenherz vor fast dreißig Jahren Akkon von den Muslimen zurückerobert hatte, galt der Hafen als Hauptstadt des Königreichs Jerusalem.

Und wer, kombinierte der deutsche Baron, war seit seiner Heirat mit Isabella von Brienne König von Jerusalem? Richtig, Kaiser Friedrich, der vielleicht tot war, vielleicht aber auch nur schwerkrank die Flotte verlassen und zurücksegeln musste.

Heinrich von Passau schmunzelte und gestattete sich einen Augenblick des Stolzes. In Sachen Logik konnte er es mit jedem debattierfreudigen Benediktinermönch aufnehmen. Weder mit Worten noch mit Waffen trieb man ihn in die Ecke. Er war sich fast sicher, dass der Thüringer Hermann von Salza, den er übrigens flüchtig kannte, kein anderes Ziel an der Küste Palästinas wählen würde. Und was die Piraten anging, die überfielen zwar immer wieder Handelsschiffe, aber schwerbewaffnete Kreuzritter waren ein Gegner, den man wesentlich ernster nehmen musste.

Um die Galeeren der Kreuzfahrer segelten sie lieber einen großen Bogen und hüteten sich, ihre Freibeuterflagge zu hissen. Nein, Bianca und Lorenzo waren sicher nicht den gefürchteten Sklavenhändlern auf See in die Hände gefallen. Viel wahrscheinlicher war, dass sie sich wohlbehalten Palästina näherten, sich vor ihren Verfolgern in Sicherheit wähnend.

Der Mann in Schwarz neigte sich zu Heinrich von Passau und sah ihn fragend an. »Ist unsere Arbeit nun getan oder nicht. Entscheidet Euch, ansonsten verlange ich meinen Lohn.«

»Unsere Arbeit ist erst dann getan, wenn Enzio Pucci seine mörderische Gräfin zurückbekommen hat. Im Übrigen hat er nichts dagegen, wenn auch wir vorher unseren Spaß mit der Dame haben.«

»Sosehr mich das Angebot lockt, es sind vage Aussichten.«

»Dann sehe ich hoffnungsfroher in die Zukunft.«

»Die Jagd ist nicht abgebrochen?«

»Die Jagd ist nicht abgebrochen.«

»Wir stechen in See?«

»Wir stechen in See.«

Der Mann in Schwarz warf dem Deutschen einen eisigen Blick zu. Er hasste es, wenn ihn jemand zum Narren halten wollte, und Heinrichs süffisante Wiederholungen hatten eine ähnliche Wirkung auf ihn wie ein störrisches Pferd oder eine tugendhafte Frau, die es wagte, ihn abzuweisen – sie stellten seine Beherrschung auf eine harte Probe.

War sein Zorn erst einmal entfacht und hatte zu lodern begonnen wie ein Feuer, das gut geschürt wird, so fiel es ihm schwer, ihn unter Kontrolle zu halten. Das Leben eines Mannes zählte nicht viel für ihn, das einer Frau noch weniger. Wer ihn herausforderte, spielte, ohne es zu ahnen, mit seinem Schicksal.
»Und welches Schiff nehmen wir?«, fragte er und legte so viel Sarkasmus wie möglich in seine Stimme. Durch den Aufbruch der Kreuzritter hatte sich der Hafen von Brindisi geleert, und nur noch wenige Boote dümpelten in dem schmutzigen Wasser.
»Überlasst das mir«, sagte Heinrich von Passau energisch. »Gehen wir. Die holde Bianca hat uns lange genug zum Narren gehalten. Höchste Zeit, dass wir Enzios Auftrag erfüllen und ihm seine Braut zurückbringen. Wie ich ihn kenne, wird er seine Ungeduld kaum zu zügeln wissen.«
Der Mann in Schwarz folgte ihm zurück in die Stadt. An der Kirche trennten sich ihre Wege. Während Heinrich bei den großen Tuchhändlern die nächste Schiffspassage Richtung Palästina ausfindig machen wollte, trat der Schwarzgekleidete in ein nahe gelegenes Wirtshaus ein. Er war kein Freund vieler Worte, und sein Mund fühlte sich vom Reden trocken an. Er orderte einen Wein und hoffte, dass die Keller tief und die Wände dick genug waren, um die Getränke einigermaßen kühl zu halten.
Der Auftrag, auf den er sich da eingelassen hatte, wurde ihm allmählich lästig. Die Gräfin Lancia schien anfangs eine leichte Beute, der Lohn, den ihm Heinrich von Passau versprochen hatte, schnell verdient. Doch schon seit Wochen jagten sie hinter dieser Frau her, und immer wieder war sie ihnen entkommen. Und nun wollte der deutsche Baron, der sich in die Verfolgung verbiss wie ein tollwütiger Hund, auch noch nach Palästina segeln.
Hölle und Teufel. Eine solche Reise war nicht ausgemacht gewesen.
Andererseits, dachte der Mann in Schwarz, ist alles auf dieser Welt eine Frage des Preises. Und der hatte sich soeben verdoppelt.

Von See aus betrachtet, unterschied sich die Insel nicht von all den anderen, an denen sie während ihrer Reise vorbeigesegelt waren. Karge Felsen, die von der Sonne verdörrt schienen. Orte, von weitem kaum zu erkennen, da alle Steine den gleichen schmutzigen Umbra-Ton aufwiesen wie die Berge, aus denen sie stammten. Auch das Gras hatte sich durch Sonne und Hitze braun gefärbt, und Bianca, die die satten Wiesen ihrer Heimat schmerzlich vermisste, suchte vergeblich nach grünen Flecken, auf denen das Vieh graste. Bei den Bäumen, die sie entdecken konnte, handelte es sich ausschließlich um knorrige Ölbäume, deren Früchte, Oliven genannt, gepresst wurden und ein köstliches Öl lieferten. Es musste ein hartes Leben sein, das die Menschen hier führten, ein unablässiger Kampf gegen die Trockenheit und um jeden Wassertropfen.
Seit sie und Lorenzo aus dem Piemont nach Brindisi geflohen waren, hatte es nicht ein einziges Mal geregnet. Bianca hatte vergessen, die Tage und Wochen zu zählen. Die schreckliche Nacht, in der Enzio sie und Giovanna überfallen hatte, schien weit zurückzuliegen, und doch war die Wunde über den Verlust ihrer Heimat, ja, ihres ganzen früheren Lebens noch frisch und schmerzte jeden Tag.
Normalerweise verbot sie sich, über die Vergangenheit nachzudenken, aber manchmal überfiel sie die Sehnsucht wie ein heimtückischer Räuber aus dem Hinterhalt. Regen. In jener Nacht hatte es geregnet. Sie erinnerte sich an das Wispern des Wassers und später an die beängstigende Stille, als sich die Wolken verzogen hatten. Sie vermisste den Geruch feuchter Wiesen und den sauberen Duft der Luft nach einem starken Gewitter.
Allmächtiger, dachte Bianca, regnet es denn so weit im Süden niemals? Wie kann man leben ohne Wasser?
Sie bedauerte die Menschen, die unter dieser gleißenden Sonne ihre Felder bestellen und tiefe Brunnen graben mussten, um überhaupt genügend Wasser für Tiere und Pflanzen zu finden.

Bianca starrte auf die Bergkette, der sie unablässig näher kamen. Sie hatte schon höhere und gewaltigere Berge gesehen, Felsriesen mit Schneehauben selbst im Sommer, doch keiner hatte so abweisend gewirkt wie diese. Sie schienen leblos und feindselig, und Bianca fühlte eine lähmende Traurigkeit angesichts dieser steinernen Wüsten, wie von bösen Mächten zu Gebirgen aufgetürmt.
In der vergangenen Nacht war ihr im Traum der Engel erschienen, aber er hatte keine tröstenden Worte für sie gehabt. Sein Blick war mitfühlend, doch sein Mund stumm geblieben. Angst war in Biancas Herz gekrochen, hatte sich dort festgesetzt und war auch bei Tagesanbruch nicht verflogen. Den ganzen Morgen hatte sie an das Antlitz des Engels denken müssen. War sein ernster Ausdruck eine unausgesprochene Warnung? Sie nahm sich vor, noch wachsamer als sonst zu sein.
Diese Insel namens Zypern kam Bianca riesig vor. Sie fühlte sich klein und verloren gegen die Masse aus braunem Gestein. Der Kapitän der Clara hatte den Pilgern gesagt, dass sie den Hafen von Famagusta ansteuern würden, um frisches Wasser und neue Lebensmittel an Bord zu nehmen.
Famagusta sollte die letzte Station vor der Küste Palästinas sein. Nach diesem Aufenthalt würden sie direkt nach Akkon segeln. Und dort würde die Clara die Pilger von Bord lassen, um dann so schnell wie möglich in ihren Heimathafen Brindisi zurückzukehren.
Bianca hegte den Verdacht, dass der Kapitän insgeheim alle Pilger für Narren und Irre hielt, die sich freiwillig einem unbekannten und höchst unsicheren Schicksal aussetzten, ja, schlimmer noch, ihrem fast sicheren Tod heiter entgegengingen, in der Überzeugung, im Jenseits endlich Erlösung zu finden. Aber, grübelte sie, war nicht das ganze Leben nur eine Vorbereitung auf den Tod? Das wahre Glück, das hatten sie die Nonnen gelehrt, würde sie ohnehin erst im Paradies finden. Sie hatte es nicht gewagt, den Nonnen zu widersprechen, und deren Überzeugung, dass die Erde ein

Jammertal und erst der Himmel ein Hort der Glückseligkeit sei, als unumstößliche Wahrheit hingenommen. Doch manchmal, wenn sie in ihrem Rosengarten im Gras lag, zum Himmel schaute und die Falken im Flug beobachtete, kamen ihr leise Zweifel. Warum hat Gott, der allmächtige Schöpfer, die Erde so wunderschön gemacht, fragte sie sich dann, wenn er nicht wollte, dass sie sich daran freute? Auch wenn jeder Mensch früher oder später dem Tod begegnete und seinem Schöpfer gegenübertreten musste, so war sich Bianca doch sicher, dass der Herr des Himmels und der Erden allen Menschen ein bisschen Glück schon im Diesseits gönnte.

Die Reise auf der Clara hatte ihr nicht nur einen Vorsprung vor ihren Verfolgern verschafft, sondern ihr auch die dringend benötigte Ruhe gegeben, um über ihr weiteres Leben nachzudenken. Wenn sie ehrlich zu sich selbst war, endeten ihre Pläne mit dem Diebstahl eines Schwerts. Aber was dann? Bewaffnet hatten sie wenigstens eine winzige Chance, um die nächsten Tage, vielleicht sogar die nächsten Wochen zu überleben. Und danach?

Bianca war zwar glücklich, dass sie und Lorenzo es in ihren Pilgergewändern bis nach Zypern geschafft hatten, aber keineswegs gewillt, ihr restliches Leben als Pilger oder, schlimmer noch, als Mann zu verbringen. Sie sehnte sich danach, endlich wieder Bianca – und vor allem eine Frau – zu sein.

Sie brauchte Schutz, denn die atemberaubende Flucht hatte ihre Kräfte aufgezehrt. Ja, Lorenzo war ein treuer Kamerad, und bislang hatten sie sich mehr oder weniger erfolgreich durchgeschlagen, aber Bianca war müde und träumte von einem Ort, an dem sie sich rundum sicher und geborgen fühlen konnte.

Das Bild des Kaisers auf seinem mächtigen Streitross erschien einen Moment lang vor ihrem inneren Auge, und sie blinzelte, um diese Phantasie aus ihrem Kopf zu jagen. Es tat ihr nicht gut, an den Kaiser zu denken. Traurigkeit überfiel sie, sobald sie ihren Gedanken erlaubte, zurück nach Brindisi zu schweifen. Das Gerücht

über seinen Tod hatte ihre Selbstsicherheit und ihren Glauben an eine Zukunft, in der sich alles zum Guten wenden würde, erschüttert. Ihre Schwärmerei für Friedrich, denn mehr war es nicht, was sie empfand, hatte ihr dennoch ein bisschen Trost gegeben. Sie selbst verglich das warme Gefühl, das sie beim Anblick des strahlenden Kaisers gespürt hatte, mit einem kleinen Lichtschein in tiefer Dunkelheit. Aber nun war auch dieser erloschen.
Sie wandte ihren Blick wieder der Insel zu, die vor ihnen lag und deren Konturen und Details jetzt immer deutlicher erkennbar wurden.
Sei nicht töricht, schalt sie sich im Stillen, und weine nicht über Möglichkeiten, die gar keine sind. Was kümmert dich der Kaiser? Ist er wirklich an der Seuche gestorben, so war es sein Schicksal und Gottes Wille. Lebt er noch, kann er dir auch nicht helfen. Es lag nicht in der Hand eines einzigen Mannes, sie zu schützen. Das Weinen, das sich als ein Kloß in ihrem Hals festgesetzt hatte, schluckte sie trotzig hinunter. Sie würde sich selbst helfen. Sie würde einfach weitergehen, und wenn es sein musste, würde sie laufen und rennen. Immer weiter, bis ihr Gefühl ihr sagte, dass sie in Sicherheit war.
Und wenn das nicht geschehen sollte, wenn sie keinen geschützten Ort fand? Dann, sagte sie sich, würde sie sogar diesen endlosen Weg ohne Ziel erkunden. Wenn dies ihre Bestimmung war, würde sie sich ihrem Schicksal stellen und über diese Erde wandern, von Ort zu Ort, heimatlos und in ständiger Sorge, entdeckt zu werden. Nur eins würde sie nicht tun – sie würde sich nicht ergeben. Niemals.
Bianca drehte sich abrupt um, denn sie glaubte einen stechenden Blick in ihrem Rücken gefühlt zu haben. Aber da war niemand, nur die Schiffsleute, die sich mit den schweren Leinen, mit denen die Clara später am Kai in Famagusta festgemacht werden sollte, abmühten.
An Bord herrschte gelöste Heiterkeit. Die Seemänner freuten sich

auf ihren Landgang und die Huren im Hafen, die Pilger dankten Gott, dass er sie sicher über das Meer gebracht hatte, und die Ritter wünschten sich und ihren Pferden endlich wieder festen Boden unter Füßen und Hufen.

Bianca freute sich vor allem auf ein Bad. Sie wusste zwar noch nicht, wie sie diesen Luxus bezahlen sollte, aber da sie ohnehin notgedrungen zur Diebin werden musste, konnte sie vielleicht mitsamt dem Schwert auch ein paar Münzen stehlen. Vorausgesetzt, die Ritter waren nicht inzwischen ebenso arm wie sie und Lorenzo und hofften selbst auf einen Beutezug.

Famagusta lag auf der Ostseite Zyperns, direkt gegenüber der syrischen Küste. Bei diesem Gedanken war ihr nicht ganz wohl, denn in Syrien herrschte der Sultan an-Nasir Dawud, ein gnadenloser Verfolger der christlichen Kreuzfahrer. Zwei der Ritter an Bord der Clara hatten bereits vor Jahren im Heiligen Land gekämpft und die Nachkommen des großen Sultans Saladin fürchten gelernt, den Sultan al-Kamil in Ägypten und den Sultan al-Mu'azzam in Damaskus.

Nach dessen Tod hatte an-Nasir Dawud die Regentschaft übernommen und an der Tradition seiner Vorfahren festgehalten. Ritter, die in Gefangenschaft gerieten, wurden entweder auf grausame Art hingerichtet oder als Sklaven verkauft. Die orientalischen Herrscher waren Bewunderer und Befürworter einer großartigen und imposanten Architektur und brauchten ständig Nachschub an Arbeitern für ihre ehrgeizigen Projekte. Riesige Steinquader mussten geschlagen und transportiert werden, Hunderte von Menschen waren nötig, um auch nur die Grundmauern einer neuen Moschee oder eines Palastes zu errichten. Für die Ritter, die zu Sklaven wurden, bedeutete dies nicht nur den Verlust ihrer Freiheit und unmenschliche Anstrengungen auf den Baustellen der Fürsten des Morgenlands, sie hatten auch so gut wie keine Chance, den Lagern zu entfliehen.

Die wertvollen Arbeitskräfte wurden gut bewacht und sogar entsprechend verpflegt, ließen ihre Kräfte jedoch nach, war ihnen ein schneller Tod sicher. Sklaven, das hatten die Ritter den Pilgern zugeraunt, hatten kein eigenes Leben mehr. Arbeitstiere – mehr waren sie nicht.

Da Pilger in der Regel nicht so kräftig waren, lohnte es sich nicht, sie auf dem Sklavenmarkt anzubieten. Mit der Entscheidung, im Heiligen Land Erlösung zu finden, hatten sie ihren Tod in Kauf genommen, und ein Sarazene hielt es für unter seiner Würde, einen Pilger zum Gefangenen zu machen. Ein schneller Hieb mit dem Schwert – und die scharfe Damaszener Klinge trennte den Kopf vom Körper.

Die Pilger auf der Clara hatten mit Schaudern den Schilderungen entsetzlicher Greuel zugehört. Bianca hatte nicht gewagt, danach zu fragen, was mit einer Frau geschehen würde, denn an Bord des Schiffes befand sich keine, und ihr selbst war es bis jetzt gelungen, ihr wahres Geschlecht zu verbergen.

Doch welches Schicksal würde ihr drohen, wenn sie verletzt war oder in Gefangenschaft geriet? Ihre Tarnung wäre nicht länger aufrechtzuerhalten, die Täuschung entlarvt und ihr Weg als Pilger beendet. Sie machte sich keine Illusionen, dass die Sarazenen sie gütig behandeln würden, bloß weil sie eine Frau war. Die Vorstellung, als Sklavin verkauft zu werden, schien ihr schlimmer als der Tod. Und so hoffte sie, dass der Engel, der ihr bislang Kraft gegeben hatte, ihr auch die Stärke verleihen würde, in der allerhöchsten Not ihrem Leben selbst ein Ende zu bereiten.

Zypern, das hatte sie von den Rittern erfahren, gehörte nicht zum Einflussbereich der orientalischen Fürsten, sondern war seit seiner Eroberung durch den englischen König Richard Löwenherz eine christliche Bastion und ein Brückenkopf auf dem Weg ins Heilige Land von großer strategischer Bedeutung.

Die Nachkommen Guidos von Lusignan herrschten auf der Insel und gewährten all denen Zuflucht, die den Sarazenen in Palästina entkommen waren. Ritter hatten dort Land als Lehen erhalten,

sich niedergelassen und Familien gegründet. Handwerker übten ihr Gewerbe aus und sahen auf Zypern eine weit rosigere Zukunft als in ihren jeweiligen Heimatländern. So waren in kurzer Zeit große blühende Städte entstanden, und Bianca fragte sich, ob es vielleicht weiter im Hinterland der Insel Seen und Flüsse gab und Zypern doch nicht so karg und trocken war, wie es von See aus den Anschein hatte.
Die Tatsache, dass sich viele Menschen trotz der muslimischen Bedrohung aus Syrien und Ägypten auf Zypern angesiedelt hatten, beruhigte sie etwas. So unsicher, wie sie zunächst befürchtet hatte, konnte die Lage der Insel demnach nicht sein. Offensichtlich hatte keiner der Sultane Interesse, die Christen auf der Insel anzugreifen und zu vertreiben. Bianca nahm sich vor, Zypern mehr als einen flüchtigen Blick zu gönnen.
»Wir werden bald anlegen«, sagte jemand hinter ihr, und als sich Bianca umdrehte, blickte sie in Lorenzos dunkle Augen. Seine Miene wirkte finster, seine Stimme klang ernst. »Was tun wir, wenn das Schiff festgemacht hat?«
»Wir gehen an Land«, antwortete sie leichthin.
»Aber was ist mit Eurem Plan?«, wisperte Lorenzo und schaute sich vorsichtig um, ob auch niemand seine Worte gehört haben konnte.
»Was hältst du von den drei Engländern?«, fragte Bianca statt einer Antwort zurück. »Die drei Ritter, die unsere Sprache nicht sprechen. Einer von ihnen nennt sich Robert.«
»Und?«
»Ich denke, wir sollten sie nicht aus den Augen verlieren.«
»Ihr meint …«
»Genau. Hast du ihre Schwerter gesehen? Sie sind schmaler und kürzer als die der anderen Männer. Und da die drei von weit herkommen, haben sie bestimmt auch genügend Goldstücke bei sich.«
»Gräfin«, zischte Lorenzo.

»Ich weiß, Lorenzo, es ist eine ziemlich feige Tat, die wir da planen, aber was sollen wir tun? Als bettelnde Pilger kommen wir nicht weit. Und ich zumindest habe nicht vor, bei der erstbesten Gelegenheit den Sarazenen in die Hände zu fallen. Hast du nicht gehört, was mit den Gefangenen geschieht?«
Beide schwiegen und schauten auf die Hafenanlagen von Famagusta. An Bord der Clara waren die Segel geborgen worden, und die Ruderer hatten die Aufgabe übernommen, das Schiff in den Hafen zu bringen. Die lauten Kommandos unter Deck sowie das Ein- und Auftauchen der Ruderblätter im Wasser machten eine Unterhaltung fast unmöglich.
Bianca rückte näher an Lorenzo heran. »Beobachte die Engländer. Eine bessere Chance bekommen wir nicht.«

Robert, ein Neffe des Earls of Leicester, machte es sich auf einem Stuhl bequem und streckte seine langen Beine aus. Endlich wieder an Land. Die Seereise unter der sengenden Sonne hatte seine Geduld und Belastbarkeit aufs Äußerste strapaziert. Es war seine erste Reise ins Heilige Land, und er hatte schon vor zwei Jahren seine englische Heimat verlassen. Er war durch Frankreich geritten, hatte die Alpen für unüberwindbar gehalten und war dann doch zusammen mit seinen beiden Gefährten über die schneebedeckten Pässe gekommen.
Zwei Jahre ohne die Gerüche und Klänge seiner Heimat, zwei Jahre fremdes Essen, das ihm meist nicht schmeckte – genügend Zeit also, um ihn zu der Erkenntnis zu bringen, dass er besser zu Hause geblieben wäre. Er war weder zum Söldner noch zum Seefahrer geboren. Am liebsten würde er jetzt in den dichten Wäldern seiner Heimat jagen gehen. Stattdessen saß er in dieser lärmenden Hafenstadt am Ende der Welt und schwitzte sich die Seele aus dem Leib.
Der Tisch vor ihm schien ein Stück von ihm wegzurutschen, was

den Ritter irritierte. Er befand sich seit langer Zeit wieder in einem festen Haus, hatte ein kommodes Zimmer, ein Dach über dem Kopf und eine Bettstatt in der Ecke, die garantiert nicht schwankte. Warum zum Teufel bewegte sich der Tisch? Robert griff unwillkürlich an die Kante, als wollte er das wacklige Möbelstück festhalten, kam dadurch selbst ins Rutschen und plumpste unsanft auf den Boden. Sein Kettenhemd, das er unnötigerweise angelegt hatte, da er sich nicht sicher war, was ihn an Land auf dieser unbekannten Insel erwartete, schepperte leise, als er mit der rechten Schulter an eines der Tischbeine stieß.

»Zur Hölle«, fluchte er und trat unbeherrscht gegen den Tisch, der daraufhin eines seiner dünnen Beine verlor. Der Weinbecher auf der Tischplatte kam in Bewegung und polterte zu Boden, wo er zerbrach und seinen Inhalt über Roberts Füße ergoss. Der Geruch des Weins breitete sich aus und benebelte den Geist des Ritters zusätzlich.

Er wollte aufstehen, aber der Schwindel in seinem Kopf machte es ihm unmöglich, auch nur daran zu denken. Das ganze Haus schwankte jetzt, als wäre es ein Schiff und er mit seinen Freunden immer noch auf der Clara, zusammengepfercht mit einem Haufen dämlicher Pilger.

Robert griff mit beiden Händen an seinen Schädel und drückte sie gegen die Schläfen, um die tanzenden Bilder vor seinen Augen zum Stillstand zu bringen. Vergeblich. Die Dinge um ihn herum schienen plötzlich lebendig geworden zu sein. Verschwommen sah er einen Stuhl, der sich rückwärts bewegte. Und der Strohsack, auf dem er eigentlich schlafen wollte, schien sich aufzurichten und ins Unermessliche zu wachsen.

Hölle und Teufel, hatte ihn die Hitze in den Wahnsinn getrieben? Er zerrte an seinem Kettenhemd, und mit äußerster Anstrengung gelang es ihm, sich auf die Knie zu drehen und auf allen vieren zur Tür zu kriechen.

»Hilfe«, lallte er undeutlich. »John, Richard, helft mir. Ich …«

Er verstand nicht, warum die Worte in seinem Mund aufquollen und ihn nicht verlassen wollten. Auch der Weg zur Tür schien endlos. »Hil…« Die zweite Silbe verschluckte er, dann brach er zusammen.

Nur wenige Augenblicke später öffnete sich die Tür einen winzigen Spalt, und Lorenzo warf einen vorsichtigen Blick in die Kammer des Gasthauses. Er sah den englischen Ritter am Boden liegen und betete zu Gott, dass Bianca ihm nicht zu viel von dem geheimnisvollen Trunk des Schiffskochs in den Wein geträufelt hatte. Nie würde er es sich verzeihen, den Tod eines unschuldigen Mannes verursacht zu haben.

»Was ist?«, flüsterte Bianca hinter ihm.

»Er rührt sich nicht. Gnade uns Gott, wenn er tot ist.«

»Schau, ob er atmet.«

Lorenzo lugte durch den Spalt, und zu seiner großen Erleichterung hob und senkte sich die breite Brust des Ritters in regelmäßigen Zügen. Lorenzo nickte. »Gottlob, er schläft nur.«

Bianca knuffte ihm auffordernd in den Rücken, endlich das Zimmer zu betreten. Noch länger auf dem Gang vor den Zimmern im ersten Stock herumzuschleichen war sträflicher Leichtsinn. Mehrere Ritter hatten hier ein Zimmer genommen, in der Hoffnung auf Wein, Huren und ungestörten Schlaf. Sie lächelte bitter über die Triebhaftigkeit dieser Männer und fand es nicht mehr als gerecht, zumindest diesem einen Strich durch seine lasterhaften Pläne gemacht zu haben.

Behende schlichen sie in das Zimmer und sahen sich eilig um.

»Scheint ein jähzorniger Ritter zu sein«, flüsterte Lorenzo und deutete auf den zerstörten Tisch und den zerbrochenen Becher.

»Eher tolpatschig als zornig«, widersprach Bianca und rümpfte die Nase bei dem kräftigen Weingeruch. »Mein Gott, hier stinkt es, als hätte er den Inhalt eines ganzen Fasses vergossen«, schimpfte sie, während sie fieberhaft nach einem Münzbeutel zwischen den Habseligkeiten des englischen Ritters suchte. Mit fliegenden Fingern tastete sie sich durch einen speckigen Leinensack, fühlte Wollhosen und Hemden aus Seide, zog einen Umhang, der schon bessere Tage gesehen hatte, ans Licht, stopfte ihn aber gleich wieder zurück, als sie dunkle Flecken entdeckte, die nichts anderes als Blut sein konnten. »Ich finde nichts«, wisperte sie nervös.

»Irgendwo müssen die Münzen sein«, gab Lorenzo hastig zurück. »Sucht weiter.«

Bianca lief auf den Brustharnisch zu, der wie ein Torso von einer Ecke des Zimmers gestützt wurde, und sah nach, ob vielleicht innen in der Rüstung ein Geldbeutel versteckt war. Nichts.

Draußen auf dem Gang waren Schritte zu hören. Bianca erstarrte und blickte Lorenzo kreidebleich an.

»Schscht.« Lorenzo legte den Zeigefinger an die Lippen und blieb ebenfalls regungslos stehen.

Die Schritte wurden lauter, zwei Männer unterhielten sich, doch Bianca und Lorenzo konnten die Worte nicht verstehen – eine fremde Sprache.

Biancas Herz setzte einen Schlag lang aus. Wie war das möglich? Sie hatte den drei englischen Rittern in der Gaststube das Schlafmittel in den Wein geträufelt, den ihnen der Wirt kurz zuvor gebracht hatte. Lorenzo hatte an den Tischen um Brot gebettelt und die Engländer geschickt abgelenkt. Warum war nur der eine eingeschlafen und die anderen ganz offensichtlich nicht? Waren diese beiden zurückhaltender und tranken lediglich Wasser? Panisch suchte sie Lorenzos Blick.

»Was tun wir jetzt?«, formte ihr Mund lautlos.

Lorenzo sah sich hastig nach einem Versteck im Zimmer um.

»Robert?«, rief eine Stimme, und jemand schlug an die Tür.

Bianca hielt den Atem an.

Wieder waren Worte zu hören, ein grölendes Lachen, ein erneutes heftiges Klopfen – dann wurden die Stimmen leiser, die Männer waren weitergegangen.

»Schnell«, flüsterte Lorenzo. »Macht schnell. Sie können jederzeit wiederkommen.«
Bianca wusste nicht, wo sie noch suchen sollte, als ihr Blick auf den Strohsack an der schmalen Seite des Zimmers fiel. Die Bettstatt. Hatte der Ritter seine kostbarsten Besitztümer unter dem Sack versteckt?
Auf Zehenspitzen lief sie durch das Zimmer und ergriff den Strohsack mit beiden Händen. Ungeziefer krabbelte unter dem Sack hervor und floh über ihre Füße in eine sichere Ecke der Kammer. Bianca keuchte entsetzt, ein Ekelschauer überlief sie, doch im selben Moment fiel ihr Blick auf ein Schwert und einen kleinen Beutel auf dem Boden.
»Lorenzo, zu mir. Ich habe gefunden, was wir suchen.«
»Dem Himmel sei Dank«, flüsterte dieser, ergriff das Schwert und versteckte den Beutel unter seinem Pilgergewand. »Schnell hier raus.«
Bianca ließ angewidert den Strohsack fallen, zog die Kapuze ihres Leinenumhangs wieder über den Kopf, um ihr Haar zu verbergen, und lief zusammen mit Lorenzo zur Tür.
Lorenzo ergriff die Klinke, riss die schäbige Holztür auf – und prallte direkt gegen die breite Brust eines der beiden englischen Ritter.

Es war bereits spät am Abend, und in den meisten Zimmern des Lateranpalastes in Rom waren die Kerzen und Fackeln erloschen. In der päpstlichen Schreibstube wurde noch gearbeitet, allerdings wurde hier ohnehin rund um die Uhr der Dienst für den Heiligen Vater versehen.
Es waren Mönche, hochgebildete Männer, die tagaus, tagein die Korrespondenz des Papstes erledigten sowie mit Abschriften und Übersetzungen philosophischer und religiöser Werke beschäftigt waren. Für die Schreiber und Buchmaler, die ihre minutiöse und

künstlerische Arbeit gewissenhaft ausführten, war die Berufung in die Schreibstube des Papstes eine Art Ritterschlag, die höchste Auszeichnung, die sie je erlangen konnten. Keine Mühe war ihnen daher zu viel, sie schrieben, bis ihre Finger im Krampf den Dienst versagten oder ihre Augen in dem flackernden Licht der Kerzen und Fackeln trüb wurden.
Trotz der späten Stunde war jedes Schreibpult besetzt, mischten die Buchmaler ihre Farben, um eine der wundervollen Miniaturen zu beginnen, die aus einem einfachen Buchstaben ein unvergleichliches Kunstwerk machten.
Ein großes Arbeitspensum war nichts Neues für die Mönche der Schreibstube, doch an diesem Abend war die Stimmung angespannter als gewöhnlich. Papst Gregor hatte einen umfangreichen Bericht an alle Bischöfe der christlichen Kirche verfasst und befohlen, diesen auf der Stelle und noch in dieser Nacht zu vervielfältigen. Für die einzelnen Schreiber bedeutete dies mehrere Abschriften des Berichts, und sie mühten sich nach Kräften, der Stimme des Vorlesers zu folgen und die Worte des Papstes in entsprechend akkurate Lettern zu kleiden.
Jedem einzelnen Schreiber war es streng untersagt, über das Gehörte auch nur ein einziges Wort zu verlieren, und selbstverständlich sprachen die Mönche untereinander niemals über die Gedanken des Heiligen Vaters, die sie in vielen Wiederholungen und immer neuen Fassungen niederschrieben.
So erfuhren sie in dieser Nacht als Erste und lange vor den eigentlichen Adressaten, dass Papst Gregor den Kaiser beschuldigte, der ganzen Christenheit unermesslichen Schaden zugefügt zu haben. Er habe nicht nur sein Versprechen, die Ritter ins Heilige Land zu führen, gebrochen, sondern auch durch seine unverantwortlich nachlässige Planung der Kreuzzugsvorbereitung den Tod von vielen Menschen in Kauf genommen. Dass er dann auch noch leichtfertig und feige lieber zurück nach Neapel gesegelt sei, statt sich der Kreuzfahrerflotte anzuschließen, brandmarkte Papst Gregor

aufs schärfste. Der Kaiser, so argumentierte der Heilige Vater spitzfindig, habe zum einen seinen Schwur gebrochen, den er der Kirche und der gesamten Christenheit geleistet hatte, und sich außerdem als im schlimmsten Sinne undankbar erwiesen. Denn niemand anders als die Kirche habe Friedrich als Kind unter ihre Fittiche genommen und für seine Erziehung gesorgt.

Durch die Reihen der Schreiber ging ein erschrockenes Raunen, als der Vorleser weiterdiktierte. Der Kaiser, so schrieb Papst Gregor, habe Schande über die Christenheit gebracht, indem er immer wieder der Kirche den Kreuzzug versprochen, doch stets eine Ausrede gefunden habe, um ihn nicht anzutreten. Alles in allem unverzeihliche Vergehen, die dem Heiligen Vater keinen anderen Ausweg ließen, als Kaiser Friedrich aus der Gemeinschaft der Christenheit auszustoßen und ihn als der Exkommunikation verfallen zu erklären.

Als Adressaten hatte Papst Gregor alle Bischöfe der christlichen Kirche angegeben, so dass jeder von ihnen über die Schuld und die Bestrafung des Kaisers unterrichtet war. Da Friedrich nun der christlichen Gemeinschaft nicht mehr angehöre, sei ihm auch jeder Versuch, den Kreuzzug doch noch zu Ende zu bringen, verboten.

Über den Dächern von Rom graute der Morgen, als endlich alle Schreiben verfasst, versiegelt und adressiert waren. Die Mönche gähnten verhalten und erhoben sich steifgliedrig, als die Glocke zur Morgenandacht rief. Der machtpolitischen Bedeutung dieser Nacht waren sie sich wohl bewusst, auch wenn sich jeder Einzelne von ihnen nur als kleiner und höchst bescheidener Diener des Herrn verstand. Papst Gregors Brief, den sie mit eigener Hand geschrieben hatten, konnte sehr wohl die Welt aus den Angeln heben. Dieses Wissen erfüllte sie mit Ehrfurcht, aber auch mit dem Gefühl von Unsicherheit und nervöser Spannung.

Der Kaiser hatte in der Vergangenheit des Öfteren bewiesen, dass er vor dem Heiligen Vater nicht nur demütig das Haupt neigte. So sammelten sie sich in der Basilika des Laterans und knieten nieder in ihrem Chorgestühl, um zu beten. Und manch einer von ihnen flehte Gott an, die Welt vor dem Zorn des Kaisers zu verschonen.

Durch die Wucht des Aufpralls kam Lorenzo ins Straucheln, und dieser winzige Augenblick der Unsicherheit reichte dem Engländer, ihm einen gezielten Faustschlag aufs Kinn zu versetzen. Lorenzo stürzte wie ein gefällter Baum und blieb reglos liegen.
Bianca wich mit einem entsetzten Aufschrei in das Zimmer zurück und stolperte rückwärts über den im tiefen Schlaf liegenden Neffen des Earls of Leicester. Sie ruderte mit den Armen, versuchte sich an der Tischkante des lädierten Möbelstücks abzufangen, fiel aber dennoch unsanft auf die Hüfte, die sie sich schon einmal bei ihrer Flucht vor Heinrich von Passau schmerzhaft angeschlagen hatte. Im selben Moment spürte sie, wie sie von kräftigen Armen hochgezogen wurde, sah, wie der Ritter abermals mit der Faust ausholte – und plötzlich innehielt. Seine Miene wechselte abrupt von Wut zu Schadenfreude, und während er Bianca im festen Griff hielt, riss er ihr die Kapuze vom Kopf und pfiff anerkennend durch die Zähne.
»Sieh mal an«, sagte er grinsend, »eine Frau.«
Bianca brauchte keine Kenntnisse des Englischen, um die Worte des Ritters zu deuten. Sie warf den Kopf zurück und versuchte mit aller Kraft sich zu befreien. Doch die Fäuste des Mannes hielten sie wie Fesseln aus Eisen. Je mehr sie sich wand, desto stärker schmerzten ihre Handgelenke. Und umso aussichtsloser wurde jede weitere Kraftprobe. Sie konnte nicht gewinnen, und da die Tür von dem zweiten Ritter blockiert war, hatte sie auch nicht die geringste Möglichkeit zur Flucht. Ihre Gedanken rasten, endeten aber ausnahmslos in Sackgassen.
Es war aus. Ihre Flucht würde hier enden, in dieser schäbigen Kammer in einem Gasthaus am Ende der Welt. Bianca hätte

schreien können vor Enttäuschung, doch das ließ ihr Stolz nicht zu. Da sie die Sinnlosigkeit jedes weiteren Widerstands einsah, gab sie es auf, sich zu wehren, richtete sich auf und sah dem englischen Ritter direkt in die Augen.

Der Engländer richtete seine ganze Aufmerksamkeit auf Bianca und schenkte dem am Boden liegenden Lorenzo keine weitere Beachtung. Er kannte die Folgen seiner eisenharten Faustschläge besser als jeder andere und wusste, dass der diebische Pilger noch eine ganze Weile nicht erwachen würde.

Bianca hatte den kurzen Blick des Engländers auf Lorenzo bemerkt und hoffte inständig, dass dieser keine schlimme Verletzung davongetragen hatte.

Der zweite Mann war inzwischen ins Zimmer getreten und hatte die Tür geschlossen. Die beiden Ritter begannen eine Unterhaltung, der Bianca nicht folgen konnte, aber sie versuchte zumindest aus ihren Gesten und Mienen zu lesen. Offensichtlich schienen sie sich nicht einig zu sein, was nun geschehen sollte, und die Tatsache, dass sowohl Lorenzo als auch sie noch am Leben waren, wertete sie als Zeichen, dass die Männer nicht ganz so barbarisch waren, wie sie zunächst befürchtet hatte.

Bianca wagte kaum zu atmen, um den Wortwechsel der Männer nicht zu unterbrechen. Doch als Lorenzo leise zu stöhnen begann, verstummten sie abrupt und sahen sich kurz an. Während einer von ihnen Bianca auf einen Stuhl stieß, ergriff der andere einen Wasserkrug und schüttete den Inhalt Lorenzo über den Kopf. Dieser erwachte benommen, befühlte seinen schmerzenden Kiefer und sah sich verwirrt in dem Zimmer um.

Als sein Blick den Biancas traf, schenkte sie ihm ein kleines aufmunterndes Lächeln, das in seltsamem Gegensatz zu ihren Gefühlen stand. Zwar schnürte ihr die Angst die Kehle zu, doch Lorenzo sollte wenigstens einen Funken Zuversicht spüren.

Der Ritter riss Lorenzo auf die Füße und schubste ihn in Biancas Richtung.

»Was ist mit ihm?«, knurrte er und deutete mit dem Kopf auf den schlafenden Robert.
Bianca riss vor Überraschung die Augen auf.
»Ihr sprecht unsere Sprache?«, erwiderte sie statt einer Antwort und erntete dafür einen eisigen Blick.
»Was ist mit ihm?«, wiederholte der Ritter mit einem drohenden Unterton.
»Er schläft.«
»Habt ihr ihn vergiftet?«
»Nein, es ist nur ein harmloses Schafmittel.«
»Wer seid ihr? Diebe, als Pilger getarnt?«
»Nein.«
»Lüge. Ihr wolltet einen von uns bestehlen.«
Bianca schwieg beschämt, und Lorenzo senkte stöhnend den Kopf. Vor Schmerz konnte er kaum seinen Mund öffnen, und notgedrungen überließ er Bianca die Ausreden für ein Vergehen, das in seinen Augen eigentlich unverzeihlich war.
Erneut unterhielten sich die beiden Männer in der fremden Sprache. Und wieder schienen sie sich nicht einig zu sein. Der eine sandte ihnen giftige, hasserfüllte Blicke, der andere schien ein wenig gemäßigter.
Als Lorenzo von dem brutalen Faustschlag getroffen zu Boden gesunken war, hatte Bianca jede Hoffnung, aus dieser Situation mit dem Leben davonzukommen, aufgegeben. Jetzt aber keimte ein winziger Trieb ihres gewohnten Lebensmutes. Könnte es sein, überlegte sie, dass die englischen Ritter oder zumindest einer von ihnen davor zurückschreckten, eine Frau zu töten? In diesem Fall würde ihr ausgerechnet ihre Schutzlosigkeit weiterhelfen.
Sie sprach einen der Männer direkt an. »Hört, wir sind keine Diebe und Lügner, sondern gottesfürchtige Pilger auf dem Weg ins Heilige Land. Was wir getan haben, war nicht recht, und wir bitten Euch in aller Demut um Verzeihung. Glaubt uns, wir

wollten niemandem etwas Böses tun. Wir hatten Hunger, das war alles.«

Der Ritter streckte die Hand aus und ergriff eine Strähne von Biancas langem Haar.

»Du bist eine schöne Frau, selbst in diesen Lumpen. Eine sehr schöne Frau. Und deine Worte sind klug gewählt. Wer bist du?«

»Mein Name ist Bianca, und das ist mein Bruder Lorenzo. Wir sind einfache Leute. Tuchmacher.«

»Was wolltet ihr auf der Clara?«

»Buße tun, mein Herr. Wir haben Gott, dem allmächtigen Vater, eine Pilgerfahrt ins Heilige Land gelobt, wenn er meinen Mann, auch er ein Tuchmacher, wieder genesen lässt.«

»So, so«, murmelte der Ritter, und die Skepsis in seinem Blick ließ Bianca an der Überzeugungskraft ihrer Worte zweifeln.

»Und dieser Tuchmacher, der dein Mann und Herr ist, lässt es zu, dass sich seine schöne junge Frau auf eine so gefahrvolle Reise begibt?«, fragte er ungläubig.

»Er hatte keine Wahl, mein Herr«, antwortete Bianca bescheiden. »Als wir aufbrachen, lag er in tiefem Schlaf.«

»Hast du da etwa auch nachgeholfen, meine Teure?« Er deutete auf Robert, den dritten Ritter, der im Traum selig lächelte und leise schnarchte.

Bianca sah zu Boden. »Nein, Herr.«

»Nun denn. Dein Mann ist nicht hier und dein Bruder dort«, er betonte das Wort Bruder, »fällt zurzeit als Beschützer aus. Also gehörst du mir.«

Bianca erschrak. Sie hatte gehofft, der Engländer sei in der Kunst der Höflichkeit unterwiesen worden und werde die ausweglose Situation einer schwachen Frau nicht ausnutzen. Närrin, schalt sie sich. Er hält dich für eine Frau aus dem Volk und nicht für eine vornehme Dame. Außerdem für eine Diebin, und ihre verwandtschaftliche Beziehung zu Lorenzo schien er auch nicht zu glauben. Warum also sollte er sie schonen?

»Was habt Ihr vor?«, flüsterte Bianca.
»Auch unser Münzbeutel ist so gut wie leer, schöne Diebin. Es ist euch beiden vielleicht noch nicht aufgefallen, aber ihr seid nicht die Einzigen, die dringend Geld brauchen. Und wie kommt man in dieser Gegend am besten an wertvolle Goldstücke?«
»Ihr wolltet sie stehlen?«, flüsterte Bianca fassungslos. In den Augen des Ritters las sie Verachtung.
»Wir sind nicht wie euresgleichen. Ein Ritter stiehlt nicht. Nein, wir sind keine Diebe. Wir werden etwas verkaufen.«
Lorenzo hob den Kopf wie ein Wild, das den Jäger witterte, war aber noch zu benommen, um aufzustehen.
»Verkaufen«, wiederholte Bianca. »Aber …«
Sie blickte sich suchend um, konnte jedoch nichts entdecken, was von großem Wert gewesen wäre.
»Ich sehe«, half ihr der Ritter, »du hältst Ausschau nach den Waren, die wir feilbieten wollen. Die Situation ist nicht ohne Komik. Wenn ich gewusst hätte, dass wir in diesem Zimmer so charmante und amüsante Gesellschaft finden, wären wir eher zur Tür hineingekommen. Das kannst du mir glauben.«
Er warf seinem Landsmann, der während der gesamten Unterhaltung Lorenzo nicht aus den Augen gelassen hatte, ein paar Worte in ihrer Muttersprache zu, und beide brachen angesichts Biancas ratloser Miene in lautes Gelächter aus.
»Offenbar kann sich deine Klugheit nicht mit deiner Schönheit messen. Macht nichts, es reicht, wenn du liebreizend bist. Auch deine Figur kann sich sehen lassen. Vielleicht ein bisschen mager, aber von guter Statur.«
Er riss Bianca zu sich heran und legte einen Arm um ihre Hüfte. Instinktiv schlug sie nach ihm und drehte sich mit einer geschickten Bewegung aus seiner Umklammerung.
»Fass mich nicht an«, herrschte sie, ganz die Gräfin Lancia, den Engländer an.
»He, he, ganz ruhig, meine Hübsche. Hier wird dir nichts gesche-

hen. Wir werden doch unseren kostbarsten Besitz nicht beschädigen.«
»Ich gehöre niemandem«, fauchte Bianca. »Nur mir selbst.«
Wieder sagte er etwas zu dem anderen Ritter, der daraufhin erneut in einen Anfall ungezügelter Heiterkeit ausbrach.
»Du gefällst mir«, sagte der Ritter. »Du gefällst mir sogar sehr. Und unter anderen Umständen würde ich dich selbst behalten. So aber, teure Bianca, bringe ich mich zwar um viel Vergnügen, werde aber dafür den Münzbeutel für meine Gefährten und mich wieder auffüllen können.«
»Was habt Ihr vor? Mich als Hure anzubieten?«, fragte Bianca verächtlich.
»Aber, aber, was für ein unfeiner Gedanke. Dein Wert, Bianca, ist mit dem einer Hure nicht zu vergleichen.«
»Was dann? Einen alten gebrechlichen Mann finden, der bereit ist, für das Glück einer Ehe zu zahlen?«
»Keine schlechte Idee, aber meine ist besser. Und außerdem, sagtest du nicht, dass du schon verheiratet bist?«
Bianca zog es vor, dem Sarkasmus des Ritters nichts zu entgegnen.
»Genug geredet. Es ist spät. Im Morgengrauen, wenn alles schläft, bringen wir euch zum Hafen. Dort liegt ein Schiff, das morgen Kurs auf die Stadt Damiette nimmt.«
»Damiette?«, entfuhr es Bianca.
»An der ägyptischen Küste. Kennst du die Stadt? Meine Freunde und ich fahren nicht mit. Zu viele Muslime, verstehst du? Wir bekommen unseren Anteil schon hier.«
»Mein Gott«, ächzte Lorenzo, dem es endlich gelungen war, sich aufrecht hinzusetzen. »Wir sind verloren.«
»Wie man es nimmt«, erwiderte der englische Ritter feixend. »Seid uns dankbar, dass wir euch am Leben lassen. Übrigens, hütet euch, bei den Sarazenen zu stehlen. Man sagt, sie hacken Dieben beide Hände ab.«
»Damiette«, murmelte Bianca. Irgendwo hatte sie von dieser Stadt

gehört, doch ihr Denkvermögen schien unter dichtem Nebel verborgen, den kein Blitz der Erinnerung durchdringen konnte. Reiß dich zusammen, schalt sie sich, und denk nach. Wo war ihr bloß der Name dieser Stadt begegnet?

Sie blickte in die grinsenden Gesichter der beiden Ritter und in Lorenzos verzweifeltes Antlitz. Und dann fiel es ihr ein.

Ihr Bruder Manfred war einmal dort gewesen, als die Stadt noch in christlichen Händen war. Inzwischen hatten die Muslime Damiette zurückerobert. Und auch auf der Clara hatte einer der Ritter von Damiette erzählt. Er beschrieb eine blühende Stadt an der Mündung eines riesigen Flusses, Nil genannt. Damiette war von den Kreuzrittern eingenommen worden, obwohl die Stadt als unbesiegbar galt, denn ein gigantischer Turm verschloss mit einer mächtigen Kette aus Eisen, die von einem Ufer zum anderen geführt worden war, die Einfahrt in das Flussdelta. Die christlichen Ritter waren demnach erfolgreich gewesen. Geradezu schwärmerisch hatte der Ritter von dem technischen Geniestreich eines Mannes namens Oliver berichtet, dem es gelungen war, eine völlig neuartige Belagerungskonstruktion zu entwickeln. Er hatte zwei Schiffe zusammenbinden und darauf vier Masten aufrichten lassen. An diesen war mit Hilfe von Seilen eine bewegbare Zugbrücke angebracht worden, mit der der Kettenturm schließlich erobert werden konnte, obwohl die Muslime mit griechischem Feuer die Schiffe fast zerstört hätten.

Damiette war daraufhin einer der wichtigsten Stützpunkte der christlichen Ritter geworden, doch während des letzten Kreuzzugs aufgrund taktischer Fehler des päpstlichen Legaten Pelagius, der sich als unfähig erwies, ein Kreuzfahrerheer zu leiten, wieder an die Muslime gefallen.

Dieses Mal hatten die Muslime eine List ersonnen. Sultan al-Kamil hatte die Deiche des Nils durchstechen lassen und das gesamte Land unter Wasser gesetzt. So blieben die christlichen Ritter mit ihren schweren Rüstungen, ihren Pferden und Wagen hilflos im Morast stecken, Damiette bekam keinen Nachschub und musste den Kampf verloren geben. Jetzt gehörte Damiette zum Herrschaftsgebiet des Sultans al-Kamil, und der Name der Stadt ließ die Christen vor Angst erzittern.

Die ganze Geschichte überflutete mit einem Mal Biancas Gedächtnis. Und auf einen Schlag war ihr klar, welches Schicksal die Engländer für Lorenzo und sie im Sinn hatten. Sie warf den Kopf zurück und schrie, so laut sie konnte: »Nein!« Und immer wieder: »Nein!«

Der Engländer sprang auf sie zu und verschloss ihr mit seiner kräftigen Hand den Mund.

Sie wehrte sich wie eine Tobsüchtige, trat gegen seine Waden, versuchte mit den Fäusten zu schlagen, doch gegen die muskulösen Arme des Kreuzritters hatte sie keine Chance. Nach kurzem aussichtslosem Kampf sank sie verzweifelt neben Lorenzo zu Boden. Dieser zog seine Herrin tröstend zu sich heran, und Biancas Tränen sickerten durch das grobe Leinen seines Pilgergewands. Lange saßen sie auf dem abgetretenen Holzboden der Kammer wie zwei Kinder, die aus dem Paradies vertrieben worden waren, und klammerten sich aneinander fest.

»Du weißt, was sie vorhaben?«, flüsterte Bianca schließlich.

Lorenzo nickte. »Sie werden uns als Sklaven verkaufen. Auf dem Markt von Damiette.«

Zamira, die derzeitige Favoritin des Sultans, war sich bei allem, was sie tat, ihrer betörenden Wirkung bewusst. Hinter ihrem Schleier beobachtete sie die Männer, sah das Begehren in ihren Augen und spürte förmlich, wie der Herzschlag selbst der tapfersten Krieger bei ihrem Anblick zu galoppieren begann wie ein durchgehendes Pferd. Sie empfand den zarten Schleier, der außer ihren Augen ihr gesamtes Gesicht verhüllte, als perfekte Tarnung ihrer Gedanken. Denn Zamira war zwar eine Kadine des Sultans, eine Frau, die er selbst erwählt hatte und die ausschließlich ihm gehörte, doch auch wenn ihr ganzer Lebenszweck in der Erfüllung herrschaftlicher Liebes- und anderer Wünsche bestand, leistete sie sich den Luxus eigener, manchmal sogar aufrührerischer Gedanken. Von denen selbstverständlich niemand je etwas erfuhr. Zamira lebte seit mehreren Jahren im Harem des Sultans und hatte es in der Kunst der Verstellung zur Meisterschaft gebracht.

Sie lag auf einem bequemen Polster, kniehoch über dem Boden, der aus hellen Fliesen bestand, bemalt mit mannigfaltigen Figuren in leuchtendem Blau. Hunde und Löwen waren zu sehen, Hasen und Pferde, auch Männer und Frauen und sogar Mischwesen aus Mensch und Tier. Bäume und Blumen waren zu erkennen, und in manchen Gärten trafen sich Liebende zu einem innigen Kuss.

Gegenüber an der anderen Wand standen weitere Bänke und Liegen, dazu Stühle und hüfthohe Lampen aus kunstvoll getriebenem und verziertem Messing. Mehrere dieser dreiflammigen Ölleuchten sorgten abends für genau das richtige Licht, das Zamiras Schönheit überirdisch erscheinen ließ.

Die Kadine knabberte an einer Dattel. Sie genoss das süße, weiche Fruchtfleisch, lutschte den schmalen, länglichen Stein im Inneren der Dattel sorgfältig ab und warf ihn in eine kleine Schale, die zwar den Kernen und Stielen des Obstes vorbehalten, aber dennoch kein schlichtes Geschirr, sondern ein Meisterstück ägyptischer Handwerkskunst war.

Der Favoritin des Sultans waren nur die allerschönsten und allerfeinsten Dinge vorbehalten. Sie trug kostbarste Seide, aß die edelsten Früchte und benutzte so viel Rosenwasser, wie sie es für richtig hielt. Trotzdem langweilte sie sich. Den größten Teil des Tages verbrachte sie entweder mit Körperhygiene in ihrem luxuriösen Bad, mit träger Muße im Garten oder – wie jetzt – liegend auf einem ihrer Polsterbetten.

Sie seufzte und nahm eine der auf Hochglanz polierten Bronze-

scheiben, um ihr Antlitz eingehend zu betrachten. Sie sah ein ebenmäßiges Gesicht mit fast schwarzen Mandelaugen, eine etwas zu lang geratene Nase und ein herrisches Kinn. Das Schönste aber war ihr Mund. Eine sinnliche Verlockung mit vollen Lippen, der mit seinen Küssen den Sultan schier um den Verstand brachte. Ihr Hals war lang, und wenn sie ihn im Tanz bog, sah der Sultan vom Busen bis zu ihrem Ohr eine perfekte Linie. Ihre Haut hatte einen ganz leichten Olivton, und dieser Teint war ihrer Meinung nach ihr einziger Makel. Sie wünschte sich sehnlichst die blasse Hautfarbe der Sklavinnen aus dem Norden jenseits des großen Meeres. Im Harem des Sultans lebten viele dieser weißhäutigen Frauen, und die schönsten von ihnen machte er zu Odalisken, zu seinen persönlichen Dienerinnen, die er manchmal auch in sein Bett ließ.
Zamiras Körper war weich und einladend, ihre Hüftknochen genau richtig gepolstert, um für einen Mann wie ein bequemes Kissen zu sein. Sie badete jeden Tag in einem Badehaus, das ihr persönlich zugewiesen worden war und in dem sie von ihren Dienerinnen geseift, geölt und massiert wurde. Ihre Haut wurde mit Rosenwasser besprengt, und an Stellen, die der Sultan besonders gern erforschte, tupften sie einen Duft aus Sandelholz.
Es gab keine einzige rauhe Stelle an Zamiras Körper, selbst ihre Füße wurden täglich mit einem Stück Keramik zart gerieben. Um ihre dunklen Augen noch geheimnisvoller zu machen, zog sie einen schwarzen Strich am oberen und am unteren Lid. Und ihre Haare wurden geölt und gekämmt, bis sie glänzten wie das Gefieder eines seltenen und wertvollen Vogels.
Zamira wusste, dass sie die schönste Frau im Harem des Sultans und er ihren Zärtlichkeiten so verfallen war, dass er ihr jeden Wunsch von den Augen ablas. Und doch hätte sie schon morgen all ihren goldenen Schmuck ohne Bedauern zurückgelassen, um die Welt außerhalb der Haremsmauern kennenzulernen. Ein Wunsch, der ihr vermutlich niemals erfüllt werden würde, denn

an den Wächtern vorbei in die Freiheit zu spazieren war absolut undenkbar.

Die Mauern, hinter denen Zamira lebte, erhoben sich dreimal so hoch, wie sie selbst groß war, und hatten nicht ein einziges Fenster oder auch nur einen Spalt, durch den sie einen Blick in die Welt, die ihr verboten war, hätte werfen können. Es existierte nur ein Tor, und das wiederum führte nicht in die Freiheit, sondern in eine Halle, in der die Verschnittenen schliefen, Männer, denen man die Lust auf den Körper einer Frau für immer genommen hatte.

Und selbst wenn sie ungehindert die Halle der Eunuchen durchqueren könnte, wäre sie doch nur wieder in einer weiteren Halle mit weiteren Wachen. Lauter kräftige Männer mit scharfen Schwertern und dem Befehl des Sultans, jeden auf der Stelle zu töten, der diesen Gang ohne Erlaubnis betrat. Kein vollständiger Mann außer dem Sultan selbst durfte sich in den inneren Gemächern des Harems aufhalten, und keine Frau durfte sie verlassen.

Die Wohnräume der Frauen waren zwar mit dem Palast verbunden, doch sorgfältiger bewacht als alle Schätze des Sultans. Selbst vor der dicken und abweisenden Mauer, die als einzige der Stadt zugewandt war, durfte niemand stehenbleiben. Auch Vorübergehende, die in unmittelbarer Nähe der Haremsmauern ihre Schritte verlangsamten – und sei es nur durch einen Zufall –, wurden auf der Stelle von den Wächtern ermahnt, eiligst das Weite zu suchen.

Da Zamira eine Frau mit vielfältigen Interessen und einer gewissen Bildung war, kannte sie die Stelle des Korans auswendig, wo die Frauen angewiesen werden, sich sittsam zu verhalten: »Und sprich zu den gläubigen Frauen«, heißt es im 31. Vers der 24. Sure, »dass sie ihre Blicke niederschlagen und ihre Scham hüten und dass sie nicht ihre Reize zur Schau tragen, es sei denn, was außen ist, und dass sie ihren Schleier über ihren Busen schlagen und ihre Reize nur ihrem Ehegatten zeigen oder ihren Vätern, oder den Vätern ihrer Ehegatten oder ihren Söhnen, oder den Söhnen ihrer Ehegatten, oder ihren Brüdern oder den Söhnen ihrer Brüder, oder den Söhnen ihrer Schwestern, oder ihren Frauen oder denen, die ihre Rechte besitzt, oder ihren Dienern, die keinen Trieb haben, oder Kindern, welche die Blöße der Frauen nicht beachten.«

Zamira nahm sich eine weitere Dattel und überlegte, wie sie die Zeit bis zum Eintreffen des Sultans verbringen könnte. Viele Möglichkeiten hatte sie nicht. Ein zweites Bad würde sie müde werden lassen, fürchtete sie. Ihr Haar war in der Mitte gescheitelt und wurde über den Schläfen von Kämmen gehalten, die über und über mit Edelsteinen besetzt waren. Sie trug einen langen Rock, der sich sündhaft an ihren Körper schmiegte und die Form ihrer Beine erkennen ließ. Dazu ein reich besticktes, tief ausgeschnittenes Mieder, das die Rundungen ihres Busens verheißungsvoll enthüllte. Um den Hals war eine Kette aus Gold geschlungen, jeden Finger ihrer schmalen Hände schmückte ein Ring, und an den Füßen hatte sie zierliche Pantoffeln. Zamira war wie alle Frauen im Harem des Sultans überaus eitel, denn in der streng abgeschirmten Gesellschaft, in der sie lebte, zählte vor allem eins – Schönheit.

Eine Frau, die ihre Schönheit mit den Jahren einbüßte und die Lust des Sultans nicht mehr entfachen konnte, musste sich damit abfinden, die neuen Favoritinnen zu bedienen. Hatte sie dem Sultan Kinder geboren, so war ihr auch weiterhin der Respekt ihres einstigen Geliebten gewiss – mehr jedoch nicht.

Der Einfluss einer Kadine oder einer Odaliske stieg und sank mit ihrer Anmut. Zamira hatte das traurige Schicksal einer der Frauen, die einst das Bett des Herrschers geteilt hatten, dann aber ihren Platz einer jüngeren und hübscheren überlassen mussten, selbst mit angesehen. Die ehemalige Kadine, früher eine strahlende Schönheit, verfiel vor den Augen des gesamten Harems, versank in Melancholie und starb nach einem Jahr als gebrochene Frau mit ergrautem Haar. Zamira hatte sich geschworen, dass ihr ein ähnliches Los erspart bleiben würde. Niemals würde sie es zulassen, dass Kummer und Gram von ihr Besitz ergriffen und das, was von ihrem Leben übrigblieb, zerstörten. Ehrgeizig, wie sie war, hatte sie andere Pläne und maß ihren Wert für den Sultan nicht nur in ihren zweifellos raffinierten Liebeskünsten, sondern auch in ihrer Fähigkeit, wie ein Mann zu denken. Aber das behielt sie vorerst für sich.

Zamira legte die dritte Dattel wieder zurück in die Messingschale und rief ihre Dienerin, die sie in den Garten begleiten sollte. Die Sonne stand bereits hinter den hohen Palastmauern, keine Gefahr also, ihre getönte Haut noch eine Nuance dunkler zu färben.

»Herrin«, sagte die Sklavin, »Ihr habt nach mir gerufen.«

»Begleite mich in den Garten. Und nimm die Früchte mit. Ich mag sie nicht mehr.«

Die Sklavin stammte aus der Steppe westlich des Nils und hatte einen tiefschwarzen Teint. Ihre Haut, vor allem die auf den Wangenknochen, war mit Narben verziert, so dass sie wie die Granulierung eines Goldschmucks wirkte. Die Wächter des Harems hatten sie auf dem Markt in Damiette gekauft, wohin sie von Händlern, die ihren Stamm überfallen hatten, verschleppt worden war. Sie hatte ihre Freiheit und ihre Würde verloren, doch in ihren Augen spiegelte sich immer noch der Stolz ihres Nomadenvolkes.

Zamira erhob sich und drapierte ihren Rock so, dass er in perfekten Falten fiel.

»Wie sehe ich aus?«

»Wie immer wunderschön, Herrin. Keine Frau in diesem Harem kann sich mit Euch messen.«

»Ach, Azoula, es ist meine Pflicht, schön zu sein.«

»Schönheit ist ein Geschenk Allahs, Herrin. Seid dankbar für Eure reizende Gestalt.«

»Du hast recht, es macht das Leben leichter. Deines übrigens auch. Die Sklavinnen der Favoritin des Sultans stehen über allen anderen.«

»Ich weiß, und ich danke Allah für seine Güte.«

Die beiden Frauen wechselten einen Blick, und Zamira erkannte, dass auch ihre Sklavin Azoula sich darauf verstand, ihre wahren Gefühle zu tarnen. Aus ihren Augen hatte einen Moment lang die Freiheitsliebe des Steppenvolkes geblitzt, doch unmittelbar darauf war Azoula wieder zu einer Gefangenen geworden, die voller Demut ihr Schicksal annahm.

»Wie viel Zeit bleibt uns, bis der Sultan kommt?«, fragte Zamira und ging damit zum wichtigsten Thema des anbrechenden Abends über.

»Wenig«, antwortete die Sklavin. »Es wäre besser, Ihr haltet Euch bereit.«

»Komm, Azoula, die Luft ist herrlich. Zu dieser Stunde gibt es keinen schöneren Platz als den Garten.«

Zamira schlenderte zu einem farbenfrohen Baldachin und ließ sich auf einem Seidenkissen nieder. Von hier aus hatte sie einen ungehinderten Blick auf einen Teich mit Lotusblüten und eine sprudelnde Quelle, die künstlich gespeist wurde. Es gab verschiedene Gärten in der gesamten Palastanlage, doch dieser hier gehörte zum Harem und war deshalb ausschließlich den Frauen vorbehalten.

Mit seinen zahlreichen Blumen und blühenden Sträuchern war er der fröhlichste von allen und der, der am ehesten dem Vorbild des Paradieses gleichkam. Wasser floss in ihm im Übermaß, ein Zeichen von Reichtum und Luxus in einem Land der Trockenheit. In ihm blühten Tulpen aus Persien, süß duftender Jasmin, Palmen, Nelken in den schönsten Schattierungen von Blutrot bis Schneeweiß, Hyazinthen und Mandelbäume, zarte Rosen in cremigem Beige und hohe Zypressen. Es wuchsen so würzige Kräuter, dass die Luft nach ihnen zu schmecken schien, und das Gras auf dem Boden war so grün wie der dunkelste Smaragd.

Zamira liebte dieses kleine Paradies und die Vögel, die in ihm sangen. Nirgendwo fühlte sie sich so unbeschwert wie hier. Der Garten des Harems war ein Hort der Heiterkeit, und selbst die

Sklavinnen vergaßen eine kleine Weile, was man ihnen angetan hatte.
Wenn Zamira den Kopf nach hinten lehnte, konnte sie den Himmel sehen, ein perfektes Blau ohne Mauern. Niemals würde sie diesen Garten verlassen können – und sie wollte es auch gar nicht. Denn auch wenn ihr der Gedanke, für den Sultan nicht mehr schön genug zu sein, Angst einjagte, noch größere Furcht hatte sie vor der Welt außerhalb ihres Gartens. Sie wollte sie zwar einmal sehen, aber nicht auf Dauer in ihr leben.
»Herrin, es ist Zeit«, unterbrach Azoula ihre Gedanken. »Der Sultan wird bald nach Euch verlangen.«
Zamira stand auf und ging zurück in ihre Gemächer, deren Pracht den Räumen der Gemahlin des Sultans durchaus gleichkam. Noch einmal nahm sie ihre glänzende Bronzescheibe und kontrollierte mit einem kritischen Blick ihre Augen und ihren Mund. Sultan al-Kamil Muhammad al-Malik, mächtigster Herrscher des Vorderen Orients, umgab sich nur mit makellosen Dingen – und diese Maxime galt auch für die Frauen, die er in sein Bett ließ. Schon kleinste Fehler stießen ihn ab, und da Zamira sorgsam darauf bedacht war, ihre Stellung bei ihm nicht zu verlieren oder in irgendeiner Weise zu erschüttern, prüfte sie lieber mehrfach Aussehen und Garderobe.
»Herrin, es gibt nichts auszusetzen. Alles ist perfekt, so wie es der Sultan verlangt«, beruhigte sie Azoula.
Zamira wollte etwas erwidern, doch im selben Moment wurde die Tür, die nur der Sultan benutzen durfte, geöffnet – und al-Kamil stand vor ihr. Der Sultan war ein Mann von achtundvierzig Jahren, nicht schön, aber stattlich. Sein Körper war von den Kämpfen gegen die Kreuzfahrer gestählt, und auch wenn sein weites Gewand seine Muskeln verbarg, war seine Kraft zu ahnen. Er trug eine dunkelgrüne Hose, darüber einen wadenlangen Mantel, der mit Blumen und Blätterranken bestickt war und in der Taille mit einem Gürtel zusammengehalten wurde. Sein Haar bedeckte ein

mit goldenen Fäden eingefasster Turban, und um den Hals hingen lange Perlenketten.
Mit großen Schritten ging er auf Zamira zu und schloss sie in seine Arme. Azoula zog sich diskret zurück, wobei sie unter vielen Verbeugungen das Zimmer rückwärts verließ.
»Du hast mir gefehlt«, flüsterte der Sultan und suchte ihren Mund. Seine Zunge liebkoste ihre Lippen, erkundete ihre Mundwinkel und drang tief in diese süße Höhle ein. Al-Kamil stöhnte vor Verlangen, und Zamira erwiderte seinen Kuss, der länger und länger dauerte und ihr den Atem nahm. Endlich löste er sich von ihr, schob sie ein kleines Stück von sich und sah sie an. »Dein Mund schmeckt süß wie eine Dattel, und du selbst bist tatsächlich die schönste Blume in meinem Garten.«
Zamira fuhr ihm mit dem Finger über die Stirn.
»Ich sehe Sorgenfalten in deinem Gesicht.«
Der Sultan lächelte und zog sie wieder an sich.
»Das ist allerdings unverzeihlich«, flüsterte er, und seine Zungenspitze strich sanft über ihre Halsbeuge. »Unverzeihlich und absolut unnötig, denn du, meine Schönste, wirst sie mir sicher gleich vertreiben.«
Zamira schmiegte sich an ihn, strich mit ihren Händen über seine Schultern, streichelte seine Brust und tastete sich zu seinem Gürtel, den sie mit geschickten Fingern öffnete. Der Gürtel fiel zu Boden, Zamira schob ihre Hände unter den Mantel, umfasste den nackten Oberkörper des Sultans und fuhr zärtlich mit den Fingerspitzen über seinen Rücken.
Er stöhnte leise und drückte seinen Unterleib gegen ihren Schoß, um ihr zu zeigen, dass er bereit war für weitere Wonnen. Zamira verstand seine Geste, schob den Mantel über seine Schultern und ließ ihn achtlos auf den Boden gleiten. Sie drückte den Sultan sanft auf ihre Polsterliege, nestelte an dem Bindeband seiner Hose, fuhr mit der rechten an seiner Hüfte hinab, ergriff seine harte Männlichkeit und rieb mit dem Daumen die weiche Spitze.

»Komm«, keuchte al-Kamil, »komm zu mir. Jetzt.«
Er packte Zamira bei ihren schmalen Hüften, fasste unter ihren Rock, und seine Finger suchten ihre süßeste und empfindlichste Stelle, ihr Geheimnis, das nur er erkunden durfte. Er fand sie feucht und bereit, zog sie auf seinen Schoß und drang tief in sie ein.
Als sie das erste Mal mit dem Sultan geschlafen hatte, war Zamira ängstlich und gehemmt gewesen. Obwohl die Odalisken sie in der Kunst der körperlichen Liebe unterwiesen hatten, war die Vereinigung mit dem Sultan schmerzhaft gewesen, und später im Bad hatte sie entsetzt festgestellt, dass er sie im Inneren verletzt haben musste, denn sie hatte geblutet.
Inzwischen hatte sie viele Male mit dem Sultan das Bett geteilt, und ihre Lust auf diesen Mann war gewachsen. Sie empfand große Zärtlichkeit für ihn, und manchmal glaubte sie sogar ihn zu lieben. Aber solche Gefühle waren gefährlich für eine Favoritin, denn früher oder später würde eine andere Frau die Leidenschaft des Sultans entfachen und sie, Zamira, wäre dann eine der ehemaligen Gespielinnen. Einsam und mit schmerzendem Herzen.
Sie ritt den Sultan, und auf dem Höhepunkt der Lust drang aus seinem Mund ein dunkler, tiefer Schrei, und ein Zittern ging durch seinen Körper. Zamira hielt ihn fest an sich gedrückt, und er zog sie mit sich, als er sich rückwärts auf die Liege sinken ließ. Mit großer Zartheit strich er ihr Haar zurück, das sich aus den Kämmen gelöst hatte, und bedeckte ihr Gesicht mit Küssen.
»Meine schönste Blume«, flüsterte er, »du verstehst es doch immer wieder, Sonne in mein Leben zu bringen.«
Zamira wusste aus Erfahrung, dass der Liebesakt den Sultan weich und verletzlich machte. Schon oft hatte er im Bett Geheimnisse mit ihr geteilt, die eigentlich nur seine engsten Regierungsberater wissen sollten. Aber er vertraute ihr, und Zamira behielt das, worüber sie sprachen, für sich.
Sie legte den Kopf auf seine Schulter und machte es sich an seiner Seite bequem. Ihre Finger streichelten spielerisch seine Brust.

»Und was bereitet meinem Gebieter solche Sorgen?«, fragte sie endlich. »Wieder die Christen? Ich dachte, du hättest sie endgültig vertrieben.«

»Das dachte ich auch, aber eine neue Kreuzfahrerflotte ist auf Zypern gelandet, und die ersten Schiffe sind schon auf dem Weg nach Akkon.« Er drehte sich Zamira zu und hielt sie fester. »Wieder ein Krieg. Ich bin müde, meine Blume. Wir haben viele Männer vor Damiette verloren. Wenn es in meiner Macht stünde, würde ich noch mehr Blutvergießen verhindern.«

»Warum so verzagt, mein Gebieter? Du bist klüger als alle Führer der Christen zusammen. Lenke die Geschicke deines Landes, wie du es für richtig hältst. Was kümmern dich die zerlumpten Pilger und ungebildeten Kreuzfahrer.«

»So einfach ist das nicht, Zamira. Die Pilger mögen töricht sein, und doch achte ich ihr Streben zu ihrem Gott, für den sie selbst den Tod in Kauf nehmen. Und nicht alle Kreuzritter sind plumpe Toren. Der Kaiser zum Beispiel ist ein höchst interessanter Mann.«

Zamira hob den Kopf und blinzelte dem Sultan zu.

»In welcher Beziehung?«

Al-Kamil musste lachen. Zamira nahm sich manchmal Freiheiten heraus, die er eigentlich nicht dulden durfte, aber sie amüsierte ihn einfach zu sehr, als dass er ihren flinken Geist und ihren Sinn für Humor bremsen wollte.

»Er versteht mehr von unserem Volk und unserer Religion als jeder andere Christ. In seinem Königreich – es nennt sich Sizilien – haben die Sarazenen Glaubensfreiheit. Und, meine Liebe, er unterhält einen Harem.«

»Das ist allerdings ungewöhnlich«, gab Zamira zurück.

»Der Kaiser spricht unsere Sprache und soll einen nicht zu stillenden Wissensdurst haben.«

»Darf ich raten, mein Gebieter? Du möchtest ihn kennenlernen, diesen Führer der Christen.«

Al-Kamil lächelte. »Ich kenne ihn schon. Um ehrlich zu sein, ich habe ihm ein Friedensangebot gemacht.«

»Und?«, fragte Zamira gespannt.

»Nun, er hat mir diplomatisch geantwortet und ist mir klug ausgewichen. Ich hatte auf bessere Nachrichten gehofft. Aber meine Boten sagen mir, dass er sein Heer nicht begleitet. Er ist vor der Abreise an einer Seuche erkrankt. Möglicherweise ist er tot.«

Zamira schauderte. Krankheit und Tod waren ihr verhasst. Im Harem wurde über Frauenleiden gesprochen, über Geburten oder Komplikationen im Kindbett, aber niemals über so entsetzliche Dinge wie ansteckende Krankheiten oder gar Fieberseuchen, die viele Menschen in kurzer Zeit dahinrafften. Dank ihrer peniblen Hygiene waren den Frauen im Harem unappetitliche Beschwerden wie Durchfall oder Erbrechen ohnehin fremd, und allein der Gedanke daran löste in Zamira Ekel aus. Dass ein Kaiser, der offenbar das Interesse des Sultans hervorgerufen hatte, von Fieberanfällen geschüttelt gestorben sein sollte, erfüllte sie mit Schrecken und so unangenehmen Gefühlen, dass sie lieber das Thema gewechselt hätte. Doch al-Kamils Gedanken kreisten noch immer um den christlichen Herrscher.

»Du trauerst doch nicht um ihn?«, fragte sie vorsichtig.

Der Sultan schenkte ihr einen nachsichtigen Blick.

»Bedenke, dass ein Mann anders fühlt als eine Frau, Zamira«, sagte er und strich über ihren weichen Busen. »Ist der Kaiser an der Seuche gestorben, so war es seine Bestimmung. Da gibt es nichts zu trauern. Allerdings werde ich meine Pläne ändern müssen.«

»Du ziehst also doch in den Krieg?« Zamira bemühte sich, die Sorge aus ihrer Stimme herauszuhalten, aber al-Kamil kannte sie gut genug, um jede kleinste Nuance zu deuten.

»Hab keine Angst, meine Süße. Ich werde nicht unbesonnen handeln. Die Kreuzritter werden gut beobachtet. Und solange sie unsere Grenzen beachten, warten wir ab.«

Zamira spürte, wie sich seine Lust erneut regte, und sie war froh,

ihn endlich ablenken zu können. Die Liebe, so fand sie, bot doch immer noch die beste Möglichkeit zur Flucht vor unschönen Gedanken. Und als gelehrige Schülerin der Odalisken schlug sie auf der Stelle diesen Weg ein.
»Komm zu mir, mein Gebieter«, flüsterte sie verführerisch. »Vergiss die Christen. Das Paradies ist hier.« Sie nahm seine harte Männlichkeit in die Hand und führte sie in ihre warme Spalte, die sich dem Herrscher Ägyptens bereitwillig öffnete.

In der Ecke hockte ein Dämon. Seine stechenden gelben Augen starrten sie unverwandt an. Sie konnte nicht entkommen, denn sie war in einem Käfig gefangen. Ihr Verlies war so dunkel wie die Nacht, und es stank nach Exkrementen und übel riechenden Ausdünstungen. Von den Wänden rann schmutziges Wasser, und die immer gleichen Rinnsale hatten ihre Spuren gezogen.
Der Dämon rührte sich nicht, aber er lauerte auf eine Unachtsamkeit, eine winzige Abgelenktheit, die er nutzen konnte. Wenn sie auch nur einen Herzschlag lang nicht achtsam wäre, dann würde er sich auf sie stürzen. Er würde ihre Augen angreifen oder ihren Mund und sich in das weiche Fleisch ihrer Lippen verbeißen. Sie wagte kaum, Luft zu holen. Nur wenn sie den Blick nicht abwandte, konnte sie den Dämon in Schach halten.
Der Dämon gab ein raschelndes Geräusch von sich, und im nächsten Moment stürzte er sich mit einem hohen Schrei auf sie. Sie riss die Hände vor die Augen und vor ihren Mund und begann zu wimmern. Der Dämon war auf sie gesprungen, klammerte sich an ihr fest und verbiss sich in ihre rechte Schulter.
»Nicht«, keuchte sie, »nicht! Geh weg!«
Aber der Schmerz an ihrer Schulter ließ nicht nach, er wurde stärker und stärker und dann unerträglich. Sie kämpfte in Panik – und dann wachte sie auf.
Bianca sah in Lorenzos besorgte Augen, wandte sich ab und blick-

te in die Ecke, da, wo sie eben noch den Dämon vermutet hatte. Er war fort, aber statt seiner saß dort eine Ratte, mit ebenso gelben und stechenden Augen wie das Wesen der Hölle, das ihr im Traum begegnet war.
Ihr Verlies war ein schwankender Schiffsbauch, die Rinnsale Salzwasser, das durch das Deck sickerte, und der Gestank, der sogar durch ihren Schlaf gedrungen war, stammte vom Erbrochenen der Gefangenen, die ebenso wie sie und Lorenzo durch eine bösartige Laune des Schicksals auf diesem Sklavenschiff gelandet waren.
Seit die habgierigen Engländer sie an die Händler im Hafen von Famagusta verkauft hatten, waren sie zusammen mit anderen bedauernswerten Frauen und Männern in diesem verrotteten Schiff eingesperrt. Sobald Bianca und Lorenzo gefesselt an Bord verfrachtet worden waren, hatte das Schiff abgelegt, Segel gesetzt und Kurs auf die ägyptische Küste genommen.
Bianca wusste nicht mehr, wie lange sie schon in ihrem schwimmenden Verlies hockte. Es fiel kein Licht in den Rumpf, und sie fühlte sich wie Jona aus dem Alten Testament, der von einem riesigen Wal verschluckt und in die stinkenden Eingeweide des Tieres gespült worden war. Jona war dem Wal mit Gottes Hilfe wieder entkommen, sie selbst sah zu derlei Hoffnung keinen Anlass.
Durch die Dunkelheit im Bauch des Schiffes konnten die Gefangenen Tag und Nacht nicht unterscheiden und drifteten an der Schwelle zwischen Wachen und Schlaf. Halb lebend, halb sterbend fuhren sie einem Dasein entgegen, das nicht mehr lebenswert war.
In Biancas Ohren hallten das Weinen und die Schreie derjenigen, die fürchteten, bei jeder größeren Welle mit dem gesamten Schiff unterzugehen, sowie das Fluchen der Männer, die der Besatzung Pest und Teufel wünschten und lieber ertrunken wären, als lebend auf dem Sklavenmarkt von Damiette anzukommen.
Bianca hatte nicht nur ihr Zeitgefühl verloren, sondern auch jeg-

lichen Lebensmut. Sie, die während der gesamten Flucht immer wieder neue Kraft gefunden hatte, auch in scheinbar ausweglosen Situationen nicht aufzugeben, war jetzt schwach und mutlos. Sie konnte und wollte nicht mehr kämpfen, und selbst Sterben schien ihr das bessere Los, als weiter in diesem schwankenden Dreckskübel zu hocken. Sie fuhr sich über die Augen, um die Tränen zu verbergen, die sie im Traum geweint hatte.

»Glaubst du, dass Gott uns strafen will?«, fragte sie Lorenzo mit zitternder Stimme.

»Er straft uns nicht«, sagte Lorenzo, »er hat uns verlassen.«

Bianca klammerte sich an Lorenzos Arm.

»Es ist meine Schuld.«

»Nicht, Gräfin, das dürft Ihr nicht sagen.«

»Doch. Es war mein Plan. Ich habe den Engländern das Schlafmittel in den Wein geträufelt. Und ich war so sicher, dass alle drei davon getrunken haben. Für meine Dummheit musst auch du nun büßen.« Sie nahm seine Hände. »Verzeih mir, Lorenzo.«

Er schwieg, denn er spürte, dass keine noch so empfindsamen Worte Bianca trösten konnten. Er schätzte und verehrte sie zu sehr, um ihren aufrichtigen Kummer kleinzureden. Mitleid, davon war Lorenzo überzeugt, war zwar das richtige Gefühl für einen verletzten Falken, aber das falsche für einen Menschen, der einem nahestand. Und auch wenn er nur der Falkner und damit ein Diener im Haushalt der Lancias gewesen war, so war das Band, das zwischen ihm und Bianca entstanden war, inzwischen doch fest genug, dass er es wagte, sich ihr gegenüber als Freund zu sehen.

»Werden wir zusammenbleiben können?«, fragte Bianca zaghaft. Der Gedanke, künftig ohne Lorenzo leben zu müssen, war zu schmerzhaft, um ihn mit allen seinen Folgen zu Ende zu denken.

»Ich weiß es nicht«, antwortete Lorenzo, der Bianca nicht weiter ängstigen wollte. Insgeheim war er jedoch sicher, dass ihnen nicht mehr viel gemeinsame Zeit blieb. Allerhöchstens bis zum Einlaufen des Schiffes in den Hafen von Damiette.

»Hast du dich je als Sklave gefühlt?«, fragte sie jetzt, und Lorenzo warf ihr einen erstaunten Blick zu.
»Nein, ich war ja auch keiner.«
»Aber du warst ein Diener.«
»Ja, doch das ist ein Unterschied.«
»Inwiefern?«
»Ein Diener kann seinen Herrn wechseln, ein Sklave nicht.«
»Aber auch du konntest nicht über die Freiheit bestimmen.«
»Gräfin, wer kann das schon. Wart Ihr frei?«
Bianca grübelte einen Moment, bevor sie antwortete. War sie jemals frei gewesen? Frei genug, um das zu tun, was sie für richtig hielt?
»Ich weiß nicht, Lorenzo. Vielleicht waren wir beide schon damals gefangen. Du in deinen Pflichten als Diener im Hause meines Bruders. Und ich als Frau, die nicht das Recht hatte, sich ihren Mann selbst zu wählen.« Lorenzo nickte, und Bianca fuhr fort: »Ist es nicht eine seltsame Laune des Schicksals, dass wir erst als Gejagte die Freiheit kennengelernt und sie dann doch wieder verloren haben?«
»Freiheit ist eben eine Frage der augenblicklichen Umstände«, antwortete Lorenzo.
»Du meinst, die Freiheit hat uns nur vorübergehend verlassen? So wie du glaubst, dass Gott, der allmächtige Schöpfer, sich von uns abgewandt hat?«
»Ich bin kein Mann der Kirche, nicht des Schreibens und Lesens kundig oder fähig, über die Dinge des Lebens und des Glaubens zu debattieren. Ich beobachte die Natur und ziehe meine Schlüsse. Ein Falke, der gefangen wird, verliert seine Freiheit. Aber verliert er seinen Lebensmut?«
Bianca hörte gebannt zu.
»Er tut weiter das, was er tun muss, Gräfin. Er kämpft, er jagt – er lebt.«
»Und du meinst, was ein Falke kann, das können wir auch?«

»Wir können zumindest weiterkämpfen.«
»Ich weiß. Aber dieses grauenhafte Schiff, die Ratten, der Gestank, diese verzweifelten Menschen – all das nimmt mir den Mut. Und ist ein Leben, in dem wir nichts mehr selbst bestimmen können, wirklich eines Menschen würdig? Wir sind keine Falken, Lorenzo.«
»Das ist eine Frage, Gräfin, auf die ich keine Antwort habe. Doch ich weiß, dass es noch zu früh ist, mit dem Leben abzuschließen.«
»Aber hast du nicht selbst gesagt, dass Gott uns verlassen hat?«
Lorenzo kam nicht mehr dazu, etwas darauf zu erwidern. Das Schiff hatte seine Fahrt verlangsamt, und sie hörten Rufe und hastige Schritte auf dem Deck.
»Wir legen an«, stellte Lorenzo erstaunt fest.
»Dann sind wir in Damiette.« Biancas Stimme war nur ein Flüstern.
Die große Luke über den Gefangenen öffnete sich, und eine Leiter aus groben Stricken wurde hinuntergelassen.
»Los, beeilt euch«, brüllte eine Stimme.
Gierig nach frischer Luft krochen Männer und Frauen auf die Stricke zu, doch das Sonnenlicht, das nach tagelanger Dunkelheit endlich in den Schiffsbauch drang, war so grell, dass niemand es wagte, an Deck zu gehen. Diejenigen, die ihm zu nahe gekommen waren, drückten sich die schmerzenden Augen zu, die anderen blieben im Schatten, hielten den Wunsch, den stinkenden Schiffsrumpf zu verlassen, mit Macht im Zaum.
Bianca und Lorenzo gehörten zu den Letzten, die an den Stricken ins Licht kletterten. Sobald sie das Deck betreten würden, wären sie zwar dem hölzernen Verlies, das sie über das Meer gebracht hatte, entronnen, doch das war ein schwacher Trost angesichts des drohenden Sklavenmarktes.
Als die Gefangenen von Bord geführt wurden, fassten sich Bianca und Lorenzo wie Kinder an den Händen. Ein paar Schritte spürten sie die Wärme des anderen, und Lorenzo fühlte, wie ihre

Hand in seiner bebte. Dann riss sie einer der Aufseher auseinander. Männer und Frauen sollten getrennt und auf zwei Karren verladen werden.
Wachen mit krummen Säbeln trieben die Männer vor sich her. Fassungslos sah Bianca, wie die Gruppe sich immer weiter von ihr entfernte. Sie starrte auf Lorenzos Rücken, wollte ihm etwas zurufen, aber ihr Hals war trocken und heiser, und außer einem Krächzen, das er unmöglich hören konnte, bekam sie keinen Ton heraus. Stumm schickte sie ihm ein Gebet hinterher, und als er sich ein letztes Mal zu ihr umdrehte, sah sie Tränen auf seinem Gesicht.
»Leb wohl, Lorenzo«, flüsterte sie.
Ein grober Stoß traf sie in den Rücken, und sie stolperte weiter.

Der Teufel soll ihn holen«, brüllte der Kaiser und schmetterte seinen Weinkelch gegen die Wand. Der Leiter der kaiserlichen Kanzlei zuckte so sehr zusammen, dass das Pergament, das er in Händen hielt, zu Boden fiel. Friedrichs Temperament war ihm nicht unbekannt, aber selten wurde der Kaiser so von Zorn übermannt wie heute. Der Kelch war direkt gegen einen der bestickten Wandteppiche geprallt, und der Rotwein rann wie frisches Blut an ihm hinunter. »Raus hier«, herrschte Friedrich die Diener an, die vor der Tür gewartet hatten und nun mit Lappen zu Hilfe eilen wollten. »Raus. Ich brauche hier niemanden.«
Er drehte sich zu seinem Kanzleivorsteher, kniff die Augen zusammen und zischte: »Das gilt auch für Euch. Ich will allein sein.«
Der höchste Beamte des Hofes stammelte eine Entschuldigung, sammelte, so schnell es seine zitternden Hände zuließen, seine Pergamentrollen ein und verließ mit einer Verbeugung den Raum.
Der Kaiser sank auf einen Stuhl, stützte die Ellbogen auf dem Tisch auf und ließ den Kopf in seine Hände sinken. Er kochte vor Wut, und wenn eine Laune des Schicksals ihm in diesem Moment die Chance gegeben hätte, Papst Gregors habhaft zu werden – er hätte

für nichts garantieren können. Bei seiner augenblicklichen Gemütsverfassung würde das Leben des Papstes an einem seidenen Faden hängen. Einen Moment lang gab sich Friedrich der Vorstellung hin, seine Hände um Gregors Hals zu legen und zuzudrücken. Er hatte in seinem Leben selten gehasst – jetzt tat er es.

Seit er Opfer dieser verdammten Fieberseuche geworden war, verfolgte ihn der alte Mann in Rom mit immer neuen Intrigen, politischen Ränkespielen und öffentlichen Anschuldigungen. Die Krankheit, die er sich weiß Gott nicht gewünscht hatte, war dem Papst willkommener Anlass, immer schwerere Geschütze gegen die Herrschaft des Kaisers aufzufahren.

Friedrich schlug mit der geballten Faust auf den Eichentisch, so dass der Krug mit dem restlichen Rotwein ins Schwanken kam. Er hatte nicht wenig Lust, auch diesen noch in Scherben gehen zu lassen, besann sich aber im letzten Moment. Und wenn er alle Weinkrüge in ganz Foggia zerschlug, so würde er den Mann in Rom nicht besiegen. Vor nicht allzu langer Zeit hatte er geglaubt, der Papst und er seien Gegner. Doch das stimmte nicht mehr. Der weltliche und der geistliche Herrscher der Christenheit waren längst erbitterte Feinde.

Friedrich erkannte, dass er leichtgläubig der eigenen Stärke vertraut hatte. Gregor war anders als sein Vorgänger Honorius. Er wollte Macht – politische Macht. Ein starker Kaiser stand ihm dabei im Weg, und diese verdammte Krankheit hatte ihm perfekt in die Hände gespielt. Ein leichtes Klopfen an der Tür unterbrach seinen Gedankengang.

»Raus«, brüllte er. »Habe ich nicht befohlen, mich allein zu lassen?«

»Federico, ich bin es«, sagte Karim, der nach dem aufgeregten Bericht des Kanzleivorstehers zum Kaiser geeilt war.

»Verschwindet. Lasst mich allein.«

»Wie Ihr wollt, Federico. Aber denkt daran, es ist besser, Sorgen zu teilen, als sie allein zu tragen. Sie wiegen weniger.«

»Also gut, kommt herein.«
Karim schloss die Tür hinter sich und trat langsam an den Tisch.
»Wer hat das Unglück, Euren Zorn zu erregen?«, fragte er vorsichtig.
»Ach Karim, ich habe Fehler gemacht und den Mann in Rom unterschätzt. Er nutzt jede meiner Schwächen.«
»Was ist passiert?«
»Meine Delegation von der Synode in Rom ist zurück.«
»Eure Worte klingen nicht so, als wäre die Mission erfolgreich verlaufen.«
»Schlimmer. Meine Abgesandten wurden gehört, aber alle Beschlüsse waren vorher schon getroffen. Das Ganze war eine Farce, eine öffentliche Demütigung von tapferen Männern. Aber glaubt mir, Karim, dies war das letzte Mal, dass ich mit dem Papst verhandelt habe.«
Karim sah den Kaiser verständnislos an. »Federico, ich bin ein Medicus, kein Diplomat. Bitte verzeiht, wenn ich frage: Und das Ergebnis dieser Synode hat Euch so in Zorn versetzt?«
»Gut, von Anfang an also. Ihr erinnert Euch, dass ich noch von Pozzuoli aus, als ich mich unter Euren wachsamen Augen einer Thermalkur unterzogen habe, um endlich nicht mehr vom Fieber geschüttelt zu werden, eiligst Boten nach Rom geschickt habe.«
»Der Papst hatte Euch aus der Kirche der Christen ausgestoßen, und kein Herrscher der Welt würde das hinnehmen«, stimmte ihm Karim zu.
»Ihr erinnert Euch sicher auch«, fuhr der Kaiser fort, »dass meine Boten im Lateranpalast nicht vorgelassen wurden.«
»Ja, sie kehrten heim, ohne Euer Anliegen beim Papst vorgebracht zu haben.«
»Allein dieses Verhalten zeigt, dass der Papst gar nicht einlenken will. Er verfolgt eine eigene Machtpolitik und hetzt die Bischöfe, aber auch die Städte in der Lombardei gegen mich auf.«
Karim wiegelte ab. »Ich denke nicht, dass ihm das gelingen wird.«

»Ihr täuscht Euch, Karim. Der alte Mann ist zäher und gewiefter, als viele denken. Es war ein geschickter Schachzug, erst meine Boten unverrichteter Dinge fortzuschicken und dann dieses perfide Schreiben an alle Bischöfe der christlichen Kirche zu senden.«

»Das ist wohl wahr«, gab Karim zu, dem noch Friedrichs Wutschreie im Ohr klangen, nachdem er von den Anschuldigungen des Papstes erfahren hatte.

»Dieses verlogene Pergament«, knurrte Friedrich mit zusammengebissenen Zähnen.

»Ich soll der gesamten Christenheit Schaden zugefügt haben. Lächerlich. Bin ich etwa schuld an der Seuche? Karim, Ihr seid der beste Arzt weit und breit. Habe ich etwas falsch gemacht?«

»Nein, mein Kaiser«, antwortete Karim beschwichtigend. »Auch der mächtigste Kaiser kann nicht über Krankheiten bestimmen. Das Fieber, an dem viele Eurer Männer, aber auch Frauen und Kinder aus Brindisi gestorben sind, wurde weder von Euch gerufen, noch konnte es von Euch bekämpft werden. Außerdem seid Ihr ja selbst am Fieber erkrankt und nur mit Gottes Hilfe gerettet worden.«

»Ich will auch Eure Hilfe nicht außer Acht lassen, Karim. Aber zurück zum Papst und zu Eurer ursprünglichen Frage. Die feigen Lügen, die er über mich verbreitet hat, die Vorwürfe und Anschuldigungen waren Gregor offensichtlich nicht genug.«

Karim sah seinen Kaiser fragend an.

»Gregor hat mich noch in Pozzuoli mit dem Kirchenbann belegt. Das war vor zwei Monaten. Seit September versuche ich unermüdlich, den Papst zu einer milderen Haltung zu bewegen. Ich schicke Boten, ich sende Briefe, ich erkläre und argumentiere. Und seine Antwort? Schweigen. Unhöflichkeit. Härte.«

»Und das Ergebnis der Synode in Rom?«, fragte Karim, der immer noch nicht wusste, was den Kaiser so erzürnt hatte, dass er Weinbecher gegen die Wand schmetterte.

»Das Ergebnis. Nun gut, hört: Papst Gregor hat gewagt, meine Delegation, darunter den Erzbischof Lando von Reggio, wieder nicht vorzulassen und erst anzuhören, nachdem die Bischöfe verhandelt hatten. Was ist das anderes als eine Farce? Und schlimmer noch, meiner Delegation wurde kein Glauben geschenkt. Man hat dem Erzbischof Lando von Reggio nicht geglaubt, dass ich, der Kaiser, tatsächlich am Fieber erkrankt war. Der Mann in Rom unterstellt mir Lügen. Er behauptet, ich, der Kaiser, sei aus Feigheit und Unlust nicht ins Heilige Land gefahren.«
»Aber Lando ist ein Mann der Kirche«, wandte Karim ein.
»Tja, aber Lando ist auch einer meiner Berater und damit offenbar von vornherein ein Mann, dem man kein Gehör schenkt.«
»Aber es gibt viele Zeugen Eurer schweren Erkrankung.«
»Das ist wahr, doch in Rom hat es nichts genutzt. Die Zeugen wurden nicht ernst genommen. Es hieß, sie würden meinen Gesundheitszustand kritischer schildern, als er war.«
»Und nun?«
»Papst Gregor hat seine Lügen noch einmal bekräftigt und den Kirchenbann gegen mich, den Kaiser, ein zweites Mal ausgesprochen.«
Karim erschrak. Das war allerdings eine ernsthafte Kampfansage.
»Und wie wollt Ihr darauf reagieren?«
»Nun, zunächst werden ich meine Sicht der Dinge darlegen und allen Menschen mitteilen. Die kaiserliche Kanzlei hat bereits Anweisung, entsprechende Schreiben auszuarbeiten. Ich werde der Öffentlichkeit sagen, wie es wirklich war. Und diese alberne Behauptung, die Kirche habe mich schon in meiner Kindheit vor allem Bösen und Widrigen beschützt, werde ich bei der Gelegenheit ebenfalls richtigstellen. Meine Kindheit war unsicher genug, und es war nicht die Kirche, die mir das Überleben gesichert hat. Aber das wisst Ihr ja selbst.«
»Und glaubt Ihr, Federico, dass dieses Schreiben den Papst bekehrt?«, fragte Karim skeptisch.

»Den Papst bekehren. Karim, Ihr bringt einen in den unmöglichsten Situationen zum Lachen.«
»Gut, dann formuliere ich es anders. Denkt Ihr wirklich, dass Papst Gregor sich von einem Schreiben, selbst wenn Ihr es öffentlich macht, beeindrucken lässt?«
»Ich bin der Kaiser und kein Narr. Natürlich wird ein harter und machtgieriger Mann wie Gregor nicht einlenken. Aber ich werde es auch nicht bei einem bloßen Schreiben belassen. Das, lieber Karim, ist nur ein kleiner Teil meiner Antwort.«
»Und der Rest?«
»Wir segeln ins Heilige Land und ziehen gegen die Muslime.«
Friedrichs Zorn war in dem Gespräch mit Karim langsam verraucht, und er schmunzelte, als er das fassungslose Gesicht seines Leibarztes sah.
»Aber …«
»Sagt jetzt nicht, dass ich noch zu krank bin. Die heißen Quellen von Pozzuoli haben Wunder gewirkt. Ich fühle mich vollkommen genesen und bereit zum Kampf.«
»Das war es nicht, was ich einwenden wollte, mein Kaiser.«
»Ihr meint, ein Kaiser, der aus der Christenheit ausgestoßen wurde, und das wohlgemerkt jetzt schon zum zweiten Mal, kann unmöglich die Streitmacht Christi anführen. Oder?«
Karim nickte.
»Nun, der Mann in Rom wird genauso denken.«
»Ich fürchte, Federico, nicht nur er.«
»Mag sein. Ich werde dennoch ins Heilige Land aufbrechen und mein Versprechen, einen Kreuzzug zu führen, einlösen.«
»Und die Ritter? Werden sie einem gebannten Kaiser folgen?«
»Da bin ich ganz sicher. Außerdem, Karim, sind die meisten ja schon da. Hermann von Salza hat sie sicher nach Zypern geführt und wird sie ebenso sicher nach Akkon bringen.«
»Wann wollt Ihr aufbrechen?«
»So bald wie möglich, aber nicht vor dem Frühjahr.«

»Bedenkt, dass Eure Gemahlin ein Kind erwartet. Ich habe die Geburt für den April errechnet.«
»Karim, das sind Frauengeschichten. Wir haben Wichtigeres zu tun, als der Kaiserin beim Kinderkriegen zuzuschauen. Seht zu, dass Isabella problemlos meinen Sohn gebiert.«
»Ob es ein Sohn wird, Federico, kann ich Euch nicht sagen.«
»Wie fühlt sich die Kaiserin?«
»So weit gut. Aber bedenkt, dass Eure Gemahlin sehr zart und vor allem sehr jung ist«, wandte Karim vorsichtig ein.
Friedrich hatte wie alle Männer eine uneingestandene Scheu vor den gesundheitlichen Belangen der Frauen und erwartete von der Kaiserin in erster Linie die Erfüllung ihrer Pflicht. Dass die kleine Isabella ihm keine Lust bereitete, störte ihn nicht. Leidenschaft fand er ohnehin in anderen Betten. Seine Frau bekam alles, was einer Kaiserin zustand, aber er erwartete auch, dass sie ihn mit Klagen, Bitten oder Jammern über ihren Zustand in Ruhe ließ.
»Sie ist auf ihre Rolle als Kaiserin vorbereitet worden. Den Aufbruch ins Heilige Land kann ich nicht von Isabellas Schwangerschaft abhängig machen«, sagte Friedrich und erklärte damit das Thema für abgeschlossen.
»Ein wagemutiger Plan«, entgegnete Karim.
Friedrich warf seinem Leibarzt einen fragenden Blick zu. »Isabella in den Händen ihrer Ärzte zu lassen?«
»Nein, ins Heilige Land zu reisen und dem Papst hier freie Hand zu lassen. Wer garantiert Euch, dass er nicht weiter seine Ränke schmiedet?«
»Niemand, aber das Risiko gehe ich ein. Und außerdem, Karim, auch ich habe die Kunst des politischen Machtspiels gelernt. Es gibt mächtige Familien in Rom, die den Papst ebenso als Gegner sehen wie ich. Und auch Venedig will nicht länger unter der Fuchtel von Gregor stehen.«
»Und Ihr wollt Venedig und die Römer auf Eure Seite ziehen?«
»Exakt.«

»Darf ich fragen, wie?«
»Man merkt, Ihr seid ein Mann der Wissenschaft und nicht der Politik. Wie macht man aus Unbeteiligten Verbündete und aus Gegnern Freunde?«
Karim zuckte mit den Schultern.
»Mit Geschenken. Die Venezianer sind geld- und die Römer machtgierig. Ich habe beides zu vergeben. Und auf diese Art, mein Lieber, halte ich mir den Rücken frei.«
»Und Ihr glaubt, den Kreuzzug siegreich für Euch zu entscheiden?«
»So ist es. Ich habe noch eine Trumpfkarte, sind wir erst im Heiligen Land.« Der Kaiser lächelte leise in sich hinein und rief nach den Dienern. »Bringt neuen Wein. Er ist zu gut, um ihn zu vergeuden.« Friedrich prostete Karim zu. »Auf den Sieg, mein Freund.«

Die Gruppe bestand aus vierzig Reitern, fünfzehn Planwagen und acht offenen Karren. Die Pferde trugen unter den Sätteln warme Decken, die ihnen bis zu den Beinen reichten. Die Reiter waren in mehrere Schichten warmer Kleidung gehüllt, und selbst die Gesichter hatten sie mit Tüchern aus Wolle geschützt. Es war bitterkalt, und der eisige Wind trieb ihnen Schneeflocken ins Gesicht. Schon den ganzen Vormittag hatten sich Wolken über den Gipfeln der Berge aufgetürmt, und die Erfahrenen unter ihnen wussten, dass dies nur eins bedeuten konnte – ein Schneesturm war auf dem Weg zu ihnen.
Die drei ortskundigen Führer hatten deshalb zur Eile gemahnt und die Pferde angetrieben. Sie wollten unbedingt den höchstgelegenen, von nur wenigen Menschen bewohnten Ort vor dem Pass erreichen. Hier würde die Gruppe Schutz vor dem drohenden Wetter finden und am nächsten Tag, falls ihnen der Schnee nicht den Weg versperrte, weiterreisen können.
Aber die ersten Ausläufer des Sturms hatten sie früher erreicht als

vermutet, und die Reisenden, die sich auf den gefahrvollen Weg über die Alpen gemacht hatten, zitterten nicht nur vor Kälte. Die Sicht war stetig schlechter geworden, doch immer höher wand sich der Weg in steilen Kurven den Berg hinauf. Inzwischen war das Schneetreiben so dicht, dass die Reiter Mühe hatten, den Kopf ihres Pferdes zu erkennen, und den meisten von ihnen schien ein Weiterkommen unmöglich.
Manfred Lancia, der sich der Gruppe angeschlossen hatte, um die Alpen an einer sicheren Stelle zu überqueren und dann weiter nach Norden zum Hof König Heinrichs zu reiten, verfluchte mittlerweile seinen abenteuerlichen Plan. Was hatte ihn bloß dazu getrieben, sich gen Norden zu wenden, statt nach Süden an den Hof des Kaisers in Foggia zu gehen?
Ihm war so kalt wie noch nie, und angesichts der Schneewüste um ihn herum fürchtete er um sein Leben. Ohne Sicht waren sie verloren, und selbst wenn die Führer sich in dieser feindlichen Bergwelt auskannten wie in ihrer eigenen armseligen Hütte, so war doch das Schneetreiben zu tückisch und trügerisch, um unbeirrt weiterzuziehen. Er fragte sich, wie lange die Gruppe noch ins Ungewisse reiten würde, als die Führer ihre Pferde zügelten.
»Ho«, beruhigte er seinen Rappen und stieg wie alle anderen ab. Sofort spürte er die Kälte des Schnees, die durch seine Lederstrümpfe und -stiefel drang. Er würde nasse Füße bekommen und hoffte, dass dieses Bergdorf, von dem die Führer gesprochen hatten, nicht mehr allzu weit entfernt war. Er nahm sein Pferd am Zügel und tappte vorsichtig vorwärts.
Von der Burg seiner Väter hatte er die schneebedeckten Gipfel der Alpen oft gesehen, doch noch nie war er ihnen so nah gekommen, dass er ihre Kälte auf seiner Haut spürte. Zunächst war er fasziniert gewesen von der Majestät der Bergriesen, doch jetzt hatte sich alles um ihn herum in eine weiße Hölle verwandelt. Der Sturm heulte lauter als ein Wolf. Manfred hatte Mühe, den Rufen der Führer folgen zu können.

Glücklicherweise waren noch alle Reisenden der Gruppe beisammen. Sie hatten niemanden verloren, weder Pferd noch Reiter waren in eine der gähnenden Schluchten gestürzt, an denen sie, manchmal auf schmalen Graten, entlanggeritten waren.
Manfred versuchte immer in die Fußspuren seines Vordermannes zu treten. Zum einen, um sicherzugehen, dass er sich noch auf dem richtigen Weg befand. Zum anderen war es einfacher, den Fuß in ein bereits vorhandenes Schneeloch zu setzen, als selbst eines zu treten und dabei den Schnee in die Stiefel rieseln zu spüren.
Nach der Abreise des Grafen von Tuszien hatte Manfred nicht lange gezögert. Zu groß war das Risiko, dass Enzio doch seine Drohung wahr machte und die Burg der Lancias mit allen Bewohnern schleifen ließ. Er hatte allen Frauen und Männern, die zu seinem Haushalt gehörten, die Wahl gelassen. Wer wollte, konnte bleiben und weiter wirtschaften, alle anderen waren frei, nach Hause zurückzukehren.
Ein Teil war in der Tat in seine Heimatdörfer aufgebrochen, andere wiederum, unter ihnen Pietro, hatten nur dieses Zuhause und waren glücklich, die Burg nicht verlassen zu müssen. Wenn er an Pietro dachte, war er sich nicht sicher, ob er dem armen Tor dankbar sein oder ihn verfluchen sollte. Immerhin hatte Pietro den verletzten Enzio aus dem Burggraben gezogen, bevor dieser endgültig zur Hölle fahren konnte. Wäre das Leben leichter, wenn Enzio gestorben wäre? Wenn, wenn, wenn, dachte Manfred. Lauter Möglichkeiten, über die nachzugrübeln sich nicht lohnte. Er glaubte nicht, dass Enzios Hass so weit gehen würde, in seiner Wut auf Bianca und ihn sogar Rache an Unbeteiligten zu nehmen. Nein, nicht die Burg, er selbst und natürlich Bianca waren das Ziel der Vergeltung, und so hoffte er, durch seine Flucht nach Norden die Daheimgebliebenen aus der Schusslinie von Enzios Pfeilen genommen zu haben.
Je höher sie gestiegen waren, umso kälter war es geworden, und der Schnee, der ihm ins Gesicht stob, fror an seinen Augenbrauen

fest. Das Wolltuch um Mund und Nase behinderte ihn beim Atmen, aber sobald er es lockerte, fuhr der Wind über seine Wangen und schien seine Haut in Eis zu verwandeln. Seine Hände waren steif vor Kälte, seine Füße spürte er kaum noch, und seine Beine waren schwer, als hinge eine Eisenkugel an seinen Fußgelenken.
Die Pferde schnaubten nervös, ihr Atem türmte sich in dichten Dampfwolken vor ihren Nüstern, und in ihren Mähnen sammelten sich dicke Klumpen aus gefrorenem Schnee. Niemand sprach ein Wort, jeder sparte das bisschen Kraft, das ihm noch blieb, für den Aufstieg. Zwei der Führer hatten sich ans Ende der Gruppe zurückfallen lassen und zählten Mensch und Tier. Vor allem die Kutscher der Planwagen und Karren brauchten Hilfe. Schon längst hatten sie ihre Kutschböcke verlassen und zerrten die Pferde an Zügeln und Geschirr vorwärts.
Manfred konzentrierte sich auf seine Schritte und sah zu spät, dass sein Vordermann strauchelte und in den Schnee sank. Sein Rappe, selbst erschöpft und blind vor Schnee, reagierte langsamer als sonst und versetzte dem Mann versehentlich einen Tritt mit dem linken Vorderhuf. Als Manfred sich zu ihm hinunterbeugte, hörte er ein Stöhnen.
»Steh auf!«, schrie er gegen den tobenden Sturm. »Du wirst erfrieren, wenn du liegenbleibst.«
Der Mann regte sich, war aber zu schwach, um zu antworten. Der Zug war ins Stocken gekommen, und unmittelbar neben Manfred stand plötzlich einer der Führer.
»Was ist?«, rief er ihm zu.
»Ich weiß nicht. Er ist einfach zusammengebrochen.«
»Lass ihn liegen.«
»Was?« Manfred blinzelte gegen die Flocken.
»Lass ihn liegen.«
»Aber er wird erfrieren.«
»Wir werden alle erfrieren, wenn wir nicht weitergehen.«
Manfred zögerte. Einen wehrlosen Menschen in dieser Schnee-

hölle zurücklassen? Auch wenn er in seiner Unbeherrschtheit früher andere oft nachlässig, wenn nicht sogar grausam behandelt hatte, war es nicht seine Art, einen Verletzten kaltherzig aufzugeben.

»Hilf mir!«, herrschte er den Führer an.

»Was soll das? Ich sagte, er bleibt zurück.«

»Und ich sage, er kommt mit. Hilf mir.«

Manfred zerrte den stöhnenden Mann aus dem Schnee und bedeutete dem Führer, den Verletzten gemeinsam quer über den Sattel seines Rappen zu legen. Der Führer schüttelte den Kopf, griff dann aber doch zu, und zusammen wuchteten sie den Mann auf Manfreds Pferd.

»Du wirst dein Pferd umbringen.«

»Das lass meine Sorge sein«, brüllte Manfred, der seinen Rapphengst gut genug kannte, um dessen Kraft zu vertrauen.

»Weiter«, rief der Führer den Nachfolgenden zu, und langsam setzte sich die Gruppe wieder in Bewegung.

Manfred fasste sein Pferd am Zügel, als er eine schwache Berührung an seinem Arm spürte.

»Schon gut«, rief er dem Mann, der wie ein Strohsack über dem Sattel hing, zu. »Aber noch sind wir nicht in Sicherheit.«

Schweigend kämpften sie sich weiter den Berg hinauf, und nur das Heulen des Sturms begleitete sie.

Manfred fühlte sich zu müde, um zu denken. Er setzte einen Fuß vor den anderen, aber er wusste nicht mehr, wie lange sie schon durch den Schneesturm zogen. Die Kälte war in seinen Körper gekrochen und hatte jede Erinnerung gelöscht. Sein Kopf schmerzte, sein Atem ging rasselnd. Er war kein gottesfürchtiger Mann und hatte nie Trost im Gebet gefunden, doch jetzt sehnte er sich nach göttlichem Beistand. Er fühlte sich klein und hilflos angesichts einer Natur, die sich gegen die Menschen verschworen hatte.

»Licht«, rief plötzlich jemand. »Da ist Licht.«

Auch Manfred erblickte einen schwachen Schimmer und hoffte inständig, dass es sich nicht um ein Bild ihrer Phantasie handelte. Aber je näher sie dem Licht kamen, desto heller leuchtete es. Und dann sahen sie weitere Lichter und erkannten, dass sie das Bergdorf am Alpenpass erreicht hatten.
»Wir sind da«, jubelte er. »Wir haben es geschafft.« Er rüttelte an der Schulter des Mannes, auf dessen Rücken sich eine dicke Schicht Schnee gesammelt hatte. »He, du. Wach auf. Gleich wird dir wärmer.«
Der Mann antwortete nicht, und Manfred beugte sich zu ihm hinunter, um ihm ins Gesicht zu sehen. Seine Lippen waren blau, seine Augen starrten Manfred leblos an.
Der Mann war tot.

Heinrich von Passau stand an der Leeseite der Kogge, hielt sich krampfhaft an der Reling fest und spuckte sein Mittagessen aus altbackenem Brot, gekochtem Fisch und grünen Oliven ins Meer. Seit er dieses Schiff betreten hatte, war ihm übel. Sein Magen rebellierte jedes Mal, wenn er auch nur versuchte Nahrung zu sich zu nehmen. Selbst Wasser, vermischt mit etwas stärkendem Wein, konnte er kaum bei sich behalten.
Heinrich spürte, dass er schwächer wurde und langsam, aber sicher seine ganze Kraft aus seinem Körper würgte. Dass er heute überhaupt etwas gegessen hatte, lag an dem Drängen des Mannes in Schwarz, der die Überzeugung vertrat, das Beste gegen Seekrankheit sei ein gut gefüllter Magen. Nur so, meinte er, könne ein Mann den taumelnden Horizont vor seinen Augen ertragen. Heinrich hielt diese Meinung für den Auswuchs einer grausamen Phantasie, sah aber ein, dass er ohne Wasser und Nahrung verloren sein würde.
Niemand in seiner weitverzweigten Familie fuhr zur See, und er wusste inzwischen auch, warum. Die schlingernden Bewegungen

des Schiffes, das nie enden wollende Schaukeln drehten einem Mann, der lieber festen Boden unter den Füßen spürte, die Eingeweide von innen nach außen. Er bereute inzwischen, diese Reise angetreten zu haben. Er hätte in Brindisi bleiben und später dann zu Enzio zurückkehren sollen.

Bianca im Heiligen Land zu finden war und blieb eine vage Aussicht. Der Mann in Schwarz hatte recht gehabt, sie konnte überall sein. Aber vermutlich, malte er sich in seinen dunkelsten Momenten aus, würde er vorher ohnehin an der Seekrankheit krepieren. Es war sein verdammter Ehrgeiz, der ihn über das Meer trieb. Es war nicht das erste Mal, dass sich Heinrich in scheinbar aussichtslose Unternehmen verbissen hatte. Allerdings, das erkannten selbst seine Gegner an, manchmal auch mit spektakulären Erfolgen, auf die niemand mehr gewettet hätte.

So war es ihm mit viel diplomatischem Geschick gelungen, Widersacher gegen die Pläne des Kaisers zu finden, seinen Sohn Heinrich, König von Deutschland, mit einer französischen Prinzessin zu verheiraten. Friedrichs Wünsche wurden erfolgreich vereitelt, Heinrich ehelichte am Ende Margarethe, eine Tochter des Herzogs Leopold von Österreich. Aus verständlichen Gründen zählte er seitdem nicht mehr zu den Verbündeten des Kaisers, war aber auch Friedrichs Zorn bislang entgangen.

Eine neue Welle der Übelkeit überrollte ihn, begleitet von heftigen Magenkrämpfen. Er brauchte seine letzten Kraftreserven, nicht in einer unerwarteten Wellenbewegung den Halt an der Reling zu verlieren und kopfüber von Bord zu fallen.

Dabei war die Abreise in Brindisi zunächst ausgesprochen glücklich verlaufen. Er hatte ohne Probleme eine Kogge venezianischer Händler gefunden, die auf dem Weg nach Limassol auf Zypern waren und dann Kurs auf Beirut nehmen wollten. Dort herrschte die mächtige und reiche Familie des Johann von Ibelin, die auch auf Zypern großen Einfluss hatte.

Die Ibelins waren keine Freunde des Kaisers, und Heinrich von

Passau hoffte, dass er in Beirut die nötige Hilfe und Unterstützung für sein weiteres Vorgehen finden würde. Unter anderem wurde sein Vorrat an Münzen langsam knapp, und er war dringend darauf angewiesen, einen wohlmeinenden Kreditgeber zu finden. Die Ibelins hatten nicht nur unermessliche Reichtümer in Palästina angehäuft, sie galten auch als äußerst hilfsbereit, wenn es darum ging, eigene Machtpositionen gegen die des Kaisers auszuspielen. Durch sein geschicktes Taktieren in Deutschland konnte sich Heinrich bei den Ibelins durchaus als Verbündeter, vielleicht sogar als Freund vorstellen.

Die venezianischen Händler in Brindisi waren ohne Umstände bereit gewesen, Passagiere mitzunehmen. Vorausgesetzt natürlich, die Bezahlung stimmte, und der deutsche Baron hatte fast den gesamten Rest seiner Goldstücke für die Passage nach Beirut via Zypern ausgegeben. Noch am selben Tag waren er und der Mann in Schwarz an Bord gegangen, jedoch nicht ohne zuvor einen berittenen Boten mit einer Nachricht an Enzio Pucci zu schicken. Auch das war eine kostspielige Angelegenheit, und hinzu kam noch die gestiegene Honorarforderung seines Begleiters.

Dass der Mann in Schwarz urplötzlich den Preis für seine Dienste erhöht hatte, wunderte Heinrich allerdings nicht. Er hätte auch so gehandelt. Der wäre dumm, der diese Chance nicht ergreifen würde, dachte er und fand es nur gerecht, dass Enzio für die Mühen, die sie bei der Verfolgung seiner mörderischen Braut auf sich nahmen, auch angemessen zahlen sollte.

Sein Magen gewährte ihm eine kurze Erholungspause, und Heinrich warf einen hasserfüllten Blick auf die Schaumkronen, die auf den Wellen tanzten. Noch sah man am Himmel kleine Stücke des strahlenden Blaus, doch immer öfter verschwand die Sonne hinter dunklen, seltsam geformten Wolken. Der Wind war frischer geworden, seit er hier an Deck stand und jeden einzelnen Bissen seines Essens wieder von sich gegeben hatte. Das Schiff hatte deutlich an Fahrt aufgenommen, der Rumpf knarrte und ächzte in

den Wellen, und Heinrich fühlte neben der Übelkeit etwas anderes in seinem Inneren wachsen – Angst.
Die ersten Wellen spritzten über die Reling, als der Kapitän allen Händlern und Passagieren den Aufenthalt an Deck verbot. Einer der Matrosen, ein bärtiger Riese mit nacktem Oberkörper, näherte sich Heinrich von Passau.
»Runter. Es kommt Wind.«
Allein die Vorstellung, mit anderen in der stickigen Luft unter Deck zu sitzen, entsetzte den deutschen Baron. Dort würde er ganz die Orientierung verlieren und hilflos den Schiffsbewegungen ausgeliefert sein. Und Hilflosigkeit gehörte zu den Gefühlen, die Heinrich von Passau hasste wie der Teufel das Weihwasser. Er warf dem Seemann einen giftigen Blick zu, rührte sich aber nicht.
»He, unter Deck. Zu gefährlich hier oben.«
»Verschwinde.«
»Befehl vom Kapitän, runter.«
»Ich kann nicht. Mir ist schlecht.«
»Macht nichts. Nach unten.«
Immer höher spritzte das Wasser, und in den Wellentälern legte sich das Schiff bedenklich auf die Seite.
»Gott im Himmel, lass uns nicht kentern«, betete Heinrich, der sonst den Namen des Herrn nur selten anrief.
Der Seemann packte ihn und zerrte ihn mit sich. »Besser kotzen als ertrinken.« Und mit diesen Worten schubste er ihn die schmale Stiege hinunter, die zu der großen Kabine führte, in der gegessen und geschlafen wurde.
Die Venezianer, Seefahrer durch und durch, saßen scherzend und trinkend auf den festgenagelten Bänken. Sie fuhren diese Route häufig genug, um zu wissen, dass in den Herbst- und Wintermonaten das Wetter plötzlich umschlagen konnte und sich aus einer sanften Brise in kurzer Zeit ein kräftiger Wind oder sogar ein heulender Sturm entwickelte. Dennoch war keiner von ihnen

jemals in Seenot geraten. Sie hatten das Meer lieben und fürchten gelernt. Es konnte zärtlich sein wie eine Frau und mörderischer als ein ganzes Heer kampfbereiter Ritter. An manchen Tagen war es von unvergleichlicher Schönheit, an anderen stimmte es einen traurig. Es ernährte die Tapferen, und es tötete die Leichtsinnigen.

Heinrich von Passau hörte halbherzig den abenteuerlichen Erzählungen der Kaufleute zu, ohne dass sie ihn zuversichtlicher stimmten. Der Mann in Schwarz setzte sich an seine Seite und sah ihn aufmerksam an.

»Ihr seid sehr bleich.«

»Ich sterbe«, flüsterte Heinrich von Passau.

»Unsinn. Ihr seid seekrank, doch davon stirbt man nicht.«

»Es wäre mir aber lieber.«

»Das sagen alle.«

»Noch eine Nacht auf dieser schwimmenden Leichenkiste, und ich bin tot.«

Der Mann in Schwarz lachte. »Keine Sorge. Wir werden alle in Limassol lebend von Bord gehen.«

»Aber …«

Ein weiterer Würgeanfall unterbrach Heinrich. Er spuckte, hustete und schnappte verzweifelt nach Luft. »Ich ersticke«, keuchte er.

Sein Begleiter reichte ihm zwei kleine Kugeln.

»Was ist das?«

»Das Ende Eures Leids.«

Heinrich nahm die beiden Kügelchen aus weichen Wollfäden.

»Und jetzt?«

»Jetzt steckt Ihr in jedes Ohr eine Kugel.«

»Ist das Hexerei oder was?«

»Keine Magie, sondern alte Seemannsweisheit.«

»Das hilft doch nicht.«

»Bei mir schon«, sagte der Mann in Schwarz und zog vorsichtig eine Fadenkugel aus dem rechten Ohr. »Auf jeden Fall schadet es nicht. Probiert es aus.«

»In Gottes Namen«, murmelte Heinrich und drückte die Kügelchen in seine Ohren.

Als unmittelbaren Effekt vernahm er die Stimmen der Venezianer und das Heulen des Windes nur noch gedämpft, als kämen sie aus weiter Ferne. Tief in seinem Inneren meinte er ein leises Rauschen zu hören, dessen Herkunft er sich nicht erklären konnte. Übel war ihm zwar immer noch, aber das Rauschen hatte eine beruhigende Wirkung. Er entspannte sich ein bisschen.

Der Mann in Schwarz bedeutete ihm, sich auf den Boden zu setzen, die Augen zu schließen und sich den Bewegungen des Schiffes hinzugeben, statt sich ihnen entgegenzustemmen. Heinrich, inzwischen am Ende seiner Kraft, befolgte den Rat und spürte, wie Müdigkeit von ihm Besitz ergriff. Langsam döste er ein.

Im Traum wiegte ihn eine Frau in den Armen und flüsterte ihm Worte zu, die er nicht verstehen konnte. Sie hatte verführerische Arme und Schultern, so weiß wie Elfenbein, und ihr Haar war lang und schwarz. Es hing ihr bis auf den nackten Rücken, doch als er ihr über den Kopf strich, spürte er, dass ihre Strähnen feucht waren. Er küsste ihre Lippen, und sie schmeckten nach Salz. Die Frau lächelte ihn an, sagte etwas zu ihm, zog ihn zu sich und hielt ihn fest, dass ihm das Atmen schwerfiel. Furcht überkam ihn, und er wollte sich befreien, doch sie zog ihn mit sich ins Meer, immer tiefer und tiefer in die blaue Unendlichkeit. Und die ganze Zeit sah sie ihm direkt in die Augen.

Heinrich von Passau erwachte mit einem entsetzten Keuchen. Der Traum wollte ihn einen Moment lang nicht loslassen, und er wunderte sich, dass er nicht im Wasser lag, sondern offensichtlich auf den Holzplanken eingeschlafen war. Die Venezianer hatten sich bereits erhoben und machten sich zum Aufbruch bereit. Der Mann in Schwarz stand unmittelbar neben ihm und betrachtete ihn prüfend.

»Wir sind da«, sagte er und half dem erschöpften Deutschen auf die Beine.
»Wo?«, fragte Heinrich verwirrt.
»Im Hafen. Spürt Ihr nicht, dass das Schiff ganz ruhig liegt?«
»In welchem Hafen?«
»In Limassol, wie geplant.«
Heinrich atmete auf und war sichtlich um Haltung bemüht.
»Und der Sturm?«
»Den habt Ihr verschlafen, selig wie ein Kind.«
Heinrich erinnerte sich an die Stoffkugeln und entfernte sie, erleichtert, seine Umgebung wieder in gewohnter Lautstärke wahrzunehmen.
»Wie fühlt Ihr Euch?«
»Besser.«
»Gut«, sagte der Mann in Schwarz. »Dann lasst uns von Bord gehen. Ich habe Hunger.«
Heinrich schluckte bei dem Gedanken, irgendetwas in seinen Magen zu lassen, spürte aber dennoch großen Durst. Sein Hals war wie ausgedörrt, und beim Aufstehen war ihm flau geworden. Außerdem wollte auch er das Schiff so schnell wie möglich verlassen.
Selbst das schäbigste Gasthaus schien ihm einladender als die düstere Kabine, in der er den letzten Teil der Überfahrt nach Zypern verbracht hatte. Mit weichen Knien balancierte er über den Holzsteg zum Kai, an dem die Kogge festgemacht hatte.
»Geben wir auf?«, fragte ihn der Mann in Schwarz.
»Nein.« Heinrich von Passau schüttelte den Kopf. »Niemals.«

Die Nacht war lau und die Luft schmeichelnd wie Seide. Über ihr wölbte sich ein perfekter Sternenhimmel. Je länger sie ihn betrachtete, desto deutlicher erkannte sie, dass manche Sterne Linien bildeten, andere Formen und Figuren ergaben. Die Wissenschaft der Astronomie hatte sie immer fasziniert, aber sie wusste zu wenig von den Sternen, ihrer Bahn und ihrer Bestimmung, und so blieb ihr nur die Bewunderung des unermesslichen Reichtums der göttlichen Schöpfung.

Wenn sie sich nicht täuschte, war heute Weihnachten. Gar nicht weit von hier, in Bethlehem, war der Heiland geboren worden, und ein Stern hatte den drei Weisen den Weg gezeigt. Unwillkürlich suchte Bianca nach ihm, konnte aber keinen Himmelskörper entdecken, der auch nur entfernt dem Weihnachtsstern glich. In ihrer Heimat war es jetzt kalt, vielleicht lag bereits Schnee. Doch hier in Ägypten spürte man den Winter kaum, die Luft war frischer, aber nicht kühl.

Sie lehnte mit dem Rücken an einem kniehohen Geländer, das ein Blumenbeet von einer Rasenfläche trennte, und streckte die Beine lässig von sich. An den Türkensitz, den die anderen Frauen bevorzugten, konnte sie sich nicht gewöhnen. Es war ihr unangenehm, ihre Beine auf diese Weise zu verschränken, und außerdem taten ihr nach einer Weile die Knie weh.

Nachts, wenn die anderen schliefen, schlich sie oft in den Garten, dorthin, wo die Rosen blühten, und ließ ihre Gedanken auf Reisen gehen. Zurück über das Meer, vorbei an der Insel Zypern, über Brindisi und Turin nach Piemont. Es war die einzige Freiheit, die ihr geblieben war, denn den Sklavinnen im Harem des Sultans von Ägypten war ein eigener Wille streng untersagt.

Die Tage und Wochen waren ereignislos dahingegangen, und auch wenn es schlimmere Schicksale gab als den Alltag in ihrem luxuriösen Gefängnis, so war Bianca weder bereit, sich mit ihrem Los als Sklavin der Odalisken abzufinden, noch ihre Sehnsucht nach ihrem früheren Leben zu begraben.

Am Anfang, als einer der Späher des Sultans sie bei den Sklavenhändlern in Damiette entdeckte und, hauptsächlich wegen ihres blonden Haares, vom ersten Moment an fasziniert war, hatte die Angst um ihr Leben alle ihre Empfindungen zugeschüttet.

Sie war blind gewesen für die Schönheit des Palastes und die Pracht der Gärten. Die fremde Kultur der Muslime war ihr unheimlich, und sie hatte sich vor allem Neuen, das ihr hier begegnete, verschlossen.
Der Weg nach innen schien ihr der sicherste Schutz in dieser Welt, deren Sprache sie nicht verstand und deren Sitten und Bräuche sie abstießen. Ein Mann, der Frauen zu Sklavinnen macht, konnte kein guter, gottesfürchtiger Mensch sein, befand Bianca. Auch die Frauen, die sie täglich zu bedienen hatte, schienen ihr schöne, aber gedankenlose Geschöpfe, die die Tatsache, dass sie ihren goldenen Käfig nicht verlassen durften, offenbar nicht störte.
Wer ungehorsam war, wurde gnadenlos bestraft. Sie hatte in Damiette die Hinrichtung einer Frau mit ansehen müssen, und die Schreie der Gesteinigten hatten lange in ihren Ohren gehallt. Am grausamsten aber erschien ihr das Schicksal der Verschnittenen, die die Frauen im Harem bewachten. Männer, deren Körper stark, aber plump waren und denen man mit einer irreparablen Operation für alle Zeiten die Fähigkeit zur körperlichen Liebe genommen hatte.
Biancas erste Tage im Harem des Sultans von Ägypten waren voller Verzweiflung gewesen, und sie hatte Gott angefleht, sie sterben zu lassen. Doch da ihr kein Leid geschah und die Frauen, die sie badeten und nach ägyptischer Sitte kleideten und frisierten, freundlich und nachsichtig mit ihr umgingen, ließ ihre innere Spannung nach. Außer den Verschnittenen war sie noch keinem männlichen Wesen begegnet, und das Leben im Kreise der Frauen bedeutete für Bianca von Tag zu Tag ein Stück mehr Normalität.
Sie vermisste Lorenzo und hoffte, dass sein Schicksal gleich dem ihren erträglich war. Was mit den männlichen Sklaven in Damiette geschehen war, wusste sie nicht, aber sollte er tatsächlich wie andere, von denen die Ritter an Bord der Clara erzählt hatten, auf einer der großen Baustellen des Sultans als Arbeiter eingesetzt

worden sein, so vertraute sie auf seine Stärke und auf seinen Mut, dieses Martyrium zu überstehen.

Nach ihrer Ankunft im Palast des Sultans war sie gebadet worden, ihr langes Haar wurde gewaschen, geölt und nochmals gewaschen, bis jedes Schmutzteilchen auf ihrer Kopfhaut entfernt, jede verfilzte Haarsträhne entwirrt war. Der Genuss des nach Rosen duftenden Badewassers hatte für eine kurze Zeit sogar ihre Zukunftsängste vertrieben und ihre verspannten Muskeln endlich gelockert.

Ihr Haar fiel wieder in weichen Wellen bis zu ihrer Hüfte, Seife und Öl hatten es zum Glänzen gebracht, dass es schimmerte wie flüssiges Gold. Sie war die einzige blonde Frau im Harem, eine Sklavin stammte aus Burgund und hatte rötliches Haar, alle anderen waren dunkel- oder sogar schwarzhaarig. Vermutlich war dies der Grund, warum ihr Haar immer wieder von einigen der Frauen, aber auch von den Eunuchen heimlich berührt wurde. Zunächst hatte es sie irritiert und verstört, doch inzwischen hatte sie sich wohl oder übel daran gewöhnt. Und außerdem lag es sowieso nicht in ihrer Macht, etwas daran zu ändern. Also ließ sie es stumm über sich ergehen, dass wildfremde Menschen eine ihrer Haarsträhnen in die Hand nahmen und Worte murmelten, die ihr vollkommen unverständlich waren.

Die Sprache der Ägypter klang in Biancas Ohren wie ein schneller Singsang mit heiseren, kehligen Lauten. Auch nach Wochen war es ihr nicht gelungen, Satzfetzen zu erlernen, und die Unfähigkeit, mit den anderen Frauen zu sprechen, verstärkte ihre Einsamkeit. Nicht einmal mit der Sklavin aus Burgund konnte sie sich unterhalten, denn die Nonnen zu Hause hatten sie kein Französisch gelehrt.

So blieb ihr nur die Zeichensprache, um nicht völlig isoliert zu sein, und es war daher nicht weiter verwunderlich, dass sie sich mehr und mehr in sich zurückzog und am liebsten mit sich allein war.

Da ihr tagsüber keine Zeit zur Muße blieb, genoss sie die nächtlichen Spaziergänge im Garten umso mehr. Die Eunuchen, die den inneren Bereich des Harems bewachten, kannten ihre Vorliebe für einsame Betrachtungen des Sternenhimmels bereits und hinderten sie nicht daran, an den Blumen zu schnuppern und die Sterne zu bewundern. Allerdings achteten sie darauf, dass Bianca sich mit keinem Schritt dem Tor näherte, das den inneren Hof vom äußeren trennte. Auch die Verschnittenen waren bewaffnet und trugen an ihrer Seite einen krummen Dolch mit spitzer, scharfer Klinge.

Bianca war nicht so töricht, es auf einen Kampf mit den Wächtern ankommen zu lassen. Und selbst wenn sie durch eine Laune des Schicksals den inneren Hof überwinden sollte, so würden die Wachen des äußeren sie aufhalten, und sollten auch diese ihre Flucht nicht bemerken, wohin sollte sie sich wenden – völlig allein in diesem fremden Land. Nein, es war sicherer, vorerst im Harem zu bleiben. Vorerst, betonte sie stumm.

Sie strich vorsichtig über eine weiße Jasminblüte und überlegte, ob diese duftenden Blüten wohl im Piemont heimisch werden könnten, als sie ein Flüstern vernahm. Das ist die tiefe Stimme eines Mannes, wunderte sie sich und schlüpfte über das niedrige Geländer hinter den dichten Jasminbusch. Sie war sicher, diese Stimme noch nie gehört zu haben. Auf keinen Fall handelte es sich um einen der Verschnittenen, die alle mit einer unnatürlichen Fistelstimme sprachen.

War es einer der Wächter des äußeren Hofes? Nein, entschied sie, es würde seinen sicheren Tod bedeuten, die inneren Räume der Frauen oder auch nur den Garten zu betreten. Keine der Wachen würde das wagen.

Der Mann flüsterte mit einer Frau, und deren Stimme wiederum erkannte sie – Zamira, die Favoritin des Sultans, schönste und ehrgeizigste Frau des Harems. Bianca hatte Zamira bislang nur von ferne gesehen. Die Favoritin wurde von ihren eigenen Skla-

vinnen umsorgt. Und als neuester Zugang im Harem des Sultans stand Bianca in der Palasthierarchie ohnehin auf der alleruntersten Stufe.
Bianca erschrak. Das, was sie erkennen konnte, klang wie das Geflüster eines verliebten Paares. Sie hörte Küsse, unterdrücktes Stöhnen und das leise Klingeln von Schmuck. Wenn Zamira einen Liebhaber empfing, konnte es sich nur um einen Mann handeln – den Sultan al-Kamil. Und der wiederum würde es einer weißen Sklavin wohl kaum verzeihen, ihn bei Zärtlichkeiten belauscht und beobachtet zu haben.
Vorsichtig sah sie sich nach einem Fluchtweg um, aber welche Richtung sie auch einschlagen würde, ungesehen käme sie nicht an dem Paar vorbei. Also entschied sie, sich tiefer in den Jasminbusch zu ducken, in der Hoffnung, dass die beiden viel zu sehr mit sich selbst beschäftigt waren, um eine Sklavin, die nachts nicht schlafen konnte, zu bemerken.
Sie sah, dass der Sultan Zamira an die Hand nahm und langsam mit ihr durch den Garten schlenderte. Ab und zu blieben die beiden stehen, um – wie alle Verliebten – schnell einen Kuss zu tauschen oder sich kurz zu umarmen. Bianca wunderte sich über die Zartheit, mit der der Sultan seiner Geliebten begegnete. Sie konnte sich nicht entsinnen, jemals einen christlichen Ritter gesehen zu haben, der die Frau, die er liebte, mit so viel Zuneigung und Respekt behandelte. Und wenn sie an ihre eigenen Erfahrungen mit dem Mann dachte, den sie eigentlich hätte heiraten sollen, dann musste sie sich eingestehen, dass sie Zamira beneidete. Schon zu Hause hatte sie oft von einer Liebe voller Zärtlichkeiten geträumt, doch ihr Bruder hatte bekanntlich anders entschieden. Sie rief sich das Lied von Tristan und Isolde in Erinnerung, vom Ritter, der eine Frau liebte, die er nicht lieben durfte, und dennoch eher sterben wollte, als seine Gefühle zu verleugnen.
Sie seufzte und erkannte einen Moment zu spät, dass sie einen

Fehler begangen hatte. Die Instinkte eines Mannes wie al-Kamil waren so geschärft, dass ihm selbst in Momenten der Entspannung nichts entging. Augenblicklich schob er Zamira von sich und drehte sich aufmerksam um.

Zamira schien ihn etwas fragen zu wollen, doch mit einer herrischen Geste befahl er ihr, sich still zu verhalten. Bianca drückte sich, so tief sie konnte, in den Busch, aber unsichtbar wurde sie dadurch nicht. Sie hielt den Atem an und machte sich wegen ihrer unverzeihlichen Dummheit bittere Vorwürfe. Sie hatte wahrhaftig Strafe verdient, wagte aber nicht daran zu denken, was die Regeln des Palastes für einen solchen Verstoß vorsahen.

Bianca hörte ein Rascheln, und einen Herzschlag später sah sie am Boden unmittelbar vor ihrem Knie einen seidenen Schuh. Er war blutrot und mit Ranken bestickt, und in ihm steckte eindeutig ein Männerfuß.

»Was tust du hier?«, fuhr sie der Sultan an, und Bianca war überrascht, dass er die lateinische Sprache beherrschte.

Sie erhob sich aus ihrer kauernden Position, blieb aber zur Sicherheit auf den Knien. Bevor sie gegen die Etikette eines ihr kulturell fremden Hofes verstieß, zeigte sie besser zu viel Demut als zu wenig.

»Steh auf«, befahl ihr der Sultan.

Bianca richtete sich auf, und da al-Kamil zwar von kräftiger Statur, aber nicht sehr hochgewachsen war, konnte sie ihm in die Augen sehen, ohne den Kopf in den Nacken zu legen.

»Herr, gebt mit bitte die Gelegenheit, mein zweifellos seltsames Verhalten zu erklären.«

Der Sultan schaute sie wortlos an. Bianca fasste sich ein Herz und entschied sich für die Wahrheit.

»Ich konnte nicht schlafen und ging in den Garten, um den Himmel und die Sterne zu sehen. In meinem Land feiert man heute die Geburt des Heilands.«

»So bist du Christin«, sagte der Sultan.

Bianca nickte und blickte zu Boden.
Al-Kamil streckte seine Hand aus und hob ihr Kinn, damit sie ihre Augen nicht verbergen konnte.
»Wie heißt du? Und woher stammst du?«
»Mein Name ist Bianca, und meine Heimat nennt sich Piemont.«
»Du hast außergewöhnliches Haar, Bianca.«
»Viele Frauen im Norden sind blond.«
»Was tust du in Ägypten?«
Bianca schwieg.
»Warum antwortest du nicht? Wenn du damit andeuten willst, dass meine Frage töricht ist, weil du schließlich nicht freiwillig hier bist, so bewundere ich deinen Wagemut, aber verurteile deine Dreistigkeit.«
Bianca erschrak. »Nein, nein«, stammelte sie.
»Schweig und unterbrich mich nicht. Ich sehe selbst, dass du eine Haremssklavin in meinem Palast bist, also formuliere ich meine Frage anders: Wie bist du hierhergekommen?«
»Ich wurde verkauft.«
»So, so. Und wo, wenn ich auch das fragen darf?«
»Auf Zypern.«
Der Sultan grübelte einen Moment. »Du sprichst gewählt. Hat man dich Lesen und Schreiben gelehrt?«
Bianca war sich nicht klar, worauf der Sultan hinauswollte, hielt es aber für klüger, bei der Wahrheit zu bleiben und diesmal nicht die Frau des Tuchmachers zu spielen.
»Ja, Herr«, antwortete sie deshalb.
»Du stammst also aus einer vornehmen Familie. Gut, genug für heute. Geh jetzt schlafen.«
Bianca starrte den Sultan fassungslos an. »Ihr bestraft mich nicht?«
»Warum? Weil eine schöne Frau nicht schlafen konnte? Hältst du uns Muslime für gefühllos?«

»Ich weiß nicht«, antwortete Bianca verwirrt. »Hier ist alles fremd für mich.«
»Zamira wird dich im Arabischen unterweisen. Ich bin sicher, du lernst schnell.«
»Zamira? Aber ich bin eine Sklavin.«
»Du hast Einwände gegen die Befehle deines Sultans?« Bianca schüttelte den Kopf, und der Sultan lächelte. »Ich verstehe, die Sanftmut ist nicht deine Stärke.«
Mit diesen Worten drehte er sich um, wandte sich der wartenden Zamira zu und flüsterte ihr etwas zu.
Bianca verbeugte sich, als die beiden weitergingen, und zog sich dann in die Kammer der Sklavinnen zurück. Auf ihrem Lager schloss sie die Augen, doch die Begegnung hatte sie zu sehr aufgewühlt, um jetzt noch Schlaf zu finden. Und auch als die Sonne aufging, hatte sie keines der Worte des Sultans vergessen. Genauso wenig wie den eisigen Blick, den Zamira, seine Favoritin, ihr zugeworfen hatte.

Wie in jedem Jahr bot das Elsass im Frühling ein Bild, als würden in dieser Landschaft zwei Jahreszeiten herrschen – in den Niederungen des Rheingrabens blühten bereits die ersten Anemonen, und die Linden, Buchen und Eichen zeigten ihr typisches helles Blattgrün, das erst später, zum Sommer hin, eine dunklere Färbung annahm. Auf den Gipfeln der Vogesen dagegen lag noch Schnee, und je höher man von Straßburg aus kommend ritt, desto kälter wurde es, und nach den Boten des Frühlings hielt man vergeblich Ausschau.
Manfred Lancia hatte in Straßburg übernachtet, die immer mächtiger in den Himmel wachsende Kathedrale bewundert, an der seit fast zweihundert Jahren gebaut wurde, und war auf dem Weg nach Haguenau, einer riesigen Burganlage, in der sich König Heinrich besonders gern aufhielt.

Dessen Urgroßvater, Kaiser Barbarossa, hatte die Burg zur kaiserlichen Pfalz erhoben und in den folgenden Jahren immer noch prächtiger ausbauen lassen. Sie lag auf einer Insel im Fluss Moder, war von einer Mauer umgeben und mit über fünfzig Wehrtürmen geschützt. Früher hatte sie den Grafen von Egisheim gehört, doch seit Kaiser Barbarossa seine Begeisterung für das Elsass entdeckt hatte, war Haguenau der kulturelle und politische Mittelpunkt dieser Region. Manfred entsann sich, dass sein eigener Großvater, der »trovatore«, dem Kaiser Barbarossa seine Lieder und Gedichte vorgetragen hatte, und fragte sich, ob besagter Großvater über denselben Alpenpass gezogen war wie er oder ob er Barbarossa getroffen hatte, als dieser sich auf dem Weg ins Heilige Land befand.

Wie Kaiser Barbarossa liebte auch König Heinrich, zwar erst siebzehn Jahre alt, die dichten, wildreichen Wälder dieser Gegend und wusste die Annehmlichkeiten der Festung zu schätzen, die wesentliche Vorteile gegenüber anderen Burgen aufzuweisen hatte. Die Räume waren groß, hell und im Winter gut zu heizen. Dank ihrer Lage galt die Festung als uneinnehmbar, und als ihr Burgherr musste sich Heinrich daher nicht unablässig den Kopf zerbrechen, wie er Haguenau am besten absicherte.

Das Land rund um die Burg war fruchtbar und brachte Bauern, Lehnsherren, aber auch den königlichen Getreidespeichern immer genügend Vorräte ein, um, ohne zu hungern, durch die kalte Jahreszeit zu kommen. Und das nahezu unendliche Waldgebiet, in dem schon Heinrichs Vorfahren ihrer Jagdleidenschaft nachgegangen waren, sorgte für Fleisch im Überfluss. Der »Heilige Forst« wurde der Wald seit Urzeiten genannt, und er schloss sich wie ein riesiger Halbkreis um Stadt und Festung Haguenau.

Seit seiner Überquerung der Alpen im Winter, bei der ihm zwei Zehen am linken Fuß erfroren waren, war Manfred zielstrebig weiter nach Norden gezogen, hatte Gebiete des Herzogs von Österreich durchquert, war durchs Inntal westlich geritten und vom

Bodensee aus dem Lauf des Rheins flussabwärts bis in die Gegend von Straßburg gefolgt. Es waren harte Wochen gewesen, und obwohl die Alpen mit ihren Bergriesen und mannshohen Schneefeldern hinter ihm lagen, hatten ihn Kälte und Eis noch lange begleitet.

Die beiden erfrorenen Zehen hatten amputiert werden müssen, eine Operation, an die er sich mit Schaudern erinnerte. Doch die Wunden waren problemlos geheilt, und auch wenn er beim Gehen das linke Bein nicht ganz so belasten konnte wie das rechte, hatte der grausame Schneesturm am Alpenpass keine weiteren Folgen für seine Gesundheit gehabt.

Manfred hoffte, in einer der großen Pfalzen von König und Kaiser eine Aufgabe zu finden, die seiner Stellung und seinen Fähigkeiten gerecht wurde. Er beabsichtigte, in erster Linie seine Dienste als Ritter anzubieten, war aber auch bereit, andere Tätigkeiten anzunehmen. Die Verwaltung einer Burganlage war ihm vertraut, wenn auch die seiner Vorfahren nicht mit einer so ausgedehnten Anlage wie Haguenau zu vergleichen war.

Aber er wusste sehr wohl, Soll und Haben sowie Einkünfte und Ausgaben gegeneinander aufzurechnen, und angesichts der geringen Reichtümer der Lancias hatte sein finanztechnisches Geschick die Familie wenigstens einigermaßen über Wasser gehalten. Da er jedoch Engpässe vorausgesehen hatte, hatte er versucht durch Biancas Heirat mit Enzio Pucci gegenzusteuern. Aber an diese Geschichte mit ihrem unrühmlichen Ausgang wollte er lieber nicht mehr denken. Besser war es, nach vorn zu sehen und mit aller Kraft einen neuen Anfang zu wagen. Und warum nicht, so sinnierte er, in einer so schönen Gegend wie dem Elsass und einer so angenehmen Stadt wie Haguenau.

Er zweifelte nicht, in den engeren Kreis der Ratgeber des jungen und unerfahrenen Königs vordringen zu können. Heinrich war seit acht Jahren deutscher Herrscher, hatte also seine Regentschaft im Alter von nur neun Jahren angetreten. Sein Vater, Kaiser

Friedrich, hatte es stets für wichtiger gehalten, sich um die Belange des Königreichs Sizilien zu kümmern, und Heinrich schon früh in die Obhut kirchlicher und weltlicher Männer gegeben, die ihn erziehen und auf seine Rolle als König vorbereiten sollten.
Nach dem, was Manfred inzwischen über den König gehört hatte, war ihnen das eher schlecht als recht gelungen, denn Heinrich stürzte sich bedenkenlos in militärische Abenteuer und ließ auch in Friedenszeiten Disziplin und vornehme Haltung vermissen. Er war weder ein Mann der Diplomatie, noch zeichnete er sich durch die politische Klugheit seines Vaters Friedrich aus.
Vielleicht, dachte Manfred, hat Heinrich einfach zu früh zu viele Pflichten übernehmen müssen und reagiert jetzt wie ein bockiges Pferd, das ausschlägt, wenn sich der Reiter mit dem Sattel nur nähert.
Von Manfreds Standpunkt aus gesehen war die Situation, in der sich der deutsche König befand, eher von Vorteil. Heinrich, so mutmaßte er, brauchte Männer in seiner Umgebung, die nicht in den Diensten des Kaisers standen und deshalb unverdächtig waren, jeden Fehler, den der junge König machte, unverzüglich an Friedrich zu melden. Und er brauchte Männer, die zwar erfahren, aber noch nicht so abgeklärt waren, dass sie jede ungewöhnliche Idee schon im Ansatz ablehnten.
In Straßburg hatte sich Manfred bereits kundig gemacht. Bei dem Burgvogt von Haguenau handelte es sich um einen Mann namens Wolfelin, der aus einfachen bäuerlichen Verhältnissen stammte, aber wegen seiner Klugheit von Friedrich hoch geschätzt wurde und mit immer weiteren Aufgaben betraut worden war. Sein steiler Aufstieg hatte mit dem Amt des Kellermeisters von Haguenau begonnen und ihn schließlich zu einem mächtigen Burgvogt gemacht, der es aufs beste verstand, die Interessen des abwesenden Kaisers, vor allem gegen den Bischof von Straßburg, zu vertreten.
Wolfelin befehligte ein ganzes Heer von Verwaltungsbeamten, die Zölle und Steuern kontrollierten und einnahmen, Rechte verlie-

hen und zu Gericht saßen. Es war Wolfelin zu verdanken, dass die Städte in der Umgebung von Haguenau mit der Zeit größer und mächtiger wurden, denn er warb im ganzen Land um neue Einwohner und Bauern.

In Straßburg hatte man mit Ehrfurcht über die Leistungen des Burgvogts gesprochen, obwohl er gerade in dieser Stadt nicht gern gesehen wurde. Denn nur dem listigen Wolfelin hatte einer der benachbarten Städte, Schlettstadt, ihr Münzrecht zu verdanken, was die Stadtherren des wesentlich bedeutenderen Straßburg mehr als verbitterte.

Manfred hatte, um nicht unangemeldet in Haguenau zu erscheinen, Wolfelin eine Nachricht zukommen lassen, mit der Bitte um eine persönliche Unterredung. Und er war sich sicher, dass ihm diese gewährt werden würde.

Von der Festung Haguenau wusste er lediglich, dass sie groß und über eine Brücke zu erreichen war, vorausgesetzt, man wollte sich der Burg nicht in einem Boot oder gar schwimmend nähern. Nichts hatte ihn deshalb auf den Anblick vorbereitet, der ihn erwartete, als er zum ersten Mal ungehinderte Sicht auf Stadt und Festung hatte.

Er hatte in seinem Leben einige Burganlagen gesehen, aber noch niemals eine, die militärischen wie auch ästhetischen Ansprüchen gleichermaßen genügte. Je näher er Haguenau kam, umso dichter wurde der Verkehr aus Pferdewagen, Reitern und Fußgängern. Zahlreiche Händler strömten mit ihren Waren in die Stadt, und auf den Feldern bestellten die Bauern das Land, pflügten und bereiteten die Erde für frisches Saatgut vor.

Manfred ritt in die Stadt und direkt auf den Königspalast zu, als Fanfaren und laute Rufe ertönten, den Weg für die Eskorte des Königs freizuhalten. Zusammen mit anderen wich er zurück bis an die Hauswände und sah etwa vierzig Ritter in schnellem Trab durch die Stadt reiten. Den König selbst konnte er nicht entdecken, aber er vermutete ihn unmittelbar hinter der Spitze der Eskorte. Er runzelte die Stirn, denn bei diesem Tempo konnte leicht einer der Fußgänger verletzt werden. Manfred fragte sich, was wohl der Grund dieser Eile gewesen war oder ob der junge König tatsächlich zu der Rüpelhaftigkeit neigte, die man ihm bisweilen nachsagte. Er wartete, bis sich Lärm und Aufregung wieder gelegt hatten, bevor er denselben Weg wie die Ritter einschlug.

Manfred erreichte den äußeren Hof des Palastes ohne weitere Verzögerung und ritt auf das Tor zu, das die abgesperrten Bereiche der Burg verschloss. Zwei Wachen kreuzten ihre Speere und zwangen ihn, sein Pferd zu zügeln.

»Wer seid Ihr, und wohin wollt Ihr?«

»Graf Manfred Lancia aus dem Piemont. Burgvogt Wolfelin erwartet mich.«

Die Speere blieben gekreuzt, doch eine der Wachen rief einen Diener zu sich, der mit der Botschaft von Manfreds Ankunft in den Palast eilte. Manfred verkürzte sich die Wartezeit, indem er seine Umgebung neugierig betrachtete. Durch das Tor, das die Wachen versperrten, konnte er in einen großen Hof sehen, in dem Pferde versorgt wurden. Zahlreiche Stallburschen striegelten das Fell der an hüfthohen Balken angebundenen Tiere. Die Hufe wurden überprüft und ausgekratzt, die Mähnen sorgfältig gekämmt. Das Stroh war sauber und frisch, der Hof gut gefegt.

Manfred stellte anerkennend fest, dass die Teile der Pfalz, die er bis jetzt gesehen hatte, einen außerordentlich guten Eindruck machten. Es roch förmlich nach Reichtum und Wohlbefinden. Und was für die Pferde galt, das vermutete Manfred in noch größerem Maße für die menschlichen Bewohner der Festung Haguenau. Zufrieden sagte er sich, dass er doch die einzig richtige Entscheidung getroffen hatte, indem er nach Norden zu König Heinrich geritten war. Dieser Gedanke tröstete ihn sogar ein wenig über seine verlorenen Zehen hinweg.

Nach einer Weile wurde er ungeduldig und fand es an der Zeit, endlich vorgelassen zu werden. Auch sein Rappe tänzelte nervös und wollte nicht länger stillstehen. Er beruhigte sein Pferd, so gut er konnte, als der Diener zurückkam und meldete, dass Wolfelin demnächst für ihn Zeit habe. Die Wachen gaben den Weg frei, und er ritt in den weitläufigen Hof, wo ihm sofort einer der Stallburschen den Rappen abnahm, um ihm Wasser und Heu zu geben.

Manfred folgte dem Diener in den Palast und durchschritt so viele mit Wandteppichen geschmückte Gänge, dass er vollkommen die Orientierung verlor. Ein für ihn unbekanntes Gefühl, denn normalerweise konnte er sich auf seinen gut ausgeprägten Sinn für Orte und Himmelsrichtungen verlassen. Endlich kamen sie in eine große Halle mit kostbaren Teppichen auf dem Boden, mehreren Stuhlreihen und einem langen, schweren Eichentisch, an dem ein Mann mittleren Alters mit derben Gesichtszügen saß. Er übertrug Zahlenreihen von verschiedenen Pergamentrollen in ein großes Buch mit einem kunstvoll verzierten Ledereinband.

Der Diener bedeutete Manfred, vorzutreten, und zog sich dann mit einer Verbeugung zurück. Dieser wartete, bis der Burgvogt aufschaute und ihn prüfend ansah.

»Ihr seid weit gereist, um mich zu sprechen«, sagte Wolfelin in Manfreds Sprache, allerdings mit starkem Akzent.

»Ich habe die Alpen überquert, um dem König meine Dienste anzubieten.«

»Als da wären?«

»Nun, ich bin nicht nur ein Ritter, der kämpfen kann, sondern auch erfahren im Umgang mit Finanzen.«

Wolfelin blieb unbeeindruckt. »Was bringt Euch auf den Gedanken, dass der König Eure Dienste braucht?«

Manfred hatte sich dieses Gespräch in seiner Phantasie mehrfach ausgemalt, doch Wolfelins Zurückhaltung verunsicherte ihn.

»Ich dachte …«, begann er, doch dann wusste er nicht mehr so recht, was er sagen wollte. Zur Hölle, dieser Burgvogt ließ ihn Rede und Antwort stehen wie einen kleinen Jungen. Sein aufbrausendes Temperament drängte ihn zu einer unwirschen Gegenrede, doch die Vernunft mahnte ihn zur Mäßigung. Besser jetzt klein beigeben, sagte er sich, als den Burgvogt verärgern und dann ohne Ziel weiterziehen zu müssen. Er holte Luft und begann noch einmal. »Man sagt mir nach, ein geschickter Verwalter zu sein. Und auch die Bücher gut zu führen.«

Wolfelin schien zu zögern, doch dann lenkte er ein. »Versuchen wir es. Einer meiner besten Männer ist schwerkrank. Ihr übernehmt vorerst seine Aufgaben bei der Überwachung der Einnahmen durch den Weinbau und das Schankrecht.«

»Ihr werdet Euren Entschluss nicht bereuen«, entgegnete Manfred und verbeugte sich.

Der Burgvogt beschäftigte sich bereits wieder mit seinen Zahlenkolonnen und schien Graf Lancia bereits vergessen zu haben. Dieser räusperte sich leise, und Wolfelin sah irritiert auf.

»Noch Fragen?«

Als er Manfreds ratlosen Blick sah, rief er nach dem Diener.

»Gottfried wird Euch weiterhelfen und Euch die Kammern der Ritter zeigen, die hier zu Gast sind. Und jetzt lasst mich allein.«

Manfred verließ die Halle und schlenderte müßig hinter dem Diener her. Die erste Hürde hatte er genommen. Jetzt musste er nur noch seine Fähigkeiten beweisen, und einem längeren Aufenthalt in Haguenau würde nichts mehr im Wege stehen.

Der Burgvogt schien ihm ein Mensch, dem Arbeit und Pflichten über alles gingen. Ein strenger Mann, der sicher keine Nachlässigkeiten dulden würde und der in dem Ruf stand, ein glühender Verehrer Kaiser Friedrichs zu sein. Kein Wunder, dachte Manfred, schließlich hatte er dem Kaiser seine einflussreiche Stellung in Haguenau zu verdanken.

Er fragte sich, wie Wolfelins Verhältnis zu dem jungen König Heinrich war. Viel Harmonie konnte zwischen den beiden nicht sein. Und er glaubte nicht, dass ein Mann wie Wolfelin es billigen würde, mit vierzig Reitern im schnellen Trab durch eine belebte

Stadt zu reiten. Obwohl es dem Burgvogt nicht anstand, darüber zu urteilen, was der König tat. Dennoch – Manfred schätzte Wolfelin als einen moralinsauren Nörgler und Besserwisser ein. »Interessant«, murmelte er, während der Diener ihn durch die Festung und dann zur königlichen Schreibstube führte. Er nahm sich vor, auf der Hut zu sein und sich von den schönen Fassaden Haguenaus nicht blenden zu lassen.

Karim an-Nasir blickte der Frau ins Gesicht und wusste, dass sie sterben würde. Tiefe Schatten lagen um ihre Augen, ihre Wangen waren eingefallen, und die Nase wirkte unnatürlich schmal und spitz. Ihr Antlitz war so weiß wie die Laken in ihrem Bett, feinstes, zartestes Leinen mit einer Decke aus Seide.

Die Frau atmete kaum, und im ersten Moment hatte Karim befürchtet, alles Leben sei bereits aus ihr herausgeflossen wie das Blut, das unaufhaltsam in ihr Bett sickerte. Sie würde verbluten, und keine ärztliche Kunst konnte sie jetzt noch retten.

Vor ein paar Tagen hatte sie ein Kind bekommen, einen Sohn, der Konrad genannt wurde. Der Säugling war gesund und wurde von einer Amme gestillt, denn seine Mutter kämpfte seit seiner Geburt mit dem Tod. Die Wehen waren unvorstellbar schmerzhaft gewesen, zwei Nächte und einen Tag hatte sie geschrien und geweint, gebetet und zuletzt gebettelt, man möge sie töten. Doch dann, am Ende der zweiten Nacht, wurde das Kind geboren.

Die Hebamme hatte den Jungen genommen und die Nabelschnur durchtrennt, ihn gebadet, getrocknet und mit Rosenwasser eingerieben. Auf den Mund und die Lippen hatte sie hauchdünn Honig gestrichen und das Kind dann in saubere Leintücher gewickelt. Das Neugeborene schrie und brüllte, bis es einen hochroten Kopf hatte, und seine Amme hatte Mühe, ihm genügend Milch zu geben.

Es war ein kräftiger Junge, zu stark und zu groß für das schmale

Becken seiner jungen Mutter. Der Hebamme, einer weisen Frau, die schon viele Kinder auf die Welt geholt hatte, war es nicht gelungen, die Blutung, die unmittelbar nach der Geburt des Kindes einsetzte, zu stoppen. In ihrer Angst um das Leben der Mutter hatte sie eine Nachricht nach Foggia geschickt, und Karim war unverzüglich nach Andria, eine Tagereise weiter südlich, aufgebrochen.

Nun stand er am Bett der Kaiserin Isabella und musste hilflos ihrem Sterben zusehen. Sie hatte bereits viel zu viel Blut verloren. Den Riss in ihrem Inneren konnte er nicht versorgen, und Karim hatte in seinem Leben zu viele Menschen sterben sehen, um die Anzeichen des Todes nicht zu erkennen. Der Kaiser würde auch seine zweite Gemahlin verlieren und erneut Witwer werden.

Die Schwangerschaft der sechzehnjährigen Kaiserin war relativ problemlos verlaufen, doch Karim hatte die ganze Zeit über befürchtet, dass ihre Konstitution zu zart war für die Anstrengungen einer Geburt. Er hatte ihr allerlei aufbauende Medikamente gemischt, aber Isabella, der er immer fremd geblieben war, hatte sich gesträubt, seinen Rat anzunehmen.

Sie war stets blass und kränklich gewesen, eine Frau, deren Körper wenig Kraft hatte und deren Seele verwundet war. In den drei Jahren ihrer Ehe mit Kaiser Friedrich war sie niemals glücklich gewesen. Ihren Mann hatte sie gefürchtet, vielleicht sogar gehasst, und Karim vermutete, dass sie das Kind aus dynastischem Pflichtgefühl ausgetragen hatte, nicht aber in freudiger Erwartung oder aus Liebe zum Kaiser.

Er glaubte nicht, dass Isabella noch einmal erwachen würde, um Abschied von ihrem Sohn zu nehmen, bat die Hebamme aber dennoch, sich mit dem Säugling im Nebenzimmer bereitzuhalten, für den unwahrscheinlichen Fall, dass Isabella doch noch einmal die Augen aufschlug. Außerdem hatte er den Befehl gegeben, unverzüglich den Kaiser zu informieren, dass Isabella, seine zweite Frau, im Sterben lag.

Matilda, die Hebamme, schloss leise die Tür, stellte sich wortlos neben Karim und schlug bei Isabellas Anblick ein Kreuz.
»Wie lange noch?«, fragte sie leise.
»Ich weiß es nicht. Aber ich glaube nicht, dass der Kaiser rechtzeitig hier sein wird.«
»Foggia ist nur einen Tag entfernt.«
»Trotzdem.«
»Und wir können nichts tun?«
»Nein, Matilda. Niemand überlebt eine solche Blutung.«
»Die Arme. Sie ist so allein.«
Karim warf der Hebamme einen kühlen Blick zu, und sie verstummte beschämt.
»Sorge für das Kind, bis der Kaiser eintrifft«, befahl er ihr, »und lass Isabellas engste Vertraute kommen, damit sie von Freunden umgeben ist, wenn sie diese Welt verlässt. Ach, Matilda, und bring noch ein paar Decken. Die Kaiserin friert.«
Seine Anwesenheit als Arzt war überflüssig, aber er beschloss, so lange zu bleiben, bis Isabellas Freundinnen und Dienerinnen eingetroffen waren. Vermutlich hatte Matilda recht. Isabella war die letzten Jahre einsam gewesen und würde ebenso einsam sterben. Er zog die Seidendecke über dem zarten Körper der Kaiserin ein wenig fester und setzte sich auf einen Stuhl, um zu warten.
Er hoffte inständig, dass Friedrich so schnell wie möglich nach Andria aufbrechen würde, schon um den Konflikt mit seinem Schwiegervater, Johann von Brienne, nicht weiter zu schüren. Der hatte sich längst auf die Seite des Papstes geschlagen und gehörte, menschlich und politisch, zu den schärfsten und gefährlichsten Kritikern des Kaisers. Isabellas Tod würde die Beziehung zwischen den beiden Männern endgültig in Feindschaft verwandeln, denn Johann hatte immer wieder darüber geklagt, dass der Kaiser seine Frau, Johanns Tochter, nicht so behandelte, wie es ihr zustand.
Johann würde Friedrich mit Sicherheit eine Mitschuld an Isabellas Tod geben, auch wenn dies nicht der Vernunft und schon gar

nicht der Wahrheit entsprach. Aber es blieb immerhin eine Tatsache, dass sie bei der Geburt von Friedrichs Sohn verblutet war. Seltsam, dachte Karim, wie sich das Schicksal gegen den Kaiser verschwört. Erst scheitert der Kreuzzug, dann stößt ihn der Papst aus der christlichen Kirche aus, und nun stirbt seine Frau bei der Geburt ihres ersten Kindes.

Karim erinnerte sich an die Zeiten, als er und sein Freund Federico durch die Straßen von Palermo gezogen waren – es waren unbeschwerte Jahre gewesen, die längst der schwierigen Zeit des Erwachsenenalters gewichen waren. Es ist schon ganz gut, dachte er, dass Kinder nicht wissen, was später auf sie zukommen wird. Und dass niemand seine eigene Zukunft kennt.

Wäre Federico lieber ein einfacher Ritter, ein Mann der Wissenschaft oder ein nicht sehr begütertes Mitglied einer einstigen Herrschaftsfamilie geworden? Oder war er glücklich so, wie er lebte? Als enger Vertrauter des Kaisers wusste Karim, dass Friedrich seine zweite Frau nicht geliebt hatte. Hatte er sie respektiert? Er hoffte es für Isabella, die in den sechzehn Jahren ihres kurzen Lebens nicht viel Glück gefunden hatte und sich nun ebenso einsam, wie sie gelebt hatte, auf den Weg zu ihrem Schöpfer machte.

Wie er Friedrich kannte, würde er nicht viel Zeit zum Trauern finden, denn die Regierungsgeschäfte ließen sich kaum aufschieben. Und die immer wieder geplante Abreise ins Heilige Land sollte ohnehin so schnell wie möglich stattfinden. Isabellas Tod würde auch dies nochmals verzögern.

Als Matilda mit einigen Frauen und einem Priester in Isabellas Sterbezimmer trat, zog sich Karim taktvoll zurück. Er hörte unterdrücktes Schluchzen, als er die Holztür leise schloss, und die Gebete des Geistlichen. Karim brauchte frische Luft und stellte sich an eines der Fenster, die den Blick auf das Grün des Frühlings freigaben.

Zehn Stunden später traf der Kaiser in Andria ein. Zu spät.

Isabella war, ohne noch einmal die Augen aufzuschlagen oder ihr Kind in den Arm nehmen zu können, gestorben.
»Hat sie sehr leiden müssen?« Friedrich hatte am Bett seiner Frau ein letztes Gebet gesprochen und ihr Gesicht anschießend mit einer seidenen Decke verdeckt.
»Bei der Geburt ja«, gab Karim zu. »Später war sie zu schwach, um noch Schmerzen zu spüren.«
»Und nicht einmal Ihr konntet ihr helfen?«, fragte Friedrich.
»Nein. Nicht einmal Gott konnte ihr helfen.«
»Arme kleine Isabella. Die Ehe hat ihr kein Glück gebracht.« Friedrich dachte einen Moment nach. »Sie soll hier in Andria bestattet werden.«
»In Andria?«, fragte Karim erstaunt. »Nicht in Palermo neben Eurer ersten Gemahlin Konstanze?«
»Nein. Palermo ist weit, und Isabella soll endlich Ruhe finden. Ich ordne ein feierliches Begräbnis hier im Dom an.« Friedrich hatte eben zu Ende gesprochen, als sie den Lärm einer eintreffenden Reitergruppe hörten. Laute Rufe drangen aus dem Hof herauf in den ersten Stock, und er sah Karim mit einem vielsagenden Blick an. »Mein Schwiegervater ist eingetroffen. Tut mir den Gefallen und begleitet mich. Der Kummer über Isabellas Tod wird ihn hart und bitter machen.«
Karim folgte dem Kaiser mit einer Mischung aus böser Vorahnung und der halbherzigen Hoffnung, Johann von Brienne werde den Tod seiner Tochter nicht zum Anlass nehmen, ausgerechnet heute einen Streit mit seinem Schwiegersohn vom Zaun zu brechen. Doch Karim, der sein eigenes Handeln meist nach den Regeln der Vernunft ausrichtete, musste überrascht mit ansehen, wie sehr andere Menschen sich von ihren Gefühlen blenden lassen konnten. Johann von Brienne ging ohne Vorwarnung zum Angriff über und stürzte sich auf den Kaiser.
»Was habt Ihr meinem Kind angetan?«, brüllte er. »Warum? Warum habt Ihr sie sterben lassen.«

»Niemand …«
Doch Johann von Brienne ließ seinen Schwiegersohn nicht ausreden.
»Ihr seid schuld. Ihr und Euer Sarazene da.«
»Es reicht«, zischte Friedrich und drängte den tobenden Mann gegen die Wand. »Kein Wort mehr.« Er wartete, bis sich sein Schwiegervater schwer atmend beruhigte. »Für Isabella ist alles getan worden. Gott hat entschieden, sie zu sich zu holen. Die Kaiserin ist tot, aber ihr Sohn lebt.«
»Wo ist mein Enkel?«, fragte Johann von Brienne argwöhnisch und warf dem Kaiser und auch dessen Leibarzt hasserfüllte Blicke zu.
»Konrad, Unser Sohn, ist bei seiner Amme. Es geht ihm gut.«
»Er kommt mit mir.«
Karim erschrak und wollte einwenden, dass der Säugling Ruhe brauche und auf keinen Fall der Obhut seiner Amme sowie der Aufmerksamkeit von Matilda entzogen werden dürfe. Doch Friedrich ließ ihn erst gar nicht zu Wort kommen und wandte sich mit kalter Stimme an seinen Schwiegervater.
»Soll das ein Scherz sein? Wenn ja, ist es ein schlechter und verbietet sich von selbst am Totenbett Unserer Gemahlin.«
Mühsam verhaltener Zorn sprach aus Johanns Augen.
»Ihr wisst sehr wohl«, erwiderte er, »dass Konrad seine Mutter, meine Tochter, beerbt.«
»Ja, und?«
»Ihr zwingt mich also, es auszusprechen. Gut, dann sage ich hier und heute, dass mein Enkel Konrad durch Isabellas Tod König von Jerusalem geworden ist und ich ihn in meine Obhut nehme, um seine Erziehung zu überwachen.«
Friedrichs Ton war ebenso kalt, als er erwiderte: »Und Wir verkünden hier und heute, dass Wir gewillt sind, anstelle Unseres Sohnes die Regentschaft im Königreich Jerusalem selbst auszuüben. Natürlich nur so lange, bis Konrad in der Lage ist, seine

Pflichten und Rechte als Herrscher Jerusalems wahrzunehmen. Bis dahin bleibt Unser Sohn in Unserer Obhut, und Wir werden bestimmen, wer für seine Erziehung verantwortlich sein wird.«

»Ich wusste es«, zischte Johann von Brienne.

Friedrich sah seinen Schwiegervater fragend an.

»Euch kommt der Tod meiner Tochter gerade recht. Kein Wunder, dass sie sterben musste.«

Friedrich wurde kreidebleich. »Vorsicht«, erwiderte er, und seine Stimme zitterte vor Wut. Er rückte dicht an Johann heran. »Passt auf, was Ihr sagt. Noch halten Wir Euch zugute, dass Euch die Trauer um Eure Tochter Dinge sagen lässt, die Ihr später bereuen werdet. Aber noch eine Andeutung, dass Isabella nicht die notwendige medizinische Versorgung hatte oder dass es an Pflege gemangelt habe, und Ihr werdet Euch für Eure unbedachten Äußerungen zu verantworten haben.«

Johann von Brienne presste die Lippen zusammen und beherrschte sich mühsam.

»Wir lassen Euch jetzt allein«, sagte Friedrich, »damit Ihr Abschied von Isabella nehmen könnt. Das feierliche Begräbnis wird in den nächsten Tagen hier in Andria stattfinden.«

Johann stieß die Luft durch die Nase aus und lächelte verächtlich. »Die Totenruhe meiner Tochter soll nicht gestört werden. Tut also, was Ihr für richtig haltet. Aber«, fügte er hinzu, »glaubt nicht, dass Ihr meine Billigung für Eure Pläne bekommt.«

Friedrich sah seinen Schwiegervater an und erblickte nichts als Zorn, Missgunst und Hass.

Auch Karim war der Meinung, dass es keinen Sinn hatte, weiter mit Johann von Brienne zu debattieren. Schon kurz nach der Hochzeit mit Isabella hatten sich Johanns Gefühle zu seinem Schwiegersohn Friedrich von Respekt zu Abscheu gewandelt. Er konnte es dem Kaiser nicht verzeihen, dass dessen charismatische Persönlichkeit ihn selbst unbedeutend und klein erscheinen ließ. Sogar Johanns Lehnsherren huldigten lieber dem Kaiser als ihrem

eigentlichen Fürsten. Schon damals, erinnerte sich Karim, hatte es einen heftigen Streit zwischen den beiden gegeben, und Johann hatte verbittert dem Königreich Sizilien den Rücken gekehrt, um ein Bündnispartner des Papstes zu werden.
Jetzt war der Bruch für alle Zeiten unheilbar, und Friedrich war nicht der Mann, die im Zorn gesprochenen Worte seines Schwiegervaters zu vergessen, geschweige denn zu vergeben.
Der Kaiser wandte sich an seinen Leibarzt. »Mein Freund, lassen wir den alten Mann allein. Er soll in Ruhe um seine Tochter trauern dürfen.« Erst dann warf er Johann von Brienne über die Schulter noch ein paar Worte zu. »Unser Sohn Konrad schläft. Er soll nicht gestört werden. Wir gestatten Euch, Andria zu verlassen, ohne ihn gesehen zu haben.«
Johann wurde blass. »Wie Ihr befehlt«, erwiderte er mit äußerster Beherrschung. »Aber Gott weiß, ein würdiger König von Jerusalem seid Ihr nicht. Und Ihr werdet das Heilige Land nicht befreien.«
Karim folgte Friedrich, der mit schnellen Schritten davonging. Doch beide konnten hören, was Johann von Brienne seinem Schwiegersohn nachrief.
»Das Volk wird Euch verfluchen, König von Jerusalem.«

Das Pulver hatte eine schwarzgraue Färbung, und Bianca tauchte vorsichtig den Zeigefinger hinein, um die dunklen Linien um ihre Augen zu malen, die den Blick umschatteten und ihn ebenso ausdrucks- wie geheimnisvoll machten. Sie konnte inzwischen genügend Arabisch, um zu wissen, dass der Name des Pulvers »itmid« lautete und die Griechinnen es »stibium« nannten.
Obwohl sie nun schon fast ein halbes Jahr im Harem des Sultans al-Kamil lebte, waren ihr die Schönheitsrituale der Frauen noch immer fremd. Sie genoss die ausgiebigen Bäder und die Essenzen, die ihr Haar wunderbar weich werden ließen, scheiterte aber re-

gelmäßig an den Schminktechniken, die die anderen Haremsfrauen perfekt beherrschten.
Meist musste sie die dunklen Linien um ihre Lider mehrfach mit Fett entfernen, bis es ihr endlich gelungen war, einen Bogen zu ziehen, der – weder zu breit noch zu schmal – die natürliche Schönheit ihrer Augen unterstrich. Auch die schmerzhafte Prozedur, mit Hilfe von heißem Wachs gewissenhaft jedes Härchen, das nicht auf ihrem Kopf wuchs, zu entfernen, hatte sie vorher nicht gekannt. Am Anfang hatte sie überrascht aufgeschrien, als die Haare auf ihren Schienbeinen zusammen mit der Wachsplatte mit einem kräftigen Ruck herausgerissen wurden. Und sie war vor Scham errötet und hatte sich zunächst heftig gesträubt, als weit intimere Teile ihres Körpers von jeglichen Härchen befreit wurden. Inzwischen hatte sie sich jedoch daran gewöhnt, für die Schönheit entsprechend zu leiden.
Heute war allerdings ein besonderer Tag, und den Frauen war aufgetragen worden, noch mehr Wert auf ihr Aussehen zu legen als sonst. Der Sultan erwartete Besuch aus Damaskus. Sein Neffe, der nach dem Tod des Sultans al-Muazzam die Regentschaft übernommen hatte, würde mit großem Gefolge anreisen, um die politische Gemengelage in Europa zu besprechen und eine Strategie zu entwickeln, sollte Kaiser Friedrich tatsächlich zu einem erneuten Kreuzzug aufbrechen.
Zamira, die über die politischen Absichten des Sultans zuweilen besser informiert war als seine Hofstrategen, verließ das Badehaus, in dem sie den ganzen Vormittag zugebracht hatte, und setzte sich zu Bianca, um ihr beim Schminken zuzusehen.
Die beiden Frauen waren zwar keine Freundinnen geworden, aber auch nicht verfeindet, wie Bianca zunächst befürchtet hatte. Zamiras Eifersucht, Bianca könne sie in der Gunst des Sultans verdrängen, hatte sich gelegt, als sie spürte, dass al-Kamil nicht die geringste Absicht hegte, die blonde Frau in sein Bett zu holen.
Die Favoritin lächelte, als sie sah, wie sich Bianca mit dem dunk-

len Pulver abmühte und den Lidstrich immer wieder erneuern musste.
»Du hast es immer noch nicht gelernt, nicht wahr?«
Bianca seufzte. »Den Frauen in meiner Heimat sind die Schönheitsideale des Orients unbekannt.«
»Aber«, fragte Zamira verwundert, »schmücken sich eure Frauen denn nicht für den Mann, den sie lieben?«
»Doch, aber nicht mit derselben Akribie wie ihr.«
»Wie meinst du das?«
»Schau, Zamira, in meiner Heimat leben Frauen nicht in einem Harem. Das heißt, sie haben den ganzen Tag viele Pflichten und Aufgaben, die sie erledigen müssen. Für die Schönheit haben sie längst nicht so viel Zeit wie ihr.«
»Dann ist ihr Körper also nicht gesalbt, ihr Haar nicht geölt?«
»Meistens nicht, nein.«
»Und sie haben Haare an den Beinen?«
»Meistens ja.«
»Wie finden sie dann einen Mann?«
»Ihre Familie findet einen für sie.«
»Und der nimmt sie einfach so? Egal, wie sie aussehen?«
Bianca musste lachen. In Zamiras Vorstellung entstammte sie offensichtlich einem barbarischen Land, das die einfachsten Regeln der Hygiene missachtete und die Schönheit nicht schätzte.
Als Ägypterin war Zamira stolz auf die jahrtausendealte Kultur ihres Volkes. Sie hatte Bianca von den großen Königinnen ihres Landes, Nofretete und später Kleopatra, erzählt, und Bianca hatte begierig alles über diese Frauen, von denen sie nie zuvor gehört hatte, wissen wollen. Es war das erste Mal in ihrem Leben, dass sie das Gefühl bekam, dass andere Länder der christlichen Welt zumindest gleichwertig waren, wenn nicht sogar überlegen. Schon in Damiette hatte sie gesehen, dass die Baumeister Ägyptens lange vor den Architekten Europas Paläste und Grabmäler erschaffen hatten, die in ihrer Heimat mit nichts vergleichbar waren. Die

arabische Schrift erschien Bianca so schön wie kunstvolle Miniaturen, und das Geschick der Ägypter, einen Garten anzulegen, entzückte sie.

Sie zwinkerte Zamira zu. »Die Männer des Abendlandes sind eben nicht so anspruchsvoll wie dein Sultan.«

Zamira kicherte. »Kein Wunder, dass euer Kaiser einen Harem hat.«

Bianca sah zu Boden, denn die Erwähnung des Kaisers beschwor Erinnerungen, die sie lieber in den Tiefen ihres Gedächtnisses verborgen hätte.

»Der Kaiser ist tot, heißt es.«

Zamira riss die Augen auf. »Tot? Aber nein. Al-Kamil sagt, der Kaiser sei auf dem Weg nach Palästina.«

Bianca runzelte die Stirn. »Bist du sicher?«

»Ja doch. Was glaubst du, warum al-Kamils Neffe heute aus Damaskus eintrifft? Es riecht schon wieder nach Krieg.«

»Zamira, ich habe selbst gesehen, wie das Schiff des Kaisers zurückgesegelt ist. Alle dachten, dass er am Fieber gestorben war.«

Zamira musterte Bianca mit dem erfahrenen Blick einer Frau, die alle Kniffe der Liebe kennt. »Du sorgst dich um ihn. Bist du in ihn verliebt?«

»Unsinn. Ich kenne ihn gar nicht.«

Doch so schnell gab Zamira nicht auf. »Aber du warst bestürzt, als du glaubtest, er habe das Fieber nicht überlebt. Das heißt, er bedeutet dir etwas.«

»Er hat in Brindisi zu den Rittern und den Bürgern der Stadt gesprochen. Du hättest ihn sehen sollen, Zamira. Ich muss die ganze Zeit daran denken.«

»Ich weiß so wenig von dir. Erzähl mir von deinem Leben.«

»Ich habe kein Leben mehr. Ich bin eine Sklavin.«

»Du bist undankbar, Bianca. Es geht dir doch gut.«

»Ich habe zu essen und zu trinken, ich bade jeden Tag und schminke meine Augen. Ich kann mit dir plaudern, und ich be-

diene die Odalisken. Aber ich kann die Gemächer der Frauen nicht verlassen.«
»Das kann niemand von uns.«
»Und könnt ihr damit leben? Kannst du so leben, Zamira?«
Zamiras Antwort kam ohne Zögern. »Ich wünsche es mir nicht anders, Bianca. Die Welt da draußen ist gefährlich für eine Frau.«
»Wem sagst du das, Zamira. Aber die Welt hier drinnen ist nichts als ein goldener Käfig.«
»Hast du Sehnsucht nach deiner Heimat?«
»Ein bisschen. Aber Sehnsucht ist ein Gefühl, das einem die Kraft zum Weitergehen nimmt.«
»Oder dich beflügelt«, sagte Zamira und fügte angesichts Biancas fragendem Blick hinzu: »Wenn du auf dem Weg zu deinem Geliebten bist, zum Beispiel.«
»So, wie es aussieht, werde ich mich wohl kaum mehr auf den Weg machen können.«
»Wer weiß. Die Liebe findet immer einen Weg.«
»Liebe ist ein Kind der Freiheit.«
»Schau mich an«, sagte Zamira lachend. »Ich bin glücklich hier, auch wenn ich gern mal einen Blick in eure Welt werfen würde.«
Bianca gab es auf, weiter mit Zamira zu debattieren. Sie war dankbar, in Zamira eine geduldige Lehrerin des Arabischen gefunden zu haben, und schätzte die Gespräche mit ihr, selbst wenn die beiden Frauen meist unterschiedlicher Meinung waren. Aber immerhin fühlte sie sich nicht mehr so einsam, und vielleicht wurden sie und Zamira irgendwann sogar noch Freundinnen.
»Was weißt du über den heutigen Abend?«, fragte Bianca, um das Thema zu wechseln.
»Die Männer werden lange über die möglichen Pläne des Kaisers sprechen«, spekulierte Zamira, »und dann, wenn sie keine Lust mehr auf Politik haben, zu uns kommen. Ich wette, der Sultan hat seinem Neffen die schönste der Odalisken versprochen.«
»Glaubst du …«, begann Bianca zaghaft.

»Nein, ich glaube nicht«, unterbrach sie Zamira. »Mach dir keine Sorgen. Du bist eine Sklavin und für den Geschmack eines arabischen Mannes immer noch ein bisschen zu mager.«
Bianca wirkte erleichtert.
»Oder soll ich für dich ein gutes Wort einlegen?«, neckte sie Zamira. »Al-Kamils Neffe ist jung und hübsch.« Und mit einem Augenblinzeln fügte sie hinzu: »Erst einundzwanzig.«
Bianca schüttelte den Kopf und überprüfte mit einem kritischen Blick ein letztes Mal ihren Lidstrich. »Ich verzichte. Höchste Zeit, dass ich den Odalisken beim Schminken helfe. Ihre Hände müssen noch bemalt werden.«
»Schick Azoula zu mir«, rief ihr Zamira nach, als Bianca die Baderäume verließ.
Doch Biancas Gedanken drehten sich längst nur noch um eins. Der Kaiser lebte und war auf dem Weg ins Heilige Land. Der Sultan al-Kamil rief seine Verbündeten zusammen, und sie selbst saß hilf- und tatenlos im Harem und bemalte den Liebesdienerinnen die Hände mit kunstvollen Ranken aus Henna.
Könnte ich doch fliegen wie ein Falke, dachte Bianca, und endlich wieder frei sein. Doch schon im nächsten Moment meldete sich ihr scharfer Verstand, der ihr sagte, dass erstens Menschen eben nicht wie Vögel Mauern überwinden können und es zweitens keinen Ausweg aus diesem goldenen Käfig geben würde. Nicht heute und nicht morgen. Sie würde für den Rest ihres Lebens eine Gefangene sein.

Die Spur war kalt geworden. Der Frühling hatte mit farbenprächtiger Blüte seinen Einzug auf Zypern gehalten, doch inzwischen war er vom Sommer abgelöst worden, und noch immer suchten sie nach Bianca und Lorenzo. Wäre nicht die großzügige Gastfreundschaft des Johann von Ibelin gewesen, hätte Heinrich von Passau ohnehin längst zurücksegeln müssen. Doch so genossen er und sein Begleiter, der auch unter Limassols heißer Sonne an seiner Vorliebe für pechschwarze Kleidung festhielt, das süße Leben des Nichtstuns und dachten gar nicht daran, sich der schlechten Laune von Enzio Pucci zu stellen. Zumal sie weit davon entfernt waren, ihren Auftrag zu erfüllen.

Es war keineswegs so, dass sie es aufgegeben hatten, nach Bianca und Lorenzo zu suchen, aber die Zeit, die sie tatsächlich nutzten, um den beiden nachzuspüren, war merklich kürzer geworden. Meist lebten sie in einem der Stadtpaläste der Ibelins, die Heinrich von Passau – übrigens ohne eine Sicherheit zu verlangen – eine größere Geldsumme geliehen hatten.

Viele Pilger des im vergangenen Jahr gescheiterten Kreuzzugs waren auf Zypern geblieben und hatten ihre Pläne, das Heilige Land für die Christenheit zurückzuerobern, aufgegeben. Nicht minder galt das für eine große Anzahl von Rittern, die sich auf der Insel als Lehnsherren der Ibelins niedergelassen hatten und dem Ordensmeister Heinrich von Salza nicht nach Akkon gefolgt waren.

Die Chance, dass auch Bianca und Lorenzo sich irgendwo auf Zypern versteckten, war daher groß genug gewesen, um einen längeren Aufenthalt in Limassol, Famagusta oder Nikosia zu rechtfertigen. Außerdem verspürte Heinrich wenig Lust auf eine weitere Seereise und hielt seine Anwesenheit auf der Insel für so wichtig, dass er Enzio Pucci die Nachricht zukommen ließ, er und sein Helfer seien den beiden Flüchtigen dicht auf den Fersen.

Da Enzio aus welchen Gründen auch immer nicht antwortete, sah Heinrich keine Veranlassung, das mittlerweile recht bequeme Zypern-Abenteuer zu beenden und abzureisen. Die Kunde von einem erneuten Kreuzzug des Kaisers, der es wagte, als vom Papst Gebannter sich zum einen König von Jerusalem zu nennen und zum anderen die Streitmacht Christi gegen die Muslime anzuführen, hatte jedoch unerwartet Bewegung in den müßigen zypriotischen Alltag gebracht. Jeder ging davon aus, dass Friedrich die Insel ansteuern würde, und da der Kaiser und die Familie Ibelin nicht eben

freundschaftlich verbunden waren, konnte man mehr oder weniger unruhige Zeiten erwarten.
Auch Heinrich hielt es für ratsam, dem Kaiser und seinen Vertrauten lieber aus dem Weg zu gehen. Friedrich hatte ihm die politischen Ränkespiele in Deutschland nicht verziehen, und das Schlimmste, was Heinrich von Passau passieren konnte, war, dass der Kaiser sich auch noch in die Privatfehde von Enzio Pucci mit der Gräfin Lancia einmischte. Da Friedrich dafür bekannt war, keiner schönen Frau widerstehen zu können, würde er sich ohne Zögern auf Biancas Seite stellen und Enzios Rachefeldzug noch weiter erschweren.
Aber, beruhigte sich Heinrich, Bianca war spurlos verschwunden und die Wahrscheinlichkeit, dass der Kaiser die schöne Gräfin kennenlernen würde, verschwindend gering. Vielleicht, spekulierte er, hatte Bianca längst einen ritterlichen Beschützer gefunden und sich als ehrbare Dame ebenfalls irgendwo an der Küste Palästinas niedergelassen. Auf jeden Fall war es sicherer, Limassol den Rücken zu kehren und in den Norden nach Nikosia zu reiten. Dort könnte er in Ruhe abwarten, bis der Kaiser Zypern wieder verlassen hatte, um seine Ritter ins Heilige Land zu führen. Sein schwarz gekleideter Begleiter würde unterdessen an der Südküste bleiben, schließlich war ein Mann wie er dem Kaiser gänzlich unbekannt.
Heinrich von Passau hatte deshalb schon am Abend zuvor die nötigen Dinge gepackt, die er für eine Reise quer über die Insel brauchen würde, und war am frühen Morgen aufgebrochen. Er ritt in gemächlichem Tempo die Küste entlang Richtung Nordosten, um das Gebirge zu umgehen, das die Insel von Westen nach Osten durchzog.
Seine Gedanken schweiften erneut zu Kaiser Friedrich und dem, wenn man die Umstände betrachtete, doch recht wagemutigen Kreuzzug. Heinrich war sich fast sicher, dass der Kaiser bei dieser Gelegenheit auch seine politischen Ansprüche auf Zypern betonen würde, denn genau genommen war das Königreich Zypern ein

kaiserliches Lehen. Und das bedeutete unter anderem, dass Friedrich eine Menge Geld fordern konnte. Was dem Alten von Beirut, wie Johann von Ibelin genannt wurde, gar nicht passen dürfte. Mitgefühl war eine unbekannte Empfindung für den Deutschen, und so verschwendete er auch keinen weiteren Gedanken auf die Situation seiner Gastgeber. Pech für die Ibelins, dachte er, die sich vielleicht ein bisschen zu sehr darauf verlassen hatten, dass der Kaiser durch seinen Konflikt mit Papst Gregor Zypern aus dem Blick verlieren würde.

Wieder einmal schätzte er sich glücklich, dass er weder familiäre noch dynastische Pflichten zu erfüllen hatte und vollkommen unabhängig durch die Welt reisen konnte. Er schloss sich dem Herrn an, von dem er sich die meisten Vorteile versprach, und war für jeden intriganten Winkelzug zu haben. Enzio Pucci hatte viele Reichtümer, aber auch viele Probleme, und für einen Mann wie Heinrich lohnte es sich durchaus, mit Enzio befreundet zu sein. Wobei er das Wort Freundschaft nach seinem Geschmack auslegte. Loyalität gehörte für ihn nur dann dazu, wenn auch der Preis stimmte.

Je weiter er sich von der Küste entfernte, desto einsamer und kahler wurde die Gegend. Hier gab es keine quirligen Städte wie Limassol, sondern allenfalls kleine Ansiedlungen, manchmal auch nur einzelne Gehöfte.

Er fragte sich, ob es eine kluge Entscheidung war, den weiten Weg nach Nikosia allein zu reiten, als er mehrere Hilferufe hörte. Noch konnte er nichts Ungewöhnliches entdecken, aber nach kurzer Strecke sah er am Wegrand ein Pferd ohne Reiter. Er ritt vorsichtig näher, saß ab, sprach beruhigend auf das Pferd ein und ergriff die Zügel. Er band beide Pferde an einem Baum fest und blickte sich suchend um. Heinrich vermutete, dass es sich um einen Unfall handelte, denn nichts deutete darauf hin, dass hier ein Verbrechen geschehen war. Irgendwo musste der Reiter sein, hatte er doch eben noch um Hilfe gerufen, aber die Straße war leer. Er ging ein paar Schritte auf und ab, spähte jedoch vergeblich nach dem Reiter. Sollte er den Besitzer des Pferdes nicht entdecken, so wären das Tier und dessen Gepäck sein Eigentum. Kein schlechtes Geschäft, dachte Heinrich und beschloss, die Suche für beendet zu erklären.

Aber kaum hatte er entschieden, wieder aufzusitzen und weiterzuziehen, hörte er ein unterdrücktes Stöhnen im dichten Gestrüpp neben der Straße. Er war sich einen Moment unschlüssig, doch dann siegte die Neugier, und er bahnte sich seinen Weg durch die trockene Macchia. Nach wenigen Schritten stieß er auf einen am Boden liegenden Ritter, unter dessen Körper sich eine Blutlache gebildet hatte. Er trat näher und entdeckte eine tiefe Stichwunde an der linken Seite. Der Mann stöhnte und versuchte mit seiner Hand das Blut zu stillen. Heinrich lief zurück zum Pferd des Ritters, zog ein Hemd aus dessen Gepäcksack, riss es entzwei und machte einen provisorischen Verband daraus.

»Was ist passiert?«, fragte er den Verletzten.

Der Mann antwortete in einer anderen Sprache, und Heinrich erkannte, dass es sich um Englisch handelte. Für eine rudimentäre Unterhaltung waren seine Sprachkenntnisse ausreichend, und Heinrich brauchte nicht lange, um zu erfahren, dass der Ritter von Wegelagerern überfallen worden war. Ursprünglich seien sie zu dritt gewesen, doch die beiden anderen seien vorausgeritten.

»Könnt Ihr reiten?«

Der Engländer nickte und versuchte mit schmerzverzerrtem Gesicht auf die Beine zu kommen.

»Es ist besser, wenn wir ein Stück Weg zusammenbleiben«, erklärte Heinrich von Passau. »Möglicherweise treffen wir auf Eure beiden Begleiter, die sich dann um Euch kümmern können.«

Er selbst hatte nicht die Absicht, einen Mann mit einer tiefen Stichwunde länger als notwendig zu versorgen. Und als letzte Möglichkeit blieb immer noch, den Ritter in der Obhut eines Bauern oder im nächsten Dorf in den Händen des Barbiers zu lassen. Da er weder aus Nächstenliebe noch aus Pflichtgefühl handelte, hoffte er auf ein Zusammentreffen mit den beiden anderen. In diesem Fall war er fest entschlossen, über einen Lohn für seine Bemühungen zu verhandeln.

Mit Heinrichs Hilfe stand der Mann auf und stützte sich schwer auf dessen Schulter. Gemeinsam mühten sie sich zu den Pferden, und nach mehreren Fehlversuchen gelang es Heinrich, den Verletzten in den Sattel zu hieven.

»Wird es gehen?«, fragte er barsch, und der Engländer nickte.

Sie ritten den ganzen Nachmittag, ohne eine Spur von den beiden anderen zu entdecken. Die Straße war trocken und so hart, dass sich die Pferdehufe kaum abzeichneten. Gelegentlich überholten sie einen Bauern, der sich zu Fuß durch die Hitze quälte. Ansonsten war die Straße menschenleer.

Der Engländer schwankte in seinem Sattel, doch sein Pferd balancierte das Gewicht des Reiters perfekt aus, und Heinrich sah, dass er sich keine Sorgen über einen Sturz machten musste. Auch war der Ritter bei klarem Verstand, obwohl er vor Erschöpfung kaum die Augen offen halten konnte.

Als sie in der Ferne eine Ansammlung der typischen Steinhäuser mit flachem Dach sahen, entschied Heinrich, dort Rast zu machen. Nicht nur er selbst und der verletzte Ritter brauchten dringend eine Pause im Schatten, auch die Pferde mussten getränkt und gefüttert werden.

Sie hielten an einem der ersten Häuser, und Heinrich traf die Entscheidung, wo er um Hilfe bat, eher zufällig. Eine Tür stand offen, und so ging er zum Eingang des Hauses und machte sich durch Klopfen und Rufen bemerkbar. Eine Frau erschien, gekleidet in ein einfaches Gewand, das sie bis zu den Knien hochgebunden hatte. Offenbar kam sie aus einem Stall, denn ihre nackten Füße waren schwarz vor Schmutz und Tierdung.

Heftig gestikulierend machte Heinrich ihr klar, dass sie Wasser und Brot brauchten und auch die Pferde versorgt werden müssten.

Er hielt seinen Münzbeutel hoch zum Zeichen, dass er gewillt war, für die Hilfe angemessen zu zahlen.
Die Frau nickte, ging mit schnellen Schritten um das Haus herum und kam mit einem Wasserkübel für die Tiere zurück. Den beiden Männern bedeutete sie, ihr zu folgen. Sie half Heinrich, die Wunde des Ritters zu säubern und neu zu verbinden, und tischte dann für beide kühles Wasser, Brot, Oliven und einen würzigen Käse aus Ziegenmilch auf. Der Engländer war zu schwach, um viel zu essen, aber bei Heinrich machten sich die Anstrengungen des Tages in einem knurrenden Magen bemerkbar.
Er beschloss, heute nicht mehr weiterzureiten, sondern dem überfallenen Ritter eine längere Ruhe zu gönnen. Zwar hielt er den Mann nicht für lebensgefährlich verletzt, war sich aber nicht sicher, ob sich die Wunde nicht entzünden würde.
»Wir bleiben hier«, sagte er zu dem dösenden Engländer. »Im Haus ist nicht genügend Platz, aber wir können im Hof unser Lager aufschlagen.«
Gemeinsam mit der Bäuerin brachte er den Ritter nach draußen und begann mit den Vorbereitungen für die Übernachtung. Er breitete die Decken aus und ließ sich Holz bringen, um später ein Feuer anzünden zu können. Als es dunkel wurde, lag der Engländer in tiefem Schlaf, doch Heinrich starrte in die knisternden Flammen und dachte über sein weiteres Vorgehen nach.
Er hatte wenig Lust, den verletzten Ritter tagelang zu betreuen. Der Mann würde ihn aufhalten, und die Aussicht, auf die beiden Landsleute des Ritters zu treffen, kam ihm inzwischen mehr als vage vor. Schließlich entschied er, den nächsten Tag noch abzuwarten und darauf zu hoffen, dass der Verletzte aus eigener Kraft weiterziehen konnte.
Der Engländer schlief unruhig, stöhnte und drehte seinen Kopf unablässig von einer Seite auf die andere.
»Also doch«, murmelte Heinrich. »Der Kerl bekommt Fieber.«
In diesem Fall würde er wenig bis nichts für den Ritter tun kön-

nen. Eine entzündete Wunde führte in den meisten Fällen zum Tod. Ein Medicus würde die Wunde ausbrennen, doch Heinrich schauderte bei dem Gedanken an glühende Eisen, die sich in offenes Fleisch fraßen, und konnte nur hoffen, dass die Selbstheilungskräfte des Engländers stark genug sein würden, um zu überleben.

Der Mann stammelte Worte in seiner Muttersprache, unverständliches Gebrabbel, hervorgerufen durch einen Fiebertraum. Heinrich hatte sich gerade auf seiner Decke ausgestreckt, als er glaubte einen Namen gehört zu haben, der ihm nur allzu bekannt war. Hatte der Mann Bianca gesagt? Er setzte sich auf und lauschte mit angehaltenem Atem. Da, jetzt hatte er es ganz deutlich gehört.

Der Mann warf sich hin und her und stöhnte: »Bianca.«

Sofort sprang Heinrich auf, kniete sich neben den Engländer, ergriff seine Schultern und begann ihn heftig zu schütteln.

»Wach auf. Nun mach schon. Komm zu dir.«

Der Verletzte schwitzte stark und zitterte zugleich vor Kälte.

Heinrich schlug ihm ins Gesicht. »Wach auf! Sieh mich an.«

Endlich öffneten sich seine Augen, und der Engländer blickte verwirrt um sich. Heinrich war sich nicht sicher, ob der Mann überhaupt wusste, wo er sich befand und was mit ihm geschehen war. Doch auf den Zustand des Verletzten konnte er jetzt keine Rücksicht nehmen. Er musste wissen, warum der Mann Biancas Namen erwähnt hatte. Und wenn er es aus dem Fiebernden herauszuprügeln hatte, selbst das würde er in Kauf nehmen. Denn falls es sich bei dieser Bianca um die Gräfin Lancia handelte, wäre seine schon verloren geglaubte Aufgabe doch nicht so aussichtslos. Heinrich glühte vor Aufregung.

»Sprich mit mir«, herrschte er den englischen Ritter an. »Wer ist diese Bianca, von der du im Fieberwahn phantasierst?«

»Was?«

»Du hast einen Namen gesagt. Bianca. Wer ist das?«

»Lasst mich.« Der Engländer wandte sich ab und schloss die Augen.
»He, nicht einschlafen. Erst wirst du mir antworten.«
Er riss den Ritter grob zu sich herum und starrte ihm beschwörend ins Gesicht. »Wer ist Bianca?«
»Eine Pilgerin«, flüsterte der Engländer.
Heinrich von Passau erstarrte. »Sprich weiter. Wo hast du sie getroffen?«
»Gib mir Wasser.«
»Später. Erst sagst du mir alles, was ich wissen will.«
»Durst«, stöhnte der verletzte Ritter.
Heinrich nahm einen Becher Wasser und ließ einen winzigen Tropfen auf die Lippen des Ritters fallen. Sofort erschien dessen Zunge und leckte die Flüssigkeit gierig auf.
»Mehr.«
»Erst wenn du mir von Bianca erzählt hast. Ich höre. Wo hast du sie getroffen?«
»Auf dem Schiff.«
»Auf welchem Schiff?«
Der Engländer hatte Mühe zu sprechen. »Auf der Clara. Wir sind nach Famagusta gesegelt.«
Heinrich ballte seine Hand zur Faust. Also war er Bianca dicht auf den Fersen gewesen. Warum zum Teufel hatte er sie nicht längst gefunden?
»Gut«, begann er erneut. »Bianca war in Famagusta. War sie allein?«
»Nein.«
»Herrgott, Mann, lass dir doch nicht alles aus der Nase ziehen. Wenn sie nicht allein war, wer war bei ihr?«
»Ein Mann.«
»Welcher Mann? Wie hieß er? Wie sah er aus?«
»Auch ein Pilger.«
»Sein Name.«
»Ich weiß nicht mehr.«
»Hieß er Lorenzo?«

»Kann sein. Und jetzt gib mir das Wasser.«
»Wir sind noch nicht fertig.« Heinrichs Stimme war so hart wie die Schneide seines Schwerts. »Wo sind die beiden jetzt?«
»Weiß ich nicht.«
»Dann denk nach.«
Der Mann stöhnte und wand sich auf dem Boden.
»Wasser.«
»Denk nach. Wo sind Bianca und Lorenzo?«
»Ich weiß es wirklich nicht. Wir haben sie verkauft.«
»Was? Was habt ihr?«
»Wir haben sie verkauft«, flüsterte der Verletzte. »An Sklavenhändler.«
»Du Idiot.« Heinrich spürte, wie der Zorn in seinem Kopf einer Stichflamme gleich aufloderte. »Du blöder Idiot. Ich will es genau wissen. An wen habt ihr die beiden verkauft?«
»Ich sage doch, an Händler. Auf dem Weg nach Damiette.«
Abrupt ließ Heinrich den Engländer los, der sich auf seine Decke fallen ließ und dann hastig nach dem Becher Wasser tastete.
»Wasser, gib mir das Wasser.«
»Da hast du Wasser«, zischte Heinrich und schüttete dem Verletzten den Inhalt des Bechers ins Gesicht.
Kein Wunder, dachte er, dass er und sein Begleiter die beiden Flüchtigen nicht gefunden hatten. Der Mann in Schwarz war berühmt dafür, jede Beute aufzuspüren, und doch hatte auch er versagt. Er grinste gehässig. Die schöne Bianca war also eine Sklavin. Dem Meistbietenden zugeteilt auf dem Markt in Damiette. Und ihr betrügerischer Falkner Lorenzo ebenso.
Heinrich versuchte sein Wissen über das Schicksal ägyptischer Sklaven zu sammeln. Um den Falkner, entschied er, würde er sich nicht mehr kümmern müssen. Vermutlich war er längst tot, und außerdem galt Enzios Interesse ohnehin ausschließlich seiner Verlobten. Dass er Lorenzo verloren gab, würde ihm Graf Pucci verzeihen. Biancas Schicksal dagegen durfte er nicht aus den Augen verlieren.

Da die Muslime eine schöne Frau zu schätzen wussten und es sich bei Bianca zweifellos um ein besonders erlesenes Exemplar handelte, vermutete Heinrich, dass sie Eigentum eines reichen Mannes geworden war. Möglicherweise lebte sie in einem Harem. Das würde die Suche nach ihr nicht erleichtern, aber dennoch hatte er neuen Mut geschöpft, seinen Auftrag letztlich doch noch auszuführen.
Auf jeden Fall, entschied er, musste er dem Mann in Schwarz unverzüglich eine Nachricht zukommen lassen. Er selbst konnte nicht zurück nach Limassol, zu groß war die Gefahr, dass Friedrich bereits mit seinem Gefolge dort angekommen war. Aber vielleicht gelang es ihm doch, die beiden anderen Engländer, von denen der Verletzte gesprochen hatte, aufzuspüren. Da die Männer für Geld offensichtlich alles taten, würde zumindest einer von ihnen auch bereit sein, eine Botschaft zu überbringen.
Ein Ritter im Fieberwahn kostete ihn allerdings zu viel Zeit. Er würde ohne den Verletzten reiten. Die Bäuerin konnte ihn pflegen und versuchen ihn so gut wie möglich am Leben zu erhalten. Falls das misslang, mussten sie sich Gottes Willen fügen.
Heinrich sah, dass der Mann wieder eingeschlafen war, und spürte selbst große Müdigkeit. Er streckte sich auf seiner Decke aus, verschränkte die Hände hinter dem Kopf und dachte darüber nach, dass das Leben doch immer wieder mit überraschenden Spielzügen aufwartete. Er malte sich aus, wie die stolze Bianca einem Sarazenen zu Willen sein musste. Und diese Vorstellung erheiterte ihn dermaßen, dass er sogar dann noch lächelte, als er langsam in eine Traumwelt sank.

Karim schüttelte den Kopf, als er den Elefanten sah. Seit die kaiserliche Flotte in Akkon gelandet war und Friedrich unmittelbar nach dem feierlichen Empfang durch Hermann von Salza sowie den Abgesandten der Johanniter und Templer und zahlreichen

Pilgern Verhandlungen mit dem Sultan al-Kamil aufgenommen hatte, trafen fast täglich Geschenke des ägyptischen Herrschers ein.

Auch Friedrich ließ seine Diplomaten mit wahren Reichtümern nach Nablus ziehen, wo sich der Sultan und sein Hofstaat seit einiger Zeit aufhielten. Der Kaiser schickte Edelsteine und die kostbarsten seiner Jagdfalken, der Sultan Rennkamele, Pferde und Geschmeide von unschätzbarem Wert.

Der Elefant, die jüngste Gabe des Ägypters, war angeblich der letzte im Besitz des Sultans und schon aus diesem Grund ein überaus kostbares Geschenk. Friedrich hatte geschmunzelt, als das riesige Tier seinen Rüssel hob und so laut trompetete, dass sich die christlichen Ritter erschrocken die Ohren zuhielten. Und Karim fragte sich, ob der Kaiser wohl so wagemutig sein würde, den Koloss zurück nach Foggia, seinem liebsten Regierungssitz, zu transportieren.

Vor drei Wochen waren sie in Famagusta aufgebrochen, nach einem bedenklichen Zwischenfall mit Johann von Ibelin, der sich geweigert hatte, den Kaiser zu begrüßen und, schlimmer noch, das Geld für das kaiserliche Kreuzfahrerheer herauszugeben, obwohl seine Stellung auf Zypern ihn dazu verpflichtete.

Friedrich hatte in seiner üblichen starrsinnigen Art reagiert und dem Alten von Beirut sogar mit einer Festnahme gedroht. Der war daraufhin bei Nacht und Nebel nach Nikosia geflohen und hatte sich in seiner Burg verschanzt.

Karim schätzte die Familie der Ibelins nicht besonders, die meisten ihrer männlichen Mitglieder waren ihm zu geld- und machtgierig, und dennoch war er der Meinung, dass der Kaiser den Streit mit Johann von Ibelin klüger hätte beilegen können. So war eine kaiserliche Reitertruppe unter Friedrichs persönlicher Führung den Ibelins nachgeeilt und hatte wertvolle Zeit mit zähen Verhandlungen in Nikosia verloren, bis der Alte von Beirut endlich nachgegeben hatte.

Und nun verhandelten sie schon wieder. Karim fürchtete, dass die

Stimmung im Heer, ohnehin nicht die beste, kippen könnte, wenn sich die Gespräche weiter hinziehen würden. Die Ritter hatten viel auf sich genommen und wollten kämpfen. Aber der Kaiser hatte Gefallen an dem Abgesandten des Sultans, dem Emir Fahr ed-Din, gefunden und ließ sich zu keiner Entscheidung drängen. Für den Kaiser verhandelte offiziell Thomas von Acerra, aber Friedrich, der seinem Freund Karim blind vertraute, besprach alle Einzelheiten mit dem Sarazenen.

»Ich sehe, Ihr haltet nichts von dem neuesten Mitglied meiner Menagerie?«, meinte Friedrich belustigt. »Euer Blick, Karim, sagt mehr als alle Worte des Korans.«

»Ich denke, dass der Sultan sehr großzügig ist«, erwiderte Karim diplomatisch, »aber wird dem Elefanten eine Seereise gefallen?«

Friedrich lachte. »Er hat wohl keinerlei Vetorecht. Doch ich verstehe Eure Bedenken. Oder habt Ihr Angst, der Koloss könnte das Schiff zum Kentern bringen?«

Schon lange hatte Karim den Kaiser nicht mehr so gelöst gesehen wie hier in Akkon. Als wären die Sorgen, die ihm Papst Gregor bereitete, wie durch ein Wunder von ihm abgefallen. Entweder, dachte er, hat die Anwesenheit im Heiligen Land doch einen heilsamen Einfluss auf einen Christenmenschen, oder es liegt an den anregenden Gesprächen mit dem Emir und an den klugen Briefen des Sultans. Auf jeden Fall genoss Heinrich die Korrespondenz und machte keinerlei Anstalten, die Verhandlungen abzubrechen, geschweige denn militärisch gegen den Sultan vorzugehen.

»Ich habe weniger Angst um das Schiff oder seine Besatzung als um den Elefanten selbst«, beantwortete Karim endlich die scherzhafte Frage des Kaisers. »Das arme Tier dürfte sich kaum wohl fühlen. Und wenn ich mir denn Sorgen mache, dann höchstens bei dem Gedanken, was der Sultan Euch wohl als Nächstes schenkt.«

»Wer weiß?«, sagte Friedrich lachend. »Einen Löwen? Einen Leoparden? Ihr seht, Karim, der Sultan hat noch viele Möglichkeiten, Euch in Angst und Schrecken zu versetzen.«

»Also sollten Eure Abgesandten schnell ein Ergebnis erzielen.«
»Warum so ungeduldig, Karim?«
»Der Arm des Papstes ist mächtig. Vergesst nicht, Ihr habt einen Kreuzzug versprochen und nicht eine politische Debatte.«
»Rom ist weit, Karim.«
»Schon, aber seit die Franziskanermönche im Auftrag des Papstes bekanntgemacht haben, dass Ihr aus der Kirche ausgestoßen seid, wächst in Eurem Heer der Widerstand und mehr und mehr die Gefolgschaft Gregors.«
»Ich habe das bedacht, vertraue aber auf Hermann von Salzas Geschick, eine Spaltung des Heeres zu verhindern.«
»Wie lange werden die Ritterorden noch hinter Euch stehen?«
»Zweifelt Ihr daran, Karim?«
»Ich zweifle nicht an Hermann von Salza. Aber bedenkt, mein Kaiser, dass der Papst erst kürzlich den Johannitern, den Templern und auch dem Deutschen Orden verboten hat, Euch zu folgen.«
»Ja, Gregor schießt quer, wo er kann.«
»Der Mann ist gefährlich, Federico.«
»Ihr habt ja recht, aber ich kann schlecht einen Krieg gegen den Papst führen. Und selbst Gregor wird Ruhe geben, wenn meine Verhandlungen mit dem Sultan erfolgreich sind.«
Karim war nicht überzeugt. »Glaubt mir, Federico, der Mann in Rom wird niemals nachgeben. Er ist verbittert, und er will Euch vernichten.«
»Nun, es wird ihm nicht gelingen. Und jetzt tut mir den Gefallen und beendet Euren Trübsinn. Ich erwarte eine Abordnung des Emirs mit neuen Nachrichten aus Nablus.«
Karim wusste aus Erfahrung, dass es sinnlos war, Friedrich in solchen Momenten zu widersprechen oder ihn sogar erneut mit düsteren Visionen über die Absichten des Papstes zu behelligen. Also lenkte er ein und nahm sich eine geschälte Mandel von dem fein ziselierten Messingteller.
Der Kaiser hatte in Hermann von Salzas Stadtresidenz Quartier

genommen, das Heer lagerte vor den Toren Akkons in einer Zeltstadt. Eine Tagereise nördlich war ein Teil der Kreuzfahrer mit den Bauarbeiten der Burg Montfort beschäftigt, einer massiven Festung des Deutschen Ordens. Alles Ritter, die bereits vor über einem Jahr ins Heilige Land gesegelt waren und hier auf den Kaiser gewartet hatten.
Aber Montfort war weder vollendet, noch bot der angefangene Bau die nötige Bequemlichkeit für einen Herrscher wie Friedrich. Das Hospital der Johanniter, vor rund hundertfünfzig Jahren gegründet, hatte der Kaiser als Aufenthaltsort abgelehnt und sich für den Deutschen Orden entschieden. Angesichts der kaum verhohlenen Feindseligkeiten der Johanniter und Templer, nachdem Friedrichs Exkommunikation allgemein bekannt geworden war, eine verständliche Entscheidung.
Karim wunderte sich immer wieder, dass seit dem Abkommen von Damiette vor einigen Jahren in Akkon Christen, Juden und Muslime nebeneinander wohnen konnten, ohne sich unablässig zu bekriegen. Da die Stadt viele Jahrhunderte unter arabischer Herrschaft gestanden hatte, bis die ersten Kreuzritter kamen und Akkon für sich beanspruchten, wirkte dieser Hafen auch jetzt noch durch und durch orientalisch. Die Kaianlagen waren von einem ägyptischen Architekten aus Steindämmen und Sykomoren-Bohlen errichtet worden, lange bevor die ersten christlichen Schiffe hier anlegten. Der Hafen war immer weiter ausgebaut worden und wurde nachts mit Ketten verschlossen, so dass es fremden Schiffen unmöglich war, heimlich in Akkon anzulegen.
Die Stadt war eine faszinierende Mischung aus christlichem Aufbruch und arabischer Geschichte, ein Konglomerat von alter jüdischer Kultur, europäischem Rittertum und dem Einfluss der Sarazenen. Schade, dachte Karim, dass nicht einfach alles so bleiben kann, wie es ist. Denn im Gegensatz zu Friedrich hatte er wenig Vertrauen in die Verhandlungen zwischen Kaiser und Sultan und fürchtete, dass sie früher oder später erfolglos abgebrochen werden

würden. Und dann käme es doch noch zum Krieg, und das kulturelle Miteinander in Akkon wäre beendet.
Karim hätte gerne einen Blick auf die Stadt geworfen, die seine Gedanken so sehr beschäftigte, doch wenn er aus dem Fenster sah, lag vor seinen Augen lediglich der große Innenhof, in dem der Elefant sich immer noch lautstark Gehör verschaffte.
»Wie ich sehe, lässt Euch der Elefant nicht los«, sagte Heinrich amüsiert.
»Es ist nicht so sehr das Tier, das mich fesselt«, erwiderte Karim, der eine Gruppe Reiter sowie Männer, die eine Sänfte trugen, beobachtete. »Ich sehe die Eskorte des Emirs Fahr ed-Din, und ich frage mich, was der Diplomat des Sultans dieses Mal mitbringt.«
Der Kaiser trat neben ihn. »Vermutet Ihr eine Kiste voller Gold?«
»Auf jeden Fall ist das eine Überlegung wert.«
»Karim, Ihr seid doch sonst ein kühler Denker. Der Sultan schickt nicht einfach schnödes Gold. Das würde mich auch sehr in Verlegenheit bringen. Schließlich kann ich nicht einen Kreuzzug gegen die Muslime mit deren eigenem Gold finanzieren.«
Karim wertete den Humor des Kaisers als ein gutes Zeichen. Die Chancen, früher oder später siegreich aus dem Heiligen Land zurückzusegeln, waren also durchaus gegeben. Dieser Gedanke versetzte auch ihn in bessere Stimmung, und gemeinsam schlenderten sie in die große Halle, um den Emir und seine Begleitung zu empfangen.
Die Männer tauschten die üblichen Höflichkeitsfloskeln, um sich dann an dem großen Tisch in der Halle niederzulassen. Die Diener brachten Früchte, Brot, gebratenen Fisch, der am Morgen erst gefangen worden war, und knusprige Hammelkeule. Es roch appetitlich nach Thymian und Rosmarin, und Karim stellte erstaunt fest, wie hungrig er war. Auf dem Tisch standen Karaffen mit Wasser und kühlem Wein.
Das Gespräch drehte sich um Pferde und die Beizjagd. Keiner der

Männer wäre so unhöflich gewesen, bei Tisch über die Höhen und Tiefen der Politik zu sprechen. Erst als die Speisen bis auf die Teller mit Datteln, Trauben und Granatäpfeln abgetragen waren, kamen die Männer zum Wesentlichen.

»Ihr wisst«, begann Friedrich, »dass Wir nicht über das Meer gefahren sind, um Euer Land zu erobern. Wir haben Länder mehr als irgendein anderer Herrscher auf der Welt. Unsere Absicht ist es, die Stätten der Christenheit zu übernehmen. Im Gegenzug sollt Ihr Ruhe vor den Christen haben, und kein Blutstropfen eines Muslim soll vergossen werden.«

Der Emir antwortete zunächst ausweichend. »Das ist sehr großmütig. Auch Sultan al-Kamil schickt mich, um Euch zu versichern, dass er ebenfalls kein Blutvergießen wünscht. Doch nicht alle Orte, die die Christen besetzt halten, sind Stätten Eurer Religion.«

»Ist es nicht ein Zeichen großer politischer Klugheit, die Waffen schweigen zu lassen und Frieden mit Hilfe des Wortes zu schaffen?«

Der Emir nickte. »Niemand wird Euch in diesem Punkt widersprechen. Und unter bestimmten Bedingungen ist auch der Sultan bereit, darüber nachzudenken.«

Friedrich runzelte die Stirn. »Dann nennt Eure Bedingungen.«

»Später. Heute sind wir nicht befugt, über Einzelheiten zu verhandeln. Heute ist ein Tag der Freude. Der Sultan al-Kamil, der Euch als gerechten und klugen Herrscher der Christen schätzt, sendet Euch ein Geschenk, von dem er hofft, dass es Euch große Freude bereitet.«

»Noch ein Geschenk?«, erwiderte Friedrich. »Wir fühlen uns geehrt durch so viel Aufmerksamkeit.«

Der Emir klatschte in die Hände, und die Männer, deren Ankunft Karim beobachtet hatte, schritten mit der Sänfte durch die Tür. Vorsichtig setzten sie ihre Last, die auf allen Seiten mit bestickten Seidenstoffen verhängt war, auf dem Boden ab.

Karim sah verwundert, dass sich die große Tür der Halle ein zweites Mal öffnete und zwei ägyptische Musiker sowie mehrere verschleierte Tänzerinnen erschienen. Der Emir gab ein Zeichen, und die Musik begann. Die Frauen wiegten ihre Hüften im Rhythmus der Klänge, und der Kaiser warf Karim einen Blick zu, den nur ein Freund zu deuten vermochte. Er bestand aus einer Mischung aus Verwunderung und Belustigung und schien zu sagen: Was hat sich der Sultan dieses Mal ausgedacht?

Die Musik klang anders als alles, was an den europäischen Fürstenhöfen gespielt wurde, war aber Friedrich mit seiner Begeisterung für die Kultur der Orientalen nicht unbekannt. Seine Augen glänzten, als die Frauen sich schneller und schneller im Takt drehten, die Hüften kreisen ließen und die Arme grazil über ihren Köpfen bewegten.

Auf dem Höhepunkt des Tanzes brach die Musik abrupt ab, die Frauen eilten zur Sänfte, zogen die Vorhänge beiseite und öffneten die Tür. Heraus trat eine tief verschleierte Frau, die in den Händen ein Seidenkissen und darauf einen mit Edelsteinen besetzten Kasten trug. Sie näherte sich langsam dem Kaiser, verbeugte sich und reichte ihm das Kissen.

Friedrich rührte sich nicht und starrte die elegante Gestalt an, deren Gesicht hinter dem Schleier nicht zu erkennen war.

Der Emir räusperte sich. »Sultan al-Kamil sendet Euch dies als Beweis seiner tiefen Bewunderung. Alles, was Ihr vor Euch seht, gehört Euch.«

Der Kaiser, der in dem Kasten weitere Geschmeide vermutete, blickte den Emir überrascht an.

»Wie dürfen Wir Euch verstehen? Ihr sagtet, alles, was Wir sehen, gehöre Uns.«

»So ist es. Der Kasten samt seiner Überbringerin.«

»Der Sultan sendet Uns eine Frau?«

»Nicht einfach eine Frau. Die außergewöhnlichste Blume aus seinem Harem.«

Karim unterdrückte ein Grinsen. Erst ein Elefant, dann eine Haremsdame. Er bewunderte den Ideenreichtum des ägyptischen Herrschers. Auf jeden Fall war es ein nicht zu unterschätzender Gunstbeweis, den al-Kamil dem Kaiser zuteil werden ließ. Dennoch löste dieses zweifellos ungewöhnliche und kostbare Geschenk bei dem sonst eher ernsten Arzt eine gewisse Heiterkeit aus, die er sich allerdings nicht anmerken ließ.
Aufmerksam beobachtete Karim die Reaktion des Kaisers, der den Reizen einer schönen Frau nie abgeneigt war. Doch Friedrich wirkte seltsam scheu, so als würde er es nicht wagen, sich der verschleierten Gestalt zu nähern. Die Frau hielt ihm Seidenkissen samt Edelsteinkasten auffordernd entgegen, und schließlich trat der Kaiser einen Schritt vor, ergriff das Kissen, stellte es zusammen mit dem Kasten auf den Tisch und wandte sich der verschleierten Dame zu.
Langsam nahm sie den zarten Schleier in die Hände und hob ihn über Arme, Schultern und Kopf. Ihre Augen lächelten, als sie Friedrich ansah, doch nur einen Herzschlag später neigte sie den Kopf, verbeugte sich, und ihr Haar leuchtete wie flüssiges Gold.
Karim zog vor Überraschung scharf die Luft ein, und unter diesem Geräusch zerbrach die andächtige Stille im Raum. Sowohl Friedrich als auch der Emir Fahr ed-Din wandten sich dem Leibarzt mit fragendem Blick zu.
Der Sarazene fixierte die reich gekleidete Schönheit aus al-Kamils Harem, doch vor seinem inneren Auge sah er eine Pilgerin in Lumpen, die verzweifelt versuchte den deutschen Baron Heinrich von Passau abzuwehren. Er roch wieder die faulige Luft in Brindisi, und die Erinnerung an die Szene in der schmalen Gasse war so lebendig, als wäre der Überfall auf die Pilgerin und ihren Begleiter erst gestern passiert.
Karim hörte, dass jemand seinen Namen rief, aber er konzentrierte sich ganz auf die blonde Frau, ging einen Schritt auf sie zu, streckte die Hand aus, als wollte er sie begrüßen, und flüsterte: »Bianca.«

Friedrich fuhr herum. »Ihr kennt sie?«
»Aber ja. Die schönste Pilgerin, die ich je gesehen habe. Und eine nicht sehr geschickte Lügnerin.«
Bianca blickte den Sarazenen erschrocken an, entspannte sich aber ein wenig, als sie sah, dass er lächelte.
Der Kaiser ließ Bianca nicht aus den Augen, ging auf sie zu und nahm ihre Hand.
»Hat Unser Freund recht?«, fragte er. »Lautet dein Name Bianca?«
Bianca nickte, ohne zu antworten.
Der Emir, der dem Wortwechsel verwundert gefolgt war, war sich unschlüssig, ob er sich einmischen sollte, entschied sich dann aber dagegen. Ganz offensichtlich war der Kaiser von dem Geschenk entzückt, und damit war der Auftrag des Sultans erfolgreich ausgeführt. Er fragte sich kurz, ob der Leibarzt des Kaisers diese Bianca näher kannte, als er zugab, andererseits war die Frage auch nur von nebensächlichem Interesse.
Was auch immer der Kaiser mit der Dame vorhatte, blieb ihm überlassen. Und da der Emir inzwischen aus eigener Erfahrung wusste, dass der Kaiser die Annehmlichkeiten des muslimischen Lebens durchaus schätzte, war er sicher, dass der europäische Monarch für eine Schönheit wie Bianca schon entsprechende Verwendung finden würde. Und sei es als Geschenk für den Leibarzt.

Die Glocken am Hospital der Johanniter weckten sie in den frühen Morgenstunden. Sie konnte sich nicht erinnern, sich jemals so auf einen Tag gefreut zu haben, und sie war sicher, dass selbst ihr Herz lächelte. Ihr Lager war nicht so luxuriös wie das in den Frauengemächern im Palast des Sultans, aber selbst wenn ihr der Kaiser angeboten hätte, auf dem nackten Boden zu schlafen, hätte sie sich wie auf weichen Gänsedaunen gebettet gefühlt.
Sie stützte den Kopf in eine Hand und nahm sich Zeit, den Raum, in dem sie geschlafen hatte, in Ruhe zu mustern. An der gegen-

überliegenden Wand hing ein Kruzifix, der sichere Beweis, dass sie sich wieder in einem christlichen Heim befand. In der Mitte des Zimmers stand ein schmuckloser Tisch, dem man zwei Stühle beiseite gegeben hatte. Auf dem Tisch entdeckte sie eine Wasserschüssel sowie einen Krug mit Becher. Die Früchte, die in einer Schale lagen, ließen sie zurückblicken in den paradiesischen Garten des Harems, und Zamiras Vorliebe für Datteln und Trauben fiel ihr wieder ein.

Der Gedanke an Zamira ließ Bianca trotz aller Freude ein bisschen wehmütig werden, denn die beiden Frauen waren sich auf freundschaftliche Art näher und näher gekommen, und als der Sultan Biancas Abreise befohlen hatte, hatte Zamira zu weinen begonnen.

Bianca versuchte sich an ihre eigenen Gefühle in jenem Moment zu erinnern. Hatte sie Angst gehabt, als man ihr sagte, sie werde den Harem verlassen? Ein bisschen, vielleicht. Denn trotz der Unfreiheit, mit der sie sich nicht abfinden konnte, hatte ihr der Harem auch ein Stück Sicherheit geboten. Alles in allem hatte sie nicht zu hoffen gewagt, ihrem goldenen Gefängnis zu entkommen. Aber dass der Sultan sie ausgerechnet zu Kaiser Friedrich geschickt hatte, kam ihr vor wie ein Wunder des Himmels.

Sie hielt den Kaiser für einen Mann mit genügend Bildung und Herzenswärme, um einen anderen Menschen nicht als sein persönliches Geschenk und Eigentum zu sehen. Der Sultan hatte sich ihr gegenüber zwar immer höflich und voller Anstand gezeigt, aber andererseits war er ein Mann, der Sklavinnen kaufen ließ und Frauen an andere Herrscher verschenkte.

Sie fand es demütigend, in dieser Art über Menschen zu verfügen, aber genau genommen hatte ihr Bruder sich auch nicht anders verhalten. Den Gedanken an Manfred schüttelte sie schnell wieder ab. Heute, sagte sie sich, war ein glücklicher Morgen, und sie würde sich ihre Hochstimmung nicht nehmen lassen, indem sie ausgerechnet ihrem Bruder Platz in ihrem Kopf einräumte.

Bianca rief sich den gestrigen denkwürdigen Tag noch einmal ins Gedächtnis. Wie sie mit der Eskorte des Emirs Akkon erreicht hatte, immer noch unwissend, welches Schicksal der Sultan für sie vorgesehen hatte. Wie sie gemeinsam mit Fahr ed-Din die Residenz des Deutschen Ordens betreten hatte und wie sie urplötzlich dem Kaiser so nah gegenüberstand, dass sie nur ihre Hand ausstrecken musste, um ihn zu berühren. Den Leibarzt hatte sie nicht gleich wiedererkannt, zu viel war in dem Jahr seit ihrer Flucht aus dem Piemont passiert, zu viele Menschen, mitfühlende, gnadenlose, gleichgültige, hatten ihren Weg gekreuzt. Doch als der Sarazene ihren Namen genannt hatte, war es ihr wieder eingefallen – der Überfall auf sie und Lorenzo in der dunklen Gasse von Brindisi.

Ohne die Hilfe des kaiserlichen Leibarztes wäre ihre Flucht damals schon beendet gewesen. Karim hatte sie durch sein mutiges Eingreifen vor diesem unheimlichen Mann gerettet. Ein interessanter Mann, dieser Sarazene, dachte sie, beherrscht, überlegt, dabei von jener Ritterlichkeit, die nur ganz wenige Männer auszeichnete.

Es klopfte an der Tür, und eine Magd brachte ihr frisches Brot, stellte es auf den Tisch, verließ dann noch einmal die Kammer und kam mit einem herrlichen Kleid in strahlendem Weiß zurück. Es hatte ein enges Mieder und einen weiten, bauschigen Rock und ließ die Arme zum großen Teil unbedeckt.

»Ich werde Euch beim Ankleiden helfen«, sagte sie schüchtern in Biancas Sprache, »denn noch am Vormittag will Euch der Kaiser sehen.«

Bianca stand auf, streckte sich und lächelte das junge Mädchen an.

»Wie heißt du?«

»Ich bin Katarina und von nun an Eure Dienerin.«

Eine erstaunliche Entwicklung, dachte Bianca. Gestern noch war ich nicht mal eine Frau, sondern eine Art Ding, das den Besitzer

wechselt. Heute bin ich eine Dame, die über eine Magd verfügt. Aber da sie in ihrem Leben bereits gelernt hatte, wie schnell das Schicksal Pläne und Zukunft eines Menschen verändern kann, nahm sie diese Wendung zum Besseren dankbar hin, ohne sich weiter darüber den Kopf zu zerbrechen.
Mit Katarinas Hilfe schlüpfte sie in das Kleid, aß ein paar Bissen von dem Brot und den Früchten, war aber viel zu aufgeregt, um wirklich Hunger zu haben.
Warum wollte der Kaiser sie sehen? Was hatte er ihr zu sagen? Ihr Verstand riet ihr, vorsichtig zu sein und von dem Gespräch nicht zu viel zu erhoffen, aber ihr Gefühl sagte ihr, dass der Kaiser sie nicht weiter gefangen halten würde. Und wenn sie wirklich freikam, dann könnte sie daran denken, Lorenzos Schicksal zu erkunden, und mit viel Glück herausfinden, was mit ihm in Damiette und danach geschehen war.
»Ihr seid wunderschön«, sagte Katarina und riss Bianca aus ihren Gedanken.
»Danke. Du bist ein liebes Mädchen. Aber hinter mir liegt ein langer Weg, der, wie ich fürchte, Spuren hinterlassen hat.«
»Nicht in Eurem Gesicht«, sagte die junge Magd.
Bianca erwiderte nichts. Es hatte keinen Sinn, dem Mädchen traurige Geschichten zu erzählen, die ihm höchstens Alpträume bereiten würden.
Erneut klopfte es an der Tür, und der Leibarzt des Kaisers trat ins Zimmer.
»Verzeiht, wenn ich störe«, sagte Karim, »aber der Kaiser wünscht Euch zu sehen und hat es zu meiner Aufgabe gemacht, Euch zu begleiten.«
Bianca nickte. »Gehen wir. Aber bei der Gelegenheit müsst Ihr mir erzählen, wieso Ihr mit dem Kaiser auf so vertrautem Fuße seid.« Sie hatte die Worte in aller Höflichkeit gesagt, aber dennoch war die Neugier, die aus ihnen sprach, überraschend und sogar ein klein bisschen ungebührlich. Sie sah den Anflug von Ver-

wunderung in Karims Gesicht und musste lächeln. »Ihr seid erstaunt über meine Frage, nicht wahr? Ich entschuldige mich, wenn ich Euch zu nahe getreten bin. Es war nicht böse gemeint.«

»Der Kaiser und ich sind alte Freunde«, erwiderte Karim. »Wir kennen uns seit unserer Jugend in Palermo.«

Ein weiterer Punkt, der für den Kaiser sprach. Bei einem Mann, der über so viele Jahre seinem Jugendfreund treu war, durfte man zumindest einen beständigen Charakter erwarten.

Karim warf Bianca einen prüfenden Blick zu.

»Jetzt bin ich an der Reihe. Seid Ihr wirklich eine einfache Tuchmacherin?«

»Nein«, seufzte Bianca. »Leider nicht.«

»Also habt Ihr ein Geheimnis.«

»Ja, aber müssen wir jetzt darüber sprechen?«

Karim wurde einer Antwort enthoben, denn sie waren an einer Tür angelangt, die nur angelehnt war und die der Sarazene nach einem kurzen Klopfen aufschob.

»Federico«, sagte er, »wir sind da.«

Der Kaiser saß an einem Tisch und beendete eben einen Brief. Bianca wunderte sich, warum ein so vielbeschäftigter Mann wie Friedrich seine Korrespondenz selbst erledigte, aber der Kaiser kam ihr zuvor und beantwortete ihre unausgesprochene Frage.

»Es ist ein sehr persönlicher Brief an den Emir Fahr ed-Din. Einer meiner Falken ist krank, und der Emir ist ein ausgewiesener Experte auf diesem Gebiet.«

Der Kaiser hatte eine tiefe, angenehme Stimme, die, wie Bianca selbst erlebt hatte, Hunderte von Menschen zu aufmerksamen Zuhörern machen konnte. Sie vermochte ihren Blick nicht abzuwenden, obwohl sie wusste, dass dies als ein Zeichen von Ungehörigkeit gewertet werden musste, aber seine Augen strahlten eine Kraft aus, der sie nicht widerstehen konnte.

Niemand sagte ein Wort, und Karim schaute verwundert von einem zum anderen und räusperte sich leise.

»Gut«, begann der Kaiser, »vergessen Wir für einen Moment den Falken. Unser Freund Karim, den Ihr ja bereits in Brindisi getroffen habt, hat Uns berichtet, unter welch abenteuerlichen Umständen die Begegnung stattfand. Ein Mann versuchte Euch und Euren Begleiter zu überfallen.« Er sah Bianca an. »Haben Wir die Geschichte bis hierhin korrekt erzählt?« Als sie nickte, fuhr er fort: »Nachdem Karim den Angreifer vertrieben hatte, hat er ein paar Worte mit Euch gewechselt. Bei dieser Gelegenheit sagtet Ihr ihm, dass Ihr die Frau eines Tuchmachers seid und es sich bei Eurem Begleiter um Euren Bruder handle. Richtig?«

»Ja, mein Kaiser«, flüsterte Bianca und spürte, wie die Scham über ihre Lügen ihre Wangen rötete.

»Lorenzo sei sein Name. Erinnern Wir Uns recht?«

Wieder nickte sie und schaute betreten zu Boden.

Der Kaiser schwieg einen Moment und sagte dann in einem freundlichen Ton, der nicht ganz zu seinen Worten passen wollte: »Kann es sein, Bianca, dass Ihr meinen Leibarzt belogen habt?«

Bianca holte tief Luft. »Ja«, gab sie zu.

»Und wie lautet die Wahrheit?«

»Das ist eine lange Geschichte und eine traurige dazu.«

»Ihr habt alle Zeit der Welt, sie Uns zu erzählen.«

»Sie verursacht böse Träume.«

Karim und der Kaiser wechselten einen Blick.

»Ihr seid überaus erfinderisch, Ausflüchte zu ersinnen. Aber seid ohne Sorge, die meisten Dinge, mit denen Wir Uns zurzeit befassen, verursachen schlimme Träume«, sagte Friedrich und lächelte ihr aufmunternd zu. »Also?«

»Ich kann nicht, mein Kaiser.«

Friedrich kniff die Augen zusammen, und Bianca konnte spüren, wie er seine aufkeimende Ungeduld mühsam beherrschte.

»Bitte«, sagte sie und suchte jetzt in Karims Augen einen Funken Verständnis. »Mein Leben hängt davon ab, dass niemand weiß, woher ich komme.«

»Bianca«, erwiderte der Kaiser mit einem zärtlichen Unterton, »hier seid Ihr in Sicherheit.«
»Gebt mir Euer Wort«, forderte Bianca.
Karim zuckte zusammen. »Ihr nehmt Euch eine Menge Freiheiten heraus«, wies er Bianca zurecht.
»Lasst nur, Karim. Es ist die Angst, die Bianca solche Worte in den Mund legt. Aber den Wunsch einer schönen Frau wollen Wir nicht abschlagen. Ihr habt also Unser Wort.«
Nervös knetete Bianca ihre Finger. Ihr war klar, dass sie die beiden Männer nicht länger hinhalten konnte. Streng genommen blieb ihr sowieso nichts anderes übrig, als endlich mit der Wahrheit herauszurücken und zu hoffen, im Kaiser einen Verbündeten zu finden. Den Weg zurück in ihre Heimat würde auch Friedrich ihr nicht ebnen können, aber vielleicht gab es an seinem Hof irgendeine sinnvolle Aufgabe für die Gräfin Lancia.
»Bianca, vertraut Ihr Uns nicht?«, fragte der Kaiser mit leiser Stimme.
Da sie keinen anderen Ausweg mehr sah, nahm sie ihren ganzen Mut zusammen und sagte: »Ich bin Bianca Lancia aus dem Piemont. Graf Manfred ist mein Bruder.«
Mit welcher phantasiereichen Beichte die beiden Männer auch immer gerechnet hatten, Biancas Enthüllung wischte das nachsichtige Lächeln von ihren Gesichtern.
Karim fasste sich als Erster. »Also doch. Ihr stammt aus einer vornehmen Familie. Ich habe es gleich geahnt.«
Der Kaiser sah sie prüfend an. »Eine Lancia. Ist es möglich, dass Euer Bruder Uns einmal begegnet ist?«
»Ja«, bestätigte Bianca. »Manfred hat an einem Eurer Hoftage teilgenommen.«
Friedrichs feines Ohr hatte den abwehrenden Ton in Biancas Stimme herausgehört. Er wollte mehr wissen.
»Und Euer Bruder Manfred erlaubt Euch als Pilgerin ins Heilige Land zu ziehen? In Begleitung eines Mannes namens Lorenzo? Ist

das wieder eine Eurer Lügen, Bianca? Gebt zu, Lorenzo ist Euer Liebhaber.«
Bianca riss vor Überraschung die Augen auf und musste lachen.
»Lorenzo? Aber nein. Lorenzo ist mein Falkner, und ohne seinen Schutz wäre ich längst tot. Übrigens«, fügte sie ernst hinzu, »er ist der beste Falkner, den man finden kann.«
»Wir danken für den Hinweis«, sagte der Kaiser belustigt. »Aber noch dankbarer wären Wir, wenn Wir endlich den Grund für Eure wagemutige Reise ins Heilige Land erfahren würden.«
»Ich habe meinen Verlobten erstochen.«
So, nun war es heraus. Sie hatte ausgesprochen, was seit über einem Jahr schwer auf ihrer Seele lastete.
»Ihr habt was?«, fragte der Kaiser ungläubig.
»Meinen Verlobten, den Grafen Enzio Pucci, erstochen.«
»Jetzt wird es interessant, Karim. Glaubt Ihr, dass die schöne Bianca hier eine gemeine Mörderin ist?«
»Nein«, antwortete der Sarazene pfeilschnell. »Ich glaube, dass es einen Grund gegeben haben muss, der ihr ein anderes Handeln unmöglich machte.«
»Hat Unser Leibarzt recht?«, wandte sich Friedrich wieder an Bianca, die sich entschlossen hatte, die unangenehme Befragung wenigstens mit geradem Rücken zu überstehen.
»Ja«, erwiderte sie. »Ich wollte Enzio nicht töten, aber ich bereue es auch nicht.«
»Was ist passiert?«, hakte der Kaiser nach.
»Er hat mich überfallen. In der Nacht nach der Feier, als mein Bruder mich ihm versprochen hatte. Er kam in mein Zimmer, schlug Giovanna, meine alte Amme, nieder und versuchte mir Gewalt anzutun. Um es kurz zu machen, meine Finger ertasteten eine spitze Schere, und ich stieß sie ihm in den Rücken. Jetzt wisst Ihr, was geschehen ist.«
»Ihr seid eine ganz und gar ungewöhnliche Frau«, sagte Friedrich bewundernd. »Mutig wie ein Mann und schön wie ein Engel. Wir

werden Sultan al-Kamil für sein Geschenk ewig dankbar sein. Wie kamt Ihr eigentlich in seinen Harem?«

»Nach dieser schrecklichen Nacht«, begann Bianca, »sind Giovanna, ihr Neffe Lorenzo und ich geflohen. Lorenzo sollte mich nach Apulien begleiten, zur Äbtissin der Ehrwürdigen Schwestern in Bari. Ab dann ist alles anders gekommen.«

»Erzählt«, forderte sie Friedrich auf, der gebannt an ihren Lippen hing.

»Mein Bruder ließ uns verfolgen. Wir sind ein paarmal mit knapper Not entkommen. Von dem Vorfall in Brindisi wisst Ihr ja bereits. Und dann habe ich …« Bianca stockte abrupt, denn der Kaiser musste nicht wissen, wie sehr sein Auftreten in Brindisi sie fasziniert hatte.

»Und dann habt Ihr was?«

»Das ist unwichtig.«

»Nein, Bianca, Wir wollen die ganze Geschichte hören.«

»Dann habe ich die Idee gehabt, ins Heilige Land zu reisen, und Lorenzo und ich sind mit einem Schiff namens Clara nach Famagusta gesegelt.«

Bianca spürte, dass der Kaiser sie nicht aus den Augen ließ, und wurde nervös. Sie fand es an der Zeit, ihre Erzählung zu beenden. Außerdem hatte sie nicht vor, dem Kaiser von ihrem unrühmlichen Plan, die englischen Ritter zu bestehlen, zu berichten.

»Eine weite Reise für eine Frau«, murmelte Friedrich. »Ihr habt viel Glück gehabt.«

Bianca nickte schuldbewusst. Eine kleine Weile schwiegen alle drei und hingen ihren Gedanken nach. Bianca sah den nachdenklichen Ausdruck in Karims Gesicht und den sehnsüchtigen in dem des Kaisers. Sie selbst hatte das vergangene Jahr noch einmal wie in einem schnellen Traum durchlebt, ihre Gefühle waren aufgewühlt, ihre Nerven gespannt.

»Und von Famagusta seid Ihr nach Akkon gesegelt?«, fuhr der Kaiser fragend fort. »Aber wie seid Ihr zu al-Kamil gekommen?«

»Lorenzo und ich wurden in Damiette getrennt. Ich weiß nicht, was aus ihm geworden ist.«

»In Damiette?«

»Drei englische Ritter haben uns an Sklavenhändler verkauft. So kamen wir nach Damiette.«

»Was meint Ihr, Karim, sollen Wir England den Krieg erklären?« Der Kaiser quittierte Biancas entsetzten Blick mit einem Lächeln. »Würdet Ihr die Ritter wiedererkennen?«

»Kann sein«, antwortete Bianca. »Einer nannte sich Robert, die beiden anderen hießen John und Richard.«

»So heißen alle Engländer«, murmelte Karim.

»Merkt Euch trotzdem die Namen«, wies Friedrich ihn an. »Vielleicht ergibt sich die Gelegenheit zur Vergeltung.« Er erhob sich, ging um den Tisch herum auf Bianca zu, nahm ihre Hand und küsste sie. »Viele Gefahren liegen hinter Euch, Bianca. Aber ab jetzt steht Ihr unter Unserem persönlichen Schutz.«

Er sah ihr in die Augen, dann drehte er ihre Rechte zart in seiner und berührte mit seinen Lippen die Lebenslinie in ihrer Handfläche. Bianca empfand ein warmes Prickeln in ihrem Bauch, und ihre Knie fühlten sich an, als wären sie aus weichem Wachs. Sein Kuss brannte in ihrer rechten Hand, und von diesem Moment an wusste sie, dass sie den Kaiser liebte.

Er hörte den Klang der Jagdhörner und warf missmutig seinen Federkiel auf den Tisch. Es gab einen unschönen Klecks, der ihn aber nicht weiter störte. Seine Laune war auf dem Tiefpunkt. Den ganzen Nachmittag schon saß er hier in dieser langweiligen Schreibstube und arbeitete sich durch immer neue Zahlenkolonnen. Draußen herrschte das herrlichste Wetter, und liebend gern hätte er sich der Jagdgesellschaft des Königs angeschlossen.

Manfred Lancia schwirrte der Kopf vor immer neuen Berechnungen von Schankeinnahmen, Zöllen, Steuern, Fischereirechten

und Abgaben der Lehnsherren. Wolfelin hatte schnell die Fähigkeiten des Piemontesers entdeckt und Manfred mehr und mehr Aufgaben zugedacht. So verbrachte er die meiste Zeit des Tages in den Verwaltungsräumen der Pfalz Haguenau und sehnte sich nach einem schnellen Ritt durch den schattigen Wald.
Die Bücher waren sauber geführt, bislang hatte Manfred nicht den kleinsten Fehler entdecken können. Und doch kam ihm zuweilen der Verdacht, dass nicht alles mit rechten Dingen zuging. Das Geld, das sie einnahmen, wurde zu einem großen Teil in die Bewirtschaftung der Pfalz gesteckt. Einen anderen Teil verschlangen Verpflegung und Besoldung der Ritter, die zu König Heinrichs persönlicher Eskorte gehörten.
Dass die Männer für ihre Dienste in barer Münze entlohnt wurden, fand Manfred ungewöhnlich, doch nach den neuen Vorschriften des Kaisers sollten die Ritter Geld und nicht Land erhalten. Und dann mussten natürlich König Heinrichs Ausgaben beglichen werden. Ein Posten, der, wie Manfred ausgerechnet hatte, langsam kritisch wurde. Heinrich führte für seine jungen Jahre ein ausschweifendes Leben. Große Jagdgesellschaften, die den Bauern die Felder verwüsteten, überbordende Feste mit Gästen, deren Ruf zuweilen untadelig war, sowie Heinrichs Neigung, sich unablässig neu zu verlieben und seinen Angebeteten teure Geschmeide zu schenken, kosteten ein Vermögen.
Es war nur Wolfelins Geschick zu verdanken, dass die Städte rund um Haguenau zu blühenden Marktflecken herangewachsen waren und immer wieder neue Einnahmen in die Kassen der Pfalz spülten.
Trotzdem fragte sich Manfred, wo eigentlich die Überschüsse blieben. Den Büchern zufolge erwirtschafteten sie immer noch mehr, als sie verbrauchten, und irgendwo musste Wolfelin das Geld verwahren. Sollte der Kaiser, was allerdings unwahrscheinlich war, denn immerhin befand sich Friedrich nach wie vor im Heiligen Land und damit weit weg von Haguenau, einmal Kassensturz ver-

langen, so war Manfred ganz und gar nicht klar, wie sie das bewerkstelligen sollten. Denn was nutzte eine saubere Rechnung auf dem Papier ohne den Gegenwert in klingender Münze?

Manfred hatte sich vorgenommen, lieber zweimal zu rechnen, als einmal etwas zu übersehen, und diese Sorgfalt hatte ihm die Aufmerksamkeit und den Respekt des Burgvogts eingebracht – und damit auch wachsende Verantwortlichkeiten, die ihm eher lästig waren.

Doch gerade dank seiner peniblen Arbeit war in ihm der Verdacht entstanden, irgendjemand in einer führenden Stellung in der Pfalz könnte in die eigene Tasche arbeiten. Selbstverständlich behielt er seine Mutmaßungen für sich, da er weder wusste, ob seine Ahnung auf Tatsachen beruhte, noch irgendeine Idee hatte, um wen es sich handeln könnte. Das Geflecht aus Freund- und Feindschaften in Haguenau war viel zu kompliziert, um es in den wenigen Monaten, die er sich im Elsass aufhielt, zu erkennen, geschweige denn zu durchschauen. Und falls Wolfelin höchstpersönlich dahintersteckte, war die Gefahr, sich die Finger zu verbrennen, noch viel größer.

Der Burgvogt hatte für den heutigen Nachmittag zu einer Unterredung gebeten, und Manfred fürchtete eine dieser nicht enden wollenden Sitzungen mit Heinrichs diversen Beratern. Der Kaiser hatte seinem Sohn eine Reihe von erfahrenen älteren Männern zur Seite gestellt, die ihre Aufgabe sicher auch zu Friedrichs Zufriedenheit ausführen würden – wenn der junge König denn auf sie hören würde.

Leider hatte Heinrich seinen eigenen Kopf, der ihm immer häufiger zu Torheiten riet, die man ihm nur schwer wieder ausreden konnte.

Manfred beschloss, sich für heute nicht weiter mit Zahlen zu beschäftigen, zumal es Zeit war, den großen Rittersaal aufzusuchen, in dem der Burgvogt mit Vorliebe die Berater des Königs bewirten ließ. Er hatte nur mit wenigen Männern gerechnet, zählte aber

überrascht mindestens zwanzig von ihnen, darunter auch einige, deren gespanntes Verhältnis zum jungen König bekannt war.
Er setzte sich in der Nähe der Stirnseite des Tisches, dort, wo Wolfelin den Vorsitz übernehmen würde. Da Manfred so gut in die Finanzen der Pfalz eingeweiht war wie höchstens der Burgvogt selbst, war es nicht ungewöhnlich, dass er in einer Reihe mit den deutschen Baronen und Fürsten Platz nehmen durfte.
»Meine Freunde«, eröffnete Wolfelin die Versammlung, »wir sind heute hier zusammengekommen, um auf Wunsch des Königs eine Angelegenheit zu besprechen, die äußerst delikat, um nicht zu sagen heikel ist.«
Manfred sah sich erstaunt um, traf aber nur auf ebenso verwunderte Blicke in der Runde.
»König Heinrich«, fuhr Wolfelin fort, »hat mich beauftragt, die Meinungen der Männer an diesem Tisch einzuholen.« Wieder machte er eine Pause, und es entstand eine angespannte Stille. Der Burgvogt räusperte sich. »Die Sache verhält sich so: König Heinrich, mit dessen Erziehung und Beratung sein Vater, Kaiser Friedrich, uns alle, oder zumindest die meisten von uns, persönlich betraut hat, ist im Begriff, einen folgenschweren Entschluss zu fassen.«
Manfred verdrehte die Augen. Herr im Himmel, wann kam der Burgvogt endlich zum Wesentlichen. So umständlich, wie er sich dem Thema näherte, schien es sich um ein ganz besonders kompliziertes Problem zu handeln. Was konnte das sein? Manfred traute dem König eine Menge Unfug zu, hielt ihn in seinem Leichtsinn sogar für fähig, gegen einen anderen Fürsten ins Feld zu ziehen oder eigenmächtig eine Auseinandersetzung mit dem Bischof von Straßburg zu beginnen. Aber mit dem, was Wolfelin jetzt sagte, hatte er nicht gerechnet.
»Tja, edle Herren, wie soll ich es sagen? Ich mache es kurz: Der König beabsichtigt, seine Ehe mit der Königin Margarethe für null und nichtig zu erklären.«
In dem Wortgewitter, das jetzt losbrach, konnte Manfred die ein-

zelnen Stimmen nicht mehr unterscheiden. Alles schrie und brüllte durcheinander, einer der Männer schlug unablässig mit der Faust auf den Tisch, und nur Manfred saß da wie einer, der an dem ganzen aufgeregten Geschehen unbeteiligt war.

»Unerhört«, rief jemand, ein anderer sah gar schon Krieg zwischen dem deutschen König und Leopold von Österreich, dem Vater von Margarethe. Der Tumult ließ keine Debatte über die Pläne des Königs zu, und Wolfelin bemühte sich nach Kräften, wieder Ruhe in den Saal zu bringen.

Der König wollte sich also von seiner Frau trennen – eine jugendliche Ungezogenheit, die der Kaiser mit Sicherheit nicht durchgehen lassen würde. In Manfred keimten unangenehme Erinnerungen an seinen eigenen Streit mit seiner Schwester Bianca über die Ehepläne, die er für sie ersonnen hatte. Im Juli des vergangenen Jahres hatte die Tragödie seiner Familie ihren Anfang genommen, und auch Bianca war damals erst siebzehn Jahre alt gewesen – wie König Heinrich.

Da die Empörung und der Lärm der Männer nicht nachließen, befand Manfred, dass es höchste Zeit sei, mit drastischeren Mitteln für Ordnung zu sorgen. Er sah sich im Raum um, erhob sich, ohne dass jemand auf ihn geachtet hätte, nahm den tönernen Wasserkrug vom Tisch und ließ ihn mit unbewegter Miene auf den Boden fallen. Durch den Aufprall zerschellte der schwere Krug, und der Inhalt ergoss sich über den Steinboden. Auf einen Schlag hatte er die Aufmerksamkeit im Saal.

»Edle Herren«, sagte Manfred, »ist es nicht besser, in Ruhe zu beraten?«

Die Männer sahen sich betreten an und stimmten Manfred zu. Als alle wieder auf ihren Plätzen saßen, bat Herzog Ludwig von Bayern um das Wort.

»Jeder hier weiß«, begann er, »dass ein Ansinnen, wie es der König hegt, ganz und gar unmöglich ist. Die Ehe mit Margarethe ist auf Geheiß seines Vaters, Kaiser Friedrichs, geschlossen worden.

Wir wissen zwar, dass dem Kaiser eine Heirat seines Sohnes mit einer französischen Prinzessin lieber gewesen wäre, aber so, wie es nun ist, muss es auch bleiben. Eine Trennung würde nicht nur zu schweren diplomatischen Verwicklungen, sondern auch zu einem tiefen Zerwürfnis zwischen Vater und Sohn führen.«

Manfred sah, dass die anderen dem Herzog zustimmten.

»Richtig«, meldete sich Wolfelin zu Wort. »Und ein Zerwürfnis zwischen Kaiser und König muss um jeden Preis vermieden werden, allein schon, um Heinrich vor dem Zorn seines Vaters zu schützen.«

Dem entgegnete Konrad, Abt des Klosters St. Gallen: »Ich denke, Ihr malt das Bild von Vater und Sohn zu düster. Heinrich ist von seinem Vater eingesetzt worden, Deutschland zu regieren. Aus verständlichen Gründen muss er da auch eigene Entscheidungen treffen können.«

»Aber doch nicht flüchtige Ideen, die auf einer Laune des Augenblicks beruhen«, empörte sich der Herzog von Bayern. »Und gerade Ihr als Mann der Kirche könnt doch wohl das törichte Ansinnen, sich von Margarethe zu trennen, nicht gutheißen.«

»Nun«, beschwichtigte Wolfelin, »noch ist kein Entschluss gefallen. Der König hat um unsere Meinung gebeten. Es liegt in unseren Händen, ihn von seinem Vorhaben abzubringen.«

»Das liegt ja nicht mal in Gottes Hand«, schnaubte der Bayer. »Stur und eitel, wie der König ist, nimmt er doch keinen noch so klugen Rat an.«

Manfred räusperte sich und meldete sich zu Wort. »Es steht mir vielleicht nicht an zu sprechen, denn immerhin bin ich keiner der Berater des Königs, sondern nur Verwalter der Finanzen, aber eine Frage geht mir die ganze Zeit durch den Kopf, und ich bitte um Erlaubnis, sie zu stellen.«

Die Männer nickten, und Manfred fuhr fort: »Hat der König einen Grund genannt, warum er sich von seiner Frau trennen will? Wenn ja, gibt es vielleicht eine Möglichkeit, ihn davon abzubringen.«

Alle Augen richteten sich auf Wolfelin. Als Burgvogt und Vorsitzender dieser Versammlung war er derjenige, der am ehesten Manfreds Frage beantworten konnte.
»Nun«, begann Wolfelin, »es fehlt immer noch ein Teil der Mitgift, und da die Ehe bereits vor drei Jahren geschlossen wurde, empfindet Heinrich dies als unzulässige Verzögerung.«
»Und Trennungsgrund?«, hakte der Herzog von Bayern nach.
»So ist es.«
»Der König ist ein Narr«, ereiferte sich der Herzog. »Sollte er Leopold von Österreich diesen Unfug offiziell mitteilen, kann ich mit meinen Bayern in den Krieg ziehen. Und danach steht mir bei weitem nicht der Sinn. Höchste Zeit, dass jemand Heinrich zur Vernunft bringt. Und wenn er nicht auf uns hört, dann müssen wir eben den Kaiser zu Hilfe rufen. Sein Vater hätte ihm sowieso beizeiten Gehorsam beibringen sollen. Jetzt glaubt der Junge, erwachsen zu sein und ein Königreich regieren zu können. Lächerlich. Ohne Wolfelin könnte er nicht mal diese Pfalz beherrschen. Ich schlage Heinrichs unerhörtes Ansinnen daher rundherum ab.«
Der Herzog erwartete Beifall und sah in die Runde. Die meisten Männer nickten ihm zu. Nur Abt Konrad wiegte den Kopf.
»Mir scheint, Ihr urteilt doch recht vorschnell. Kaiser Friedrich ist, wie wir alle wissen, weit weg und vielleicht auf Jahre nicht in Deutschland zu erwarten. Ist es nicht besser, Heinrichs Position zu stärken, statt zu schwächen?«
»Ihr meint also, wir sollen uns von einem Mann, der jedes politische Geschick vermissen lässt, vor den Karren spannen lassen? Ich halte es für mehr als wagemutig, den Kaiser zu erzürnen. Und auch wenn seine Kräfte vorerst noch im Heiligen Land gebunden sind, Friedrich verzeiht keinen Ungehorsam.« Der Bayer sah Wolfelin beschwörend an. »Gerade Ihr müsst dem Kaiser dankbar sein. Nur durch seine Protektion seid Ihr das geworden, was Ihr seid.«
Manfred, der die ganze Debatte lieber auf kleiner Flamme köcheln

lassen wollte, schlug vor, sich zu vertagen. Doch der Burgvogt schüttelte bedauernd den Kopf.

»Es hat keinen Sinn, eine Entscheidung aufzuschieben. Der König will uns auf seiner Seite.«

Der Herzog von Bayern erhob sich. »Meine Aufgabe ist hiermit beendet. Ratet dem törichten König, was immer Ihr wollt. Meine Gefolgschaft richtet sich nicht nach dem Wind. Ich war ein Mann des Kaisers, und ich werde einer bleiben. Und ich sage Euch, dass nur der Kaiser selbst seinen Sohn in die Schranken weisen kann.«

Mit diesen Worten verließ Ludwig von Bayern die Versammlung und schlug die Tür hinter sich zu.

Manfred blickte zu Wolfelin und dachte an die Ungereimtheiten, die er in den Verwaltungsbüchern der Pfalz festgestellt hatte. Eigentlich, sagte er sich, konnte es nicht im Sinne des Burgvogts sein, wenn der Kaiser sich allzu sehr um die deutschen Belange kümmerte. Heinrich war der ideale König für die Machenschaften persönlicher Ziele der einzelnen Fürsten.

Als der Burgvogt die Versammlung aufhob und die Männer schweigend den Saal verließen, schwor sich Manfred, von nun an noch vorsichtiger zu taktieren. Der König war ein Idiot, und jedermann wusste es. Hier ging es lediglich darum, sich die beste Ausgangsposition für den Konflikt zwischen Vater und Sohn zu schaffen. Denn dass Friedrich nach Deutschland reisen würde, sobald er das Heilige Land befriedet hatte, war allen, die ihren Verstand beisammen hatten, klar. Die Frage war nur: Wie lange würde der Kaiser in Palästina bleiben?

An einem herrlichen Septembernachmittag des Jahres 1228 saß Papst Gregor in seinem Lieblingsstuhl mit hoher Lehne, rückte das Kissen in seinem Rücken in eine bequeme Position und konzentrierte sich wieder auf die Heilige Schrift. Er war bester Laune, denn Kaiser Friedrich, sein ärgster Feind, hatte das Königreich Sizilien nahezu schutzlos zurückgelassen und beschäftigte sich in Palästina mit endlosen Verhandlungen über die Stätten der Christenheit. »Feiges Anbiedern an die Muslime« nannte der Papst den Versuch des Kaisers, einen Kreuzzug mit diplomatischen Mitteln und möglichst ohne Blutvergießen zu führen. Das politische Taktieren des Kaisers würde nichts bringen, da war sich Gregor ganz sicher. Andererseits konnte Friedrich ruhig noch eine Weile in Palästina bleiben, umso größer waren die Chancen, ihm in seinem eigenen Königreich eine vernichtende Niederlage beizubringen.

»Auge um Auge, Zahn um Zahn«, murmelte Gregor.

Seine tägliche Bibellektüre, die sonst Ruhe und Frieden in seine Gedanken brachte, war heute nicht das geeignete Mittel, ihn demütig zu stimmen. Er klappte die kostbare, reich bemalte und von Mönchen des Klosters Cluny geschriebene Ausgabe zu und begann ungeduldig in seinen privaten Gemächern auf und ab zu laufen. Er erwartete einen neuen Bündnispartner, einen Mann, auf den er sich im Kampf gegen den Kaiser in jeder Beziehung verlassen konnte.

Er hatte keine Muße für einen Blick aus dem Fenster, hinüber zur Lateranbasilika, die von der goldenen Septembersonne beleuchtet wurde, und ebenso wenig Sinn für den Blumenkorb, den ihm die Nonnen jeden Tag frisch zusammenstellten. Heute hatten sie Lilien gewählt, und ihn störte der süßliche Duft der Blüten mehr, als dass er seine Seele erfreute.

Endlich kündigte der Templer, zuständig für den reibungslosen Ablauf der Audienzen des Papstes, den Gast an, den Gregor so dringend erwartete.

»Wurde auch Zeit«, knurrte er und nahm wieder Platz.

Johann von Brienne, seit dem Tod seiner Tochter Isabella und dem endgültigen Zerwürfnis mit seinem Schwiegersohn sichtlich ergraut, verbeugte sich tief. Er war dem Anlass entsprechend reich gekleidet und trug einen Umhang in klarem Rot, der fast bis zum Boden ging, darunter ein ebenso langes Gewand in Grün aus

leichter Seide. Seine Schuhe waren aus feinem Leder, Haare und Bart frisch gestutzt.
Friedrichs Schwiegervater war der Aufforderung des Papstes zu einer Audienz unverzüglich nachgekommen – Gregor hatte allerdings auch nichts anderes erwartet. Die Feindschaft zwischen dem Kaiser und seinem Schwiegervater war allgemein bekannt, und Gregor beabsichtigte, dies im Sinne der Kirche der nutzen.
»Kommt näher«, rief er Johann von Brienne leutselig zu. »Kommt, setzt Euch zu mir und erzählt, wie es Euch nach dem schweren Verlust, den Ihr erlitten habt, geht.«
»Die Trauer um meine Tochter ist noch nicht verwunden«, antwortete Johann von Brienne. »Und wie Ihr wisst, ist es mir nicht möglich, meinen Enkelsohn zu sehen. Der Kaiser verweigert jeden Kontakt.«
»Das ist bitter und ganz und gar nicht im Sinne unseres Herrn, Jesu Christi. Aber es passt zum Charakter des Mannes, der, sehr zu Eurem Kummer, eine Zeitlang Euer Schwiegersohn war. Hat doch der Kaiser immer wieder bewiesen, dass er weder christlich denkt noch handelt. Wie alle Welt weiß, habe ich ihn deshalb hart bestraft und ihn aus der Gemeinschaft der Christen ausgestoßen.«
»Trotzdem hat er sich an die Spitze des Kreuzzugs der Heiligen Kirche gestellt«, murmelte Johann von Brienne verbittert.
Papst Gregor sah Johann prüfend an. »Ich höre den Unmut in Eurer Stimme, und ich bin ebenso erbost wie Ihr. Der Kaiser verhöhnt damit die Christenheit. Und das werde ich nicht dulden.«
Johann von Brienne spürte, dass der Papst zum Wesentlichen kam, und beugte sich gespannt vor.
»Hört zu«, begann Papst Gregor. »Ihr seid ein fähiger Feldherr und habt bewiesen, dass Ihr ein Heer wohl führen könnt.« Er machte eine Pause und wartete auf eine Reaktion seines Gegenübers, doch Johann schwieg und nickte nur beifällig. »Was haltet Ihr davon, Eurem Schwiegersohn eine Lektion zu erteilen?«
»An was denkt Ihr?«

»Lasst es mich so formulieren: Friedrich hat in sträflichem Leichtsinn die Grenzen seines Reiches nicht genügend geschützt und ist, obwohl ich es ihm untersagt habe, ins Heilige Land gezogen. Aber dort kämpft er nicht, sondern plaudert mit dem Sultan, als wäre dieser ein alter Freund, und macht sich mit den Muslimen gemein.«

»Das ist wahr«, stimmte Johann zu. »Er beschämt unseren Heiland.«

»Ich biete Euch also den Befehl über meine Truppen gegen den Widersacher der Kirche an.«

Johann war überrascht. Der Papst wollte ein Söldnerheer aufstellen?

»Ich fühle mich geehrt«, sagte er, »und zögere nicht, diesen Auftrag zu Eurer vollen Zufriedenheit zu erfüllen. Aber Söldner sind teuer. Und Söldner, die gegen den Kaiser ziehen sollen, sind besonders teuer.«

»Ja, ja, das ist mir nicht unbekannt«, entgegnete der Papst unwirsch. »Aber das soll nicht Eure Sorge sein. Seid versichert, dass die Heilige Kirche über genügend Einnahmen verfügt, um alle Männer, die sie im Kampf gegen ihre Feinde braucht, zu bezahlen.«

Johann von Brienne dachte einen Moment nach. »Ich bin einverstanden«, sagte er dann. »Wie genau lautet Euer Plan?«

»Ihr greift die kaiserlichen Truppen an.«

»Wo?«

»An den Grenzen des sizilianischen Reiches. Ihr besiegt die Truppen und besetzt die Gebiete. Wie Ihr seht, eine einfache Eroberung.«

»Ich würde es Überfall nennen.«

»Nennt es, wie Ihr wollt. Es wird Friedrich lehren, nie wieder gegen die Befehle der Heiligen Kirche zu verstoßen.«

»Er wird zurückkommen«, wandte Johann ein.

»Ja, er wird zurückkommen«, bestätigte der Papst. »Und damit ist der Kreuzzug gescheitert.«

»Ein kluger Schachzug.«
»Das ist erst der Anfang. Wenn Ihr siegreich seid, werde ich den Kaiser absetzen.«
Johann von Brienne starrte Papst Gregor an und lächelte.
»Er soll also sein Land und seine Krone verlieren.«
»Das ist die Strafe des Herrn.«
Als sein Besucher den Raum verlassen hatte, rief Papst Gregor gutgelaunt nach einer der Nonnen, die ihn bedienten.
»Bring einen Becher Wein, von dem besten. Und schick mir den Templer.«
Während er wartete, rieb sich Gregor vergnügt die Hände. Die Welt würde eine andere werden, denn er hatte soeben das Ende des Kaisers eingeläutet.

Sie hatte ihr kostbares Seidenkleid gegen ein einfaches Gewand aus leichtem Leinen getauscht, die Haare in der Mitte gescheitelt und zu einem langen Zopf gebunden. Ihren Schmuck hatte sie abgelegt und die bestickten Schuhe aus feinstem Ziegenleder gegen grobe Holzsandalen ausgewechselt. Sie wollte endlich einen Blick in die kaiserlichen Ställe werfen, die Rennkamele des Sultans bestaunen, die edlen Pferde und natürlich das ungewöhnlichste Tier von allen, den Elefanten.
Der Kaiser hatte ihr mehrere persönliche Dienerinnen zugeteilt und ihr die Erlaubnis gegeben, sich in der Residenz ungehindert zu bewegen. Bianca genoss ihre wiedergewonnene Freiheit und war deshalb selten in ihrem Zimmer anzutreffen. Doch noch nie hatte sie die Möglichkeit gehabt, die exotischen Tiere, die al-Kamil dem Kaiser geschenkt hatte, zu sehen.
Sie vermisste eine Freundin, mit der sie über das, was ihr Inneres bewegte, hätte sprechen können. Zamira vielleicht, denn die Favoritin des Sultans kannte sich bestens aus, wenn es um die Höhen und Tiefen der Liebe ging. Andererseits glaubte Bianca nicht,

dass Zamira jemals das für einen Mann empfunden hatte, was sie für Friedrich fühlte.
Tag und Nacht beherrschte er ihre Gedanken. Sie spürte seine Gegenwart, bevor er einen Raum betrat. Wenn er ihre Hand hielt, war sie geborgen. Es war ihr sogar egal, mutterseelenallein in Akkon gestrandet zu sein. Wenn sie seinen Charakter einem Fremden beschreiben müsste, würde sie sagen, dass der Kaiser ein kluger, gütiger, gerechter Monarch sei. Einer Freundin würde sie erzählen, dass Friedrich ein gutaussehender Mann sei, charmant, zuvorkommend und mit einer großen Anziehungskraft auf Frauen. Und nur vor sich selbst gab sie zu, dass dieser Mann ihre Seele berührte, wie kein anderer Mensch es jemals getan hatte und – so vermutete sie – auch niemals tun würde.
Wenn sich so die Liebe anfühlt, dachte Bianca, dann ist sie Himmel und Hölle zugleich. Denn so berauschend ihre Gefühle waren, wenn der Kaiser sie anlächelte und sie berührte, so einsam und verlassen fühlte sie sich, wenn er nicht bei ihr war. Würde ihr der Engel, der ihr schon so oft im Traum erschienen war, einen Wunsch gewähren, so würde sie sagen: Lass mich für alle Zeiten bei ihm bleiben, und lass nichts geschehen, was uns trennen könnte.
Wenn sie nachts mit offenen Augen träumte, dann stellte sie sich vor, an Friedrichs Seite zu leben, jeden einzelnen Tag mit ihm zu verbringen, nachts neben ihm einzuschlafen und morgens mit ihm zu erwachen. Sie wollte ihm den Schlaf von den Augen küssen und so dicht neben ihm liegen, dass sie wie zwei Hälften waren, die zu einem Ganzen verschmolzen. Und manche ihrer Phantasien waren so voller Lust und Leidenschaft, dass sie errötete und ihr Körper sich so heiß anfühlte, als hätte sie sich an glühenden Zangen verbrannt.
Ein paarmal waren ihre Träume so deutlich, dass sie fürchtete, andere könnten ihre Wünsche an ihren Augen ablesen, und sie senkte beschämt den Blick. Vor allem in Gegenwart des Kaisers

bemühte sie sich um eine unbefangene und heitere Gelassenheit und verbarg ihren inneren Aufruhr, so gut sie konnte. Denn obwohl Friedrich ihr zu verstehen gab, wie schön und begehrenswert sie war, konnte sie sich doch nicht vorstellen, dass er ihr ähnlich tiefe Gefühle entgegenbrachte.

Bianca liebte zum ersten Mal in ihrem Leben und befand sich in einem Zustand immerwährender Nervosität, da sie sich nicht vorstellen konnte, dass ihre Empfindungen erwidert wurden.

Tagsüber fühlte sie sich wie ein Vogel im Käfig, der die Flügel ausbreiten will, aber untätig auf seiner Stange sitzen muss. So war sie ständig auf der Suche nach Ablenkung und Beschäftigung und streifte durch die Gänge und Höfe der Residenz.

Sie roch die Tiere, bevor sie sie sah. Dampfender Mist lag im Hof, und eine Reihe von Stallburschen war damit befasst, den Dung des Elefanten auf eine Karre zu laden. Ganz aufgeregt sah sie die Berge von Heu und Obst und fragte sich, ob ein Koloss wie der Elefant wirklich nur von pflanzlicher Nahrung leben konnte.

»Diese Tiere fressen kein Fleisch«, sagte eine Stimme hinter ihr. Als sie sich umdrehte, blickte sie in die dunklen Augen von Karim an-Nasir. Sie lächelte und begrüßte Friedrichs Freund und Leibarzt auf Arabisch.

»Ihr seid eine erstaunliche Frau, Bianca«, sagte er in seiner Muttersprache. »Und auf jeden Fall eine mit vielen Talenten.«

Sie ging auf seinen scherzhaften Ton ein. »Ich hatte mehr als genug Gelegenheit, die Sprache zu lernen. Zamira, die Favoritin des Sultans, war meine Lehrerin.«

»Was führt Euch zu den Ställen?«, erkundigte er sich und warf einen Blick auf ihre einfache Kleidung.

»Neugier«, antwortete Bianca. »Und außerdem habe ich viel Zeit.«

»Also Langeweile.«

Bianca lachte. »Vielleicht. Es fällt mir schwer, mich ans Nichtstun zu gewöhnen.«

Karim musterte sie nachdenklich. »Nun, es gibt viele Beschäftigungen für eine Frau …«
»Ich weiß, ich weiß«, unterbrach ihn Bianca. »Sticken, sticken und noch mal sticken. Leider bin ich keine Meisterin mit Nadel und Faden. Ach, Karim, wenn ich nur etwas Sinnvolles tun könnte.«
»Was habt Ihr denn zu Hause im Piemont getan?«
Biancas Stimme wurde weich. »Ich hatte einen wunderbaren Garten mit Obstbäumen, Kräuterwiesen und den schönsten Rosen der Welt. Ich bin zur Jagd geritten, und ich hatte meinen Falken.« Sie brach ab, weil sie ihn nicht wissen lassen wollte, wie sehr die Vergangenheit immer noch schmerzte.
Karim, der Bianca zu sehr schätzte, um ihr sein Mitleid zu zeigen, tat, als hätte er ihre sentimentale Erinnerung nicht bemerkt.
»Falken?«, fragte er stattdessen. »Ihr kennt Euch mit Falken aus?«
»Ja«, antwortete sie eifrig. »Natürlich nicht so gut wie mein Falkner Lorenzo …«
Sie sprach nicht weiter, und Karim sah die Wehmut in ihren Augen. Bianca wusste, dass der Kaiser Nachforschungen über Lorenzos Verbleib in Auftrag gegeben hatte, die aber bislang ohne Ergebnis geblieben waren.
»Vielleicht habe ich eine Aufgabe für Euch.«
Bianca drehte ruckartig den Kopf. »Karim, das wäre wunderbar. Welche Aufgabe könnte ich übernehmen?«
»Kommt, ich zeige Euch die Ställe. Und bei der Gelegenheit könnt Ihr mir sagen, ob Ihr Interesse habt.«
Karim ging voraus, und Bianca folgte ihm erwartungsvoll in das große Zelt, das eigens für die feingliedrigen arabischen Pferde errichtet worden war. Bianca sprach beruhigend auf die Tiere ein und ging langsam von einem zum anderen.
»Sie sind wunderschön«, flüsterte sie. »Ich habe noch nie so elegante Pferde gesehen.«
»Sie sind pfeilschnell«, erklärte Karim.

»Wird der Kaiser sie mit nach Europa nehmen?«
»Ganz sicher. Er bewundert diese Rasse.«
»Karim, Ihr kennt den Kaiser schon Euer ganzes Leben lang. Sagt mir, was für ein Mensch ist er?«
Karim lächelte leise. Er hatte Biancas Gefühle für den Kaiser längst bemerkt. Sie war keine Frau, die an einem Fürstenhof die hohe Kunst der Minne gelernt hatte und das Spiel um Begierde und Keuschheit beherrschte. Jegliche Falschheit lag ihr fern. Ihre Empfindungen waren echt, und es gelang ihr nicht, die Kühle zu mimen, wenn sie innerlich loderte. Er fand ihren fehlenden höfischen Schliff erfrischend angenehm, und ihm gefiel ihre direkte Art.
»Der Kaiser ist ein außergewöhnlicher Mensch. Er war sehr früh auf sich allein gestellt. Das hat ihn stark gemacht, aber auch zu der Überzeugung gebracht, nur ganz wenigen Menschen vertrauen zu können.« Bianca schwieg, und Karim fuhr fort: »Bedingt durch seine Stellung hat er viele Feinde. Der Kaiser verlässt sich deshalb gern auf sich selbst. Er hasst Ungehorsam und Untreue, aber seinen Freunden gegenüber ist er großmütig.«
»Es heißt, er liebt die Frauen«, sagte Bianca vorsichtig, denn sie wagte sich auf ein Gebiet, in dem viele Fallen lauern konnten.
»Er ist ein Mann.«
»Liebt er denn eine mehr als alle anderen?«
»Die Kaiserin ist erst seit einem halben Jahr tot.«
»Verzeiht meine dreisten Fragen«, sagte Bianca. »Ich wollte nicht unhöflich sein.«
Karim schenkte ihr ein nachsichtiges Lächeln. »Wenn es um die Liebe geht, ist der Kaiser verschlossen wie die Kammer mit den Reichsinsignien. Und ob er eine mehr liebt als alle anderen, müsst Ihr schon selbst herausfinden.«
Inzwischen waren sie durch die Pferdeställe zu den Kamelen gekommen, die Bianca irgendwie an würdige alte Damen erinnerten. Ihre Kiefer mahlten unablässig, und ihre sanften Augen schim-

merten immer ein bisschen feucht, als würde sie ein Kummer plagen, der sie zu Tränen rührte.

»Ihr wolltet mir von einer Aufgabe berichten«, wechselte sie das Thema.

»Wartet, bis wir bei den Volieren sind.«

Bianca warf ihm einen begeisterten Blick zu. »Soll ich die Pflege der Falken übernehmen?«

Karim wehrte lachend ab. »Davor bewahre mich Allah. Der Kaiser lässt mich einkerkern, wenn ich einer schönen Frau eine so aufwendige Arbeit übertrage. Aber die Aufgabe hat trotzdem etwas mit Falken zu tun.« Sie war so aufgeregt, dass er sie nicht länger auf die Folter spannen wollte. »Der Kaiser und ich arbeiten an einem Buch über Falken. Ihr könnt uns helfen.«

Sie starrte Karim sprachlos an. Das war mehr, als sie sich erträumt hatte. Aus einem Impuls der Dankbarkeit heraus legte sie Karim die Hand auf den Arm.

»Das ist wunderbar. Ihr habt mich sehr glücklich gemacht.«

»Dürfen auch Wir den Grund dieses Glücks erfahren?«

Bianca und Karim fuhren erschrocken herum und standen einem zornigen Kaiser gegenüber, der soeben von weiteren Verhandlungen aus Nablus zurückgekehrt war. Sand haftete auf seinem Umhang und sogar in den Falten seines Gesichts. Er wirkte erschöpft nach dem Ritt durch die Wüste, und Bianca erschrak, als sie sein hartes Lächeln sah.

»Verdient der Kaiser keine Antwort auf seine Frage?« Friedrichs Stimme klang anders als sonst, und selbst Karim wirkte verwirrt.

»Die Gräfin Lancia hatte den Wunsch geäußert, die Ställe zu sehen«, erklärte Karim.

»Ah«, sagte Friedrich, und Spott troff aus seinen Worten, »und deshalb ist sie in die Kleider eines Stallburschen geschlüpft?«

Bianca und Karim wechselten einen schnellen Blick.

»Ich habe Euch erzürnt, mein Kaiser«, begann Bianca. »Das tut mir leid. Aber ich habe die kostbaren Kleider abgelegt, um sie zu schonen. Wenn ich einen Fehler begangen habe, bitte ich um Verzeihung.«

»Wir haben noch keine Antwort auf Unsere Frage. Wie ist es Unserem Leibarzt gelungen, Euch glücklich zu machen?«

Karim übernahm es, dem Kaiser eine Erklärung zu geben. »Federico, ich habe der Gräfin Lancia von unserem Vorhaben erzählt, ein Buch über Falken zu verfassen, und die Gräfin gebeten, uns zu helfen. Das ist alles.«

Doch Karims Absicht, den Kaiser zu besänftigen, schlug fehl. Friedrichs blaue Augen waren eisig wie der Schnee in den Alpen und standen in seltsamem Gegensatz zu der Hitze des Tages.

»Lasst uns allein, Karim«, herrschte er seinen Freund an, der sich mit einer Verbeugung entfernte.

Bianca, blind für die Gefühle der Eifersucht, die sich in Friedrichs Augen spiegelten, suchte in seinem Antlitz nach einem Funken von Verständnis, entdeckte jedoch nur ungezügelten Zorn. Sie fühlte aufsteigende Tränen, war aber fest entschlossen, vor dem Kaiser nicht zu weinen. Sein Verhalten hatte sie bitter enttäuscht. In ihren Tagträumen war er ihr immer wie ein strahlender Ritter erschienen, schöner und herrlicher als Tristan, doch nun stand vor ihr ein wütender Mann aus Fleisch und Blut, der sie zu allem Überfluss ungerecht behandelte. Auf ihre romantischen Gefühle hatten seine Worte dieselbe Wirkung wie ein Guss kaltes Wasser. Am liebsten wäre sie davongelaufen, doch sie rührte sich nicht. Sie machte ihren Rücken gerade und wagte es, ihm direkt ins Gesicht zu sehen, und obwohl Friedrichs Augen funkelten, senkte sie den Blick nicht.

»Also«, begann der Kaiser, »was habt Ihr Uns zu sagen?«

»Nichts, mein Kaiser«, antwortete Bianca. »Es ist bereits alles gesagt, aber Ihr wollt es ja nicht hören.«

»Was soll das heißen?«

»Was ich sagen will, ist: Ihr urteilt vorschnell, und Euer Blick ist getrübt von Vorurteilen.«

»Wir wissen, was Wir gesehen haben.«

»Und was habt Ihr gesehen?«, fragte jetzt Bianca voller Zorn. Sie war noch nie eine Frau gewesen, die eine Ungerechtigkeit unwidersprochen hinnahm. »Ihr habt gesehen, dass sich eine Frau mit einer harmlosen freundschaftlichen Geste bei Eurem Leibarzt bedankt hat. Mehr nicht. Und jetzt möchte ich gehen.« Ohne seine Erlaubnis abzuwarten, drehte sich Bianca um und machte einen Schritt in die entgegengesetzte Richtung.

»Bleib.«

Bianca warf dem Kaiser über die Schulter einen Blick zu und ging weiter.

»Bianca, das ist ein Befehl.«

Sie blieb stehen, kam ihm aber nicht entgegen. Friedrich sah sie an, und sein Blick wurde weich.

»Du bist mutiger, als ich dachte«, sagte er, ging mit langen Schritten auf sie zu, riss sie in die Arme und flüsterte zärtlich: »Ich bitte dich, bleib.«

Bianca schmiegte sich an ihn und hielt ihn fest. Sie spürte, wie er ihr Haar küsste, ihre Schläfen, ihren Hals. Er murmelte Worte, die sie nicht verstehen konnte, aber sie wusste ohnehin, was er ihr sagen wollte. Friedrich liebte sie, er war verrückt nach ihr und sehnte sich nach ihrer Liebe.

Sie beugte den Kopf nach hinten und erwiderte seinen Kuss. Sie fühlte seine Lippen, seine Zunge, die tief in ihrem Mund versank. Seine Wangen waren rauh vom Sand und von den Bartstoppeln, die ihm im Laufe des Tages gewachsen waren. Sie klammerte sich an seine Schultern, spürte seine Muskeln unter ihren Händen und hörte, wie er ihren Namen flüsterte.

»Bianca, cara mia, du gehörst zu mir. Bleib bei mir. Für immer.«

Sie nickte und lachte und wollte tausendmal ja sagen, aber sie brachte die Worte nicht heraus, weil ihr zu viele Tränen des Glücks im Hals steckten.

Bianca wünschte sich, dass seine Küsse nie enden mögen, aber nach einer Weile schob er sie ein Stück von sich und sah sie an. Er

nahm ihre Hand und küsste sie, und Bianca strich ihm scheu über die Wange.
»Federico«, sagte sie, »ich liebe dich mehr als mein Leben.«
Er schob ihr eine widerspenstige Haarsträhne aus der Stirn und zog sie fest an sich.
»Du bist die schönste Frau der Welt. Und du gehörst mir.«
Er nahm erneut ihre Hand, und zusammen gingen sie über den Hof. Bianca errötete, als sie daran dachte, dass der Kaiser sie in aller Öffentlichkeit geküsst hatte, doch seltsamerweise war niemand zu sehen, alle Stallknechte und Diener schienen wie vom Erdboden verschluckt. Auch Karim konnte sie nicht entdecken. Es tat ihr leid, dass Friedrich so hart zu seinem besten Freund gesprochen hatte, doch nun wusste sie, dass es nichts als Eifersucht gewesen war, die den Kaiser kleinlich und ungerecht gemacht hatte.
Einen Wimpernschlag lang hatte sie Angst gehabt, als er zornig und kalt wie Eis vor ihnen stand. Doch nun hatte er sie gebeten, bei ihm zu bleiben. Und stumm gab sie ihm das Versprechen, ihr ganzes Leben an seiner Seite zu sein.
Vor der Tür zu den kaiserlichen Gemächern schickte Friedrich die Diener fort und zog Bianca über die Schwelle. Er küsste sie erst sanft, dann voller Leidenschaft, und sie spürte seine Hände überall auf ihrem Körper. Das ist die Liebe, dachte sie. Eine Liebe, die niemals enden wird und die sie ohne die Prüfungen und Gefahren, die hinter ihr lagen, nie gefunden hätte.
»Komm zu mir, ich will dich spüren«, flüsterte ihr der Kaiser ins Ohr, und Bianca folgte ihm in sein Bett.
Auf dem Gipfel der Lust hörte sie ihren Namen, aber sie konnte nicht antworten, denn sie fiel und fiel, und unter ihr brach die Erde zusammen.

Die beiden Männer waren in Sidon an Land gegangen und näherten sich Akkon von Norden. Da sie möglichst wenig Aufsehen erregen wollten, reisten sie entweder in der Dämmerung oder am Tag in größeren Gruppen von Kaufleuten. Sie achteten akribisch darauf, nicht von einem Ritter der kaiserlichen Truppen erkannt zu werden und auch nicht von einem der Schwerter tragenden Mönche des Deutschen Ordens.

Sie hatten lange überlegt, ob sie es wagen konnten, nach Damiette zu segeln, um dort nach dem Verbleib der Gräfin Lancia zu forschen, diesen Plan dann aber verworfen. Es war zu gefährlich, jetzt in eine Stadt, die von den Muslimen kontrolliert wurde, zu reisen. Stattdessen hatten sie sich für die Gegend von Akkon entschieden. Jeder wusste, dass der Kaiser seit Wochen mit dem Sultan über einen möglichen Frieden im Heiligen Land verhandelte.

Sollte es dazu kommen – und die Zeichen standen günstig –, so würde das gesamte Kreuzfahrerheer an der Küste Palästinas Richtung Jaffa südlich ziehen, um dann ins Landesinnere nach Jerusalem abzubiegen, denn dies war die zentrale Stätte der Christenheit und Hauptstadt des Königreichs Jerusalem.

In der Masse der Ritter und Pilger aber würden die beiden Männer nicht weiter auffallen und hatten so die Möglichkeit, relativ sicher nach der Gräfin Lancia zu suchen. Heinrich von Passau grübelte von Zeit zu Zeit immer noch über die verschlungenen Pfade des Schicksals nach, die ihn mit dem englischen Ritter zusammengeführt und damit erneut auf die Spur der Gräfin gebracht hatten. Obwohl er stets das Gegenteil beteuert hatte, war er kurz davor gewesen, die Suche aufzugeben und nach Europa, vielleicht sogar nach Deutschland zurückzureisen.

Nun war Heinrich kein Mann, der einem Gefühl wie Heimweh in seiner Seele Raum gegeben hätte, doch wenn er ehrlich war, sehnte er sich nach kühleren Regionen. Von den heißen Wüstenstädten Palästinas hatte er mehr als genug gesehen.

Die Hafenstadt Tyrus lag hinter ihnen, als ihnen die Gruppen von Männern auffielen, die den Transport von Baumaterial begleiteten

und überwachten. Zum Teil bewaffnet und zu Pferd, zum Teil in Pilgerkleidung und zu Fuß zogen die Männer nach Osten. Der Begleiter des Barons blickte ihn fragend an.
Heinrich von Passau hob die Schultern. »Sieht aus, als würden sie eine Festung bauen. Vielleicht irgendwo im Landesinneren.«
»Sind das Sklaven?«
»Scheint nicht so. Ich kann keine Aufseher entdecken. Vermutlich tun sie es freiwillig. Als Eintritt ins Paradies.«
Der Mann in Schwarz verzog verächtlich die Lippen. »Freiwillig? In dieser mörderischen Hitze? Die sind ja vollkommen irre.«
»Sie hoffen eben auf die Segnungen des Himmels.«
»Ach ja? Mir kommt es so vor, als würden alle jetzt schon in der Hölle braten.«
Heinrich zügelte sein Pferd und sprach einen der ganz in Weiß gekleideten Ritter an.
»Auf ein Wort. Wohin ziehen all diese Männer?«
»Ihr seid Neuankömmlinge?«, fragte der Ritter zurück.
»Vor kurzem in Sidon gelandet.«
»Und steht Ihr auf Seiten des Kaisers?«
Heinrich von Passau wurde ungehalten. »Was geht Euch das an? Ich habe eine einfache Frage gestellt. Ist es so schwer, die zu beantworten.«
»Ihr habt ein feuriges Temperament. Die Männer ziehen nach Montfort, zur Festung des Deutschen Ordens.«
»Ist der Sitz des Ordens nicht in Akkon?«
»Bislang ja. Aber Montfort wird größer, bedeutender und sehr schwer zu erobern sein.« Der Ritter nickte ihnen zum Abschied zu und zog weiter, ebenfalls in östlicher Richtung.
»Die Bedeutung der Orden wächst von Tag zu Tag«, sagte der Mann in Schwarz. »Bald sind alle Pilger Ritter und tragen Schwerter und Streitäxte. Schlechte Zeiten für die Sarazenen.«
»Bislang haben alle ihren Kopf behalten. Seit der Kaiser im Land ist, ist kein Muslim gestorben. Jedenfalls nicht durch die Hand

eines christlichen Ritters. Wenn Friedrich so weitermacht, werden wir noch alle Brüder.«
»Ihr verachtet den Kaiser«, befand der Mann in Schwarz.
»Ich hasse ihn. Er nennt sich Deutscher Kaiser und tut nichts für sein Reich. Und sein Sohn, den er zum König eingesetzt hat, ist ein frühreifer Flegel. Reden wir lieber von erfreulicheren Dingen.«
Doch stattdessen schwiegen sie.
Je näher sie Akkon kamen, desto belebter wurden die Straßen. Da beide noch niemals zuvor einen Fuß in das Heilige Land gesetzt hatten, waren sie überrascht von der Größe der Städte, den sauberen Straßen und der Architektur der ehemals arabischen, jetzt christlich genutzten Häuser und Paläste.
Vor Akkon lagerte die Streitmacht Christi in einer Zeltstadt, und verglichen mit den katastrophalen Zuständen in Brindisi herrschte hier eine fast perfekte Ordnung. Ritter aus vielen verschiedenen Ländern waren in Palästina zusammengekommen, und wenn Heinrich von Passau genau hinhörte, konnte er ein geradezu babylonisches Sprachengemisch vernehmen.
Sie entschlossen sich, nicht in die Stadt hineinzureiten, sondern sich ebenfalls einen Lagerplatz außerhalb der Stadttore zu suchen. Für die Verpflegung würde einer von ihnen zwar zu einem der Märkte in Akkon gehen müssen, doch galt es zwischen ihnen als ausgemacht, dass dies nicht die Aufgabe Heinrichs von Passau sein würde. Besser, er hielt sich abseits.
Gegen Abend war es kühler geworden, und sowohl Heinrich als auch sein Begleiter genossen die Rast im Schatten. Später, in der Nacht, würde die Luft empfindlich kalt werden, doch noch herrschte die ideale Temperatur, um nach einem langen Ritt die Beine auszustrecken.
Heinrich von Passau hatte die Augen geschlossen und versuchte seinen Kopf frei zu machen von allen störenden Gedanken, als Reiter in gestrecktem Galopp auf die Zeltstadt zuritten und auch sein Lager streiften.

An einem übersichtlichen Platz vor den Zelten brachten sie ihre dampfenden Pferde zum Stehen, und einer von ihnen ergriff eine Fanfare. Heinrich beobachtete, wie immer mehr Männer sich um die Reiter versammelten. Trotz seiner Müdigkeit erhob er sich und kam neugierig näher. Es musste sich um hochinteressante Neuigkeiten handeln, denn sonst würden keine berittenen Boten zu den Kreuzfahrern eilen. Er hatte die ersten Worte der ausgerufenen Nachrichten verpasst und wandte sich deshalb an seinen Nachbarn.

»Was ist passiert?«

»Wir können die Schwerter mit einem Pflug vertauschen.«

»Wie bitte?«

»Der Kreuzzug ist beendet.«

»Seid Ihr sicher?«, fragte Heinrich.

»Aber ja, Mann, er hat es doch eben ausgerufen.«

»So haben sich der Kaiser und der Sultan geeinigt?«

»Scheint so. Jerusalem wird geräumt und uns übergeben.«

»Uns?«

»Den Christen.«

»Und es herrscht Waffenstillstand?«

»Es herrscht Frieden.«

»Ich dachte«, entgegnete Heinrich süffisant, »dass wir alle ins Heilige Land gezogen sind, um die Muslime das Fürchten zu lehren.«

»Ein Sieg ohne Blut ist ein besserer Sieg.«

»Wie man es nimmt«, murmelte Heinrich, aber zumindest musste er zugeben, dass durch diese Entwicklung seine Suche nach Bianca tatsächlich einfacher werden würde.

»Der Kaiser wird nach Jerusalem ziehen«, rief der Bote, und die Fanfare erklang, als wollte sie die Kraft dieser Aussage verstärken.

»So ist Eure Rechnung also aufgegangen«, sagte der Mann in Schwarz, der sich inzwischen zu Heinrich gesellt hatte.

»Gut kalkuliert.«

»Wann brechen wir auf?«
»Wir warten, bis alle fort sind, und reiten dann nach Jerusalem.«
»Macht das wirklich Sinn? Sollten wir nicht besser an der Küste bleiben und südwärts ziehen? Nach Ägypten?«
»Warum unsere Pläne ändern? Frieden bedeutet, sie tauschen die Gefangenen aus.«
»Was hat das mit uns zu tun?«
»Nun, vielleicht kommt auch der eine oder andere Sklave frei. Auf jeden Fall werden jetzt alle nach Jerusalem ziehen.«
»Und wenn Euch jemand erkennt?«
»Es bleibt immer ein Risiko. Aber ich glaube nicht, dass der Kaiser in seinem Siegestaumel Augen für einen unbedeutenden deutschen Baron hat. Auf Zypern, ja. Da war er wachsam, weil er einen Kreuzzug plante. Jetzt herrscht Frieden. Das gilt doch wohl auch für uns, oder?«
Heinrich von Passau drehte sich um und ging gemächlich zu seinem Lager zurück. Trotz der Schrecken der christlichen Seefahrt bereute er es nicht, ins Heilige Land gesegelt zu sein. Nicht mehr. Denn inzwischen war er sich sicher, dass er ganz kurz davorstand, seinen Auftrag zu erfüllen. So dicht davor, dass er Biancas Anwesenheit fast körperlich zu spüren glaubte.
Jerusalem. Ein mystischer Ort. Und genau dort würde er seinem Ziel einen großen Schritt näher kommen. Sein Jagdinstinkt war zurück, und seine Beute konnte nicht mehr weit sein.

Der Kaiser lehnte den Kopf zurück, und die Pose machte ihn verletzbar. Er schloss die Augen, und das Seufzen, das nicht zu überhören war, bewies ihr, wie sehr er ihre Berührung genoss. Bianca ergriff den Kübel mit angewärmtem Wasser und goss es ihm langsam über den Kopf, um die Seife aus seinem Haar zu spülen.
»Deine Hände sind sanfter als die meiner Diener. Ich könnte mich

daran gewöhnen«, murmelte Friedrich, und Bianca fühlte, wie er sich immer mehr entspannte.
»Du hast dich schon daran gewöhnt«, sagte sie lachend und spritzte ihm den Rest des Wassers scherzhaft ins Gesicht.
»Ungebührliches Verhalten gegen den Kaiser wird bestraft«, erwiderte Friedrich und zog Bianca trotz ihres neuen Kleides aus roter Seide in seinen Badezuber. »Deine Strafe heißt lebenslang«, flüsterte er heiser und küsste sie. »Lebenslang an meiner Seite.«
»Das ist nicht lang genug«, gab sie zurück, schlang die Arme um seinen Hals und erwiderte seinen Kuss. Er griff unter ihren Rock, fühlte ihre Wärme und setzte sie auf seinen Schoß.
Später, als Bianca wieder klar denken konnte, sah sie überrascht die Wasserlachen auf dem Boden. Aber so war es jedes Mal, wenn sie sich liebten. Die Welt um sie herum war plötzlich nicht mehr da, sie spürte nur noch ihn, seinen Körper, seine Lippen, seine Zunge, die ihren Mund erforschte. Sie konnte nichts hören außer seiner Stimme. Und sie konnte nichts anderes fühlen als eine endlose Liebe zu diesem Mann, die ihr mehr Kraft gab, als sie geahnt hatte.
Das Badewasser, das nicht aus dem Zuber geschwappt war, fühlte sich kalt an, und ihr Kleid klebte an ihrem Körper. Sie löste sich von Friedrich, kletterte aus dem Holzzuber und zog ihr Kleid aus, um sich mit einem Leinentuch abzutrocknen. Sie nahm ein zweites Tuch und begann dem Kaiser das Haar trocken zu rubbeln.
»Komm, es ist Zeit. Ich glaube, Karim wartet schon«, erinnerte sie ihn an die Aufgaben der Gegenwart.
Sofort verdüsterte sich sein Gesicht. »Immer sprichst du von Karim. Ist er dir so wichtig?«
»Federico, es gibt nur einen Mann auf der ganzen Welt, der mir wichtig ist. Zufällig ist das der Kaiser, und leider hat der eine Menge Pflichten.« Sie nahm sein Gesicht in die Hände. »Liebster, du bedeutest alles für mich.«
Er zog sie an sich und küsste sie. Erst zart und sanft, dann drän-

gender und schließlich wickelte er sie aus ihrem Leinentuch und liebte sie noch einmal.
Sie fühlte sich leicht wie eine Feder und schön wie eine ihrer cremefarbenen Gallicarosen zu Hause im Piemont. Friedrichs Liebe war heiß wie ein Wüstensturm und ebenso heftig. Wenn er sie ansah, spürte sie sein Begehren, und im selben Augenblick wuchs ihre Lust. Sie hatte nicht geahnt, wie himmlisch die Liebe sein konnte, aber auch nicht gewusst, dass sie die, die ihr verfallen waren, nicht mehr losließ.
»Deine Berater müssen sehr geduldig sein. Lässt du sie immer so lange warten?«, fragte sie schläfrig.
»Früher nicht.«
Bianca strich zärtlich über seine Augenbrauen. »Wirst du lange fort sein?«
»Ja. Warte nicht auf mich. Du brauchst deinen Schlaf, cara mia. Ich fürchte, ich raube dir schon zu viel davon. In ein paar Tagen brechen wir nach Jerusalem auf.«
»Ist der Vertrag mit dem Sultan schon unterzeichnet?«
»Im Prinzip ja, wenn auch nicht in allen einzelnen Punkten. Aber Jerusalem wird geräumt, das ist sicher.«
»Das ist wunderbar. Du hast die Stätten der Christenheit erobert, ohne dass es einem Menschen das Leben gekostet hat. Alle werden dich dafür feiern.«
»Da bin ich mir nicht so sicher, Liebste.«
Bianca sah ihn fragend an. Wer könnte die Verdienste des Kaisers jetzt noch in Zweifel ziehen?
»Es gibt schlechte Nachrichten aus Rom«, sagte Friedrich langsam.
»Aber warum? Der Kreuzzug ist beendet. Du hast dein Versprechen erfüllt.«
»Papst Gregor wird nicht nachgeben. Es geht ihm auch überhaupt nicht um den Kreuzzug. Es geht ihm um die Macht des Kaisers.«

»Aber ein kirchlicher Herrscher kann nicht auch ein weltlicher sein«, wandte Bianca ein.
»Du hast viel gelernt, und doch weißt du nichts über die Ränkespiele der Fürsten, ganz gleich, ob weltlich oder kirchlich. Wer seine Flanken nicht schützt, wird angegriffen. So sind die Regeln.«
»Die Regeln scheinen mir sehr grausam.«
»Sie sind es auch, aber ich kann sie nicht ändern. Truppen, angeführt von meinem früheren Schwiegervater, haben die Grenzen des Königreichs Sizilien überschritten.«
Bianca erschrak. »Aber dann herrscht zu Hause Krieg.«
»Ja, und ich muss zurück. Mein Statthalter kämpft sonst auf verlorenem Posten. Zu groß ist die Verlockung für die Städte, die Gelegenheit zu nutzen, um vom Kaiser unabhängig zu werden.«
»Wann willst du segeln?«
»Wir ziehen nach Jerusalem und reisen dann so schnell wie möglich zurück.«
»Wir?«, fragte sie leise.
»Mein Herz, glaubst du, ich lasse dich hier zurück? Wir fahren alle nach Hause. Selbst der Elefant kommt mit«, scherzte er und nahm sie fest in die Arme.
Bianca schmiegte sich an ihn und spürte seinen Herzschlag. Sie konnte es immer noch nicht fassen, wie sehr sich ihr Leben verändert hatte. Noch vor wenigen Wochen hatte sie geglaubt, den Harem des Sultans nie wieder verlassen zu können. Ihre Zukunft war ihr so trist erschienen, dass sie es kaum wagte, darüber nachzudenken. Und jetzt hatte sie nicht nur ihre Freiheit wiedergewonnen, sondern auch noch die Liebe ihres Lebens gefunden.
»Du willst mich aufheitern«, sagte sie, »aber ich spüre, dass du dir Sorgen machst.«
»Das sind Männersorgen«, wich er ihr aus.
»Sterben nur Männer im Krieg?«
Er sah sie an, zögerte aber mit einer Antwort.

»Haben wir nicht auch sonst alle Gedanken geteilt, Federico?«
Er lächelte sie zärtlich an. »Du bist eine wunderbare Geliebte, eine außergewöhnliche Frau – und eine überaus kluge Gefährtin. Also gut. Der Papst lässt die Grenzen im Süden meines Reiches angreifen, und im Norden verursacht mein Sohn, König Heinrich, so viel Ärger, dass meine Anwesenheit wohl auch in Deutschland notwendig sein wird.« Bianca starrte ihn an. »Siehst du, Liebste, jetzt machst du ebenfalls ein sorgenvolles Gesicht. Ich bin ein Barbar, dass ich dich mit meinen unerfreulichen Geschichten ängstige.«
»Du wirst nach Deutschland reisen?«
»Später, vielleicht. Erst muss Frieden in Sizilien herrschen.«
»Und dann?« Die Vorstellung, dass Friedrich möglicherweise für lange Zeit jenseits der Alpen bleiben könnte, ängstigte sie.
»Ach, Bianca, wir wollen uns nicht über Dinge den Kopf zerbrechen, die morgen oder übermorgen eintreten können. Heute sind wir hier, es herrscht Frieden – und ich vergöttere dich.«
Sie lachte und schlüpfte in einen seiner Seidenmäntel, denn ihr Kleid war immer noch nass.
»Wenn du zurückkommst, werde ich hier sein und auf dich warten. Und sollte es die ganze Nacht sein«, versprach sie ihm.
»Ich nehme dich beim Wort«, rief er ihr zu, als er in sein Schlafgemach ging, um sich von einem der Diener beim Ankleiden helfen zu lassen. »Und Bianca …«
Sie sah auf.
»… bleib so, wie du bist.«
Sie sah an sich hinunter und stellte fest, dass sie nicht sehr präsentabel wirkte, erhitzt von der Liebe und nur notdürftig mit einem Seidenmantel bekleidet.
»So?«, witzelte sie und schüttelte ihr ungekämmtes Haar.
»Genau so«, sagte er ernst. »Jeder Edelstein verblasst neben deiner Schönheit.«
Der Kaiser berührte mit seinen Lippen seine Fingerspitzen und blies ihr den Kuss zu.

»Wünsch mir Glück, Bianca.«
Sie lächelte ihn an, und ihr Herz war so voller Liebe, dass sie einen Wimpernschlag lang fürchtete, es könnte in tausend Scherben zerspringen.

Hier unten waren die Wände feucht, und es roch nach Moder und Schimmel. Die kleine Fackel beleuchtete kaum den Weg, und Manfred musste seine Schritte langsam und tastend setzen, um nicht zu stolpern. Seit er sich sicher war, dass der Burgvogt Wolfelin seine Bücher zwar nach außen sauber führte, doch klammheimlich mehr oder weniger große Summen abzweigte, war er auf der Suche nach dem geheimnisvollen Schatz. Irgendwo musste Wolfelin die Truhen versteckt haben, und die beste Möglichkeit dazu bot immer noch die Pfalz selbst.
Manfred hatte einen der Pläne der Grafen von Egisheim gefunden, die einst mit dem Bau der Festung Haguenau begonnen hatten, und arbeitete sich mit dessen Hilfe immer weiter in die Eingeweide der Pfalz. Ohne den Plan wäre er schon mehr als einmal hoffnungslos verloren gewesen, denn die Gänge und Fluchten bildeten ein dunkles Labyrinth, das einen Mann, der sich verirrte, das Leben kosten konnte.
Es war eiskalt hier unten, und er musste an den Schneesturm in den Alpen denken. Den ganzen Sommer über und auch während des lauen Herbstes war es ihm gelungen, die Schrecken jener Nacht aus seinen Gedanken zu verbannen, doch jetzt im Winter lag auch im Elsass Schnee, und er wurde wieder an den schmerzhaften Verlust seiner beiden Zehen erinnert. Vor fast genau einem Jahr waren in der eisigen Dunkelheit am Alpenpass seine Füße erfroren, und er konnte sich glücklich schätzen, dass ihm lediglich zwei Zehen abgenommen worden waren.
Er ging vorsichtig weiter, und das Gewölbe wurde schmaler und war inzwischen so niedrig, dass er den Kopf einziehen musste. Er

zweifelte, dass ihn dieser Gang an irgendein Ziel bringen würde, als er einen weiteren entdeckte, der nach links abzweigte. Nach der Orientierung, die ihm der Plan ermöglichte, musste sich nicht weit über ihm der große Sitzungssaal befinden.
Er entschied sich für den neuen Gang und folgte ihm einige Schritte. Das faulige Wasser, das von den Mauern sickerte, war hier tiefer und reichte ihm fast bis über die Schuhe. Das Leder würde verdorben sein, und er ärgerte sich, dass er nicht an die Feuchtigkeit in den Kellern der Festung gedacht hatte. Er zögerte und überlegte kurz, ob es nicht doch besser wäre, umzukehren, aber eine Ahnung trieb ihn weiter. Nach einer Weile stand er vor einer Tür, die zu seinem Erstaunen nicht verschlossen war. Vorsichtig öffnete er sie und befand sich in einem kleinen Raum.
Manfred sah sich neugierig um, konnte aber zunächst nichts entdecken. Der Raum war vollkommen leer. Er leuchtete mit seiner Fackel die Ecken, so gut es ging, aus, fand aber weder eine Truhe noch eine weitere Tür. Erst als er sich schon fast abwenden wollte, fiel ihm an der Längsseite auf halber Höhe eine Art Holzluke auf. Um eine Tür konnte es sich nicht handeln, die Öffnung war zu klein für einen erwachsenen Mann. Er brauchte mehr Licht und hielt die Fackel dichter an die Luke, um die Umrisse besser zu erkennen. Allenfalls ein Kind wäre in der Lage, hier durchzuschlüpfen, dachte er, vermochte sich aber nicht zu erklären, wozu die Vorrichtung dienen könnte.
Er klopfte gegen das Holz, und der Klang deutete auf einen Hohlraum hin. Dann rüttelte er an dem Holzverschlag und war erneut erstaunt, denn die Vorderseite bewegte sich, und er konnte das Holz nach oben schieben. Dahinter befand sich tatsächlich der vermutete Hohlraum, und als er hineinleuchtete, sah er, dass der Verschlag nach oben offen war. Außerdem entdeckte er zwei Seile, die an der Rückwand senkrecht verliefen.
»Das ist genial«, murmelte er.
Auf diese Weise konnte der Burgvogt die Säcke mit den Münzen

wie von Zauberhand verschwinden lassen und im wahrsten Sinne des Wortes in den Tiefen der Burg versenken. Später, wenn niemand auf ihn achtete, stieg er nach unten und schlich sich durch die verborgenen Gänge in diese Kammer. Hier brauchte er nur noch die Beute aus dem Holzfach zu nehmen und zu verstecken.
»Wolfelin, du bist ein Dieb, aber ein schlauer«, flüsterte Manfred und entschied, für heute die Suche einzustellen und später in seiner Schlafkammer die Stelle auf dem Plan zu markieren.
Die Schatzkammer des betrügerischen Burgvogts konnte nicht weit sein, und da er nun den Weg kannte, hatte er keine Eile. Früher oder später würde er das Geheimnis lüften.
Er war gerade zurück in seinem Schlafgemach und hatte seine ekelhaft stinkenden Schuhe ausgezogen, als es an seiner Tür klopfte und ein Diener ihm mitteilte, dass der König einen kleinen Kreis von Beratern zu sich befehle. Manfred fragte sich, welchem Impuls König Heinrich jetzt wieder nachgab und wie viel Überzeugungsgeschick sie brauchen würden, um ihn von irgendeiner Torheit abzuhalten.
Seine verwegene Idee, sich von seiner Frau, Königin Margarethe, zu trennen, hatte Wolfelin ihm fürs Erste ausreden können, doch von Zeit zu Zeit kam Heinrich auf seinen ursprünglichen Plan zurück. Manfred kannte den König mittlerweile gut genug, um zu wissen, dass das meiste, was Heinrich dachte oder tat, von der Stimmung des Augenblicks abhing. Er konnte hinreißend charmant sein, aber ebenso schnell schlug seine Laune um, und er verwandelte sich in einen gelangweilten, flegelhaften Despoten, der alle um sich herum tyrannisierte.
Wolfelin pflegte dann regelmäßig sein Bedauern darüber auszudrücken, dass dem Sohn leider die Klugheit und Charakterstärke seines Vaters, Kaiser Friedrichs, fehlten und nun, da der König mit achtzehn volljährig geworden war, niemand mehr die Autorität habe, Heinrich in die Schranken zu weisen.
Manfred war der Meinung, dass eine Tracht Prügel den König

schon zur Vernunft bringen würde, hütete sich aber, eine solche Majestätsbeleidigung laut auszusprechen. Er fürchtete allerdings, dass der Kaiser eines Tages von den Kapriolen seines Sohnes genug haben würde, und die Strafe, die Heinrich dann blühte, dürfte deutlich schmerzhafter sein als die Prügel, die Manfred ihm heimlich zugedacht hatte.

Er betrat den kleinen Rittersaal, den König Heinrich für seine abendlichen Besprechungen bevorzugte, und sah, dass außer ihm nur Wolfelin und der Abt des Klosters St. Gallen anwesend waren.

»Können wir jetzt endlich anfangen?«, fragte Heinrich in einem Ton, der nichts Gutes verhieß.

»Verzeiht, wenn ich mich verspätet habe«, entschuldigte sich Manfred, »aber ich habe von der Zusammenkunft eben erst erfahren.«

»Wenn die Diener zu langsam sind, müssen sie eben ausgetauscht werden«, maulte der König. »Ich hasse es, zu warten.«

»Nun«, beschwichtigte Wolfelin, der mit Heinrichs Launenhaftigkeit am besten umgehen konnte, »wir sind ja jetzt vollzählig und können beginnen.«

»Jetzt habe ich keine Lust mehr«, blaffte der König, und Manfred seufzte unhörbar.

Alle schwiegen, selbst Wolfelin wagte keinen erneuten Vorstoß.

»Haben wir Geld für einen Feldzug?«, fragte Heinrich plötzlich und riss die anderen aus ihren Gedanken.

»Ihr denkt an eine militärische Auseinandersetzung?«, sondierte Manfred vorsichtig.

»Habe ich mich nicht klar ausgedrückt?«

»Verzeiht, mein König, wenn ich lästig bin und noch einmal nachfrage. Habe ich richtig verstanden, dass Ihr in den Krieg ziehen wollt, und wenn ja, gegen wen?«

»Was für eine dumme Frage – gegen wen? Gegen Bayern natürlich.«

Der Abt aus St. Gallen lächelte den König nachsichtig an. »Ich bin kein Mann des Schwertes und im Denken langsam, wenn die Waffen sprechen sollen. Es ist noch nicht lange her, und Ihr wolltet einen Konflikt mit Eurem Schwiegervater in Österreich in Kauf nehmen, weil Ihr seine Tochter, Eure Frau, verstoßen wolltet. Nun sprecht Ihr von einem Feldzug gegen den Herzog von Bayern, den Euer Vater zu Eurem Berater gemacht hat. Habt Ihr keine Angst, dass Ihr wie in den Bergen aus einem kleinen Schneeball eine Lawine macht, die eine Schneise der Verwüstung zieht?«

Auch Manfred schaltete sich ein. »Der Herzog ist ein mächtiger Mann.«

»Ich verabscheue ihn. Und außerdem hat er mir selbst seine Abneigung und Feindschaft erklärt. Hier in Haguenau. Daran wird sich ja wohl jeder hier im Raum erinnern.«

»Und deshalb wollt Ihr gegen Bayern ziehen?« Manfred betrachtete den König wie ein Vater sein ungehorsames Kind. »Ist das nicht ein bisschen übertrieben?«

Der König funkelte ihn an. »Passt auf, was Ihr sagt. Ihr kennt Euch vielleicht mit Finanzen aus, aber das gibt Euch nicht das Recht zur Überheblichkeit.«

Manfred hielt es für besser, den unberechenbaren König nicht weiter zu reizen, und schwieg.

»Also, haben wir genügend Geld, um Söldner zu werben?«

Wolfelin nickte, riet aber dennoch zur Mäßigung.

»Schweig, Wolfelin. Ich werde hier nicht untätig versauern, sondern mein Reich vergrößern.«

»Was wird Euer Vater dazu sagen?«, wandte der Burgvogt vorsichtig ein.

»Mein Vater ist weit weg.«

»Aber er wird zurückkommen.«

»Dann hat er in seinem eigenen Reich genug zu tun. Der Papst hetzt jeden, den er dazu überreden kann, gegen den Kaiser auf.«

»Ich weiß nicht …«, begann Wolfelin, doch der König beendete die Unterredung.

»Wir machen es so, wie ich sage. Und der Kaiser wird nicht nach Deutschland kommen. Ich habe meinen Vater seit fast zehn Jahren nicht gesehen. Warum sollte er sich jetzt kümmern?«
Weil du Idiot sein Reich zerschlägst, dachte Manfred und erblickte in den Augen der beiden anderen Männer denselben Gedanken.

Giovanna hatte lange nachgedacht und beschloss, das Problem direkt an der Wurzel zu packen.
»Berengaria«, sagte sie eines Abends, »ich habe Euch und Euren Freunden lange genug auf der Tasche gelegen. Es wird Zeit, dass ich wieder einen Dienst antrete.«
Die Priesterin der Albigenser wirkte erstaunt. »Du bist sicher, dass du eine neue Dienststelle findest?«
»Ich weiß, was Ihr sagen wollt. Ihr meint, ich sei zu alt, und eine Frau wie mich werde niemand mehr haben wollen. Aber mein Entschluss ist gefasst. Ich werde von hier fortgehen.«
»Aber wohin willst du?«
»Über eineinhalb Jahre sind jetzt vergangen, seit Bianca und mein Neffe Lorenzo fliehen mussten. Von keinem der beiden haben wir je wieder etwas gehört. Es macht mich traurig, nicht zu wissen, wie es Bianca und Lorenzo ergangen ist, ob sie Freunde gefunden haben oder ob sie in Gefahr sind.«
»Nun«, warf Berengaria ein, »du gehst davon aus, dass sie noch leben. Doch ebenso gut kann ihr Schöpfer sie längst zu sich gerufen haben.«
»Ich glaube aber, dass sie leben. Und dieser Gedanke gibt mir die Kraft, mich auf den Weg zu machen. Und zwar nach Süden. Bianca hat damals davon gesprochen, ins Kloster der Ehrwürdigen Schwestern nach Bari zu gehen. Dort will ich nach ihr suchen.«
»Aber Giovanna, das sind Hirngespinste. Wer sagt dir denn, dass Bianca jemals dort angekommen ist?«

»Mein Glaube in die unendliche Güte Gottes.«
Berengarias Blick wurde weich. »Deine Gottesfürchtigkeit in Ehren, aber es ist ein weiter Weg bis Bari, und unterwegs lauern viele Gefahren. Du weißt, dass der Papst Krieg gegen den Kaiser führt. Die großen Städte sind zerstritten. Einige sind vom Kaiser abgefallen, weil der alte Mann in Rom ihnen mehr Freiheiten versprochen hat. Diese leichtgläubigen Narren. Die Kirche wird ihnen noch mehr Steuern und Abgaben aufbürden und ihre Söhne in den Pfeilhagel der kaiserlichen Truppen schicken.«
»Doch selbst bis zu uns nach Turin ist die Nachricht gedrungen, dass der Kaiser im Heiligen Land Frieden ausgehandelt hat. Er wird zurückkommen, und es wird wieder Ruhe herrschen.«
»Ich weiß nicht«, sagte Berengaria skeptisch. »Auf jeden Fall kannst du nicht allein in den Süden reisen. Damit würdest du das Schicksal wirklich herausfordern.«
Giovanna lenkte ein. »Ehrlich gesagt, ich alte Frau hatte auch nicht vor, mutterseelenallein durch die Landschaft zu ziehen. Vor kurzem habt Ihr davon gesprochen, dass Ihr vielleicht selbst, zumindest aber einige Eurer Glaubensschwestern nach Foggia reisen wollen. Und von dort ist es nicht mehr weit bis Bari.«
»Giovanna«, sagte Berengaria und legte ihr mitfühlend die Hand auf den Arm, »mach dir nicht zu viele Hoffnungen, dass du Bianca jemals wiederfindest. Ihr wart damals alle sicher, dass ihr Bruder und die Familie Pucci Bianca verfolgen lassen. Zieh also auch die Möglichkeit in Betracht, dass sie in die Falle gelaufen ist.«
»Aber davon hätten wir bestimmt gehört. Ihr Bruder hätte ihr einen Prozess gemacht, da bin ich sicher. Es wäre ihm ein großes Vergnügen gewesen, sie auch öffentlich zu demütigen. Doch da war nichts. Auch wir Dienstboten haben unsere Verbindungen.«
Berengaria dachte nach.
»Es heißt, Graf Pucci lebe noch«, sagte sie bedächtig.
»In jener Nacht waren wir fest davon überzeugt, dass Bianca ihn erstochen hat. Aber wenn es stimmt, was Ihr sagt, hat es Gott of-

fensichtlich gefallen, Enzio das Leben ein zweites Mal zu schenken. Obwohl dieser Abschaum es ganz bestimmt nicht verdient hat.«

»Hadere nicht mit den Entschlüssen unseres Schöpfers«, ermahnte sie Berengaria. »Auch wenn wir Gottes Wege häufig nicht verstehen, es steht uns nicht an, darüber zu urteilen.«

Giovanna lächelte. »Ihr seid die Priesterin, ich bin nur eine einfache Frau. Die Wege Gottes sind, wie sie sind, aber vielleicht wird mich einer auf die Spur von Bianca und Lorenzo führen. Die beiden fehlen mir sehr.«

»Ich weiß. Du liebst Bianca wie dein eigenes Kind, und auch dein Neffe ist dir ans Herz gewachsen.«

Giovanna wischte sich verstohlen die Augen. Sie wollte jetzt nicht weinen. Später, irgendwann, war genug Zeit für Tränen. Aus welchem Grund auch immer.

»So ist es also ausgemacht«, sagte sie zu Berengaria. »Wenn die anderen nach Foggia aufbrechen, komme ich mit.«

»Dieses Haus ist kein Gefängnis. Wenn du aufbrechen möchtest, bist du frei zu gehen. In ein paar Tagen ist es so weit. Triff deine Vorbereitungen und nutze die Zeit bis dahin, dich auszuruhen. Es ist eine lange Reise.«

Giovanna war erleichtert. Sie hatte zu lange gezögert, mit Berengaria zu sprechen, und zu viel Zeit verstreichen lassen.

Und wenn sie Bianca und Lorenzo trotz allem niemals wiedersehen würde? Darüber wollte sie nicht nachdenken und nahm sich vor, ihrer inneren Stimme nicht zu gestatten, Zweifel zu säen.

Sie ritt eines der edlen Pferde, das Sultan al-Kamil dem Kaiser geschenkt hatte, einen Schimmel mit einer wundervollen Mähne, die ihm in Wellen tief über den perfekt geschwungenen Hals fiel. Nicht weit vor ihr sah sie Friedrich auf seinem Streitross. Sein rötlich blondes Haar leuchtete in der Sonne, auf seinem Kopf trug

er eine Krone, die wie ein breiter Haarreif Stirn und Hinterkopf umschloss und mit kostbaren Edelsteinen besetzt war.
Sein Umhang, der bis über den Rücken des Pferdes reichte, war von einem strahlenden Rot, der Saum mit Gold bestickt. Vor der Brust wurde der Umhang von einer goldenen Brosche gehalten. Darunter trug der Kaiser ein Gewand, das bis zu seinen Füßen ging und ebenso wie der Umhang aus wertvoller Seide gearbeitet war. Das Gewand war reich verziert und mit Goldfäden bestickt.
Doch nicht nur der Kaiser war prächtig gekleidet, sein ganzer Hofstaat trug die schönsten und kostbarsten Gewänder. Die Pferde waren geschmückt, und voran ritten Fanfarenträger, die mit lauten Klängen den Tross des Kaisers ankündigten.
Es war ein Triumphzug, der sich auf Jerusalem zubewegte, das konnte niemand übersehen. Das gesamte Kreuzfahrerheer nahm daran teil, die Ritterorden in ihrem schneeweißen Ornat, die anderen in ihren polierten Rüstungen und mit blank geputzten Waffen.
Wenn Bianca sich umsah, blickte sie in Gesichter, die die Gefühle der Männer widerspiegelten – viele voller Stolz über den auf diplomatischem Weg gewonnenen Frieden, manche verbittert, weil sie sich mit den Muslimen lieber eine Schlacht geliefert hätten, und andere, die es immer noch missbilligten, dass der Kaiser ins Heilige Land gezogen war, obwohl der Papst ihn aus der Kirche ausgeschlossen hatte.
Doch was auch immer Papst Gregor IX. davon halten mochte, der Friedensvertrag war perfekt und unterzeichnet. Al-Kamil verzichtete zugunsten der Christen auf die Stadt Jerusalem, nicht jedoch auf den Felsendom und die Al-Aksa-Moschee. Beide Stätten sollten von unbewaffneten islamischen Lehrern verwaltet werden, Dom und Moschee den Glaubensbrüdern jederzeit zum Gebet offen stehen. Damit auch Christen im Felsendom beten konnten, wurde der Zugang zugleich von Soldaten des Kaisers kontrolliert.

Der Kaiser erhielt außerdem Bethlehem sowie alle Dörfer zwischen Bethlehem und Jerusalem und zwischen Jerusalem und Jaffa, Nazareth, Tyrus und das Gebiet um Sidon.
Kaiser Friedrich und Sultan a-Kamil hatten darüber hinaus vereinbart, alle Gefangenen auszutauschen, auch die, die seit vielen Jahren im Kerker saßen oder Zwangsarbeit leisten mussten. Der letzte Punkt hatte Bianca ganz besonders am Herzen gelegen, hoffte sie doch, auf diesem Weg ein Lebenszeichen von Lorenzo zu bekommen. Alle kaiserlichen Nachforschungen hatten bisher zu keinem Ergebnis geführt. Doch Bianca hatte nicht vor, einfach aufzugeben.
Der Zug des kaiserlichen Gefolges war so lang, dass Bianca das Ende nicht sehen konnte, und ein Reiter, der von der Spitze zum Ende gelangen wollte, brauchte über eine Stunde. Am Straßenrand standen die Menschen, jubelten und winkten dem Kaiser, dem Hofstaat und den Kreuzfahrern begeistert zu.
Bianca dachte an die Sarazenen, die man vor der Übergabe Jerusalems aus der Stadt vertrieben hatte und die dem Kaiser keine dankbaren Gefühle entgegenbrachten. Ihr taten diese Menschen leid, und sie hätte es begrüßt, wenn ein friedliches Miteinander möglich gewesen wäre.
Karim ritt an ihrer Seite. Er trug einen hellbraunen Umhang, der mit Blättern und Blüten bestickt war, und einen Turban mit demselben Muster. Seine dunklen Augen beobachteten ernst die Menschenmenge am Rande der Straße, als würde er befürchten, es könnte auch der eine oder andere darunter sein, der keinen Grund zur Freude hatte. Dass aus einer Ansammlung von Feiernden auch mal Steine des Protests geworfen wurden, war keine Seltenheit, und auch Bianca schickte von Zeit zu Zeit einen prüfenden Blick auf die Männer und Frauen, die den Kaiser begeistert grüßten.
Sie hatte in sich eine Kraft zu lieben entdeckt, die sie nie vermutet hätte. Sie und Friedrich lebten zusammen wie ein verheiratetes

Paar, und jeden Morgen, wenn sie neben ihm erwachte, wuchs ihre Liebe ein Stückchen mehr. Als sie erfahren hatte, dass der Kaiser wie ein Sarazenen-Fürst einen Harem hielt, war ihre erste Reaktion schmerzhafte Eifersucht. Die Vorstellung, dass der Mann, der für sie alles bedeutete, auch mit anderen Frauen schlief, quälte sie mehr, als sie mit Worten ausdrücken konnte. Sie versuchte ihren Kummer niemandem zu zeigen, ihre verletzten Gefühle nicht zu verraten, doch es war Karim gewesen, dessen kluge Augen ihren Schmerz gesehen hatten.

Seitdem war Karim für Bianca ein enger Vertrauter, der einzige, mit dem sie über ihre Liebe zu Friedrich sprechen konnte. Und von Karim hatte sie auch erfahren, dass der Kaiser seinen Harem seit langem nicht mehr betreten hatte.

Karim hatte ihr von dem Tod der Kaiserin Isabella in Andria erzählt und von dem Zerwürfnis zwischen Friedrich und seinem Schwiegervater, Johann von Brienne. Bianca hatte die junge Kaiserin, die so unglücklich gelebt und so früh gestorben war, aufrichtig bedauert. Friedrich hatte seine Frau nicht geliebt und ihren Tod gefasst aufgenommen. Ein verwitweter Kaiser, das hatte Karim bereits vorsichtig angedeutet, würde bald daran denken müssen, aus dynastischen und politischen Gründen eine neue Kaiserin zu suchen. Bianca verdrängte diese Möglichkeit, so gut es ging, und ganz tief in ihrem Herzen hoffte sie, dass Friedrich für immer an ihrer Seite bleiben würde – auch wenn er sie nicht heiraten konnte.

Friedrich hatte dieses Thema nie auch nur mit einem einzigen Wort berührt, und selbst in ihren glücklichsten und intimsten Momenten sprach er nicht über die Zukunft. Sie würden gemeinsam nach Jerusalem ziehen und dann zusammen zurückkehren ins Königreich Sizilien. Was dann geschehen sollte, wusste Bianca nicht – und sie hütete sich, danach zu fragen.

Karim hatte ihr geraten, den Augenblick zu genießen und nicht allzu weit in die Zukunft schauen zu wollen. Dass Friedrich sie liebte, konnte jeder sehen, der Augen im Kopf hatte. Er umsorgte sie mit einer Zärtlichkeit, die in seltsamem Gegensatz zu seiner sonstigen Härte, seiner Ungeduld und seinem Starrsinn stand. Doch sie waren weit weg von zu Hause, im Morgenland, auf der anderen Seite des riesigen Meeres, und hier galten andere Gesetze. Der Kaiser war freier in seinen Entscheidungen, es gab keinen Hof mit seiner Etikette und seinen Ränkespielen und wenig Pflichten zur Repräsentation.

Manchmal hatte Bianca Angst, dass alles anders werden könnte, wenn sie erst wieder sizilianischen Boden unter den Füßen spürten und Friedrich von seinem gewohnten Alltag eingeholt werden würde.

Was sollte sie tun, wenn Friedrich sie nicht mehr liebte? Einmal hatte sie ihre Angst vor Karim ausgesprochen, und dieser hatte sie mitfühlend angesehen und ihr über die Wange gestrichen. Auch er wusste keinen anderen Rat als diesen: Lebe den Augenblick und die Liebe, solange sie dauert. Und sie solle niemals probieren, Friedrich festzuhalten, wenn er die Freiheit sucht. Sie hatte seine Worte noch im Ohr: »Denkt an Euren Falken und daran, dass man niemanden zwingen kann, einen zu lieben.«

Sie sah nach vorn und schüttelte die aufkeimende Wehmut ab wie ein Hund das Wasser. Heute war nicht der Tag, über Eventualitäten zu trauern. Heute war ein Freudentag, und sie dachte an die Hochstimmung, die sie schon beim Aufwachen empfunden hatte. Der Kaiser wollte sie glücklich sehen, und diesen Wunsch würde sie ihm erfüllen.

In der Ferne konnte sie die Türme von Jerusalem ausmachen, die Kuppel der Grabeskirche leuchtete in der Sonne. Der Stab des Kaisers hatte den Aufenthalt in Jerusalem minutiös geplant. Sie würden im Hospital der Johanniter Quartier nehmen, auf Befehl des Sultans würde der Kadi von Nablus die Stadt offiziell dem Kaiser übergeben, und dann war ein Gebet in der Grabeskirche geplant.

Morgen, am Sonntag, würde ein Gottesdienst stattfinden, und der Kaiser hatte entschieden, erst nach der Messe das Gotteshaus zu betreten. Eine Geste der Bescheidenheit gegenüber der Kirche, denn trotz des erfolgreich beendeten Kreuzzugs war er immer noch ein Gebannter, einer, der nicht mehr zur Kirche der Christen gehörte. Zwar war ein Teil der kaiserlichen Berater der Meinung, die Exkommunikation des Papstes habe sich sozusagen durch den Abschluss des Kreuzzugs erübrigt, doch die Erfahrenen unter ihnen mahnten zur Vorsicht.

Auch Friedrich tendierte dazu, den Papst vorerst nicht weiter zu reizen. Zurück im Königreich Sizilien, würde es genügend Anlass zur Auseinandersetzung geben.

Sie ritten von Nordwesten auf die Stadt zu, da der Kaiser und sein Gefolge zuvor in Jaffa Station gemacht hatten. Bianca war von Jaffa enttäuscht gewesen – eine kleine, fast schmuddelige Stadt im Vergleich zu Akkon, mit einem Gewirr an Gassen, die für den Triumphzug des Kaisers viel zu schmal waren. Von Jaffa bis Jerusalem hatten sie zwei Tage gebraucht, da der Tross mit fast zehntausend Reitern nur langsam vorankam.

Am Abend vor der Abreise hatte Friedrich ihr gestanden, wie froh er tatsächlich über die schnelle Einigung mit dem Sultan war. Ein Sturm hatte die Flotte aus dem Königreich Sizilien mit dringend notwendigem Lebensmittelnachschub für das christliche Heer vernichtet. Ein weiterer Schicksalsschlag, der diesen Kreuzzug getroffen hatte. Glücklicherweise war es dem Stab des Kaisers gelungen, die Nachricht so lange wie möglich geheim zu halten, denn zu groß war die Gefahr, dass die Ritter in Scharen das Heilige Land verlassen würden. Und das hätte dem Papst vollends das nötige Rüstzeug im Kampf gegen den Kaiser gegeben.

Doch nun hatte sich alles wie von göttlicher Hand gefügt, und Bianca musste oft an den Engel denken, der ihr hin und wieder im Traum erschien. Durch alle Gefahren hatte er sie beschützt und sie ans Ziel geführt – zu dem Mann, den sie über alles liebte.

Als sie in Jerusalem einzogen, wurden sie von den christlichen Bürgern der Stadt überschwänglich gefeiert. Friedrich lächelte und winkte den Menschen zu, und dann drehte er sich kurz nach hinten und schenkte Bianca einen Blick, der ihr alle Gefühle in seinem Inneren verriet, Stolz, Selbstbewusstsein – und die Liebe zu ihr. Bianca lachte ihn an und neigte leicht den Kopf, um ihm zu zeigen, dass sie verstanden hatte.

Jerusalem – das war nicht nur eine Stadt, sondern der Ort, wo Christus unsagbar gelitten hatte, wo er gestorben und begraben war. Und Jerusalem war auch der Ort seiner Wiederauferstehung. Diese Stadt bedeutete gleichsam das Tor zum Himmel, und Bianca spürte, dass alle im Gefolge des Kaisers von derselben Kraft angezogen wurden. Hier befand sich das Grab Christi, und diese Stadt war der Nabel der Welt.

»Nun bist du wie eine Kaiserin in Jerusalem eingezogen«, flüsterte er ihr nachts in ihrem Schlafgemach im Hospital der Johanniter ins Ohr. »Du bist meine einzige Kaiserin, mein Herz.«

Bianca schmiegte sich in seine Arme.

»Du hast sehr erhaben gewirkt, Federico«, sagte sie und strich über seine Brust. »Und du hast viele Menschen glücklich gemacht.«

»Das ist meine Pflicht, cara mia. Deshalb bin ich Kaiser. Aber, Liebste, ich bin auch ein Mann. Und in dieser Eigenschaft will ich nur eine glücklich machen.«

Bianca lachte, küsste ihn und erwiderte: »Du machst mich jeden Tag, an dem ich aufwache, glücklich und jede Nacht, in der ich einschlafe. Das ist mehr, als ich je erträumt habe.«

Er knabberte an ihrem Ohrläppchen. »Und wir sind erst am Anfang.«

»Federico, ich wünschte, unsere Liebe würde ewig dauern.«

»Die Ewigkeit, Liebste, ist eine lange Zeit. Halte das Glück fest, solange es dauert.«

Bianca nickte, aber sie fühlte Tränen hinter ihren Lidern. Friedrich verstand sie nicht. Er war taub für ihre Ängste, dass er sie

eines Tages verlassen könnte – und sie wagte nicht, ihn um mehr zu bitten, als er zu geben bereit war.
Bevor sie erschöpft von der Liebe einschlief, erinnerte sie sich an ein Gespräch mit Zamira, der Favoritin des Sultans. Die Liebe ist ein Kind der Freiheit, hatte sie selbst zu Zamira gesagt.
Du Idiotin, schimpfte sie sich, kurz bevor die Müdigkeit ihre Gedanken lahmlegte, du Idiotin verstößt gegen deine eigenen Überzeugungen.

Er hatte sich wider besseres Wissen in die Kirche geschlichen, hoffte aber, in seiner Verkleidung nicht erkannt zu werden. Er trug den Ornat eines der Franziskaner und hatte die Kapuze seiner ärmlichen Kutte tief ins Gesicht gezogen. Baron Heinrich von Passau war skrupellos, aber nicht dumm, und dass heute in der Grabeskirche zu Jerusalem Weltgeschichte geschrieben werden würde, war ihm nur allzu klar. Gerüchte waberten durch die Stadt, der Kaiser würde sich zum König von Jerusalem krönen zu lassen. Andere, dass er der Messe gar nicht beiwohnen und die Stadt schon morgen wieder verlassen werde.
Auf jeden Fall hatten die Spekulationen dazu geführt, dass die Grabeskirche zum Bersten gefüllt war. Ritter, Mönche, die Stadtväter und ihre Familien waren in die Kirche gekommen, und viele hatten nicht das Glück gehabt, einen Platz auf einer der Bänke zu erhalten. Sie standen in mehreren Reihen an den Seiten des Kirchenschiffs, was Heinrich von Passau die Möglichkeit gab, sich problemlos hinter seinen Vordermännern zu verbergen.
Die monumentale Kirche war bereits zweimal zerstört worden, und besonders die Truppen des Kalifen al-Hakim hatten vor gut zweihundert Jahren ganze Arbeit geleistet. Die Grabeskirche war damals fast dem Erdboden gleichgemacht worden, selbst das Heilige Grab wurde abgebrochen.

Erst vor rund achtzig Jahren war die Kirche, in der er jetzt stand, von Kreuzfahrern wieder aufgebaut worden. Von seinem Platz aus konnte er das Heilige Grab nicht sehen, aber Heinrich von Passau nahm sich fest vor, die Kirche nicht zu verlassen, ohne das Grab des Herrn berührt zu haben. Auch wenn er freiwillig niemals ins Heilige Land gepilgert wäre, konnte ein Kniefall nicht schaden. Und da ihn Biancas Verfolgung bis an den Nabel der Welt geführt hatte, wollte er den heiligen Ort nicht verlassen, ohne etwas für sein ewiges Leben getan zu haben. Was, wie Heinrich pragmatisch dachte, ihm zumindest ein kleines Stück näher zu seinem Schöpfer brachte, wenn er ihm am Tag des Jüngsten Gerichts gegenübertreten musste.

Heinrich drängelte sich langsam weiter nach vorn, ohne etwas von seiner Deckung aufzugeben. In der Kirche war es dämmrig, es brannten weniger Kerzen als sonst. Die Kirche war in voller Absicht nicht so festlich geschmückt, wie es dem Anlass angemessen gewesen wäre, denn aus Protest gegen den Friedensvertrag des Kaisers fehlten der Patriarch von Jerusalem und die obersten Würdenträger der Kirche.

Heinrichs Augen suchten den Kaiser, doch der Platz, den man für den Herrscher vorgesehen hatte, war leer. Trotzdem war der Deutsche davon überzeugt, dass der Kaiser sich einen Auftritt in der Kirche des Heiligen Grabes nicht nehmen lassen würde. Er hielt ihn für viel zu eitel und selbstgefällig, um die Gelegenheit zur großen Pose ungenutzt verstreichen zu lassen. Deshalb tendierte er wie viele andere zu der Ansicht, dass Friedrich früher oder später die Kirche betreten würde.

Je weiter er sich nach vorn arbeitete, desto dichter wurde das Gedränge. Dutzende von Rittern des Deutschen Ordens versperrten ihm den Weg, und er hielt es für klüger, in seiner braunen Kutte im Hintergrund zu bleiben.

Die Messe war beendet, doch niemand stand auf und verließ die Kirche. Und obwohl sich so viele Menschen in dem Gotteshaus versammelt hatten, war es doch totenstill. Plötzlich ging ein Raunen durch den hinteren Teil, Männer reckten die Hälse, um besser sehen zu können, und auch Heinrich von Passau bemühte sich, das Geschehen am Eingang zu erkennen.

Also doch, dachte er, als er Friedrichs rötlichen Haarschopf entdeckte. Ich wusste, dass er kommt.

Der Kaiser schritt mit mehreren Bischöfen aus seinem Gefolge durch den Mittelgang in Richtung Altar. Die Menge verfolgte atemlos den feierlichen Einzug in die Grabeskirche, sah zu, wie der Kaiser dem Altar näher und näher kam und kurz davor stehenblieb. Aus den Reihen des kaiserlichen Gefolges trat ein Mann, der ein rotes Seidenkissen in den Händen hielt. Auf dem Kissen lag eine Krone.

Heinrich von Passau beobachtete die Szene mit demselben faszinierten Schweigen wie alle anderen. Wenn ihm bislang nicht klar gewesen war, was Friedrich mit seinem Besuch in der Grabeskirche beabsichtigte, dann hatte er den Plan des Kaisers spätestens beim Anblick der Krone durchschaut. Sieh an, sieh an, dachte er, er will sich zum König von Jerusalem krönen lassen. Fragt sich nur, vom wem? Er sah sich um, konnte aber niemanden von Jerusalems Geistlichkeit entdecken, der diese Zeremonie leiten würde.

Doch während Heinrich noch grübelte, schritt Friedrich mit festen Schritten zum Hauptaltar, ergriff die Krone und setzte sie sich wortlos auf den Kopf. Danach ging er hoch erhobenen Hauptes zu seinem Thronsessel und nahm lächelnd Platz.

Es kam nicht oft vor, dass Heinrich von Passau die Worte fehlten. Aber sogar er, der sich selbst für einen abgebrühten Ränkeschmied hielt, hatte mit diesem Schachzug des Kaisers nicht gerechnet. Er hat sich die Krone selbst aufgesetzt, dachte er und war begeistert, denn so viel Charisma verdiente auch von einem erklärten Feind Bewunderung.

Um ihn herum zeigten die Gesichter der Männer und Frauen eine

Mischung aus Überraschung, Schrecken, Faszination und Entrückung. Einige flüsterten, aber die meisten schwiegen voller Ehrfurcht vor diesem Mann, der den Mut bewies, sich das, was er wollte, einfach zu nehmen.
Heinrich sah, dass der Kaiser immer noch lächelte und dann die Hand hob, um zu zeigen, dass er zu der Menge sprechen wollte. Er war viel zu aufgeregt, um sich auf die Eingangsworte des Kaisers konzentrieren zu können, doch dann drangen dessen Sätze, in denen er von seinem Willen zum Kreuzzug sprach und den immer neuen Verzögerungen, zu ihm. Erstaunt hörte Heinrich, dass der Kaiser für alle Hindernisse auf dem Weg ins Heilige Land die Schuld auf sich nahm.
Was hatte Friedrich so versöhnlich gestimmt, fragte sich der Deutsche, der ihn nur als harten und starrsinnigen Herrscher kennengelernt hatte. Heinrich von Passau hatte das Gefühl, vor ihm und all diesen Menschen stand ein neuer Mann, ein geläuterter Kaiser, der sich darauf einließ, fast demütig mit seinen Untertanen zu sprechen.
Soweit Heinrich wusste, war dies einer der wenigen Anlässe, bei denen Friedrich selbst zu den Menschen sprach. Er hatte es schon häufig erlebt, dass der Kaiser mehr oder weniger missmutig auf seinem Thron saß und einen seiner Stellvertreter eine vorgefertigte Rede verlesen ließ.
Friedrich kam zum Schluss seiner Ansprache und schloss mit den Worten, er wünsche ein schnelles Ende der Streitigkeiten mit der Kirche. Der Kaiser hatte auf Latein gesprochen, eine Sprache, die Heinrich von Passau perfekt beherrschte. Für alle, die des Lateinischen nicht mächtig waren, übersetzte der Hochmeister des Deutschen Ordens, Hermann von Salza, die Worte des Kaisers ins Deutsche und Französische.
Während der Hochmeister des Deutschen Ordens sprach, fiel Heinrich auf, dass der Kaiser häufig fast zärtlich in eine bestimmte Richtung schaute. Eine neue Geliebte, vermutete der

deutsche Baron, dem Friedrichs Affinität zu schönen Frauen nicht unbekannt war. Wieder fiel ihm das verträumte Lächeln des Herrschers auf, und die Neugier trieb ihn aus seiner Deckung heraus.

Ich wusste es, dachte er, ein Weib hat ihn wieder mal um den Finger gewickelt. Offensichtlich hatten Amors Pfeile den Kaiser dieses Mal richtig getroffen, denn seine Augen konnten sich von der Frau kaum lösen. Heinrich von Passau vermochte nur den Rücken der geheimnisvollen Schönen zu sehen, doch plötzlich drehte sie den Kopf und zeigte ihm ihr Profil. Er zuckte zusammen. Das konnte nicht wahr sein. Er musste sich irren.

Jegliche Vorsicht außer Acht lassend, schlich sich er vorwärts, um seinen Verdacht zu überprüfen. Sein Verstand sagte ihm, dass diese Frau nicht die war, für die er sie hielt. Und dennoch wurde er wie an einem Band zu ihr gezogen, immer weiter, bis er viel zu dicht in ihrer Nähe stand. Die Frau hatte ihr Antlitz dem Kaiser zugewandt und schien niemanden sonst zu sehen, doch Heinrichs Augen brannten sich in ihren Hinterkopf, und als hätte er ihr kraft seiner Gedanken befohlen, sich von Friedrich loszureißen, drehte sie langsam ihren Kopf in Heinrichs Richtung.

Sie zeigte ein strahlendes Lächeln, doch nur einen Wimpernschlag später mischte sich Unsicherheit in ihren Blick, dann Unglauben.

Und mit Genugtuung sah Heinrich, wie spätestens jetzt der Ausdruck des Glücks in Biancas Augen verschwand und Entsetzen an seine Stelle trat. Ohne Zweifel hatte sie ihn erkannt, und weil es ihm gelungen war, nur durch seine Anwesenheit die Glückseligkeit aus ihrem Gesicht zu wischen, deutete er einen frivolen Gruß an und zog sich dann, so schnell er konnte, in die düsteren Tiefen der Kirche zurück. Er erhaschte einen irritierten Blick des Kaisers, der Biancas Erschrecken bemerkt hatte und offenbar nicht wusste, was er davon halten sollte.

Heinrich von Passau verließ die Kirche mit einem süffisanten Lächeln auf seinen schmalen Lippen. Die Karten waren neu gemischt, und er war zurück im Spiel. Und diesmal hatte er es mit einem Gegner zu tun, mit dem es sich lohnte, zu kämpfen.

TEIL III

Gefährliche Begierden

Der Raum war perfekt in seinen Proportionen, nicht zu groß, was eindeutig für ihn sprach. Manche würden vielleicht bemängeln, dass er trotz seiner zahlreichen floralen Verzierungen, seiner Rundbögen und filigranen Fenster nicht sehr repräsentativ wirkte. Und tatsächlich fehlte ihm die monumentale Erhabenheit von fürstlichen Gemächern, wie andere Paläste – zum Beispiel die in Foggia oder in Lucera – sie vorweisen konnten.

Das Kastell Gioia del Colle, ungefähr eine Tagereise südlich von Bari und eine nördlich von Tarent gelegen, bot keinen Platz für einen kompletten Hofstaat, und genau dies war der Grund, warum sich Bianca hier so wohl fühlte.

Seit einer Woche lebte sie auf Gioia del Colle und war bereits in dieses Schloss, das allenfalls die Größe eines Landhauses hatte, bis über beide Ohren verliebt. Wie in dem Zuhause ihrer Kindheit gab es auch hier einen Garten mit einer Laube und kleinen verschwiegenen Ecken. Die Obstblüte leuchtete in Rosa und Weiß, und Bianca sah mit Entzücken die vielen Kirsch-, Apfel- und Birnbäume. Später würden die Rosen blühen, die Lilien und der Mohn, und sie nahm sich vor, diesem Garten besondere Aufmerksamkeit zu widmen.

Vieles auf Gioia del Colle erinnerte sie an früher. Die Räume waren nicht größer als die auf der Burg ihrer Vorfahren und eher für den Vergnügungsaufenthalt einer kleinen Jagdgesellschaft gedacht als für die Regierungsgeschäfte eines Kaisers.

Aber der Kaiser ist ja auch nicht anwesend, dachte Bianca. Er erledigte seine Regierungsgeschäfte anderswo. Friedrich hatte sie in dieses romantische kleine Kastell gebracht, sie umarmt, geküsst – und war dann mit allen Männern wieder fortgeritten.

Selbstverständlich lebten außer ihr noch andere Menschen hier. Ihre Dienerinnen waren bei ihr geblieben. Es gab eine Köchin und zahlreiche Küchenhilfen, Stallknechte, einen Falkner, mehrere Gärtner und natürlich einen Verwalter mitsamt seiner Familie. Trotzdem war sie einsam.

Die Tage und Nächte ohne Friedrich quälten sie, viel zu sehr hatte sie sich an seine Anwesenheit gewöhnt. Ihr fehlten sein Lächeln, seine Stimme, seine Hände, sein Körper. Nachts lag sie unglücklich in ihrem Bett und konnte nicht schlafen. Und wenn ihr endlich nach Stunden die Augen zufielen, wurde sie von Träumen geplagt. Männer verfolgten sie, und sie lief und lief bis ans Ende der Welt, doch auch dort wartete bereits einer ihrer Peiniger auf sie.

Der Schrecken von jenem Sonntag in Jerusalem, als der Kaiser sich die Krone aufs Haupt gesetzt und sie sich so übervoll mit Liebe und Glück gefühlt hatte, beherrschte sie immer noch. Sie hatte in der Kirche gespürt, dass jemand sie anstarrte, doch nichts hatte sie darauf vorbereitet, plötzlich diesem unheimlichen Mann gegenüberzustehen, dem sie schon einmal in die Hände gefallen war.

Glücklicherweise war sie ihm bis zu ihrer Abreise aus Jerusalem nicht wieder begegnet. Dennoch hatte sie sich erst an Bord der kaiserlichen Galeere von Akkon zurück nach Brindisi sicher und geborgen gefühlt. Wie anders diese Überfahrt war.

Bianca war nicht mehr auf der Flucht, sondern wurde geliebt und umsorgt. Friedrich las ihr jeden Wunsch von den Augen ab. Und doch konnte sie ihm nicht sagen, welche namenlosen Schrecken sie in ihren Träumen verfolgten.

Seit sie zurück in Friedrichs sizilianischem Königreich waren, ließ die Angst sie nicht mehr los. Und gerade jetzt, in der Einsamkeit von Gioia del Colle, befürchtete sie fast täglich die Ankunft ihres Verfolgers. Er würde sie hier finden, wie er sie in Jerusalem gefunden hatte, wobei sie sich allerdings nicht im Klaren war, ob es sich bei dem Zusammentreffen in der Kirche nicht einfach um einen reinen Zufall gehandelt hatte. Oder sollte der Spürsinn dieses

Mannes so unbesiegbar sein, dass er während ihrer gesamten Flucht gewusst hatte, wo sie sich befand?
Denk nach, sagte sie sich und versuchte ihr sonst so sicheres Urteilsvermögen nicht von Angst und Panik beeinträchtigen zu lassen. Es musste sich um eine böse Laune des Schicksals gehandelt haben, anders war sein Erscheinen in der Kirche des Heiligen Grabes nicht zu erklären.
Dennoch fühlte sie sich nicht sicher auf Gioia del Colle. Friedrich konnte sie nicht schützen, er hatte seit Brindisi kaum Zeit für sie. An den Grenzen des Königreichs Sizilien kämpften kaiserliche Truppen gegen die des Papstes, und die militärische Lage der Kaisertreuen war durchaus prekär.
Doch Friedrichs Gegner hatten weder mit seiner schnellen Rückkehr aus dem Heiligen Land gerechnet noch mit der Verstärkung, die er mitbrachte. Viele Kreuzfahrer, die auf dem Weg in ihre Heimatländer waren, erklärten sich bereit, den Kaiser militärisch zu unterstützen, und schon nach wenigen Tagen erzielte Friedrich die ersten Erfolge. Einige Städte liefen in vorauseilendem Gehorsam zum Kaiser über, die päpstliche Liga zeigte Schwächen.
Bianca war über den Fortgang der Friedensbemühungen des Kaisers gut unterrichtet. Er ließ ihr kleine Noten zukommen, die sie einerseits beruhigten, andererseits jedoch davon überzeugten, dass der Kaiser noch eine Weile fortbleiben würde.
Wie sollte sie also einem Angriff ihres Verfolgers begegnen? Bianca zerbrach sich den Kopf, kam einer Lösung des Problems aber nicht näher. Als Vorsichtsmaßnahme und um wirklich gegen jede noch so unwahrscheinliche Möglichkeit gerüstet zu sein, hatte sie sich einen kleinen, scharfen Dolch kommen lassen, den sie in Friedrichs Abwesenheit versteckt bei sich trug.
Die Eintönigkeit ihrer Tage vertrieb sie mit Erkundungsgängen durch das Kastell. Schon beim Einzug hatte sie erfreut festgestellt, dass alle Wohnräume über Kamine verfügten und deshalb gut zu heizen waren. Vergeblich suchte man auf Gioia del Colle nach

einem riesigen Rittersaal. Der größte Raum war der sogenannte Thronsaal mit Steinbänken an den Wänden und einem steinernen Thron, dessen Rückseite mit Blumenmustern verziert war. Die Fenster und Türen hatten Rundbögen und wirkten dadurch leicht und verspielt, wie überhaupt die ganze Atmosphäre des Kastells nichts Düsteres oder Schwermütiges verströmte. Die Decken der Wohnräume bestanden aus Holzbalken, wodurch sie heimelig und gemütlich aussahen. Und durch die vielen Fensteröffnungen strömte das Sonnenlicht herein und malte Muster auf die Teppiche an den Wänden.

Eigentlich, dachte Bianca, ist es wie geschaffen für ein verliebtes Paar, das endlich mal allein sein will. Und der Stachel der Eifersucht schmerzte, als sie sich vorstellte, dass und vor allem mit wem Friedrich sich hier früher aufgehalten hatte. Gioia bedeutete Freude, und sie vermutete, dass der Kaiser hier die eine oder andere Wonne der Lust genossen hatte. Andererseits fand sie auf ihren Streifzügen durch das Kastell keinerlei Hinweise auf die frühere Anwesenheit einer Frau. Zumindest hatten seine flüchtigen Abenteuer hier keine Spuren hinterlassen, beruhigte sie sich.

Sie schalt sich eine Törin, dass sie überhaupt solche Gedanken zuließ, die einer Gräfin Lancia nicht würdig waren. Und doch ertappte sie sich immer wieder dabei, mehr über Friedrichs amouröse Vergangenheit erfahren zu wollen, als ihr zustand. Er selbst sprach nie davon, auch nicht über das Verhältnis zu seinen beiden verstorbenen Ehefrauen. Das wenige, was sie wusste, stammte von Karim. Aber da des Kaisers Freund und Leibarzt als Diskretion in Person galt, hatte sie auch hier nur ein paar Krümel an Informationen bekommen.

Seine erste Frau, Konstanze, musste eine beeindruckende Persönlichkeit gewesen sein. Fast doppelt so alt wie Friedrich, war sie es gewesen, die ihn in die Geheimnisse des Erwachsenwerdens eingeweiht hatte. Wahrscheinlich, vermutete Bianca, auch in die Geheimnisse der Liebe.

Seine zweite Frau, Isabella, war offenbar das Gegenteil von Konstanze. Sechzehn Jahre jünger als Friedrich, war sie ihm nie eine Gefährtin und schon gar nicht eine Geliebte gewesen. Für beide hatte diese Ehe eine dynastische Pflicht bedeutet – für Isabella sogar eine Tortur.
Über Friedrichs zahlreiche Abenteuer wusste sie nichts, und es war ihr auch nicht gelungen, Karim irgendeine Äußerung zu diesem Thema zu entlocken. Der Sarazene blieb stumm wie eine Statue, und Bianca gab es auf, Dinge anzusprechen, die ihr offensichtlich verborgen bleiben sollten.
Sie bewunderte gerade die Kunst der Steinmetze, die den steinernen Thron geschaffen hatten, als sie den Klang galoppierender Hufe hörte. Ein Bote mit einer neuen Nachricht, vermutete sie, doch dann wurde ihr Karim an-Nasirs Ankunft gemeldet. Sie lief ihm eilig entgegen, und ihre Gefühle schwankten zwischen Freude und Besorgnis.
»Wie schön, Euch zu sehen«, begrüßte sie ihn. »Ich hoffe, Ihr bringt nur gute Nachrichten.«
»Der Kaiser lässt Euch grüßen«, erwiderte Karim, »aber er bittet Euch auch, noch Geduld zu haben. Er wird noch eine Weile beschäftigt sein.«
»Eine Weile?«
Karim lächelte. »Sagen wir ein paar Wochen.« Er sah, wie das strahlende Funkeln in ihren Augen erlosch und ein Ausdruck von Verlorenheit an seine Stelle trat. »Bianca«, versuchte er sie zu trösten, »ein paar Wochen sind nur ein Wimpernschlag, verglichen mit einem ganzen Leben. Friedrich wird zu Euch zurückkommen, aber das Land braucht ihn jetzt.«
Bianca nickte. Sie benahm sich nicht wie eine Frau, sondern wie ein Kind und empfand Scham, Karim ihre Enttäuschung gezeigt zu haben.
»Ihr habt recht, Karim, ich bin undankbar.«
»Ich glaube eher, Ihr seid einsam.«

»Ein bisschen vielleicht. Aber vor allem bin ich eine schlechte Gastgeberin. Ihr müsst hungrig und durstig nach dem Ritt sein. Kommt mit in den Garten, die Kirschbäume blühen prachtvoll.«
Sie bat die Köchin um einen Imbiss und schlenderte in Begleitung des Sarazenen zur Laube. Sie mochte Karim, auch wenn seine schweigsame Art sie oft verunsicherte.
Er war klug und nach Friedrichs Erzählungen einer der besten Ärzte überhaupt. Als Mann wirkte er stark und vertrauenerweckend. Sie fand seinen dunklen Teint und seine schwarzen Augen anziehend und fragte sich, ob Karim jemals eine Frau geliebt hatte. Seit sie ihn kannte, hatte er ihr gegenüber stets tadellose Manieren gezeigt, aber mit dem Blick einer Frau hatte sie längst den sinnlichen Schwung seiner Lippen entdeckt und vermutete ein wesentlich heißeres Feuer in seinem Inneren, als seine kühle Art ahnen ließ.
Sie wartete, bis Karim von dem knusprigen Hühnchen gegessen und sich etwas Obst genommen hatte.
»Wird es Frieden geben, Karim, oder müssen wir uns auf eine lange Zeit der Kämpfe einstellen?«
»Keine Sorge, der Frieden wird kommen. Vielleicht in ein paar Wochen, spätestens in ein paar Monaten. Man sagt, dem päpstlichen Befehlshaber gehe das Geld aus.«
»Und das heißt?«
»Er kann die Söldner nicht mehr bezahlen. Papst Gregor wird nichts anderes übrigbleiben, als auf einen Waffenstillstand zu hoffen.«
»Und Johann von Brienne? Er hasst Friedrich.«
»Das ist wahr. Johann will seinen Schwiegersohn vernichten. Er sollte besser einlenken.«
»Aber Ihr fürchtet, er ist starrsinnig?«
»Es scheint, dass er gegen jede Vernunft weiterkämpft.«
»Karim, warum hasst er Friedrich so. Das hat etwas mit Isabella zu tun, oder?«
»Darüber sprecht Ihr besser mit dem Kaiser selbst.«

»Aber das ist unmöglich. Friedrich weicht mir aus.«
»Nun, dann ist es erst recht nicht meine Aufgabe, Eure Fragen zu beantworten.« Bianca schwieg, und Karim sah, dass seine Worte sie verletzt hatten. »Bitte versteht mich doch«, sagte er. »Friedrich vertraut mir. Er würde mir nie verzeihen, wenn ich Euch Dinge erzähle, die er lieber für sich behalten will. Aber eins darf ich Euch sagen. Johanns Hass auf seinen Schwiegersohn ist ungerecht, und der Kaiser hat mit keiner einzigen Tat dieses Verhalten heraufbeschworen, geschweige denn verdient. Er hat Isabella immer mit Respekt behandelt.«
»Danke, Karim. Ich habe auch nichts anderes vermutet.«
»Und trotzdem habt Ihr gezweifelt?«
»Nicht gezweifelt, aber ich fand keine Erklärung für diesen unbändigen Hass auf den Kaiser. Immerhin haben Friedrich und Isabella einen Sohn.«
»Konrad, ja. Er ist jetzt gerade ein Jahr alt.«
»Ist Friedrich ein guter Vater?«
Karim warf Bianca einen erstaunten Blick zu. »Schwer zu sagen. Auf jeden Fall liebt er Heinrich und Konrad, seine beiden Söhne.«
»Und die anderen?«
»Die anderen?«, fragte Karim.
Bianca lächelte vielsagend. »Es heißt, der Kaiser habe viele Nachkommen.«
Karim seufzte. »Also gut. Friedrich hat nie einen Hehl daraus gemacht, dass er Kinder liebt. Das mag ungewöhnlich für einen Herrscher von seiner Bedeutung sein, aber ja, er ist ein guter Vater. Warum fragt Ihr das?«
»Weil ich ein Kind erwarte.«
Karim schwieg einen Moment und entgegnete dann: »Das ist wundervoll. Der Kaiser wird sehr glücklich sein.«
Bianca atmete tief durch. »Karim, ich habe Angst.«
»Eine Schwangerschaft ist keine Krankheit. Ihr seid jung, Ihr

seid gesund. Ihr habt keinen Grund, Euch zu fürchten. Aber wenn es Euch beruhigt, schicke ich Euch schon bald eine gute Hebamme.«

»Das ist es nicht.« Sie nahm ihren ganzen Mut zusammen. »Karim, dieser Mann aus Jerusalem, der, der mich schon einmal verfolgt hat, trachtet mir nach dem Leben. Und ich weiß nicht mehr, wo ich mich verstecken soll.«

»Wen meint Ihr?«

»Den Mann, den Ihr damals in Brindisi verjagt habt. Erinnert Ihr Euch?«

»Heinrich von Passau?«, fragte Karim ungläubig.

»Ihr kennt den Mann?«

»Aber natürlich. Er ist einer der deutschen Barone, die dem Kaiser mehr als einmal Verdruss bereitet haben.«

»Dann kennt Friedrich ihn auch.«

»Selbstverständlich. Ich habe ihm sogar damals von dem Überfall erzählt.« Er zwinkerte ihr zu. »Zu jener Zeit nanntet Ihr Euch Bianca, die Frau des Tuchmachers.«

»In welcher Beziehung steht dieser Heinrich von Passau zur Familie des Grafen Pucci?«

»Das weiß ich nicht. Vielleicht wird er einfach von den Puccis bezahlt.«

»Er wird mich töten, weil ich Enzio getötet habe.«

Karim wirkte überrascht. »Aber Bianca, wisst Ihr denn nicht – Enzio lebt.«

»Das kann nicht sein. Ich habe ihn erstochen und mit Giovannas Hilfe in den Burggraben geworfen.«

»Man sagt, ein Schwachsinniger habe ihn gefunden.«

»Pietro?«

»Seinen Namen kenne ich nicht. Alles, was ich weiß, ist, dass der Graf Pucci aus dem fauligen Wasser gefischt wurde und zu jenem Zeitpunkt noch nicht tot war. Er muss einen fähigen Medicus gehabt haben.«

»Aber ...«, stammelte Bianca.
»Ich habe es auch erst vor ein paar Tagen gehört. Der Graf lebt.«
»Er ist also wieder ganz gesund?«, fragte Bianca fassungslos.
»Das kann man so nicht sagen. Ich hörte, er sei ein Krüppel.«
»O mein Gott. Das ist eine schlimmere Strafe für ihn als der Tod.«
»Ich denke, die hat er auch verdient.«
»Er wird mehr Hass in sich tragen als der Teufel persönlich.«
»Soll er daran ersticken. Bianca, seid unbesorgt, der Mann kann Euch nichts tun.«
»Hass findet immer einen Weg.«
»Es sind die Wege der Liebe, denen Ihr folgen solltet.«
Sie nickte, aber die Furcht, die aus ihren Augen sprach, war nicht zu übersehen.
»Er wird keine Ruhe geben, Karim. Doch wenn Ihr von Enzio gehört habt, könnt Ihr mir vielleicht auch sagen, wie es meinem Bruder Manfred geht?«
»Leider nein. Niemand weiß, wo er ist.«
»Ist er tot?«
»Es heißt, er habe seine Heimat verlassen.«
»Aber warum?«
»Aus Angst vor Enzio?«
»Ist das eine Frage, oder wisst Ihr mehr?«
»Es ist eine Vermutung. Ich kenne weder diesen Enzio Pucci noch Euren Bruder. Ein Urteil steht mir deshalb nicht zu.«
»Karim, bitte gebt mir einen Rat: Was soll ich tun?«
»Die ganze triste Angelegenheit vergessen und Euch auf Euer Kind freuen.«
»Aber ...«
»Kein Aber. Ihr erwartet ein Kind, Ihr liebt den Kaiser, und dieser liebt Euch. Ein Enzio Pucci sollte in Euren Gedanken keinen Platz finden. Und ein Heinrich von Passau ebenfalls nicht.«
Bianca sah ein, dass es besser war, ihrer Furcht keinen weiteren

Raum zu geben. Karim hatte ja recht, der Kaiser schützte sie, und darauf musste sie bauen. Und außerdem wollte sie um jeden Preis vermeiden, dass ihr Kind eine verzagte und verängstigte Mutter bekam.

Karim lächelte sie an. »Ich habe Euch nicht sehr geholfen. Das tut mir leid.«

»Doch, Karim, Ihr habt mir geholfen. Ich danke Euch. Ihr habt mir gezeigt, den Blick auf das Wesentliche zu richten.«

»Gut. Ich reite morgen in aller Frühe zurück nach Barletta.«

»Friedrich ist in Barletta?«, fragte sie.

»Ja, aber das ist ein Staatsgeheimnis«, antwortete Karim lachend. »Soll ich etwas für ihn mitnehmen? Eine gute Nachricht vielleicht?«

»Nein«, entschied Bianca. »Ich will ihm in die Augen sehen, wenn er es erfährt.«

Karim brauchte Ruhe und zog sich mit einer Verbeugung zurück. Bianca sah ihm in Gedanken nach, als er mit seinen typischen schnellen Schritten durch den Obstgarten zum Kastell ging. Sie wusste, dass ihre Feinde nicht aufgeben würden.

Heinrich von Passau war also Enzios Handlanger für unangenehme Aufgaben. Den Deutschen fürchtete sie weniger. Sie würde sein Gesicht immer und überall wiedererkennen, und zur Not konnte sie sich auf ihren kleinen Dolch verlassen. Aber es würden andere kommen. Und deren Gesichter kannte sie nicht.

Heinrich von Passau erschrak, als er sein Gegenüber endlich erkannte. Fast zwei Jahre hatte er Enzio Pucci nicht gesehen, doch aus den spärlichen Nachrichten, die ihm zur Verfügung standen, hatte er offenbar zu viel Hoffnung herausgelesen.

Dies war nicht mehr der Mann, den er einmal gekannt hatte. Die Verletzung, die ihm Gräfin Lancia, in Heinrichs und Enzios Augen nichts als eine Hure, zugefügt hatte, und die daraus folgende Erkrankung hatten den einst so stolzen Grafen zerstört. Enzio Pucci war ein menschliches Wrack, ein Krüppel, dem das Glück zu sterben versagt worden war.

Heinrich von Passau starrte seinen alten Freund an und fand keine Worte, sein Entsetzen zu verbergen. Er blieb abrupt stehen wie ein scheuendes Pferd, und nicht einmal ein Gruß kam über seine Lippen.

»Willst du nicht näher kommen?«, hörte er Enzios Stimme, doch nicht einmal das stärkste Streitross aus dem Stall des Grafen Pucci hätte ihn auch nur einen einzigen Schritt vorwärts gebracht.

Er hatte Krankheit und Verwesung schon immer verabscheut und um Menschen, die nicht im Vollbesitz ihrer Kräfte waren, einen großen Bogen gemacht. Die Fieberkranken in Brindisi hatten seinen Ekel erweckt, und Ritter, die im Kampf verwundet worden waren, sah er lieber tot als blutend und schreiend am Boden.

Heinrich von Passau war ein Mann, der sich von Schönheit betören ließ, aber niemand, der die Endlichkeit des menschlichen Fleisches ertragen konnte. Und Enzios Körper zeigte ihm genau das, was er am meisten fürchtete – die Hilflosigkeit eines Verletzten und die Grausamkeit des Schicksals mit einem im Kampf Versehrten.

»Was ist, mein Freund, kennst du mich nicht mehr?«

Enzio lockte ihn schmeichelnd zu sich, doch Heinrich kämpfte mit seinen Gefühlen, die ihm nahelegten, das Schloss der Puccis so schnell wie möglich zu verlassen.

Nach einem Schweigen, das ihm endlos erschien, ging er zögerlich auf Enzio zu und betrachtete seinen alten Freund aus der Nähe. Graf Puccis Muskeln waren erschlafft, sein Gesicht erschreckend aufgedunsen. Er lehnte mehr, als dass er saß, auf einem hohen Holzstuhl und war offensichtlich unfähig, aus eigener Kraft vorwärtszugehen. Er roch nach Krankheit, und dieser Geruch, gepaart mit seinem typischen Gestank nach feuchtem Tierfell, ergriff auf

unerträgliche Art Besitz von Heinrichs Nase. Mit Überwindung brachte dieser es fertig, Enzio anzusprechen.
»Ich sehe, du bist auf dem Weg der Besserung. Was sagt der Medicus?«
Enzio kniff die Augen zu schmalen Schlitzen zusammen. »Ich weiß genau, was du denkst. Was will der Krüppel, denkst du. Das soll mein Freund sein? Lass dir sagen, Heinrich, du bist nicht der Erste, der mich so sieht.«
Der deutsche Baron zog es vor zu schweigen.
»Lass uns keine Zeit mit Lügen verschwenden«, sagte Enzio. »Du warst lange fort, du hast eine Menge von meinem Geld verbraucht. Spann mich nicht auf die Folter. Wie du siehst, ist mein ganzes Leben eine Tortur. Wo ist sie?«
»Wenn du von der Gräfin Lancia sprichst ...«
Enzios Brüllen erstickte jedes weitere Wort. »Von wem soll ich sonst sprechen? Jeden Tag, jeden Schlag, den dieses verdammte Herz tut, denke ich an dieses mörderische Weibsstück. Du hast sie gefunden, sonst wärst du nicht hier. Also, wo ist sie?«
Heinrich von Passau fixierte einen Punkt an der Wand hinter Enzio, damit er diesem nicht in die Augen sehen musste.
»Sie ist die Mätresse des Kaisers.«
Im Raum wurde es totenstill.
»Was sagst du?«
»Enzio, es ist die Wahrheit. Bianca Lancia ist die Mätresse Kaiser Friedrichs.«
»Das kann nicht sein.«
»Glaube mir, ich habe die beiden in der Kirche zum Heiligen Grab in Jerusalem gesehen. Ich war dabei, als sich der Kaiser die Krone aufs Haupt gesetzt hat. Ich, Heinrich von Passau, habe mit eigenen Augen die verliebten Blicke des Kaisers verfolgt. Und sie galten nur einer – deiner Bianca.«
»Diese Hure. Töte sie.«
»Enzio, sei doch vernünftig«, beschwichtigte Heinrich. »Ich habe

keine Möglichkeit, an Bianca heranzukommen. Sie kennt mein Gesicht, aber vor allem kennt mich der Kaiser. Ich weiß nicht, in welchem seiner Paläste er Bianca versteckt, aber ich kann dir versichern, dass ich in keinen einzigen von ihnen hineinkomme.«

»Dann finde verdammt noch mal jemanden. Du machst dir doch nie selbst die Finger schmutzig. Was ist mit diesem Kerl, der sich nur in Schwarz kleidet?«

»Ich bin mir nicht sicher, ob er der Richtige für diesen Auftrag ist. Gib mir eine Weile Zeit.«

»Ich kann aber nicht warten. Bianca muss sterben. Und wenn du zu den Assassinen gehst.«

»Die Assassinen, Enzio, morden zwar für Geld, aber ich habe noch nie gehört, dass sie sich an einer Frau vergreifen. Ihre Opfer sind Herrscher – Könige, Fürsten, Bischöfe. Bestimmt keine unbedeutenden Mätressen.«

»Und was ist mit dem Kaiser?«, fragte Enzio lauernd.

»Trachtest du jetzt dem Kaiser nach dem Leben?« Enzio schwieg verdrossen, und Heinrich nahm den Faden wieder auf. »Der Kaiser, mein Lieber, ist eine Nummer zu groß für dich. Lass mich nachdenken und gib mir, wie gesagt, eine Weile Zeit.«

Enzios Zorn schoss hoch wie eine Stichflamme.

»Zeit«, schrie er, »du hattest fast zwei Jahre Zeit. Nichts hast du erreicht. Die Hure hat dich an der Nase herumgeführt wie einen Schwachsinnigen.«

Heinrich von Passau kniff die Augen zusammen. »Ich habe mein Leben für dich aufs Spiel gesetzt, ich habe in Brindisi stinkende Leichen aus Säcken gezerrt, um das Luder zu finden. Ich bin über das Meer gefahren und habe mir die Seele aus dem Leib gekotzt. Und du wagst es, mir zu sagen, ich hätte nichts getan?«

»Getan habt ihr viel, du und dein lächerlicher Mann in Schwarz. Aber geschafft habt ihr nichts. Und nicht genug, das Miststück wälzt sich mit dem Kaiser im Bett. Das Luder lacht über mich – dafür hat Bianca tausendmal den Tod verdient.«

»Früher oder später wirst du an deinem Groll ersticken, und dann hat Bianca wirklich Grund zu lachen.«
Enzio stöhnte vor Schmerzen, als er sein Körpergewicht ein wenig verlagerte.
»Und wenn ich dir meinen letzten Beutel mit Münzen gebe, du musst einen Weg finden, die Hure zu bestrafen.«
»Ich sagte doch, lass mir Zeit zum Nachdenken.«
Enzio zögerte, lenkte dann aber doch ein. »Es ist leicht, einen Krüppel zu übervorteilen.«
Heinrich von Passau empfand Abscheu vor Enzios jammerndem Selbstmitleid.
»Eine Möglichkeit gäbe es«, grübelte er.
Enzio fuhr auf. »Sprich, was hast du vor?«
»Es ist nur eine vage Idee, aber Bianca ist nicht dumm. Sie wird auf der Hut sein und niemanden ungeschützt in ihre Nähe lassen.«
»Und?«
»Wetten, dass Bianca mit einem Angriff rechnet?«, sinnierte Heinrich.
»Aber das hilft uns doch nicht.«
»Sie erwartet einen Mann.«
»Und wen willst du schicken?«
Heinrich von Passau verzog seinen Mund zu einem kleinen Lächeln.
»Eine Frau.«

Seine Heiligkeit Papst Gregor IX. hatte soeben erfahren, dass die Städte Verona, Padua und Mantua aus der Liga der Kirchentreuen ausgeschert waren und sich weigerten, weiter gegen den Kaiser zu kämpfen, und entsprechend ungnädig war seine Stimmung.
Im Grunde war der Krieg, von dem er sich so viel versprochen hatte, jetzt schon verloren. Die Söldner forderten ihr Geld, doch die Schatzschatullen des Patrimoniums Petri waren so leer wie

ein Taufbecken ohne Wasser. Er verfluchte den Kaiser, dessen schnelles Handeln und kluge Militärtaktik einen Sieg der päpstlichen Truppen vereitelt hatten. Er würde klein beigeben müssen, und das Eingeständnis dieser Schwäche ärgerte Gregor mehr als alles andere.

Er erwartete den Befehlshaber der kaiserlichen Truppen zum Bericht. Johann von Brienne hatte sich nach Gregors Meinung als Fehlgriff entpuppt, und es kam einer harten Strafe gleich, unter diesen Umständen mit dem Papst ein Gespräch unter vier Augen führen zu müssen.

Gregor, der sich keinerlei Selbsttäuschung hingab, war fest entschlossen, dem unglückseligen Johann von Brienne eine Audienz zu gewähren, die dieser nie wieder vergessen sollte. Er hielt Friedrichs ehemaligen Schwiegervater mittlerweile für einen Schwachkopf, dessen militärische Fehler nun der ganze Kirchenstaat zu büßen hatte.

Am liebsten hätte Gregor die Truppen gegen den Kaiser selbst angeführt, was ihm in seiner Eigenschaft als Oberhaupt der christlichen Kirche natürlich nicht möglich war. Und doch, er war sicher, dass unter seiner Befehlsgewalt die Welt jetzt eine andere wäre.

»Ihr seid ein armseliger Heerführer«, blaffte der Papst Johann von Brienne an. »Wollt Eurem Schwiegersohn eine Lektion erteilen und müsst stattdessen um den Schutz der Kirche bitten.«

»Wir haben nicht genügend Söldner geworben«, versuchte sich Johann zu rechtfertigen. »Die Übermacht des Kaisers war zu stark.«

»Nicht die Übermacht des Kaisers, Eure eigene Strategie hat Euch ins Verderben geführt. Friedrich bietet einen Waffenstillstand an. Den werde ich annehmen müssen.« Gregor hatte ihm keinen Platz angeboten, und Johann von Brienne stand mit hängenden Schultern da und senkte den Kopf vor dem Zorn des Papstes. »Und nun zu Euch«, fuhr Gregor fort. »Das Patrimonium Petri gewährt Euch vorerst Schutz. Vorerst, versteht Ihr? Eure Anwesenheit in meinem Einflussbereich wird der Kaiser nicht gern sehen. Und dank Eurer stümperhaften Kriegstaktik habe ich keinerlei Argument gegen Friedrich. Dank Euer muss ich tun, was der Kaiser sagt. Nehmt es mir also nicht übel, wenn ich wünsche, dass Ihr so schnell wie möglich den Lateranpalast wieder verlasst.«

Johann von Brienne schnappte nach Luft, um etwas zu sagen, doch eine gebieterische Geste des Papstes bedeutete ihm zu schweigen.

»Ich bin noch nicht fertig. Es ist besser für Euch, für den Stuhl Petri und möglicherweise auch für Kaiser Friedrich, wenn Ihr Euch einen künftigen Aufenthaltsort wählt, der möglichst weit von Rom entfernt ist. Um Euch die Qual der Wahl zu ersparen, habe ich mir bereits Gedanken gemacht und eine geeignete Stadt ausgewählt. Ich ernenne Euch hiermit zum Regenten von Konstantinopel, und Ihr könnt Euch glücklich schätzen, dass Ihr so glimpflich davonkommt.«

Die Worte des Papstes erstickten jeden Widerspruch im Keim, und welche Entgegnung auch immer Johann von Brienne auf der Zunge gelegen hatte, er behielt sie für sich. Und das wiederum trug ihm einen deutlich milderen Blick des Papstes ein.

»Gut«, sagte Gregor, »ich sehe, Ihr seid einverstanden, und wünsche Euch eine angenehme Reise.« Da Johann sich nicht von der Stelle rührte, wurde Gregor erneut ungeduldig. »Es ist alles gesagt. Ich habe meinem Standpunkt nichts hinzuzufügen.«

»Es gibt also nichts, was ich tun kann, um meine Fehler wiedergutzumachen«, begann Johann.

»Was sollte das sein? Unsere Kassen sind leer, die Städte wechseln die Seite, die Söldner laufen zu dem über, der mehr zahlt. Wenn Ihr wisst, wie Ihr die Situation zum Besseren wenden wollt, dann sprecht.«

»Was wäre, wenn dem Kaiser etwas zustoßen würde?«

»Was meint Ihr damit?«

»Ein Trauerfall, zum Beispiel.«

»Um wen sollte der Kaiser trauern, wenn nicht um seine Frau und seine Kinder. Doch seine Frau, Eure Tochter, ist seit zwei Jahren tot, und ich hoffe nicht, dass einer seiner Söhne erkrankt ist.«

»Wie man weiß, gehören die wahren Gefühle des Kaisers nicht seinen Kindern.«
»Sondern?«
»Einer Frau.«
»Über den liederlichen Lebenswandel des Kaisers müsst Ihr mit mir nicht sprechen. Wir haben den Verfall seiner Sitten oft genug angeprangert. Übrigens ohne Erfolg.«
»Man sagt, Friedrich sei dieser Frau verfallen.«
»Dann ist sie nicht das erste Weib, das einem Mann Unglück bringt.«
Johann von Brienne gab nicht nach. »Diese Frau hat ihn sogar in Jerusalem begleitet. Ihr Verlust würde ihn sehr treffen.«
»Was habt Ihr vor? Wollt Ihr Gott spielen?«
Des Kaisers Schwiegervater sah zu Boden. »Verzeiht.«
Papst Gregor erhob sich, ein Zeichen, dass die Unterredung zu Ende war. Seine Augen fixierten den deutlich kleineren Johann von Brienne.
»Ein Wort noch, bevor Ihr geht. Ich habe Eure sündigen Gedanken nicht gehört, aber vielleicht hat der Templer, der Euch ein Stück begleiten wird, ein Ohr für Euch.«
Nachdem Johann von Brienne den Raum verlassen hatte, ließ sich Gregor in seinem Lieblingssessel nieder, streckte die Beine aus und verschränkte die Arme hinter dem Kopf.
Was auch immer Johann von Brienne im Sinn haben mochte, es war besser, nichts davon zu wissen.

Die Hölzer waren schwarz und rochen modrig. Ein Teil der Voliere im Kastell Gioia del Colle war abgetrennt worden, und dort, geschützt wie ein überaus kostbares Gut, lagerte das Holz. Der Kaiser hatte Befehl gegeben, es nicht zu berühren, und Tag und Nacht stand eine der Wachen in der Nähe der Voliere.
Bianca fand diese Vorsicht übertrieben. Überhaupt lächelte sie

insgeheim über Friedrichs Forschergeist. Er hatte die Hölzer aus einem Land hoch im Norden – Bianca erinnerte sich an den Namen Dänemark – bis nach Apulien transportieren lassen und dabei einen Aufwand getrieben, als würde es sich um ein Teil der Reichsinsignien handeln.
»Federico, gib es auf. Diese Hölzer sind so tot wie ein abgestorbener Baum. Und wahrscheinlich sind sie genau das, wofür jeder sie hält – Strandgut. Schmeiß sie einfach weg.«
»Nie und nimmer. Wir wissen noch viel zu wenig über dieses Holz. Man sagt, in Dänemark gebe es Wildgänse, die aus Holz wie diesem hier schlüpfen.«
»Vögel schlüpfen aus Eiern«, stellte Bianca fest. »Sie werden ausgebrütet.«
Friedrich warf ihr einen Blick zu, der ihr zeigte, dass ihr Pragmatismus gerade in diesem Moment nicht erwünscht war.
»Angeblich hat noch nie jemand die Eier dieser Gänse gesehen.«
»Und deshalb sollen sie aus totem Holz schlüpfen?«
»Bianca, bitte. Was glaubst du, warum dieses Holz hierhergebracht wurde? Weil ich herausfinden will, was wirklich passiert. Ich weiß selbst, dass Vögel normalerweise aus Eiern schlüpfen.«
»Aber mir scheint das Ganze nicht logisch«, wandte Bianca ein.
»Seit wann urteilen Frauen über Logik?«
»Das ist ungerecht, Federico. Ich habe in meinem Leben ebenso viele Falken brüten und schlüpfen sehen wie du.«
»Siehst du, schon bist du unlogisch. Da ich fast zwanzig Jahre älter bin als du, habe ich auch mehr Falken gesehen.«
»Nicht unbedingt«, argumentierte Bianca, »wenn du zum Beispiel …« Doch Friedrich unterbrach sie mit einem Kuss.
»Ich weiß, du gibst niemals auf«, sagte er und strich zärtlich über ihren gerundeten Bauch. »Ich würde aber dennoch gern herausfinden, ob die Geschichte mit den Gänsen stimmt. Und dafür müssen wir nun mal das Holz beobachten.«
Bianca seufzte. Friedrich war von seinen diversen wissenschaft-

lichen Experimenten geradezu besessen. Er hatte einen eifrigen Briefwechsel mit verschiedenen Männern der Wissenschaft begonnen und stellte Hunderte von Fragen. Die Gänse, die angeblich aus Holz schlüpften, waren seine neueste Marotte. Eine harmlose, wie sie fand.

Eine völlig andere Geschichte dagegen war seine Idee mit den Findelkindern. Inspiriert von ihrer Schwangerschaft, hatte er sich gefragt, wie sich Neugeborene entwickeln, wenn man sie zwar stillt und windelt, ihnen aber sonst keinerlei Zuwendung schenkt. Er hatte bereits nach Findelkindern im Säuglingsalter suchen lassen, doch Bianca war von seiner Idee entsetzt gewesen.

Sie sah es als grausam an, den Kindern lediglich Nahrung, aber keine Liebe zu geben, und hatte ihm das Experiment umgehend ausgeredet. Sie erinnerte sich nicht gern an die Szene, denn ihr Beharren, dass es unmenschlich und barbarisch sei, Kinder zum Zwecke wissenschaftlicher Forschung zu benutzen, hatte zu einem heftigen Streit zwischen ihnen geführt.

Der Kaiser war es nicht gewohnt, dass seine Frauen ihm widersprachen, und ganz besonders ärgerte es ihn, wenn Bianca nicht nachgab. In solchen Momenten wurde seine Stimme schneidend, und er warf ihr vor, dass er sie kaum wiedererkenne. Aus seiner hingebungsvollen und zärtlichen Geliebten sei eine kämpferische Frau geworden, die nicht im Geringsten daran dachte, sich seinem Willen zu beugen.

Ihr war es bewusst, dass ihr Eigensinn zwar einer der Gründe für seine nicht enden wollende Bewunderung war und auch für die Lust, die sie in ihm entfachte, ihn dieses Verhalten aber zugleich ärgerte und die Debatten mit ihr, in denen sie ihren Standpunkt klarlegte, ihm die Zeit stahlen.

Bianca hatte noch nie einen so wissbegierigen Menschen kennengelernt wie Friedrich. Er korrespondierte zum Beispiel unablässig mit einem Mathematiker namens Leonardo Fibonacci, der ein paar Jahre zuvor ein neues Rechensystem in Europa eingeführt hatte. Vor allem die Zahl Null hatte es ihm angetan, aber Fried-

rich wollte auch höchst komplizierte Dinge wie die Berechnung eines Kegels wissen. Bianca hatte zwar bei den Nonnen auch die Grundbegriffe des Rechnens erlernt, aber wenig Interesse an höherer Mathematik, und konnte dem Kaiser in seiner Begeisterung für Zahlen und Geometrie nicht folgen.
Da Friedrich außerdem große Hochachtung vor den Leistungen arabischer Wissenschaftler hatte, schrieb er nach wie vor an den Sultan al-Kamil, der die kaiserlichen Fragen dann an seine Berater weitergab. Unter anderem wollte Friedrich wissen, warum ein Stern größer wirkte, wenn er aufging, als wenn er im Zenit stand, und zwar selbst dann, wenn – wie in der Wüste – keine Feuchtigkeit in der Luft lag. Ein anderes Problem, um dessen Lösung er den Sultan al-Kamil bat, war die Frage, warum ein Ruder, das ins Wasser getaucht wird, gekrümmt erscheint.
Medizinischer Fortschritt fesselte ihn ebenso sehr, und er ließ sich von Karim regelmäßig davon berichten. Die beiden hatten neue Gesetze über die Ausbildung der Ärzte ersonnen und schrieben den Ablauf eines Medizinstudiums genauestens vor.
Manchmal allerdings, fand Bianca, übertrieb Friedrich es mit dem Forschergeist, und die Sache lief aus dem Ruder. Die Findelkinder waren so ein seltsamer Auswuchs seiner Wissbegier gewesen, ebenso die dänischen Hölzer, die sie von Anfang an skeptisch beäugt hatte. Sie konnte es sich beim besten Willen nicht vorstellen, dass daraus jemals eine Wildgans entstehen sollte, und würde jede Wette eingehen, dass sie am Ende recht behalten sollte. Aber Friedrich bestand mit der ihm eigenen Hartnäckigkeit darauf, das Experiment fortzusetzen.
»Ich weiß, dass du mich für einen Kindskopf hältst«, unterbrach Friedrich ihre Überlegungen, »aber würdest du trotzdem in meiner Abwesenheit das Holz weiter beobachten? Wer weiß, vielleicht haben wir kleine Wildgänse, wenn ich wiederkomme.«
Sie hatte nicht gewusst, dass er eine Reise plante, und sah überrascht auf.

»Du musst fort?«
»Ja, mein Herz. Glaub es oder glaub es nicht, doch der Papst und ich werden uns zusammensetzen und ganz gesittet verhandeln.«
»Ich denke, der Waffenstillstand ist längst in Kraft.«
»Ist er auch, aber das Land braucht einen Friedensvertrag, der auch in vielen Jahren noch Bestand hat. Und außerdem bin ich immer noch ein Vogelfreier. Der Papst hat den Bann noch nicht zurückgenommen. Ich denke, es ist allerhöchste Zeit, geordnete Verhältnisse zu schaffen.«
Bianca fühlte bodenlose Enttäuschung. Was Friedrich leichthin ankündigte, bedeutete schon wieder eine Trennung, vielleicht über Monate. Ihr erstes Kind war unterwegs, sie sehnte sich nach Friedrichs Zuwendung und Liebe. Er war so glücklich gewesen, als er es erfahren hatte. Doch ihr Bauch wurde runder und runder, sie fühlte sich hässlich und unförmig – und ausgerechnet jetzt ließ er sie wieder allein.
»Mach nicht so ein trauriges Gesicht, Bianca. Ein Kaiser hat viele Verpflichtungen.«
»Aber wir bekommen ein Kind.«
»Deshalb kann ich doch nicht monatelang hier im Kastell herumsitzen. Sei vernünftig. Und wenn dir dein Zustand Probleme macht, so hast du eine gute Hebamme.«
»Ich weiß, aber ich mag sie nicht.«
Der Kaiser atmete tief durch. »Komm zu mir und küss mich. Im Morgengrauen breche ich auf.«
Er nahm sie in die Arme, doch Bianca hatte Mühe, die Tränen hinunterzuschlucken.
»Wann kommst du zurück?«, flüsterte sie.
»Ich weiß es wirklich nicht. Es gibt viel zu verhandeln.«
Eine Nuance in seiner Stimme machte sie hellhörig.
»Du verschweigst mir etwas, nicht wahr? Es geht nicht nur um Verträge.«
Friedrich hielt sie fest, antwortete aber nicht.

»Also? Was ist der Gegenstand eurer Verhandlungen?«
»Bianca …«
»Nein, Federico. Ich bin kein kleines Mädchen. Ich bin deine Frau und bald die Mutter deines Kindes. Bitte behandle mich auch so.«
»Nun gut, du hast es so gewollt. Papst Gregor und ich werden nicht nur über die Aufhebung meiner Exkommunikation, sondern auch über meine Ehe mit Isabella von England reden.«
Bianca löste sich aus seinen Armen und starrte ihn an.
»Was hast du gesagt? Ich verstehe nicht …«
»Ich glaube, du hast mich sehr gut verstanden. Bianca, Liebste, ich bin Witwer, und ich bin der Kaiser. Ich muss wieder heiraten, ob ich will oder nicht.«
»Ob du willst oder nicht«, wiederholte sie tonlos. »Willst du?«
»Das ist doch hier überhaupt nicht die Frage. Du sagst, du bist kein kleines Mädchen. Dann benimm dich auch nicht so. Sei erwachsen.«
»Wie ist sie?«
»Wer?«
»Diese englische Prinzessin. Wie ist sie?«
»Isabella Plantagenet? Ich kenne sie gar nicht. Warum?«
»Warum? Wie kannst du so etwas fragen. Weil sie deine Frau wird.« Alles in ihr war tot. Sie fühlte sich, als hätte ihr Herz aufgehört zu schlagen. »Und was wird aus mir?«, fragte sie leise.
»Was soll das denn heißen? Es bleibt alles, wie es ist. Isabella hat doch mit uns nichts zu tun.«
»Wie bitte? Was sagst du da? Ich fasse es nicht. Du erzählst mir, du wirst wieder heiraten. Irgendeine bleiche englische Prinzessin. Und das hat nichts mit uns zu tun?«
»So nimm doch Vernunft an. Es ist lediglich eine dynastische sowie eine politische Entscheidung.«
Bianca raffte ihren Rock. »Triff deine Entscheidungen, wie du es für richtig hältst. Ich werde jedenfalls nicht hierbleiben.«

»Bianca …«
Sie entfernte sich mit schnellen Schritten von der Voliere und lief zum Garten. Sie hörte, dass Friedrich ihren Namen rief, aber sie drehte sich nicht um. Tränen der Enttäuschung rannen ihr über die Wangen, doch sie war zu aufgewühlt, um stehenzubleiben und sie abzuwischen. Außerdem wollte sie möglichst viel Raum zwischen sich und Friedrich bringen. Er hatte sie tief gedemütigt, und sie würde ihm nicht auch noch den Triumph gönnen, ihre Verzweiflung zu sehen.
Plötzlich ergriff jemand ihren Arm und riss sie herum. Friedrichs zorniges Gesicht war dicht vor dem ihren, und seine Hand umklammerte schmerzhaft ihren Arm. Sie dachte, er wollte etwas sagen, aber stattdessen suchte er ihren Mund und küsste sie leidenschaftlich.
Er hielt sie fest und murmelte ihren Namen. Sie klammerte sich an ihn, und der Gedanke, dass sie sich die ganze Zeit vor genau dieser Situation gefürchtet hatte, schoss ihr durch den Kopf. Aber sie hatte die Angst verdrängt, immer gegen jede Vernunft gehofft, er werde bei ihr bleiben und nicht eine dritte Ehe eingehen.
Wut bemächtigte sich ihrer, über ihre eigene Naivität, aber auch über die Nonchalance, mit der Friedrich ihre Gefühle verletzt hatte. Sie wollte seine Worte der Liebe nicht hören und riss sich mit aller Kraft von ihm los.
Und als sie bebend vor Zorn vor ihm stand, hob sie die rechte Hand und schlug ihm hart ins Gesicht.

Wolfelin, der Burgvogt von Haguenau, war zufrieden. Er hatte nicht zu hoffen gewagt, dass König Heinrichs fixe Idee, einen Feldzug gegen den Herzog von Bayern zu führen, dermaßen glimpflich, ja, man könnte fast sogar sagen, erfolgreich ausgehen würde. Aber der junge König hatte es tatsächlich geschafft, den erfahrenen Bayern zu unterwerfen. Der Sieg im Süden Deutschlands hatte Hein-

rich derart beflügelt, dass er auf dem Rückweg ins Elsass auch noch die Stadt Straßburg mit ihrem widerspenstigen Bischof angriff.
Der Bischof, der unablässig gegen Wolfelin opponierte, war dem Burgvogt schon lange ein Dorn im Auge und ein Hindernis auf seinem eigenen Weg zum Reichtum. Denn durch die Münzrechte, die der Burgvogt an andere Städte als Straßburg vergab, verdienten Kaiser und König, aber ganz im Geheimen auch Wolfelin.
Der Unmut des Königs bezüglich des papsttreuen Bischofs passte perfekt in Wolfelins eigene Pläne. Und wie vom Schicksal begünstigt, besiegten die Truppen des Königs auch diesen Widersacher. Über die Tatsache, dass die Söldner die Umgebung der Stadt völlig verwüsteten, sah Wolfelin großzügig hinweg, war doch für die Zukunft klargestellt, dass Straßburg ihm keine Steine mehr in den Weg legen würde.
Auch finanziell stand die Pfalz wieder gut da. Das Heer war vom König entlassen worden, kostete also kein Geld mehr. Dem Herzog von Bayern waren diverse Zahlungen auferlegt worden, und der Straßburger Bischof hatte keine Möglichkeit mehr, Einnahmen aus Münz-, Schank- und anderen Rechten zu behindern.
Sie hatten eine Glückssträhne, sagte sich Wolfelin und beschloss, diese entsprechend zu nutzen. Da er nicht nur in die Taschen von Kaiser und König, sondern auch in seine eigenen wirtschaftete, konnte er jetzt die Truhen wieder ein Stück mehr füllen. Niemandem würde es auffallen, denn so, wie er die Reichtümer hin und her schob, blieben die Bücher sauber.
Sorgen machte ihm allerdings ein Brief des Kaisers. Friedrich kündigte einen Hoftag und seinen Besuch in der Stadt Ravenna an und wünschte dort auch seinen Sohn zu sehen. Er hatte Heinrichs Anwesenheit zwar nicht ausdrücklich befohlen, aber seine Worte ließen keinen Zweifel daran, dass der König der Aufforderung seines Vaters Folge zu leisten habe.
Wolfelin hatte sich bisher immer auf seine Instinkte verlassen können, und in diesem Fall roch es förmlich nach Ärger. Er mach-

te sich keine Illusionen, dass Kaiser Friedrich die Eigenmächtigkeiten seines Sohnes billigen würde. Den Herzog von Bayern hatte Friedrich selbst seinem Sohn als Berater zugedacht, doch Heinrich hatte sich mit dem Herzog überworfen, ja, schlimmer noch, ihn militärisch gedemütigt.

Auch die Eskapade in Straßburg dürfte kaum Begeisterung beim Kaiser hervorrufen, dachte Wolfelin. Zwar hatte dieser seine eigenen Händel mit Papst Gregor, aber das gab seinem Sohn noch lange nicht das Recht, einen Streit mit einem papsttreuen Bischof vom Zaun zu brechen.

Wolfelin entschied, zunächst einmal auf Zeit zu spielen und darauf zu hoffen, dass andere Aufgaben den Kaiser noch mindestens ein halbes Jahr in Apulien festhalten würden. Und wenn dann das endgültige Datum des Hoftags feststand, hatte man immer noch genügend Spielraum für einen geschickten Schachzug.

Er warf einen Blick aus dem Fenster und sah, dass die Sonne schon im Westen stand. Manfred Lancia, der Graf aus dem Piemont, ein, wie er fand, überaus fähiger Verwalter, hatte schon gestern um ein Gespräch gebeten, und Wolfelin wollte es nicht länger aufschieben. Er ließ den Piemonteser deshalb zu sich rufen.

»Ihr leistet gute Arbeit«, sagte er zur Begrüßung und bat Manfred, sich zu setzen. »Ich hoffe nicht, dass Ihr Haguenau verlassen wollt.«

Er hatte diese Bemerkung nicht ganz ernst gemeint und war umso erstaunter, als Manfred nickte.

»Ich fürchte, doch. Eure Bücher, Wolfelin, bergen zu viele Geheimnisse.«

»Wie meint Ihr das?«

»Das wisst Ihr doch selbst am besten.«

Wolfelin rutschte unbehaglich auf seinem Stuhl hin und her.

»Ich weiß nicht, worauf Ihr hinauswollt, Graf Lancia. Die Bücher dieser Pfalz enthalten keinerlei Geheimnisse, sondern sind unschuldig wie ein neugeborenes Kind.«

»Dann lasst mich sagen, dass Eure Keller zu viele Schätze enthalten.«
»Das sind die Schätze des Königs.«
»Aber sie sind nicht vollständig.«
»Wollt Ihr damit sagen, dass es in der Festung Haguenau Diebe gibt?«
»Ihr könnt Gedanken lesen, Wolfelin.«
»Spart Euch den Sarkasmus. Was wollt Ihr von mir?«
»Ein Geschäft.«
Wolfelins Augen verengten sich zu Schlitzen. »Ich mache keine Geschäfte.«
»Wir werden sehen.«
Beide Männer schwiegen, und Manfreds offensichtliche Entschlossenheit verunsicherte den Burgvogt.
»Ich bin bereit, Euch anzuhören«, lenkte er ein. »Mehr habt Ihr nicht zu erwarten.«
»Habe ich Euch jemals von der Burg meiner Väter erzählt?«, begann Manfred. »Sie ist alt und ehrwürdig, aber leider auch ein bisschen baufällig.« Der Burgvogt antwortete nicht, und Manfred fuhr fort: »Es ist keine Ruine, aber ein paar Reparaturarbeiten hier und da würden ihr sicher guttun.«
»Schade um Euer Erbe. Aber warum sollte ich Euch helfen?«
»Wisst Ihr, ich habe mich in der Festung etwas umgesehen. Vor allem in den unterirdischen Gängen. Und bei der Gelegenheit habe ich eine höchst interessante Vorrichtung gefunden.« Wolfelin zeigte keine Reaktion. »Und diese Vorrichtung hat eine direkte Verbindung zu Eurem Sitzungssaal.«
»Wenn das alles ist, was Ihr herausgefunden habt, dann rate ich Euch, so schnell wie möglich diesen Raum zu verlassen.«
»Das ist nicht alles.«
»Ich habe genug von Euren Andeutungen. Ihr wolltet mich sprechen, Ihr habt offensichtlich alles gesagt. Ihr dürft Euch entfernen.«

»Wenn Ihr glaubt, Ihr seid dem Kaiser ähnlich, nur weil Ihr einen Teil seiner Reichtümer gestohlen habt, dann irrt Ihr Euch sehr.«
»Ich verbiete Euch, auf diese Art mit mir zu sprechen.«
»Ihr habt mir nichts zu verbieten, Wolfelin. Und Ihr könnt Euch glücklich schätzen, dass Euer Geheimnis bislang auch eines geblieben ist.«
»Ihr wollt also einen Anteil«, stieß der Burgvogt unbeherrscht hervor.
»Ah, jetzt sind wir endlich einen Schritt weiter. Ihr leugnet also demnach nicht mehr, dass Ihr Euer eigenes Abgabesystem erfunden habt.«
»Und wenn es so ist? Nennt Euren Preis.«
»Ich will, dass meine Burg vor dem Verfall bewahrt wird.« Wolfelin nickte. »Und«, fuhr Manfred fort, »ich brauche Schutz vor dem Grafen von Tuszien.«
»Nie gehört. Ist der Mann so mächtig?«
»Das ist nicht Eure Sache. Ich habe meine Bedingungen genannt.«
»Und mein Vorteil bei diesem Geschäft?«
»Euer Vorteil bei diesem Geschäft? Wie wäre es damit: Ich verrate Euch nicht.«
Wolfelin dachte nach und kalkulierte seine Optionen. Wie immer im Leben blieben auch hier mehrere Möglichkeiten. Er konnte nein sagen und darauf hoffen, dass diesem Manfred Lancia niemand glaubte. Er konnte versuchen ihn mundtot zu machen. Er konnte auf seine Bedingungen eingehen oder sich den Kopf über weitere Auswege zerbrechen. Er entschied sich aus einem Impuls heraus, erstens dem Mann zu glauben und zweitens zumindest eine Zeitlang gute Miene zum bösen Spiel zu machen. Alles weitere würde sich später finden.
»Nehmen wir an, ich sage ja. Wie würde sich unsere, nennen wir es Beziehung weiterentwickeln?«
»Ganz einfach. Ihr zahlt mir einen Teil in Gold aus, davon lasse

ich die Burg meiner Väter instand setzen. Und Ihr schreibt mir eine Empfehlung an den Kaiser. Das ist mein Schutz gegen Enzio Pucci, Graf von Tuszien.«

»Und was gebt Ihr mir?«

»Mein Wort, dass ich die unterirdischen Gänge von Haguenau für alle Zeiten vergesse und dem Kaiser die absolut integre Buchführung in der Pfalz bestätige.«

»Was bringt Euch auf die Idee, dass der Kaiser auf Euer Urteil Wert legt?«

»Haltet mich nicht für einen Schwachkopf! Der Kaiser ist bezüglich seines Sohnes äußerst verärgert. Und zwar zu Recht. Dieser Flegel, der sich König nennt, stolpert von einem Fettnapf in den nächsten. Niemand hier glaubt noch daran, dass Heinrich lange regieren wird. Und wenn sein Vater Friedrich erst einmal anfängt diese Pfalz auseinanderzunehmen, dürften auch Eure Tage gezählt sein. Ihr braucht jede Stimme, die für Euch spricht, sonst seid Ihr verloren. Das wissen wir beide doch ganz genau.«

Wolfelin stand auf und kam langsam auf Manfred zu.

»Wie viel?«

»Den Inhalt der kleinsten Truhe in Eurem Versteck. Und ein Schreiben an den Kaiser.«

»Ihr seid nicht gerade bescheiden.«

»Wolfelin, lasst endlich die Maske fallen. Ich habe gesehen, was Ihr beiseitegeschafft habt. Und in Anbetracht dessen bin ich geradezu ein Vorbild an Bescheidenheit.«

»Nehmen wir an, ich gehe auf Eure Bedingungen ein. Wie geht es dann weiter? Sicher könnt Ihr nachvollziehen, dass ich Euch hier nicht mehr sehen will.«

»Ein verständlicher Wunsch«, erwiderte Manfred. »Aber ich werde mich nicht wie ein Dieb davonstehlen. Der Dieb in diesem Raum«, fügte er hinzu, »bin schließlich nicht ich.«

Wolfelin lenkte erneut ein. »Hört meinen Vorschlag. Der Kaiser wird einen Hoftag in Ravenna halten und wünscht seinen Sohn dort zu sehen. Ihr könnt den König begleiten und bei der Gelegenheit Euer Anliegen dem Kaiser vortragen. Ich werde das Schriftstück aufsetzen.«

Manfred zögerte einen Moment, räumte dann aber ein, dass dies die eleganteste Möglichkeit war, sein Geschäft mit dem Burgvogt zum Abschluss zu bringen.

»Ihr werdet sicher nichts dagegen haben, wenn ich das Schriftstück vorher lese«, sagte er, und der Burgvogt nickte.

Als Manfred den Raum verlassen hatte, bröckelte die Beherrschung, die Wolfelin mühsam aufrechterhalten hatte. Er schlug mit der Faust gegen die Steinquader der Wand, wieder und immer wieder, und spürte nicht, wie seine Haut aufriss und das Blut sich an seinem Gelenk sammelte und auf den Boden tropfte.

Die Kirschbäume waren längst verblüht, und die Rosen zeigten die ersten Knospen. Biancas Bauch war deutlich sichtbar gerundet, und alle ihre Kleider waren ihr zu eng geworden. Die Gewänder, die ihr am besten passten, sahen ihrer Meinung nach aus wie Getreidesäcke, und diese triste Vorstellung wiederum entsprach ihrer gesamten Seelenlage.

Sie fühlte sich so verlassen wie nie zuvor in ihrem Leben und fragte sich, ob das ungeborene Kind in ihrem Leib die Trauer seiner Mutter spürte. Es tat ihr leid um den kleinen neuen Menschen, der in ihr wuchs, doch sosehr sie sich auch bemühte, sie konnte keine Freude über die bald bevorstehende Geburt empfinden.

Von Friedrich hatte sie nichts mehr gehört. Den Schlag ins Gesicht hatte er hingenommen wie eine Statue aus Stein, und seine blauen Augen waren so unergründlich gewesen wie das Meer an seiner tiefsten Stelle. Kein einziges Wort war mehr zwischen ihnen gefallen. Bianca war in ihr Schlafzimmer gelaufen, und Friedrich hatte das Kastell Gioia del Colle noch am selben Abend verlassen.

Seitdem herrschte Schweigen zwischen ihnen, und Bianca fühlte, dass Friedrich es von sich aus nicht brechen würde. Sie hatte seinen Stolz verletzt, das wusste sie, doch auch er hatte sie tief gedemütigt. Die Wunde, die er ihren Gefühlen zugefügt hatte, schmerzte noch immer, auch wenn der unbeherrschte Zorn, der sie dazu getrieben hatte, dem Mann, den sie mehr liebte als ihr eigenes Leben, ins Gesicht zu schlagen, inzwischen verraucht war.
Ihre Tage verliefen mit der gewohnten Eintönigkeit, die sie früher schon hassen gelernt hatte. Das, was ihr blieb, waren der Garten und das Buch über Falken, an dem sie mit Karim und manchmal auch mit Friedrich geschrieben hatte. Wenn sie die Falken beobachtete, warf sie zuweilen einen wehmütigen Blick auf die trockenen Hölzer, aus denen immer noch keine Wildgans geschlüpft war. Sie hatte recht gehabt, aber selbst diese kleine Genugtuung erfüllte sie eher mit Trauer als mit Triumph.
Seit Friedrichs Abreise war nicht eine Nachricht zu ihr gelangt, die ihr von ihm erzählte. Dass er selbst ihr nicht schreiben würde, war ihr inzwischen schmerzhaft bewusst, doch dass auch Karim sich nicht meldete, betrübte sie mehr, als sie gedacht hatte. Allerdings hatte Karim ihr eine neue Hebamme geschickt, nachdem sie die forsche Art der anderen, wesentlich älteren Frau nicht mehr ertragen hatte.
Die neue Hebamme war zwar noch jung, schien aber bei einer weisen Frau in die Lehre gegangen zu sein und meisterte ihre Aufgabe bisher gut. Bianca war froh, eine Frau, der sie zumindest ein wenig vertrauen konnte, in ihrer Nähe zu haben. Gerade jetzt sehnte sie sich nach dem Rat ihrer alten Amme Giovanna, die ihr, da war sie sich sicher, nicht nur über die schwierige Zeit der Schwangerschaft, sondern vor allem über die der Trennung von Friedrich erleichtert hätte.
Bianca hatte viele Tage auf ein Zeichen von Friedrich gehofft, auf irgendeinen kleinen Hinweis, dass eine Versöhnung möglich wäre. Doch als nichts geschah und die Wochen verstrichen, nahm der

Gedanke, dass er sie verlassen hatte, mehr und mehr Gestalt an. Er liebte sie nicht mehr, und diese Gewissheit verursachte Bianca fast körperliche Schmerzen.

Sie hatte ihren Mut und ihre Zuversicht verloren, und selbst die Aussicht auf das Kind, dessen Vater Friedrich war, brachte ihre Lebensfreude nicht zurück. Sie aß wenig, denn sie hatte keinen Appetit, was ihrer Hebamme Sorgen bereitete, die Bianca ermahnte, mehr an das Kind zu denken.

Stattdessen dachte sie an Friedrich, malte sich aus, wo er sich aufhielt, und versuchte wohl zum hundertsten Mal ihm einen Brief zu schreiben. Sie konnte das Schweigen nicht länger ertragen. So wollte sie nicht weiterleben, und so durfte ihre Liebe nicht zu Ende gehen. Wenn es denn vorbei sein sollte, dann würde es Friedrichs Entscheidung sein. Bis dahin aber wollte sie kämpfen.

Sie schaute auf das Pergament auf dem Tisch. »Mein Liebster«, hatte sie geschrieben, dann waren ihr die Worte ausgegangen. Was sollte sie ihm sagen? Dass alles ihre Schuld war? Dass sie ihn um Verzeihung bat? Dass sie ohne ihn nicht leben konnte? Sie wusste ja nicht einmal, wie sie den ersten Satz beginnen sollte.

Sie wischte die Tränen aus den Augen und konzentrierte sich wieder auf ihren Brief. Ihr Leib schmerzte, und sie hatte das Gefühl, ihr ungeborenes Kind würde ihr von innen gegen die Bauchdecke treten. Vermutlich würde es niemals seinen Vater sehen, und dieser Gedanke schickte ihr eine neue Welle von Sehnsucht und Trauer.

Sie gab den Brief auf und begann, im Zimmer hin und her zu gehen. Erfahrungsgemäß beruhigte sich so das Kind, als würde es ihre Bewegung wie ein sanftes Schaukeln wahrnehmen, durch das es in den Schlaf gewiegt wurde.

Am Horizont hatten sich dunkle Wolken aufgetürmt, und sie hörte schon ein fernes Grollen. Ein kräftiges Gewitter, dachte Bianca, würde die Luft klären und die Schwüle vertreiben. Das schlechte Wetter zog von Nordwesten auf, und ihre Gedanken wanderten den Wolken entgegen in die Richtung, in die Friedrich geritten war, als er sie nach ihrem Streit verlassen hatte.

Er hielt sich irgendwo im Patrimonium Petri auf, in Rom vielleicht, oder hatte er einen anderen Verhandlungsort mit dem Papst genannt? Jetzt fiel es ihr wieder ein – San Germano. Er war nach San Germano aufgebrochen, um mit dem Papst Frieden zu schließen und über die Bedingungen seiner Ehe mit dieser englischen Prinzessin zu sprechen. Würde Isabella auch da sein? War es möglich, dass Friedrich die Schwester des englischen Königs dort bereits traf?

Später konnte Bianca sich nicht mehr erinnern, ob sie genau in diesem Moment den Entschluss gefasst hatte, nach San Germano zu reisen, oder ob ihre abenteuerliche Idee während des Gewitters entstanden war, dessen Wucht in ihr die Szene vor der Voliere mit Friedrichs lächerlichen Hölzern und ihren unglückseligen Streit wieder ins Gedächtnis rief.

Auf jeden Fall stand plötzlich für sie fest, dass es keinen Sinn machte, zu schreiben. Sie wollte Friedrich sehen, ihm in die Augen sehen und ihm sagen, wie unverzeihlich dumm sie sich benommen hatte. Und sie wollte ihn bitten, ihr zu verzeihen.

Mit dem ihr eigenen Starrsinn beschloss sie, zunächst nach Bari zu reiten, dann der großen Straße über die Berge nach Neapel zu folgen, um schließlich an die Grenze zu gelangen, die das Königreich Sizilien vom Patrimonium Petri trennte Und während draußen in Blitz und Donner der Regen strömte, lief sie in ihr Zimmer, um alles Notwendige zusammenzusuchen. Sie erschrak, als sie ihren Namen hörte.

»Wollt Ihr verreisen?«, fragte eine fassungslose Hebamme. »Das ist ganz unmöglich. In Eurem Zustand braucht Ihr Ruhe.«

Bianca reagierte verärgert auf die Störung. »Lass mich allein, Sofia.«

»Aber was habt Ihr vor?«

»Ich muss fort.«

Die junge Hebamme starrte sie an. »Ihr seid von Sinnen. Denkt an das Kind.«
»Ich bin gestern ein bisschen geritten und auch heute ein Stück. Da werde ich auch morgen reiten können.«
»Aber wo wollt Ihr denn hin?«
Bianca warf der Hebamme einen ungeduldigen Blick zu. »Das ist meine Sache. Doch du kannst dich nützlich machen. Hilf mir, meinen Bauch verstecken.«
»Warum?«
»Ich reise als Mann.«
»Aber … das wird nicht gehen.«
»Gut, dann reise ich als dicker Mann.«
Bianca fuhr fort, Sachen in einen Sack aus festem grobem Leinen zu packen, den sie später an ihrem Sattel festmachen wollte. Die Anwesenheit der Hebamme, die, ohne sich zu rühren, im Türrahmen stand, machte sie nervös.
»Sofia, entweder du hilfst mir, oder du gehst. Aber bitte steh nicht wie eine Marmorstatue herum.«
Endlich bewegte sich die Hebamme, um ihr den Sack aus den Händen zu nehmen und zu tragen.
»Und jetzt?«
»Bring den Beutel zum Stall und sag dem Burschen, er soll meine Stute morgen in aller Frühe satteln. Nun mach schon«, trieb sie die Hebamme an.
»Soll ich nicht besser mitkommen?«
Bianca zögerte und schüttelte dann den Kopf. »Nein. Ich nehme einen der Stallburschen mit, aber das regle ich selbst.« Sie warf noch einen Blick in das Zimmer, drehte sich dann um und schloss die Tür. »Gehen wir nach unten in den Hof, ich will selbst nach dem Pferd sehen«, sagte sie zur Hebamme, trat auf die erste Stufe der steinernen Treppe, fühlte einen Stoß im Rücken und verlor das Gleichgewicht.
Sie hörte sich schreien und fiel. Ihr Rücken prallte hart auf die Trep-

penstufen, und der Schmerz raubte ihr den Atem. Verzweifelt suchte sie nach Halt, doch während sie stürzte, hatte sie längst die Orientierung verloren und spürte auch nicht mehr den Schmerz in ihrem Kopf, verursacht durch einen Stoß gegen eine der Stufen.
Als sie am Fuß der Treppe liegenblieb, sah sie undeutlich das Gesicht der Hebamme über ihr. Bianca meinte ein Lächeln zu erkennen, aber dann verschwamm die Gestalt vor ihren Augen, und sie spürte nichts mehr.

Der Mann schwankte von Bord der Galeere. Er weinte, als er zu Boden fiel und den Staub seiner Heimat zwischen den Fingern spürte. Es war ihm egal, dass die Menschen ihn anstarrten und aufgeregt flüsterten. Er war wieder zu Hause, und diese Worte wiederholte er wie ein Gebet.
Er sog die Luft tief durch die Nase ein und meinte, einen Duft zu erkennen, den er viel zu lange vermisst hatte. Nach Salbei roch es, nach Thymian und Rosmarin, und auch wenn seine Phantasie seinem Geruchssinn in diesem Fall einen Streich spielte, machte ihn allein die Vorstellung der würzigen Kräuter glücklich.
Als er sich ein bisschen gefasst hatte, sah er, dass hier im Hafen von Bari keine Pflanzen wuchsen, und seine Nase erkannte allenfalls den Gestank von altem Fisch. Er war in seinem ganzen Leben noch nie in Bari gewesen, und das, was er vom Hafen sehen konnte, überzeugte ihn davon, keinerlei Verlust erlitten zu haben. Bari war hässlich, und es konnte nicht schaden, sich so bald wie möglich auf den Weg aus der Stadt zu machen.
Allerdings war er sich nicht ganz sicher, wohin er sich wenden sollte, hatte er doch weder Geld noch zurzeit die Kraft, von seiner Hände Arbeit zu leben. Die Überfahrt von der ägyptischen Küste nach Bari hatte er sich sozusagen errudert, denn die gesamte Strecke hatte er unter Deck bei den anderen bedauernswerten Männern verbracht, die wie er zwar ihre Freiheit wiederhatten, aber

ebenso wie er bettelarm waren. Also hatten sie sich auf der Galeere als Ruderer verpflichtet, und da dies freiwillig geschehen war, sich wenigstens die Ketten erspart.
Ein paar der Männer waren unterwegs entkräftet gestorben, und ihre Leichen wurden mit einem kurzen Gebet über Bord gekippt. Er selbst hatte dank seines unbändigen Willens überlebt, was einem Wunder gleichkam, wenn man bedachte, unter welchen Bedingungen die Ruderer ihre harte Arbeit leisteten. Kaum Frischluft und eine Verpflegung aus altbackenem Brot und Wasser forderten zwangsläufig ihren gesundheitlichen Tribut.
Glücklicherweise hatten fast die ganze Zeit südliche und südöstliche Winde geherrscht, so dass die Segel das Schiff schnell genug voranbrachten und die Ruderer ihre Kräfte schonen konnten. Erst in der Nähe der Küste waren sie wieder zum Einsatz gekommen – einer der Gründe, warum er hier im Hafen praktisch am Ende war und am liebsten in dem trockenen Staub Apuliens liegengeblieben wäre.
Mühsam erhob er sich auf die Knie. In dieser Stadt kannte er niemanden, und überhaupt hatte er an Apulien nicht die besten Erinnerungen. Weiter südlich, in der Hafenstadt Brindisi, hatte damals das Fieber gewütet, und er rümpfte die Nase, als er an den Gestank der Kranken und Toten dachte.
Auf jeden Fall würde er für die nächsten Tage und Nächte eine Bleibe brauchen, um wieder zu Kräften zu kommen. Dann konnte er Pläne machen und darüber nachdenken, was er mit dem Rest seines Lebens anfangen wollte. Er beschloss, im nächsten Gasthaus nach einer Herberge für Pilger und andere mittellose Menschen zu fragen. Als er aufstand, spürte er das Zittern in seinen Beinen, und ihm wurde klar, wie schwach er tatsächlich war. Er würde nicht weit kommen und hoffte, dass es in Bari eine mitleidige Seele gab, die einen Gestrandeten wie ihn aufnahm. Sobald es ihm besserging, wollte er versuchen einen Dienst zu finden, der genügend Geld für die Weiterreise brachte.
Er war jahrelang in Gefangenschaft gewesen, und diese Zeit war

an seinem Körper nicht spurlos vorübergegangen. Tiefe Narben auf seinem Rücken zeugten davon, dass da, wo er herkam, die Peitsche häufig eingesetzt wurde, und auch in seinem Gesicht zog sich eine alte Wunde quer über seine Wange bis in die rechte Augenbraue. Die Kinder, die ihn sahen, wichen erschrocken zurück und warfen Kieselsteine in seine Richtung.

Erschöpft setzte er einen Schritt vor den anderen, bis er die nächstgelegene Hafenkneipe erreicht hatte. Er trat ein, doch der Wirt erkannte mit sicherem Auge, dass dieser Gast kein Geschäft bedeutete, und knurrte ihn unwirsch an.

»Geh deiner Wege, hier gibt`s nichts zu betteln.«

»Nur eine Auskunft, bitte.«

Die Augen des Wirts waren boshaft und kalt.

»Auch Auskünfte sind nicht umsonst.«

»Bitte. Ich brauche etwas zu essen.«

»Aber nicht hier.«

»Seid Ihr immer so mitfühlend?«

»Wenn ich jeden Bettler durchfüttere, habe ich bald selbst nichts mehr zu beißen. Geh zum Kloster der Ehrwürdigen Schwestern. Da findest du, was du suchst.«

Das Kloster. Er erinnerte sich plötzlich. Vor langer Zeit, fast kam es ihm vor, als wäre es in einem anderen Leben gewesen, hatte er den Namen des Klosters der Ehrwürdigen Schwestern von Bari gehört. Bianca hatte ihn erwähnt. Auf ihrer wechselvollen Flucht und während seiner qualvollen Gefangenschaft hatte er es vergessen, aber jetzt fiel es ihm wieder ein. Bianca hatte von den Ehrwürdigen Schwestern gesprochen.

Er bemühte sich, die Bruchstücke der Unterhaltung an jenem Tag im Haus des Tuchmachers in sein Gedächtnis zu rufen. Bianca hatte von einer Freundin ihrer Mutter erzählt. Wie war bloß ihr Name? Lorenzo suchte in den Tiefen seiner Erinnerung. Er kam nicht darauf, aber dann auf einmal fielen alle Bruchstücke in Form und ergaben das Mosaik ihrer Flucht.

Die Freundin hieß Clara von Siena und war die Äbtissin im Kloster der Ehrwürdigen Schwestern von Bari. Er hörte wieder Biancas Stimme und sah ihre schönen Augen.
Und Lorenzo sank auf die schäbige Holzbank der Hafenkneipe und weinte über verpasste Chancen und das Leben, das sie hätten haben können, wenn nicht die Gier eines einzigen Mannes alles zerstört hätte.

Karim ritt in gestrecktem Galopp, denn er spürte eine seltsame Unruhe und den Drang, sich zu beeilen. Er konnte das Kastell schon sehen, wunderte sich aber über seinen fast abweisenden Eindruck. Das Tor schien verschlossen, und aus keinem der Fenster fiel ein Lichtschein. Hier draußen war die Sicht trotz der hereinbrechenden Dämmerung noch ausgezeichnet, aber in den Räumen mit ihren dunklen Holzdecken ließ Bianca um diese Zeit schon Kerzen anzünden.
Es war das erste Mal auf Gioia del Colle, dass er am Tor rufen und klopfen musste, bis einer der Stallburschen kam und öffnete. Bianca, die sonst immer in der Halle stand und ihre Gäste begrüßte, war nirgends zu sehen. Angst keimte in Karim auf, und seine Eingeweide schmerzten, als hätte er einen Faustschlag in den Leib erhalten. Normalerweise herrschte im Kastell eine heitere und freudige Stimmung, doch jetzt schien es hier düster, und Trauer lag in der Luft. Der Sarazene wusste von dem Streit zwischen Bianca und Friedrich. Der Kaiser hatte ihm davon erzählt, ohne allerdings Einzelheiten zu erwähnen.
Karims feines Gespür für Zwischentöne sagte ihm, dass da mehr vorgefallen war, als Friedrich zugab. Dessen ungewöhnliche Schweigsamkeit und der Ausdruck von Zorn und Verlorenheit in seinen Augen ließen ihn das Schlimmste befürchten. Alles deutete auf ein Zerwürfnis zwischen den beiden hin, und Karim kannte Friedrich gut genug, um zu wissen, wie sehr er darunter litt. In all

den Jahren ihrer Freundschaft hatte er es noch nie erlebt, dass Friedrich eine Frau so nah an seine innersten Gefühle und Gedanken herankommen ließ. Andererseits machte ihn das verletzlich, und dies wiederum wertete der Kaiser als Schwäche. Dass er nach einem Streit oder sogar einer Trennung den ersten Schritt zur Versöhnung machen würde, war daher ganz und gar undenkbar, und Karim hatte beschlossen, nach Gioia del Colle zu reiten, um Bianca zum Einlenken zu bewegen.

Er hatte weder Bianca noch Friedrich von seinen Plänen unterrichtet, ahnte er doch, dass dieser eine solche Idee rundweg ablehnen würde, und auch Bianca war starrsinnig genug, keinerlei Hilfe anzunehmen. Also kam er unangemeldet nach Gioia del Colle und hatte zwar eine gewisse gedrückte Stimmung vermutet, aber keineswegs diese unheimliche Stille.

»Wo ist die Gräfin?«, fragte er den Stallburschen, nachdem er abgesessen war und sein verschwitztes Pferd übergeben hatte.

Der Bursche starrte ihn ängstlich an und brachte kein Wort heraus.

Karim wurde ungehalten. »Was ist hier los? Ist jemand gestorben?«

Der Stallbursche schüttelte müde den Kopf. »Noch nicht, Herr. Aber die Gräfin ist sehr krank.«

Karim stürmte mit langen Schritten durch die Halle, nahm auf der Treppe zwei Stufen auf einmal und öffnete die Tür zu Biancas privaten Räumen.

Das Zimmer war düster, es roch scharf nach Erbrochenem, und in dem Halbdunkel konnte er kaum etwas erkennen. Er rief nach den Dienerinnen und nach der Hebamme, doch nur die Köchin erschien und wischte sich mit dem Zipfel ihrer Schürze die Tränen aus den Augenwinkeln.

Karim befahl ihr, Kerzen anzuzünden, damit der Raum besser beleuchtet war, und trat dann an das Bett an der Stirnseite. Die Vorhänge, die sonst das Lager vollkommen abschotteten, waren zurückgezogen, und erst jetzt sah er Bianca. Sie lag mit geschlossenen Augen in ihren verschwitzten Decken, ihre Haare waren verklebt, und als sein Blick auf eine ihrer Hände fiel, stellte er erschrocken fest, dass die Nägel bis auf die Fingerkuppen abgekaut waren. Ihr Bauch zeichnete sich grotesk unter den Decken ab, und ihre einst so schönen Hände hielten ihn umklammert, als würde sie der Schmerz auch noch im Schlaf verfolgen.

Karim trat dicht an ihr Bett und überprüfte ihren Atem. Er war flach und unregelmäßig. Der Sarazene schickte Allah ein kurzes Dankgebet. Bianca lebte, doch ihr Zustand war mehr als besorgniserregend.

»Was ist passiert?«, fragte er flüsternd die Köchin. »Wo ist die Hebamme?«

»Ein schreckliches Unglück«, schluchzte die Köchin. »Die Gräfin ist gestern Abend die Treppe hinuntergestürzt. Und die Hebamme ist verschwunden. Einer der Burschen hat die Gräfin gefunden. Wir haben sie in ihr Bett gelegt.«

»Wann haben die Wehen eingesetzt?«, fragte Karim.

»Ich weiß nicht«, jammerte die Köchin. »Wir haben ihre Schreie gehört, aber wir konnten ihr nicht helfen.«

»Hör auf zu flennen«, herrschte er die Köchin an. »Ich werde deine Hilfe brauchen. Sieh also zu, dass du bei klarem Verstand bist.«

Karim ging zu Bianca und beugte sich über sie. Sie stöhnte, und auf ihrer Stirn standen Schweißperlen. Er tastete ihren Bauch ab und erschrak. Das Kind lag nicht richtig, Er fühlte den Kopf des Ungeborenen im oberen Teil von Biancas Bauch, und das bedeutete, es würde mit dem Steiß voran geboren werden.

»Wo ist die Hebamme?«, knurrte Karim mit zusammengebissenen Zähnen.

Die Köchin rang hilflos die Hände. »Sie ist weg. Wir haben überall nach ihr gesucht.«

Karim fluchte. Schwangerschaft und Geburt waren das Fachgebiet der heilkundigen Frauen und der Hebammen und nicht das eines Arztes. Ihre Erfahrung zählte mehr als das medizinische Wissen der Männer, und jeder Medicus respektierte das. Ein Arzt beaufsichtigte allenfalls eine Geburt, aber das Kind wurde von der Hebamme auf die Welt geholt, und sie war auch für das Wohlergehen der Mutter verantwortlich. Doch offensichtlich handelte es sich bei Biancas Hebamme entweder um eine blutige Anfängerin, die bei den ersten Schwierigkeiten davongelaufen war, oder um eine skrupellose Betrügerin. Er schwor sich, die Frau zu finden und zur Rechenschaft zu ziehen, aber zunächst brauchte er seine ganze Kraft und seine ganze Kunst für Bianca.

»Lauf zum Stallburschen«, befahl er der Köchin, »und bring mir meinen Reisesack. Schnell, beeil dich. Dann brauche ich heißes Wasser und saubere Leintücher.«

Die Köchin rührte sich nicht und starrte ihn an.

»Mach schon, beweg dich«, herrschte er sie an. »Sonst stirbt mir die Gräfin unter den Händen.« Karim sah aus dem Augenwinkel, wie die Köchin den Raum verließ, und richtete seine ganze Aufmerksamkeit auf Bianca. Er klopfte ihr sanft auf die Wangen. »Bianca, hörst du mich? Ich bin es, Karim. Wach auf. Hab keine Angst, ich bin da.« Er murmelte mit leiser Stimme beruhigende Worte und versuchte weiter Bianca aus ihrem tiefen Schlaf zu holen.

Sie drehte den Kopf, und ihre Hände suchten nach einem Halt, aber sie erwachte nicht.

Karim ergriff ihre Finger und drückte sie fest.

»Bianca, wach auf.«

Die Köchin kam zurück und brachte das Wasser, Leinen sowie Karims Reisesack.

»Stell das Wasser auf den Tisch, und gib mir den Sack«, befahl er ihr. »Und bleib hier, du wirst mir helfen müssen.«

Bianca bewegte sich, und ihre trockenen, rissigen Lippen formten Worte, die Karim nicht verstehen konnte. Und als er ihr erneut,

diesmal etwas fester, auf die Wangen schlug, öffnete sie endlich die Augen.
Karim sah ihr eindringlich ins Gesicht, doch er hatte den Eindruck, dass Bianca ihn nicht erkannte. Ihre Augen wirkten leer, ihr Blick streifte ihn und die Köchin, doch sie schien nicht zu wissen, wo sie sich befand.
Er ergriff ihre Schultern und schüttelte sie leicht. »Bianca«, sagte er laut, »ich bin es, Karim. Ich werde dir helfen. Aber wir müssen das Kind wenden. Hast du verstanden? Das Kind liegt falsch, deshalb hast du dich so gequält. Wir wenden das Kind, und es kann geboren werden. Dann sind auch die Schmerzen vorbei.«
Unter ihren Lidern lagen tiefe Schatten, ihre Wimpern waren gelblich verkrustet, aber sie schien verstanden zu haben, was er gesagt hatte, denn ihr Blick klärte sich ein wenig.
Sie nickte und flüsterte: »Federico.«
»Er ist nicht hier«, sagte Karim, »aber er wird kommen, sei unbesorgt. Doch jetzt kümmern wir uns erst mal um dich und dein Kind.«
Er legte eine Hand auf ihren oberen Bauch und die andere auf ihren Unterleib, doch Bianca zuckte vor Schmerz zusammen und stieß seine Arme von sich.
»Nicht«, wimmerte sie. »Es tut so weh.«
Karim zögerte. Er musste das Kind in ihrem Leib drehen, sonst bestand die Gefahr, dass Bianca und das Ungeborene die Geburt nicht überlebten. Er wollte versuchen das Kind von außen in die richtige Lage zu bringen. Sollte das fehlschlagen, würde er es von innen drehen müssen.
Mehr als diese beiden Optionen blieben ihm nicht, wenn er das Leben von Mutter und Kind retten wollte. Alles andere würde bedeuten, Biancas Leben zu opfern. Er konnte das Kind mit einem Kaiserschnitt holen, doch diese Operation wurde nur ausgeführt, wenn die Mutter bereits tot war. Karim wusste von keinem Arzt, dem ein Kaiserschnitt an einer lebenden Schwangeren gelungen

war. Und er würde lieber sein eigenes Leben opfern, als Bianca dieser Tortur auszusetzen.
Sie hatte sich ein wenig beruhigt, und er versuchte ihr seine nächsten Schritte zu erklären.
»Bianca, hör zu. Atme ruhig und tief. Ich lege meine Hände hierhin und dorthin und werde versuchen dein Kind in eine andere Lage zu bringen. Es liegt mit dem Steiß voran, und das verursacht dir solche Schmerzen.«
Tränen liefen ihr über die Wangen, aber sie nickte und biss die Zähne zusammen. Karim drückte seine Hände erneut auf ihren Bauch und versuchte sehr vorsichtig das Kind zu drehen, doch Bianca schrie auf, und er brach ab.
»Bring mir den Reisesack«, sagte er zur Köchin, die mit kreidebleichem Gesicht im Zimmer stand und sich bei Biancas Schrei entsetzt die Ohren zugehalten hatte. Schwerfällig ging sie zum Tisch. Karim konnte seinen Zorn über ihre Langsamkeit kaum beherrschen. »Reiß dich zusammen und hilf mir, sonst werde ich dafür sorgen, dass der Kaiser dich persönlich bestraft.«
Endlich hatte er das richtige Druckmittel gefunden. Die Köchin beeilte sich, und Karim fand in seinem Reisesack, was er brauchte. Er entnahm ihm einen Holzkasten, den er mit einem kleinen Schlüssel öffnete. Darin lag ein unscheinbarer getrockneter Schwamm. Vorsichtig griff er in den Kasten und holte den Schwamm heraus.
»Und jetzt bring mir das heiße Wasser.«
Und die Köchin gehorchte diesmal prompt.
Er befeuchtete den Schwamm ein wenig und hielt ihn dicht an Biancas Gesicht.
»Bianca, hör zu. Dies ist ein Schlafschwamm, er enthält Opium, Maulbeersaft, Mandragora-Wurzelextrakt und noch einige andere Pflanzen. Atme seine Dämpfe ein, und du wirst keine Schmerzen mehr verspüren.«
Bianca sog den scharfen Geruch des Schwammes tief ein.

»Du spürst gleich einen heftigen Schwindel«, erklärte Karim, »und dann fühlst du dich leicht wie eine Feder. Sobald du im Reich der Träume bist, versuche ich noch einmal, das Kind zu drehen.« Doch er sah, dass ihre Augen schon zugefallen waren, und er vermutete, dass seine Worte gar nicht mehr zu ihr gedrungen waren.

Karim legte den Schlafschwamm beiseite und drückte abermals auf ihren Bauch, aber das Kind rührte sich nicht. Er hatte gehofft, dass ein kleiner Impuls ausreichen würde, damit sich das Ungeborene von selbst in die richtige Position drehen könnte, musste nun aber einsehen, dass sein Versuch, Biancas Kind von außen zu wenden, vergeblich war.

»Ich werde das Kind von innen drehen müssen«, sagte er zur Köchin. »Hilf mir, die Decken und das Gewand der Gräfin zu entfernen. Hast du selbst Kinder«, fragte er sie, um ihr die ängstliche Nervosität, unter der sie immer noch litt, zu nehmen.

»Ja«, flüsterte sie. »Ich habe drei Kinder zur Welt gebracht und kenne die Schmerzen, unter denen Frauen gebären. Aber keines meiner Kinder hat falsch gelegen.«

»Dann danke dem Himmel nachträglich«, sagte Karim und bereitete sich gedanklich darauf vor, seine Hand tief in Biancas Leib zu führen, um so das Kind zu drehen.

Er säuberte sich sorgfältig die Hände, vergewisserte sich noch einmal, dass Bianca von den Dämpfen des Schlafschwammes betäubt war, und schickte ein kurzes Gebet zu Allah.

Er nahm nichts wahr außer Biancas ruhigen Atemzügen, ihrer Körperwärme und ihrem gewölbten Bauch. Seine Gedanken richteten sich auf das Kind, und dann fühlte er die Drehung des Ungeborenen. Erleichtert stieß er die Luft aus, die er die ganze Zeit über, ohne es zu wollen, angehalten hatte, und zog seine Hand zurück.

»Bring mir das Wasser und saubere Tücher«, sagte er zur Köchin, »und dann geh in deine Küche und hol mir Weinessig. Wir müssen die Gräfin wieder aufwecken.«

Karim nahm ein Stück Leinen aus seinem Reisesack und träufelte einige Tropfen Essig darauf. Den Stoff hielt er Bianca direkt unter die Nase, die daraufhin hustend erwachte.
»Ist dir noch schwindlig?«, fragte Karim besorgt, denn die Wirkung des Schlafschwamms ließ sich nicht immer genau vorhersagen. Er hatte schon Operationen durchgeführt, nach denen die Patienten nur schwer wieder wach wurden, weil sie vor allem auf das Opium zu stark reagiert hatten. Manche Menschen bekamen nach dem Inhalieren der Dämpfe Blutungen und schwebten dann zwischen Leben und Tod. Doch Bianca schien die Betäubung gut überstanden zu haben, und er hoffte inständig, dass dies ebenso für ihr ungeborenes Kind galt. »Es ist alles in Ordnung«, antwortete er auf ihren fragenden Blick. »Das Kind hat sich gedreht, und ich habe die Fruchtblase geöffnet. Das wird die Geburt einleiten. Dann ist bald alles überstanden, und du kannst dein Kind im Arm halten.«
Bianca schloss die Augen und entspannte sich.
Karim lächelte, und erst jetzt fiel ihm auf, dass er mit der Gräfin die ganze Zeit wie mit einer engen Freundin gesprochen hatte. Oder wie mit einer Geliebten, aber diesen Gedanken verdrängte er auf der Stelle. Bianca liebte einen anderen Mann, und der war nicht nur sein Freund, sondern der mächtigste Mann der Welt. Und, wie Karim gerechterweise zugeben musste, ein Mann mit beeindruckendem Charisma. Doch er hatte weder die Zeit noch die Muße, über die Beziehung zwischen Bianca und Friedrich nachzudenken. Jetzt war es wichtig, dass das Kind auf die Welt kam. Er fürchtete, dass jede weitere Verzögerung dem Ungeborenen schaden könne.
Gemeinsam mit der Köchin hob er Bianca aus dem Bett, denn so, wie sie dort auf dem Rücken lag, würde sie sich nur unnötig quälen, um das Kind herauszupressen.
Weit besser war es, wenn sie sich auf allen vieren auf den Boden hockte.

Dennoch dauerte es fast die ganze Nacht, bis die Köchin endlich das Neugeborene in warmem Wasser waschen konnte und Bianca in ihrem Bett in einen erschöpften Schlaf fiel.
»Es ist ein Mädchen«, flüsterte Karim ihr zu, als er Bianca mit einem zärtlichen Lächeln zudeckte.

An ihrem Lieblingsplatz in der Laube blühten die Gallicarosen in dunklem Rot. Diese Sorte wuchs nur hier auf Gioia del Colle, und Bianca liebte die Blume nicht nur wegen ihrer intensiven Farbe, sondern auch, weil ihre Blüte so voll und prall war wie sonst kaum eine. Sie würde die Blumen vermissen, doch ihr Entschluss, Gioia del Colle zu verlassen, stand fest.
Bianca hatte sich von den Strapazen der Geburt vollständig erholt, und ihr kleines Mädchen war so süß und rund wie ein Apfel. Sie hatte es Konstanze genannt, weil der kleine Starrkopf ihr ein paar höchst unangenehme Stunden bereitet hatte, die sie ohne Karims Hilfe wohl nicht überlebt hätte.
Dieser hatte das Kastell schon am übernächsten Tag nach Konstanzes Geburt verlassen, da keine weiteren Komplikationen zu befürchten waren und es Mutter und Kind zusehends besserging.
Karim zu begegnen war ihr ein bisschen peinlich, denn schließlich hatte er ihren Körper an den intimsten Stellen berührt, aber andererseits war er Arzt und hatte ihr und ihrem Kind das Leben gerettet.
Während der dramatischen Stunden der Geburt hatte sich Bianca nicht ein einziges Mal gefragt, warum Karim eigentlich nach Gioia del Colle gekommen war, doch später, als sie ihr kleines Mädchen im Arm hielt, überlegte sie, ob er in Friedrichs Auftrag nach ihr gesehen hatte. Doch mit der ihm eigenen Ehrlichkeit hatte Karim ihr die Wahrheit gesagt. Es gab weder eine Nachricht noch den Wunsch des Kaisers, mit ihr zu sprechen. Und es war allein seine Idee gewesen, nach Gioia del Colle zu reiten, um Bianca zu einem

ersten Schritt zur Versöhnung zu überreden. Und so wurde ihr Glück, eine Tochter zu haben, von dem Gedanken getrübt, dass die Trennung von Friedrich wohl doch eine endgültige war.

Seit sie das Bett verlassen hatte und sich wieder stark genug fühlte, dem Leben entgegenzutreten, hatte sie beschlossen, ihren ursprünglichen Plan, der durch den verhängnisvollen Treppensturz vereitelt worden war, nicht wiederaufzunehmen, aber Gioia del Colle dennoch den Rücken zu kehren. Das Kastell gehörte Friedrich, und auch wenn er ihr immer versichert hatte, dies sei ihre Heimat, denn er habe ihr Gioia del Colle geschenkt, wollte sie hier nicht länger bleiben.

Karim wusste nichts von ihren Plänen. Er war nach Foggia zurückgeritten, nachdem sie seine Hilfe als Arzt nicht mehr brauchte.

Ihr war klar, dass sie mit einem Säugling keine weite Reise machen konnte, doch Bari und das Kloster der Ehrwürdigen Schwestern waren nur eine Tagereise entfernt und daher selbst mit einem Kind von gerade mal vier Wochen leicht zu erreichen.

Sie fragte sich, ob die Äbtissin Anstoß daran nehmen würde, dass die Gräfin Lancia unverheiratet mit einem Kind bei ihr Zuflucht suchte, aber sie wollte sich lieber den strafenden Blicken der alten Freundin ihrer Mutter stellen als von Friedrichs Gnaden auf einem seiner Kastelle zu wohnen.

Sie drückte ihre kleine Tochter zärtlich an sich. »Jetzt sind wir beide ganz allein«, flüsterte sie, doch der Säugling maunzte und quengelte, und Bianca sah mit Verwunderung, dass die Kleine schon wieder Hunger hatte.

Karim hatte ihr angeboten, nach einer geeigneten Amme suchen zu lassen, doch Bianca hatte abgelehnt. Sie wollte ihr Kind selbst stillen.

Außerdem spürte sie eine nagende Angst, wenn sie versuchte sich in Erinnerung zu rufen, warum sie eigentlich gestürzt war. Immer noch war sie nicht sicher, ob Sofia, die Hebamme, sie nicht doch gestoßen hatte. Wenn sie aber wirklich die Hände der Hebamme

im Rücken gespürt hatte und sich die ganze Sache nicht einfach nur einbildete, dann musste es einen Grund dafür geben, dass die junge Frau ihr offenbar nach dem Leben trachtete.
Bianca konnte sich nicht vorstellen, wieso sie einen solchen Hass heraufbeschworen haben sollte – es sei denn, das Verhalten der Hebamme resultierte gar nicht aus irgendeiner persönlichen Feindschaft, sondern hatte andere Ursachen. Auch nach tagelangem Grübeln fühlte sich Bianca nicht klüger. Dann aber kam ihr der Gedanke, dass jemand Sofia bezahlt haben könnte. Und dafür kam eigentlich nur einer in Betracht – Heinrich von Passau, der immer noch in Enzios Auftrag ihr Leben bedrohte.
Wenn dies zutraf, folgerte Bianca weiter, dann saß sie auf Gioia del Colle wie in einer Falle. Und jetzt hatte sie nicht nur die Verantwortung für ihr eigenes Leben, sondern auch für das von Konstanze. Schon deshalb war es besser, ihr Schicksal wieder selbst in die Hand zu nehmen und nicht auf den Schutz und die Liebe des Kaisers zu vertrauen.
In den wenigen Wochen seit Konstanzes Geburt hatte sie Friedrich erfolgreich aus ihren Gedanken verdrängt. Ihre ganze Liebe und Aufmerksamkeit schenkte sie dem Kind, und da sie niemand anderen um sich haben wollte als die Köchin, der sie vertraute, hatte sie mehr als genug mit der Betreuung der Kleinen zu tun.
Ihr fehlte die Muße, um der Sehnsucht nach Friedrich Raum zu geben, doch allmählich hatte sich ihr Tagesablauf eingependelt, und all die neuen Aufgaben, die ein Säugling mit sich brachte, waren Gewohnheit geworden. Und je mehr sie Gelegenheit zum Durchatmen bekam, umso stärker wurde der Schmerz über die Trennung.
Auch in den Wochen nach Konstanzes Geburt hatte sie nichts von ihm gehört, obwohl Bianca sicher war, dass Karim ihm von dem Kind erzählt hatte. Keine Nachricht, kein einziges Lebenszeichen. Ihre Tochter würde ohne Vater aufwachsen.
So bitter diese Erkenntnis auch war, Bianca beschloss, nicht länger

über zerstörtes Glück nachzudenken und sich ganz ihrem Kind zu widmen. Zum zweiten Mal hatte sie die nötigsten Reisesachen zusammengepackt, diesmal mit mehr Überlegung und Ruhe. Schon am nächsten Tag wollte sie aufbrechen, und der Stallbursche sollte sie begleiten. Von allen Geschenken, die Friedrich ihr gemacht hatte, wollte sie nur ihre Stute mitnehmen. die Juwelen und kostbaren Kleider ließ sie ohne Bedauern auf Gioia del Colle zurück.
Sie hatte eine Weile gegrübelt, wie sie Konstanze am sichersten mit auf die Reise nahm, und dann ein Tuch so trickreich gewickelt, dass das Kind vor ihrer Brust ruhte und wie in einer Wiege sanft in den Schlaf geschaukelt wurde.
Bianca verließ die Laube im Garten, nachdem sie Konstanze gestillt hatte, um die letzten Vorbereitungen für die Reise zu treffen. Noch einmal schritt sie durch alle Räume des Kastells, verweilte im Thronsaal und strich mit den Fingerspitzen über die filigranen Verzierungen des Kaiserthrons. Sie schlenderte durch die Küche und die Vorratsräume, stieg mit gemischten Gefühlen die Treppe zum Obergeschoss hinauf und stand noch mal auf der Stufe, die ihr fast das Leben gekostet hätte.
Sie ging in ihr Zimmer und legte Konstanze in ihr Bett. Einen einzigen Raum hatte sie nicht betreten, und sie schwor sich, dies vor ihrer Abreise auch nicht zu tun. Friedrichs Zimmer barg zu viele schöne Erinnerungen, um sie einfach begraben zu können. Es war besser, die Tür nicht zu öffnen.
Ihr Abschied von Gioia del Colle vollzog sich leise und ohne Tränen. Konstanze schlief, während Bianca sich Schritt für Schritt von dem Kastell entfernte und nicht einmal zurückschaute.
Der Stallbursche, der sie sicherheitshalber bis Bari begleiten sollte, warf ihr einen vorsichtigen Blick von der Seite zu. Bianca lächelte und richtete sich im Sattel noch etwas gerade aus. Falls er einen Zusammenbruch der Gräfin Lancia erwartet hatte, so durfte er beruhigt sein. Sie war eine Frau, die durchaus ihre Gefühle fest unter Kontrolle halten konnte.

Sie erreichten Bari ohne Zwischenfälle. Ihren Ritt hatten sie nur für kurze Pausen unterbrochen, in denen Bianca ihr Kind stillte und der Bursche die Pferde versorgte. Das Kloster der Ehrwürdigen Schwestern lag am Stadtrand, und da Bianca aus südlicher Richtung kam, ersparte sie sich den Weg durch den belebten Ort.
Es handelte sich um ein einstöckiges Gebäude in der Form eines Vierecks. Rund um das Kloster verlief eine Mauer, und dahinter lagen verschiedene Gärten. Bianca sah eine Kirche und nicht weit davon noch eine kleinere Kapelle. Beide bildeten mit dem Klostergebäude eine Einheit, und die Kirchenfassade war zugleich imposanter Blickfang der gesamten Anlage.
Das große Holztor war verschlossen, und Bianca bat den Stallburschen, die Glocke zu läuten. Eine ältere Schwester in heller Tracht, den Kopf vollkommen von einer Haube bedeckt, die ihr bis tief in die Stirn reichte, öffnete ihnen und bat sie herein, um dann das Tor wieder sorgfältig zu verschließen.
Bianca sah vor sich einen großen Hof, der bestens gepflegt war. Mehrere Schwestern waren damit beschäftigt, zu fegen und zu harken, und sie sah mit Freude die Beete voller Salbei, Minze, Liebstöckel, Rosmarin und Thymian. Außerdem entdeckte sie ein Feld voller Rauke, dessen Anblick sie daran erinnerte, lange nichts gegessen zu haben. Sie sah Apfel- und Birnbäume, aber auch Pfirsich und Quitte und entschied, dass es sich bei den Schwestern um begnadete Gärtnerinnen handeln musste.
Der Stallbursche half ihr vom Pferd, und sie wiegte Konstanze, die erwacht war und zu weinen begonnen hatte, in den Armen.
»Weine nicht, meine Süße«, tröstete sie das Kind, »hier wird es uns gutgehen.«
Eine andere Schwester kam auf sie zu und begrüßte die kleine Gruppe.
»Ihr müsst Bianca sein. Wir haben Eure Nachricht erhalten, und die Mutter Oberin brennt darauf, Euch zu sehen.« Sie zeigte dem Burschen, wo er die Pferde versorgen konnte, und wandte sich

wieder an Bianca. »Ich bringe Euch zur Äbtissin. Ihr habt Euch sicher viel zu erzählen.«
Bianca nickte und schluckte Tränen der Rührung hinunter. Sie hatte nicht damit gerechnet, so liebevoll begrüßt zu werden, und nicht zu hoffen gewagt, dass die kurze Nachricht über ihre Ankunft mit einer derartigen Begeisterung aufgenommen werden würde.
Sie wollte der Schwester folgen, als ihr am Ende des Hofes ein Mann auffiel, der zwischen den Pflanzen Unkraut zupfte. Irgendetwas an ihm kam ihr bekannt vor, obwohl er ihr den Rücken zuwandte. Sie konnte nicht sagen, ob es seine Haltung oder seine Gesten waren, aber sie blieb stehen und starrte in seine Richtung.
Die Nonne hatte ihre Reaktion bemerkt, und ihr Blick folgte dem Biancas.
»Kennt Ihr den Mann?«, fragte sie. »Er war eine Weile auf unserer Krankenstation und ist gerade erst kräftig genug, um ein wenig zu arbeiten.«
»Ich weiß nicht«, murmelte Bianca unsicher.
»Er spricht nicht über seine Vergangenheit«, sagte die Schwester, »aber er muss Schreckliches erlebt haben.« Sie beugte sich vor und flüsterte: »Er war als Pilger im Heiligen Land.«
Bianca fühlte die Erde unter sich schwanken, das Gesicht der Schwester wurde undeutlich. Sie wollte die Hand ausstrecken und fasste im Fallen den Arm der Schwester, die sie hielt, als der Schwindel vollständig von ihr Besitz ergriff und sie in Ohnmacht versank.

Sie trafen sich im Schatten eines Zedernwaldes in der Nähe des Kastells. Der Platz war gut gewählt, weil er sowohl zu Pferde als auch zu Fuß gut erreichbar und trotzdem sehr verschwiegen war. Es dämmerte schon, und Sofia, die allein kam, wollte das Geschäft so

schnell wie möglich hinter sich bringen. Nicht nur der Wald war ihr unheimlich, fast noch mehr ängstigte sie der Mann, mit dem sie verabredet war.
Aber das Geld, das er zahlte, hatte sie bitter nötig. Der Mann, mit dem sie zusammenlebte, war todkrank, und der Medicus behandelte nur gegen harte Münzen. Das Geschäft als Hebamme lief schleppend, seit man ihr nachsagte, sie habe ein Neugeborenes mit einem Zauberspruch belegt. Das Kind war aus ungeklärter Ursache nach einer leichten Geburt gestorben, und seine verzweifelten Eltern hatten ihr die Schuld an seinem Tod gegeben.
Der Mann, den sie jetzt zum zweiten Mal treffen sollte, hatte sie eines Abends angesprochen und ihr eine gute Bezahlung und darüber hinaus eine vornehme Dame als Patientin zugesichert. Erst hatte sie ihr Glück kaum fassen können, doch dann begriff sie, dass nichts auf dieser Welt ohne Gegenleistung war und der Mann etwas von ihr erwartete. Sein Ansinnen war jedoch von einer solchen Skrupellosigkeit, dass sie zunächst empört abgelehnt hatte. Lieber wollte sie auf das Geld und den Dienst im Kastell verzichten. Aber dann hatte sich der Gesundheitszustand ihres Mannes immer weiter verschlechtert, und schließlich hatte sie zugestimmt, einen Unfall für die Gräfin Lancia zu arrangieren.
An jenem Abend hatte ein kleiner Stoß genügt, und die hochschwangere Frau war die Treppe hinuntergestürzt. Sofia gab sich der Illusion hin, dass die Gräfin vermutlich sowieso gefallen wäre, so aufgeregt, wie sie damals war, und dass ihre, Sofias, Hände lediglich das Schicksal der Gräfin beschleunigt hatten. Früher oder später, beschwichtigte sie ihr Gewissen, wäre die Gräfin auch ohne Hilfe ihrer Hebamme in ihr sicheres Unglück gelaufen.
Doch die Gräfin hatte den Sturz überlebt und darüber hinaus ein gesundes Mädchen geboren, so viel hatte sie inzwischen erfahren. Und auch, dass niemand nach der verschwundenen Hebamme suchte. Entweder, dachte Sofia, erinnert sich die Gräfin nicht an den Stoß, oder sie hat ihn überhaupt nicht gespürt.

Auf jeden Fall musste sie keine Angst haben, vor ein Gericht gestellt zu werden, denn die ganze Angelegenheit schien vergessen zu sein. Von dem Geld, das ihr der Mann beim ersten Treffen gegeben hatte, war der Medicus bezahlt worden, allerdings hatte die Genesung ihres Mannes dennoch keinerlei Fortschritte gemacht.
Sofia hörte ein Pferd schnauben, und wenig später sah sie das Tier gemächlich grasen, während sich der Mann lässig an einen Baum gelehnt hatte. Die Schatten hier im Wald waren mittlerweile so tief, dass sie dort, wo das letzte Sonnenlicht die Dämmerung nicht mehr durchdrang, nur noch dunkle Konturen ausmachte, aber ansonsten nichts mehr erkannte.
»Was wollt Ihr dieses Mal?«, fragte sie den Mann, ohne sich mit der Höflichkeit einer Begrüßung aufzuhalten.
»Meine liebe Sofia, warum so kurz angebunden heute Abend?«
»Es wird bald dunkel. Sagt mir, um was es geht, und ich sage Euch, ob ich Euch helfen kann.«
»Ich bin ganz sicher, dass du mir helfen kannst, und auch, dass du mir helfen wirst. Der bedauernswerte Bauer, mit dem du deine Tage und Nächte verbringst, ist – wie man hört – immer noch schwerkrank und braucht schon wieder eine kostspielige Behandlung. Wie gut, dass du mich hast.«
Sofia hasste den süffisanten Ton, den der Mann jedes Mal anschlug, wenn er über die Hilflosigkeit anderer sprach, aber in einem Punkt hatte er recht, sie konnte einen weiteren Beutel voller Münzen gut gebrauchen.
»Ihr habt also einen Auftrag für mich.«
»Hast du noch Verbindung zur Dienerschaft auf dem Kastell Gioia del Colle?«, fragte der Mann, statt auf ihre Worte einzugehen.
Sofia zögerte. Sie kannte einen der Gärtner, hielt es aber für viel zu gefährlich, auch nur in der Nähe des Kastells gesehen zu werden. Möglicherweise erinnerte sich die Gräfin doch noch etwas genauer an jenen Abend.

»Hat es dir die Sprache verschlagen? Ich denke, du willst schnell aus diesem Wald wieder hinaus?«
»Einer der Gärtner ist ein guter Bekannter. Warum fragt Ihr?«
»Die Gräfin hat das Kastell verlassen. Finde heraus, wo sie ist. Du hast den morgigen Tag Zeit.«
»Das ist nicht viel. Bedenkt, dass ich nicht selbst zum Kastell gehen kann.«
»Wie du an deine Informationen kommst, ist mir egal, Hauptsache, ich erfahre, wo sich die Gräfin versteckt.«
»Und dann?«, fragte die Hebamme.
»Dann wirst du das zu Ende bringen, was dir auf Gioia del Colle nicht gelungen ist.«
»Und was wird mit dem Kind?«
»Sieh zu, dass beide einen Unfall haben.«
»Das kann ich nicht«, flüsterte Sofia. »Es war schrecklich genug, die Gräfin die Treppe hinunterzustoßen. Aber ein unschuldiges Kind …«
Der Mann warf ihr einen kalten Blick zu, den sie aufgrund der Dunkelheit kaum noch erkennen konnte.
»Bianca Lancia und ihr Kind werden sterben – und du wirst dafür sorgen.«
»Warum ich?«
»Du bist eine Frau und eine Hebamme noch dazu. Du wirst keine Schwierigkeiten haben, in die Nähe einer Mutter und ihres Säuglings zu kommen.«
»Aber die Gräfin hasst mich.«
»Dann bitte Sie um Verzeihung, wirf dich vor ihr auf die Knie, erweiche ihr Herz. Sie wird dir vergeben, glaube mir.«
»Nein«, sagte Sofia, und ihre Hände zitterten vor Nervosität, denn sie ahnte, dass der Mann ihren Widerspruch nicht billigen würde. »Nein, das werde ich nicht tun. Ich finde für Euch heraus, wo die beiden sind. Das ist alles. Den schmutzigen Rest müsst Ihr schon selbst erledigen.«

Der Mann zuckte gleichmütig mit den Schultern, aber aus seinen Augen sprach kalte Wut. »Wie du willst. Dann sehen wir uns hier morgen um dieselbe Zeit.«
»Gib mir mein Geld«, forderte Sofia, was den Mann dermaßen erheiterte, dass er mit seinem lauten Lachen sein Pferd erschreckte.
»Dein Geld bekommst du morgen. Oder hältst du mich für so schwachsinnig, dass ich für etwas bezahle, was ich noch gar nicht habe?«
Sofia lenkte ein. »Gut, dann morgen.« Sie wandte sich zum Gehen, drehte sich aber noch einmal um und fragte neugierig: »Warum hasst Ihr die Gräfin so sehr?«
Ihr Gegenüber lachte erneut. »Ich hasse sie gar nicht. Aber es gibt jemanden, der hasst sie wirklich. Und den Kaiser gleich mit. Und dieser Mann zahlt gut. Sehr gut sogar.«
Sofia erschauderte. Dann war die Gräfin Lancia nur eine Spielfigur, die geopfert wurde. Und ihr kleines Mädchen ebenso.
Als sie vorsichtig ihren Weg aus dem Zedernwald suchte und wieder und wieder über Wurzeln stolperte, schwor sie sich, ihr eine Warnung zukommen zu lassen. Aber dafür musste sie zunächst einmal wissen, wo sich die Gräfin und ihr Kind aufhielten. Und auch sie selbst brauchte Schutz. Der Mann hatte Augen so kalt wie ein Raubvogel.
Sofia hielt sich für eine kluge junge Frau, und sie nahm sich vor, morgen nicht allein in den Zedernwald zu gehen. Sie brauchte das Geld, aber vor allem brauchte sie Rückendeckung.

Friedrich legte den Federkiel beiseite und hielt sich einen Moment die Schläfen. Ein stechender Kopfschmerz hatte sich schon am Morgen bemerkbar gemacht und war den ganzen Tag über nicht zu vertreiben gewesen. Er hatte Entspannung und Ablenkung gesucht und in den Werken des Philosophen Aristoteles gelesen, den er am meisten verehrte. Mit dem Ergebnis, dass ihn

jetzt nicht nur der Kopfschmerz peinigte, sondern auch bohrende Fragen nach der Ewigkeit der Welt und der Unsterblichkeit der Seele.
Er hatte eben begonnen diesbezüglich einen Brief zu formulieren, den er an Sultan al-Kamil schicken wollte, stellte jetzt aber fest, dass ihm offenbar die Kraft und die Konzentration dazu fehlten und seine Gedanken immer wieder in eine ganz andere Richtung als eine philosophische reisten.
Er hatte versucht Bianca zu vergessen, aber es war ihm nicht gelungen. In seiner Phantasie hatte er sie streng getadelt und sie für ihr unverzeihliches Verhalten zur Rechenschaft gezogen. Aber immer wieder hatte sich ein ganz anderes Gefühl in seinen Zorn geschlichen und seinen Entschluss, für alle Zeiten mit Bianca zu brechen, untergraben.
Sein Leben war nicht langweilig, aber es fehlte ihm die Tiefe. Seit ihrer Trennung hatte er sein Lager mit anderen Frauen geteilt, und auch wenn sein Körper Erfüllung gefunden hatte, so war doch seine Seele unberührt geblieben.
Keine Frau außer Bianca hatte die Gabe, in seinen Augen lesen zu können, keine brachte ihn zum Lachen wie Bianca, und keine war klug genug, seine geheimsten Gedanken mit ihm zu teilen. Trotzdem war diese Liebe unmöglich geworden. Sie hatte ihm mit der flachen Hand ins Gesicht geschlagen, und jeden anderen hätte das den Kopf gekostet. Sie war starrsinnig und eifersüchtig, rechthaberisch und widerspenstig – Eigenschaften, die sich der Kaiser erlauben konnte, aber nicht seine Mätresse.
Er vermied es, über Bianca zu sprechen, und niemand in seiner Umgebung, nicht einmal Karim, erwähnte ihren Namen. Er war aus ihrem Leben geschieden, und Bianca hatte nicht mehr Spuren hinterlassen als eine Sternschnuppe. Jedenfalls hatte er sich vorgenommen, die Trennung von ihr so und nicht anders zu sehen.
Friedrich seufzte, weil er spürte, wie er sich selbst belog. Eine Sternschnuppe glühte auf und verschwand, doch seine Liebe zu

ihr war mitnichten verglüht, sondern konnte immer noch sein Blut in Wallung versetzen.
Das Kind, sein Kind, musste längst geboren sein, und er wusste nichts davon. Er schalt sich einen Feigling, denn eine einfache Frage seinerseits und die kaiserliche Kanzlei würde ihm das Ergebnis ihrer Nachforschungen in kürzester Zeit präsentieren. Aber er stellte diese Frage nicht. Außerdem war Bianca nicht seine einzige Sorge.
Papst Gregor hatte ihn aufgefordert, endlich mit aller Härte gegen die Ketzer, vor allem gegen die Albigenser im Königreich Sizilien, vorzugehen. Friedrich fluchte. Gerade herrschte Frieden an den Grenzen, und der Vertrag zwischen Papst und Kaiser war geschlossen, da setzte der alte Mann in Rom ihn schon wieder unter Druck. Er hatte es gründlich satt, nach Gregors Pfeife zu tanzen, aber im Augenblick war es klüger, dem Papst einen Gefallen zu tun als aufs Neue die Truppen aufmarschieren zu lassen.
Maßnahmen gegen die Albigenser jedoch bedeuteten Verhaftungen, Verhöre, Folter und Hinrichtungen. Und es bedeutete, dass er die Inquisitoren der Kirche ins Land ließ. Friedrich war kein Freund der Inquisition, andererseits waren diese Leute selbst schuld. Sich mit der Kirche anzulegen war meistens gefährlich, und wenn sogar ein Kaiser nur mit aller Kraft und äußerstem Geschick gegen den Papst bestehen konnte, wie sollte das den Ketzern gelingen, die seiner Kenntnis nach alle ziemlich verhungert aussahen, weil sie sich ausschließlich von Brot, Obst und Gemüse ernährten und allenfalls manchmal ein Stück Fisch aßen.
Soweit er die Lehre der Albingenser kannte, lehnten sie die körperliche Liebe ab, weil angeblich der Teufel sie erfunden hatte, und aßen nichts, was aus einer geschlechtlichen Vereinigung entstanden war. Dazu gehörte nun mal Fleisch von Schafen, Schweinen, Kühen oder Hirschen, aber auch alles Geflügel. Fische waren Wesen des Wassers und vermehrten sich auf eine Weise, die kein Mensch je gesehen hatte. Deshalb bildeten sie eine Ausnahme.
Dass der Teufel bei der körperlichen Liebe die Finger im Spiel hat-

te, war seiner Auffassung nach dummes Zeug. Nach den Erfahrungen, die er in seinem Leben gemacht hatte, waren es eher himmlische Empfindungen, die die Lust mit sich brachte. Missverständnisse unter Liebenden waren allerdings ein Werk der Hölle, und er hatte bislang bei keinem noch so klugen Philosophen eine Antwort darauf gefunden, wie man diesen Fallen entging. Seine Gedanken machten eine Volte und waren trotz des Abstechers zu den Ketzern und Albigensern wieder bei Bianca.
Herrgott im Himmel, dachte Friedrich, so geht das den ganzen Tag. Kein noch so diffiziles philosophisches oder politisches Problem fesselte ihn derart, dass er Bianca aus seinem Kopf bekam. Selbst bei einer so existenziellen Frage wie der nach der Unsterblichkeit der Seele mischte sie sich ein und ließ ihn stattdessen über die Unsterblichkeit der Liebe nachdenken.
Er beschloss, sich einen Krug Wein kommen zu lassen, obwohl das seine Kopfschmerzen erfahrungsgemäß eher verstärkte. Außerdem machte er sich nicht viel aus der benebelnden Wirkung von Alkohol, aber heute war ein Tag, den er entspannt ausklingen lassen wollte. Den Brief über die Gedanken von Aristoteles konnte er auch morgen beenden, und Friedrich griff stattdessen nach dem Stapel Pergament, den die kaiserliche Kanzlei ihm zur Lektüre geschickt hatte. Er überflog die Korrespondenz, legte eine Nachricht der päpstlichen Schreibstube ärgerlich zur Seite und konzentrierte sich auf einen Bericht des Burgvogts Wolfelin von Haguenau.
Der Kaiser schätzte den Mann aus dem Elsass und vertraute sowohl seiner Verwaltungstätigkeit als auch seinen erzieherischen Aufgaben in Bezug auf König Heinrich. Er warf einen nachlässigen Blick auf die Aufstellung der Finanzen und wurde stutzig, als er einen Namen las, der alle Saiten in ihm zum Klingen brachte. Manfred Lancia stand dort. Entweder gab es eine zufällige Namensgleichheit, oder Biancas Bruder hielt sich tatsächlich auf der Festung Haguenau auf und schien dort sogar gewisse Dienste übernommen zu haben.

Aufgrund Biancas Erzählungen hatte er nicht die besten Erinnerungen an diesen Bruder, der den verhängnisvollen Gang der Dinge mit zu verantworten hatte und eine nicht unbeträchtliche Mitschuld an Biancas Schicksal trug.

Alarmiert las er weiter, doch der Burgvogt schien mit Graf Lancia durchaus zufrieden zu sein. Er sei ein fähiger Verwalter, schrieb Wolfelin, doch ziehe es ihn nun zurück in seine Heimat, und deshalb werde Manfred Lancia König Heinrich zum angekündigten Hoftag in Ravenna begleiten, um sich bei dieser Gelegenheit dem Kaiser persönlich vorzustellen.

Friedrich verzog den Mund zu einem grimmigen Lächeln. Soll er kommen, dachte er und nahm sich vor, besagtem Manfred einen Empfang zu bereiten, den dieser nicht so schnell vergessen sollte. Der Mann war offensichtlich ein unverbesserlicher Egoist, dem es nur um seine eigenen Belange ging. Erst stürzte er seine Schwester mit unsäglichen Heiratsplänen ins Unglück, dann verließ er fluchtartig seine Heimat, und nun suchte er kaiserliche Fürsprache, um wieder zurückkehren zu können.

Ravenna, dachte Friedrich, ist also in vielerlei Hinsicht eine Reise wert. Er würde seinen Sohn zur Vernunft bringen und Biancas Bruder in die Pflicht nehmen, zwei Aufgaben, die er mit der nötigen Härte und seiner ganzen kaiserlichen Autorität erledigen wollte. Denn in seinem Leben hatte er früh gelernt, dass es keinen Sinn machte, sich von Sentimentalitäten leiten zu lassen.

Womit er wieder in Gedanken bei Bianca war, den Wein hinunterstürzte und sich vornahm, seine Gefühle für die Gräfin Lancia endgültig zu begraben.

Eine der Schwestern servierte einen köstlichen Saft aus Zitronen, Minze und Wasser, gesüßt mit einer Winzigkeit Honig. Hier im Kloster wurden erstaunliche Rezepte erfunden, und Bianca bemühte sich, sie alle auswendig zu lernen. Irgendwann würden sie,

Konstanze und Lorenzo das Kloster wieder verlassen müssen, auch wenn sie jetzt noch unter dem persönlichen Schutz der Äbtissin Clara von Siena standen, und es konnte nicht schaden, so viel Wissen wie möglich von den Schwestern mitzunehmen.
Das Glück, Lorenzo wiedergefunden zu haben, half Bianca über vieles hinweg – über ihren immer noch nagenden Liebeskummer, über die Sehnsucht nach Gioia del Colle und über die Unsicherheit, was aus ihnen werden sollte, wenn sie die Gastfreundschaft der Ehrwürdigen Schwestern genügend strapaziert hatten.
Konstanze war jetzt schon ein paar Monate alt und wuchs, wie Bianca fand, erschreckend schnell. Wenn die Pflichten, die er in den Gärten des Klosters übernommen hatte, es zuließen, verbrachte Lorenzo fast seine ganze Zeit mit der Kleinen. Er schnitzte Tiere aus Holz für sie und spielte mit dem Kind, als wäre er selbst der Vater.
Lorenzo hatte sich körperlich vollkommen erholt, aber seine Seele wollte nicht heilen. Er sprach nur wenig, lächelte lediglich dann, wenn er sich mit dem Kind beschäftigte, und litt unter Schlafstörungen, weil er stets von den Schrecken der Sklaverei heimgesucht wurde, sobald er die Augen schloss.
Bianca wusste nicht viel über Lorenzos Schicksal in Ägypten, nur, dass er der Sklaverei entfliehen konnte, in Kriegsgefangenschaft geraten und letztendlich mitsamt allen anderen Gefangenen nach dem Frieden zwischen dem Kaiser und dem Sultan ausgetauscht worden war. Doch wenn sie seine Narben sah, die ihn ein Leben lang an sein Martyrium in Ägypten erinnern würden, dann konnte sie sich vorstellen, dass er unsagbar gelitten hatte.
Einzelheiten erwähnte er nicht, wie auch Bianca ihm gegenüber nur Andeutungen machte, wie es ihr im Harem des Sultans und später mit Friedrich ergangen war. Allerdings hatte sie ihm von der Begegnung mit Heinrich von Passau in der Grabeskirche zu Jerusalem erzählt, doch Lorenzo war es offenbar müde, von dem deutschen Baron zu hören, und mit Rücksicht auf Lorenzos Zustand hatte sie das Thema fallenlassen.

Lorenzo wusste inzwischen, wer der Vater ihres Kindes war, doch auch die Tatsache, dass sie sich in den Kaiser verliebt und mit ihm gelebt hatte, schien ihn nur wenig zu berühren. Er lebte ganz in seiner eigenen Welt, genoss den Aufenthalt in den Gärten und versteckte die Narben an seinem Körper, so gut es ging, unter seiner Kleidung.

Die Barmherzigkeit und Gelassenheit der Schwestern taten ihm gut, ebenso das unbefangene Brabbeln und Spielen der kleinen Konstanze. Im Umgang mit Bianca zeigte er neuerdings eine seltsame Scheu, die vielleicht aus der großen Nähe während ihrer Flucht, vielleicht aber auch aus der langen Trennung nach ihrer Ankunft in Damiette resultierte.

Bianca betrachtete ihren Freund und Weggefährten oft mit besorgten Augen, fürchtete sie doch, dass er den Weg aus seiner inneren Abgeschiedenheit hinaus nicht mehr finden werde. Doch die Äbtissin, die sich mit der Seelennot der Menschen auskannte, riet ihr, ihm einfach Zeit zu lassen.

»Die Wunden in seinem Gemüt werden geheilt«, hatte sie Bianca gesagt. »Es werden auch dort Narben zurückbleiben, aber du wirst sehen, dass Lorenzo früher oder später wieder am Leben teilnehmen wird.«

Bianca hoffte, dass sie recht behalten würde, denn sie konnte es kaum ertragen, sein stilles Leid zu sehen.

Sie schenkte einen Becher Zitronenwasser für ihn ein und schlenderte zu ihm und Konstanze hinüber. Lorenzo hatte der Kleinen eine Wiege gebaut und schaukelte das vor Vergnügen krähende Kind hin und her. Es war ein lauer, friedlicher Herbstabend, und als Bianca ihr Kind betrachtete, verspürte sie zum ersten Mal seit langem so etwas wie Glück.

Das kleine Mädchen hatte rötlich blondes Haar und Augen so blau wie Veilchen. Bianca fühlte stets einen Stich, wenn sie ihrer Tochter ins Gesicht blickte, denn die Ähnlichkeit mit Friedrich war nicht zu übersehen. Die Grübchen in den Wangen mussten

ein Erbteil ihrer Mutter sein, denn wenn Bianca lachte, waren auch bei ihr noch Spuren davon zu erkennen. Den ausgeprägten Willen hatte Konstanze Biancas Meinung nach von Friedrich mit in die Wiege bekommen, doch Lorenzo ging jede Wette ein, dass die Mutter der Kleinen über ebenso viel Eigensinn und Starrköpfigkeit verfügte.
Bianca reichte Lorenzo den Saft und setzte sich zu ihm.
»Sie liebt es, wenn du sie schaukelst«, sagte sie mit einem zärtlichen Lächeln.
Lorenzo nickte, und der weiche Ausdruck in seinem Gesicht zeigte Bianca, dass auch er sich wohl fühlte.
»Ich habe vorhin die Glocke am Tor läuten hören. Haben die Schwestern Gäste erwartet?«, fragte sie beiläufig.
»In der Küche habe ich aufgeschnappt, dass zwei Männer angekommen sind. Vielleicht Ritter auf der Durchreise oder Beamte des Kaisers oder Steuereintreiber des Papstes. Auf jeden Fall waren sie den Schwestern unbekannt.«
Nach dieser für seine Verhältnisse langen Rede fiel Lorenzo wieder in Schweigen.
»Lorenzo«, begann Bianca, »es ist viel Zeit vergangen. Glaubst du, wir könnten wieder nach Hause?«
»Nach Hause?«
»Zurück ins Piemont.«
»Ich weiß nicht. Ist das wirklich noch unser Zuhause?«
»Aber wir brauchen eine Heimat.«
»Heimat ist da, wo wir leben.«
Bianca dachte darüber nach, kam sich aber trotzdem ohne Wurzeln und verloren vor. Wenn sie selbst auch wie eine Nomadin durch die Welt zog, so war sie doch verpflichtet, ihrem Kind ein Zuhause zu bieten, in dem es sicher und geborgen aufwachsen konnte. Vielleicht war es besser, Lorenzo nicht weiter zu beunruhigen und zunächst die Äbtissin um Rat zu fragen, wie sie sich ein neues Leben aufbauen könnte.

»Es ist spät, Lorenzo, lass uns hineingehen. Die Kleine muss gefüttert und gewickelt werden. Ach übrigens, hast du die beiden Männer eigentlich gesehen?«
»Nein, warum?«, fragte Lorenzo zurück.
»Nur ein Gedanke. Mach dir keine Sorgen.«
»Glaubt Ihr immer noch, dass Enzio Euch verfolgen lässt?«
»Nein, nein. Außerdem weiß niemand, dass ich hier bin.«
Sie nahm Konstanze auf den Arm und ging nachdenklich zu ihrem Raum im Gästetrakt des Klosters. Lorenzo hatte genug gelitten und musste zur Ruhe kommen, und so wollte sie ihn nicht weiter beunruhigen. Doch sie selbst verspürte eine unerklärliche Anspannung. Wusste wirklich niemand, dass sie ins Kloster der Ehrwürdigen Schwestern nach Bari geritten war? Möglicherweise hatte sie es selbst der Köchin erzählt. In der Aufregung um und nach Konstanzes Geburt hatte sie vielleicht mehr preisgegeben, als sie wollte. Und die Hebamme? Hatte sie in ihrer Gegenwart das Kloster erwähnt? Sie zermarterte sich den Kopf, konnte sich aber nicht mehr an Einzelheiten entsinnen. War es möglich, dass Heinrich von Passau ihren Aufenthaltsort von der Hebamme Sofia erfahren hatte? Doch je mehr sie nach Antworten forschte, desto weniger Klarheit fand sie.
Sei auf der Hut, sagte sie sich, sonst witterst du Unheil und Verfolgung selbst dort, wo es keine gibt, und wirst blind für die wirklichen Gefahren.
Sie überlegte, ob sie sich in den Speisesaal der Schwestern schleichen sollte, um mehr über die Männer herauszubekommen, verwarf diesen Gedanken dann aber wieder, denn erstens war es niemandem erlaubt, Räume zu betreten, die nur denen vorbehalten waren, die das Gelübde abgelegt hatten, und zweitens wollte sie die Nonnen nicht mit ihren Vorahnungen belasten. Sie nahm sich aber vor, sich nicht schlafen zu legen, sondern die Nacht lieber auf einem unbequemen Stuhl zu verbringen, um wachsam zu bleiben. Sie stillte Konstanze und sang ihr ein Schlaflied vor. Wie immer

schlief die Kleine satt und zufrieden ein, und Bianca war dankbar, dass ihre Tochter zu den Säuglingen gehörte, die wenig schrien und meist friedlich in ihren Bettchen lagen.
»Träum etwas Schönes, Süße«, flüsterte sie dem Kind zu und bereitete sich auf unbequeme Stunden vor.
Sie ließ eine Kerze brennen und legte vorsichtshalber noch einige bereit, um nicht in der Dunkelheit nach einem Licht suchen zu müssen. Den Stuhl zog sie in eine Ecke des Zimmers, damit sie die Tür gut im Blick behalten konnte. Einen kleinen Schemel stellte sie innen vor die Tür. Falls sie doch eindösen sollte und jemand versuchte die Tür zu öffnen, würde der Holzschemel scheppernd umfallen und sie hoffentlich schnell genug erwachen, um den Eindringling in die Flucht zu schlagen.
Sie lauschte den Geräuschen der einbrechenden Nacht, und als auch der letzte Vogel sein Konzert beendet hatte, waren nur noch das Scharren der Nagetiere und das Rauschen der Bäume zu vernehmen.
Sie musste ihren Vorsichtsmaßnahmen zum Trotz kurz eingenickt sein, denn sie erwachte plötzlich mit schmerzendem Nacken und steifem Rücken.
Hatte sie etwas gehört? Oder hatte ihr Körper gegen den harten Holzstuhl rebelliert und sie deshalb aus dem Schlaf katapultiert? Sie setzte sich auf und streckte Arme und Beine, um sie beweglicher zu machen. Konstanze schmatzte leise im Schlaf, und die Liebe zu ihrem Kind schärfte Biancas Sinne.
Plötzlich hörte sie es – das Geräusch von schleichenden Schritten. Konnte eine der Schwestern nicht schlafen? Bianca vermochte nicht mit Sicherheit zu sagen, in welche Richtung sie sich bewegten. Sie hatte den Eindruck, dass sie sich eher entfernten, aber sie wollte nicht länger in diesem Raum wie in einer Mausefalle sitzen.
Aus einem unerklärlichen Impuls heraus nahm sie Konstanze aus der Wiege und wickelte das Kind in Windeseile in ein Tuch, das

sie sich um den Leib band. So hatte sie die Hände frei und konnte ihr Kind dennoch sicher tragen. Nie wäre es ihr eingefallen, Konstanze allein und hilflos hier zurückzulassen, und eine Möglichkeit, sie zu verstecken, gab es zumindest in diesem Raum nicht.
Bianca hatte beschlossen, in die Kirche zu laufen und sich dort zu verbergen. Die Kirche war groß und bot genügend Nischen und andere Schlupflöcher. Sie blies die Kerze aus und lauschte gebannt. Nichts. Sie wartete, bis sich ihre Augen an die Dunkelheit gewöhnt hatten, und betete, dass Konstanze nicht erwachte. Dann zog sie den Schemel lautlos beiseite und öffnete die Tür einen winzigen Spalt. Sie hielt den Atem an und versuchte irgendein Geräusch ausfindig zu machen. Doch die Stille schien undurchdringlich.
Den Weg zur Kirche kannte sie gut, sie musste lediglich den Gang weiterlaufen, bis sie an eine Tür kam. Danach wandte sie sich nach rechts, durchquerte den Kreuzgang und konnte dann die Kirche durch den Seiteneingang betreten. Da die Schwestern keine Türen verschlossen und bis auf das Haupttor auch keine einzige über einen Schlüssel verfügte, wusste Bianca, dass sie auf dem Weg zur Kirche keine Hindernisse erwarten würden.
Sie vergewisserte sich noch einmal, dass das Bindetuch mit dem Kind fest saß, hob ihren Rock, damit sie nicht über den Saum stolperte, und schlich vorwärts. Es war so dunkel, dass sie Mühe hatte, die Umrisse des Ganges auszumachen. Sie und Konstanze waren die Einzigen, die in den Gästeräumen auf dieser Seite des Klosters schliefen, so dass sie es sich sparen konnte, an die Türen zu klopfen, an denen sie vorbeihuschte.
Lorenzo war auf der entgegengesetzten Seite untergebracht. Wahrscheinlich wälzte er sich getrieben von grauenvollen Träumen von einer Seite auf die andere, ohne zu ahnen, dass sie vor einem realen Schrecken davonlief.
Sie erreichte die erste Tür ohne Zwischenfall und öffnete sie leise. Auch dahinter lag alles in tiefer Dunkelheit und Stille. Sie ging

nach rechts auf den offenen Kreuzgang zu, dem das Mondlicht ein bisschen Helligkeit schenkte.

Bevor sie den Kreuzgang betrat, spähte sie in den kleinen Hof, den der Gang umschloss. Sie glaubte ein Rascheln zu hören, aber dann sah sie eine Maus dicht am Mauerwerk entlanglaufen und war beruhigt. Hier war niemand.

Nur noch eine kurze Strecke bis zur Kirche, und sie hatte es geschafft. So schnell es die schlechte Sicht und der unebene Boden zuließen, durchquerte sie den Kreuzgang und lief auf die Seitentür der Kirche zu. Sie spürte, dass sie die ganze Zeit über die Luft angehalten hatte, und atmete erleichtert aus.

Bianca stieß die Kirchentür auf und betrat das Gotteshaus der Ehrwürdigen Schwestern. Es roch nach Weihrauch, und sie sank auf eine der Bänke, um ein kurzes Gebet zu sprechen. Mit Gottes Hilfe würde sie auch diese Gefahr meistern, aber erst einmal brauchte sie eine kleine Pause und musste sich neu orientieren.

Sie schaute auf ihr schlafendes Kind und drückte Konstanze fest an sich. Dann stand sie auf und schritt langsam an der Seitenwand entlang zum Hauptaltar. Die Schwestern hatten ihn liebevoll geschmückt. Bianca sah herrliche Sträuße aus wilden Blumen.

Vor dem Altar blieb sie stehen und schaute zu Christus am Kreuz auf.

»Hofft Ihr auf Erlösung?«, hörte sie eine Stimme und schnellte herum. Hinter ihr stand niemand, aber aus einer der Bankreihen kam ein leises Lachen. »Ihr seid eine Beute, die ihre Jäger auf Trab hält«, sagte die Stimme, und spätestens jetzt wurde Bianca klar, dass Heinrich von Passau sie wieder einmal gefunden hatte.

»Wer hat mich dieses Mal verraten?«, fragte sie bitter. »Oder sagen wir besser: Wen habt Ihr dieses Mal bedroht, erpresst oder gefoltert, damit Ihr einen Weg für Enzios Rache findet?«

»Nun sagt bloß, das wisst Ihr immer noch nicht«, antwortete Heinrich von Passau höhnisch.

»Also war die Hebamme doch von Euch gekauft.«

»Wie kommt Ihr darauf?«
»Ich habe auf der Treppe ihre Hände im Rücken gespürt. Sie hat mich gestoßen.«
»Leider nicht kräftig genug. Aber dafür hat die kleine Sofia ihre Strafe bekommen.«
»Wie meint Ihr das?«
»Sie glaubte ein Gewissen in sich entdeckt zu haben und wollte Euch warnen. Ihr versteht, dass ich das nicht zulassen konnte. Nun wird sie für immer schweigen.«
»Sofia ist tot?«, fragte Bianca fassungslos. »Ihr seid kein Mensch, sondern die Ausgeburt des Teufels.«
»Das ist zu viel der Ehre, Gräfin.«
Bianca suchte in Gedanken fieberhaft nach einem Fluchtweg. Der Haupteingang der Kirche war versperrt, da der deutsche Baron vermutlich irgendwo zwischen Altar und Ausgang in einer Bank lauerte und nur darauf wartete, dass sie die Nerven verlor und kopflos aus der Kirche rannte. Den Gefallen würde sie ihm nicht tun. Sie tastete nach ihrem kleinen Dolch, den sie seit Gioia del Colle immer bei sich führte. Sie würde es ihm nicht leichtmachen, das schwor sie sich. Konstanze bewegte sich in ihrem Bindetuch, und instinktiv schaukelte Bianca sie ein wenig.
»Wollt Ihr mich ein Leben lang verfolgen?«, fragte sie mit fester Stimme und legte so viel Selbstbewusstsein hinein wie möglich.
Heinrich ließ ein schallendes Lachen hören. »Immer noch aufmüpfig, obwohl die Falle längst zugeschnappt ist. Das gefällt mir an Euch, Bianca.«
»Ich dagegen finde Euch nur widerlich.«
»Wir zwei werden uns schon arrangieren. Immerhin habt Ihr sogar den Kaiser becirct.«
»Lasst den Kaiser aus dem Spiel. Ihr seid es nicht wert, seinen Namen im Munde zu führen.«
»Ein Streit mit Euch ist höchst amüsant, meine Liebe, aber allmählich wollen wir zum Schluss kommen.«

Bianca hörte, wie er sich erhob, und dann konnte sie ihn auch sehen. Wie ein dunkler Schatten stand er in der Mitte der Kirche und bewegte sich langsam aus der Bankreihe heraus auf den Gang zu. Sie fragte sich, wo sein Begleiter sich versteckt hielt, und hoffte, dass Heinrich allein in die Kirche gekommen war.
Der Baron, für dessen lange Beine die Bänke zu eng waren, kam nur langsam vorwärts. Bianca nutzte diesen kleinen Vorteil und rannte am Altar vorbei zu einer niedrigen Tür, die in das Treppenhaus zum Glockenturm führte. Der Turm war ein paar Stockwerke hoch, und es ging nur diese eine Treppe hinauf.
Bianca erreichte die Tür vor Heinrich, der von ihrem Fluchtversuch überrascht worden war und stolpernd hinter ihr herjagte. Sie schlug die Tür zu und hastete die Treppe hoch. Konstanze war in ihrem Bindetuch erwacht und schrie aus Leibeskräften. Schrei weiter, dachte Bianca, dann weckst du die Schwestern. Die Wendeltreppe war schmal, und sie hörte das Keuchen des Barons hinter sich. Sie betete, dass sie nicht fiel und Konstanze dabei verletzte. Dann hatte sie die oberste Stufe erreicht und befand sich auf der Plattform des Turms, direkt unterhalb der Glocken.
In der Mitte des Turms hingen die Seile, die die Glocken in Bewegung setzten. Die Seile wurden durch ein Loch im Boden geführt, so dass die Schwestern nicht auf den Turm steigen mussten, um zu läuten.
Schwer atmend stürmte ihr Verfolger über die letzte Stufe, blieb jedoch überrascht stehen, als er den Dolch sah, den sie schützend vor sich hielt.
»Gebt auf, Bianca«, keuchte er. »Was soll dieses Messer? Habt Ihr es in der Küche der Schwestern gestohlen?«
Bianca sagte kein Wort, und statt auszuweichen, ging sie ihm entgegen. Nun machte er einen Schritt zurück und kam dem Rand der Plattform gefährlich nahe.
Heinrich von Passau warf einen Blick über die Schulter. Tief unter ihm lag der Hof des Klosters.

»Das ist lächerlich. Mit Eurem Dolch könnt Ihr nicht mal ein Huhn umbringen, geschweige denn einen kräftigen Mann.«

»Ich lasse es auf einen Versuch ankommen«, erwiderte Bianca mit eisiger Stimme.

Im selben Moment bewegte sich das Seil vor ihr, und wie durch ein Wunder begann eine der Glocken zu läuten.

Es erklang ein markerschütternder Schrei, fast wie von einem Tier in höchster Todesangst. Bianca erschrak und drehte sich in einer hastigen Bewegung von dem Glockenstrang weg. Aus dem Augenwinkel sah sie, dass Heinrich von Passau ähnlich reagiert hatte wie sie selbst und in einer instinktiven Drehung dem Seil ausgewichen war. Doch dabei hatte er das Gleichgewicht verloren, und Bianca beobachtete entsetzt, wie er mit rudernden Armen nach Halt suchte und dann mit einem heiseren Schrei nach hinten kippte. Sie hörte ihn schreien, aber sie sah ihn nicht mehr, und als sie aus ihrer Starre erwachte und vorsichtig an die Kante der Plattform trat, entdeckte sie im Licht des Mondes Heinrichs Körper grotesk verrenkt auf dem Klosterhof.

Und ohne dass es einer weiteren Erklärung bedurfte, wusste sie, dass ihr Verfolger tot war.

Seit er im Schlaf von Dämonen verfolgt wurde, hatte sich Lorenzo angewöhnt, möglichst wenig Zeit im Bett zu verbringen. Seine Nächte waren kürzer und kürzer geworden, und einige von Konstanzes Holzspielzeugen waren bei schummrigem Kerzenlicht in den Stunden vor Morgengrauen entstanden. Manchmal aber streifte er ziellos durch das Kloster und saß stundenlang in der dunklen Kirche, wo er versuchte Frieden zu finden und dem Schicksal zu vergeben.

Biancas Versicherung, niemand wisse, wo sie sich aufhalte, hatte ihm nicht genügt. Er war, als die Männer ihr Abendessen einnahmen, zu ihren Pferden geschlichen und hatte nach Anhaltspunk-

ten gesucht, um wen es sich bei den Reisenden handeln könnte, doch weder einen Reisesack noch sonst einen Hinweis gefunden, dass die beiden Biancas wegen hier sein könnten.
Dank seiner Schlaflosigkeit fiel es ihm leicht, Wache zu halten und in der Nähe der Gästezimmer Posten zu beziehen. Er wollte sehen, ob die Männer etwas, und wenn ja, was sie vorhatten, und bewaffnete sich vorsichtshalber mit einer der scharfen Krallen aus Eisen, die er zum Harken der Gartenbeete benutzte.
Lange geschah nichts, was sein Misstrauen gerechtfertigt hätte. Die Männer waren nach dem Essen auf ihre Zimmer gegangen. Sie trugen Umhänge mit Kapuzen, wie er sie von den Ordensrittern aus dem Heiligen Land kannte, und es war ihm nicht gelungen, ihre Gesichter zu sehen. Fast dachte er, dass Bianca mit ihrer Verfolgungsangst auch seinen sonst klaren Verstand getrübt hatte, als sich die Türen der Gästekammern lautlos öffneten. Lorenzo stand gut verborgen, und das Mondlicht zeigte ihm, wie die beiden Männer miteinander flüsterten und dann in zwei verschiedene Richtungen auseinandergingen.
Da er nicht beiden folgen konnte, entschied er sich nach kurzem Zögern für den, der den Weg auf die andere Seite des Klosters einschlug. Lorenzo achtete darauf, weit genug hinter dem Mann zu bleiben, um ihn nicht durch ein Geräusch aufmerksam zu machen. Er schlich gerade an den Küchengebäuden vorbei, als er eine Hand auf seinem Arm spürte, die versuchte ihn festzuhalten.
»Ich bin es, Lorenzo«, flüsterte eine Frau. »Die Mutter Oberin.«
Lorenzo starrte die Äbtissin sprachlos an.
»Du bist nicht der Einzige, der nicht schlafen kann. Ich weiß nicht, was die beiden im Schilde führen, aber es kann nichts Gutes sein. Ich habe die Köchin geweckt. Sie soll Wasser zum Sieden bringen.«
Er fragte nicht weiter nach, sondern legte den Zeigefinger auf die Lippen zum Zeichen, dass sie schweigen sollte.
Beide gingen dem Mann in großem Abstand nach. Ihr Weg führte

sie zu dem Teil des Klosters, in dem Bianca mit ihrem Kind wohnte. Doch der Mann machte keinerlei Anstalten, in das Gebäude einzudringen, sondern blieb vor der Tür, als wollte er sicherstellen, dass niemand diesen Ausgang zur Flucht nutzen konnte.
»Wo ist der andere?«, flüsterte die Äbtissin.
»Ich vermute, in der Kirche. Ich werde nachsehen.«
»Nein, Lorenzo. Ihr bleibt hier und passt auf Bianca auf. Ich gehe zurück und hole Hilfe.«
Der Mann ging vor den Fenstern der Gästekammern auf und ab und verhielt sich nicht einmal besonders leise.
Wollte er, dass Bianca ihn hörte? Lorenzo entschied, dass es besser war, Bianca zu warnen, als weiter untätig herumzustehen. Er ging vorsichtig zurück bis zur nächsten Ecke und schlüpfte dann durch eines der Fenster im Küchentrakt ins Haus. Hier war es heiß, weil die Schwestern, die in der Küche arbeiteten, das Feuer nie ausgehen ließen, und Lorenzo sah eine von ihnen mit einem schweren Wasserkübel hantieren.
»Hilf mir«, flüsterte sie. »Wir bringen den Kübel aufs Dach.«
Gemeinsam wuchteten sie das heiße Wasser nach oben.
»Es wird abkühlen«, sagte Lorenzo.
»Nein. Ich gieße siedendes Öl nach.«
Lorenzo schauderte und ließ die Schwester allein. Er lief zurück in die Küche, suchte sich einen Kienspan, um in dem dunklen Gebäude besser sehen zu können, fand den Gang, der zu den Gästeräumen führte, und näherte sich vorsichtig der Tür, hinter der Bianca schlief. Die Tür war nur angelehnt. Lorenzo öffnete sie und leuchtete mit dem Kienspan in den Raum.
Er war leer. Also hatte Bianca den Mann gehört und war mit dem Kind in die andere Richtung geflohen. Er wusste, der Gang führte bis zur Kirche, und vermutete, dass Bianca dort nach einem Versteck suchen würde. Wenn der andere Mann aber in der Kirche wartete, dann lief sie in eine Falle.
Lorenzo rannte in dem Licht des glühenden Kienspans, so schnell

er konnte, zum Kircheneingang. Als er die Tür aufriss, hörte er Fetzen eines Gesprächs, dann schnelle Schritte, und bis er den Altar erreicht hatte, waren sowohl Bianca als auch ihr Verfolger hinter der Tür verschwunden, die zur Wendeltreppe führte.

Durch die große Eingangstür kam die Äbtissin gerannt und rief Lorenzo zu, er solle zurücklaufen und der Schwester weiter beim Füllen des Wasserkübels helfen, sie selbst werde die Glocken läuten und damit alle Schwestern aufwecken.

Doch Lorenzo schüttelte den Kopf, und gleichzeitig stürzten sie durch die Tür zum Glockenturm. Lorenzo rannte außer Atem die Treppe hinauf, die Äbtissin ergriff die Seile und brachte die Glocken zum Schwingen. Lorenzo hörte den Anschlag des Bronzeklöppels, die aufgeregte Stimme einer Frau, das Weinen eines Kindes und dann, kurz hintereinander, zwei grauenvolle Schreie.

Als er das Ende der Treppe erreichte, stand Bianca am Rand der Plattform, hielt ihr Kind fest im Arm und sah nach unten in den Hof. Er trat neben sie und führte sie sanft zurück zur Treppe.

»Die Glocken haben plötzlich geläutet«, stammelte sie.

»Ich weiß«, sagte Lorenzo. »Die Äbtissin ist eine mutige Frau.«

»Und wer hat so entsetzlich geschrien?«

»Ich fürchte, der Kübel ist vom Dach gefallen und hat den anderen Mann getroffen.«

»Welcher Kübel?«

»Fragt lieber nicht, aber die Ehrwürdigen Schwestern verstehen sich zu wehren.«

Das Glockengeläut hatte die übrigen Nonnen geweckt, und als Lorenzo und Bianca den Hof betraten, brachten die Schwestern Fackeln und Öllampen.

Bianca hatte recht gehabt, Heinrich von Passau lebte nicht mehr. Wie es aussah, hatte er einen schnellen und schmerzlosen Tod gehabt, was man von Heinrichs Begleiter nicht behaupten konnte. Der Mann, der unter seinem Umhang vollkommen schwarz ge-

kleidet war, war vom siedend heißen Inhalt des Kübels getroffen worden.
Lorenzo nahm die vor Schreck bebende Bianca in den Arm.
»Es ist vorbei«, sagte er.

Wenn der Kaiser ein Fest gab, war alles geladen, was Rang und Namen hatte. Fürsten, Grafen und Barone kamen zusammen, und manchmal sogar Könige. Die Kirche schickte Erzbischöfe und Bischöfe, Priester und Vertreter der Orden, und zuweilen wurde sogar Seine Heiligkeit der Papst erwartet.
Eine ganze Stadt, ja, eine ganze Region befand sich in einem Zustand, der mit nichts zu vergleichen war, und die Städter und Bauern ächzten unter der Last der Abgaben, denn es gehörte zu ihren Aufgaben, den Hofstaat und dessen Gäste zu ernähren.
Der Kaiser war nach Ravenna geritten, und ein Gefolge von zweitausend Menschen hatte ihn begleitet. Da jeder mindestens ein Pferd, die meisten aber mehrere mit sich führten, kam der Tross auf über viertausend Pferde, dazu Jagdhunde, Falken und ein Teil der exotischen Menagerie des Kaisers, bestehend aus Kamelen, einem Elefanten und mehreren Leoparden. Ob Mensch oder Tier, alle hatten Hunger und Durst, und alle hinterließen auch die Abfallprodukte ihrer Verdauung in den Straßen von Ravenna.
Und da ein Hoftag ein Ereignis darstellte, das niemand so schnell vergaß und bei dem sich außerdem lohnende Geschäfte machen ließen, trafen sich auch Händler, Kaufleute, Dirnen und Geldverleiher in der Stadt.
Alles in allem war Ravenna so überlaufen wie bestenfalls ein Kreuzfahrerhafen kurz vor dem Aufbruch ins Heilige Land, und nirgendwo in der Stadt gab es noch ein freies Quartier.
Der Tross des Kaisers war von Süden aus in die Stadt gezogen, der des deutschen Königs wurde aus Norden erwartet. Die Stadt war

geschmückt mit den Fahnen des Kaisers, und überall sah man den Adler als Wappentier.
Die Wirte hatten Extraladungen Bier bestellt und doppelt so viele Weinfässer wie sonst in ihren Kellern gelagert. Für die Tiere im Wald bedeutete die Ankunft des Kaisers die Eröffnung der Jagdsaison, und auch die in den Ställen der Bauern wurden zu Ehren des hohen Besuchs geschlachtet.
Nachbarn, die seit Jahren im Streit lagen, planten, ihren Fall dem Kaiser vorzustellen, der auf jedem Hoftag auch zu Gericht saß, und Menschen, die zu Unrecht verleumdet worden waren, erhofften sich die Wiederherstellung ihrer Ehre.
Ein Hoftag war eine Mischung aus hoher Politik und niederem Vergnügen, aus Diplomatie und Jahrmarkt. Und über allem thronte als Zeremonienmeister der Kaiser.
Friedrich hatte diese Rolle seit je mit lässiger Nonchalance gespielt, und da er wusste, was von ihm erwartet wurde, koppelte er die Pflichten der Städter und Bauern an eine Reihe von Privilegien, die er ihnen im Gegenzug verlieh, nach dem Motto: Gebt meinem Hofstaat zu essen, und Wir geben euch das Recht, in den kaiserlichen Gewässern zu fischen.
Traditionell war der Höhepunkt eines Hoftags ein Fest, das nicht nur in dem Palast gefeiert wurde, den der Kaiser während seines Aufenthalts bezog. Die ganze Stadt war in Hochstimmung, und an jeder Ecke, vor allem aber auf den Marktplätzen hörte man die Melodien der Spielleute, die Verse der Dichter und die frechen Reime der Narren.
Die Huren machten das Geschäft des Jahres, und damit auch die armen Bauernburschen zu ihrem Vergnügen kamen, zahlte die kaiserliche Kanzlei die Rechnung. So taumelte eine ganze Stadt benebelt von Bier und Wein durch die Tage und Nächte und bestaunte die fremdartigen Tiere ebenso wie die verschleierten Frauen, die, so tuschelte man hinter vorgehaltener Hand, aus dem Harem des Kaisers stammten.

Ganz Ravenna roch nach Pferdemist, und die Damen des Hofes träufelten sich Rosenwasser auf seidene Tücher und hielten sie sich unter die Nase. In den Zimmern verteilten sie Säckchen mit getrocknetem Lavendel, um die Motten zu verjagen, aber auch, um mit dem Wohlgeruch dieses Krautes leichter einschlafen zu können.

Ein Hoftag konnte Wochen dauern, und bei diesem speziellen wollte sich Friedrich erst recht von keiner Zeitvorgabe leiten lassen. Wichtig war allein das Treffen mit seinem Sohn, der Rest bestand aus Routine.

Er erwartete König Heinrich noch an diesem Tag, und am Abend war ein Fest geplant, das schon seit einiger Zeit vorbereitet wurde.

Die Jäger hatten Wildschweine geschossen, Rehe und Hirsche erlegt. Hasen und Rebhühner, Fasane und Kapaune hatte man den Köchen übergeben, und im Hof balgten sich die Hunde um die Eingeweide und Köpfe der Tiere.

Die kaiserlichen Kellermeister verkosteten die Weine und entschieden sich für die aus dem Friaul, und die Imker schafften Honig herbei, denn wem der Wein zu trocken war, der süßte ihn mit dem goldfarbenen Produkt der Bienen.

Es waren Spielleute und Schauspieler verpflichtet worden, die Gäste zu unterhalten, und sie probten ihre Aufführungen im Hof. Die Dichter schrieben in aller Eile noch Verse zum Lobe des Kaisers, die sie am Abend vortragen wollten. Alle, die mit dem Fest zu tun hatten, waren in Eile und Hast, und in den Gängen der Residenz, in der der Kaiser wohnte, liefen Diener und Lakaien, Küchenmägde und Reitknechte aufgeregt hin und her.

Nur Friedrich war die Ruhe selbst. Er hatte sich in seine privaten Räume zurückgezogen und wünschte außer Karim und seinen engsten Vertrauten niemanden zu sehen. Das Spektakel, das sich heute Abend beim Bankett abspielen würde, langweilte ihn ohnehin, denn die Feste ähnelten einander, und er hatte einfach schon zu viele davon erlebt. Außerdem lag ihm nichts an der üblichen Völlerei solcher Veranstaltungen, und Wein trank er sowieso nur in Maßen.

Er wusste, dass zu einer bestimmten Stunde die meisten Gäste betrunken sein und behaglich rülpsend auf ihren Stühlen lümmeln würden. Spätestens dann würde er sich zurückziehen und vielleicht mit Karim noch eine Partie Schach spielen.

Aber da er ja seinen Sohn erwartete, dürfte auch dieses bescheidene Vergnügen ausfallen, und Friedrich hoffte inständig, dass das Zerwürfnis zwischen ihm und Heinrich an diesem Abend ein Ende finden würde. Vielleicht hatte er ihn doch zu lange allein in Deutschland gelassen, vielleicht lastete die Bürde des Königtums doch zu schwer auf seinem Sohn. Ihm fehlte die Begabung zur politischen Weitsicht, was Friedrich ihm nicht vorwarf, denn Talente und Begabungen waren nun mal von Gott geschenkt und konnten nicht einfach erlernt werden, selbst wenn die Erzieher noch so klug waren.

Die Fehler, die er seinem Sohn ankreidete, lagen anderswo, waren aber nicht weniger schwerwiegend. Heinrich hatte mehrfach bewiesen, dass er auf seine erfahrenen Ratgeber nicht hören wollte, und er hatte sich ungehorsam gegenüber seinem Vater gezeigt, ein Vergehen, das dieser nicht ohne weiteres verzeihen konnte. Eine Aussprache zwischen ihm und Heinrich war dringend erforderlich, um die politische Lage in Deutschland nicht noch prekärer werden zu lassen.

Es klopfte an der Tür, und Karim, der die privaten Räume des Kaisers jederzeit betreten durfte, kam ins Zimmer.

»Bin ich eigentlich ein schlechter Vater?«, begrüßte ihn Friedrich und überraschte seinen Freund und Leibarzt mit einer Frage, die dieser nicht erwartet und auf die er auch keine Antwort hatte.

»Auf jeden Fall seid Ihr ein abwesender Vater, mein Kaiser«, sagte Karim diplomatisch. »Und manche Kinder brauchen eben eine stärkere Führung als andere.«

»Vermutlich habt Ihr recht, aber hätte ich voraussehen können, dass mein Erstgeborener so aus der Art schlägt?«

»Federico«, beschwichtigte Karim, »nun wartet erst einmal ab, was der Hoftag und vor allem dieser Abend bringen. So wie ich Euren Sohn einschätze, wird er sich dem Urteil, vor allem aber dem Wunsch des Kaisers beugen. Bedenkt auch, dass Ihr Heinrich viele Jahre nicht gesehen habt und der Junge schon im Alter von neun König wurde. Welches Kind trägt diese Last ohne Schaden?«

»Ist es wirklich schon zehn Jahre her, dass ich Heinrich in der Obhut fremder Erzieher zurückgelassen habe?«, sinnierte Friedrich. »Eine lange Zeit. Andererseits hatte er alle Chancen dieser Welt. Er hätte sie besser nutzen müssen.«

Die Härte, die aus Friedrichs Stimme sprach, ließ Karim schweigen. Der Kaiser stützte die Stirn in seine linke Hand und sah zu Boden. Alles an ihm drückte die Sorgen über das unkluge und unbeherrschte Verhalten seines Sohnes aus, und in diesem Moment war er weniger der Kaiser, sondern ein Vater, der den Zugang zu seinem Kind verloren hatte und nicht wusste, wie er diesen jungen Mann, den er als Kind auf seinen Knien geschaukelt hatte, in seinem Inneren erreichen konnte.

»Ihr schweigt, Karim. Soll ich daraus eine leise Kritik an meinem Verhalten lesen?«

»Federico, Menschen sind komplizierte Wesen und keine dressierten Tiere. Sie tun nicht immer das, was man ihnen sagt. Und sie machen Fehler, die man ihnen hier und da verzeihen sollte.«

»Sprecht Ihr über meinen Sohn oder über Bianca?«

»Ihr seid weise genug, das zu entscheiden.«

»Ach, Karim, seit Bianca nicht mehr bei mir ist, scheint mich auch die Weisheit verlassen zu haben.«

Karims Stimme wurde weich. »Ihr vermisst sie also doch.«

»Habt Ihr Neuigkeiten von ihr«, lenkte Friedrich geschickt ab.

»Nein. Nicht seit der Geburt ihrer Tochter. Verzeiht, Eurer Tochter.«

»Wie ist sie, die Kleine?«
Es war das erste Mal, dass Friedrich sich bei Karim nach dem Mädchen erkundigte.
»Sie ist süß, und sie ist gesund. Jedenfalls war sie das, als sie auf die Welt kam.«
»Und Bianca?«
»Nun«, antwortete Karim ausweichend, »es war keine leichte Geburt. Aber zum Glück war ich zufällig auf Gioia del Colle.«
»Übrigens, das wollte ich Euch schon die ganze Zeit fragen. Was hat Euch eigentlich nach Gioia del Colle geführt?«
»Es ist inzwischen viel Zeit vergangen. Ist das jetzt noch wichtig?«
Friedrich nahm die Hand von der Stirn und sah Karim prüfend an. »Wollt Ihr es mir nicht sagen? Gibt es irgendein Geheimnis zwischen Euch und Bianca?«
Karim seufzte. Seit Monaten war Friedrich jeder Erwähnung von Bianca aus dem Weg gegangen, und doch flammte bei der erstbesten Gelegenheit die Eifersucht in ihm hoch.
»Da ist kein Geheimnis. Ich habe große Hochachtung vor der Gräfin Lancia, ich respektiere und verehre sie wie eine Freundin, und ich hoffe, dass sie diese Gefühle auch erwidert. Liebe, mein Kaiser, empfindet Bianca nur für einen Mann – und das seid Ihr. Und um Eure Frage zu beantworten: Ich bin nach Gioia del Colle geritten, um Bianca zu einer Versöhnung mit Euch zu bewegen. Da sie aber am Abend zuvor von der Treppe gestürzt …«
Der Kaiser schrak auf. »Was ist passiert? Warum weiß ich davon nichts?«
»Bianca war die Treppe hinuntergefallen. Aber seltsam war die ganze Sache schon.«
»Nun macht es nicht so spannend. Was war seltsam?«
»Die Hebamme war verschwunden. Und Bianca meinte später, sie sei sich nicht sicher, aber möglicherweise habe die Hebamme sie gestoßen.«

Friedrich war fassungslos. »Warum erfahre ich das erst jetzt?«
»Verzeiht, aber Ihr wolltet doch von Bianca nichts hören. Niemand durfte ihren Namen aussprechen. In Eurem Zorn wart Ihr gnadenlos. Ich dachte, vielleicht könnte Bianca den ersten Schritt machen, aber dann wurde das Kind geboren, und alles kam anders.«
»Wisst Ihr, wie es ihr geht?« Friedrichs Stimme war weich geworden, und ein zärtliches Timbre hatte sich hineingemischt.
»Nein. Sie hat Gioia del Colle verlassen.«
»Was? Wo ist sie?«
»Ich weiß es nicht, mein Kaiser. Sie hat einmal über die Ehrwürdigen Schwestern in Bari gesprochen. Die Äbtissin ist eine alte Freundin ihrer verstorbenen Mutter. Vielleicht ist sie dort.«
»Findet das heraus. Und wenn ich diesen Hoftag hinter mir habe, werde ich mich selbst um Bianca kümmern.« Friedrich beachtete Karims hochgezogene Augenbrauen nicht weiter, er hatte eben einer Sehnsucht nachgegeben, die ihn schon viel zu lange quälte. Höchste Zeit, dass dieser Zustand ein Ende nahm. »Ich will meine Tochter kennenlernen«, erklärte er, woraufhin ihm Karim ein vielsagendes Lächeln schenkte und nickte.
»Gut, mein Kaiser, ich freue mich, dass Ihr zur Vernunft kommt. Und noch eins, Federico, ein Mann muss nicht immer siegen.«
»Werdet nicht übermütig, sonst lasse ich Euch doch noch hinauswerfen«, warnte Friedrich, aber seine Augen lachten, und Karim kannte ihn gut genug, um seine Stimmungen richtig einzuschätzen. »Wir sehen uns beim Festbankett«, sagte der Kaiser, dessen Laune sich durch das Gespräch mit Karim deutlich gehoben hatte. Selbst der Unterredung mit seinem Sohn blickte er jetzt gelassener und nachsichtiger entgegen, ja, fast freute er sich sogar ein wenig, Heinrich nach langer Zeit wiederzusehen.
Doch als das Fest schon längst begonnen hatte, waren König Heinrich und sein Gefolge immer noch nicht in Ravenna eingetroffen. Um Aufsehen zu vermeiden, hatten die Dichter ihre Lob-

reden verlesen, die Schauspieler ein Stück über Ruhm und Ehre des Kaisers aufgeführt und die orientalischen Tänzerinnen die Bischöfe zum Erröten gebracht. Der Kaiser hatte ganz gegen seine Gewohnheit ein paar Worte zur Begrüßung seiner Gäste gesprochen und war dann in düsterem Schweigen versunken.
Endlich, als die meisten bereits vom Wein erhitzt waren, hatte ein Bote die Ankunft einer Delegation des deutschen Königs angekündigt – allerdings ohne den König selbst.
Friedrich spürte, wie sich alle Blicke auf ihn richteten, begierig darauf, die Reaktion des Kaisers zu sehen. Denn wenn es nicht einen triftigen Grund gab, der in etwa den Umfang eines Erdrutsches am Brennerpass haben musste, dann stellte das Verhalten des deutschen Königs eine Unverschämtheit dar. Und dass es sich bei dem Beleidigten um den Vater des Königs handelte, würzte das Ganze mit einer besonderen Schärfe. Daher bemühte er sich um Ruhe und eine undurchdringliche Miene, obwohl er im Inneren vor Wut kochte. Er würde Heinrichs Abordnung auf keinen Fall hier in aller Öffentlichkeit auf dem Bankett empfangen, und so erhob er sich und bat lediglich Karim, ihm zu folgen.
»Das wird er mir büßen«, zischte Friedrich durch die Zähne, als er mit großen Schritten, denen Karim kaum folgen konnte, durch die Gänge der Residenz zu seinem privaten Empfangsraum stürmte.
»Urteilt nicht jetzt schon«, riet Karim. »Wer weiß, vielleicht ist ihm etwas zugestoßen.«
»Für die Frechheiten, die Heinrich sich erlaubt, gibt es keine Entschuldigung.«
Der Kaiser stieß die Tür auf, wobei er eine der Wachen achtlos beiseiteschob, und stellte sich hinter den Tisch, an dem er seine ganz persönliche Korrespondenz zu erledigen pflegte. Er hielt sich kerzengerade, seine Augen waren schmal vor Zorn, und seine ganze Haltung strotzte vor kaiserlichem Selbst- und Machtbewusstsein.
Drei Männer kamen herein. Einer von ihnen, Abt Konrad von St.

Gallen, war dem Kaiser bekannt, die beiden anderen hatte er noch nie gesehen und war auch nicht bereit, sie weiter zu beachten. Bevor einer der Männer zu Wort kommen konnte, hob Friedrich die rechte Hand und verschaffte sich durch diese kleine Geste atemlose Aufmerksamkeit.
»Wir erwarten den König. Wo ist er?«
Abt Konrad war der Einzige, der den Mut aufbrachte, dem Kaiser zu antworten.
»König Heinrich entbietet Euch seinen untertänigsten Gehorsam und bittet um Verständnis, dass er heute nicht hier sein kann.«
Der Kaiser sagte kein Wort, sondern starrte den Abt mit einem undurchdringlichen Blick an, und es entstand eine unbehagliche Stille.
Er schaute in die Gesichter der drei Boten seines Sohnes, doch jeder von ihnen versuchte dem Blick des Kaisers zu entgehen. Zwei sahen beiläufig auf den Steinboden unter ihren Füßen, der Abt betrachtete seine Hände, als sähe er sie das erste Mal.
Endlich brach Friedrich das Schweigen.
»Wo ist er?« Der Abt öffnete den Mund, doch Friedrich kam ihm zuvor. »Wir wollen eine Antwort und keine lahme Entschuldigung.«
»Der König ist im Elsass, auf der Festung Haguenau.«
»Was tut er dort?«
»Er …, dringende Regierungsgeschäfte haben ihn aufgehalten. Verzeiht, aber er konnte nicht kommen.«
»Er konnte nicht kommen«, sagte der Kaiser leise. »Lasst es Uns wiederholen, möglicherweise haben Wir nicht richtig verstanden: Heinrich, König von Deutschland, kann der Aufforderung des Kaisers nicht Folge leisten, weil er regieren muss. Versucht Ihr Uns das zu sagen?«
»So, wie Ihr es ausdrückt …«
»Nun?«
»So, wie Ihr es ausdrückt, klingt es allerdings unglaubwürdig.«

»Was Ihr nicht sagt. Und genau so empfinden Wir es auch – unglaubwürdig.« Friedrichs Stimme wurde lauter, und die beiden Begleiter des Abts zuckten zusammen. »Und Wir, der Kaiser, lassen Uns nicht belügen. So wie die Sache aussieht, hat Heinrich gar nicht die Absicht gehabt, zu Unserem Hoftag zu erscheinen. Aber wenn er glaubt, er könne Uns gegenüber ungehorsam sein, dann irrt er sich.«

Der Abt schien etwas sagen zu wollen, überlegte es sich dann aber doch anders und schwieg.

»Übermittelt Unserem Sohn Folgendes: Wir weisen seine Entschuldigung zurück und befehlen ihm, so schnell wie möglich zu Uns zu kommen. Sollte er diesem Befehl nicht Folge leisten, werden Wir dafür sorgen, dass seine Regentschaft in Deutschland zu Ende ist. Haben Wir Uns verständlich ausgedrückt?«

Die drei Boten nickten, und der Kaiser drehte ihnen unhöflich den Rücken zu, seine Art, jemandem mitzuteilen, dass er ihn nicht länger zu sehen wünsche.

Es war Karim, der den Mut aufbrachte, Friedrich daran zu erinnern, dass die Abordnung aus Deutschland mehr mit dem Kaiser zu besprechen habe, als seinen ungehorsamen Sohn zu entschuldigen.

Friedrich seufzte und setzte sich.

»Gut, bringen Wir es hinter Uns. Wenn Ihr noch weitere Nachrichten habt, dann hoffentlich angenehmere.«

Abt Konrad lächelte. »Wolfelin von Haguenau, Euer treuester Diener, schickt Euch die Aufstellung der Finanzen aus dem Elsass, darunter auch die Einnahmen der Münzprägungen. Mein Begleiter, Wolfelins rechte Hand, wird darüber berichten. Manfred Lancia, Graf aus dem Piemont.«

Nichts hatte die deutsche Delegation auf die Reaktion des Kaisers und seines Leibarztes vorbereitet. Friedrich sprang auf und stieß dabei einen Krug Wasser um, dessen Inhalt sich über die Pergamente auf dem Tisch ergoss. Karim stand wie angewurzelt da und

schien sich in eine Statue verwandelt zu haben. Beide wechselten einen fassungslosen Blick und starrten dann besagten Manfred Lancia an, als wäre er ein Wesen aus den Tiefen der Hölle.
Der Abt räusperte sich und sah von Friedrich zu Karim und wieder zurück.
Der Kaiser fasste sich als Erster. »Bitte, Abt Konrad, Wir haben den Namen Eures Begleiters nicht recht wahrgenommen.«
Manfred Lancia übernahm es diesmal, sich selbst vorzustellen.
»Graf Lancia«, sagte der Kaiser nun, als wäre nichts geschehen, »bitte seid so freundlich und berichtet Uns von den erfreulichen Fortschritten auf Unserer Lieblingspfalz.«
Friedrich setzte sich wieder und beachtete die Wasserpfütze auf seinem Tisch nicht weiter. Er lauschte den Worten des Grafen, ohne diesen zu unterbrechen, und warf nur hier und da einen Blick in Richtung Karim.
Als Manfred geendet hatte, ergriff der Kaiser erneut das Wort. »So hat Wolfelin wieder einmal die kaiserlichen Einnahmen vermehrt. Wir werden ihm diesbezüglich selbst schreiben. Habt Ihr sonst noch ein Anliegen, das Unserer Aufmerksamkeit bedarf? Dann ist jetzt die beste Gelegenheit.«
Graf Lancia machte einen Schritt auf den Kaiser zu und reichte ihm ein Schreiben.
»Dies ist ein Brief von Wolfelin an Euch. Es betrifft unter anderem meine Person.«
Der Kaiser zog die Augenbrauen hoch. »Interessant. Und warum hält es Wolfelin für notwendig, Uns dieses Schreiben zu senden?«
»Es ist eine Empfehlung, mein Kaiser. Ich würde gerne in meine Heimat zurückkehren und in Eure Dienste treten.«
»Gut«, sagte der Kaiser. »Das müssen Wir nicht heute Abend entscheiden, oder? Mischt Euch unter die Festgäste, Ihr müsst hungrig und durstig sein.«
Manfred legte das Schreiben auf eine trockene Ecke des Tisches und wandte sich zusammen mit den beiden anderen zum Gehen.

»Ach, Graf Lancia«, rief der Kaiser, als Manfred bereits an der Tür war. »Bleibt noch einen Moment. Uns ist da noch etwas eingefallen.«
Manfred drehte sich erstaunt um und blieb mit Friedrich und Karim allein im Zimmer.
»Wie geht es Eurer Schwester?«, fragte Friedrich und beobachtete mit Genugtuung, dass der eben noch so selbstsichere Graf erbleichte. »Ihr seid doch der Bruder von Bianca Lancia«, bohrte Friedrich nach.
Sein Gegenüber nickte sprachlos.
»Und, wie geht es ihr?«
Manfred hatte Mühe, zu sprechen. »Ich weiß es nicht. Ich habe seit Jahren nichts von ihr gehört. Aber warum fragt Ihr nach Bianca. Kennt Ihr meine Schwester?«
»Ich liebe sie«, murmelte Friedrich, und im Raum war es so still, dass die drei Männer ihren Atem hören konnten.
»Aber«, stammelte Manfred, »wie ist das möglich? Wo ist Bianca? Wie habt Ihr sie kennengelernt?«
»Das ist eine lange Geschichte, und Wir werden heute nicht die Zeit haben, sie Euch zu erzählen. Für den Anfang nur so viel: Ihr habt Euch gegenüber Eurer Schwester wie ein ehrloser Schuft verhalten. Und Wir sind Uns immer noch nicht sicher, ob Ihr nicht eine harte Strafe verdient. Aber da Bianca eine Frau mit scharfem Verstand ist, soll sie selbst entscheiden.«
»Bianca wird mich hassen.«
»Vermutlich hat sie dazu allen Grund.«
»O Gott«, flüsterte Manfred, »es war alles meine Schuld. Ich wollte unbedingt, dass Bianca den Grafen von Tuszien zum Ehemann nimmt. Und ich habe gewusst, dass Enzio Pucci ein Mann ist, der Frauen verachtet.«
»Spart Euch Eure Worte. Bianca hat Uns alles erzählt.«
»Und was geschieht nun mit mir?«
»Vorerst nichts. Eurer Schwester zuliebe bekommt Ihr eine zweite

Chance. Wenn Ihr Euch bewährt, verzeiht sie Euch – vielleicht. Bis dahin, denken Wir, ist es besser, wenn Ihr Uns begleitet.« Friedrich sah sich fragend nach Karim um. »Oder seid Ihr anderer Ansicht?«

»Ich gebe Graf Lancia insofern recht, dass er jede Menge Schuld auf sich geladen hat. Seiner Schwester ist bitteres Unrecht geschehen, und es grenzt an ein Wunder, dass sie alle Gefahren überstanden hat. Es wäre sehr großmütig von ihr, ihm zu verzeihen. Also ist seine beste Option, auf Euer Angebot einzugehen. Das ich persönlich übrigens sehr nobel finde.«

»Ihr habt gehört, was Unser Leibarzt gesagt hat. Schlagt Ihr ein?« Manfred nickte, und es war ihm nach wie vor anzusehen, dass er die Situation nicht vollends einschätzen konnte.

»Eine Frage noch«, sagte er im Gehen, und Friedrich bedeutete ihm, fortzufahren. »Wenn Ihr sagt, dass Ihr meine Schwester liebt, warum ist sie dann nicht hier?«

»Weil auch ein Kaiser manchmal ein Idiot ist und seine wertvollsten Schätze nicht erkennt.«

Manfred Lancia verließ den Raum ohne ein weiteres Wort, und Friedrich wandte sich Karim zu.

»Heute ist ein denkwürdiger Tag. Ich habe einen Sohn verloren und eine Tochter gewonnen. Es wird Zeit, dass ich mich um die kleine Konstanze kümmere.«

Giovannas Füße waren zu Klumpen angeschwollen, voller Blasen und übersät mit offenen, blutigen Stellen. Schon bald nach ihrem Aufbruch am frühen Morgen hatte sie zu hinken begonnen, und am Nachmittag befand sie sich dicht vor der völligen Lahmheit. Aber je südlicher sie kamen, umso vorsichtiger mussten sie sein. Der Kaiser hatte in seinem sizilianischen Königreich den Ketzern den Kampf angesagt, und seit sie die Grenzen überschritten hatten, war es gefährlich, ohne die sichere Führung

von ortskundigen Glaubensbrüdern und -schwestern weiterzuziehen.
Sie brauchte eine Rast, aber der Mann, der der kleinen Gruppe voranging, drängte zur Eile. Er wollte vor Einbruch der Dunkelheit das Haus eines Albigenser-Priesters erreichen, das abseits eines Dorfes lag und in dem sie übernachten konnten. Bis dahin hatten sie noch eine gute Wegstrecke, und Giovanna war sich nicht sicher, ob sie noch lange durchhalten konnte. Sie verbiss den Schmerz, den jeder Schritt in ihren Füßen verursachte, doch allmählich wurde die Pein unerträglich.
Sie hatten sich von Stadt zu Stadt vorgearbeitet, und als sie vor ein paar Wochen in Turin aufgebrochen waren, schien die Reise, abgesehen von den üblichen Gefahren, die von marodierenden Söldnern, Wegelagerern und Räubern ausging, ein kalkulierbares Abenteuer. Doch seit sich Kaiser Friedrich nach dem Frieden mit dem Papst entschlossen hatte, seine frühere Toleranz gegen alle, die sich von der Kirche in Rom abgewandt hatten, aufzugeben, war der Marsch in den Süden, mitten hinein in Friedrichs sizilianisches Königreich, ein todesmutiges Unterfangen geworden.
Einige Städte hatten bereits die ersten Ketzer gefangen genommen, und der kleinen Gruppe war zu Ohren gekommen, dass in Spoleto und Viterbo nördlich von Rom Scheiterhaufen brannten. Sie waren deshalb um die größeren Ortschaften herumgezogen und hatten nur in kleinen Dörfern nach Lebensmitteln gefragt. Die Wahrscheinlichkeit, dass kaiserliche Beamte bis in diese bäuerlichen Ansiedlungen vorgedrungen waren, schien ihnen gering genug, um das Wagnis einzugehen.
Sie hatten mit vielem gerechnet, aber nicht mit einem Sinneswandel des Kaisers zum jetzigen Zeitpunkt. Bislang war die Lehre der Albigenser, die ja durchaus christlich war, im Regnum des Kaisers zwar nicht erlaubt, aber auch nicht erbittert bekämpft worden.
Ganz anders als im Languedoc nördlich der Pyrenäen, wo der Kö-

nig von Frankreich im Auftrag des Papstes blutige und grausame Feldzüge gegen jeden, der anders dachte und glaubte, unternahm. Kaiser Friedrich war dafür bekannt, dass er Andersgläubige zumindest respektierte, doch schien sich nun das Blatt gegen die Ketzer zu wenden.

Giovanna hatte sich während ihrer Wanderschaft, die sie hoffentlich irgendwann nach Bari führen würde, oft gefragt, ob es nicht eine unverzeihliche Torheit gewesen war, den Schutz, den ihr Berengarias Haus bot, aufzugeben. Sie war schließlich nicht mehr die Jüngste und den Strapazen einer solchen Reise offensichtlich nicht gewachsen. Denn nicht nur ihre Füße verrieten ihr, dass das Tempo der Gruppe für eine Frau wie sie zu schnell war. In ihrem Kopf spürte sie Schwindel, und der Hunger, den das bisschen Brot, das sie aß, nicht stillte, hatte ihre Kräfte geschwächt. Außerdem würde bald der Winter kommen und empfindlich kalte Nächte bringen. Ein paar böse Herbststürme waren schon über sie hinweggezogen und hatten die kleine Gruppe tagelang am Weitergehen gehindert. Schweigend schleppten sie sich über den holprigen Feldweg, und ihr Führer drängte weiter zur Eile.

»Bevor es vollkommen dunkel ist, müssen wir das Haus erreicht haben«, rief er den armseligen Gestalten zu, die in ihren langen schwarzen Umhängen wie eine Handvoll flügellahmer Raben aussahen.

»Ja, ja«, murmelte Giovanna und stützte sich schwer auf ihren fast schulterhohen knorrigen Wanderstab.

»Es ist nicht mehr weit«, trieb der Führer sie an. »Los, kommt und beeilt euch.«

Sie musste es schaffen, sagte sich Giovanna. Sie durfte die anderen nicht aufhalten und vor allem den Botschaften ihres gequälten Körpers nicht nachgeben. Wenn sie es nur wollte, dann würde es auch gehen, das war ihre feste Überzeugung, mit der sie bislang ihr Leben gemeistert hatte.

Weiter vorn sahen sie ein Licht, das zu tänzeln schien.

»Wir sind gleich da!«, rief der Führer. »Das Licht zeigt uns den Weg.«
Nicht nur Giovanna atmete auf. Wenn sie sich erst auf einem Lager, und sei es nur ein Strohsack, ausstrecken konnte, dann würde sie schon neue Energie für den nächsten Tag sammeln können.
Sie gingen langsam auf das Licht zu, und als sie näher kamen, sahen sie einen Jungen, der eine Fackel schwenkte.
»Kommt hierher«, rief er ihnen zu und zeigte mit der Fackel auf das Haus, in dem sie die Nacht verbringen konnten.
Giovanna spürte Tränen der Erleichterung und der Erschöpfung, als sie über die Schwelle in den kargen Raum trat. Es war mehr eine Hütte, in der sie Aufnahme fanden, aber es war ihr egal, wenn es ihr nur erlaubt wurde, ihre müden und kaputten Füße zu versorgen und auszuruhen.
Die Gruppe lagerte um ein kleines Feuer und teilte die letzten Reste des Brotes in ihrem Gepäck. Es gab frisches Wasser, und der Junge hatte es geschafft, ein paar Äpfel aufzutreiben. Gemeinsam wurde gegessen, getrunken, und nach einem Gebet fielen die Wanderer in einen erschöpften Schlaf.
Auch Giovanna konnte die Augen nicht länger offen halten. Sie hatte sich in eine stille Ecke des Raums zurückgezogen und ihre wunden Füße verbunden. Langsam ließ der Schmerz nach, und sie lag auf dem Stroh und versuchte ihre verspannten Muskeln zu lockern. Sie lauschte dem Schnarchen der anderen und vermeinte den Hufschlag eines Pferdes gehört zu haben, war aber viel zu müde, um lange darüber nachzudenken.
Im Traum sah sie Bianca und Lorenzo, die ihr als Pilger verkleidet entgegenkamen, und sie erblickte einen Trupp Reiter, der die beiden verfolgte. Sie wollte sie warnen, aber so laut sie auch rief, Bianca und Lorenzo schienen sie nicht zu hören, sondern gingen stur weiter und drehten sich nicht um. Giovanna spürte die Angst, die in ihr wuchs, und sie winkte ihnen zu, doch die Reiter kamen näher, ohne dass einer von beiden sie bemerkte.

Sie stieß einen Schrei aus und erwachte, aber der Traum war noch so gegenwärtig, dass sie meinte, immer noch die Hufe der Pferde zu vernehmen. Schlaftrunken setzte sie sich auf, und im selben Moment erkannte sie, dass ein Teil ihres Traums bittere Wahrheit war und die Reiter des Kaisers in das Haus stürmten.

»Aufstehen!«, brüllten sie. »Ihr seid verhaftet!«

Wer sich nicht schnell genug von seinem Lager erhob, den zerrten sie brutal auf die Füße und trieben ihn vor sich her. Giovanna fühlte, wie harte Hände sie an den Schultern packten, und sie schrie auf, als einer der Männer gegen ihren Fuß trat. Wie von Sinnen torkelte sie aus der Hütte in die kalte Dunkelheit der Nacht und ließ sich widerstandslos die Hände fesseln.

Sie hörte das Schluchzen der anderen und die ruhigen Gebete ihres Anführers. Die kleine Gruppe musste auf einen Holzwagen steigen, die Reiter saßen wieder auf, und gemeinsam setzte sich der Tross in Bewegung. Fackeln erleuchteten den Feldweg, und Giovanna konnte erkennen, dass einige Dörfler trotz der nächtlichen Stunde am Wegesrand standen und zusahen. Einer von ihnen musste sie verraten haben, und Giovanna fragte sich, was er dafür bekommen hatte. Vielleicht ein paar Münzen oder ein größeres Stück Land als Lehen.

Verrat war in ihren Augen das schlimmste Verbrechen, das ein Mensch begehen konnte, aber wer auch immer sich unter diesen Bauern als Judas entpuppen sollte, sie würde es nicht erfahren. Denn Giovanna wusste, dass sie dem Gefängnis entgegenfuhren, und ahnte ein schlimmeres Martyrium als die Qualen, die ihr ihre blutigen Füße bereiteten. Sie blickte in die Gesichter der anderen, die im Schein der Fackeln undeutlich und voller Schatten waren. Sie sah Verzweiflung, aber auch Standhaftigkeit, Mutlosigkeit, aber auch Vertrauen auf die Kraft ihres Glaubens.

Giovanna zitterte nicht nur vor Kälte, und sie zog ihren Umhang dichter an ihren Körper. Wenn es Hoffnung gab, konnte sie nur von Gott kommen. Und sie ergab sich in ihr Schicksal und betete, dass der Himmel sie erlösen möge.

Es hatte schon den ganzen Tag geregnet, und das Licht war bereits am Nachmittag so trüb, dass Bianca beim Schreiben Kerzen aufstellte. Sie war fasziniert von dem Buch, das die Äbtissin ihr zur Abschrift gegeben hatte. Sie hatte darauf bestanden, dass sie für die Gastfreundschaft der Ehrwürdigen Schwestern eine Gegenleistung brachte, und nach langem Sträuben hatte Clara von Siena ihr erlaubt, in der Schreibstube mitzuarbeiten.
Eine neue Welt hatte sich Bianca aufgetan, denn die Schwestern hatten verschiedene Werke über Pflanzen und ihre heilkundige Wirkung zusammengetragen und fügten auch eigene Beobachtungen und Forschungen hinzu.
Bianca hatte bislang einen Garten ausschließlich als Hort der Schönheit und Entspannung gesehen, aber nicht als eine Apotheke Gottes, in der Kräuter und Blumen wuchsen, die viele Beschwerden und Leiden kurieren konnten. Sie wusste natürlich, dass Salbei gegen schlechten Atem half, putzte sie doch jeden Abend ihre Zähne mit den graugrünen Blättern. Neu war ihr, dass ein bitterer Saft aus Weidenrinde Schmerz betäubte und Gelber Enzian gegen Fieber half. Sie erinnerte sich an den Schlafschwamm, mit dem Karim ihr Konstanzes Geburt erleichtert hatte. Er enthielt unter anderem Bilsenkraut, das eine ebenso schmerzstillende Wirkung hatte wie ein Saft aus Schlafmohn. Beide Pflanzen mussten exakt dosiert werden, sonst litt der Patient unter Trugbildern und Alpträumen. Und durch ihre Arbeit in der Schreibstube war ihr jetzt sogar ein Mittel namens Theriak bekannt, das Enzian, Anis, Mohnsaft, Petersilie, Safran, Ingwer, Zimt und Myrrhe enthielt und mit Honig angerührt wurde, bis es eine feste Masse ergab. Daraus wurden mandelgroße Stücke geformt, die die Kranken dann in Wein aufgelöst bekamen.

Karim wäre stolz auf mich, dachte sie, denn wenn sie so weitermachte, würde sie noch eine passable Heilkundige werden.
Das Buch, das ihr Clara von Siena anvertraut hatte, war eine Kostbarkeit und stammte von einer berühmten Äbtissin aus Deutschland, die vor rund fünfzig Jahren gestorben war. Ihr Name war Hildegard von Bingen, und Bianca entsann sich, dass Friedrich die Äbtissin häufiger erwähnt hatte. Sein Großvater, Kaiser Barbarossa, hatte Hildegard von Bingen zu seiner Beraterin in theologischen, philosophischen und medizinischen Fragen gemacht und sie oft in der Pfalz Ingelheim empfangen. Friedrich unterstützte den Antrag, dass Hildegard von Papst Gregor heiliggesprochen werden sollte, doch der Papst hatte bislang noch nicht darüber entschieden.
Biancas Hände hatten vor Aufregung gezittert, als Clara von Siena ihr das Buch überreichte, und sie hatte kaum gewagt, es aufzuschlagen. Es hieß *Causae et Curae*, war auf Latein geschrieben, und da Bianca diese Sprache ebenso beherrschte wie das Italienische, übersetzte sie den Titel mit *Ursachen und Heilungen*. Es ging um die Entstehung und die Behandlung verschiedenster Krankheiten, und Bianca war von der Lektüre derart gefesselt, dass sie darüber manchmal ihre eigentlich Aufgabe, nämlich die Abschrift des Textes, vergaß. Auch saß sie oft zu lange bei Kerzenlicht oder dem Schein einer Öllampe über den Seiten, so dass ihr nachts der Kopf schmerzte. Aber sie fieberte jeder neuen Seite entgegen und begriff zum ersten Mal die Faszination des Wissens. Auch Friedrichs geradezu besessenen Forschergeist konnte sie jetzt besser verstehen, selbst wenn sie immer noch über die dänischen Hölzer lächeln musste.
Der Alltag im Kloster mit seinen festen Regeln und immer wiederkehrenden Ritualen tat ihr gut. Er brachte Ruhe und Frieden in ihr Leben, und sie spürte, wie ihre Seele langsam heilte.
Heinrich von Passau und der Mann in Schwarz, die sie um die halbe Welt gehetzt hatten, waren tot und begraben. Lorenzo hatte

die Gräber ausgehoben, und die Schwestern hatten ein Gebet gesprochen. Die Männer hatten ein christliches Begräbnis vielleicht nicht verdient, aber sie hatten es bekommen, und seitdem hatten weder Lorenzo noch Bianca die Männer jemals wieder erwähnt.

Auch Lorenzo erholte sich. Zwar würden ihn seine Narben an die Zeit der Sklaverei erinnern, solange er lebte, doch er hatte die Lust an menschlicher Gesellschaft wiedergefunden. Bianca mutmaßte, dass Konstanze einer der Gründe dafür war, denn die Unschuld des Kindes hatte das Eis in Lorenzos Seele zum Schmelzen gebracht und die immer freundlichen Schwestern ihm den Glauben an das Gute im Menschen zurückgegeben.

Bianca konzentrierte sich wieder auf das Werk der deutschen Äbtissin und nahm sich vor, mindestens noch ein, zwei Seiten abzuschreiben. Doch heute schienen ihre Gedanken ständig auf Reisen zu gehen, und sie ertappte sich bei einem Abstecher nach Gioia del Colle.

Dort hatte sie die glücklichste Zeit ihres Lebens verbracht, und obwohl sie versuchte ihre Gefühle unter strenger Kontrolle zu halten, spielte ihre Phantasie ihr immer wieder Streiche und nutzte jede Ablenkung für einen Ausflug in die Vergangenheit.

Bianca war deshalb dankbar und erleichtert, als Clara von Siena die Schreibstube betrat und sich zu ihr setzte.

»Das Licht ist zu schlecht, du wirst dir die Augen verderben«, warnte sie Bianca, die selbst einsah, dass sie eine Pause und vor allem frische Luft brauchte.

»Dieses Buch ist mehr wert als Gold und Juwelen«, sagte sie nachdenklich. »Was geschieht mit ihm, wenn wir es kopiert haben?«

»Wir schicken es zurück«, antwortete die Äbtissin. »Es stammt aus dem Kloster Rupertsberg. Hildegard hat das Kloster selbst gegründet und stand ihm viele Jahre als Äbtissin vor. Rupertsberg ist sehr wohlhabend, dort lagern unschätzbare Kostbarkeiten.«

»Ich dachte, alle Nonnen legen auch ein Armutsgelübde ab«, wandte Bianca ein.

»Das tun sie auch, Liebe. Aber Hildegard war Benediktinerin und eine scharfe Kritikerin der Bettelorden. Überhaupt hatte sie ihre eigenen Ansichten. Sie war eine kämpferische Verfechterin gesunder Ernährung und hat dafür gesorgt, dass die Nonnen in Rupertsberg ordentlich zu essen bekommen. Und immerhin ist sie ja selbst sehr alt geworden. Ich glaube, sie war über achtzig, als sie starb.«

»Und ich glaube, Ihr verehrt Hildegard sehr.«

»Stimmt«, gab Clara von Siena zu. »Sie war eine mutige Frau, die immer für ihre Überzeugungen eingetreten ist, selbst wenn alle anderen gegen sie waren.«

»Dann seid Ihr ihr gleich«, sagte Bianca.

»O nein. Keine Frau, die ich kenne, kommt ihr gleich. Sie bildete eine Ausnahme in der großen Masse der Menschen. Aber eigentlich wollte ich nicht über Hildegard mit dir sprechen.«

»Sondern?«

»Über dich, Bianca. Und natürlich auch über Konstanze.«

Biancas ängstlicher Blick traf auf die gütigen Augen der Äbtissin.

»Keine Angst, meine Liebe, du musst das Kloster nicht verlassen.«

Bianca atmete auf.

»Ganz im Gegenteil. Ich wollte dich fragen, ob du nicht hierbleiben willst.«

»Wie meint Ihr das?«

»So, wie ich es sage. Wir alle hier würden uns freuen, wenn du und deine Tochter auf Dauer zu unserer Gemeinschaft gehören würdet.«

»Ihr meint, ich soll den Schleier nehmen?«

»Warum nicht? Ich habe die Trauer in deinen Augen gesehen, als du mit deinem Säugling zu uns gekommen bist. Und ich habe beobachtet, wie das Leid einer inneren Ruhe gewichen ist. Und seit diese beiden Schurken dir das Leben nicht mehr zur Hölle machen, ist sogar ein Stück deiner alten Lebensfreude zurückgekehrt.«

»Aber ich kann kein Gelübde ablegen. Ich habe ein Kind.«
»Du bist nicht die erste Schwester, die verheiratet war und Kinder geboren hat«, beruhigte die Äbtissin sie.
»Aber ich war nicht verheiratet«, flüsterte Bianca.
Clara von Siena ergriff Biancas Hand und drückte sie fest.
»Du hast weder Anlass zu Scham noch zu Selbstvorwürfen. Was du getan hast, geschah aus Liebe. Niemand hat das Recht, ein Urteil über dich zu sprechen.«
Bianca wischte die Tränen aus ihrem Gesicht. »Eure Worte zeugen von Eurem Großmut. Doch auch Ihr seid eine Ausnahme. Nicht jeder denkt so verständnisvoll wie Ihr.«
»Das mag sein. Aber ich stehe diesem Kloster vor. Was andere denken, ist mir egal.«
»Ich glaube nicht, dass ich eine gute Schwester wäre«, wandte Bianca ein.
»Aber hier wärst du in Sicherheit und müsstest dir nie wieder Sorgen machen, weder um Konstanze noch um dich selbst.«
Bianca zögerte.
»Du musst nichts überstürzen. Der Herr lässt seine Schäfchen nicht im Stich. Und nun kümmere dich um dein kleines Mädchen. Lorenzo macht aus ihr noch eine richtige Gärtnerin.«
Bianca verschloss sorgfältig das Buch und legt es zurück in den Schrank. Der Gedanke, nicht nur Gast im Kloster zu sein, sondern in die Gemeinschaft der Schwestern einzutreten, kam ihr fremd vor. Sie würde Keuschheit, Armut und Gehorsam geloben müssen. Keusch war sie seit der Trennung von Friedrich und würde es bleiben, denn sie konnte sich nicht vorstellen, jemals wieder einen Mann zu lieben. Arm war sie ebenfalls, und sie sah auch keine Möglichkeit, dies in Zukunft zu ändern. War sie gehorsam? Eher nicht, dachte Bianca, die so daran gewöhnt war, sich auf ihren eigenen Kopf zu verlassen, dass es ihr schwerfiel, sich einer Gemeinschaft unterzuordnen.
Aber Clara von Siena hatte recht, sie musste den Gedanken reifen

lassen und sich selbst mehr Zeit geben. Sie blies die Kerzen aus, und gemeinsam verließen die beiden Frauen die Schreibstube.
Draußen fiel immer noch leichter Nieselregen, und sie hoffte, dass sie Konstanze nicht durchnässt und schmutzig im Garten finden würde, doch Lorenzo schien der Meinung zu sein, dass Kinder jedes Wetter vertragen können, und sie sah die beiden tatsächlich zwischen den Beeten hocken.
»Süße, wie siehst du denn aus?«, rief sie lachend, als sie ihr kleines Mädchen mit erdbeschmierten Händen und schwarzen Wangen auf den Arm nahm.
»Bei diesem Wetter kommt das Unkraut leichter raus«, meinte Lorenzo grinsend, »und sie wollte unbedingt helfen.«
Liebevoll strich Bianca Konstanze die rötlichen Strähnen aus dem Gesicht. »Am besten setze ich sie mitsamt ihren Kleidern in den Badekübel«, sagte sie und ging mit Konstanze zu ihrem Zimmer auf der Westseite des Klosters.
Sie selbst sah inzwischen auch nicht präsentabler aus als das Kind. Ihr Haar, das sie offen und in der Mitte gescheitelt trug, hatte sich durch den Nieselregen in widerspenstige Locken gelegt, ihr Kleid wies deutliche Spuren von Gartendreck auf, ihre Hände waren voller Erde, und vermutlich hatte Konstanzes zärtliches Schmusen sogar in ihrem Gesicht Schmutz hinterlassen.
Gerade als sie ihre Tür öffnen wollte, hörte Bianca ihren Namen. Sie dreht sich um, und eine der Schwestern winkte ihr.
»Die Mutter Oberin schickt mich«, rief die Nonne. »Folgt mir, Ihr habt Besuch.«
Bianca hielt ihre Tochter fester und rührte sich nicht.
»Wer ist es denn?«, fragte sie vorsichtig.
»Ein Mann. Seinen Namen weiß ich nicht.«
O mein Gott, dachte Bianca, bitte lass es nicht Enzio Pucci sein. Bestimmt hatten die beiden Männer Spuren hinterlassen, die in dieses Kloster führten.
»Ein Mann? Wie sieht er aus?«

Die Schwester kicherte. »Stattlich, würde ich sagen. Habt keine Angst, die Äbtissin kennt ihn.«

Bianca fühlte ihre Knie zittern, und ihre Hände wurden vor Aufregung feucht. Alle Gedanken in ihrem Kopf formten sich zu einem: Friedrich war zu ihr gekommen. Er liebte sie immer noch.

Sie folgte der Schwester wie im Traum. Plötzlich dachte sie daran, dass sie keine Zeit gehabt hatte, Gesicht und Hände zu waschen, tastete nach ihrem Haar und fühlte die Nässe auf ihrem Kopf. Sie hatte sich ein Wiedersehen anders vorgestellt, voller Romantik und Leidenschaft, aber sie hatte keine Zeit, weiter darüber nachzudenken, denn sie hatten die Empfangshalle erreicht, und die Schwester stieß die Tür auf.

Bianca hatte sich vorgenommen, gemessen in die Halle zu schreiten, aber die Vorfreude auf Friedrich hatte ihre Schritte immer weiter beschleunigt, und so rannte sie fast über die Schwelle.

Ihr Blick flog durch den Raum, sie sah die Äbtissin im Gespräch mit einem großen Mann, der ihr den Rücken zukehrte, und sie lief ihm mit einem glückseligen Lächeln entgegen.

Dann drehte er sich um, und Bianca stockte der Atem.

Vor ihr stand ihr Bruder Manfred.

Die Äbtissin zog sich diskret zurück. Die Schwester nahm Bianca das Kind ab, schloss leise die Tür und ließ die Geschwister allein. Keiner von beiden sprach ein Wort, die Vergangenheit hing zwischen ihnen wie eine undurchdringliche Nebelwand. Er war ihr fremd geworden, dieser Mann, den sie ihr ganzes Leben lang kannte, mit dem sie gelacht und gestritten hatte und der ihr – zumindest eine Zeitlang – Mutter und Vater ersetzt hatte. Sie horchte in sich hinein, ob sich ein Gefühl meldete, das an die frühere Bindung an ihren Bruder erinnerte, aber sie hörte nichts.

Wenn es jemals geschwisterliche Liebe zwischen ihnen gegeben haben sollte, so war sie auf der Flucht verlorengegangen und hatte

nicht einmal mehr Brindisi erreicht. Wut und Groll waren längst in ihr gestorben, ebenso wie jede Form von Zuneigung. Sie ging ihm nicht weiter entgegen, aber schließlich brach sie ihr Schweigen.
»So hast du mich doch gefunden. Bist du in Enzios Auftrag hier?«, fragte sie bitter.
Manfred hob die Hände, streckte die Arme in ihre Richtung aus und ließ sie dann doch wieder sinken.
»Seit Enzio unsere Burg verlassen hat, habe ich nichts mehr von ihm gehört«, erwiderte er. »Ich war lange nicht mehr in der Heimat.«
»Warum soll es dir besser gehen als mir?«
»Bitte lass uns reden.«
»Ich glaube nicht, dass wir uns noch etwas zu sagen haben.« Bianca drehte sich um und wandte sich zum Gehen.
»Warte!«, rief ihr Manfred nach. »Ich weiß, wie du dich fühlst. Bitte hör mir zu.«
»Woher willst du wissen, was oder wie ich fühle. Das hat dich früher nicht interessiert, und falls das anders geworden sein sollte, so geht es dich nichts mehr an. Du hast jedes Recht an mir als deiner Schwester verloren.«
»Ich weiß«, sagte er leise. »Und ich bitte dich um Vergebung.«
»Wenn du Absolution brauchst, kauf dir einen Ablassbrief oder, besser noch, fahr ins Heilige Land. Von mir wirst du sie nicht bekommen.«
»Was kann ich tun, damit du mir verzeihst?«
»Ach weißt du, ich glaube nicht an den Grundsatz: Alles verstehen heißt alles verzeihen. Du bist mein Bruder, aber das hat dich nicht davon abgehalten, mich wie ein Stück Vieh an einen nach nassem Fell stinkenden Schurken zu verkaufen. Und warum? Weil du Land, Geld und Einfluss gewittert hast. Enzio hat unseren Hausfrieden gebrochen und wollte mir Gewalt antun. Er hat Giovanna fast umgebracht, und ich wage nicht daran zu denken, was er mit mir vorhatte. Und trotzdem hast du dich nicht auf meine

Seite gestellt. Im Gegenteil, du hast zugelassen, dass er mir seine Mörder auf die Fersen hetzt. Einer von ihnen hat die Frau des Tuchmachers getötet. Glaubst du, ich habe das alles vergessen?«

»Bist du fertig?«, fragte Manfred.

»Nein, mein Bruder, ich bin noch nicht fertig. Lorenzo und ich sind vor diesen Dämonen der Hölle bis ans Ende der Welt geflohen, wir sind als Sklaven verkauft worden, und wenn du mutig genug bist, was ich bezweifle, dann gehst du zu Lorenzo und bittest ihn um Verzeihung, denn er hat weiß Gott mehr gelitten als deine Schwester.«

»Ich verspreche dir, ich werde zu Lorenzo gehen. Und wenn er will, kann er in allen Ehren seinen alten Dienst antreten.«

»Das will er ganz sicher nicht. Lorenzo ist glücklich hier, und ich werde dich mit meinen eigenen Fäusten hinausjagen, wenn du ihm irgendeinen Kummer bereitest.«

»Bianca, ich weiß, ich habe einen schrecklichen Fehler gemacht, und das, was geschehen ist, kann ich nicht mehr ändern. Mit dieser Schuld werde ich leben müssen. Mir ist klar, dass weder du noch Lorenzo eure Erlebnisse jemals vergessen werdet. Aber vielleicht verlieren sie mit der Zeit ihren Schrecken, und vielleicht finden auch wir wieder einen Weg zueinander.«

Bianca ließ sich erschöpft auf einen Schemel sinken.

»Wie kommst du überhaupt hierher. Und wie hast du mich gefunden?«, fragte sie ihren Bruder misstrauisch.

»Ehrlich gesagt habe nicht ich dich gefunden. Und ich habe auch gar nicht nach dir gesucht.«

Sie sah kurz auf und schüttelte den Kopf. »Ich verstehe dich nicht. Was soll dann das Getue um Verzeihung und Vergebung?«

»Es war ein Zufall, dass ich auf die Spur meiner verlorenen Schwester gestoßen bin. Ein glücklicher, dachte ich.«

»Darüber kann man geteilter Meinung sein«, entgegnete sie.

»Du bist noch genauso starrsinnig wie früher«, konterte Manfred erbost.

»Ah«, sagte Bianca. »Endlich sind wir wieder bei unserem alten vertrauten Ton. Wer nicht deiner Meinung ist, ist dein Gegner.«
»So habe ich es nicht gemeint. Tut mir leid.«
»Erzähl mir etwas über den angeblich glücklichen Zufall.«
»Das ist eine lange Geschichte, und ich könnte mir vorstellen, dass du sie lieber von jemand anderem hören möchtest.«
»Erfindest du jetzt Rätselspiele?«
»Nein, aber ich bin nicht allein gekommen …«
Bianca wurde hellhörig. »Du wirst es nicht wagen, mich hier zu bedrohen. Ich stehe unter dem Schutz der Äbtissin Clara von Siena.«
»Beruhige dich. Niemand bedroht dich. Wann wirst du mir endlich glauben, dass die Vergangenheit für mich tot und begraben ist?«
Sie schwieg, denn tot und begraben waren auch ihre beiden Verfolger, und sie hielt es nicht für klug, dies ihrem Bruder jetzt schon zu verraten. Außerdem war sie neugierig geworden, mit welchen Überraschungen Manfred noch aufwarten würde.
Als seine Schwester keine Anstalten machte, etwas zu sagen, ergriff er erneut das Wort. »Du hast mich gefragt, woher ich weiß, wo du dich aufhältst. Hier hast du die Antwort: Ich weiß es von Karim an-Nasir, dem Leibarzt des Kaisers.«
Mit dieser Eröffnung setzte er seine Schwester schachmatt. Sie drückte ihre Finger an die Schläfen und sah zu Boden.
»Es ist alles so verwirrend. Ich verstehe überhaupt nichts mehr. Was hast du mit Karim zu tun?«
»Ich stehe im Dienst Kaiser Friedrichs.«
»Das ist nicht wahr«, flüsterte sie.
»Frag ihn doch selbst«, sagte Manfred, der es müde war, mit seiner Schwester zu streiten.
Bianca sprang auf und stieß dabei den Schemel um, der scheppernd auf den Boden fiel. Sie hatte genug von dieser Auseinandersetzung und das Gefühl, ihr Bruder habe alle Chimären ihrer Vergangenheit allein durch seine Anwesenheit zu neuem Leben er-

weckt. Sie sehnte sich nach ihrem Kind, wollte Konstanze an sich drücken, ihren Geruch einatmen und Manfred, Karim, selbst Friedrich vergessen.
Manfred machte einen Schritt auf sie zu, doch sie war schon auf dem Weg zur Tür.
»Bianca, warte!«, rief er.
Aber sie riss die Tür auf und prallte direkt gegen die Brust des Kaisers.
Sie taumelte zurück, doch Friedrich fing sie auf und hielt ihre Hände fest.
»Schlag mich nicht noch einmal«, flüsterte er mit rauher Stimme, bevor er sie küsste.

Konstanze trippelte auf unsicheren Beinen ihrem Vater entgegen. Sie war barfuß und trug ein kurzes Hemdchen, ihr Haar fiel ihr in weichen Locken bis auf die Schultern. Sie wankte ein bisschen, und einmal schien sie zu stolpern, doch sie lief unbeirrt weiter und jauchzte vor Freude, als ihr Vater sie zur Belohnung hoch in die Luft warf.
Bianca betrachtete die beiden mit zärtlicher Nachsicht. Friedrich vergötterte seine Tochter, schenkte ihr Bälle aus Seide, gefüllt mit Gänsedaunen, und aus Leder, gefüllt mit Hirsekörnern. Sie hatte Puppen, deren Kleider aus demselben kostbaren Stoff gearbeitet waren wie die ihrer Mutter, und kleine Pferde aus Holz, die sie unablässig aufstellte und wieder umwarf.
Friedrich konnte so ausgelassen spielen, als wäre er selbst ein Kind, und jeder sah, dass er seine kleine Tochter liebte. Für Bianca war dies eine neue, unbekannte Seite an ihm, die sie weder geahnt noch erwartet hatte. Nie hätte sie gedacht, dass Friedrich, der so streng über seinen ältesten Sohn Heinrich urteilen konnte, so geduldig und verständnisvoll mit einem kleinen Kind umzugehen vermochte.
Konstanze saß mit ihrem Vater auf seinem Lieblingspferd im Sat-

tel, und er ritt mit ihr in die Wälder, die das Kastell Gioia del Colle umgaben. Er zeigte ihr die Falken und ließ sie mit den zutraulichsten seiner Jagdhunde spielen. Und das Kind zeigte keinerlei Angst den Tieren gegenüber und hatte sich bislang auch nicht den kleinsten Kratzer zugezogen.

Konstanze betrachtete die Natur mit staunenden Kinderaugen und ließ eine Gartenspinne ebenso unbefangen über ihre Hand krabbeln, wie sie die Schmetterlinge bewunderte, die sich auf den Blumen niederließen. Seit sie wieder auf Gioia del Colle lebten, führte Friedrich mit seiner Familie eher das unbeschwerte Leben eines Landedelmannes als das eines regierenden Kaisers. Und manchmal fragte sich Bianca mit einer bangen Vorahnung, wie lange ihr Glück wohl dieses Mal halten würde.

Bianca hatte das Kloster der Ehrwürdigen Schwestern mit Wehmut verlassen, denn seine Bewohnerinnen waren ihr mehr ans Herz gewachsen, als sie zugeben wollte. Andererseits war das Angebot der Äbtissin, das Gelübde abzulegen und auf Dauer im Kloster zu bleiben, ein Gedanke, der Bianca von Anfang an nicht behagt hatte. Trotz aller Sicherheit, die ihr das Kloster gewährt hätte, wäre sie doch unfrei in ihren Entscheidungen gewesen und hätte einen Entschluss treffen müssen, der sich nicht mehr rückgängig machen ließ.

So hatte sie mit Clara von Siena vereinbart, auch weiterhin für die Schwestern Schreibarbeiten zu erledigen, und es war ihr gestattet worden, das Werk der Hildegard von Bingen mit nach Gioia del Colle zu nehmen.

Friedrich hatte auf ihren Eifer, was das Studium dieses Buches betraf, zunächst überrascht reagiert, ihr dann aber alle Freiheiten gelassen, die sie für ihre Arbeit brauchte. Da er das naturkundliche, aber auch das philosophische Werk der deutschen Äbtissin kannte und schätzte, sah er keinen Grund, Bianca die Freude zu verderben, das Buch *Causae et Curae* weiter im Auftrag der Nonnen zu kopieren.

Der kleine Konrad, Friedrichs Sohn aus seiner Ehe mit Isabella von Brienne, rannte durch den Garten und lief mit seinem winzigen Holzschwert, das Lorenzo ihm geschnitzt hatte, auf Bianca zu. Da seine Mutter kurz nach seiner Geburt gestorben war, hatte eine Amme ihn gestillt und aufgezogen. Bianca war der Meinung, dass sich Konrad zu oft und zu lange in der Obhut wechselnder Betreuer und Erzieher befunden hatte, und versuchte ihm nun ein bisschen mütterliche Wärme zu geben. Konstanze betrachtete ihn als ihren Bruder, auch wenn Bianca nicht seine Mutter war, und bewunderte ihn bedingungslos.
Doch der vierjährige Junge war launisch und trotzig und nicht leicht zu lenken. Er liebte seinen Vater und hatte doch auch ein bisschen Angst vor ihm, was Bianca nicht weiter verwunderlich fand, denn immerhin hatte er ihn lange nicht gesehen, und wenn Friedrich seinem zweitgeborenen Sohn einen Besuch abgestattet hatte, war es meist in Eile und in Anwesenheit diverser Würdenträger geschehen.
Konrad war in den ersten vier Jahren seines Lebens zwar nicht vernachlässigt worden, aber die tiefe Liebe, die nur Eltern ihren Kindern entgegenbringen, hatte ihm eindeutig gefehlt. Bianca hoffte, dass ihm nicht ein ähnliches Schicksal wie Friedrichs erstem Sohn Heinrich bevorstand, der viel zu früh in einem fremden Land allein gelassen worden war und nun bei jeder sich bietenden Gelegenheit Streit mit seinem Vater suchte.
Sie spielte ein wenig mit Konrad, der sie mit großer Begeisterung um die Blumenbeete jagte, nahm den Jungen dann bei der Hand und ging mit ihm hinüber zu Friedrich und Konstanze.
Friedrich sah sie kommen, und in seinem Blick las sie Liebe, Zuneigung und Begehren, wobei Letzteres ihr die Röte in die Wangen trieb. Die Erinnerung an die vergangene Nacht machte ihr Lächeln weich und ihren Mund sinnlich. Ihre Augen versanken in seinen, und einen Moment lang vergaß sie die Kinder, den Garten, Lorenzo und Karim, die irgendwo in der Nähe sein mussten.

Bianca hatte das Gefühl, dass die Natur den Atem anhielt, und die Sonne stockte auf ihrer Wanderung von Ost nach West.
»Du wirst jeden Tag schöner«, sagte Friedrich und nahm ihre Hand, »obwohl du nur noch Augen für deine Bücher hast.«
»Falsch«, flüsterte sie ihm zu, »ich habe nur Augen für dich.«
Konstanze quengelte auf seinem Arm, und Bianca nahm ihm das Kind ab. Sofort drängte sich Konrad zu seinem Vater und hielt ihn am Bein fest.
»Was meinst du, kleiner Mann, wollen wir ausreiten?«, fragte er, und der Junge nickte eifrig.
Friedrich setzte seinen Sohn auf seine Schultern, rief Karim zu sich, und sie schlenderten zu den Pferdeställen.
Bianca ging mit Konstanze, die dringend Schlaf brauchte, zurück ins Kastell. In der großen Halle stieß sie auf ihren Bruder, der ganz offensichtlich Reisevorbereitungen traf.
»Willst du uns schon wieder verlassen?«, fragte sie ihn.
Die Geschwister waren sich seit ihrem Treffen im Kloster der Ehrwürdigen Schwestern nicht wirklich nähergekommen. Allerdings war die hitzige Feindschaft, die Bianca ihrem Bruder entgegengebracht hatte, merklich abgekühlt. Manfred bemühte sich nach wie vor um eine Aussöhnung, doch Bianca war zu tief verletzt, um ihm jetzt schon vergeben zu können. So gingen sie höflich, aber nicht herzlich miteinander um und strichen umeinander wie zwei Katzen, die jederzeit ihre Krallen ausfahren könnten.
»Ja«, beantwortete Manfred ihre Frage, »ich werde eine Zeitlang unterwegs sein.«
»Das klingt ja sehr geheimnisvoll.«
»Es ist auch eine Mission, von der nur wenige wissen.«
»Und deine Schwester gehört nicht dazu.«
»Lass uns nicht schon wieder streiten. Und da du fragst – ich werde mit einigen der besten Ritter in die Grafschaft Tuszien reiten.«
»Das ist nicht dein Ernst. Du willst zu Enzio?«

»Es wird Zeit, dass Enzio seine Strafe bekommt. Ich hätte das schon längst erledigen sollen.«

»Weiß der Kaiser davon?«

»Ja.«

»Und was genau hast du vor?«

»Ich will nicht mein Leben lang Angst vor Enzios bezahlten Mördern haben.«

»Das ist keine Antwort auf meine Frage.«

»Ich kann dir nicht sagen, was wir vorhaben. Friedrich würde es mir nie verzeihen.«

»Was planst du? Einen Krieg?«

»Dafür ist Graf Pucci eine Nummer zu klein.«

»Ist er das? Ich weiß nicht, wie du es nennst, wenn Ritter über eine Grenze stürmen und Land und Leute unterwerfen. Ich nenne es Krieg.«

»Ich nenne es Strafe mit militärischen Mitteln. Und nun sag mir Lebewohl, denn ich habe keine Zeit mehr für Debatten mit meiner belesenen Schwester.«

Bianca sah ihn ernst an. »Du setzt dein Leben aufs Spiel. Ist Enzio das wert?«

»Wieso Enzio? Du bist es wert. Ich weiß, diese Erkenntnis kommt spät, aber darüber haben wir ja oft genug gesprochen.« Er lächelte seine Schwester noch einmal an und sagte dann leichthin: »Ich muss mich beeilen, die anderen warten schon. Grüße den Kaiser von mir.«

Bianca stellte Konstanze auf den Boden und ging einen Schritt auf Manfred zu.

»Es war nie viel Liebe zwischen uns. Vielleicht war das ein Fehler. Du bist immerhin der einzige Bruder, den ich habe. Pass auf dich auf. Und komm wieder.«

Sie hauchte einen Kuss auf die Fingerspitzen ihrer rechten Hand und drückte sie zart auf Manfreds Lippen. Dann drehte sie sich um, nahm ihre Tochter wieder auf den Arm und verließ mit schnellen Schritten die Halle. Sie wollte keine weiteren Sentimentalitäten. Außerdem ahnte sie, dass ihr Bruder nicht nur ihretwegen nach Tuszien zog. Enzio hatte ihn praktisch von seinem Grund und Boden vertrieben, und Manfred hatte seine Heimat verloren. Er wollte seine Besitztümer zurück und – wie Bianca vermutete – mehr noch seinen Stolz.

Sie bereitete Konstanze für ihr Bad vor und übergab das Kind dann einer der Dienstmägde. Sie selbst brauchte dringend eine Stunde für die Schönheit. Sie fühlte sich verschwitzt, und an ihrem Rock zeigten sich Grasflecke. Ihr Haar musste gewaschen und gebürstet werden, und sie wollte es in Rosenwasser spülen, damit es verführerisch duftete. Der heutige Abend sollte allein ihr und Friedrich gehören, denn Tage wie dieser, an denen er keinerlei kaiserliche Verpflichtungen hatte, waren selten und zu kostbar, um sie ungenutzt verstreichen zu lassen.

Sie hatte in der Küche ein einfaches Essen bestellt, denn Friedrich hasste die opulenten Gastmahle und Festbankette, die bei allen offiziellen Anlässen auf ihn warteten. Er aß wenig Fleisch, am liebsten zarten Prosciutto, sonst gerne Fasan oder anderes Geflügel.

Vielleicht, sagte sich Bianca und dachte an seinen lüsternen Blick am Nachmittag, hatte Friedrich aber auch mehr Hunger auf erotische Delikatessen. Womit er im Übrigen ganz ihrem Wunsch entsprechen würde. Und dann hatte sie auch noch eine ganz besondere Überraschung für ihn, die sie sich aber für einen geeigneten Moment aufsparen wollte.

Doch es wurde später, und Friedrich war immer noch nicht zurück. Konrad hatte er in Karims Obhut gelassen, der den Jungen nach dem gemeinsamen Ausritt ins Kastell gebracht hatte, und er selbst ließ sich bei Bianca entschuldigen. Wichtige Nachrichten aus der kaiserlichen Kanzlei in Foggia, erklärte Karim, der die Enttäuschung in Biancas Augen bemerkte, obwohl sie sich allergrößte Mühe gab, sie zu überspielen. Bianca war eine Frau, die sich nicht

verstellen konnte, und das – fand Karim – sprach eindeutig für sie.
Sie lud ihn ein, mit ihr zu speisen, doch er lehnte ab, und Bianca fürchtete, dass sein höfliches Nein eine Menge mit Friedrichs unkontrollierter Eifersucht zu tun hatte. Schließlich waren sie bereits beide schon mehrfach in die Schusslinie von Friedrichs verbalen Pfeilen geraten.
Bianca wartete daher allein auf Friedrich und nutzte die Zeit für ihre Arbeit am Buch der Hildegard von Bingen. Es enthielt wunderschöne Miniaturen in leuchtenden Farben, die von großer Kunstfertigkeit der Buchmaler zeugten. Sie strich vorsichtig mit einer Fingerkuppe darüber und fühlte die Struktur des dünnen Blattgoldes.
Sie war so in die Betrachtung der kleinen Kunstwerke vertieft, dass sie das Öffnen der Tür nicht gehört hatte und überrascht aufsah, als Friedrich vor ihr stand. Auf den ersten Blick war ihr klar, dass er verärgert war, und stumm verabschiedete sie sich von den Phantasien, die sie mit diesem Abend verbunden hatte. Sein Mund war zu einer schmalen Linie zusammengepresst, und seine Augenbrauen berührten sich fast in der Mitte der Stirn, so verdüstert war sein Blick.
»Entschuldige meine Verspätung«, sagte er und gab ihr einen Kuss aufs Haar, doch sie spürte, dass er in Gedanken schon nicht mehr in Gioia del Colle war. Sie kannte diesen abwesenden Blick, der meist der Eröffnung vorausging, dass die Zeit der Muße vorbei sei.
»Du hast schlechte Nachrichten?«, fragte sie und versuchte jeglichen Ton von Enttäuschung aus ihrer Stimme herauszuhalten.
»Sei nicht traurig, cara mia, aber unsere unbeschwerten Tage gehen zu Ende. Abt Konrad schreibt aus Deutschland über Heinrichs neueste Torheit.«
»Ein weiterer Feldzug gegen den Herzog von Bayern?«
»Nein. Diesmal riskiert er Krieg mit Österreich. Und Abt Konrad

schafft es nicht, ihn zur Vernunft zu bringen. Ich muss mich selbst darum kümmern.«

»Krieg mit Österreich? Aber er ist mit Margarethe von Österreich verheiratet.«

»Wenn es nach Heinrich geht, nicht mehr lange. Offenbar denkt er schon seit geraumer Zeit über eine Trennung nach. Aber bisher ist es dem Abt und Wolfelin von Haguenau gelungen, es ihm auszureden.« Friedrichs Faust donnerte auf den Tisch. »Der Idiot zerschlägt mir das ganze deutsche Königreich. Es ist doch nur noch eine Frage der Zeit, dass die deutschen Barone sich gegen ihn auflehnen werden und einen Gegenkönig wählen.«

Bianca wagte nicht nach seinen Plänen zu fragen, denn sie fürchtete sich vor der Antwort. Auch Friedrich hing seinen Gedanken nach und schwieg verdrossen. Die Stille lastete schwer zwischen ihnen, und es kostete Bianca Mut, schließlich seine Hand zu nehmen. Sie strich mit dem Daumen sanft über seine Finger.

»Sprich, Liebster, sag mir, was dich quält.«

»Es tut weh, ein Urteil über sein eigenes Kind zu sprechen.«

»Wie meinst du das?«

»Heinrich. Ich werde ihn verurteilen müssen.«

»Aber er ist dein erstgeborener Sohn.« Bianca war bestürzt über die Pläne, die er offenbar schon gefasst hatte.

»Ich weiß, und das macht es nicht leichter. Aber er hat wieder und wieder gegen meine Wünsche, Aufforderungen, ja, sogar Befehle verstoßen. Nun wünscht dieser Tor Agnes von Böhmen zu heiraten, obwohl er bereits eine Ehefrau hat. Wie dumm darf ein König sein?«

»Wasch ihm den Kopf.«

»Ach, Bianca, damit wird es nicht getan sein. Die Österreicher sind in Aufruhr, die Bayern sind seine Feinde, Abt Konrad hat versucht zu vermitteln, doch im Reich brodelt es. Ich fürchte, Heinrich kann nicht länger König sein.«

»Du willst ihn absetzen?«

»Mir wird nichts anderes übrigbleiben.«

»Und wer soll König werden?«
»Konrad.«
»Konrad? Bist du von Sinnen? Er ist vier.«
»Herrgott, Bianca, ich sage doch nicht, dass es schon morgen dazu kommt.«
»Und wie viel Zeit willst du deinem zweiten Sohn geben? Ein Jahr, zwei, drei? Dann ist er immer noch ein Kind. Mach doch denselben Fehler nicht zweimal. Auch Heinrich ist viel zu früh König geworden.«
»Ich habe aber keine andere Wahl. Ich brauche in Deutschland einen Stellvertreter, und das kann allenfalls mein Sohn sein. Wenn Heinrich abgesetzt wird, bleibt nur Konrad.«
»Ich verstehe dich nicht. Du bist ein wundervoller Vater, aber du opferst deine Söhne deinem Machtstreben.«
»Ich bin zu müde, um mit dir darüber zu streiten, was ein Kaiser tun muss und was nicht. Jedes meiner Kinder wird darauf vorbereitet, zu herrschen.«
»Aber nicht Konstanze.«
»Auch Konstanze. Sie wird eine fähige Königin.«
»Nicht, wenn ich es verhindern kann.«
Er funkelte sie an, doch Bianca hielt seinem Blick stand. Friedrich atmete tief durch.
»Konstanze hat nun mal den Kaiser zum Vater und nicht irgendeinen kleinen Landgrafen. Bedenke das, bevor du schnelle Entschlüsse fasst. Und auch wenn sie nicht einer meiner Ehen entstammt, bekommt sie dennoch die Erziehung, die meiner Tochter zusteht.«
Bianca lenkte ein.
»Federico, ich weiß, dass du deine Kinder liebst, ich sehe es jeden Tag, wie sehr du Konstanze anbetest. Ich bin sicher, du willst nur das Beste für sie. Aber vergiss nicht, dass es Kinder sind. Sie sind noch nicht in der Lage, über ihre Zukunft zu bestimmen, und es fehlt ihnen die Fähigkeit zu klugen und weisen Entscheidungen. Und deshalb sind Kinder schlechte Könige.«

»Aus dir spricht eine liebende Mutter, aber keine Kaiserin.«
Bianca schwieg verletzt. Dass sie nicht Kaiserin war, musste er ihr nicht vorwerfen. Es war seine Sache, ihr lockeres Verhältnis zu einem offiziellen zu machen.
Aber dass sie und Friedrich heiraten könnten, war bisher kein Thema zwischen ihnen gewesen. Sie hatte es sich in ihren geheimsten Träumen oft ersehnt, aber nie gewagt, vor ihm von Heirat zu sprechen. Sie hielt es für unter ihrer Würde, das Gespräch darauf zu bringen, und da Friedrich diesen Punkt immer sorgfältig ausgeklammert hatte, blieb ihr nichts anderes übrig, als mit dem Status quo zu leben. Das gab ihm aber noch lange nicht das Recht, über sie zu urteilen.
Sie hatte sich so sehr auf diesen Abend gefreut, und nun drohte er in Streit zu enden. Bianca spürte, dass Friedrich innerlich vor ihr zurückwich. Ihre Einwände waren nicht als Kritik gemeint gewesen, und sie hatte nicht geahnt, wie empfindlich er auf ihre Parteinahme für Heinrich und Konrad reagieren würde.
Sie stand auf, ging zu ihm und legte die Arme um seine Schultern. Friedrich fasste sie um die Taille und lehnte seinen Kopf gegen ihren Busen.
»Es tut gut, dass du bei mir bist, cara mia«, raunte er. »Manchmal muss der Verstand etwas entscheiden, was das Herz nicht will.«
Sie hielt ihn fest und strich ihm sanft über das Haar.
»Ich werde immer bei dir sein, Liebster.«
Er zog sie auf seinen Schoß und küsste sie. Erst zärtlich, dann voller Verlangen.
»Verlass mich nicht, Bianca. Ich brauche dich so sehr.«
»Ich liebe dich, Federico. Komm, lass uns schlafen gehen.«
»Ich kann nicht, Liebste. Abt Konrad wartet auf mich. Wir reiten heute Nacht noch nach Foggia.«
»Wann kommst du zurück?«
»Ich weiß es nicht. Ich muss nach Norden, Heinrich entgegenreisen. Wenn er jetzt nicht kommt, ist sein Schicksal besiegelt.« Er

küsste ihr die Tränen von den Wangen. »Weine nicht, cara mia. In ein paar Wochen bin ich wieder da. Und ich verspreche dir, dass wir dann mehr Zeit miteinander verbringen.«
Sie nickte, denn der Tränenkloß in ihrem Hals hinderte sie am Sprechen.
»Ich warte auf dich«, flüsterte sie, als sie ihn zur Tür brachte. Eine letzte Umarmung, und dann war er fort.
Bianca schloss die Tür und lehnte sich erschöpft dagegen. Und erst jetzt fiel ihr auf, dass sie vergessen hatte, was sie ihm den ganzen Abend sagen wollte: Sie war wieder schwanger.

Er war alt geworden. Die Trauer um seine Tochter, der Verlust seines Enkelsohnes, den er seit der Geburt nicht mehr wiedergesehen hatte, die Niederlage gegen den Kaiser und letztlich die Aufforderung des Papstes, nach Konstantinopel zu reisen und bitte auch dort zu bleiben, hatten ihn die Kraft zu kämpfen und den Stolz zu widerstehen gekostet. Der Hass auf Bianca, die mit dem Kaiser zusammenlebte, als wäre sie seine Frau und hätte irgendein Recht, was die Erziehung seines Enkels betraf, tat ein Übriges, um Johann von Brienne zu einem verbitterten Mann zu machen.
Er verbrachte den Großteil seiner Tage mit dem Entwurf von grausamen Racheplänen, die er jedoch alle wieder verwarf, da die Durchführung entweder unmöglich oder das Ergebnis nicht in seinem Sinn war.
Papst Gregor, der sonst keine Gelegenheit ausließ, dem Kaiser zu schaden, hatte sich schon vor langer Zeit bei der kleinsten Erwähnung von Johanns Plänen taub gestellt, und auch die Tempelritter waren zu sehr mit der Anhäufung von Schätzen im Heiligen Land beschäftigt, um den Rachedurst eines alten, politisch unwichtig gewordenen Mannes ernst zu nehmen.
So war Friedrichs ehemaliger Schwiegervater mit seinem Groll allein geblieben und brütete nach wie vor über Möglichkeiten, den

Kaiser dort zu treffen, wo er am ehesten verwundbar war – und das waren seine Kinder und Bianca.
Konrad, sein Enkel, war nun schon über vier Jahre alt, und Johann fragte sich, ob er Ähnlichkeit mit seiner Mutter Isabella hatte. Der Junge würde ihm Trost geben und die Erinnerung an Isabella wach halten. Nicht einmal ihr Grab konnte Johann von Brienne besuchen. Dass ein Vater daran gehindert wurde, an der Grabstätte seiner Tochter zu beten, schmerzte ihn mehr, als er sagen konnte, aber Friedrich hatte ihm mit Kerker und Tod gedroht, sollte er es jemals wagen, den Dom zu Andria, wo Isabella ihre letzte Ruhe gefunden hatte, zu betreten.
Undenkbar also, auch nur einen Fuß auf das Gebiet des Königreichs Sizilien zu setzen, das immerhin über Palermo, Neapel und Apulien bis kurz vor Rom reichte.
Friedrich hatte es geschafft, die Grenzen zu halten und trotz aufrührerischer Städte und diverser Einmärsche ins Königreich, die er, Johann, schließlich selber geleitet hatte, das Reich zu befrieden. Ein Grund mehr, den Kaiser zu hassen, der das Glück immer auf seiner Seite zu haben schien.
An manchen Tagen wurde Johann von einem ohnmächtigen Zorn gepackt, der ihn wie einen Kranken im Zimmer festhielt, weil er die Schönheit der Natur und die Heiterkeit anderer Menschen nicht ertrug. Die Verbitterung über sein Schicksal hatte tiefe Schatten um seine Augen gelegt und Linien links und rechts der Nase gegraben, die sich bis zu seinen Mundwinkeln zogen. Seine Stirn lag in Falten, und seine Haut hatte einen ungesunden Grauton angenommen, an dem auch die Sonne Konstantinopels nichts ändern konnte. Seine Schritte, früher voller Energie, waren schleppend geworden, und seine Stimme klang leise und heiser von den vielen Verwünschungen, die er im Laufe der Zeit herausgeschrien hatte.
Die Mägde und Knechte, die für sein persönliches Wohl zu sorgen hatten, begegneten ihm ängstlich und zurückhaltend. Freundliche

Worte hatten sie von ihm ohnehin nicht zu erwarten, aber seine unwirsche und vor allem unbeherrschte Art ließ sie ihren Dienst in Eile und Schweigen verrichten. Johann von Brienne nannte niemanden seinen Freund, und er glaubte nicht daran, dass es besser war, einen Weg aus der Trauer zu suchen, als in ihr zu verharren und innerlich zu versteinern.

Er wollte, dass sein Herz kalt war. Und nur die Aussicht, irgendwann doch noch seinen Enkel Konrad wiederzusehen, gab ihm die Kraft, am Leben festzuhalten.

Er hatte lange gebraucht, bis seine teuflischen Ideen Gestalt angenommen hatten und die nötigen Helfer dafür gefunden waren. Er war stolz auf sein Talent, strategisch zu denken, und auf seine Fähigkeit, absolutes Stillschweigen zu bewahren. Er würde niemanden einweihen. Nicht einmal die drei bezahlten Diebe, die er aus der Kerkerhaft freigekauft hatte, wussten, um was es wirklich ging.

Es waren geschickte Juwelenräuber, die sich auf seinen Befehl hin versteckt hielten und sich in aller Heimlichkeit von den Strapazen des Gefängnisses erholten. Wenn die Zeit gekommen war, würde er sie so weit einweihen, dass sie handeln konnten.

Allerdings nicht in seine eigentlichen Pläne. Die waren so verwegen, dass er selbst zuweilen vor seinem eigenen Wagemut zurückschreckte. Aber dann dachte er wieder an seine tote Tochter Isabella und an den Kaiser und seine Mätresse, und der Hass durchfloss ihn wie die heiße Lava eines Vulkans.

Isabellas Schicksal musste gesühnt und der Kaiser bestraft werden. Und wenn seine Mätresse dabei den Tod fand, so war dies nicht nur beabsichtigt, sondern auch zutiefst erwünscht.

Sie wussten nicht, wo man sie hingebracht hatte, und der Dominikanerpater, der die Verhöre führte, hatte ihnen den Namen der Stadt, in dem sich ihr Verlies befand, noch nicht verraten. Warum

auch, es war nicht seine Sache, Antworten zu geben. Er stellte die Fragen, und gottlob hatte er dies bisher ohne Anwendung von Folter getan. Aber niemand konnte sagen, ob die Patres nicht schon morgen härtere Methoden für angebracht hielten.
Doch auch ohne glühende Zangen litt Giovanna unsagbare Pein. Ihre wunden Füße hatten sich in dem dreckigen Verlies weiter entzündet, und mittlerweile konnte sie gar nicht mehr laufen. Sie riss Teile ihres Gewands in Streifen und wickelte diese um ihre Wunden. Und wenn sie an der Reihe war, befragt zu werden, kroch sie auf allen vieren über den feuchten Steinboden auf den Pater zu und flehte um einen Schemel, auf dem sie sitzen durfte. Manchmal gewährte er ihr die Bitte, manchmal nicht.
»Was weißt du über die Lehre der Ketzer?«, fragte er sie zum wiederholten Mal.
»Nichts, Pater.«
»Bist du nicht durch das Land gezogen, um ketzerische Gedanken zu verbreiten?«
»Nein, Pater.«
»Warum bist du dann in der Gemeinschaft der Ketzer aufgegriffen worden?«
»Ich habe sie begleitet.«
»Also kennst du ihre Lehre.«
»Es sind Menschen, Pater, die niemandem etwas zuleide tun.«
»Glaubst du an Gott, den Vater, und seinen Sohn, Jesus Christus?«
»Ich bin eine gute Christin.«
»Du bist der Ketzerei verdächtig. Es sind Zeugen geladen, die das bestätigen können.«
»Welche Zeugen?«
»Namen tun hier nichts zur Sache.«
»Wer behauptet, ich sei eine Ketzerin, der lügt.«
»Warum sollten die anderen lügen und du nicht?«
»Ich bin eine alte Frau, es war sicherer, in der Gruppe zu reisen.«

»Du suchst den Schutz der Ketzer? Also kennst du auch ihre Lehre.«
Giovanna stöhnte. »Ich kenne die Lehre der Albigenser nicht.«
»Bekenne dich schuldig.«
»Warum sollte ich das tun?«
»Wenn du dich selbst anzeigst, bekommst du eine milde Strafe.«
»Was heißt das?«
»Kerker.«
»Und wenn ich mich nicht schuldig bekenne?«
»Dann droht dir der Tod durch das Feuer.«
»Aber ich bin unschuldig.«
»Du leugnest das Offensichtliche?«
»Es ist nicht verboten, in einer Gruppe zu reisen.«
»Es ist verboten, ketzerische Lehren zu verbreiten.«
Giovanna schwieg. Sie drehten sich jetzt schon seit Stunden im Kreis, und sie fühlte sich müde und erschöpft. Sie brauchte Schlaf, was in dem Verlies, durch das die Schreie der Gefolterten hallten, fast nicht möglich war, aber die Gefangenen waren so entkräftet, dass ihnen selbst unter diesen Bedingungen die Augen zufielen.
»Warum isst du kein Fleisch?«
»Weil wir keines zur Verfügung hatten.«
»Gibst du zu, dass deine Lehre dir den Genuss von Fleisch verbietet.«
»Ich bin keine Ketzerin.«
»Bekennst du dich schuldig?«
»Nein, nein, nein.« Giovanna hielt sich ihre pochenden Schläfen. Ihr Inquisitor hatte sein Urteil längst gefällt, sie sah keine Möglichkeit, ihm zu entkommen, da er jeden ihrer Sätze verdrehte.
»Hast du den Predigten der Ketzer gelauscht?«
»Nein.«
»Aber du gibst zu, dass sie welche gehalten haben?«
»Ich weiß es nicht.«

»Du hast gehört, dass sie den Allerheiligsten Vater in Rom verunglimpft haben.«
»Das ist nicht wahr.«
»Sie haben es nicht getan?«
»Ich habe es nicht gehört.«
»Bekenne dich schuldig.«
»Nein. Ich bin keine Ketzerin!«
»Ich habe andere Aussagen.«
»Ich bin müde.«
»Wir sind noch nicht fertig.« Da sie schwieg, fuhr der Dominikaner fort: »Glaubst du an die Erlösung durch den Tod?«
»Wie werden alle vor unseren Schöpfer treten müssen.«
»Ist das Leben nur die Vorbereitung und der Tod das wahre Leben?«
»Ich verstehe nicht.«
»Hast du gehungert, um schneller Erlösung zu finden, und damit eine Sünde wider die Bibel begangen?«
»Ich habe gehungert, weil es nichts zu essen gab.«
»Die Zeugen sagen, du hättest nur Wasser und Brot zu dir genommen.«
»Ich sagte doch, wir hatten nichts anderes.«
»Ihr hättet ein Rebhuhn erlegen können. Aber du isst ja kein Fleisch, wie es die Lehre der Ketzer vorschreibt.«
»Davon weiß ich nichts.«
»Bekenne dich schuldig, und ich lasse Gnade walten.«
Fast war Giovanna versucht, ihm das Geständnis, das er haben wollte, zu geben. Sie konnte nicht mehr. Immer dieselben Fragen, und jede ihrer Antworten führte wieder hinein in den Zirkel aus verdrehten Wahrheiten und wahllosen Anschuldigungen.
Wenn sie sich zur Ketzerei bekannte, würde sie im Kerker sterben. Blieb sie standhaft, verbrannte man sie auf dem Scheiterhaufen.
Durch ihr enges Zusammenleben mit den Albigensern wusste sie, dass viele von ihnen stark genug waren, für ihren Glauben in den

Tod zu gehen. Sie hatte Geschichten von Menschen gehört, die der Ketzerei verdächtigt worden waren, nicht abschworen und singend die Flammen erwarteten. Sie bewunderte den Mut dieser Leute und wusste, dass sie selbst ihn nicht aufbringen könnte. Außerdem wollte sie nicht sterben für einen Glauben, der gar nicht der ihre war.

»Ich bin keine Ketzerin«, sagte sie deshalb nachdrücklich. »Aber Ihr glaubt mir ja sowieso nicht.«

»Ich habe die Zeugen gehört.«

»Dann nennt mir die Zeugen.«

»Keine Namen.«

Berengaria hatte ihr schon in Turin von den Prozessen der Inquisition erzählt. Es war unmöglich, sein Recht zu bekommen, denn die Patres beriefen sich auf Aussagen, die man nicht widerlegen konnte, und auf Menschen, die etwas gesehen oder gehört haben wollten. Meist hatten sie selbst unter der Folter gelitten oder waren auf andere Art dermaßen in Angst versetzt worden, dass sie alles zugaben und jeden denunzierten, dessen Namen der Inquisitor hören wollte.

Der Pater jagte auch Giovanna schreckliche Angst ein, doch sie ahnte, dass sie, wenn sie jetzt nachgab, verloren war. Um jeden Preis musste sie die Folter vermeiden, denn unter unvorstellbaren Schmerzen würde auch sie alles gestehen. Und sei es, dass sie mit dem Teufel durch die Lüfte geflogen sei.

Sie versuchte neue Kraft zu schöpfen und den Schmerz in ihren Füßen für einen Moment zu vergessen.

»Ihr habt recht«, sagte sie, »ich habe gelogen.«

»Endlich. Du bekennst dich also doch schuldig.«

Der Dominikaner lehnte sich befriedigt zurück und betrachtete nachlässig seine Fingernägel.

»Ich gestehe, dass ich zu der Gemeinschaft der Sarazenen im Königreich Sizilien gehöre, und berufe mich auf den Schutz des Kaisers.«

Der Pater sprang auf. »Was soll das?«
»Ich berufe mich auf den Schutz den Kaisers«, wiederholte Giovanna. »Er hat den Sarazenen Glaubensfreiheit gewährt. Das weiß jedes Kind.«
»Du und eine Sarazenin. Das ist ja lächerlich.«
Er beugte sich näher zu Giovanna und trat ihr auf den Fuß. Sie schrie auf und krümmte sich vor Schmerzen.
»Willst du mich zum Narren halten?«
Giovanna sah seine Wut und betete, dass er sie nicht weiter quälen würde. Andererseits hatte sie zwar gelogen, was ihre Zugehörigkeit zum muslimischen Glauben anging, aber über die Gesetze des Kaisers die Wahrheit gesprochen. Und da auch ein Inquisitor der Kirche diese achten musste, war deutlich zu spüren, dass der Dominikaner unsicher geworden war.
Juden und Sarazenen hatten bei Kaiser Friedrich schon immer eine Sonderstellung gehabt, und in der neuen Gesetzgebung, die erst vor kurzem in Kraft getreten war, war dies bestätigt worden. Niemand durfte sie wegen ihres Glaubens verurteilen, schon gar nicht ein christlicher Pater.
Giovanna erkannte mit Genugtuung, dass die Selbstsicherheit des Inquisitors einen Riss bekommen hatte. Er schien zu grübeln, ob und wie er das Verhör fortführen sollte, und vollführte dann seinerseits eine listige Volte, mit der Giovanna nicht gerechnet hatte.
»Wir werden sehen«, sagte er. »Wenn es sich so verhält, wie du behauptest, dann sprichst du auch Arabisch. Es wird nicht schwer sein, deine Sprachkenntnisse überprüfen zu lassen.«
Sie nickte stumm.
Der Inquisitor fuhr fort: »Wir sind in Foggia. Der ganze Hof ist anwesend und wartet auf die Rückkehr des Kaisers. Es wird ein Leichtes sein, einen der arabisch sprechenden Beamten des Kaisers herzubitten. Hast du gelogen, rettet dich nichts mehr. Dann stirbst du den Tod durch das Feuer.«

Giovanna schlug die Hände vors Gesicht. Sie zitterte am ganzen Körper, und ihre Zähne schlugen aufeinander, dass es ihr nicht möglich war, zu antworten. Sie hatte sich für listig gehalten, aber ihre Lage war noch aussichtsloser geworden. Sie war jetzt schon so gut wie tot.

Karim an-Nasir sah sofort, dass die Frau log. Doch mit demselben scharfen Blick erkannte er, dass sie nicht mehr lange zu leben hatte, wenn ihre Füße nicht sofort behandelt würden. Er hatte schon weniger entzündete Gliedmaßen gesehen und hilflos erleben müssen, wie die Kranken unter unerträglichen Schmerzen starben. Sie waren von Krämpfen geschüttelt worden, und ihr ganzer Körper war unförmig angeschwollen. In solchen Fällen war der Tod unausweichlich, und kein noch so weiser Arzt konnte sie in diesem Stadium noch retten.
Karim wandte sich an den Inquisitor.
»Warum führt Ihr Verhöre, wenn die Gefangenen schon im Kerker verrecken? Diese Frau dort, die behauptet, eine Sarazenin zu sein, gehört auf ein Krankenlager und nicht in dieses stinkende Verlies.«
»Es besteht der begründete Verdacht, dass sie eine Ketzerin ist.«
»Deshalb lasst Ihr sie also schon vor Eurem Urteilsspruch sterben. Verzeiht, aber ich kann darin keinen Sinn erkennen.«
Die Augen des Dominikaners wurden zu schmalen Schlitzen.
»Ihr seid hier, um zu prüfen, ob die Frau Arabisch spricht. Sie beruft sich auf die Gesetze des Kaisers, die die Sarazenen schützen.«
Nicht dumm, dachte Karim, aber höchst gefährlich, wenn die List so leicht zu durchschauen ist. Es war ein Zufall, dass er selbst dem Gesuch des Inquisitors nachgekommen war, denn normalerweise betrat der Leibarzt des Kaisers nicht die Kerker der Kirche. Doch Karim hasste die Inquisitoren, die Patres, die jeden Gedanken, der nicht in ihr Weltbild passte, als Ketzerei anprangerten und deren

Verhörmethoden nichts anderes zutage brachten als unausweichliche Geständnisse. Zeugen, die es nicht gab, Aussagen, die erpresst worden waren – Karim hatte das System längst durchschaut, und auch der Kaiser missbilligte das Vorgehen der Inquisitoren. Karims und auch Friedrichs Auffassung von Rechtsprechung und Gerichtsbarkeit war eine andere, und vor nicht allzu langer Zeit hatte der Kaiser die berühmtesten Rechtsgelehrten aus Deutschland und dem Königreich Sizilien zusammengerufen, um mit ihnen gemeinsam ein neues Gesetzeswerk zu schaffen. Doch was in diesem Verlies passierte, war nach Karims Meinung dunkelste Barbarei.
Er betrachtete die alte Frau, die vor Schmerzen wimmerte, und entschied, dass ihm die Sprachkenntnisse dieser angeblichen Sarazenin egal waren und es hier in erster Linie um seine Pflichten als Arzt ging.
»Lasst uns allein«, herrschte er den Pater an, der sich widerwillig zurückzog.
Karim beugte sich über die Frau, die ihn mit angstvollen Augen anstarrte.
»Habt keine Angst. Ich weiß, dass Ihr gelogen habt. Aber ich bin Arzt und werde mich jetzt um Eure Füße kümmern. Wenn wir die Wunden nicht ganz schnell behandeln, braucht Ihr keinen Prozess mehr.«
Sie zuckte zusammen, als er die Lumpen entfernte, die sie notdürftig um Füße und Beine gebunden hatte. Das Fleisch war geschwollen, die Wundränder waren aufgeworfen und dunkelrot verfärbt. Wässrige Flüssigkeit lief aus den offenen Stellen, und an den Gelenken hatte sich Eiter gebildet.
Ohne zu zögern, traf Karim seine Entscheidung.
»Ihr kommt mit mir. Wenn Ihr auch nur noch einen Tag in diesem Verlies bliebt, kann Euch niemand mehr retten.«
»Aber der Inquisitor …«, stammelte Giovanna.
»Den lasst meine Sorge sein. Und jetzt kein Wort mehr.« Karim wies einen der Wärter an, den Dominikaner zu rufen. »Die Frau

hat die Wahrheit gesagt, sie ist eine der Sarazeninnen aus Lucera. Ich brauche Hilfe, um sie hier herausbringen zu lassen.«

»Das ist unmöglich. Der Prozess wird fortgesetzt.«

»Habt Ihr nicht gehört? Sie ist keine Ketzerin, sie ist ja nicht einmal eine Christin. Also fällt sie nicht unter das Urteil der Kirche.«

Der Inquisitor unterdrückte seinen Zorn nur mühsam.

»Und Ihr seid sicher, dass sie Sarazenin ist? Sie sieht nicht so aus.«

»Das ist wahr. Sie sieht aus wie eine Todkranke. Und dank Eurer mitfühlenden Behandlung hängt ihr Leben auch nur noch an einem seidenen Faden.«

»Sie spricht also Eure Sprache?«

»Genug, um mich davon zu überzeugen, dass sie nicht in Euer Gefängnis gehört. Außerdem bin ich sicher, dass Ihr noch genügend Ketzer finden werdet, so dass Euch die Urteile nicht ausgehen werden.«

Karim befahl zwei Wärtern, Giovanna aufzuheben und aus dem Kerker zu tragen.

»Bringt sie in eine der Dienststuben des Palastes. Ich werde weiter nach ihr sehen.«

Er zwinkerte Giovanna zu, als die Wärter sie unter den Achseln stützten und mühsam auf die Füße zogen. Ihr liefen Tränen des Schmerzes und der Erleichterung über das Gesicht.

»Idioten«, herrschte Karim die Wärter an. »Tragt sie richtig. Ihr seht doch, dass sie sich nicht auf ihren verletzten Füßen halten kann.«

Schritt für Schritt verließen sie die Keller der Inquisition, und als sie endlich die frische Luft erreicht hatten und das Gebäude hinter ihnen lag, nahm Giovanna Karims Hand.

»Danke«, flüsterte sie. »Ihr seid ein guter Mensch.«

»Wie lautet Euer Name?«, fragte er sie.

»Giovanna. Ich stamme aus dem Piemont.«

»Dann hattet Ihr einen langen Weg nach Foggia. Kein Wunder, dass Eure Füße entzündet sind.«

»Ich bin von Turin aus zu Fuß gegangen.«
»Und was war Euer Ziel?«
»Bari. Das Kloster der Ehrwürdigen Schwestern. Verzeiht, aber ich bin Christin.«
Karim lachte. »Ihr hattet Glück, dass ich es war, der dem Gesuch des Inquisitors nachkam. Normalerweise habe ich anderes zu tun, als angebliche Ketzerinnen zu überprüfen.«
Er erinnerte sich, dass Bianca oft von einer Giovanna gesprochen hatte, und zählte eins und eins zusammen. Falls es sich bei der Kranken tatsächlich um die ehemalige Amme von Bianca handeln sollte, würde die alte Frau das eigentliche Ziel ihrer Reise am Ende ihres Lebens doch noch erreichen.
Aber er fürchtete, dass das Glück des Wiedersehens nur von kurzer Dauer werden würde. Er würde seine ganze ärztliche Kunst einsetzen, um sie zu retten, doch er war kein Phantast. Die Chancen, dass sie es überlebte, standen schlecht.

Es war einmal«, begann Bianca, und Konstanze und Konrad folgten mit großen Kinderaugen und atemloser Spannung ihrer Erzählung.
»Es war einmal ein tapferer Ritter mit Namen Tristan, dessen Eltern früh gestorben waren und der nach vielen Abenteuern an den Hof seines Onkels, König Marke von Cornwall, kam. Dort siegte er in vielen Turnieren und Zweikämpfen, doch einmal wurde er von einem vergifteten Schwert verwundet und musste nach Irland reisen, denn nur die Königin Isolde konnte solche Wunden heilen.«
»War sie so klug wie Karim?«, fragte Konrad.
Bianca nickte. »Sie war ebenso klug wie Karim, und tatsächlich wurde der Ritter Tristan wieder gesund. Am Hof der Königin Isolde hatte er ihre Tochter kennengelernt, die ebenfalls Isolde hieß und wunderschönes blondes Haar hatte.«
»So wie du«, sagte Konstanze und fasste ihrer Mutter in die langen Locken.

Bianca lachte. »Nein, mein Schatz, Isolde war viel schöner als ich. Sie war die schönste Frau auf der ganzen Welt. Und der Ritter Tristan fuhr heim zu seinem Onkel, König Marke, und erzählte von der Königstochter, und der Onkel, der aber schon alt war, beschloss, Isolde zur Frau zu nehmen.«

Sie machte eine Pause, und sofort verlangten die beiden, dass die Geschichte weitergehen solle.

»Also fuhr Tristan wieder nach Irland, und Isoldes Eltern waren einverstanden und schickten ihre Tochter zusammen mit Tristan zu König Marke. Isoldes Mutter hatte allerdings einen Zaubertrank gebraut, den sollte Brangäne, eine der Brautjungfern, Isolde und dem König heimlich zu trinken geben, damit sie einander in ewiger Liebe verfallen.«

Sie sah kurz auf, denn die Tür hatte sich geöffnet, und Karim war eingetreten. Er gab ihr ein Zeichen, weiterzusprechen, und legte den Zeigefinger auf die Lippen, um die Kinder, die ihn begeistert begrüßen wollten, zu beruhigen.

»Karim«, rief Konrad dennoch, »Bianca erzählt eine Geschichte.«

Er nickte, und Bianca fuhr fort.

»Aber während der Überfahrt von Irland nach Cornwall litten Tristan und Isolde schrecklichen Durst und tranken den Zaubertrank, ohne zu wissen, was er bewirkte. Und vom selben Moment an verliebten sie sich ineinander und haben nie wieder voneinander gelassen.«

»Und der alte König?«, fragte Konrad.

»Nun, Isolde hat König Marke zwar geheiratet, aber geliebt hat sie immer nur den Ritter Tristan. So, und jetzt lasst mich mit Karim allein, der mir sicher etwas Wichtiges zu sagen hat.«

Sie sahen den beiden nach, als sie aus dem Zimmer liefen, und Karim sagte versonnen: »Sie sind wie Geschwister.«

»Ja, und sie sind noch so unbefangen und wissbegierig. Ich fürchte nur, dass Konrads Kindheit bald vorbei sein wird. Wenn Heinrich in Deutschland weiter so eigenmächtig regiert, wird Konrad König werden. Aber das ist eine Entscheidung, an der ich nicht beteiligt bin und die ich auch nicht ändern kann. Leider. Hoffentlich hat mich Friedrich nicht aus diesem Grund nach Foggia kommen lassen. Er weiß, dass ich den Palast nicht mag und lieber mit den Kindern im Kastell Gioia del Colle geblieben wäre.« Sie brach ab und richtete ihre Aufmerksamkeit auf Karim. »Was führt Euch zu mir?« Er fand nicht auf Anhieb die passenden Worte, und Bianca bemerkte, dass er ganz gegen seine sonstige Gewohnheit verlegen wirkte. »Ist etwas passiert?«

»Ich weiß nicht, wie ich es sagen soll, aber ich habe eher zufällig eine alte Frau im Kerker der Inquisition getroffen …«

»Wo?«

»Bei den Patres der Dominikaner. Sie suchen mal wieder nach Ketzern. Auf jeden Fall hatte eine der Frauen behauptet, sie sei Sarazenin, aber das ist jetzt auch nicht wichtig.«

Bianca konnte sich nicht vorstellen, worauf er hinauswollte, und hielt es für besser, ihn nicht weiter zu unterbrechen.

»Diese Frau, von der ich gesprochen habe, sagt, sie stamme aus dem Piemont, und ihr Name sei Giovanna. Da dachte ich …«

Bianca war aufgesprungen und auf ihn zugelaufen.

»Giovanna. Ist sie hier? Und was hat sie mit der Inquisition zu tun?«

»Langsam, ich bin noch nicht am Ende. Sie ist in die Hände des Inquisitors gefallen, weil sie mit einer Gruppe von Albigensern unterwegs war – zum Kloster der Ehrwürdigen Schwestern in Bari.«

»O Gott, das ist sie. Wie ist sie denn bis nach Foggia gekommen?«

»Zu Fuß.«

»Arme Giovanna. Bringt mich zu ihr.«

»Bianca, das ist noch nicht alles.«

Sein ernster Ton ließ Bianca misstrauisch werden. Es war nicht seine Art, andere Menschen hinzuhalten, und wenn Karim zö-

gernd antwortete, verbarg sich dahinter meist eine schmerzhafte Wahrheit.
Sie setzte sich langsam wieder auf ihren Stuhl.
»Es ist keine glückliche Geschichte, nicht wahr?«
»Nein.«
»Erzählt sie mir trotzdem.«
»Giovanna ist krank. Sehr krank.«
»Aber Ihr seid ein guter Arzt. Nein, Ihr seid der beste.«
»Ich kann ihr nicht mehr helfen.«
»Heißt das …?«, flüsterte Bianca.
»Ja, sie wird sterben.«
»Kann ich sie sehen?«
»Natürlich, aber denkt daran, dass sie hohes Fieber hat und unter schlimmen Schmerzen leidet. Möglich, dass sie Euch nicht erkennt.«
Sie folgte ihm von den Wohnräumen der kaiserlichen Familie hinunter zu den Kammern der Dienstmägde. Die Gänge wurden schmaler, die Decken niedriger, und es roch nach altem Essen und schaler Luft. Karim öffnete eine Tür und ließ Bianca eintreten. Im Zimmer war es stickig, und obwohl Karim penibel für Sauberkeit sorgen ließ, war der Geruch nach Verwesung unverkennbar.
Bianca schauderte, und ihr kamen die vielen kranken und toten Menschen in Brindisi in den Sinn, die Leichen, die auf den Plätzen der Stadt verbrannt wurden. Und sie dachte an Enzios Gestank, den sie nach einem schlechten Traum manchmal zu wittern glaubte. So roch der Tod, und Bianca wurde blass, als sie erkannte, dass Karim recht hatte. Giovanna lag im Sterben.
Langsam trat sie an das Lager ihrer ehemaligen Amme, die ihr ein Leben lang mehr bedeutet hatte als ihr eigener Bruder. Es war viel Zeit vergangen, seit sie gemeinsam geflohen waren, und sie hatten sich Jahre nicht gesehen.
»Ich habe ihr ein Schmerzmittel gegeben«, sagte Karim, »sie schläft jetzt fest. Es ist besser, wenn Ihr später wiederkommt.«

»Nein, ich bleibe.«
»Die Wunden müssen regelmäßig gereinigt werden. Das ist kein schöner Anblick.«
»Bitte, Karim. Ich kann nicht einfach zusehen, wie sie stirbt. Lasst mich helfen. Es muss doch etwas geben, was ich für sie tun kann.«
Karim schüttelte den Kopf, erlaubte ihr aber, bei Giovanna zu bleiben.
»Betet für sie«, riet er ihr. »Das ist alles.«
Bianca saß stundenlang neben Giovannas Lager und ließ die Dienerschaft rätseln, was die Mätresse des Kaisers mit der alten sterbenden Frau, die keiner kannte, zu tun hatte.
In den Morgenstunden des folgenden Tages schlug Giovanna noch einmal die Augen auf. Bianca nahm ihre Hand und drückte sie. Sie las Verwirrung in ihrem Blick und legte ihr sanft die Fingerspitzen auf die Lippen.
»Nicht sprechen, Giovanna. Ich bin da. Du hast mich doch noch gefunden.«
Tränen quollen aus Giovannas Augen, und Bianca versuchte die alte Amme in die Arme zu nehmen, doch Giovanna zuckte bei jeder Bewegung zusammen.
»Nicht«, sagte Karim, der zu den beiden Frauen getreten war. »Sie leidet Höllenqualen, wenn die Betäubung nachlässt. Ich muss die Dosis erhöhen. Es ist besser, Ihr verabschiedet Euch jetzt. Sie wird bald wieder fest schlafen.«
»Lebe wohl, Giovanna«, flüsterte Bianca. »Der Kaiser hätte dich gern kennengelernt.« Dann ging sie vor die Tür, um auf Karim zu warten.
»Es geht zu Ende«, sagte er. »Ihr könnt bei ihr bleiben, aber ich glaube nicht, dass sie noch einmal erwacht.«
Bianca nickte.
»Danke, dass Ihr ihr die Schmerzen erspart.«
Sie blieb bei Giovanna, bis der Tod sich nicht länger vertreiben

ließ. Und als die Fanfaren vor dem Palast die Ankunft des Kaisers ankündigten, hatte sie Giovanna verloren.

Der Reiter kam auf einem Pferd, dessen Mähne in Flammen stand. Seine Rüstung glühte von der Hitze, und die Hufe des mächtigen Rosses sprühten Funken. Er ritt geradewegs auf sie zu, und dabei hob er sein Schwert hoch über den Kopf. Sie konnte sein Gesicht nicht erkennen, denn der Helm verdeckte sein Antlitz vollkommen.
Sie begann zu laufen, doch die donnernden Hufe näherten sich unaufhaltsam, und ihre nackten Füße kamen auf dem Gras nicht voran. Das Feuer, das er mitbrachte, schien sie zu versengen, und in ihren Ohren hallte das Schreien des Pferdes.
Sie wollte sich verstecken, doch nirgendwo entdeckte sie einen Unterschlupf, kein Erdloch, keine Höhle, in der sie sich wie ein verwundetes Tier verkriechen konnte. Als sie einen Waldrand sah, lief sie darauf zu und meinte schon den heißen Atem des Pferdes in ihrem Nacken zu spüren. Keuchend erreichte sie einen Baum und versuchte an ihm hochzuklettern, doch der Stamm war dick und die Rinde hart und rissig. Die Haut an ihren Fingern sprang auf, und es gelang ihr nicht, auch nur ein kleines Stück vom Boden freizukommen, immer wieder rutschte sie von dem knorrigen Holz ab.
Der Reiter war jetzt so nah, dass die Flammen nach ihrem Gewand griffen. Panisch schlug sie nach dem züngelnden Feuer, traf ihre Beine, Arme und ihren Körper, doch die Hitze wurde stärker und stärker, und sie wusste, dass sie in Flammen stand. Sie schrie und wollte fliehen, doch sie hatte den Baum im Rücken und den Reiter vor sich und war hoffnungslos gefangen. Sie brannte lichterloh, und als sie sah, dass es kein Entrinnen gab, stieß sie einen verzweifelten Schrei aus – und im selben Moment erwachte sie keuchend.

Das Laken klebte an ihr, ihr Haar war feucht von Schweiß. Sie konnte noch nicht lange geschlafen haben, in der Ecke der Zimmers brannte eine Öllampe. Sie hatte Friedrich heute den ganzen Tag noch nicht gesehen. Seit er von dem Treffen mit seinem Sohn Heinrich zurückgekehrt war, debattierte er hinter verschlossenen Türen mit Rechtsgelehrten und anderen klugen Männern über das weitere Vorgehen in Deutschland. Sie selbst trauerte um Giovanna und hatte sich den ganzen Tag nicht wohl gefühlt. Auf Karims Rat hin hatte sie sich am späten Nachmittag hingelegt und musste auf der Stelle eingeschlafen sein.
Der Alptraum war so wirklichkeitsnah gewesen, dass sie immer noch glaubte, im Raum herrsche eine unerträgliche Hitze, obwohl ihr Verstand ihr sagte, dass die Visionen, die ihre Phantasie ihr vorgegaukelt hatten, vorbei waren. Sie vermochte sich nicht zu erklären, was in ihr derartige Bilder ausgelöst haben könnte.
Ihre Schwangerschaft kam ihr in den Sinn, doch als sie Konstanze erwartet hatte, waren ihr keine solchen Träume begegnet. Vielleicht hatte sie eine der großen Raubkatzen von Friedrich brüllen hören, die in Eisenkäfigen im Hof gehalten wurden. Die Tiere versetzten sie regelmäßig in Angst und Schrecken, zumal sie ständig befürchtete, dass Konstanze oder Konrad zu Schaden kommen könnte. Einmal hatte sie gesehen, wie Konstanze auf einen der Löwenkäfige zugetrippelt war, und seitdem herrschte ein striktes Verbot, die Kinder in die Nähe der Tiere zu lassen.
Sie stand auf und zog sich ein trockenes Hemd an. Dann nahm sie einen Umhang aus ihrem Schrank, schlang ihn um sich und setzte sich in den milden Schein der Öllampe. Langsam atmete sie ruhiger, und die Schrecken des Traums verloren ihre Macht über sie.
Sie vergewisserte sich, dass in ihrem Zimmer nichts Ungewöhnliches zu entdecken war. Zurück ins Bett wollte sie dennoch nicht. Sie sehnte sich nach Friedrich und entschied, hier auf ihn zu warten, und wenn es den ganzen Abend und die ganze Nacht dauern

würde. Seit den Wochen ihrer Versöhnung im Kloster der Ehrwürdigen Schwestern war ihre Liebe tiefer geworden, und Bianca hatte es nicht für möglich gehalten, dass ein Mann und eine Frau sich so nah sein konnten.
Sie kannte Friedrichs Gesten und jede Nuance seiner Stimme. Sie wusste, ob er angespannt oder gelöst war, ob er sich Sorgen machte oder einen heimlichen Triumph feierte. Jedes Heben seiner Augenbrauen konnte sie deuten und den Geruch seiner Haut mit geschlossenen Augen erkennen. Den Muskel in seinem Nacken, der oft schmerzte, fand sie, ohne hinzusehen, und nur der Gedanke an die blonden Haare auf seinen Unterarmen und seiner Brust schickten ihr wohlige Schauer.
Dass sie ein zweites Kind erwarteten, hatte ihn den Kummer mit seinem Erstgeborenen eine Zeitlang vergessen lassen, und sie hatte ihm angesehen, dass er sich nach Konstanze einen Sohn von ihr wünschte.
Über die vom Papst vorgeschlagene Heirat mit Isabella von England hatten sie nie wieder gesprochen, und Bianca wollte auch nicht daran erinnert werden. Der Gedanke, Friedrich noch einmal zu verlieren, war zu schmerzhaft. Sie forschte deshalb auch nicht nach, wie sich der Kaiser ihre gemeinsame Zukunft vorstellte, sondern genoss die wenige Zeit mit ihm, die er für sie übrig hatte.
Wieder dachte sie an den Alptraum. Ein Ritter mit einem Pferd aus Flammen, das alles in Brand steckte, was es berührte. Sie schauderte bei der Erinnerung an das züngelnde Feuer, das ihr Hemd versengte. Sie war in dem Traum gefangen gewesen wie in einem Fresko, und so deutlich wie gemalt waren auch die Bilder, die sie gesehen hatte. Sie hatte die Hitze förmlich gespürt und ihre verbrannten Haare gerochen. Sie zog den Umhang dichter um sich und versuchte die Erinnerung an den Traum zu verscheuchen.
Es hatte doch keinen Sinn, untätig am Tisch zu sitzen, entschied sie. Ihren aufgewühlten Sinnen würde Ablenkung guttun, und sie

nahm die Öllampe und beschloss, zu den Kindern zu gehen. Konrad und Konstanze schliefen gern zusammen in einem Raum, oft sogar in einem Bett. Konrads Erzieher legte sich dann in einem der Nebenräume zur Ruhe, in einem anderen hatte Konstanzes Kinderfrau ihr Bett.

Bianca hatte sich angewöhnt, den Kindern im Schlaf zuzusehen, wenn sie allein war. Sie wurde es nicht müde, die entspannten Gesichter zu beobachten, über ihre kleinen Hände zu streichen und ihren Atemzügen zu lauschen. In dem Raum, in dem Konrad und Konstanze schliefen, herrschte immer eine friedliche Stimmung, so als würde ein Engel selbst seine Hände über sie halten.

Sie wunderte sich, warum die Lampen, die in dem Gang sonst brannten, gelöscht worden waren, und war froh, dass sie ihre eigene Leuchte mitgenommen hatte. Es war totenstill, und auch das schien ungewöhnlich.

Als Bianca endlich die Tür zum Trakt der Kinder erreichte, war diese nicht geschlossen, sondern nur angelehnt, und langsam beschlich sie ein Gefühl der Bedrohung.

Sie schob die Tür auf und leuchtete in einen Vorraum, in dem keinerlei Licht brannte. Im Schein ihrer Öllampe entdeckte sie zunächst nichts Ungewöhnliches, doch dann sah sie einen dunklen Fleck auf dem Boden, der feucht zu sein schien. Sie bückte sich, tupfte einen Finger hinein und rieb die zähe Flüssigkeit zwischen Daumen und Zeigefinger. Als sie ihre Hand ins Licht hielt, waren ihre Finger rot von Blut.

Bianca rannte, so schnell sie konnte, zum Zimmer der Kinder, doch sie war zu spät gekommen. Es war leer.

Es dämmerte schon, als Manfred und seine Ritter die Türme von Foggia sahen. Sie waren den ganzen Tag geritten, immer weiter nach Süden. Die Männer waren durstig vom Staub der Straßen, und ihre Pferde schwitzten unter den Sätteln. Die Mission, die

sie – auch im Auftrag des Kaisers – zu erfüllen hatten, war erfolgreich verlaufen, und Manfred Lancia trieb die Männer zur Eile, weil er darauf brannte, dem Kaiser Bericht zu erstatten.
In der Ferne konnten sie die Mauern der Stadt erkennen, doch die untergehende Sonne ließ die Silhouette von Foggia mehr und mehr im Schatten versinken. Es würde dunkel sein, bis sie den Palast des Kaisers erreichten, aber es lohnte sich nicht mehr, jetzt noch eine Rast einzulegen.
Manfred hatte alles erledigt, was er sich vorgenommen hatte. Niemand hatte ihnen an den Grenzen der Grafschaft Tuszien Widerstand entgegengesetzt, ungehindert waren sie bis zu Enzio Pucci durchgedrungen. Es war eine späte Rechenschaft, die Manfred von Enzio fordern wollte, doch als er Graf Pucci gegenüberstand, war ihm klar, dass von diesem menschlichen Wrack keine Bedrohung mehr ausging.
Zu viel Wein und Schmerzmittel in hoher Dosis hatten Enzio abhängig gemacht von der Wirkung des Schlafmohns und seine Sinne auf Dauer vernebelt. Manfred erkannte auf den ersten Blick, dass er Enzio weder zu einem Zweikampf fordern noch ihn in einer anderen Form für seine Taten büßen lassen konnte. Er hätte ihn vor ein kaiserliches Gericht zerren können, doch er vermutete, dass Enzio nicht einmal den Transport dorthin überleben würde.
Graf Pucci hatte sich selbst zerstört, und wenn Manfred ehrlich war, war ihm dieser Ausgang seiner unglückseligen Bekanntschaft mit Enzio immer noch am liebsten. Der Mann hatte ihn ja nicht einmal wiedererkannt, als er mit seinen Begleitern vor ihm stand. Enzio war nicht in der Lage gewesen, sich auf den Beinen zu halten, und aus seinem Mund quollen unverständliche Laute.
Die Ritter des Kaisers waren angewidert von Enzios Umgebung, seiner Erscheinung und vor allem seinem Gestank, und jeder von ihnen hatte den Wunsch, die Grafschaft Tuszien so schnell wie möglich wieder zu verlassen.
Es waren tapfere Männer, die keinem Kampf aus dem Weg gingen,

aber Krankheit und Verwesung lösten in ihnen größere Schrecken aus als die rohe Gewalt eines Feldzugs.
Gemeinsam mit Manfred waren sie übereingekommen, Enzio seinem selbst gewählten Schicksal zu überlassen und von jeder weiteren Strafe abzusehen. Der Mann litt bereits unter der schlimmsten Pein, die sie sich vorstellen konnten, und allein der Gedanke, diesen Abschaum, der sich selbst beschmutzte, auch nur zu berühren, löste Ekel in ihnen aus.
Also waren sie in Manfreds Heimat weitergezogen und hatten die Burg der Lancias unversehrt vorgefunden, allerdings mit deutlichen Schäden am Bauwerk, die auf Wind, Wetter und Vernachlässigung zurückzuführen waren. Dennoch war das Gebäude notdürftig bewohnbar, was sein Eigentümer vor allem der unverdienten Treue einiger Dienstleute, darunter Pietro, der einst den Grafen Pucci aus dem Burggraben gezogen und ihm damit das Leben gerettet hatte, verdankte.
Manfreds unerwartete Rückkehr hatte nicht nur Freude ausgelöst. Die Leute hatten sein Verhalten seiner Schwester gegenüber nicht vergessen, ebenso wenig wie Manfreds oft aufbrausende und ungerechte Art. Dass er nun milder erschien und auf den einen oder anderen sogar einen geläuterten Eindruck machte, verblüffte selbst den ein wenig schwachsinnigen Pietro.
Selbstverständlich hatte Manfred den Dienstleuten nichts über Biancas Schicksal erzählt. Er schätzte diese Art von Verbrüderung ganz und gar nicht. Aber seltsamerweise sprach sich doch herum, dass die schöne Gräfin Lancia nach einer abenteuerlichen Flucht bis nach Jerusalem, dem Nabel der Welt, die Mätresse Kaiser Friedrichs geworden war und sogar ein Kind, ein kleines Mädchen, von ihm hatte.
Wie häufig bildeten sich rasch zwei Gruppen. Die eine behauptete, schon immer geahnt zu haben, dass die Gräfin irgendwann mindestens einen König heiraten würde. Und die andere sagte düster voraus, dass diese Liebe nicht von Dauer sein könne, da ein

Kaiser immer eine Frau aus königlichem Geblüt heiraten müsse und Bianca – trotz allen Liebreizes und ihrer nicht zu verkennenden Klugheit – nun mal nur eine Gräfin sei.
Die Ritter, die unter sich ähnliche Überlegungen anstellten, überhörten das Geschwätz der Dienstleute, ließen sich aber nicht davon abhalten, bei Wein und Bier selbst heftig über den Kaiser und seine Mätresse zu debattieren. Heimlich schlossen sie Wetten ab, wann Friedrich seine dritte Ehe schließen würde. Denn dass er früher oder später Isabella von England doch noch zur Frau nehmen würde, darüber waren sich alle einig.
Es dauerte eine Zeitlang, bis Manfred seine Angelegenheiten im Piemont so weit geregelt hatte, dass sie an ihre Rückreise ins Königreich Sizilien denken konnten. Er hatte einen fähigen und zuverlässigen Verwalter gefunden, der sich um Burg und Leute kümmerte, bis er eines Tages zurückkehren würde. Wobei er dieses Ereignis allenfalls in weiter Zukunft sah, denn vorerst erschien ihm der Aufenthalt am Hof des Kaisers weitaus interessanter. Außerdem wollte er noch eine Weile in der Nähe seiner Schwester bleiben. Die Narben, die Enzio in Biancas Seele geschlagen hatte, waren immer noch nicht ganz verheilt.
Auf jeden Fall hatte Manfred seiner Schwester viel zu erzählen, und er brannte schon darauf, ihr Enzios Verfall zu schildern. Lange würde er darauf nicht mehr warten müssen, denn die Reitergruppe war mittlerweile der Stadt Foggia so nah gekommen, dass sie die Wachen auf den Mauern erkennen konnten. In diesem Moment sahen sie, wie sich eines der Stadttore öffnete und zwei Reiter sowie ein Pferdewagen Foggia verließen.
Dies war an sich nichts Ungewöhnliches, die Ritter wunderten sich allerdings über die späte Stunde, denn jeder war froh, nachts die schützenden Stadtmauern um sich zu haben, und niemand ritt einfach hinaus in die dunkle Nacht. Es sei denn, dachte Manfred, er hat etwas zu verbergen.
Er wechselte einen Blick mit seinen Begleitern, und sie zügelten

ihre Pferde. Die unbekannten Reiter entfernten sich in scharfem Tempo von der Stadt, und der Pferdewagen hatte Mühe, auf dem Weg zu bleiben. Das Stadttor war nicht wieder geschlossen worden, aber Manfred hatte ohnehin längst sein Pferd gewendet und den anderen zugeraunt, dass er dem Wagen folgen werde.

»Mein kleiner Finger sagt mir, dass es sich um Männer handelt, die das Licht scheuen«, erklärte Manfred. »Was meint ihr, ist es das, wonach es aussieht?«

»Eine Räuberbande auf der Flucht«, vermutete einer seiner Begleiter, und Manfred nickte.

»Der Meinung bin ich auch. Wir folgen ihnen.«

Es war eine klare Nacht, sonst wäre es ihnen nicht gelungen, Reiter und Pferdewagen in der Dunkelheit auszumachen. Und schon bald waren sie sicher, dass die Gruppe den Weg nach Westen, direkt zur Küste, eingeschlagen hatte und nach wie vor in einem für diese Sichtverhältnisse zu hohem Tempo ritt.

Manfred war immer mehr davon überzeugt, dass sie zufällig ein Verbrechen entdeckt hatten, und er vermutete einen Überfall oder einen Einbruch, mit dessen Beute die Männer nun flohen. Allerdings führte die Straße, auf der sie ritten, direkt auf das Meer zu. Nicht mehr lange, und sie würden den Strand erreichen und mit dem schweren Pferdewagen im Sand versinken.

»Das macht doch keinen Sinn«, murmelte einer der Ritter, und Manfred gab ihm recht.

Warum sollte eine Diebesbande ihre Pferde an den Strand treiben, statt sich in den Wäldern zu verstecken? Die Gruppe, der sie folgten, war langsamer geworden, und Manfred sah, dass der Wagen offensichtlich zurückbleiben sollte. Auch die Reiter waren aus dem Sattel gesprungen, ließen ihre Pferde achtlos am Strand und liefen auf den Wagen zu.

»Da draußen ist ein Schiff«, sagte plötzlich einer von Manfreds Begleitern, und bei genauem Hinsehen konnten sie schwache Lichter auf dem Wasser ausmachen.

»Das muss eine kostbare Beute sein«, flüsterte Manfred. »Und offenbar soll sie das Königreich noch heute Nacht verlassen.«
Eines der Lichter bewegte sich langsam auf den Strand zu.
»Seht ihr das Ruderboot?«, fragte einer der Ritter und lenkte die Aufmerksamkeit aller auf die sanften Wellen, die sich am Strand brachen.
Zwei Männer zogen das Boot an Land, und ein dritter, der auch die Fackel hielt, die sie gesehen hatten, stieg aus. Er ging geradewegs auf den Wagen zu, dann schien er zu warten. Seine Haltung war die eines alten Mannes, mehr konnte Manfred trotz der Fackel nicht erkennen. Aus dem Wagen hörte er unterdrücktes Weinen und Schreien, und überrascht wandte sich Manfred an seine Begleiter.
»Hört Ihr das? Weint da ein Kind?«
»Eine Entführung?«, fragte einer der Ritter.
»Scheint so, aber wer entführt ein Kind und bringt es noch in der derselben Nacht außer Landes?«
»Einer, der einen teuflischen Plan entwickelt hat. Ist das Kind erst auf dem Schiff, wird es auf Nimmerwiedersehen verschwinden. Denn niemand weiß, welchen Hafen das Schiff anläuft.«
»Manfred, seht, es sind zwei Kinder.«
Die Männer hatten zwei zappelnde, schreiende Bündel aus dem Wagen gezerrt und mühten sich nach Kräften, sie nicht fallen zu lassen. Das eine, größere, schlug wild um sich und entwischte seinem Entführer wie ein Fisch, der vom Haken springt. Es wollte davonlaufen, doch der tiefe Sand und die längeren Beine der Erwachsenen machten einen Fluchtversuch von vornherein unmöglich. Nach ein paar Schritten hatten die Männer es wieder eingefangen, und einer von ihnen hatte es in einen festen Griff genommen.
»Wir können nicht länger warten«, sagte Manfred. »Entweder wir greifen jetzt ein und befreien die Kinder, wer immer sie auch sind, oder die Bande wird sie auf dieses Schiff verladen.«

»Es ist nicht hell genug für einen guten Schuss«, meinte einer der Ritter, der seinen Bogen schon angelegt hatte.
»Dann zieht eure Schwerter«, sagte Manfred und stieß einen schrillen Pfiff aus.

Ihre Hände zitterten so, dass sie die Lampe kaum halten konnte. Das Blut von ihren Fingern hatte sie an ihrem Umhang abgewischt, doch sie sah, dass sie in den Fleck getreten war und überall im Zimmer blutige Abdrücke hinterlassen hatte. Von beiden Kindern fehlte jede Spur. Auch den Erzieher und die Kinderfrau hatte sie nicht gefunden.
Bianca rannte nur mit Hemd und Umhang bekleidet zurück in ihre privaten Wohnräume. Vielleicht war Friedrich zurückgekommen, vielleicht waren die Kinder sogar bei ihm. Aber dann ärgerte sie sich über ihre Naivität, denn der Blutfleck widersprach jeder harmlosen Erklärung. Nein, Konstanze und Konrad waren ganz sicher nicht bei ihrem Vater. Es musste etwas Furchtbares geschehen sein.
Hastig riss sie ein Kleid aus dem Schrank, warf es über und lief schon wieder hinaus auf den Gang, der zum Treppenhaus führte, das zwei Stockwerke tiefer in eine Halle mündete, und die wiederum grenzte an den Thronsaal.
Sie vermutete den Kaiser dort im Gespräch mit seinem Gelehrtenkreis, und sie wusste, dass er Störungen hasste, aber dies war mehr als ein Notfall. Sie stürzte an den verdutzten Wachen vorbei, warf sich mit aller Kraft gegen die große schwere Tür und stolperte in den Saal. Friedrichs Hunde, die ihn auf der Jagd begleiteten und abends zu seinen Füßen liegen durften, sprangen knurrend auf. Die Männer, die mit dem Kaiser an einer Stirnseite des mächtigen Eichentisches saßen, schauten sie überrascht an, und Friedrich warf ihr einen verärgerten Blick zu. Dann aber sah er die Angst in ihren Augen und stand auf.

»Bianca, was ist mit dir?«
»Die Kinder sind fort. In ihrem Zimmer ist Blut.«
»Durchsucht den ganzen Palast. Und schickt meinen Leibarzt zu mir«, rief er den Wachen zu und folgte Bianca.
Als sie zum zweiten Mal an diesem Abend das Zimmer von Konrad und Konstanze betrat, war sie davon überzeugt, dass die Kinder unschuldige Opfer eines Verbrechens geworden waren, das in seiner ganzen Härte andere treffen sollte – den Kaiser oder sie selbst.
Es war nicht nur überaus gefährlich, einen vierjährigen Jungen und ein zweijähriges Mädchen aus einem belebten Palast zu entführen, es war auch mit einer minutiösen Vorbereitung verbunden, und diese Mühen nahm nur ein Mensch auf sich, der von unversöhnlichem Hass getrieben wurde.
Enzio?, fragte sie sich, aber sie verwarf den Gedanken wieder. Ihr Bruder Manfred war in die Grafschaft Tuszien gezogen, Enzio würde genug mit der Verteidigung seiner Besitztümer zu tun haben. Doch außer dem Grafen Pucci fiel ihr niemand ein, der sie so sehr hasste, dass er ein derartiges Risiko eingehen würde.
Sie hörte Friedrich mit harter Stimme Befehle erteilen und dachte wieder an ihren seltsamen Traum, der ihr inzwischen wie eine Vision erschien. Hatte ihr der Himmel oder die Hölle diese Bilder geschickt?
Sie zwang sich, nach den Gesetzen der Logik zu denken. Der Verlust der Kinder würde sowohl sie als auch Friedrich bis ins Mark treffen. Darüber hinaus war Konrad nach dem Erbe seiner Mutter der künftige König von Jerusalem und möglicherweise auch Herrscher in Deutschland. Das konnte jedoch kaum jemand wissen, denn diesen Gedanken hatte Friedrich nur mit ihr und allenfalls Karim geteilt. Aber Konrad hatte einen Großvater, der seinen ehemaligen Schwiegersohn mehr verabscheute als den Teufel selbst und zugleich über genügend Geld und Macht verfügte, um die richtigen Leute für den Raub der Kinder zu finden.

Wenn aber Johann von Brienne seinen eigenen Enkel entführen ließ, dann war es höchst unwahrscheinlich, dass sich die Kinder noch hier im Palast befanden. Jeder Mensch, der seine Sinne beisammen hatte, folgerte sie, würde versuchen mit seiner wertvollen Beute den Palast und auch die Stadt so schnell wie möglich zu verlassen. Es war reine Zeitverschwendung, die unzähligen Kammern, Säle, Keller und Verliese noch länger zu durchsuchen. Die Kinder waren längst fort.

Foggia hatte eine bewehrte Stadtmauer und keinen Hafen. Alle Zugänge konnten daher leicht kontrolliert werden. Das Meer war zwar nicht weit entfernt, doch ein Schiff konnte nicht direkt an die Küste gelangen und musste draußen im offenen Wasser ankern.

»Sie sind nicht mehr im Palast«, sagte Bianca.

»Was?« Friedrich, der im Raum immer noch nach einem Hinweis auf die Täter suchte, drehte sich abrupt um. »Was sagst du da? Woher weißt du das?«

»Lass die Stadttore schließen, sonst sehen wir sie nie mehr wieder.«

Bianca begann zu schluchzen und griff nach Friedrichs Händen.

»Phantasierst du? Bianca, bitte beruhige dich. Du bist schwanger, und du brauchst Ruhe. Karim, kümmert Euch um sie.«

Bianca war sprachlos vor Empörung und Entsetzen. Er schickte sie wie ein Kind aus dem Zimmer und behandelte sie wie eine kranke Törin, die nicht mehr Herrin ihrer Sinne war. Konstanze war ihre Tochter, und auch Konrad war ihr wie ein eigener Sohn ans Herz gewachsen. Sie würde es nicht zulassen, dass irgendjemand ihre Kinder entführte. Karim machte einen Schritt auf sie zu, aber sie lief ohne ein weiteres Wort aus dem Zimmer. Sollte Friedrich die Wachen doch weiter den Palast durchkämmen lassen, sie würde ihrem Gefühl folgen. Und das sagte ihr, zum nächstgelegenen Stadttor zu reiten und die Wächter zu fragen, wer noch spät am Abend Foggia verlassen hatte.

Sie hatte keine Zeit, sich noch einmal umzuziehen, und ging mit schnellen Schritten in den Hof. Der Geruch der Raubtiere schlug ihr entgegen. Selbst dann, wenn die Löwen nicht zu sehen waren, schienen sie durch den Gestank nach Dung und Blut allgegenwärtig. Pferde, die zum ersten Mal in den Palasthof geführt wurden, scheuten und zitterten vor Angst. Doch mit der Zeit gewöhnten sie sich an die Gegenwart der Wildkatzen, die hinter ihren Eisengittern sicher verwahrt waren.

Bianca erreichte die Ställe und nahm sich, ohne zu zögern, eines der gesattelten Pferde, die die Stallburschen für die eiligen Boten des Kaisers bereithielten. Sie verließ den Hof, der von Fackeln erleuchtet war, und ließ das Pferd langsam über das Steinpflaster gehen. Die Straßen waren dunkel, doch aus etlichen Häusern fiel noch schummriges Licht, und die Gaststuben hatten sogar an den Eingangstüren Fackeln aufgesteckt.

Das erste Stadttor, das sie erreichte, war geöffnet, und von den Wächtern war niemand zu sehen. Sie nahm einen der größeren Kienspäne, die das Tor beleuchteten, und folgte der Straße, die von der Stadt zur Küste führte.

Sie hörte nichts als das Rauschen der Bäume im Wind, und der Gedanke, dass sie die Kinder nicht wiedersehen würde, versetzte sie erneut in Angst und Schrecken. Der Kienspan warf genügend Licht auf den Weg, dass sie es wagen konnte, in schnellem Trab zu reiten, und allmählich kam sie der Küste näher.

Sie durchquerte ein Kiefernwäldchen und sah, dass die Straße längst nicht mehr aus hartem Lehm, sondern aus weichem Sand bestand. Bianca hatte den Strand fast erreicht, als sie einen durchdringenden Pfiff und dann lautes Gebrüll hörte. Ihr Pferd scheute vor Schreck, doch sie trieb es energisch vorwärts, und wo der Wald endete und der Strand begann, erkannte sie im Schein einer Fackel Männer, die um Leben und Tod kämpften.

Sie jagte das Pferd auf den Strand, hörte ein Kind schreien und entdeckte einen Mann, der Konstanze und Konrad an den Händen

hielt und hinter sich herzerrte. Bianca sprang aus dem Sattel, stolperte über den Saum ihres Kleides, fing sich wieder und stürzte auf den Mann zu, der jetzt versuchte in ein Ruderboot zu klettern.
»Konstanze, Konrad«, schrie sie, und der Junge riss sich mit aller Kraft los und rannte ihr entgegen. Außer Atem erreichte sie das Boot, das bereits im Wasser lag, und klammerte sich an dem Holz fest. »Lass mein Kind los«, keuchte sie und schlug mit den Fäusten auf den Mann ein. Er entdeckte den Jungen, der zurück über den Strand lief, stieß einen gellenden Wutschrei aus und warf Konstanze ins Meer.
Einen Wimpernschlag lang war Bianca wie gelähmt, dann sah sie ihr Kind in den Wellen versinken, und voller Verzweiflung holte sie tief Luft, tauchte in das Wasser und versuchte vergeblich die Dunkelheit zu durchdringen. Ihre Füße spürten keinen Grund mehr, die Wellen schlugen über ihr zusammen, und ihr Kleid klebte an ihr und fesselte ihre Beine. Mit aller Kraft paddelte sie gegen ihr eigenes Ertrinken an, aber sie konnte ihr Kind nicht finden.
Sie keuchte und kämpfte und merkte, dass sie schwächer wurde. Ihre Finger berührten etwas Weiches, und sie fühlte, wie feines Haar über ihre Hände strich. Blindlings griff sie in das dunkle Wasser und hielt den Körper ihres Kindes fest. Sie versuchte Konstanze über Wasser zu halten, doch sie schluckte selbst unablässig die salzige Flüssigkeit, und immer wieder schlug eine Welle über ihren Kopf. Sie hatte völlig die Orientierung verloren, wusste nicht einmal mehr, in welcher Richtung sich der Strand befand.
Wir treiben aufs Meer, dachte sie und schloss vor Entsetzen die Augen.

Blut tropfte ihm über die Stirn in die Augen und behinderte seine Sicht. Es war nur eine leichte Kopfwunde, doch sein Gewand war bereits vom Halsansatz bis auf die Brust feucht und rot. Man-

fred wischte sich übers Gesicht und suchte die anderen Ritter. Ihre Gegner lagen am Boden, nur den alten Mann, der die Kinder am Wagen in Empfang genommen hatte, konnte er nirgendwo entdecken. Er hatte einen Schlag auf den Kopf bekommen und musste für einen Moment bewusstlos gewesen sein, denn das Letzte, an das er sich erinnern konnte, war eine Frau, die mit wehenden Haaren über den Strand ritt, und ein Mann, der unmittelbar vor ihm stand und die Faust hob.

Er stützte sich auf seinen Ellbogen und richtete sich auf. Einer der Ritter, die ihn begleitet hatten, trug einen weinenden Jungen auf dem Arm, und Manfred erkannte erst jetzt, dass es sich um den Sohn des Kaisers handelte. Sein Kopf schmerzte, als er sich aufrichtete und sich mühselig einen Überblick zu verschaffen suchte. Vier Gestalten lagen am Boden. Er nahm an, dass es sich um die Entführer und einen der Bootsleute handelte. Sie rührten sich nicht, möglicherweise hatten sie den Kampf nicht überlebt. Er bedauerte ihren Tod, denn Männern, die unschuldige Kinder entführten, wünschte er eine schlimmere Strafe als das schnelle Sterben durch das Schwert.

Langsam begann sein Hirn wieder zu arbeiten, und er folgerte aus Konrads Anwesenheit, dass es sich bei dem anderen Kind um Konstanze handeln musste. Aber wo war sie? Der Ritter tröstete den Jungen, und Manfred rief ihm zu, ob er das andere Kind gesehen habe. Er erntete ein Kopfschütteln, doch der Ritter wies mit dem Zeigefinger auf das Wasser, und jetzt erkannte Manfred, was sich dort abspielte.

Zwei der anderen Ritter waren zur Wasserkante gelaufen und schienen etwas im Meer zu suchen. Manfred schleppte sich über den Strand, und eine Ahnung von kommendem Unglück ließ ihn schneller laufen. Ein Boot entfernte sich mit heftigen Ruderschlägen und nahm Kurs auf das Schiff weiter draußen im Meer.

Die beiden Ritter waren bis zur Hüfte ins Wasser gewatet, standen nun aber hilflos in den Wellen.

»Wo ist das Mädchen?«, schrie Manfred ihnen zu, doch die Männer gestikulierten und brüllten Worte, die er nicht verstehen konnte. Als er sie endlich erreicht hatte, deuteten sie auf eine Gestalt im Wasser, die verzweifelt gegen das Ertrinken kämpfte und immer weiter von ihnen weg aufs offene Meer getrieben wurde, so dass sie schon jetzt kaum noch zu erkennen war.

Er begriff, dass keiner der beiden Ritter schwimmen konnte, warf sein Schwert ins Wasser, riss sich den Umhang von den Schultern und versuchte der Gestalt mit kräftigen Armbewegungen zu folgen.

»Kämpf nicht gegen die Wellen, lass dich treiben«, rief er. Der Wind war schwach, und die Wellen waren sanft, so dass er schnell vorankam. Er sah, wie der Kopf immer wieder im Wasser versank. Herr im Himmel, lass mich nicht zu spät kommen, betete er und forderte seinem Körper die letzten Kraftreserven ab.

Er erreichte die Ertrinkende, kurz bevor sie im Wasser versank, und erkannte, dass es seine Schwester war. Sie hatte Konstanze im Arm, und beide wirkten wie tot. Das Boot, das ihnen hätte helfen können, war fort, und Bianca und Konstanze hingen wie Eisengewichte an seinen Armen.

Er rang nach Luft und gönnte sich eine winzige Pause, um den Schmerz in seinen Armen zu vertreiben. Dann schwamm er langsam zurück zum Strand und zog Bianca und ihre Tochter mit sich. Er hoffte, dass sie noch atmeten, denn ein Lebenszeichen hatten beide noch nicht von sich gegeben.

Nach einer Zeit, die ihm unendlich vorkam, spürte er Sand unter den Füßen, und die anderen Ritter liefen ihm entgegen, um ihm zu helfen. Gemeinsam zogen sie Bianca und ihre Tochter auf den Sand, und Manfred spuckte das Salzwasser, das er geschluckt hatte, in einem Schwall wieder aus.

»Sind sie noch am Leben?«, hörte er einen der Ritter fragen.

»Sieht schlecht aus«, murmelte ein anderer.

Manfred stürzte zu seiner Schwester, ergriff ihre Schultern und schüttelte sie. »Wach auf!«, schrie er. »Wach endlich auf!«
Weinend kniete er neben ihr, und dann packte ihn jemand an der Schulter, und er wurde grob zur Seite geschleudert.
Der Kaiser riss Bianca in seine Arme, und Karim nahm Konstanze und drückte ihr auf die Brust, immer wieder, bis das Kind zu husten begann und in ein heftiges Würgen verfiel, das wie bei Manfred in einem Schwall Salzwasser endete.
»Allah sei Dank«, sagte Karim, »das Kind lebt.«
Friedrich warf ihm einen Blick zu, in dem sich Angst, Hoffnungslosigkeit und Trauer mischten. Noch nie hatte Manfred in den Augen eines Mannes so viel Leid und Verlorenheit gesehen, und er wandte das Gesicht ab, weil er es nicht ertragen konnte.
»Und Bianca?«, flüsterte Friedrich
Karim hatte sich längst über sie gebeugt und wie bei Konstanze versucht ihr das Salzwasser aus dem Körper zu pressen, doch Bianca lag leblos im Sand, und sosehr er sich auch mühte, ihr Atem setzte nicht wieder ein. Er gab nicht auf und drückte seine Hände auf ihren Brustkorb, und Friedrich küsste ihre Finger und murmelte zärtliche Worte.
»Karim«, bettelte er, »sie darf nicht sterben. Bianca ist die einzige Frau, die ich je geliebt habe. Du musst sie retten.«
Karim hatte keine Zeit zu antworten. Er bog Biancas Kopf nach hinten, öffnete ihren Mund, drückte seinen auf ihren und presste in regelmäßigen Abständen Luft in ihren Körper.
Stumm sahen die Männer zu, und in den Augen des Kaisers sammelten sich Tränen.
Und plötzlich hob sich ihre Brust, Bianca schnappte hörbar nach Luft und dann spuckte auch sie das Meerwasser in den Sand. Sie hustete und würgte, doch sie hatte zu atmen begonnen und öffnete die Augen. Manfred lachte und schlug dem erschöpften Karim beifällig auf den Rücken. Er wollte seiner Schwester etwas sagen,

doch der Kaiser hatte sie fest in die Arme genommen, und die Männer sahen, dass seine Schultern bebten.
Manfred half Karim auf die Beine, und sie ließen Bianca und Friedrich allein.
»Wo ist Johann von Brienne?«, fragte Karim mit zusammengebissenen Zähnen.
Manfred sah ihn verständnislos an. »Johann von Brienne? Ihr meint, der alte Mann war der Schwiegervater des Kaisers?«
Karim nickte. In solchen Momenten hatte er einen grausamen Zug um den Mund, und Manfred beneidete niemanden, der den Sarazenen zum Feind hatte.
»Ich fürchte, er ist mit dem Ruderboot entkommen«, sagte Manfred.
»Hoffen wir, dass ihn das Meer verschlingt.«
»Selbst die See ekelt sich vor diesem Abschaum.«
»Er wird seine Strafe bekommen«, prophezeite Karim. »Früher oder später.«
Karim nahm Konstanze auf den Arm, und Manfred beugte sich zu Konrad. Der Junge war verschreckt und müde, doch körperlich unversehrt, und auch Konstanze würde wieder gesund werden, brauchte aber dringend Schlaf.
Manfred betrachtete den Strand, und erst jetzt spürte er die Kälte, die durch seine nasse Kleidung drang.
»Ihr braucht alle etwas Trockenes zum Anziehen«, sagte Karim und suchte in dem Pferdewagen der Entführer nach Decken.
Friedrich hatte Bianca in seine Arme genommen und trug sie vorsichtig über den Sand.
Manfred drehte sich zu Karim und stellte endlich die Frage, die ihm schon die ganze Zeit auf den Lippen lag: »Woher wusstet ihr, wo wir sind?«
Karim lächelte. »Bianca hatte offenbar gleich die richtige Ahnung. Sie war fest davon überzeugt, dass wir die Kinder nicht im Palast finden würden. Wir haben ihr nicht geglaubt. Doch dann

entdeckten wir den verletzten Erzieher. Es war sein Blut, das auf den Boden getropft war und Bianca in Angst und Schrecken versetzt hatte.«

»Und er hat Johann von Brienne erkannt?«

»Nein. Der alte Mann hätte es niemals gewagt, den Palast zu betreten. Aber seine Schergen waren so dumm, dem Erzieher einen Gruß ihres Auftraggebers zuzuflüstern, bevor sie ihn niederschlugen. Vermutlich waren sie sich sicher, dass der Schlag tödlich sein würde.«

Manfred nickte. »Ich verstehe. Aber wie habt Ihr genau diese Stelle an der Küste gefunden?«

»Nun, es gibt nicht viele Möglichkeiten, von der Stadt an die Küste zu gelangen. Wir sind wie Bianca der Straße gefolgt.« Karim sah Manfred mit seinen dunklen Augen ernst an. »Ihr habt Eurer Schwester und Eurer Nichte das Leben gerettet. Ohne Euch wären beide ertrunken. Friedrich wird Euch das nie vergessen.«

Manfred zitterte trotz der wärmenden Decke. Er schüttelte den Kopf. »Bianca verdankt ihr Leben allein Eurer ärztlichen Kunst. Hoffen wir, dass jetzt alles gut wird.«

»Hoffen wir es«, murmelte Karim und warf einen letzten Blick auf den Kaiser und Bianca.

Sie stand vor der Voliere und betrachtete die Falken. Das Buch, das sie vor langer Zeit zusammen mit Karim begonnen hatte, war ein gutes Stück vorangekommen, aber noch längst nicht vollendet. Die Kapitel über Paarung und Aufzucht der Jungen hatten sie gerade erst begonnen, und auch die Einzelheiten über die Beizjagd mussten noch geschrieben werden. Außerdem hatte sie das Buch der Äbtissin Hildegard von Bingen noch nicht vollständig kopiert, und auch der Garten im Kastell Gioia del Colle erforderte viel Arbeit.

Bianca erstellte in Gedanken Listen, was sie alles in nächster Zeit erledigen wollte, und das lag eindeutig daran, dass ihre fortgeschrittene Schwangerschaft ihr mehr Zeit zur Muße verschaffte, als ihr guttat. Die Wölbung ihres Bauches und der Befehl des Kaisers verboten ihr die Aktivitäten, die sie gewohnt war und die sie liebte – Reiten und Gartenarbeit.

Andererseits war sie froh, dass sie sich ganz den Kindern widmen konnte. Seit der versuchten Entführung klammerte sich Konstanze mehr als sonst an ihre Mutter, und Konrad entwickelte sich zu einem ungestümen Jungen, der dringend elterlicher Erziehung bedurfte.

Also ließ sie Lorenzo sich um das Wohl der Falken kümmern und erlaubte Konrad, ihr Lieblingspferd zu bewegen. Der Junge war bereits ein guter Reiter, und sie beobachtete mit Wehmut, wie er sich mehr und mehr auch zu einem jungen Ritter entwickelte. Nicht mehr lange, und er würde sein erstes Turnier bestreiten müssen, dann folgte ein längerer Aufenthalt an einem fremden Hof, wo Konrad sich als Ritter bewähren musste. Er war noch so jung, viel zu klein für die Pflichten eines Mannes, aber es stand nicht in ihrer Macht, die Regeln zu ändern.

Friedrichs Verhältnis zu seinem Sohn Heinrich hatte sich nach einer gemeinsamen Aussprache ein wenig verbessert, und Bianca vermerkte mit Freude, dass Friedrich in letzter Zeit nicht mehr davon gesprochen hatte, Heinrich als deutschen König ab- und Konrad als Herrscher einzusetzen. Sie hoffte inständig, dass Heinrich Vernunft angenommen hatte, denn der Gedanke, Konrad schon jetzt mutterseelenallein weit in den Norden ziehen lassen, schien ihr unerträglich.

Manfred, der sie und ihre Tochter vor dem Ertrinken gerettet hatte, war ein anderer Mensch als der, den sie früher gekannt und auch gefürchtet hatte. Sein Bericht über den Verfall des Grafen Pucci war ihr nahegegangen, nicht, weil sie plötzlich ihr Mitgefühl für Enzio entdeckt hatte, sondern weil ihr das Schicksal dieses Mannes zeigte, wie eng Macht und Ohnmacht beieinanderlagen.

Sie hatte für sich längst beschlossen, nicht in ihre Heimat zurückzukehren. Ihr Zuhause war dort, wo Friedrich war, und solange sie lebte, wollte sie in seiner Nähe bleiben. Sie war dem Tod zu oft zu nah gewesen, um das Schicksal noch einmal herauszufordern, und sie hatte erkannt, dass sie sich ein Leben ohne Friedrich nicht mehr vorstellen konnte.

Seit ihrer denkwürdigen Rettung durch Karim wusste sie, dass ein Leben oft nur von dem Wimpernschlag eines Engels abhing, und in stillen Momenten hielt sie Karim für einen Abgesandten des Himmels, der mit seiner Kunst den einen oder anderen Menschen vorerst aus den Klauen des Todes befreite.

Sie selbst war zweimal von ihm gerettet worden, und sie sah darin eine besondere Verpflichtung. Sie war weit davon entfernt, sich für weise zu halten, aber sie wusste, dass sie durch die Ereignisse der vergangenen Jahre gereift war. Und das hatte auch Auswirkungen auf ihre Liebe zu Friedrich.

Sie bereute es nun, dass sie ihn immer wieder mit ihrer Eifersucht auf eine fremde Prinzessin in die Enge getrieben und kein Verständnis für seine Seelennot gezeigt hatte. Der Abend am Strand an der Küste vor Foggia hatte ihr gezeigt, wie sehr er sie liebte, und sie machte sich bittere Vorwürfe über die vielen Streitereien, die sie im Lauf der Jahre ausgefochten hatten. Und immer war der Auslöser ihr Zweifel an der Tiefe seiner Gefühle gewesen.

In den angstvollen Tagen nach ihrer und Konstanzes Rettung, als sich plötzlich erste Wehen einstellten und zu der Sorge um die Kinder, die die schrecklichen Erlebnisse verarbeiten mussten, nun auch noch die Furcht um ihr ungeborenes Kind kam, hatte sich Bianca geschworen, dass sie in Zukunft Friedrichs Liebe ohne Bedingungen annehmen würde. Und sollte er tatsächlich aus politischen Gründen dem Papst entgegenkommen müssen und diese englische Prinzessin heiraten, so würde sie es ohne Protest akzeptieren. Denn, so sagte sie sich, wie konnte eine aus dynastischen Gründen geschlossene Ehe ihre tiefe Liebe gefährden?

Die Falken stießen ihre typischen Schreie aus, die nichts anderes bedeuteten, als dass sie auf Futter warteten, und Bianca schaute sich suchend nach Lorenzo um. Stattdessen erblickte sie Friedrich, der lässig an einem Baumstamm lehnte.

»Federico«, sagte sie überrascht, »ich dachte, die Geschäfte des Königreichs würden dich in Beschlag nehmen.«

»Das Königreich muss für den Rest des Tages ohne mich auskommen«, entgegnete er und sah sie mit einem Blick an, der direkt bis in ihr Innerstes reichte. Er kam auf sie zu, nahm ihre Hand und drückte einen Kuss hinein. »Ehrlich gesagt wollte ich ausnahmsweise etwas mit dir verhandeln.« Sie sah ihn fragend an, und er strich zärtlich über ihren Bauch. »Bianca«, begann er, »glaubst du nicht, dass wir unseren Sohn Manfred nennen sollten?«

»Woher willst du wissen, dass es ein Junge wird?«

»Ich weiß es eben.«

Sie lachte und hakte sich bei ihm unter. »Lass uns ein bisschen in den Garten gehen.«

»Ich glaube, du liebst deine Rosen mehr als mich.«

»Möglich«, sagte sie scherzhaft, »sie haben Dornen, aber sie sind überaus treu und rühren sich nicht von der Stelle.«

»Zweifelst du an meiner Treue?«

»Federico, lass uns nicht über Dinge sprechen, die wir nicht ändern können.«

»Was meinst du?«

»Ich weiß, dass du wieder heiraten wirst. Diese englische Prinzessin, von der alle schon so lange tuscheln und die Papst Gregor unbedingt als Kaiserin sehen will.«

»Darüber wollte ich eigentlich nicht mit dir reden.«

Sie sah ihn erstaunt an. »Worüber dann? Du warst es, der die Treue erwähnt hat.«

Sie schlenderten durch den Garten, und Bianca pflückte eine Mohnblüte. Sie drehte den Stengel zwischen ihren schmalen Fingern und wunderte sich, dass Friedrich so ungewohnt schweigsam war.

»Ich muss immer wieder an die Nacht denken, in der du fast ertrunken wärst«, sagte er plötzlich und zog sie fest an sich.

Sie schmiegte sich an ihn. »Manfred, dir und vor allem Karim verdanke ich mein Leben. Und das von Konstanze.«

»Was ohne Karim passiert wäre, mag ich mir nicht ausmalen. Ich stehe tief in seiner Schuld.«

»Ich auch. Er hat mir seinen Atem eingehaucht.«

»Während ich hilflos deine Hand hielt.«

»Federico, Karim ist Arzt. Er hat mir erzählt, dass schon Hippokrates diese Methode angewandt hat. Es ist ein altes Wissen der Heilkundigen, einem Menschen in Not Atem zu spenden.«

»Ja, cara mia. Aber er hat mir auch gestanden, dass es nicht immer erfolgreich ist. Dein Engel hat dich wieder einmal beschützt.« Er hielt sie fester. »Wenn du gestorben wärst, Bianca, dann hätte ich auch nicht mehr leben wollen.«

Sie legte ihren Zeigefinger auf seine Lippen. »Still. So etwas darfst du nicht sagen.«

Er nahm ihre Finger und küsste sie. »Es ist aber die Wahrheit. Und ich möchte, dass du das weißt.«

»Wenn du so weitermachst, bringst du mich noch zum Weinen.«

»Dann hoffe ich, dass es Freudentränen sind.«

Sie warf ihm einen Seitenblick zu und fragte: »Willst du unseren Sohn wirklich Manfred nennen? Wenn es denn ein Junge wird.«

»Und was meinst du?«

Sie zögerte. Ihr Bruder hatte ihr viel Kummer und Schmerz zugefügt, aber es war Manfred gewesen, der sie und Konstanze aus dem Meer gezogen hatte.

»Ich finde, wir sollten es tun. Außerdem habe ich meinem Bruder längst verziehen.«

»So wie ich.«

»Du? Was hast du ihm zu verzeihen?«

»Dass er mir bis vor kurzem den Betrug des Burgvogts von Hague-
nau verschwiegen hat.«
»Was ist passiert?«
»Offensichtlich hat Wolfelin im Elsass in die eigene Tasche ge-
wirtschaftet.«
»Hast du ihn bestraft?«
»Noch nicht, aber er wird seine Strafe schon bekommen.«
»Und was hat Manfred mit dem Betrug zu tun?«
»Er hat ihn entdeckt, aber ein bisschen auch zu seinem Vorteil
benutzt.«
»Erzähl es mir lieber nicht. Ich hatte mich gerade darüber gefreut,
einen geläuterten Bruder zu haben.«
»Das ist er auch«, sagte Friedrich lachend. »Und ich vermute, er
wird irgendwann in eure Heimat zurückkehren. Was ich bedauern
würde. Er ist ein guter Verwalter.«
»Hast du eine Heimat, Federico?«
»Natürlich. Da, wo du bist. Und Sizilien. Hast du keine?«
Sie dachte nach. »Ich habe ein starkes Gefühl für Gioia del Colle,
dort fühle ich mich am ehesten zu Hause.«
»Möchtest du es haben?«
»Was?«
»Das Kastell. Ich schenke es dir.«
»Du schenkst mir ein ganzes Kastell? Was hat deine Sinne so be-
tört?«
»Die Liebe«, antwortete er ernst.
»Federico, das kann ich nicht annehmen. Auch wenn mir Gioia
del Colle lieb und teuer ist, es bleibt ein Kastell des Kaisers. Schenk
mir dein Herz.«
»Das hast du längst.«
»Dann versprich mir etwas.«
»Alles, was du willst.«
»Versprich mir, dass du mich immer lieben wirst – auch wenn du
mit der Engländerin verheiratet bist.«

»Ich verspreche es. Und da du meine geplante Heirat erwähnst, was hältst du von einer Trauung gleich nach Manfreds Geburt?«
Du Idiotin, schalt sie sich, du hast es selbst herausgefordert. Sie bemühte sich um ein gleichmütiges Lächeln, auch wenn es ihr schwerfiel.
»Setz den Termin fest, wie du es für richtig hältst. Schließlich bin ich nicht eingeladen.«
»Da täuschst du dich.«
»Findest du es nicht ein bisschen peinlich, wenn deine Geliebte zu deiner Hochzeit kommt?«
»Ich finde es peinlich, wenn die Braut nicht erscheint.«
»Federico …«
»Nein, Liebste, jetzt bist du mal still und lässt den Kaiser zu Wort kommen. Wir wollen dich nämlich schon lange fragen, ob du dich überwinden könntest, deine Freiheit aufzugeben und Unsere Frau zu werden.«
Sie starrte ihn an und wusste nicht, was sie sagen sollte.
»Bekommt der Kaiser keine Antwort?«, fragte Friedrich und zog sie an sich.
»Und was ist mit Isabella von England?«, flüsterte sie. »Und Papst Gregor? Und …«
»Wir nehmen Uns das Recht, selbst über Unsere Zukunft zu entscheiden«, sagte er in seinem gewohnt selbstbewussten Ton. »Und meine Zukunft«, fügte er mit heiserer Stimme hinzu, »heißt nun mal Bianca.«
»Du vergisst, dass ich dir schon lange gehöre«, flüsterte sie scherzhaft. »Ich bin immerhin eines der Geschenke des Sultans al-Kamil.«
»Dem Sultan sei Dank«, sagte Friedrich. »Er hat ein großes Herz – im Gegensatz zu mir. Ich werde dich auf keinen Fall wieder hergeben.«
»Nicht einmal als Geschenk?«, fragte sie lachend und zwinkerte ihm zu.

»Allenfalls als Hochzeitsgeschenk – für den Bräutigam. Was meinst du?«, sagte Friedrich und wirbelte sie so ungestüm herum, dass die Falken aufschreckten und mit ihren lauten Schreien Biancas Antwort übertönten.

Nachwort

Dichtung oder Wahrheit? Ein Roman ist kein Tatsachenbericht, und doch ist die Ähnlichkeit mit historischen Ereignissen in diesem Buch, das in den Jahren von 1227 bis 1232 spielt, kein Zufall.

Friedrich II. von Hohenstaufen, genannt »Stupor mundi« oder das »Staunen der Welt«, wurde am zweiten Weihnachtstag 1194 in Jesi, damals nicht mehr als ein Kaff, geboren.

Die Wehen überfielen seine Mutter Konstanze von Aragon mitten auf der Durchreise, und sie gebar ihren Sohn Friedrich dann öffentlich auf dem Marktplatz – übrigens auch, um zu beweisen, dass sie im Alter von vierzig Jahren durchaus in der Lage war, ein Kind auf die Welt zu bringen. Konstanze wurde mit ihrem Sohn Friedrich zum ersten Mal Mutter und war damit für damalige Verhältnisse eine doch extrem spät gebärende Frau.

Sein Vater, Kaiser Heinrich VI., starb drei Jahre später im Alter von nur zweiunddreißig Jahren. Er war deutlich jünger als Kaiserin Konstanze.

Friedrich wuchs in Palermo auf, soll nach zeitgenössischen Quellen mindestens sechs Sprachen beherrscht haben und hatte zeit seines Lebens eine große Affinität zur islamischen Kultur und Wissenschaft. Er sprach Arabisch und Griechisch, auch wenn wir nicht wissen, wie gut, und beherrschte definitiv Latein. Aufgewachsen war er mit der apulisch-sizilianischen Umgangssprache, und vermutlich hatte er Kenntnisse des Provenzalischen und des Altfranzösischen. Möglicherweise verstand er zumindest durch seinen langen Deutschlandaufenthalt in den fünf Jahren nach 1235 Mittelhochdeutsch, und das wäre dann die siebte Sprache.

Friedrich war wissbegierig und hielt als Kaiser engen Kontakt zur orientalischen Welt, aber auch zu europäischen Forschern.

Er war dreimal verheiratet – mit Konstanze von Aragon, einer

Frau, die fast doppelt so alt war wie er, mit Isabella von Brienne und mit Isabella von England, einer Nichte von Richard Löwenherz. Isabella von England heiratete er 1235 in Deutschland, seit 1228 war er Witwer. In diese Zeit fällt die große, romantische und zärtliche Liebe des Kaisers zu Bianca. Sie ist tatsächlich historisch belegt, und doch haben die Geschichtswissenschaftler so gut wie keine Informationen über Bianca. Möglicherweise hat Friedrich sie noch zu Lebzeiten oder nach ihrem Tod geheiratet, eine Menge Indizien sprechen dafür.

Friedrich hatte einige eheliche und eine weitaus größere Zahl unehelicher Kinder. Aus seiner ersten Ehe mit Konstanze von Aragon stammt König Heinrich VII., unglücklicher Herrscher in Deutschland. Heinrich schaffte es, seinen Vater derart zu erzürnen, dass dieser 1235 mit einem großen Teil seines Hofstaats und seiner gesamten beeindruckenden Menagerie seltener Tiere über die Alpen nach Deutschland zog und seinen Sohn endgültig öffentlich abstrafte. Der Vater-Sohn-Konflikt endete damit, dass Heinrich gefangen genommen, Anfang 1236 auf die Burg San Fele nach Melfi und 1240 nach Nicastro gebracht wurde. Bei einer weiteren Haftverlegung in einen anderen Kerker zwei Jahre später nahm sich Heinrich unter bis heute ungeklärten Umständen wahrscheinlich selbst das Leben.

Aus seiner zweiten Ehe stammte Konrad, der 1236 nach der Abwahl König Heinrichs als Konrad IV. zum deutschen König gekrönt wurde. Mit Isabella von England schließlich hatte er zwei Kinder, Margarethe und Heinrich.

Ob die Kinder mit Bianca nun ehelich waren oder nicht, auf jeden Fall wurde um das Jahr 1230 herum Konstanze geboren und zwei Jahre später ihr Bruder Manfred, eindeutig Friedrichs Lieblingssohn. Konstanze heiratete in dem sehr jugendlichen Alter von nur elf Jahren den byzantinischen Kaiser Johannes III., Manfred wurde König von Sizilien und heiratete in erster Ehe Beatrix von Savoyen, in zweiter Helena von Epiros. Das (vermutlich) dritte Kind

von Bianca und Friedrich hieß Violante und heiratete den Grafen von Caserta.
Der Burgvogt Wolfelin von Haguenau unterschlug derart große Summen, dass sein Betrug nicht unentdeckt bleiben konnte, und Friedrich ließ ihn tatsächlich auf der Festung Haguenau einkerkern. Angeblich soll Wolfelin, der durch Friedrichs Fürsprache seine rasante Karriere gemacht hatte, im Kerker von seiner eigenen Ehefrau erwürgt worden sein, damit er nicht unter der Folter das Versteck seiner Reichtümer verriet.
Die Details der abenteuerlichen Liebesgeschichte zwischen Friedrich und Bianca sind ein Produkt meiner Phantasie, aber sie könnten sich so abgespielt haben, denn der Kaiser musste tatsächlich seinen geplanten Kreuzzug abbrechen, da auch er von dem tückischen Fieber befallen wurde, an dem so viele Kreuzritter starben.
Medizinhistoriker vermuten, dass es sich bei der Epidemie im Sommer 1227 in Brindisi um Malaria, gepaart mit Typhus, gehandelt habe. Auf jeden Fall starb der Landgraf Ludwig von Thüringen an der Seuche, und Friedrich rettete sich durch einen Aufenthalt in den Bädern von Pozzuoli in der Nähe von Neapel.
Sein unblutiger Friedensvertrag mit dem Sultan al-Kamil ist ebenso verbürgt wie die Krönung in der Grabeskirche zu Jerusalem, frei erfunden sind allerdings die Favoritin Zamira und vor allem Friedrichs Leibarzt Karim an-Nasir. Reine Phantasie sind auch Giovanna und Lorenzo, der Graf von Tuszien, Enzio Pucci, und der deutsche Baron Heinrich von Passau.
Papst Gregor IX. exkommunizierte den Kaiser mehrfach und kämpfte eigentlich bis auf eine kurze Zeit der Ruhe ständig gegen ihn. Gregor starb 1241, neun Jahre vor dem Kaiser. Friedrich starb im Dezember 1250, vermutlich an der Ruhr und nicht, wie oft behauptet wird, durch Gift.
Friedrich II. von Hohenstaufen war eine der schillerndsten Persönlichkeiten des Mittelalters, und in einem Roman darf man an-

nehmen, dass die Frau, die er so sehr geliebt hat, ebenso unkonventionell durchs Leben ging. Von Bianca wissen wir zwar nicht, ob sie schön, klug, groß oder klein war, aber wir können vermuten, dass auch sie ein besonderes Charisma hatte.
Die Bianca in diesem Buch ist daher keine historische Figur, sondern ein praller Lebensentwurf und in allen seinen Einzelheiten absolut frei erfunden.

Iny Lorentz

Die Wanderhure

Konstanz im Jahre 1410: Als Graf Ruppert um die Hand der schönen Bürgerstochter Marie anhält, kann ihr Vater sein Glück kaum fassen. Er ahnt nicht, dass es dem adligen Bewerber nur um das Vermögen seiner künftigen Frau geht und dass er dafür vor keinem Verbrechen zurückschreckt. Marie und ihr Vater werden Opfer einer gemeinen Intrige, die das Mädchen zur Stadt hinaustreibt. Um zu überleben, muss sie ihren Körper verkaufen. Aber Marie gibt nicht auf ...

Die Kastellanin

Marie lebt zufrieden mit ihrem Ehemann Michel Adler, den sie innig liebt. Ihr Glück scheint vollkommen, als sie ein Kind von ihm erwartet. Doch dann muss Michel im Auftrag seines Pfalzgrafen in den Kampf gegen aufständische Hussiten ziehen. Er beweist so viel Mut, dass er zum Ritter geschlagen wird – und verschwindet nach einem grausamen Gemetzel spurlos. Nachdem er für tot erklärt wird, ist Marie ganz allein auf sich gestellt und sieht sich täglich neuen Demütigungen und Beleidigungen ausgesetzt. Schließlich bleibt ihr nur ein Ausweg: Sie muss von ihrer Burg fliehen. Marie hat die Hoffnung nicht aufgegeben, dass Michel noch leben könnte, und schließt sich als Marketenderin einem neuen Heerzug an. Es beginnt das Abenteuer ihres Lebens. Wird sie den geliebten Mann jemals wiederfinden?

Das Vermächtnis der Wanderhure

Als Hulda erfährt, dass ihre Todfeindin Marie wieder schwanger ist, schmiedet sie einen perfiden Plan: Marie soll entführt und für tot erklärt werden. Die Rechnung scheint aufzugehen: Michel, Maries Mann, trauert tief um seine geliebte Frau. Hulda bedrängt ihn, sich wieder zu verheiraten. Marie ist inzwischen als Sklavin verkauft und verschleppt worden. Als es Marie unter Einsatz ihres Lebens endlich gelingt, den Weg in die Heimat zu finden, muss sie feststellen, dass ihr geliebter Michel eine neue Frau gefunden hat ...

Eine Frau kämpft in der grausamen Welt des Mittelalters um ihr Glück. Die erfolgreiche Trilogie von Bestsellerautorin Iny Lorentz!